주황은 고통,
파랑은 광기

이 도서의 국립중앙도서관 출판예정도서목록(CIP)은
서지정보유통지원시스템 홈페이지(http://seoji.nl.go.kr)와
국가자료공동목록시스템(http://www.nl.go.kr/kolisnet)에서 이용하실 수 있습니다.
(CIP제어번호: CIP2019032769)

주황은 고통, 파랑은 광기

Alive in Shape and Color

위대한 예술가들의 작품에서 태어난 매혹적인 이야기들

로런스 블록 엮음
이은선 옮김

문학동네

일러두기

1. 주석은 모두 옮긴이주다.
2. 본문 중 고딕체는 원서에서 이탤릭체나 대문자로 강조한 부분이다.

차례

서문   7

안전 수칙 × 질 D. 블록   17

피에르, 뤼시앵 그리고 나 × 리 차일드   43

부채를 든 소녀 × 니컬러스 크리스토퍼   59

세번째 패널 × 마이클 코널리   87

의미 있는 발견 × 제프리 디버   105

이발사 찰리 × 조 R. 랜스데일   131

조지아 오키프의 꽃 이후 × 게일 레빈   165

암푸르단 × 워런 무어   181

주황은 고통, 파랑은 광기 × 데이비드 모렐   197

아름다운 날들 × 조이스 캐럴 오츠   253

인류에게 수치심을 안기기 위해 우물에서 나오는 진실 × 토머스 플럭   287

홍파 × S. J. 로전   325

생각하는 사람들 × 크리스틴 캐스린 러시   337

가스등 × 조너선 샌틀로퍼   383

태양의 혈흔 × 저스틴 스콧   417

대도시 × 세라 와인먼   443

다비드를 찾아서 × 로런스 블록   471

그림 허가   497

옮긴이의 말   501

서문

로런스 블록

〈오피스 걸스〉, 래퍼얼 소이어

시작에 앞서…

내가 원래 작성한 서문은 다음과 같았다.

『빛 혹은 그림자: 호퍼의 그림에서 탄생한 빛과 어둠의 이야기』는 출간되기 몇 달 전부터 성공할 조짐을 보였다. 밤하늘의 뭇별 같은 작가들이 환상적인 원고를 보내왔고, 페가수스북스 내부에서도 워낙 열띤 반응을 보였으니 성공적인 출간이 보장될 수밖에 없었다.

그럼 나는 앙코르로 뭘 준비해야 할까?

호퍼의 그림에서 영감을 얻은 단편집을 또 한번 엮어볼까 고민했다 얼른 접었다. 호퍼가 남긴 작품이 워낙 많고 그중 어떤 걸 선택하든 전작과 같은 영감을 선사할 수 있을 게 분명했지만, 내가 보기에 그런 시도는 한 번이면 충분했다.

그렇다면 두번째 책에서는 어떤 화가가 에드워드 호퍼를 대신

할 수 있을까?

후보가 줄줄이 등장했지만 누구도 가능성이 충분해 보이지 않았다. 후보로 제시된 화가의 작품을 보고 이야기를 떠올려보는 건 어려운 일이 아니었다. 앤드루 와이어스, 피터르 몬드리안, 토머스 하트 벤턴, 잭슨 폴록, 마크 로스코…… 구상화가가 됐건 추상화가가 됐건 이런 대가들의 작품이라면 흥미진진한 이야기를 뭐든 하나쯤은 만들어낼 수 있었다. 하지만 책 한 권 분량이라면?

그림이 그려지지 않았다.

그때 좋은 수가 생각났다. 여러 화가를 한자리에 모으면 화가 한 명으로는 할 수 없는 일이 가능할 수 있었다.

각기 다른 화가가 그린 열일곱 점의 그림을 소재로 열일곱 명의 작가가 써내려간 열일곱 편의 작품.

나는 숨을 크게 한 번 들이마시고 커피를 한 잔 따른 다음, 작품을 기고할 가능성이 있는 작가들에게 이메일을 보내기 시작했다.

단편집에 실을 작품을 청탁받는 건 영광이라 볼 수 있지 않을까? 아, 물론이다. 그럼에도 나는 본의 아니게 지역 주민의 노여움을 사는 바람에, 일부 성난 주민들에 의해 타르와 깃털로 범벅이 된 채* 마을에서 쫓겨나는 어느 방문객을 떠올리게 된다.

그는 이렇게 전했다. "좋은 취지로 방문한 거였으니 좀더 평범한 방식으로 마을을 떠났더라면 좋았을 텐데."

---

* 봉건시대 유럽과 서부 개척 시대 미국에서 행해졌던 린치 방식으로, 벗은 몸에 타르를 바른 뒤 깃털 위에 굴려 수치심을 주었다.

단편집에 실을 작품을 청탁받는 영광스러운 순간에도 나름의 타르와 깃털이 있다. 작품을 하나 써야 하는데, 들인 시간과 노고에 비해 금전적인 대가는 형식적인 수준이다. 나는 늘 누군가에게 글을 청탁하는 건 어려운 부탁을 하는 것과 같다고 느낀다.

물론 가끔 작가에게 득이 될 때도 있다. 나도 다른 사람이 엮은 단편집에 실린 내 작품을 돌이켜보면 고마운 점이 한두 가지가 아니다. 유쾌하게 살인을 저지르는 여자를 주인공으로 쓴 두어 편의 단편은 사실 단편집을 엮겠다는 친구들의 부탁을 받고 거의 마지못해 쓴 것이었지만, 후에 『게팅 오프Getting Off』라는 장편소설로 발전했다. 사립탐정을 소재로 한 단편집에 싣기로 오래전에 약속한 원고를 쓰다보니, 더이상 볼 일이 없을 줄 알았던 매슈 스커더가 부활했다(나는 〈플레이보이〉에 처음으로 기고한 「이른 새벽 여명 사이로By the Dawn's Early Light」로 생애 최초 에드거상을 수상했는데, 이것이 『성스러운 술집이 문을 닫을 때When the Sacred Ginmill Closes』로 확장됐고 이후 몇 년에 걸쳐 스커더가 등장하는 여덟 편의 단편과 열두 편의 장편이 세상의 빛을 보았다).

그러니까 나는 단편집에 실을 작품의 청탁을 수락했던 것을 후회하지 않는다고 말할 수 있다. 하지만 받아들이는 사람 입장에서는 다소 부담스러울 수밖에 없다는 걸 알기에 청탁할 때마다 조심스럽다.

이번 같은 경우에는 어디에서부터 시작하면 좋을지 알고 있었다. 나는 『빛 혹은 그림자』에 참여했던 작가 열여섯 명 전원에게 청탁을 넣었다. 그들과 함께한 작업이 즐거웠던데다 작품이 하나같이 주옥같았다. 그중 몇 명이라도 다시 작품을 써준다면 다행이었다.

메건 애벗은 해야 할 일이 산더미라 참여하기가 어렵다고 했다. 호퍼를 사랑하는 마음에 『빛 혹은 그림자』 작업에 합류해 나를 놀라게 했고, 거기에 수록된 작품으로 에드거상 후보에 올랐던 스티븐 킹은 이번에는 유혹에 넘어오지 않았다. 로버트 올렌 버틀러는 이번 단편집의 아이디어를 마음에 들어해 화가와 작품까지 선택했지만, 출판사에서 장기 북투어를 잡아놓았다는 소식을 접하고 발을 뺄 수밖에 없었다.

하지만 그 외에는 모두 수락했다.

이 자리에서 밝히건대 정말이지 놀라운 소식이었다. 나는 데이비드 모렐, 토머스 플럭, S. J. 로전, 세라 와인먼에게 추가로 청탁을 넣었다. 그들 역시 수락했다.

『빛 혹은 그림자』에 수록된 단편은 그 책을 위해 새롭게 쓴 작품들이었고 이번에도 동일한 조건이었다. 그런데 데이비드 모렐은 청탁을 수락하면서 이 기획이 마음에 들 뿐 아니라 이미 삼십 년 전에 딱 맞는 작품을 써놓았다고 했다. 그는 「주황은 고통, 파랑은 광기」 원고를 보내왔고, 나는 그의 말이 무슨 뜻인지 금세 알았다 (그 작품이 출간됐을 때 브램 스토커 상을 받은 이유도 그 못지않게 금세 알 수 있었다).

따라서 데이비드의 작품을 예전에 접한 독자들도 있을 것이다. 하지만 다시 읽어도 좋을 작품이라고 생각한다.

게다가 그걸 보너스로 생각해도 되는 것이, 이번에는 『빛 혹은 그림자』보다 한 편 더 많은 열여덟 편을 수록하기로 결정했기 때문이다. 나는 그게 문제될 것 없다고 생각했고 페가수스북스의 홀륭한 직원들도 같은 생각이었다.

열여덟 편이라고? 흠, 열여섯 편이라고 정정하는 게 좋겠다.

글쓰기라는 작업에 대해 한 가지 알아두어야 하는 게 있다면, 늘 바라던 대로 되지는 않는다는 것이다. 모든 작가가 약속을 지키는 단편집은 거의 없다고 보면 된다.

『빛 혹은 그림자』 때도 그랬다. 한 작가가 그림을 선택하고 원고를 쓰기로 했지만, 개인적인 문제가 잇달아 터지는 바람에 어떤 작업도 할 수 없게 되어버렸다. 그가 우리에게 아무래도 안 되겠다고 알렸을 무렵에는 그가 선택한 〈케이프코드의 아침〉 판권 문제가 이미 해결된 뒤였다. 글이 없더라도 그림은 살릴 수 있었기에 우리는 그걸 보너스 삼아 표제화로 썼다.

이번에는 크레이그 퍼거슨이 원고를 넘기지 못했다. 그는 피카소의 작품을 선택했지만, 원고는 완성이 요원했고 시리우스XM 라디오에서 새로운 프로그램까지 맡게 되어 스케줄이 점점 감당할 수 없는 지경으로 치달았다. 그는 거듭 사과하며 이해해주길 바란다고 했다.

이해하고도 남았다.

왜냐하면 나도 원고를 넘기지 못했기 때문이다.

나는 일찌감치, 그러니까 청탁서를 준비하던 시점에 그림을 선택해놓았다. 아내와 함께 뉴욕의 휘트니미술관에서 열린 초상화전에 갔을 때 나는 래피얼 소이어의 유화를 보고 우뚝 멈춰 섰다. 한 번도 본 적 없는 그림이었고 화가에 대해 아는 게 거의 없었는데도, 호퍼의 그 어떤 작품 못지않게 완벽한 영감의 원천이 되어줄 거라는 생각이 들었다.

천 단어 정도 쓰기는 했다. 하지만 마음에 들지 않았고 어떤 식으로 발전시켜야 할지 길이 보이지 않았다.

단편소설로 맨 처음 원고료를 받았던 게 1957년이었으니, 나는 이 일을 육십 년째 하고 있다. 그런데 요즘 들어 더는 역부족일지 모른다는 징조가 나타나고 있다. 몇 년 전부터 이제는 소설 쓰기를 그만둘 때가 된 것 같은 느낌이 들었고, 그뒤로 장편소설을 한두 권 더 출간하긴 했지만 장편은 그것으로 끝일 듯하다. 최근에 단편과 중편을 몇 편 발표했고 내게 남은 시간 동안 몇 편 더 발표할 수 있을지도 모르지만, 아닐 수도 있다.

그건 아무래도 괜찮다.

내가 만약 다른 사람이 기획한 단편집에 소이어의 그림에서 영감을 받은 작품을 기고하기로 약속했다면 진작에 아쉬움과 사과의 뜻을 전했을 것이다. 하지만 내가 기획한 단편집에서 내가 발을 뺀다는 건 용납할 수 없는 일처럼 느껴졌기에 그 벽에 대고 필요 이상으로 한참 동안 머리를 찧었다. 그러다 마침내 이렇게 유명한 작가들의 이렇게 훌륭한 작품들이 담긴 책이라면 내 작품 없이 선보여도 괜찮을 거라는 깨달음을 얻었다.

내가 원고를 완성하지 못했다고 그림까지 포기해야 하는 건 아니었다. 〈케이프코드의 아침〉이 『빛 혹은 그림자』에서 표제화로제 역할을 탁월하게 소화했듯 〈오피스 걸스〉도 이 책에서 같은 역할을 훌륭하게 해내고 있다. 또한 전작에서 그랬듯 이번에도 여러분에게 원고 청탁을 확대하고 싶다. 상상력을 자극하는 래피얼 소이어의 작품을 소재 삼아 여러분만의 이야기를 마음껏 만들어보기 바란다. 상상의 나래를 펼치고, 내키면 글로 옮겨보라.

하지만 내게 보낼 필요는 없다. 내 역할은 이것으로 끝이다.

원래대로라면 서문은 이렇게 끝났을 텐데, 어느 날 워런 무어(여러분은 그가 살바도르 달리에게 영감을 받아 완성한 특출한 작품을 곧 만나게 될 것이다)가 내게 이메일을 보내왔다. 그는 내가 이십 년 전에 이 책의 요구 조건에 딱 들어맞는 단편을 발표한 적이 있다고 했다. 「다비드를 찾아서」는 1995년 피렌체를 여행할 때 미켈란젤로의 조각상을 보고, 십대 시절에 버펄로의 델라웨어공원에서 그 복제품을 보았던 기억이 떠올라 쓴 작품이었다. 매슈 스커더가 아내 일레인과 함께 피렌체에 갔다가 예전에 해결한 사건의 주범과 우연히 맞닥뜨리면서 폴 하비가 '나머지 이야기'*라고 표현할 법한 정보를 입수한다는 내용으로, 버펄로에서 시작해 뉴욕에서 전개되다가 아르노 강변에서 마무리된다.

조건을 완벽히 충족시키기는 하지만 이 책에 기출간작을 두 편이나 실어도 될까? 나는 찬반양론을 모두 펼 수 있었기에 페가수스북스의 클레이번 행콕에게 결정권을 넘겼고 그는 당장 '된다'를 선택했다. 이렇게 해서 결국 이 책에는 열일곱 편의 단편이 실리게 되었고, 미켈란젤로의 〈다비드〉는 로댕의 〈생각하는 사람〉을 따라 이 책의 조각 작품 대열에 합류했다.

그래도 래피얼 소이어의 〈오피스 걸스〉는 표제화로 남겨두었다.

---

* 미국의 방송인 폴 하비가 진행한 라디오 프로그램 제목. 잘 알려지지 않은 사연을 소개하고 맨 마지막에 반전이나 하이라이트 부분을 공개한 뒤 "여기까지가 나머지 이야기였습니다"라는 멘트로 마무리했다.

나는 결국 성공하지 못했지만 여러분에게는 어떤 영감을 불러일으
킬 수도 있는 보너스 작품으로 말이다.

안전 수칙

질 D. 블록

질 D. 블록은 뉴욕시티에 거주하는 작가이자 변호사지만 때로 우선순위가 뒤바뀔 때도 있다. 그녀에게는 주변의 모든 것이 영감의 원천이고, 이번 경우에는 그녀의 아파트에 걸려 있는 아트 프람의 〈모든 안전 수칙을 명심할 것〉이 그 역할을 했다. 한편 변호사 일을 할 때는 해고에 대한 두려움이 영감의 원천이다.

〈엘러리 퀸 미스터리 매거진〉과 단편집 『어두운 도시의 불빛들 *Dark City Lights*』 『빛 혹은 그림자』에 단편을 기고했다. 2018년 첫 장편소설 『평행선에 관한 진실 *The Truth About Parallel lines*』이 출간됐다(본인도 인정하다시피 후속작을 쓰지 않는 한 그것이 유일한 장편소설이 될 것이다).

〈모든 안전 수칙을 명심할 것〉, 아트 프람

첫째 날

내게는 이번이 세번째였고, 따라서 어떤 절차로 진행될지 정확히 알았다. 시내에 일찌감치 도착했기 때문에, 지하철에서 내려 스타벅스에 잠깐 들를 시간이 있었다. 이층의 지정된 그 방에 도착한 시각이 여덟시 오십오분이었다. 내가 자리를 찾아 앉아서 잡지를 꺼내 패션 광고를 그냥 넘기고 그레이던 카터가 쓴 트럼프 관련 기사를 제법 읽었을 때 절차가 시작됐다. 여자 직원이 우리에게 절취선을 따라 카드를 찢으라고 했고, 아래 반쪽을 수거한 다음 교육용 비디오를 틀었다.

비디오가 끝나고 삼십 분 정도 지난 뒤 법원 서기가 들어와 첫번째 그룹을 소집했을 때 나는 놀라지 않았다. 나는 일의 순서를 알았다. 우리는 스무 명 내지 스물다섯 명씩 법정으로 들어가 배심원으로 적합한지 심사를 받을 것이다. 나머지는 여기서 기다릴 테고 오늘 하루종일, 어쩌면 내일까지 그룹별로 불려 들어갈 것이다. 최대 사흘이 지나면 시민으로서 나의 의무는 종료될 것이다. 나는 첫번째 그룹으로 분류되길 바랐다. 빨리 들어갔다 빨리 나올 수 있도록. 그러면 집으로 돌아가기 전에 부츠를 구경할 시간이 생길 수도 있었다.

서기가 이름을 부르는 동안 나는 습관처럼 숫자를 셌다. 그는 손에 쥔 카드들을 들여다보고, 가끔 발음 때문에 골머리를 앓아가며 배지를 단 사람 특유의 심드렁한 권위의식이 실린 목소리로 우렁차게 이름을 외쳤다. 85에 다다랐을 때 나는 숫자 세기를 멈췄지만 그는 계속 호명했다. 나는 주위를 둘러보았다. 가운데 통로를 중심으로 양쪽에 의자가 놓여 있었는데, 한 줄에 여섯 개씩 총 스물다섯 줄 정도 됐다. 완전히 다 차진 않았지만 만석에 가까웠다. 그러니까 모두 이백오십 명쯤 될까? 이백육십 명? 아직 앉아 있는 사람이 몇 명이나 되는지 대충 세어보려는데 내 이름이 들렸다. 나는 잡지를 가방에 넣고 빈 커피 컵을 집어든 다음 뒷문 쪽으로 걸어가는 사람들의 행렬에 섞여 복도로 나갔다. 서기는 계속 이름을 불렀다.

규칙이 바뀌면 재미있는 현상이 벌어진다. 한 시간 전만 해도 나는 정확히 어디로 가서 무얼 하고 무얼 기다리면 되는지 알았기에 마치 주인인 양 이곳으로 걸어들어왔다. 배심원의 의무, 그래, 그래. 어쩌면 점심시간에 괜찮은 네일숍을 찾을 수 있을지 몰라. 그런데 이제는 남들처럼 우왕좌왕하며 지시를 기다리고, 행렬을 따라 미지의 세계로 향해 가는 신세로 전락한 것이다.

"여기 계신 분들은 전원 호명이 되었어야 하는데요." 서기가 사람들 사이를 비집고 다니며 계속 말했다. "호명되지 않은 분은 받은 엽서에 오늘 출두하라고 적혔는지 확인해보세요. 2016년 9월 27일 311호라고 되어 있으면 맞게 오신 거예요. 2016년 9월 27일 311호 말고 다르게 쓰어 있으면 잘못 오신 거고요. 잘못 오신 분들은 355호 중앙 서기관실로 가세요. 다른 분들은 구층의 42부로 갑니다. 저를 따라오세요."

위로 올라가서 법정에 들어가기까지 사십오 분도 넘게 걸렸다. 우리는 통제가 안 되는 유치원생 같았다. 다들 자리에 앉았고 좌석이 모자라 앉지 못한 사람들은 법정 양옆과 뒤에 섰다. 판사가 자기소개를 한 뒤 좌석이 부족해서 미안하다고 사과하고는 와줘서 고맙다고 인사했다. 그가 검사, 피고측 변호사, 피고를 소개하고 검사와 변호사가 우리 중에서 열두 명의 배심원을 선택할 거라고 설명했다. 그런데 왜 이렇게 많은 인원을 소집했을까? 그가 설명하길, 재판이 사 개월 동안 진행될 예정이라고 했다. 1월까지 일주일에 나흘씩 열시부터 다섯시까지 계속될 거라고 했다. 단체로 헉 하는 탄식이 터지고 나지막이 대화를 나누는 소리가 이어졌다. 판사는 우리가 진정할 때까지 기다렸다가 배심제도가 어떤 식으로 운영되는지 짧게 설명했다. 이 사건의 배심원으로 선정될 경우 요구되는 수고는 물론이거니와, 오늘 이렇게 참석한 것만 해도 얼마나 큰 희생인지 안다고 했다. 그러고는 자신이 얘기한 일정을 감안해서 배심원을 맡을 수 있겠는지 잠시 생각해보고, 고민해서 결정해달라고 했다. 그는 솜씨가 좋았다. 얘기를 듣다보면 그에게 무언가 빚을 진 것 같은 기분, 우리 사법제도의 이 가장 기본적인 원칙을 수호하기 위해 내가 할 수 있는 일이 무엇인지 최선을 다해 찾아봐야 할 것 같은 기분이 들었다. 못하겠다고 하면 그의 기대를 저버리는 듯한 기분이 들 것 같았다. 판사는 할 수 있겠다 싶으면 서기에게 설문지를 받아서 밖으로 나가 작성하고, 작성이 끝나면 서기에게 제출하고 금요일에 다시 와달라고 했다. 못할 것 같으면 자리에 그대로 남아달라고 했다. 그러면 그와 검사, 변호사가 한 명씩 개별 면담을 하겠다고.

나는 자리에 남았다.

법정 안에서는 전자기기를 쓸 수 없기 때문에 심심해서 미칠 지경으로 그날의 나머지 시간을 보냈다. 법정은 얼어붙을 듯이 추웠다. 나는 법원 직원들이 사람들을 어떤 식으로 정렬하는지 열심히 지켜보았다. 마치 그 방식을 이해하면 그걸 통제할 수 있는 힘이 생기기라도 할 것처럼 말이다. 그들은 자리에 앉아 있는 순서에 따라 한 번에 다섯 명씩 일으켜세웠다. 닫힌 문 앞에서 기다리는 사람이 한 명밖에 남지 않으면 다음 다섯 명을 일으켜세웠다. 나는 개인 면담을 마친 뒤에 몇 명이 결국 설문지를 받는지, 또 몇 명이 카드를 돌려받고 맨 처음 대기했던 방으로 돌아가도 좋다는 얘기를 듣는지(다시 말해 집에 가도 된다는 뜻이었다) 열심히 세어보았다. 내 앞에 일곱 명이 남았을 때, 법원 직원이 점심을 먹고 두시 십오분까지 돌아오라고 했다. 다시 돌아왔을 때 나는 평생 금속탐지기를 통과한 적이 없어 보이는 사람("예? 허리띠도 풀어야 한다고요?") 뒤에 서는 바람에 맨 마지막으로 입정하게 됐다. 아까는 내 앞에 일곱 명뿐이었는데, 이제 맨 뒷줄에 앉게 되어 내 뒤로 네 명뿐이었다. 오후 내내 오전하고 다를 바 없이 계속 앉아서 기다려야 했다. 이윽고 내 차례가 돌아왔다. 판사가 자기 자신과 검사, 변호사를 다시 한번 소개했고 나도 내 소개를 했다. 나는 일 때문에 안 된다고 설명했다. 은행에서 자리를 비울 수 없는 업무를 맡고 있다고, 누군가가 항시 그 자리를 지켜야 하는 일이라고 했다. 그들은 직원이 몇 명이냐고, 오늘은 누가 내 업무를 대신하고 있느냐고, 직원 중 누가 아프거나 휴가를 가면 어떻게 되느냐고 물었다. 나는 다른 이유를 댔어야 했던 건지, 내가 생사가 걸린 수술을 앞두고 있다고 했어도 그들이 증거를 요구했을지 궁금해졌다. 판사는 시간 내줘서 고맙다고, 설문지를 작성하고 금요일에 다시 오라고 했다.

둘째 날

출두하는 법정이 좀더 넓은 곳으로 바뀌었지만 금요일에 다시 온 사람들이 모두 앉기엔 자리가 두어 개 모자랐다. 알고 보니 화요일에 내가 속했던 그룹은 두번째 그룹이었다. 이 주 전에 다른 그룹이 똑같은 절차를 거쳤고, 오늘은 설문지를 작성한 모든 사람을 한자리에 모은 둘째 날이었다. 판사가 우리 중에서 1978년 마일로 릭터 납치 살인 사건의 배심원이 선정될 거라는 얘기로 운을 뗐다. 나도 모르게 숨을 헉 들이켰다. 미셸린! 순간 모든 게 완벽하게 맞아떨어졌다. 내가 이 자리에 있는 이유가 있었다. 판사는 이 사건에 대해 안다는 이유로 배심원에서 제외되는 사람은 없을 거라고 설명했다. 사건에 대해 상당히 잘 아는 사람도 있을 테고 들어본 적 없는 사람도 있을 테지만, 어느 쪽이 됐건 그 사실 자체는 상관이 없다고 했다.

판사는 어떤 방식으로 배심원을 선정하는지 설명했다. 무작위로 호명된 열여섯 명이 배심원석에 앉으면 그가 각자에게 일련의 질문을 던질 예정이었다. 판사의 질문에 대한 답변을 근거로 검사와 변호사가 적합하지 않은 후보를 결정하면 그 사람은 제외된다. 그런 다음 추가로 호명을 하고, 판사가 그들에게 같은 질문을 한다. 판사의 질문을 통과한 인원이 열여섯 명이 되면 검사와 변호사가 그들 모두에게 한꺼번에 이야기를 할 것이다. 이 모든 일이 법정에서 이루어질 것이었다. 우리는 한 명도 남김없이 자리를 지키고 있어야 했다. 휴대전화도 컴퓨터도 사용 금지였다. 판사가 공정한 배심원단의 중요성에 대해 얘기하기 시작하자, 나는 귀를 닫았다.

미셸린. 몇 년 동안 잊고 지냈지만, 어제 만난 사람처럼 머릿속에 떠올릴 수 있었다. 그 땋은 머리. 학교에서는 다들 그애를 브레이디라고 불렀다. 브레이디 그레이디. 미셸린이라는 이름은 뉴저지의 나른한 우리 고향 마을에 걸맞지 않게 너무 길고, 너무 발음이 어렵고, 너무 이국적이기 때문이었다. 하지만 나는 곧 죽어도 그애를 미셸린이라고 불렀다. 그 이름을 그애처럼, 그애 엄마처럼 제대로 발음할 수 있도록 내 방에서 혼자 연습했다.

미셸린과 나는 단짝 친구였다. 내가 1학년생으로 가득한 교실에서 그애를 선택했다. 노점에 산더미처럼 쌓인 사과 중에 제일 잘생긴 사과를 고르듯이. 그애는 엄마들끼리 서로 아는 사이라 어른들이 얘기하는 동안 같이 놀라며 내게 떠넘겨진 친구가 아니라, 진정한 의미에서 나만의 첫 친구였다. 물론 내 쪽에서 그애를 선택한 거였다. 나는 그애를 처음 본 순간부터 눈을 뗄 수 없었다. 그애는 우리와 달랐다. 이름뿐 아니라 태도, 말씨, 옷차림까지 달랐다. 그애는 프티 바토를 입은 반면 우리는 엄마가 JC페니에서 사 온 댄스킨을 입었다.

다들 미셸린과 친하게 지내고 싶어했다. 심지어 발목이 두껍고 체인에 매단 안경을 목에 걸고 다니던 터너 선생님마저 미셸린에게 넋을 잃었다. 여섯 살이었던 그때 당시에도 내게 너무나 놀랍게 느껴졌던 사실이 있다면, 그애가 내 선택을 받아주었다는 것이다. 그애는 나의 단짝이고 나는 그애의 단짝이라는 데 반론의 여지란 없었고, 그 정도로 강한 확신은 그 이후로도 느껴본 적이 없었다. 그 어떤 것에서도. 우리는 브레이디와 니키였다. 미셸린과 베로니카였다.

판사가 십 분간 휴식이라며 우리를 복도로 내보냈다. 휴식을 마치고 돌아오면 첫번째 그룹에 들어갈 열여섯 명을 뽑고 배심원 선정을 시작할 거고, 한시부터 두시 십오분까지 점심시간을 제외하면 하루종일 똑같은 절차가 반복될 거라고 했다. 나는 핸드백을 집어서 휴대전화를 켜고 다른 사람들과 함께 법정을 빠져나갔다. 나를 뽑아주세요, 나를 뽑아주세요, 나를 뽑아주세요. 나는 속으로 중얼거렸다. 화장실 앞에 줄을 서서 기다리며 전화기를 꺼놓은 동안 수신된 이메일 제목을 훑었다. 나를 뽑아주세요, 나를 뽑아주세요, 나를 뽑아주세요. 이메일을 하나도 열어보지 않고 전화기를 다시 넣었다. 나한테 맡겨주세요, 나는 생각했다. 내가 정리할게요. 미셸린을 위해서 내가.

전부 다시 들어가 자리에 앉고 준비하기까지 이십오 분이 걸렸다. 손으로 크랭크를 돌리는 철제 통에서 서기가 카드를 뽑아 호명하기 시작했다. 나를 뽑아주세요, 나를 뽑아주세요, 나를 뽑아주세요. 그는 호명한 다음 이름과 성의 순서로 철자를 읽었다. 법정 속기사가 제대로 기록하게 하기 위한 것 같았다. 나는 서기가 고개를 들면 나를 확실히 볼 수 있도록 똑바로 앉아서 왼쪽으로 살짝 이동했다. 그가 열 명의 이름을 불렀다. 여섯 명 남았다. 나는 눈을 감고 천천히 숨을 들이마셨다. 나를 뽑아주세요, 나를 뽑아주세요, 나를 뽑아주세요.

그는 나를 뽑지 않았다.

나는 실망했지만 내 이름이 불릴 기회가 남았다는 걸 알았다. 선택된 열여섯 명에게 판사가 뭐라고 하는지 귀를 기울였다. 판사는 한 사람 한 사람에게 일련의 똑같은 질문을 똑같은 순서로 했다. 그가 네번째 사람에게 묻기 시작했을 때 나는 질문을 모두 외웠다. "맨해튼 어디에 삽니까?" "고향은 어디인가요?" "최종 학력이 어떻게 됩니까?" "현재 일을 하고 있습니까?" "어떤 일을 하고 있습니까?" "누구와 함께 살고 있습니까?" "학령기의 아이를 키우고 있습니까?" 쉬운 질문이었다. 나는 대학원을 졸업하고 어퍼이스트사이드로 이사한 이래 거의 삼십 년째 거기서 살고 있었다. 혼자 살았고 아이는 없었고 아이와 관련된 일을 하지도 않았다. "본인이나 친구나 가족이 범죄 피해자가 된 적이 있습니까?" "법집행기관에 근무하는 가까운 친구나 가족이 있습니까?" "주변에 기소를 당했거나 유죄판결을 받은 사람이 있습니까?" "여가시간에는 뭘 합니까?" 검사와 변호사가 계속 크게 얘기해달라고 하는데도, 대부분이 하도 조그맣게 대답해서 뭐라고 하는지 잘 들리지 않았다. 누구와 함께 살고 있느냐는 질문에 어떤 여자가 한 대답을 듣고 배심원석과 가장 가까운 오른편 앞줄에 앉아 있던 사람들이 웃음을 터뜨렸다. 살펴보니 판사도 미소를 짓고 있었다. 그녀가 뭐라고 했는지 궁금했다.

버펄로 빌스* 티셔츠를 입은 남자가 본인이나 친구나 가족이 범죄 피해자가 된 적이 있느냐는 질문에 그렇다고 답하자, 판사가 설문지에 그 일에 대해 상술했느냐고 물었다. 남자는 그렇다고 대답했다. 이런, 젠장. 듣고 보니 그 문항이 기억났지만 별생각 없이 답을 작성했었다. 나는 없다고 했을 게 분명했다. 만에 하나 있다고 대답했더라도 파리에서 지갑을 소매치기 당한 걸 떠올리고 "1984년에 소매치기를 당한 적 있음" 뭐 이런 식으로 썼을 것이다. 거짓말을 한 건 아니었다. 어쨌거나 일부러 그런 건 아니었다. 나는 솔직히 미셸린을 그런 식으로 생각하지 않았다. 우리는 여덟 살이었다.

설문지에 그 일에 대해 아무 말 하지 않은 것도 내가 여기에 있을 수밖에 없는 또다른 징조처럼 느껴졌다. 내가 여기에 소환된 이유가 있는 것처럼 느껴졌다. 나는 무슨 사건의 배심원을 선발하는지 전혀 모르는 상태에서 그 항목에 '그렇다'고 답변하고 그때 있었던 일에 대해 적을 수도 있었다. 그랬더라면 집으로 돌려보내지고도 남았을 것이다. 그리고 사실 그 당시에는 그것이 내가 원하던 바였다. 그렇지 않은가? 따라서 내가 일부러 그 일을 언급하지 않은 건 아니었다. 나는 여기서 해방되고 싶었다. 그러니 그때 일이 생각났더라면 '그렇다'고 대답했을 것이다.

---

* 뉴욕주 버펄로의 미식축구팀.

판사가 일곱번째 후보에게 질문을 마쳤을 때, 점심시간이 되었다. 나는 걷고 또 걸으며 어떻게 하면 좋을지 고민했다. 그들에게 얘기를 해야 할까, 말아야 할까? 당연히 얘기해야 한다는 건 알았다. 그들이 그런 질문을 하는 데에는 이유가 있었다. 그리고 우리는 진실만을 말하겠다고 선서인가 맹세인가를 했다. 하지만 그들에게 그 얘기를 하면 부정적인 편견이 생길 거라는 것도 알았다. 그들은 내가 공정한 판결을 내리지 못할 거라고 생각할 것이다. 이 사건과 미셸린에게 벌어진 일을 구분하지 못할 거라고.

점심시간이 끝나자 그들은 중단했던 지점에서 다시 시작했다. 판사는 계속 똑같은 질문을 했고 배심원석에 앉은 사람들은 계속 질문에 대답했다. 나는 눈을 감았다.

문득 이 기억이 떠올랐다. 생생한 꿈 같았지만 나는 멀쩡하게 깨어 있었고 내가 어디 있는지도 완벽하게 인지하고 있었다. 나는 질문과 답변이 웅얼웅얼 오가는 소리가 배경으로 들리는 법정에 앉아 있었다. 우리는 2학년이었다. 2학년 때 담임이었던 조던 선생님이 있는 걸 보면 알 수 있었다. 그녀는 워낙 젊고 예뻤기 때문에 우리의 사랑을 듬뿍 받았다. 특히 작년 담임이 터너 선생님이어서 더 그랬다. 그날 경찰관이 우리 반에 와서 교통안전 교육을 실시했다. 좌우를 살피고 네거리 모퉁이에서만 길을 건너라는 그런 이야기였다. 경찰관이 교육을 마치고 질문 있느냐고 하자 두 아이가 손을 들었는데, 5학년을 마치고 전학 간 티미 어쩌고와 미셸린이었다. 티미는 총을 쏴본 적 있느냐고 물었다. 그리고 미셸린은 귀신이 나오는 집 앞을 지날 때는 어떤 안전 수칙을 지켜야 하느냐고 물었다.

경찰관과 조던 선생님을 비롯해 다들 웃음을 터뜨렸다. 하지만 나는 그애가 웃기려고 한 얘기가 아니라는 걸 알았다. 미셸린과 나는 날마다 등하교를 함께했다. 이제 와 생각해보면 우리 부모님이 그걸 허락했다는 게 도무지 믿기지 않는다. 우리는 여섯 살 아니면 일곱 살이었다. 하지만 그때는 시대가 달랐다. 호수 근처에 사는 아이들은 전부 같은 시간대에 같은 방향으로 걸어갔다. 같이 다닌 건 아니었지만 혼자 걸어다닌 아이는 없었다. 미셸린과 우리집이 가장 멀었기 때문에, 빨간 집 앞을 지날 때는 항상 우리 둘뿐이었다.

우리는 이미 나름대로 안전 수칙을 정해놓았다. 그 집 앞을 지날 때는 숨을 참아야 했다. 우체통에 다다르면 숨을 크게 들이마시고 집이 끝나는 지점에 있는 나무에 도착해 그걸 손으로 건드릴 때까지 참았다. 최대한 빨리 지나갔지만 뛰면 안 되었다. 집을 쳐다봐도 안 되었다. 우리는 앞을 똑바로 쳐다보며 눈을 깜빡이지 않으려고 했다. 그냥 길을 건너서 가면 됐을 텐데 왜 그러지 않았는지 모르겠다.

판사는 마지막 사람까지 질문을 마치고 검사, 변호사와 잠깐 얘기를 나누었다. 그는 배심원석에 앉아 있는 사람들에게 검사와 변호사가 질문할 게 있을 수도 있으니 복도에서 기다려달라고 하고 나머지 사람들은 가도 좋다고 했다. 월요일 열시에 다시 보자면서. 날씨가 좋았고 사무실로 돌아가기에는 늦었기에 나는 집까지 걸어가기로 했다.

나는 빨간 집에 귀신이 나온다고 믿지는 않았다. 귀신이 뭔지도 잘 몰랐던 것 같다. 그곳은 빛바랜 페인트가 벗어지는 오래된 집이었고 아무도 살지 않았다. 앞마당은 웃자란 잡초로 뒤덮였고 눈이

와도 아무도 진입로를 치우지 않았다. 현관 앞 계단은 발판 하나가 부서졌다. 대학에 다니다 고향에 내려갔을 때 그 자리에 새집이 지어진 걸 본 기억이 났다. 빨간 집이 없어지다니 믿을 수가 없었다. 나는 엄마에게 그 집에 대해 아는 게 있느냐고, 집주인이 누구였고 언제 팔았는지 아느냐고 물었다. 엄마는 무슨 소리인지 모르겠다고 했다. 그 오래된 빨간 집 말이에요. 그 앞을 수천 번은 지났을 텐데. 수만 번은 지났을 텐데. 아빠가 '망할 눈엣가시'라고 했던 집 있잖아요. 모르겠는데. 엄마는 전혀 기억나지 않는다고 했다.

주말 내내 그 사건에 대해 생각하고 싶지는 않았기 때문에 계속 바쁘게 지내려고 했다. 판사는 사건에 대해 얘기를 나누거나 자료를 찾아보면 안 된다고, 모든 기사와 뉴스와 대화를 피해야 한다고 했다. 어떤 사건의 배심원 후보로 소환됐는지는 밝혀도 되지만 딱 거기까지라고 했다. 나는 거기까지도 얘기하지 않기로 했다. 그 사건에 대해, 또는 미셸린에 대해 누가 무슨 얘기를 꺼낼 가능성 자체를 차단하고 싶었다.

왜 그랬는지 모르겠지만, 불과 몇 년 뒤 마일로 릭터가 행방불명됐을 때와는 달리 미셸린이 사라졌을 때는 전국적인 관심이 쏠리지 않았다. 물론 우리 동네에서는 엄청난 사건이었다. 내가 기억하는 부분이 어디까지고 그 이후에 기사를 읽거나 들어서 아는 게 어디까지인지는 알 수 없었다. 내가 아는 거라고는 헬렌이 미셸린을 학교에 보내려고 깨우러 가보니 침대에 아무도 없었다는 사실뿐이었다. 미셸린이 사라진 것이었다. 그애 아버지는 출장을 가서 집에는 둘뿐이었다. 뒷문은 잠가놓지 않았다. 하지만 예전에는 많은 사람들이 문을 잠그지 않고 지냈다. 헬렌은 술을 마셨다. 내가 나중에 읽은 신문기사에서는 쓰레기통에 빈 와인병이, 조리대에 반쯤 마신 와인병이 있었다는 사실에 무척 주목했다. 헬렌은 소파에서 잠이 들었다. 집안에서 무슨 일이 벌어졌는지 몰라도 그녀는 내내 잠을 잤다.

헬렌은 여느 엄마들과 달랐고 친구도 별로 없었다. 그녀와 피트는 피트가 프랑스에서 근무하던 시절에 만났다. 피트가 뉴욕 지사로 발령이 나자 그들은 미셸린과 내가 초등학교에 입학하기 직전 여름에 파리에서 이사를 왔다. 헬렌은 소풍 때 따라오거나 학교 도서관에서 자원봉사를 하거나 핼러윈 퍼레이드를 돕지 않았다. 우리 엄마는 그녀를 아주 못마땅하게 여겼다. 아마 모든 엄마들이 그랬을 것이다. 미셸린의 집에 놀러갔다 온 내가 헬렌이 자기를 마망*이라고 불러도 된다고 했다는 둥, 우리에게 향수를 뿌려주었다는 둥, 우리에게 베이킹 보조를 맡기고 우리가 만들어놓은 난장판을 보고 웃었다는 둥, 온 사방이 슈거 파우더 천지가 됐다는 둥, 이런 얘기를 조잘조잘 늘어놓았던 것도 분명 도움이 되지는 않았을 것이다. 우리집에 오면 미셸린은 우리 엄마를 엘리스 부인이라고 불렀고 우리는 가끔 서재의 접이식 테이블 앞에서 텔레비전을 보며 저녁을 먹는 특혜를 누렸다. 엄마는 장례식 때 헬렌이 그렇게 근사하게 차려입고 립스틱을 바르고 스카프를 두른 건 부적절한 처사 같다고 말했다. "무슨 엄마가 자기 아이 장례식에 참석하면서 스카프를 두를 생각을 한다니?"

---

* '엄마'라는 뜻의 프랑스어.

셋째 날

나를 뽑아주세요, 나를 뽑아주세요, 나를 뽑아주세요. 서기가 판사의 질문에 의거해 귀가 조치가 내려진 두 명의 대타를 선정하는 것으로 그날의 일정이 시작됐다. 나는 빈자리에 누가 앉아 있었는지, 뭐라고 대답했기에 귀가 조치가 내려졌는지 애써 기억을 더듬었다. 서기가 크랭크를 돌려서 3번 자리에 앉을 새로운 인물의 이름이 적힌 카드를 뽑았다. 나를 뽑아주세요, 나를 뽑아주세요, 나를 뽑아주세요. 내가 아니었다. 다음으로 9번 자리에 앉을 사람. 내가 아니었다. 판사가 새로운 후보에게 똑같은 질문을 했다. 질문이 끝나자 그는 검사, 변호사와 소곤소곤 대화를 나누었다. 아마도 새로운 후보가 별문제 없겠는지 확인하기 위해서인 듯했다. 그리고 잠시 후 다른 사람에게도 대화를 나눌 기회를 줄 생각이라고 밝혔다. 판사는 예비심문 절차에 대해 간단히 설명하고, 방청석에 있는 우리에게 질문을 받으면 유심히 듣고 뭐라고 답변할지 고민해야 한다고 얘기하더니 검사보를 돌아보았다.

처음에는 그 검사보가 마음에 들었다. 실력이 좋을 것 같은 분위기를 풍겼다. 우렁찬 목소리로 권위 있게 말했고 사람들 앞에서 얘기하는 걸 부담스러워하지 않는 듯했다. 그녀는 검사측에서 제시할 증거와 그것이 무엇을 입증하는지에 대해 설명했다. 피고측 변호사가 어떤 증거를 제시할 가능성이 높은지도 말했다. 그녀가 질문을 시작하자 누가 몇 번 자리에 앉아 있는지 이름을 외웠다는 걸 알 수 있었다. "캔톤 씨, 증거를 들으면 상식에 기반해 그게 믿을 만한 증거인지 판단할 수 있겠습니까?" 캔톤은 그렇다고 대답했다. "그럼 월드 씨. 당신은요? 살아온 경험과 상식을 제시되는 증거에 적용할 수 있겠습니까?" 월드는 그렇다고 대답했다. "다른 분들은요? 상식에 기반해 판단하지 못하겠다는 분 계신가요? 로메토 씨? 제가 그렇게 얘기해도 될까요?" 가엾은 로메토는 어느 질문에 대답해야 할지 모르는 눈치였다.

검사보는 검찰측 첫번째 증인은 마일로의 어머니인 웬디 릭터가 될 텐데, 그녀는 증언 도중에 감정을 분출할 가능성이 높다고 설명했다. "마일로가 납치돼서 살해당한 지 삼십팔 년이 지났습니다. 여러분 중에 혹시……"

"이의 있습니다. 납치돼서 살해당한 걸로 추정될 따름입니다."

판사는 배심원석에 앉은 사람들을 돌아보았다. "실제로 납치와 살인이 일어났다는 것이 입증되기 전까지는 추정에 불과하다는 걸 기억해주시기 바랍니다. 계속하세요."

검사보는 심통 사나운 아이를 달래듯 추정이라는 단어를 강조하며 지금쯤이면 웬디 릭터가 '잊고 지나갈' 때도 됐다고 생각하느냐고 물었다. 모두들 아니라고 대답했다. 그녀가 현실은 〈로 & 오더〉 드라마가 아니라는 데 다들 동의하느냐고 물었을 때 나는 더이상 그녀의 얘기를 귀담아듣지 않았다.

나는 오랫동안 미셸린에게 벌어진 일이 나 때문이라고 생각했다. 어느 날 하굣길에 빨간 집 앞을 지나는데 뭔가가 내 시선을 사로잡았다. 나는 고개는 거의 돌리지 않고 눈만 왼쪽으로 움직여서 보았다. 그러다 이내 걸음을 멈추고 고개를 돌렸다. 어떤 남자가 현관 앞 계단에 앉아 부서진 발판의 쪼개진 나무를 잡아당기고 있었다. 나는 미셸린의 손을 잡고 남자를 손가락으로 가리켰다. "저

것 봐! 괴물이야." 그애와 나는 우리집까지 최대한 빨리 달려갔다. 엄마에게는 아무 말도 하지 않았다. 빨간 집에 얽힌 안전 수칙을 어겼다고 혼날까봐 겁이 났다. 우리가 그날 목격한 광경을 누군가 에게 얘기했다면 어떻게 됐을까. 모든 게 달라졌을까.

우리는 그뒤로도 괴물을 세 번 더 보았다. 두 번은 그가 빨간 집 앞에 주차된 지저분한 흰색 차 안에 앉아 있을 때였고, 한 번은 현 관문 옆에 서서 담배를 피울 때였다. 그는 평범해 보였고, 어른이 지만 나이가 많아 보이지는 않았고, 안경을 쓰고 머리를 기르고 헐 렁한 옷을 입고 있었다. 마지막으로 마주쳤을 때 그는 웃으며 우리 를 향해 손을 흔들었다. 우리는 겁에 질렸다.

검사보는 계속 수사적인 질문을 했고 배심원석에 앉은 사람들 은 계속해서 알맞은 답변을 했다. "배심원이 되면 판사님의 지시 에 따라야 하는데, 그럴 수 있겠습니까? 네? 첸 씨? 프롤리 씨?" "어떤 사람이 정규교육을 받지 못했다면 그 이유만으로 그를 정직 하다고 판단할 수 있을까요?" 짜증이 났다. 질문이 하나같이 바보 같았다. 그런 질문들로 어떻게 배심원을 결정할 수 있을까? 나는 책을 꺼내서 점심시간이 될 때까지 읽었다.

피고측 변호사는 좀 나았다. 최소한 질문을 통해 상대를 파악하 려는 의지는 느낄 수 있었다. 그는 질문을 시작하기에 앞서 한참 동 안 사설을 늘어놓았다. 입증책임과 합리적인 의심과 무죄 추정의 원칙에 대해 이야기했다. 검찰측 기소에는 목격자도 DNA도 방범 카메라에 찍힌 영상도 없다는 문제점이 있다고 했다. 마일로의 시 신은 여전히 발견되지 않았다고 했다.

미셸린의 시신은 그애가 사라지고 사흘이 지났을 때 호수에서 발견됐다. 그애는 목이 졸려서 죽었고 호수에 빠졌을 때 이미 숨이 끊긴 상태였다. 그 당시에 나는 그런 내용을 전혀 알지 못했다. 몇 년이 지난 다음에야 엄마를 설득해서 들을 수 있었다. 가장 친한 친구가 그애의 엄마가 잠에 취해 있는 동안 잠자리에서 납치되어 죽임을 당한 후 호수에 던져졌는데, 여덟 살짜리에게 무슨 이야기를 할 수 있겠는가?

나는 미셸린이 실종되었다는 걸 처음부터 단박에 알아차렸다. 첫날 아침, 모두가 너무 당황한 나머지 여덟 살짜리에게 걸맞은 이야기를 지어내지 못했다. 시신이 발견됐을 때 엄마는 내게 미셸린이 다시는 돌아올 수 없는 아주 먼 곳으로 떠났다고 했다. 나는 학교에서 교회에 다니는 아이들이 그애가 천국에 갔다고 하는 얘기를 듣고 죽었나보다고 미루어 짐작했다. 엄마는 내가 감정을 표현하도록 유도하는 게 중요하다는 소리를 어디서 듣거나 읽었는지, 그날 밤에 나를 재우면서 멸균 포장한 진실을 얘기하지 않고 미셸린에게 무슨 일이 생긴 것 같으냐고 물었다. 나는 괴물의 짓이라고 했다. 빨간 집에서 본 괴물이 그애를 잡아간 거라고. 엄마가 나중에 말하길 그 얘기가 엄마나 아빠가 지어낼 수 있는 그 어떤 얘기 못지않게 그럴듯했기에 나를 안아주고 내가 잠들 때까지 옆에 누워 있었다고 했다.

변호사는 IQ와 심리 테스트에 관한 질문을 퍼부었다. IQ 검사를 받아본 사람이 있는지. 마이어스-브리그스 성격유형검사에 대해 들어본 적 있는지. 그는 검사보와 달리 예나 아니요로 대답할 수 있는 질문을 하지 않았다. 이 사람 저 사람 건너뛰어가며 각기 다른 사람에게 어떤 경험을 했으며 어떤 것에 대해 어떻게 생각하는지 물었다. 정신병에 대해 얘기하고 정신질환자와 어떤 식으로 접촉해보았는지 물었다. 피고가 1980년대와 1990년대에 몇 년 동안 약물에 손을 댔다는 증언이 있을 거라고 했다. 그러면서 그 사실이 피고에 대해, 피고가 다른 범죄를 저질렀을 가능성에 대해 판단하는 데 어떤 영향을 미칠 것 같으냐고 물었다. 가정 폭력에 대해서도 똑같이 물었다. 피고와 그의 전처 사이에 가정 폭력 사건이 두어 차례 있었던 것이다. 변호사의 의도를 알 수 있었다. 그는 이 자리에서 모든 걸 공개하는 중이었다. 단 한순간도 피고를 천사처럼 포장하려 들지 않았다. 피고에 얽힌 온갖 추악한 전적을 들은 뒤에도 피고가 다른 범죄까지 저질렀을 거라고 무의식적으로 미루어 짐작하지 않는 사람이 누구일지 질문을 통해 파악하려고 했다.

괴물은 체포되지 않았다. 체포되었다 한들 미셸린의 사건과는 무관한 이유였을 것이다. 내가 엄마와 대화를 나누면서 괴물이 그애를 잡아간 거라고 했을 때 말고는 어느 누구도 나에게 그 얘기를 꺼내지 않았다. 친절한 여자 경찰이 괴물이 어떻게 생겼는지 그림을 그려달라고 하지도 않았고, 투지에 불타는 학교 심리상담사가 어른들이 이해할 수 있는 말로 내 마음을 표현할 수 있도록 도와주지도 않았다. 그때는 1971년이었다. 일상은 평소처럼 이어졌다.

헬렌과 피트는 미셸린이 사라지고 얼마 지나지 않아 다른 곳으로 이사했다. 나중에 엄마가 얘기하길 둘이 갈라섰고 헬렌은 프랑스로 돌아갔다는 소문을 들었다고 했다. 나는 대학 3학년 때 일 년 동안 파리에서 공부했다. 거기서 지내는 내내 헬렌을 만날 수 있길 바랐지만 그녀를 찾으러 나서지는 않았고, 전철이나 카페에서 우연히 마주치면 어떻게 해야 할지 걱정만 했다. 나는 그녀를 만나

사과를 하고, 그녀에게서 내 탓이 아니라는 얘기를 듣고 싶었다. 몇 년 전 인터넷에서 그녀의 부고를 발견했다. 알고 보니 그녀는 1982년, 내가 프랑스에 가기 일 년도 더 전에 세상을 떠났다.

피고측 변호사는 자백에 대해 설명하는 데 가장 많은 시간을 할 애했다. 그는 피고가 여러 번, 여러 사람에게 범행을 자백했다는 증거가 제시될 거라고 하면서, 어떤 사람이 저지르지도 않은 범행을 자백했다면 그 이유가 뭐일 것 같으냐고 물었다. 그가 설명하길 피고는 IQ가 67에 환각을 동반한 정신병 진단을 받았고 일곱 시간의 신문을 거친 뒤 경찰에 자백했다. 신문 내용의 대부분은 기록되지 않았다. 그는 이후 사 년 동안 재판을 기다리며 구치소에 갇혀 있었다.

피고측 변호사는 납치로 추정되는 사건의 목격자가 없었다며, 배심원들에게 그럼 무슨 일이 벌어졌을 것 같으냐고 물었다. 납치 외에 마일로의 실종을 설명할 수 있는 다른 가능성은 뭐가 있겠느냐고. 배심원들은 마일로가 가출을 했거나 길을 잃었을지 모른다고 대답했다. 미셸린이 가출했을지 모른다고? 어림없는 소리였다. 그애가 그럴 리 없었다. 아니면 헬렌이 그애를 해쳤을지 모른다고? 있을 수 없는 얘기였다.

피고측 변호사는 다섯시가 되기 몇 분 전에 얘기를 마쳤고 우리는 다음날 아침 열시에 다시 와달라는 요청을 받았다. 힘든 하루였고 내가 한 거라고는 보고 들은 것밖에 없었다. 생각을 중단하고, 기억 소환도 중단하고 집에 가서 눕고 싶은 마음뿐이었다.

넷째 날

판사는 우리에게 계속 인내심을 발휘해줘서 고맙다고 인사하며, 이번에 배심원으로 선발되지 않은 분들은 그저 검사와 변호사 측에서 이번 사건과는 맞지 않는다고 판단했기 때문일 뿐이라고 말했다. 그리고 앞으로의 절차를 설명했다. 서기가 열여섯 명 중에 배심원단이 될 사람의 이름을 호명할 것이다. "호명된 분은 자리에서 일어나주세요. 그렇지 않은 분은 계속 앉아 계시고요." 첫날 아침 아래층 큰 방에 있었던 그 서기였다. 어쩌면 그는 우리와 계속 한방에 있었는지도 몰랐다. "3번 석. 얼리샤 메이슨." 그녀가 자리에서 일어났다. "14번 석. 로베르토 디아스." 그가 자리에서 일어났다. 우리는 서기의 호명이 이어지길 기다렸다. 정적이 흘렀다.

잠시 후에야 우리는 그것으로 끝이라는 걸 알아차렸다. 그 난리 법석 끝에 두 명이 선택된 것이었다. 이런 식이라면 도대체 언제 끝날지 알 수 없었다.

판사가 선발되지 않은 열네 명에게 지켜야 할 수칙을 설명하고 선발된 두 명에게 선서를 받았다. 이후 그 두 명에게는 서기를 따라가 연락처를 교환하라는 지시가 내려졌다. 판사는 그들에게 다음주 월요일에 다시 출석해달라고 했다.

나는 피고석 뒤로 세번째 줄에 앉아 있었는데, 머리 아래 목덜미에 불룩하게 군살이 튀어나온 피고의 민머리 뒤통수가 보였다. 그는 삼십팔 년 전 마일로가 행방불명됐을 때 열여덟 살이었다. 당시 그는 마일로가 점심을 사먹으려고 들른 식당에서 일했다. 그에게는 약물 남용과 가정 폭력 전과가 있었다. 게다가 빌어먹을, 자백을 했다. 간단하게 유죄판결을 내릴 수 있었다. 하지만 그가 범인이 아니라면? 그는 일곱 시간 동안 신문을 받은 뒤 자백했다. 또 누가 봐도 정신적으로 문제가 있었다. IQ는 67이었다. IQ 평균이 몇인지는 몰라도 67이 훌륭한 수치일 리는 없어 보였다. 그의 지능이 여덟 살 수준이라고? 나는 여덟 살 때 엄마에게 빨간 집에 사는 괴물이 미셸린을 잡아갔다고 했다.

서기가 크랭크를 돌려 열여섯 명을 새로 뽑았다. 전처럼 호명한 다음 이름과 성의 순서로 철자를 불러줬다. 그의 목소리는 한 귀로 듣고 한 귀로 흘릴 수 있는 배경 소음이 되었다. 돌아보니 내가 정신을 딴 데 팔고 있는 사이 벌써 아홉 자리가 채워졌다. 나는 눈을 감았다. 이 재판은 연루된 모든 사람에게 잔인한 경험이 될 것이었다. 나를 뽑지 말아주세요, 나를 뽑지 말아주세요, 나를 뽑지 말아주세요. 처음에는 이것이 미셸린의 불행을 바로잡을 수 있는 기회가 될 거라고 생각했다. 하지만 좋은 결과를 맺지 못할 게 뻔했다. 나를 뽑지 말아주세요, 나를 뽑지 말아주세요, 나를 뽑지 말아주세요. 사실 진상은 아무도 알 수 없었다. 그리고 어쩌면 그래도 괜찮을지 몰랐다. 이제 와서 진상을 밝힌들 무슨 소용이 있을까? 끝맺음이 갖는 의미는 과대평가된 것일지도 몰랐다. 그게 내가 여기로 불려온 이유이자 배워야 하는 깨달음일지 몰랐다. 나는 충분히 들었고 더이상 귀기울일 필요가 없었다. 나는 바닥에 내려놓은 핸드백에서 책을 꺼내려고 허리를 숙였다.

"11번 석, 베로니카 엘리스. V-E-R-O-N-I-C-A E-L-L-I-S."

판사의 질문 속도가 조금 빨라졌다. 이제 우리는 어떤 질문이

나올지 알았다. 한시 십 분 전쯤 내 옆자리에 앉은 로절리아라는 여자까지 끝나자, 판사는 조금 일찍 점심을 먹자며 두시 십오분까지 다시 와달라고 했다. 나는 법원 옆 공원에서 햇살이 비치는 빈 벤치를 발견하고는 거기 앉아 등을 기대고 눈을 감았다.

본인이나 친구나 가족이 범죄 피해자가 된 적이 있습니까? 정답이 뭔지 알 수 없었다. 나는 없다고 대답할 수도 있었다. 그건 사십오 년 전의 일이었다. 우리는 어린아이였다. 나는 진상을 몰랐다. 나는 목격자도 아니었고 신문을 받은 적도 없었고 그 사건이나 수사 과정에 대해 개인적으로 아는 것도 없었다. 케케묵은 과거였다. 심지어 몇 년 동안 그 사건에 대해 생각한 적도 없었다. 이 일이 있기 전까지는.

불공평했다. 내게 결정권이 주어지면 안 되는 거였다. 검사와 변호사가 판단해야 맞는 거였다. 이 재판으로 돈을 받는 사람은 그들이지 내가 아니었다. 이윽고 나는 내 손을 떠난 일이라고 결론을 내렸다. 사실대로 얘기하겠다고 맹세했으니 그럴 참이었다. 본인이나 친구나 가족이 범죄 피해자가 된 적이 있습니까? 나는 그렇다고 대답할 것이다. 판사가 설문지에 그 일에 대해 상술했느냐고 물으면 아니라고 대답할 것이다. 거기에 대해 따로 대화를 나누고 싶냐고 물으면 그렇다고 대답할 것이다. 나는 미셸린 그레이디와 아는 사이였다고 할 것이다. 그들은 그 사건을 알 수도 있고 모를 수도 있다. 그들이 어떤 질문을 하건 나는 대답할 것이다. 고민은 남에게 맡기고.

나는 두시 십분까지 벤치에 앉아 있다가 안으로 들어가 보안 검색대를 지나 법정으로 향했다. 서기가 배심원석에 앉았던 사람들은 아까와 같은 자리에 가서 앉으라고 했다. 우리는 선택되지도 선택에서 제외되지도 않은 사람들이 방청석에 자리를 잡고 앉을 때까지 기다렸다.

"안녕하십니까. 엘리스 씨, 맞죠?"

"네."

"맨해튼 어디에 사십니까?"

"어퍼이스트사이드요."

"고향은 어디인가요?"

"뉴저지요."

"어퍼이스트사이드에 사신 지 얼마나 됐죠?"

"이십팔 년 정도요."

"최종 학력이 어떻게 되십니까?"

"석사학위를 받았어요."

"어떤 분야에서요?"

"금융요. MBA를 땄어요."

"현재 일을 하고 있습니까?"

"네."

"어떤 일을 하고 있습니까?"

"은행원이에요. 재무 부서에서 근무하고 있고요."

"거기에 대해 얘기를 나눈 적이 있었죠? 자리를 비우면 업무를 대신할 직원이 없는 부서라고, 맞습니까?"

"네. 그게 저였어요."

"누구와 함께 살고 있습니까?"

"혼자 살아요."

"본인이나 친구나 가족이 범죄 피해자가 된 적이 있습니까?"

심장이 두근거렸다. 10번 석에 앉은 로절리아 씨에게도 이 소리가 들릴지 궁금했다.

"네."

"유감스러운 일이로군요. 그 사실이 이 사건을 공정하게 판단하는 데 영향을 미칠까요?"

잠깐, 뭐라고? 원래대로 돌아가. 그다음 질문은 원래 이게 아니었잖아.

"음, 아뇨. 아닐 거라고 생각해요. 그러니까, 아뇨. 아니에요."

원래는 그걸 설문지에 상술했느냐고 물어야 하는 거였다. 내가……

"법 집행기관에 근무하는 가까운 친구나 가족이 있습니까?"

"아뇨."

누가 한마디해야 하는 거 아닌가? 열심히 듣는 사람이 있기는 할까? 나는 각자의 자리에 앉아 있는 검사와 변호사를 돌아보았다. 누가 한마디해야 하는 거였다.

"주변에 기소를 당했거나 유죄판결을 받은 사람이 있습니까?"

"아뇨."

"여가시간에는 뭘 하십니까?"

"저는, 음…… 요가를 해요. 책 읽고 텔레비전 보는 것도 좋아하고요. 십자말풀이도 해요."

"아주 좋아요. 감사합니다, 엘리스 씨. 다음, 콜론 씨?"

피에르, 뤼시앵 그리고 나

리 차일드

전직 텔레비전 감독이자 노조 설립자, 극장 기술 담당자이자 법학도였던 리 차일드는 해고되어 실업 수당으로 연명하던 시절에 베스트셀러를 발표해 가족의 몰락을 막겠다는 허무맹랑한 계획을 세웠다. 이렇게 탄생한 『추적자』는 전 세계적으로 인정을 받았다. 잭 리처 시리즈의 스물두번째 소설인 『미드나잇 라인*The Midnight Line*』이 2017년 11월에 출간됐다.

이 시리즈의 주인공 잭 리처는 허구의 인물인데다 따뜻한 영혼의 소유자이기 때문에 리 차일드에게 책을 읽고 음악을 듣고 양키스와 애스턴빌라의 경기를 시청할 수 있는 여가시간을 넉넉히 허락한다. 리 차일드는 영국에서 태어났지만 현재 뉴욕시티에 살고 있고 그의 의지로는 어쩔 수 없는 일이 생겼을 때에만 맨해튼이라는 섬 밖으로 나선다. www.LeeChild.com에 접속하면 장편소설, 단편소설, 톰 크루즈 주연의 영화 〈잭 리처〉와 〈잭 리처: 네버 고 백〉에 대한 정보를 얻을 수 있다. 페이스북(www.facebook.com/LeeChildOfficial), 트위터(@LeeChildReacher), 유튜브(www.YouTube.com/LeeChildJackReacher)에서도 그를 만날 수 있다.

〈국화꽃다발〉, 오귀스트 르누아르

처음 심장마비가 왔을 때 나는 죽지 않았다. 하지만 침대에서 일어나 앉을 수 있을 만큼 건강을 회복하자마자 의사가 와서 분명 다시 심장마비를 일으킬 거라고 했다. 그저 시간문제라면서. 첫번째 발작은 심각한 기저질환이 있다는 증거였다. 심장마비로 인해 더 심각해진 기저질환 말이다. 며칠 뒤가 될 수도 있었다. 아니면 몇 주 뒤. 아무리 길어도 몇 달 뒤였다. 의사는 앞으로 스스로를 환자라고 생각하며 지내야 한다고 했다.

내가 말했다. "망할, 지금은 1928년이잖아요. 멀리 사는 사람하고도 무선으로 연락하는 판국에 약 하나 없어요?"

의사는 없다고 했다. 방법이 전혀 없다고. 그러면서 공연을 보라고 했다. 아니면 편지를 쓰든지. 사람들은 하지 않은 이야기를 가장 후회한다는 말을 끝으로 그는 병실에서 나갔다. 나도 거기서 나왔다. 오늘로 퇴원 나흘째다. 아무것도 하지 않는다. 그저 두번째 발작만 기다리고 있다. 며칠이 될지 몇 주가 될지 아니면 몇 달이 될지 알 방법이 없다.

공연을 보지는 않았다. 아직은. 솔직히 솔깃하기는 하다. 의사가 단순히 여흥 차원에서 한 얘기가 아닐 수도 있을까? 다채롭고 스펙터클하고 시끌벅적한 신작 뮤지컬을 보러 가는 상상을 한다. 웅장한 피날레를 보고 관중이 일제히 벌떡 일어나 기립 박수를 치는 와중에 나는 가슴에 통증을 느끼고, 접힌 의자에서 미끄러져 떨어지는 레인코트처럼 바닥에 쓰러질 것이다. 아무것도 모르는 관중이 사방에서 발을 구르고 환호성을 지르는 가운데 나는 숨을 거둘 것이다. 내 마지막 순간은 노래와 춤으로 가득할 것이다. 그렇게 가는 것도 나쁘지는 않다. 하지만 내 평소 운을 감안하면 그 순간은 훨씬 빨리 들이닥칠 것이다. 과거의 자극이 도화선 역할을 할 것이다. 어쩌면 지하철에서 내리다 그럴 수도 있다. 42번가의 인도와 연결된 그 철제 난간이 달린 가파른 계단을 오르다 그럴 수도 있다. 고꾸라져 흙과 모래로 덮인 축축한 바닥에 대자로 뻗으면 사람들은 내가 노상 보이는 부랑자라도 되는 양 고개를 돌리고 나를 피해서 지나갈 것이다. 아니면 극장까지 가는 데 성공하더라도 발코니로 올라가는 계단에서 죽을 것이다. 나는 이제 오케스트라석 티켓을 살 만한 돈이 없으니까. 아니면 난간을 붙잡고 쿵쾅거리는 심장을 달래며 헉헉대면서 꼭대기 자리까지 올라가더라도 악단이 조율하는 동안에 무릎을 꿇고 주저앉을 것이다. 공연용 표준음에 맞추려는 바이올린 현의 울부짖음이 내가 마지막으로 듣는 소리가 될 것이다. 좋지 않다. 게다가 나 때문에 다른 사람들의 즐거운 시간이 엉망이 될지 모른다. 공연이 취소될지 모른다.

그러니까 내가 항상 입버릇처럼 말했지만 요즘 들어 점점 의미를 잃어가는 말로 표현하자면 공연은 나중으로 미뤄야 할 것 같다.

편지 역시 아직 한 장도 쓰지 않았다. 나는 의사의 의도가 뭔지 안다. 어쩌면 누군가에게 남긴 마지막 말이 험한 소리였을 수도 있다. 어쩌면 "어이, 그거 알아? 너는 진짜 좋은 친구였어"라고 말할 기회가 없었을 수도 있다. 하지만 나를 그렇게 오해하면 억울하다. 나는 직선적인 성격이다. 원래 말이 많다. 주변 사람들은 내가 무슨 생각을 하는지 안다. 우리는 즐거운 시간을 함께 보냈다. 나는 섬뜩한 작별의 메시지를 보내 그 즐거웠던 시간을 망치고 싶지 않다.

사람들이 편지를 쓰는 이유는 뭘까?

어딘가 찔리는 구석이 있어서가 아닐까?

나는 아니다. 대체로. 전혀. 티끌 한 점 없는 삶을 살았다고 주장하지는 않겠지만 그래도 원칙을 지켰다. 정정당당한 승부를 펼쳤다. 사기꾼 대 사기꾼으로. 그래서 나는 뜬눈으로 밤을 지새운 적이 없었다. 지금도 마찬가지다. 바로잡아야 할 엄청난 실수는 없다. 작은 실수도. 내가 기억하기로는 그렇다.

만약 누군가가 열심히 닦달한다면 포터필드라는 녀석이 있다고 얘기할지도 모르겠다. 그가 조금 생각난다고. 하지만 그것도 여느 때와 다름없는 순전한 비즈니스였다. 바보 그리고 그의 돈. 포터필드는 바보 지수가 높고 돈이 많았다. 그는 가십 잡지에서 피츠버그의 거물이라 지칭되는 사람의 아들이었다. 그의 아버지는 철강 사업으로 번 돈을 정유 사업으로 더 부풀려 자식들을 모두 백만장자로 만들었다. 그들은 하나같이 피프스 애비뉴 여기저기에 대저택을 지었다. 그리고 하나같이 벽에 뭘 걸고 싶어했다. 하나같이 멍청한 새끼들이었다. 내 타깃만 이례적으로 귀엽고 멍청한 새끼였다.

내가 그를 처음 만난 건 구 년 전인 1919년 말이었다. 프랑스에서 르누아르가 죽은 지 얼마 안 된 시점이었다. 그 소식이 전보로 전해졌다. 나는 당시 메트로폴리탄미술관 직원이었는데 다만 일터가 하역장이었다. 별 볼 일 없는 자리였지만 거기서 승진의 꿈을 키웠다. 심지어 그때도 나는 아는 게 좀 있었다. 나는 나이트클럽 무대에 서고 싶어하는 안젤로라는 이탈리아 출신과 한방을 쓰고 있었다. 그는 그날만을 기다리며 증권거래소 근처 스테이크 전문점에서 웨이터로 일했다. 어느 날 점심시간에 부자 4인방이 등장했다. 옷깃에 모피가 달린 외투를 입고 가죽 부츠를 신고서. 걸어 다니는 돈다발이었다. 모두 젊고 황태자 같았다. 안젤로는 그들 중 한 명이 화가가 아직 살아 있을 때 작품을 사는 게 낫다고, 죽으면 값이 확 뛴다고 얘기하는 걸 주워들었다. 작품값이란 늘 그랬다. 시장의 힘. 수요와 공급. 거기다 격상된 신비감과 지위. 그 말을 듣고 두번째 남자가 그럼 르누아르는 물 건너갔다고 했다. 티커 테이프* 뉴스로 부고를 접했던 것이다. 하지만 포터필드로 밝혀진 세번째 남자가 어쩌면 아직 시간이 있을지 모른다고 했다. 시장이 하룻밤새 반응을 보이지는 않을지도 모른다고. 값이 뛰기 전에 유예기간이 있을지 모른다고.

바보같이 왜 그랬는지 모르겠지만 안젤로는 나가려는 포터필드를 붙잡고 자기가 메트로폴리탄미술관 직원과 한방을 쓰는데, 내

---

* 티커는 과거에 주로 주가 소식을 전하는 용도로 사용되던 일종의 전신기로 기다란 종이 테이프에 글자가 인쇄되는 형식이다.

가 르누아르에 대해 모르는 게 없고 뜻밖의 장소에서 작품을 찾는데 귀재라고 말했다.

나는 그날 저녁에 안젤로에게 그 얘기를 듣고 물었다. "염병, 도대체 왜 그런 거야?"

"우리는 친구니까." 그가 말했다. "우리는 성공해야 하니까. 입장이 바뀌면 너도 그럴 거잖아. 너도 가수를 찾는다는 얘기를 주워들으면 나를 추천할 거잖아, 안 그래? 너는 나를 돕고 나는 너를 돕고. 같이 사다리를 올라가자. 우리는 재능이 있잖아. 운도 있고. 오늘만 해도 그래. 돈 많은 남자가 그림을 운운했고 너는 메트로폴리탄미술관에서 일을 하잖아. 그중에 사실이 아닌 부분이 어디 있나?"

"나는 마차에 실려온 짐을 내리는 일을 한다고." 내가 말했다. "내가 보는 건 상자뿐이야."

"너는 밑바닥에서 시작해 차근차근 올라가려는 중이잖아. 쉽지 않은 일이지. 우리 모두 알잖아. 그러니까 기회가 생기면 언제든 계단은 두고 엘리베이터를 타야 해. 기회는 자주 오지 않아. 이 남자는 완벽한 표적이야."

"나는 아직 준비가 안 됐어."

"르누아르에 대해 알잖아."

"그 정도로는 부족해."

"아니야, 충분해." 안젤로가 말했다. "너는 동향을 알잖아. 눈썰미도 있고."

과분한 칭찬이었다. 하지만 조금은 맞는 말이기도 했다. 나는 신문에 실린 작품 사진을 눈여겨보곤 했다. 대개는 이전 시대 작품을 좋아했지만 시류에 뒤처지지 않으려고 항상 애를 썼다. 나는 모네와 마네의 작품을 구분할 줄 알았다.

안젤로가 말했다. "젠장, 일이 잘못돼봐야 얼마나 잘못되겠어?"

과연 다음날 아침에 미술관 우편실의 사환이 추운 바깥으로 나를 찾아와 편지를 전했다. 묵직한 종이에 적어서 두툼한 봉투에 넣은, 근사해 보이는 편지였다. 포터필드가 보낸 거였다. 긴히 의논할 사안이 있으니 가능한 한 빨리 자기를 찾아와달라는 내용이었다.

그의 집은 미술관에서 피프스 애비뉴를 따라 남쪽으로 열 블록 떨어진 곳에 있었고 이탈리아 피렌체의 고대 왕궁에서 공수했을 법한 청동 대문을 지나야 들어갈 수 있었다. 전문 인부와 함께 대형 선박에 실어 가져온 문일지도 몰랐다. 나는 서재로 안내를 받았다. 오 분 뒤에 포터필드가 들어왔다. 그는 당시 스물두 살로 생기와 에너지가 넘쳤고 큼지막한 분홍색 얼굴에 바보 같은 함박웃음을 머금고 있었다. 내 사촌이 예전에 길렀던 강아지가 생각났다. 발이 크고, 미끄러지고 넘어지고, 항상 의욕이 넘치던 강아지였다. 하인이 커피를 가져오길 기다리는 동안 포터필드가 자신의 유예기간 이론을 설명했다. 예전부터 르누아르를 좋아했다며 작품을 하나 소장하고 싶다고 했다. 두 개 아니면 세 개도 좋았다. 그에게 굉장히 의미 있는 일이 될 것이었다. 그는 내가 프랑스로 건너가 뭘 찾을 수 있을지 알아봐주길 바랐다. 예산은 넉넉했다. 그가 프랑스 은행에 제출할 소개장을 써줄 것이었다. 내가 그의 구매 대행인이 되는 것이었다. 가장 빨리 출발하는 증기선의 이등칸에 나를 태워서 보낼 거라고 했다. 정당한 비용은 그가 모두 부담할 것이었다. 그는 얘기를 하고 또 했다. 나는 얘기를 듣고 또 들었다. 내가 보기에 그는 식사실 벽에 빈 공간이 너무 많은 이 도시의 다른 돈 많은 머저리들과 팔십 퍼센트 닮은꼴이었다. 하지만 진심으로 르누아르를 좋아하는 구석도 있는 듯했다. 어쩌면 단순한 투자가 아닐 수 있었다.

이윽고 그의 얘기가 끝나자 나는 바보같이 왜 그랬는지 모르겠지만 이렇게 말했다. "좋아요, 하겠습니다. 지금 당장 출발하죠."

엿새 뒤 나는 파리에 도착했다.

가망 없는 일이었다. 나는 아는 것도, 아는 사람도 없었다. 평범한 고객처럼 화랑을 돌아다녔지만 르누아르의 몸값은 이미 천정부지로 치솟았다. 유예기간은 없었다. 스테이크 전문점에서 맨 처음 얘기를 꺼낸 남자 말이 맞았다. 포터필드가 틀렸다. 하지만 나는 의무감을 느꼈기에 포기하지 않았다. 떠도는 소문을 수집했다. 일부 미술상은 르누아르의 자식들이 작업실에서 발견한 작품을 들고 와서 시장을 포화상태로 만들지 않을까 걱정했다. 캔버스가 작업실 벽에 여섯 겹으로 세워져 있는 모양이었다. 르누아르의 작업실은 카뉴쉬르메르라는 곳에 있었다. 카뉴쉬르메르는 칸 뒤편의 구릉지에 자리잡은 남부의 작은 어촌으로, 지중해 연안에 있었다. 기차로 칸까지 가서 당나귀 마차를 타고 가면 될지 몰랐다.

나는 그곳으로 갔다. 가지 않을 이유가 없었다. 아니면 대안은 귀향뿐인데, 어차피 일자리는 날아갔을 게 뻔했다. 나는 무단결근 중이었다. 그래서 침대차를 타고 무더운 황갈색 풍경을 향해 떠났다. 조랑말이 끄는 이륜마차가 나를 구릉지로 데려다주었다. 르누아르가 살던 곳은 쾌적하고 탁 트인 곳이었다. 깔끔하게 손질된 수십 에이커의 땅에 야트막한 석조주택이 있었다. 그는 오랜 기간 명성을 날렸다. 배고픈 화가가 아니었다. 더는 아니었다.

그 집에는 르누아르의 친한 친구였다는 젊은 남자밖에 없었다. 이름이 뤼시앵 미뇽이라고 했다. 거기서 산다고, 동료 화가라고 했다. 르누아르의 자식들은 왔다가 갔고, 르누아르의 아내는 니스의 친구 집에 머물고 있다고 했다.

그가 영어를 할 줄 알았기에 나는 르누아르와 관계가 있는 사람들에게 진심어린 조의를 전해달라고 그에게 신신당부했다. 르누아르를 사랑하는 뉴욕의 팬들이 전하는 조의이며, 팬이 한두 명이 아니라고. 그러고는 순수하게 학문적이고 심지어 감상적인 이유에서 묻는 척 포장하며, 작업실에 남아 있는 작품이 정확히 몇 점인지 그들이 알고 싶어한다고 했다.

미뇽이 화가인 만큼 이재에 밝아서 대답을 할 줄 알았는데, 내 예상이 빗나갔다. 직접적인 대답을 피했다. 대신 자신의 인생담을 늘어놓았다. 그는 르누아르의 팬에서 친구로, 친구에서 신실한 벗으로 발전한 화가였다. 르누아르의 남동생이나 다름없었다. 그는 이 집에서 십 년 동안 살았다. 나이 차에도 불구하고 그와 르누아르는 깊은 유대관계를 맺었다. 진정한 교감을 나누었다.

내가 듣기에는 섬뜩한 이야기였다. 어떤 사람이 벨뷰 정신병원으로 실려가는지 알 것 같았다고 할까. 그런데 그게 다가 아니었다. 그는 자기 작품을 보여주었다. 르누아르의 작품과 아주 비슷했다. 구성과 화풍과 주제가 거의 복사판이었다. 게다가 대가의 작품일지도 모른다는 착각을 심어주려 그랬는지 전부 서명이 없었다. 상당히 이상하고 독창성 없는 오마주였다.

작업실은 넓고 높은 정사각형의 공간이었다. 시원하고 환했다.

르누아르의 작품 일부가 벽에 걸려 있었고 미뇽의 작품 일부가 그 옆에 걸려 있었다. 그 둘의 차이를 분간하기가 어려웠다. 그 아래에 정말로 캔버스가 여섯 겹으로 벽에 기대 세워져 있었다. 미뇽이 말하길 르누아르의 자식들이 따로 빼놓은 거라고 했다. 그들의 유산이었다. 그 캔버스들은 구경해서도 건드려서도 안 되었다. 하나같이 워낙 훌륭한 작품이기 때문이었다.

미뇽은 마치 그것들이 자기 덕분에 그런 훌륭한 작품이 될 수 있었다는 투로 말했다.

나는 그에게 임자 없는 작품은 없냐고 물었다. 프랑스 다른 지방 어딘가에라도. 그는 대답 대신 작업실 저편을 손으로 가리켰다. 자식들이 거부한 몇 안 되는 작품이 다른 쪽 벽에 기대어 있었다. 한눈에 이유를 알 수 있었다. 모두 스케치 아니면 실험작 아니면 미완성이었다. 하얀 캔버스 위에 왼쪽에서 오른쪽으로 구불구불한 초록색 선을 그어놓은 게 전부인 작품도 있었다. 시작했다가 당장 폐기한 풍경화인지도 몰랐다. 미뇽은 르누아르가 야외에서 작업하는 걸 별로 좋아하지 않았다고 말했다. 실내에서 모델을 앞에 두고 작업하는 걸 좋아했다고. 발그스레하고 토실토실한 모델. 대부분 시골 처녀였다. 그중 한 명이 르누아르 부인이 된 모양이었다.

거부당한 작품 중 하나에는 풍경의 아래쪽 절반이 그려져 있었다. 이십여 번 반복된 초록색 붓질이 근사하고 함축적이었지만 조금 우유부단하고 열의가 없어 보였다. 하늘이 비어 있었다. 이것 역시 시작했다 폐기한 작품이었다. 한쪽으로 제쳐놓은 캔버스였다. 하지만 이 캔버스는 나중에 다른 용도로 쓰였다. 하늘이 있어야 할 곳에 초록색 유리병에 담긴 분홍색 꽃이 그려져 있었다. 캔버스의 왼쪽 윗부분, 미완의 풍경 위에 모로 그린 그 그림은 크기가 가로 8인치 세로 10인치를 넘지 않았다. 꽃은 장미와 아네모네였다. 분홍색은 르누아르의 트레이드마크였다. 미농과 나는 누구도 르누아르만큼 분홍색을 잘 쓸 수 없다는 데 동의했다. 꽃병은 시장에서 몇 푼 주고 샀거나 집에서 빈 와인병에 끓는 물을 6인치 부은 다음 망치로 툭툭 쳐서 만든 싸구려였다.

아름다운 소품이었다. 즐겁게 작업한 듯한 분위기를 풍겼다. 미농은 그 그림에 근사한 사연이 숨겨져 있다고 했다. 어느 여름날 르누아르 부인이 꽃을 따러 정원으로 나갔다. 부인은 펌프로 꽃병에 물을 채우고 꽃을 솜씨 있게 담아서 작업실 문을 통해 집안으로 들어왔다. 그게 가장 쉽게 드나드는 길이었기 때문이다. 그녀의 남편은 꽃병을 보고 그걸 그리고 싶은 욕망에 사로잡혔다. 그야말로 사로잡혔다고 미농은 말했다. 예술가적 기질이란 그런 거였다. 르누아르는 하던 작업을 멈추고 가장 가까이 있던 캔버스를 집어서(그게 마침 미완의 풍경화였다) 이젤에 세로로 세워놓고 하늘이 있어야 할 빈자리에 꽃을 그렸다. 그는 꽃의 배열에 담긴 야생적인 혼돈을 거부할 수 없었다고 했다. 십여 분을 들여 꽃을 배열한 아내는 웃으며 아무 말도 하지 않았다.

당연히 나는 거래를 제안했다.

이 작은 정물화를 개인적인 징표 겸 기념품으로 가져갈 수 있다면, 미농의 작품을 스무 점 구입해 뉴욕에서 팔아보겠다고 했다. 그에게 포터필드의 돈으로 10만 달러를 제안했다.

당연히 미농은 좋다고 했다.

나는 한 가지 조건이 있다고 했다. 꽃병이 그려진 부분을 오려서 다른 틀에 고정하는 작업을 도와줘야 한다는 것이었다. 원래부터 작은 크기로 그린 작품처럼 보이도록.

그는 알았다고 했다.

나는 한 가지 조건이 더 있다고 했다. 그가 그림에다 르누아르의 서명을 그려주어야 한다는 것이었다. 순전히 나의 개인적 만족을 위해서.

미뇽은 머뭇거렸다.

나는 그에게 르누아르가 그렸다는 걸 알지 않느냐고 했다. 분명하지 않느냐고. 그가 그리는 걸 보았지 않느냐고. 그러니 사기라고 할 것도 없지 않을까?

미뇽은 잽싸게 맞장구를 쳤고 내 앞날에 서광이 비쳤다.

우리는 절반은 풍경이, 절반은 꽃이 그려진 캔버스를 지지대에서 떼어낸 다음 그림이 그려진 부분을 가로 8인치 세로 10인치 크기로, 틀에 고정할 때 필요한 테두리 여백을 조금 더 남겨서 잘랐고, 미뇽이 주변에 널린 나무와 못을 가지고 틀을 조립했다. 거기에 캔버스를 씌운 뒤 그가 물감―검은색이 아니라 짙은 밤색―을 한 방울 짜고 가느다란 낙타털 붓을 들어 오른쪽 아래 구석에 르누아르의 이름을 적었다. 앞 글자는 정형화된 대문자로, 뒷부분은 소문자로 물 흐르듯이, 아주 프랑스 스타일로, 사방에 보이는 수십 점의 진품과 아주 똑같게 Renoir라고만 적었다.

그런 다음 나는 미뇽의 작품을 스무 점 골랐다. 당연히 가장 인상적이고 르누아르와 가장 비슷한 작품으로. 나는 그에게 수표를 써주었고―10만과 00/100*라고 적었다―우리는 그림 스물한 점을 종이에 싸서 내가 포터필드의 돈으로 후하게 팁을 주고 대기시켜놓은 이륜마차에 실었다. 나는 손을 흔들며 떠났다.

나는 미농을 두 번 다시 만나지 못했다. 하지만 이후 삼 년 동안 우리는 사업 관계 비슷한 것을 유지했다.

나는 칸의 근사한 바닷가 호텔에 방을 잡았다. 벨보이가 내 짐을 옮겨주었다. 화방에 가서 짙은 밤색 유화물감과 가는 낙타털 붓을 사온 나는 그 작은 정물화를 화장대에 올려놓고 미농의 작품 오른쪽 하단 구석에 스무 번에 걸쳐 르누아르의 서명을 따라 그렸다. 그런 다음 로비로 내려가 포터필드에게 전보를 쳤다. 10만 달러에 르누아르의 걸작 세 점을 매입. 당장 귀국하겠음.

일주일 뒤 나는 고국에 도착했다. 도착하자마자 맨 먼저 액자 가게에 가서 내 정물화를 끼울 액자를 산 뒤 그림을 벽난로 선반에 올려놓고, 미농의 작품 중에서 가장 훌륭한 세 점을 들고 피프스 애비뉴의 대저택으로 포터필드를 찾아갔다.

거기서 죄책감의 씨앗이 심어졌다. 포터필드는 우라지게 좋아했다. 우라지게 기뻐했다. 그는 르누아르를 입수했다. 크리스마스 날 아침을 맞은 어린아이처럼 얼굴을 환히 빛내며 웃었다. 그는 엄청나다고 말했다. 거저나 다름없다고. 한 작품당 3만 3천 달러라니. 그는 심지어 내게 보너스까지 주었다.

나는 죄책감을 금세 극복했다. 그래야 했다. 내게는 팔아야 하는 르누아르가 열일곱 점 더 있었기에, 가치가 떨어지지 않도록 삼 년에 걸쳐 천천히 시장에 내놓았다. 파리에서 만난 미술상과 마찬가지로 나 역시 공급 과잉은 원치 않았다. 그렇게 번 돈을 가지고

---

* 미국에서 센트 단위의 잔액이 없음을 표시하기 위해 수표에 적는 숫자.

업타운으로 이사했다. 안젤로하고는 두 번 다시 같이 살지 않았다. 나는 RCA 주식을 사야 한다는 어떤 남자의 말을 곧이들었다가 사기를 당했다. 거의 모든 걸 잃었다. 그렇다고 내가 불평할 처지는 아니었다. 제 꾀에 제가 넘어간다지 않나. 나도 하는 걸 남이라고 하지 말라는 법 있나. 나의 세상은 벽난로 위에서 빛나는 장미와 아네모네로 지탱되는, 무정한 도시의 고독한 삶으로 쪼그라들었다. 나는 포터필드의 집안에서도 느껴질 똑같은 분위기를 상상해보았다. 지도 위에 꽂힌 두 개의 핀과 같은, 기쁨과 희열의 진원지 한 쌍을. 그에게는 그의 르누아르가, 나에게는 나의 르누아르가 있었다.

그러고 나서 심장마비와 함께 죄책감이 찾아왔다. 그 귀엽고 멍청한 녀석. 그 함박웃음. 나는 편지를 쓰지 않았다. 무슨 수로 설명할 수 있겠는가? 대신 나는 르누아르를 벽에서 내려 종이에 싸서 피프스 애비뉴로 들고 가 이탈리아식 청동 대문을 지나 현관 앞까지 갔다. 포터필드는 집에 없었다. 상관없었다. 나는 꾸러미를 그의 하인에게 넘기고 집주인이 르누아르를 좋아한다는 걸 알기에 선물하고 싶다고 말했다. 그런 다음 집으로 돌아와 계속 자리에 앉아서 두번째 발작을 기다리는 중이다. 벽이 휑해 보이지만, 어쩌면 그게 더 나을지 모른다.

부채를 든 소녀

니컬러스 크리스토퍼

니컬러스 크리스토퍼는 여섯 편의 장편소설 『솔로이스트 *The Soloist*』『베로니카 *Veronica*』『별로 떠나는 여행 *A Trip to the Stars*』『프랭클린 플라이어 *Franklin Flyer*』『베스티어리 *The Bestiary*』『타이거 래그 *Tiger Rag*』를 집필했고, 최신작 『주피터 플레이스에서 *On Jupiter Place*』『적도를 건너며: 시선집 1972~2004 *Crossing the Equator: New and Selected Poems 1972-2004*』를 비롯해 아홉 권의 시집과 한 권의 비소설 『깊은 밤 어딘가에서: 필름누아르와 미국의 도시 *Somewhere in the Night: Film Noir and the American City*』, 한 권의 동화책 『니콜로 젠의 진짜 모험 *The True Adventures of Nicolò Zen*』을 출간했다. 그의 저서는 여러 나라에서 번역·출판되었다. 현재 뉴욕 시티에 살고 있다.

〈부채를 든 소녀〉, 폴 고갱

1

1944년 6월 5일, 한 젊은 남자가 리옹에서 아홉시 십삼분에 출발한 열차에서 내려 실눈을 뜨고 아침햇살을 바라보았다. 남자는 키가 크고 호리호리하며 얼굴이 비대칭이었다. 오른쪽 눈이 왼쪽보다 높고 왼쪽 뺨이 오른쪽보다 평평했다. 갈색 양복에 검은색 셔츠를 입고 노란색 넥타이를 매고 갈색 페도라를 썼다. 양복은 쭈글쭈글하고 신발은 흠집투성이였다. 그는 놋쇠 잠금장치가 달린 가죽 서류 가방을 들고 있었다. 바짓단에 노란색 페인트가 희미하게 점점이 묻어 있었다.

그는 기다란 그림자를 드리우며 승강장을 걸었다. 역사驛舍까지 절반쯤 갔을 때 가죽 코트를 입은 남자 두 명이 뒤에서 다가와 그의 팔을 잡았다. 그중 한 명은 그의 옆구리에 권총을 들이댔고 나머지 한 명은 서류 가방을 잡았다. 그들은 역사와 반대 방향으로 획 돌아서 골목길을 지나 차를 세워놓은 곳으로 그를 거칠게 끌고 갔다. 선글라스를 쓴 남자가 운전석에 앉아 있었다. 남자는 민머리였고 뒤통수 바로 밑에 독수리 문신이 있었다.

두 남자는 청년의 몸을 뒤져 지갑을 빼앗은 다음 그를 뒷좌석에 밀어넣고 자신들 사이에 앉혔다. 운전자가 백미러로 그를 흘끗 쳐다보고 말했다. "위베르 디트마, 아를에 온 걸 환영한다."

그의 오른쪽에 앉은 남자가 지갑을 뒤졌다. 남자는 11프랑과 빨간색 코트를 입은 금발 여자의 사진과 명함 세 장을 꺼냈다.

루이 뱅상
증권중개인
클레리 & 페니엘
15 마리벨가
브뤼셀, 벨기에 63 21T

눈동자는 갈색, 머리는 검은색, 키는 177센티미터, 생년월일은 1908년 11월 30일, 리에주 태생이라고 명시된 루이 뱅상의 벨기에 신분증도 있었다.

그의 실제 생년월일은 1908년 11월 29일, 오를레앙 태생이었고 그의 본명은 위베르 디트마도 루이 뱅상도 아니었다.

2

위베르 디트마는 넉 달 전에 임무를 개시한 순간부터 이날을 두려워했다. 그는 저녁까지 아를에 있다가 여섯시 십분 급행을 타고 리옹으로 돌아갈 예정이었다. 전에도 아비뇽, 루앙, 리모주, 페르피냥으로 이렇게 당일 여행을 한 적이 있었는데, 머무는 시간이 짧을수록 좋았다. 상사들은 그의 지략과 기개를 칭찬했지만 그는 지나치게 노출이 됐을지 모른다는 두려움, 마지막으로 예정된 이번 여행을 앞두고 어쩌면 차원이 다른 용기가 필요할지 모른다는 두려움을 느꼈다.

널따란 옥수수밭과 라벤더로 덮인 벌판을 지나 너도밤나무 숲을 통과하자 다시 옥수수밭이 나타났다. 위베르는 계속 도로에 시선을 고정했다. 남자들이 그에게 주머니를 비우라고 명령했다. 만년필, 현관 열쇠, 서류 가방 열쇠, 주머니칼, 담배 쌈지, 기차표가 나왔다. 그들은 그의 토파즈 반지와 뒷면에 L. C. V.라고 새겨진 호박색 손목시계도 빼앗아갔다.

그의 오른편에 앉은 남자가 서류 가방을 열고 안을 뒤졌다. 아무것도 그리지 않은 스케치북과 가죽 케이스에 든 12색 색연필 세트가 있었다. 프랑스 철도 지도도 있었다. 갈색 서류철 한쪽에는 주식시세표와 시장 차트가, 다른 쪽에는 남자가 처음 보는 언어로 타이핑된 두 장의 서류가 들어 있었다.

"이게 뭐지?"

"재무보고서." 위베르가 대답했다.

"어느 나라 말이냐고."

"카탈루냐어."

"숫자가 없는 재무보고서도 있나?"

"숫자를 글자로 풀어서 써놓은 거야."

위베르의 왼쪽에 앉은 남자가 전문가의 솜씨로 팔꿈치를 이용해 그의 옆구리를 찌르자 갈비뼈에는 금 하나 가지 않았지만 숨이 턱 막혔다.

운전자가 서류를 흘끗 돌아보았다. "암호네." 그가 말했다.

"이게 뭐든 간에 네가 해석해줘야겠어." 왼쪽에 앉은 남자가 말했다.

질문이 아니었다.

"나는 카탈루냐어를 몰라." 위베르는 대답하고 추가 공격에 대비해 마음을 다잡았다.

이번에는 오른쪽이었고 갈비뼈에 금이 갔다.

그는 비명을 질렀다.

3

그들이 라마르틴광장 2번지에 있는 노란색 이층집에 도착하자, 초록색과 노란색이 섞인 앵무새 한 마리가 지붕에 앉아 있다가 숲으로 날아갔다. 그들이 차에서 내리는 걸 보고 입구를 지키던 나치 친위대 하사가 절도 있게 차렷 자세를 취했다. 위베르는 고통에 겨워 몸을 웅크렸다. 남자들이 그를 문까지 끌고 갔다. 위베르는 창문에 비친 파란 하늘 한 조각을 흘끗 올려다보다 정신을 잃었다.

그는 삼십 분 뒤에 뺨을 두 대 얻어맞고 정신을 차렸다. 나무의자에 앉아 있었고 손과 발이 의자에 묶여 있었다. 투광조명등 여러 개가 그를 겨냥해 비추고 있었기 때문에 그 너머는 아무것도 보이지 않았다. 방안은 축축했고 낮은 천장에는 파이프들이 열십자로 교차해 있었다. 지하실이었다. 그의 재킷과 신발은 사라졌고, 셔츠는 찢겨서 벌어졌고, 넥타이는 목에 올가미처럼 걸려 있었다.

어둠 속에서 느릿하고 매끈한 목소리가 그에게 말을 걸었다.

"네 본명이 루이 뱅상이 아니라는 걸 확인하는 데 시간을 낭비하지는 않겠다."

"그게 내 이름이야."

"그리고 리옹에서 여기로 왔고?"

"그렇다."

"그전에는 어디 있었지?"

"파리."

"거짓말은 이미 하나 허락했잖아. 두 개는 안 돼. 다시 묻겠다. 리옹 전에는 어디 있었지?"

위베르는 머뭇거렸다. "제네바."

"빌린 차로 스위스 국경을 넘어 리옹으로 왔지, 맞나?"

"그렇다."

"제네바에는 무슨 일로?"

"은행 업무를 처리하느라. 크레디트 몬트레이에서."

"또 거짓말이로군."

위베르가 뭐라고 대꾸할 겨를도 없이 뒤에서 누군가가 발을 끌며 다가오는 소리가 들리더니 목에 걸린 넥타이가 세게 잡아당겨졌다. 어찌나 우악스럽게 당기는지 다시 정신을 잃을 것 같았다.

하지만 상대는 당겼을 때처럼 갑작스럽게 손을 놓았고, 그는 숨을
헐떡였다.

"스위스에서 너는 시뇨르 우고 바르텔로를 찾아갔지, 맞나?"

위베르는 고개를 끄덕였다.

"무슨 일로?"

"그의 투자 건으로."

"주식? 채권? 거짓말은 하지 마."

"아니."

"그럼 어떤 투자?"

위베르는 언뜻 사향냄새를 맡았다. 그의 목을 졸랐던 남자가 뿌
린 향수였다.

"결국에는 털어놓게 되어 있어. 괜히 헛고생하지 마라."

"그럼." 위베르는 대답했다.

"바르텔로가 그림을 수집한다고?"

"그렇다."

"그런데 주식 중개를 하는 너를 만나는 이유가 뭐지?"

"내가 미술에 대해 좀 알거든. 그를 대신해서 작품을 매입한다."

"네가 무슨 수로 미술에 대해 알지?"

"그림을 배웠으니까."

"하지만 증권중개인이 되었다?"

"화가로서 별로 소질이 없어서."

"하지만 위조할 만한 실력은 되겠지."

"뭐라고?"

넥타이가 다시 세게 조여졌다. 막힌 혈관이 머리를 두드리는 것

이 느껴졌다. 허파가 조여들었다. 십 초, 이십 초가 지났다. 심장이 터질 것 같았다. 넥타이가 다시 느슨해졌다. 향수 냄새가 더 진해졌다. 방안이 빙글빙글 돌았다.

"너는 위조범이잖아. 바르텔로가 독일 제삼제국에서 훔친 그림을 위조하지. 안 그래?"

위베르는 숨을 고를 수가 없었다. "그렇다."

"바르텔로의 도둑들이 그림을 훔치고 네가 그린 위작으로 바꿔치기하지. 법령에 따르면 프랑스의 미술품은 이제 모두 제삼제국의 재산이야. 우리는 그것을 독일로 이송하기 전에 창고에 보관해놓은 상태지. 1946년이면 바르텔로가 훔친 그림을 비롯해 제삼제국 정부에서 요구한 모든 작품을 확보할 수 있을 거다. 그는 연합군의 포주인 셈이지." 그는 잠깐 말을 멈췄다. "우리는 네가 아를에 온 이유를 알아, 므시외 디트마."

위베르는 토악질을 할 것 같았다. 밧줄이 손목과 발목을 파고들었다. 금이 간 갈비뼈는 옆구리에 꽂힌 칼 같았다.

"반 고흐의 작품은 이미 대부분 베를린에 있어." 상대가 말을 이었다. "하지만 바르텔로가 우리 창고에 잠입했듯이 우리는 정찰병과 운반책으로 이루어진 그의 조직에 침투했다. 그 조직원 중 한 명이 너지. 우리는 그에게 사라진 고갱의 작품들이 발견돼 마르샹 갤러리에서 반출될 예정이라는 거짓 정보를 흘렸다. 고갱의 작품 같은 건 없어. 마르샹 갤러리는 문을 닫았고. 바르텔로는 그 작품들을 직접 확인하라고 너를 보낸 거야, 그렇지?"

"그렇다."

"위조범이자 절도범인 너는 교수형을 당할 거야. 다만……"

위베르는 기다렸다.

"우리는 너한테 관심이 없어. 우리가 원하는 건 바르텔로지. 이 탈리아 정부가 무너졌을 때, 그는 탄탄한 인맥을 동원해 탈출했다. 현재 그림을 가지고 스위스에 있는데, 소재 파악이 어려워 우리 쪽에서 접촉할 방법이 없어. 절도범들로부터 두 다리를 건너야 그에게 닿을 수 있거든. 심지어 그들은 누굴 위해 그림을 훔치는지도 몰라, 보수가 두둑하다는 것만 알 뿐. 네 보수는 그들보다 더 많겠지. 너는 바르텔로와 직접 접촉한 적 있는 몇 안 되는 인물이다. 우리에게 그의 소재를 가르쳐줄 수 있는. 동료들의 명단과 네가 지금까지 위조한 작품의 목록, 그리고 바르텔로의 소재를 넘기면─결국은 그렇게 될 거야─너는 수감은 되겠지만 교수형은 받지 않을 거다."

위베르는 미소를 지을 수 있었다면 지었을 것이다. "당신이 정말로 원하는 건 위조한 작품 목록이지?" 그는 가만히 있는 게 좋다는 걸 알면서도 이렇게 물었다. "어떤 게 위작인지 모르니까."

"당연히 알지." 그는 날카롭게 쏘아붙였다. "너의 확인을 거치려는 것일 뿐."

저들은 몰라, 왜냐하면 저들이 예상했던 것보다 내 솜씨가 더 훌륭했거든, 위베르는 생각했다. 하지만 이번에는 잠자코 있었다.

"너는 진술서에 위조한 작품의 목록을 적을 거다. 그 작품들은 더이상 증거품으로 쓸 일이 없어지면 태워버릴 거야. 알겠나?"

넥타이가 그의 목을 살짝 조이는 게 느껴졌다.

"알겠다."

넥타이가 느슨해졌고 향수 냄새가 사라졌다. 한 남자가 불빛에서 벗어나 그를 향해 걸어왔다. 남자의 상반신은 보이지 않았고 그저 검은색 바지와 신발, 그리고 손에 들린 주사기만 보였다.

"이걸 맞으면 진실을 털어놓는 데 도움이 될 거다." 남자가 말했다. 조금 전과 다른 목소리였다. 그가 위베르의 셔츠를 왼쪽 어깨 아래로 당기고 팔에 바늘을 꽂았다.

처음의 그 목소리가 어둠 속에서 물었다. "여기가 어딘지 아나, 므시외 디트마?"

"아를이지."

"여기가 어떤 집인지 아나?"

위베르는 불빛을 향해 눈을 깜빡이며 고개를 저었다.

"노란 집이다."

위베르의 얼굴은 고통으로 얼어붙었지만 놀란 표정을 감출 수는 없었다.

"당연히 너도 그게 무슨 뜻인지 알겠지. 여기는 반 고흐가 살았던 곳이다. 1888년 가을에 고갱이 구 주 동안 그에게 신세를 졌지. 둘은 이층에서 그림을 그렸어. 이 집은 현재 게슈타포*의 지역 본부로 쓰이는 영광을 누리고 있다. 잘 생각하고 말을 꺼내기 바란다. 네가 맨 먼저 얘기할 건 시뇨르 바르텔로의 주소야." 불빛이 어두워지면서, 안경을 쓰고 검은색 제복 차림에 무릎까지 오는 부츠를 신은 키가 작고 마른 남자가 그림자 밖으로 걸어나왔다. "오래 걸리지 않을 거다." 그가 담배에 불을 붙이며 말했다.

---

* 나치 독일의 비밀경찰.

4

1902년 5월 1일, 마르키즈제도의 중심인 히바오아섬에서 어느 젊은 여자가 숲이 우거진 산속을 걸어가고 있었다. 무더운 오후였고 해가 지기 직전이었다. 흙길 양쪽으로 잎을 펼친 에메랄드빛 양치식물이 밝게 빛났다. 빨간색과 주황색 꽃무리가 불꽃처럼 만발했다. 대나무 줄기가 산들바람에 탁탁거렸다. 산의 더 높은 곳에는 이슬비가 내리고 있었다.

여자의 이름은 토호타우아였다. 머리카락은 빨간색이었고—마르키즈제도 출신에게는 이례적인 일이었다—눈은 짙은 밤색이었다. 그녀는 맨발로 가볍게 걸었다. 맨가슴 아래에 동여맨 흰색 파레오*는 발목까지 내려왔다. 열여덟 살인 그녀는 히바오아섬의 주술사인 하아푸아니의 아내였다. 하아푸아니는 고작 스물다섯 살이었지만 그가 행하는 주술과 대담한 묘기 때문에 섬의 주민들에게는 두려움의 대상이었다. 그는 공중 부양을 하고 돌을 물로 바꾸고 죽은 새를 살릴 수 있다고 했다. 초승달이나 보름달이 뜨면 두리안 씨로 끓인 진한 차를 마시고 바다 위로 우뚝 솟은 바위 절벽에서 밤새도록 춤을 췄다. 그는 노란색 어깨띠가 달린 진홍색 망토를 두르고 동물의 얼굴을 새긴 철목 홀**을 들고 다녔다. 까만 머리를 어깨 아래까지 늘어뜨리고 협죽도 가지를 왼쪽 귀 옆에 꽂아 장식했다. 토호타우아는 열네번째 생일에 그와 결혼했다. 인근 모타네섬

---

*허리에 감아 입는 천 스커트로, 남태평양 섬 지역의 여성들이 주로 착용한다.
** 왕이나 군주가 권력을 드러내기 위해 드는 막대기 형태의 상징물.

의 부족장이었던 그녀의 아버지가 꽂은 모두 노랗고 야자수 잎은 금빛인 히바오아섬 북단의 옐로 포리스트에서 결혼식을 주관했다.

그녀가 걷는 길을 따라가면 널찍한 골짜기가 나오는데, 그 너머에 티크 목재로 지은 집들이 모여 있는 작은 공터가 있었다. 그중에서 가장 큰 집은 일층에 부엌과 방이 있고 바깥 계단을 열몇 개 올라가면 작업실이 있었다. 작업실은 녹옥으로 만든 티키* 상과 나무 조각품으로 장식되어 있었다. 벽에는 각기 여러 단계에 도달한 스케치와 그림이 붙어 있었다. 한가운데에는 이젤 하나가 화려하게 조각된 의자를 마주보고 놓여 있었다.

토호타우아는 치맛자락을 들고 계단을 올라가 작업실 안을 들여다보았다. 일찍 온 터라 화가가 아직 없었다. 그녀는 방안을 이리저리 서성이며 그림과 조각품을 살피다 의자 옆에서 걸음을 멈췄다. 유화물감과 향 냄새가 진동했다. 일층으로 내려가보니 요리사 바에오호가 톡 쏘는 얌 수프를 끓이고 있었다. 요리사가 토호타우아에게 화가는 개울로 멱을 감으러 갔다고 전했다.

토호타우아는 다시 집 앞으로 나갔다가 그녀의 남편이 계단 발치에 서 있는 것을 보고 깜짝 놀랐다. 오는 길에 그를 보지 못했는데 무슨 수로 이렇게 불쑥 나타났는지 알 길이 없었다.

"내 뒤를 밟았어요?"

"다른 길로 왔지." 그는 얘기하며 집 뒤편으로 몇백 야드 거리에 있는 가파른 언덕을 가리켰다. 그 언덕에는 길이 없고 땅이 워낙 울퉁불퉁한데다 대나무와 덩굴식물이 빽빽하게 자라서 거의 지

---

* 폴리네시아 신화에서 인류를 창조한 신.

나다닐 수 없다는 걸 토호타우아는 알고 있었다. 하지만 남편의 그런 능력에 익숙해졌고 남편이 절대 거짓말을 하지 않는다는 것도 알았다.

"그 사람이 당신을 그리는 걸 보고 싶어서."

"그 사람한테 얘기했어요?"

"얘기할 필요가 뭐 있나. 당신은 내 부인인걸." 가끔 햇빛이 희미해지면 그의 눈이 망토와 같은 색으로 보일 때가 있었다. 그가 미소를 지으며 부드러운 말투로 말했다. "하지만 응, 오늘 아침에 얘기했어."

공터 저쪽 끝에 돌로 만든 벤치가 있었다. 거기에 앉으면 숲 위로 두툼한 파란색 선처럼 이어진 바다가 보였다. 토호타우아는 남편의 손을 잡고 그를 그곳으로 이끌었다. "우리 여기서 기다려요." 그녀가 말했다. 그들이 나란히 앉아 있는 동안 태양이 안개를 가르고 포물선을 그리며 내려와 바다에 불을 질렀다.

5

1888년에 반 고흐가 살았던 집의 주인은 과부 베니카스였다. 바로 옆 분홍색 건물에 있는 식당도 그녀의 것이었다. 반 고흐와 고갱은 여기저기 물감이 묻은 셔츠와 재킷을 입고 종종 이 식당에서 말없이 저녁을 먹곤 했다. 그들은 으레 소고기 스튜 아니면 구운 닭고기와 통에 보관하는 와인 한 병을 주문했다. 노란 집에서 몇 주를 지내고 났을 때, 고갱은 과부에게 집 바로 옆에 식당이 있는 건 축복이라고 말했다. "빈센트는 수프 끓이는 걸 좋아해요." 그가 말했다. "그런데 맛이 아니라 색을 기준으로 재료를 섞는단 말이죠." 두 화가가 죽어서 유명인의 반열에 오르고 한참이 지난 뒤에도, 그녀가 이 일화를 공개하면 손님들은 즐거워했다.

　시골 의사의 딸로 태어난 마리 베니카스는 아를에 있는 어느 호텔의 주인과 결혼했다. 마흔에 남편을 여의고 공원 근처의 객실 열두 개짜리 호텔을 채권자들에게 빼앗기자, 그녀는 남편과 같이 살았던 노란 집을 세주고 옆에 있는 식당 건물을 사서 거기 이층의 조그만 아파트에서 살았다. 1877년에 낳은 바네사라는 딸이 하나 있었는데, 어머니의 젊은 시절을 빼다박아서 갈색 눈에 체구가 아담하고 생김새가 우아하며 불타는 빨간 머리가 특징인 미인이었다. 바네사는 미셸 라부아르라는 유리장이와 결혼해 도시 반대편에서 행복하게 지냈지만, 징집된 남편이 1917년에 파스샹달전투에서 전사하고 말았다. 둘 사이에서 태어난 아들은 그로부터 일 년 뒤에 콜레라로 눈을 감았다. 1919년에 어머니마저 세상을 떠나자, 바네사는 삼 년 만에 온 가족을 잃었다. 이것이 그녀를 무너뜨렸다. 그녀는 시름시름 앓았고 하마터면 그녀마저 저세상 사람이 될 뻔했다. 노란 집과 식당을 물려받은 그녀는 남편과 아들과 함께 지내던 집에 남는 것이 너무 고통스러웠기에 어머니가 살던 아파트로 이사해 식당을 운영하고 노란 집을 세주어 생계를 유지했다. 그녀는 또 한 명의 과부 베니카스가 될 생각이 절대 없었기에 어느 누구도 그녀를 그렇게 부르지 못하게 했다. 그래도 어머니처럼 요리사와 웨이트리스와 접시닦이와 잡역부를 관리하며 하루를 보냈다. 십 년 뒤 전국이 불황의 늪으로 추락하고 또다른 전쟁의 조짐이 보이기 시작하자, 그녀는 안정적인 수입원이 있는 게 얼마나 다행인지 모르겠다는 생각을 했다. 그 무렵 그녀는 쉰세 살이었고 여전히 팔팔했지만 속은 한참 더 나이를 먹은 느낌이었다.

그 모든 일이 벌어지기 전, 그녀가 열한 살이었던 1888년 가을에 어머니는 종종 그녀의 손에 두 화가가 먹을 점심 도시락을 들려서 노란 집으로 보냈다. 대개는 반 고흐가 수프를 끓이고 싶은 충동을 느낄 때 고갱이 주문한 것이었다. 반 고흐는 시골에서 자주 그림을 그리고 작업실에서는 혼자 있는 걸 좋아했던 반면, 고갱은 바네사를 구석에 앉혀놓고 수다를 떨며 그림 그리는 걸 좋아했다. 그는 자신이 지어낸 환상적인 이야기로 그녀의 넋을 빼놓았다. 계절에 따라 색깔이 바뀌는 마르티니크섬의 새, 양가죽 주머니에 입을 대고 숨을 쉬며 돌신을 신고 론강을 걸어서 건넌 샴의 남자. 그러면 바네사는 젊은 시절에 수병이었던 그녀의 아버지가 열대의 어느 섬에 갔을 때 이야기를 들려주었다.

"아빠가 마법의 빨간색 고둥 껍데기를 주워서 밤에 거기에 대고 저한테 노래를 불러줬어요. 아빠 목소리가 바다 두 개를 건너왔어요. 제가 침대에 누워서 귀를 기울이면 아빠 목소리 뒤에서 파도가 치는 소리까지 들렸어요." 그녀는 어깨를 으쓱했다. "제가 진짜로 아빠 목소리를 들었다고 생각하세요?"

"당연하지. 나중에 나도 그런 데서 살고 싶다. 그렇게 되면 빨간색 고둥 껍데기를 찾아볼게."

"노래도 불러주고요?"

"응, 너하고 우리 아이들한테."

"감사합니다." 그녀는 머뭇거렸다. "엄마 말로는 아저씨가 아이들을 자주 못 본다고 하던데요."

"응, 자주 못 보지. 항상 새로운 곳에서 그림을 그려야 하거든."

"집이 아니라요."

"집은 완성된 그림을 들고 가는 곳이지."

바네사는 생각해보니 그의 아이들이 가엾었지만 고갱이 자신과 있어주어서, 노란 집을 그의 집으로 삼아주어서 행복했다.

육 년 전 고갱은 증권중개인을 그만두고 덴마크 출신 아내와 다섯 아이를 코펜하겐에 두고 떠났다. 돈은 보냈지만 집에는 거의 가지 않았다. 먼저 마르티니크, 브르타뉴, 아를을 거쳐 다시 마르티니크로 갔고 이후에는 타히티와 마르키즈제도에서 지냈다.

12월 말의 어느 추운 오후에 바네사는 차를 한 주전자 들고 고갱에게 갔다. 그는 해바라기를 그리는 반 고흐를 그리고 있었다. 바네사는 고갱에게 크리스마스가 기다려진다고 했다. 작년에는 어머니가 가장자리가 주황색으로 된 밝은 노란색 목도리를 떠주었다. 고갱은 그녀를 돌아보더니 해바라기 그림을 마치자마자 크리스마스 선물로 그녀의 초상화를 그려주겠다고 했다. 그의 약속에 신이 난 바네사는 집으로 달려가 어머니에게 얘기했다.

하지만 반 고흐에게 사건이 터져 경찰이 그를 병원으로 실어가는 바람에 고갱의 아를 생활은 갑작스럽게 막을 내렸다. 바네사는 무슨 사건이었는지 한동안 모르고 지냈지만, 크리스마스이브에 보니 머리에 붕대를 감은 반 고흐가 파리에서 기차를 타고 온 동생 테오의 간호를 받고 있었다. 며칠 뒤 테오와 고갱은 함께 파리로 떠났다.

고갱은 기차역까지 걸어가기 전에 식당에 들러 오믈렛을 먹고 커피를 마셨다. 과부 베니카스가 나와서 작별인사를 했고 바네사는 큼지막한 봉투를 들고 엄마를 쫓아 나와 고갱에게 건넸다.

"아저씨가 떠난다니 슬퍼요." 바네사가 말했다. "이건 아저씨한 테 드리는 크리스마스 선물이에요."

봉투 안에는 손잡이 위쪽에 빨간색 점이 찍힌 하얀 깃털 부채가 들어 있었다.

고갱은 바네사가 건넨 부채를 받아들고 그녀의 어머니를 쳐다보았다.

어머니는 괜찮다는 뜻으로 고개를 끄덕였다. "이 아이 거니까 주는 것도 아이 마음이죠. 바네사가 가장 아끼는 물건이에요."

"받을 수 없어요." 그가 말했다.

"아저씨한테 드리고 싶어요." 바네사가 말했다.

"남편이 젊었을 때 해군으로 복무했거든요." 과부가 말했다. "자바*에서 가져온 거예요."

"굉장히 아름답구나." 그가 말했다. "내가 정말 이걸 가져도 되겠니, 바네사?"

"그럼요."

"고맙다. 행운의 부적 삼아 들고 다닐게. 그리고 나중에 다시 찾아와서 네 초상화를 그려줄게."

6

위베르 디트마는 귀청을 때리는 종소리에 깨어났다. 아침이었

---

* 인도네시아의 중심에 있는 섬.

다. 그는 이제 노란 집 지하실이 아니라 하나뿐인 창문에 암막 커튼을 친 이층 방에 있었다. 커튼이 벌어진 틈새로 최근에 설치한 철창이 보였다. 이 방은 감방이었다. 그는 속옷 차림으로 얇은 담요를 덮고 간이침대에 누워 있었다. 조그만 테이블과 의자가 있었고 의자 위엔 그의 옷이 쌓여 있었다. 그는 주위를 두리번거리다 왼쪽 눈이 부어서 감기는 바람에 시야가 절반으로 좁아졌다는 걸 깨달았다.

그들은 그가 진술서에 서명한 후에도 그를 필요 이상으로 구타했다. 땅딸막한 장교에게 어찌나 심하게 맞았던지 코피가 뿜어져 나왔다. 장교는 위베르를 때리고 또 때렸다. 위베르는 뺨이 터지고, 입술에 피떡이 엉겨붙고, 왼쪽 귀가 먹었다.

위베르는 이런 상황에 대비해 훈련을 받은 그대로 거짓말로 일관했다. 카탈루냐어로 된 문서는 암호가 맞고, 바르텔로는 그림을 전부 스위스 베른의 금고에 보관하고 있다고 했다. 자신이 위조했다고 털어놓은 작품 목록은 거의 대부분 원작을 구경조차 한 적 없었다. 사실 독일군에게서 훔친 그림들은 일련의 용감한 남성들과 여성들의 도움으로 트럭과 자동차와 노새가 끄는 짐마차에 실려 이동한 다음, 말 등에 얹혀 피레네산맥을 넘고 스페인의 아무도 모르는 산길을 지나 중립국인 포르투갈로 옮겨지는 길고 복잡한 이송 과정을 거쳤다. 그림들은 도루강 어귀에 있는 포르투의 창고에 보관중이었고 런던에서 파견된 자유 프랑스군 요원들이 지키고 있었다.

제복을 입은 보초병이 위베르의 감방 문을 열자 빨간 머리가 희끗희끗한 여자가 쟁반을 들고 들어왔다. "저 녀석한테 줘라." 보초병이 말했다. "말은 걸지 말고."

그녀는 경악한 표정을 드러내지 않으려고 애를 쓰는 한편 위베르의 얼굴을 물끄러미 쳐다보며 그에게 천천히 다가갔다. 그는 한쪽 눈을 그녀 쪽으로 돌렸지만 얼굴은 무표정했다. 그녀는 독일군에게 노란 집을 빼앗긴 이래 이렇게 심하게 구타당한 사람은 본 적이 없었다. 무슨 짓을 했기에 그랬을까? 그녀는 자신에게 겁을 주기 위해 독일군이 포로를 가까이서 보게 한다는 걸 알았다. 그들의 뜻을 거스르면 어떻게 되는지 보여주려는 것이었다.

그녀는 위베르에게 수프와 오래된 빵 한 조각을 들고 왔다. 독일군은 항상 수프에 물을 섞고 고기를 건져냈다. 죄인은, 제삼제국의 적은 뭐라도 먹을 수 있으면 감지덕지라고 했다. 그녀는 가끔 그들이 보고 있지 않다는 확신이 들면 진짜 수프를 그릇에 두세 숟가락 추가했다. 오늘은 그럴 만한 겨를이 없었다.

그녀는 쟁반을 내려놓고 위베르에게 애써 미소를 지어 보였다. 하지만 그는 알아차리지 못했다.

"나가." 보초병이 말했다.

7

6월 6일 저녁 연합군이 노르망디에 상륙했다는 소식이 아를에 전해졌다. 미국 공수부대가 하늘에서 내려왔다. 전함이 해안 지대를 포격했다. 레지스탕스는 오래전부터 이날을 기다렸다. 남부에서 그들은 대도시를 중심으로 집결했다. 전쟁 이전에는 약사였던 알랭 데샬 대위가 이끄는 49특공대가 7일 아침 아를에 입성했다.

일부는 도시 깊숙이 침투해 안전 가옥에 몸을 숨겼다. 데샬은 전투에서 워낙 맹위를 떨친데다 도전적이었기에―독일군을 비웃듯 눈에 확 띄는 빨간색 재킷을 입고 다녔다―지명수배자 명단에서 1순위였다. 독일군은 그의 아내와 아들을 살해하고 아비뇽에 있던 약국을 불태웠다. 몇몇 부하는 그를 보며 자살 특공대원 같다는 생각을 했다. 물약을 섞고 알약을 세며 생계를 유지하던 사람이 기관총과 사냥용 칼을 그렇게 잘 다룰 수 있다니 놀라울 따름이었다. 하지만 그는 자기 목숨이 걸린 일에는 무모했을지 몰라도 부하들에게 미치는 피해는 최소화하고자 최선을 다했다.

베르티에가에 있는 독일군 지휘본부와 라마르틴광장 2번지에 있는 게슈타포의 본부를 동시에 공격해 독일군을 최대한 사살하고 통신 장비를 파괴하라는 것이 데샬의 명령이었다. 게슈타포의 본부에는 아직 살아 있다면 최우선으로 구출해야 할 포로도 있었다. 데샬은 포로의 이름과 생김새를 전달받았고 그가 체포됨으로써 오랜 역사를 자랑하는 외교 의례―독일군에게 최대한 많은 허위 정보 제공하기―에 발동이 걸렸다는 설명을 들었다. 심문에서 쏟아낸 거짓말은 아무리 심혈을 기울여 꾸며낸 것이라도 유통기한이 짧다는 것을 데샬은 알고 있었다. 신속하게 움직여야 했기에, 그는 직접 게슈타포 급습 작전의 지휘관으로 나서기로 했다.

바네사 베니카스는 식당 주방에서 양배추를 썰다가 연합군의 침공 소식을 접했다. 믿을 수가 없었다. 그녀는 전쟁이 수년간 계속되리라고 생각했다. 비시*정부가 워낙 금세 항복하고 철저하게

---

* 2차대전중 프랑스의 임시정부 소재지.

적에게 협력했기에, 그녀는 프랑스에 대한 희망을 저버린 참이었다. 연합군은 괴뢰 국가를 위해 피를 흘리고자 하지 않을 수도 있었다.

바네사는 게슈타포가 이 소식을 접하면 포로를 더 심하게—그게 가능한 일인지는 몰라도—몰아세우리라는 것을 알고 있었다. 그녀는 직원들에게 고개를 숙이고 아무 말도 하지 말라고 했다. 노란 집에서 점심을 먹으러 건너온 독일군이 다섯 명밖에 안 되는 걸 보고 나머지는 입맛을 잃은 게 분명하다고 생각했다. 그런데 알고 보니 게슈타포 요원들이 치안 활동을 위해 대거 소집된 것이었다. 연합군이 침공했다는 소식을 듣고 공공연한 반란이 일어난 건 아닌지 그녀는 궁금해졌다. 하지만 사실은 각 본부에서 독일군을 최대한 많이 끌어내기 위해 데샬이 매복 작전을 계획한 것이었다. 그는 도심의 지붕에 저격수 세 명을 배치하고 열한시 정각이 되자 길거리에서 보이는 독일군을 모조리 저격하기 시작했다. 아홉 명의 독일군이 사살당하자 전면적인 추격이 시작됐다. 저격수 한 명은 도주하던 와중에 목숨을 잃었지만, 나머지 두 명은 탈출해 정오 무렵 데샬과 열일곱 명의 동지와 합류했고, 그들은 노란 집으로 진격했다.

게슈타포 요원과 나치 친위대는 불의의 습격을 당했다. 열 명이 죽고 네 명이 포로로 잡힌 가운데, 데샬측 사망자는 두 명에 불과했다. 데샬은 진입로가 확보되자마자 부관 한 명과 함께 계단을 살금살금 올라갔고 위베르의 감방을 지키고 있던 보초병에게 달려들어 바닥에 쓰러뜨렸다. 데샬은 그의 목을 따고 문을 발로 차서 열었다.

위베르는 심하게 구타를 당해 피투성이였다. 가슴과 팔에 온통 멍이 들어 있었다. 데샬과 부관은 어렵사리 위베르에게 옷을 입히고 최대한 조심스럽게 그를 옮겼다. 데샬의 계산에 따르면 부하들과 위베르를 데리고 노란 집에서 빠져나갈 수 있는 시간은 십 분이었다. 무선 송신기가 박살나기 전에 독일군이 도움을 요청했는지 알 수 없었지만, 그랬을 가능성이 컸다.

그는 위베르를 일층으로 안내했다. 베니카스 부인이 직원들과 함께 문 바로 앞에 있었다. 그녀는 이 아수라장에도 불구하고 침착했다.

"그분이 아직 살아 계셔서 다행이에요." 그녀가 말했다.

"여기서 데리고 나가야 합니다. 부인. 치료를 받아야 해요."

그들은 데샬을 따라 노란 집과 식당 사이의 마당으로 나왔다. 데샬의 부하 둘이 포로 네 명을 일렬로 벽에 세워놓았다. 그중 세 명은 머리에 손을 얹고 앞을 똑바로 쳐다보고 있었다. 가장 어린 나머지 한 명은 바지를 적신 채 울고 있었다.

데샬이 위베르를 돌아보았다. "이들 중에 당신을 때린 놈이 있소?"

위베르는 눈을 가늘게 뜨고 포로들을 쳐다보았다. 눈의 초점을 맞추기까지 어느 정도 시간이 걸렸다. 그는 맨 끝에 서 있는 땅딸막한 대위를 턱으로 가리켰다.

데샬이 그에게 다가갔다. "땅딸보, 네가 저 사람을 때렸나?"

대위는 그를 노려보았다.

데샬은 허리춤에서 꺼낸 리볼버로 대위의 한쪽 뺨을 후려쳐 뼈를 으스러뜨리고 안경을 박살냈다. 그다음은 다른 쪽 뺨, 그다음은 입이었다.

대위가 허리를 꺾고 이를 몇 개 뱉자, 데샬은 베니카스 부인을 돌아보았다. "식당으로 들어가세요." 그가 말했다. "우리도 금방 따라가겠습니다."

데샬은 대위를 다시 벽으로 밀치고 그의 턱 아래에 총신을 갖다 댔다.

식당 안으로 들어간 베니카스 부인은 마당에서 울려퍼질 총성에 대비해 마음의 준비를 했다. 한 발, 그리고 세 발이 이어졌고, 데샬과 부하들이 독일군의 가슴을 향해 방아쇠를 당기자 다시 네 발의 총성이 들렸다.

그들은 위베르를 의자에 앉혔다. 몇 테이블 옆에는 점심을 먹으러 왔던 독일군이 자신들이 흘린 피 위에 대자로 쓰러져 있었다. 테이블이 뒤집히는 바람에 쏟아진 음식이 주변에 흩어져 있었다. 위베르는 물을 한 모금 마시고 치즈를 한 조각 삼켰다.

데샬이 위베르의 의자 옆에 무릎을 꿇고 앉았다. "당신은 이제 안전해요. 우리가 당신을 탈출시킬 겁니다. 연합군이 노르망디를 침공했어요. 모든 게 달라졌습니다."

위베르는 멍하니 그를 바라보았다.

"여기서 무슨 일을 하고 있었죠?" 데샬이 물었다.

"그림." 위베르가 멈칫거리며 대답했다. "독일이 훔쳐간 그림을 다시 훔쳤습니다. 르누아르, 모네, 루소…… 우리의 보물을."

베니카스 부인이 물에 적신 행주와 붕대를 가져왔고 위베르의 잔에 브랜디를 따라주었다.

데샬은 일어섰다. "전원 소집해라." 그가 한 부하에게 외쳤다.

그들이 타고 온 용달트럭 두 대가 모퉁이에 주차되어 있었는데, 언제라도 출발할 수 있도록 운전사들이 대기하며 시동을 걸어둔 채였다.

"부인." 데샬이 말했다. "저희와 같이 가셔야 합니다."

"내 집을 두고 떠날 수는 없어요."

"독일군한테 죽임을 당할 겁니다. 선택의 여지가 없어요."

"말씀은 감사하지만, 방법이 있어요. 나를 묶고 재갈을 물려서 창고에 가두세요. 당신한테 힘으로 제압당했다고 할게요."

데샬은 고개를 저었지만 더 고집을 부리지는 않았다. 시간이 없었다.

"설명하자면 복잡해요." 위베르는 더듬거리며 설명을 마저 하려 했다. "원래 임무는 리옹이었고…… 고갱이 마르키즈제도에서 그린 그림이었어요."

데샬은 부하들을 소집하느라 그의 말을 반쯤 흘려들었다. 하지만 베니카스 부인은 한마디 한마디 귀담아들었고 점점 흥분을 감추지 못했다.

"고갱이 사망한 곳이 거기였죠?" 베니카스 부인이 말했다.

위베르는 고개를 끄덕였다.

"그 사람을 알아요." 그녀가 말했다. "어렸을 때 만났어요. 그가 그림을 그리는 동안 구경을 하곤 했죠."

삼 주 뒤 낭트의 은신처에서 요양중이던 위베르는 영국 공군이 아를을 조준 폭격했다는 소식을 접했다. 그들의 표적은 독일군 요새, 그들의 열차와 장갑차, 여전히 게슈타포의 본부로 쓰이고 있던 노란 집이었다. 그는 베니카스 부인이 목숨을 부지했는지 궁금했다. 여기저기 수소문했지만 아는 사람이 없는 듯했다.

8

토호타우아는 요리사 바에오호가 작업실에 올라갔다 십 분 뒤에 다시 내려오는 걸 보았다. 개울로 먹을 감으러 갔던 화가가 나타나자 초록색과 노란색이 섞인 앵무새가 숲에서 나와 지붕에 내려앉았다. 화가는 밀짚모자를 쓰고 흰색 재킷과 헐렁한 초록색 바지를 입고 있었다. 그는 지팡이를 짚고 절뚝거리며 천천히 걸었다. 안색이 창백했고 손은 검버섯이 피어 얼룩덜룩했고 짚신을 신은 발은 퉁퉁 부었다. 삼 년 전 이 섬에 왔을 때부터 좋지 않던 건강이 훨씬 더 나빠졌다. 항상 안경을 쓰고 다녔고 뜨거운 한낮에도 재킷이나 레인코트를 입었다.

그는 벤치에 앉아 있는 토호타우아와 하아푸아니에게 손을 흔들고는 다리를 절며 곧장 집으로 걸어가 작업실로 올라갔다. 그들이 따라 올라가 보니 그는 그들을 등지고 있었다. 물감을 섞어 팔레트에 펴바르는 중이었다. 요리사가 켜놓은 양초와 등불로 방안이 환했다. 부연 호박색 불빛이 사방을 물들였다. 이젤 옆 테이블 위에 물감과 붓이 가득 담긴 통 두 개와 빨간색 고둥 껍데기가 놓여 있었다. 화가가 고개를 돌려 그들에게 목례를 했다. 하아푸아니는 구석의 스툴에 앉았고 토호타우아는 화려한 무늬가 새겨진 의자로 다가갔다. 의자 위에 하얀색 부채가 있었다. 그녀는 의자에 앉아서 부채를 살펴보았다. 주변 섬 어디에서도 이렇게 새하얀 깃털을 가진 새는 본 적이 없었다. 그녀는 손잡이에 달린 까만 동그라미 속 하얀 동그라미, 그리고 그 속의 빨간색 점을 손끝으로 더듬었다.

물감을 다 섞은 화가가 그녀 쪽으로 고개를 돌리자, 그녀는 화가의 의도를 미루어 짐작하고 부채를 든 채 자세를 잡았다. 오른손에 부채를 들고 손잡이가 왼쪽 허벅지와 수직을 이루며 깃털이 오른쪽 가슴을 가리도록 했다. 그게 자연스럽게 느껴졌다. 화가는 좋다는 뜻으로 고개를 끄덕이고 그녀에게 왼쪽으로 몸을 좀더 기울이라고 손짓했다. 손바닥으로 의자를 누르자 무게중심이 이동하면서 그녀의 왼쪽 어깨가 올라갔다. 그녀는 자세를 잡고, 화가나 남편이 아니라 열린 문 너머 공터를 지나 숲을 채운 어둠을 응시했다.

9

검은색 외투에 노란색 스카프를 두른 베니카스 부인은 몽펠리에에 있는 아르테미술관의 계단을 올라갔다. 아를에서 버스를 타고 온 것이었다. 지금 그녀는 론강이 내려다보이는 바크가의 아파트에 살았다. 그녀가 기르는 삼색얼룩고양이 두 마리는 발코니에 놓인 해바라기 사이에 앉아 있는 걸 좋아했다. 그녀의 건물은 연합군이 상륙하고 얼마 지나지 않아 벌어진 공습 때 파괴됐다. 돌무더기 잔해에서 건진 건 마룻널 아래에 숨겨두었던 작은 금고뿐이었다. 그 안에 빈센트 반 고흐가 그녀의 어머니에게 준 선물이 들어 있었다. 그들이 살던 집을 유화로 그리려고 스케치하고 서명까지 해놓은 작품 두 점이었다. 베니카스 부인은 스케치를 마르세유의 화상에게 팔았고 그 돈으로 평생 풍족하게 살 수 있었다.

전쟁 때 심하게 훼손됐던 미술관은 삼 년간의 보수 공사를 거쳐 얼마 전에 다시 문을 열었다. 베니카스 부인의 구두가 또각또각 대리석 계단을 울렸다. 그녀는 프런트에서 2프랑을 내고 직원에게 문의한 다음, 복도를 지나 우회전, 다시 좌회전을 하고 세잔과 마티스, 피카소와 브라크의 작품이 걸린 전시실을 지나 오로지 반 고흐와 고갱의 작품에만 할애된 전시실로 들어갔다.

그녀가 보러 온 작품은 안쪽 벽의 눈에 잘 띄는 곳에 걸려 있었다. 그녀는 그림 앞 벤치에 앉아 하얀 원피스를 입고 눈은 갈색에 머리는 그녀처럼 빨간 여자와 시선을 맞췄다. 여자의 손에는 베니카스 부인이 육십 년 전 화가에게 선물한 하얀색 부채가 들려 있었다. 그는 아를로 돌아와서 그녀의 초상화를 그려주지 않았다. 섬에서 고둥 껍데기에 대고 노래를 불러주지도 않았다. 하지만 생의 마지막 해에 그는, 언젠가 그녀가 볼 거라는 사실을 안다는 듯이, 세계 반대편에서 그녀의 부채를 들고 있는 이 여자를 그렸다. 그렇게 노란 집과 그녀의 어린 시절에 얽힌 값진 흔적을 지킨 거라고, 그녀는 눈물을 닦으며 생각했다.

세번째 패널

마이클 코널리

마이클 코널리의 장편소설은 대부분 로스앤젤레스 경찰국의 해리 보슈 형사가 주인공이다. 해리의 원래 이름은 히로니뮈스이고, 그는 에드워드 호퍼의 〈밤을 새우는 사람들〉과 오래전부터 인연이 있었지만 동명이인이 그린 〈세속적인 쾌락의 동산〉과도 통하는 바가 많다. 그 작품의 세번째 패널이 이 단편에 영감을 주었다.

〈세속적인 쾌락의 동산〉(세번째 패널), 히로니뮈스 보스

니컬러스 젤린스키 형사가 첫번째 시신 옆에 있을 때, 반장이 건물 밖으로 그를 호출했다. 그는 나가서 마스크를 턱 아래로 내렸다. 데일 헨리 반장은 그늘막 아래에서 사막의 태양을 피하고 있었다. 그가 지평선 쪽으로 손짓했고, 젤린스키는 검은색 헬리콥터가 태양 아래에서 저공비행으로 광활한 관목지 위를 날아오는 것을 보았다. 헬기가 선회하자 옆문에 흰색으로 적힌 FBI라는 글자가 눈에 들어왔다. 헬기는 지형지물이 빽빽한 곳에서 착륙할 지점을 찾는 듯 집 주변을 돌았다. 하지만 그 집은 십 년 전 경기 불황 이후 건설이 백지화된 주택단지의 바둑판 모양 흙길 위에 홀로 서 있었다. 그들은 랭커스터에서 7마일, 그러니까 로스앤젤레스에서는 70마일 떨어진 외딴곳에 있었다.

　"저들이 차를 타고 온다고 하시지 않았나요?" 젤린스키가 헬리콥터 소리 너머로 외쳤다.

"나랑 얘기한 딕슨이라는 작자는 그럴 거라 했는데." 헨리가 마주 외쳤다. "그러면 여기까지 왔다 가는 데 한나절이 걸린다는 걸 깨달은 모양이야."

헬기가 마침내 착륙지점을 정하고 하강하기 시작하자, 하강풍 때문에 먼지구름이 날렸다.

"망할," 헨리가 말했다. "우리 쪽으로 바람이 불잖아."

조종사가 엔진을 끄자, 날개가 저 혼자 돌아가는 가운데 한 남자가 헬기에서 내렸다. 양복을 입고 조종사용 선글라스를 쓰고 있었다. 그는 먼지를 마시지 않도록 한 손에 든 하얀색 손수건으로 입과 코를 막았다. 다른 쪽 손에는 설계도나 미술작품을 담는 원통을 들고 있었다.

"연방수사관답군." 헨리가 말했다. "집단 살인 현장에 양복을 입고 오다니."

양복을 입은 남자가 그늘막까지 걸어왔다. 그는 손수건으로 입과 코를 막은 채 악수를 하려고 원통을 겨드랑이 아래 끼웠다.

"딕슨 수사관?" 헨리가 물었다.

"맞습니다, 반장님." 딕슨이 말했다. "먼지 일으켜서 죄송합니다."

그들은 악수를 했다.

"사건 현장에서 맞바람을 맞으며 착륙하면 그렇게 되죠." 헨리가 말했다. "나는 로스앤젤레스 경찰국의 헨리 반장입니다. 통화한 적 있죠? 그리고 이쪽은 이번 사건을 맡은 닉 젤린스키 형사."

딕슨은 젤린스키와 악수했다.

"저것 좀 써도 될까요?" 딕슨이 물었다.

그는 장비 테이블 위의 마스크가 담긴 종이 상자를 가리켰다.

"얼마든지요." 헨리가 말했다. "마스크에 장화도 신고 우주복도 입는 게 좋을 겁니다. 집안에 떠다니는 화학약품이 워낙 많아서."

"고맙습니다." 딕슨이 대답했다.

그는 테이블 앞으로 가서 원통을 내려놓고 손수건을 마스크로 대체했다. 그런 다음 재킷을 벗고 하얀색 비닐로 된 보호복을 입고 종이 장화를 신고 라텍스 장갑을 꼈다. 보호복에 달린 모자까지 당겨 썼다.

"차로 오시는 줄 알았는데요." 헨리가 말했다.

"그러려고 했는데 헬기를 쓸 수 있게 됐어요." 딕슨이 말했다. "하지만 오래는 못 써요. 오늘 오후 고위 관리 시찰 때 필요하거든요. 그러니까 이제 들어가서 어떤 사건인지 볼까요?"

헨리가 열려 있는 대문 쪽으로 손짓했다.

"닉, 가서 근사한 구경 시켜드려." 그가 말했다. "나는 여기 있을 테니까."

딕슨은 문지방을 넘어 입구의 작은 통로로 들어갔다. 통로 양단에 튼튼한 문을 달아 맨트랩으로 개조한 형태였다. 약물 소굴은 대부분 그런 구조였다. 젤린스키가 뒤따라 들어갔다.

"통화하면서 반장님께 기본적인 사항은 들으셨죠?" 젤린스키가 물었다.

"아무 선입견 없이 시작했으면 합니다. 형사님." 딕슨이 말했다. "반장님이 아니라 담당 형사한테 설명을 듣고 싶기도 하고요."

"알겠습니다. 여긴 2008년 부도가 나기 전에 지어진 모델하우스예요. 그뒤로 이 일대에는 아무것도 지어지지 않았어요. 덕분에 필로폰을 제조하기에 완벽한 공간이 되었죠."

"그렇군요."

"안에 네 명의 희생자가 각기 다른 곳에 쓰러져 있어요. 세 명은 조제 담당이고 한 명은 경비원인 듯합니다. 집안에 무기가 몇 개 있는데 아무도 대응 사격을 하지 않은 것 같아요. 사실 빌어먹을 닌자 부대한테 당한 것처럼 보입니다. 네 사람 모두 심장에 화살이 꽂혔거든요. 짧은 화살이."

"석궁일까요?"

"그럴 가능성이 가장 큽니다."

"동기는요?"

"절도는 아닌 듯합니다. 방마다 손만 뻗으면 닿을 곳에 제조된 마약이 가방과 냄비에 한가득 있거든요. 기습 공격 같아요. 그리고 보고서에 고지하지 않은 사항이 하나 있는데, 보시고 싶을 겁니다."

"반장님이 전화상으로 여기가 세인츠 앤드 시너스의 업장이라고 하셨던 걸로 기억하는데요."

"맞습니다. 랭커스터와 팜데일은 그들의 구역이고 이 집도 그들 거예요. 그러니까 세력 다툼도 아닌 것 같습니다."

"알겠습니다. 그럼 나머지를 보여주시죠."

"먼저 묻고 싶은 게 있는데요. FBI에서 우리가 전송한 보고서에 이토록 관심을 보이는 이유가 뭡니까?"

"화살. 그리고 석궁. 그게 저희가 지금 수사중인 다른 사건과 연관이 있는 걸로 밝혀지면 곧바로 말씀드리겠습니다."

딕슨은 두번째 문을 지나 걸음을 멈추고 거실을 살펴보았다. 평범한 거실처럼 가죽소파 두 개, 솜을 넣은 의자 두 개, 커피 테이블이 있었고 벽에는 대형 평면 텔레비전이 걸려 있었다. 커피 테이블 위에 놓인 좀더 작은 모니터에는 집 주변의 관목지와 사막을 비추는 네 대의 카메라 영상이 사분할로 보였다.

방범 모니터 앞 소파에 죽은 남자가 앉아 있었는데, 몸을 왼쪽으로 돌리고, 총신을 짧게 자른 산탄총이 놓여 있는 사이드 테이블 쪽으로 오른팔을 뻗은 자세였다. 그는 결국 총을 잡지 못했다. 젤린스키가 말한 대로, 흑연 화살이 세인츠 앤드 시너스 오토바이 클럽 로고—씩 웃는 표정의 해골이 악마의 뿔을 단 채 천사의 후광을 삐딱하게 머리에 이고 있는 로고였다—가 새겨진 가죽조끼를 뚫고 뒤에서 앞으로 그의 심장을 관통했다. 화살이 워낙 빠른 속도로 꽂혀서, 들어가고 나온 입구가 순식간에 화살대로 막혔기 때문에 피가 거의 나지 않았다.

"이 남자가 1번 희생자입니다." 젤린스키가 말했다. "이름은 에이든 밴스, 약물과 폭행으로 여러 차례 체포된 전적이 있어요. 흉기를 이용한 상해와 살인미수로. 코코란에서 오 년 형을 살았죠. 오토바이 클럽의 전형적인 행동대장이에요. 그런데 범인들이 선수를 친 모양이에요. 이자는 범인들이 들이닥치는 걸 모니터로 보지 못했고, 문을 따는 소리도, 맨트랩을 지나는 소리도 듣지 못했어요. 알아차렸을 때는 이미 늦었죠."

"솜씨가 좋네요."

"내가 아까 얘기했잖아요, 닌자 부대라고."

"닌자 부대? 여러 명이라는 뜻인가요?"

"느낌상 단독 범행이 아니에요."

"카메라는…… 디지털 녹화가 되지 않나요?"

"실망스럽게도 실시간 감시만 되는 카메라예요. 자기들이 여길

드나드는 영상을 디지털 증거로 남기고 싶지 않았겠죠. 그 때문에 철창신세를 질 수도 있을 테니까요."

"그렇겠네요."

그들은 집안으로 좀더 깊숙이 들어갔다. 증거 감식반과 사진사, 형사가 곳곳에서 일하고 있었다. 노란색 증거 표시가 바닥, 가구, 벽 등 딕슨의 시선이 닿는 모든 곳에 붙어 있었다. 이곳은 세인츠 앤드 시너스의 주 수입원인 필로폰 가루를 만드는 제조공장으로 쓰였다. 젤린스키는 여기가 로스앤젤레스 북동쪽의 사막 곳곳에 산재한 이 조직의 여러 제조공장 가운데 한 곳에 불과하며, 완제품은 밀매업자를 거쳐 어마어마하게 중독성이 강한 이 약물의 노예가 된 불운한 사람들에게 넘어간다고 설명했다.

"여기가 출발점인 거죠." 딕슨이 말했다.

"무슨 출발점요?" 젤린스키가 물었다.

"인간의 고통으로 향하는 출발점. 이 집에서 만들어진 약물이 인간의 삶을 파괴했잖습니까."

"네, 그렇다고 볼 수 있겠네요. 이런 데라면 아마 일주일에 70에서 80파운드 정도 생산했을 겁니다."

"이자들을 안쓰럽게 여기기 힘들어지네요."

방은 총 세 개였고 방마다 독립적인 조제실이 갖춰져 있었다. 아마 조제 담당과 경비원을 2교대나 3교대로 교체해가며 이십사 시간 내내 돌렸을 것이다. 방마다 화살을 맞고 바닥에 대자로 쓰러진 시신이 있었다. 다들 보호복을 입고 마스크를 썼다. 하나같이 핏자국 없이 깨끗하게 심장을 관통당했다. 젤린스키는 사건 현장 투어의 일환으로 그들의 이름과 전과를 딕슨에게 알려주었다.

딕슨은 그들의 신원이 아니라 어떤 식으로 죽었는지에만 관심이 있는 듯했다. 그는 화살대의 무늬에서 단서를 찾거나 뭔가를 확인하려는 사람처럼 쭈그리고 앉아서 각 시신에 꽂힌 화살을 열심히 들여다보았다.

젤린스키가 안방을 제일 나중에 공개한 이유는 거기에만 이례적인 부분이 있고, 또 핏자국이 남아 있기 때문이었다. 그 방의 피해자는 왼쪽으로 쓰러져 있었다. 보호복 소매가 위로 올라가 있었는데, 오른손이 손목에서 깨끗하게 잘려나갔다.

"여러분," 젤린스키가 말했다. "조금만 비켜주세요."

벽을 살피고 있던 두 명의 증거 감식반원이 뒤로 물러났다. 필로폰을 말리는 냄비가 접이식 테이블에 놓여 있고, 피해자의 잘린 손이 그걸 자르는 데 썼을 가능성이 큰 긴 칼에 박힌 채 그 위쪽 벽에 꽂혀 있었다. 잘린 손의 손가락은 누가 만져놓은 듯 인위적인 모양을 하고 있었다. 엄지와 검지와 중지는 위쪽을 향한 채 서로 딱 붙어 있고 나머지 두 손가락은 손바닥 쪽으로 구부러져 있었다. 손 주변 벽에 피해자의 피로 동그라미가 그려져 있었다.

"이 비슷한 걸 본 적 있습니까, 딕슨 수사관님?" 젤린스키가 물었다.

딕슨은 대답하지 않았다. 그는 벽 쪽으로 몸을 바짝 기울이고 손을 들여다보았다. 피가 벽을 타고 흘러내려 그 아래 냄비 속으로 떨어졌다.

"제가 보기에는 컵스카우트가 하는 경례와 비슷한데요." 젤린스키가 덧붙였다. "두 손가락을 들고 하는 그 인사 있잖습니까."

"아뇨," 딕슨이 말했다. "그게 아닙니다."

젤린스키는 아무 말도 하지 않았다. 그저 기다렸다. 딕슨이 허리를 펴고 그를 돌아보고는 손을 들어 벽에 꽂힌 손과 같은 동작을 취했다.

"르네상스 시대의 그림과 조각에서 흔히 보이는 신성의 상징입니다." 딕슨이 말했다.

"그래요?" 젤린스키가 물었다.

"히로니뮈스 보스라고 들어보셨나요, 젤린스키 형사님?"

"아뇨. 그게 뭐죠, 사람인가요?"

"여긴 이 정도 봤으면 됐습니다. 나가서 얘기하죠."

그들은 그늘막으로 나가 테이블을 정리했다. 딕슨이 판지로 만든 원통의 뚜껑을 열었다. 거기서 돌돌 말린 그림을 한 장 꺼내 테이블 위에 펼쳐놓고 라텍스 장갑과 종이 신발이 담긴 상자로 모서리를 눌렀다.

"이건 스페인 마드리드의 프라도미술관에 걸려 있는 어떤 작품의 세번째 패널을 일정한 비율로 축소한 겁니다." 딕슨이 말했다. "원작은 5세기 전에 그려졌는데, 그걸 그린 화가의 이름이 히로니뮈스 보스예요."

"그렇군요." 젤린스키가 말했다. 안 그래도 희한했던 사건이 이로써 더 희한해졌다는 투였다.

"보스의 대표작으로 간주되는 3부작, 즉 세 개의 패널로 이루어진 그림의 세번째 패널이에요. 제목은 '세속적인 쾌락의 동산'. 형사님은 이 화가의 이름을 들어본 적 없을지 몰라도, 그는 르네상스 시대의 음울한 천재였어요. 미켈란젤로와 레오나르도 다빈치가 이탈리아에서 천사를 그리는 동안 보스는 북유럽에서 이런 끔찍한 상상을 화폭에 담았죠."

딕슨은 복제된 그림을 가리켰다. 사악한 존재들이 온갖 종교적이고 선정적인 방식으로 인간을 고문하고 불구로 만드는 광경이 담겨 있었다. 뾰족한 이빨이 달린 동물들이 벌거벗은 남자와 여자들을 지옥의 불구덩이로 이어진 어두컴컴한 미로로 끌고 갔다.

"이 그림 본 적 있나요?" 딕슨이 물었다.

"망할, 아뇨." 젤린스키가 말했다.

"망할, 아뇨." 테이블 앞으로 다가온 헨리 반장이 거들었다.

"가져오지 않은 첫번째와 두번째 패널은 밝고 파랗습니다. 왜냐하면 세속적인 내용을 담았거든요. 첫번째 패널에서는 아담과 이브와 에덴동산과 사과 등 성서의 창조 이야기를 다루죠. 중앙의 두번째 패널은 그 이후를 다루고요. 도덕적인 책임감이 없고 하느님의 말씀을 존중하지 않는 방탕한 삶. 이 세번째 패널에서는 최후의 심판 날에 죄의 대가가 무엇인지 이야기합니다."

"이자가 참으로 비뚤어진 사고방식의 소유자로 보인다는 것 말고는 할말이 없네요." 헨리가 말했다.

딕슨은 고개를 끄덕이고 그림의 정중앙에 있는 얼굴을 가리켰다.

"이게 화가라고 합니다." 그가 말했다.

"독실한 개자식이로군요." 헨리가 말했다.

"좋습니다." 젤린스키가 말했다. "그러니까 이 화가가 암울한 후레자식이고 어쩌고저쩌고였다고 칩시다. 하지만 그는 죽은 지 오백 년이 지났고 우리 용의자가 아니잖습니까. 하고 싶은 말이 뭡니까? 이게 다 뭐란 말입니까?"

"세번째 패널의 반란입니다." 딕슨이 말했다.

"염병할. 그게 도대체 뭐요?" 헨리가 물었다.

딕슨은 손끝으로 그림 속의 몇몇 이미지를 두드렸다.

"먼저 화살," 딕슨이 말했다. "아시다시피 여기서 선택된 무기는 화살이죠. 보스의 작품에서 화살은 메시지를 상징합니다. 연구자들의 얘기로는요. 한 사람에게서 다른 사람에게로 날아간 화살은 메시지 전송을 의미합니다. 그래서 저게 있고 또 이게 있죠."

딕슨이 이번에는 그림의 한 지점을 힘껏 두드렸다. 젤린스키와 헨리는 테이블 위로 허리를 숙이고 그곳을 자세히 들여다보았다. 그림을 넷으로 나누었을 때 왼쪽 하단 부분에, 동그랗고 파란 방패를 짊어진 악마 같은 짐승이 무덤에 얹은 석판처럼 보이는 곳에 대고 어떤 남자를 누르고 있었다. 잘린 손이 방패 위에 칼로 꽂혀 있었다. 손가락이 집안 조제실의 벽에 붙어 있던 손과 같은 형태였다.

"그래서 누구 소행이라는 겁니까?" 젤린스키가 물었다. "광신도? 종말론을 믿는 미치광이? 정확히 어떤 사람들을 추적해야 하는 거죠?"

"모릅니다." 딕슨은 잠깐 침묵하다 대답했다. "십오 개월 사이에 이런 사건이 세번째예요. 공통점이 있다면 인간에게 고통을 조달하는 사람들이 표적이었다는 거고요."

딕슨은 집 쪽을 가리켰다.

"여기서 필로폰을 만들잖습니까." 그가 말했다. "거기에서 중독과 고통으로 향하는 길이 시작되죠. 3월에 인신매매업자들이 쓰던 오렌지 카운티의 어느 창고에서 이와 유사한 사건이 벌어졌어요. 세 명이 죽었죠. 흑연 화살이 쓰였고요. 인간에게 고통을 조달하는 사람들이었지요."

"메시지를 보내는 거로군요." 젤린스키가 말했다.

딕슨은 고개를 끄덕였다.

"오렌지 카운티에서 사건이 일어나기 사 개월 전에는 샌버나디노에서 중국 삼합회 조직원 네 명이 국수 가게 주방에서 도살당했습니다. 본국에 가족을 인질로 붙잡아놓고, 중국 노동자의 불법이민을 주선해 주방에서 노예처럼 부리며 월급을 갈취한 일당이었죠. 세 개의 사건, 열한 명의 사망자가 모두 이 그림, 그중에서도 특히 이 세번째 패널과 연관이 있어요. 세 건 모두에서 그림의 일부분이 재현됐습니다."

"누가 그랬을까요?" 젤린스키가 물었다. "용의자가 있습니까?"

"신원이 확인된 용의자는 없습니다." 딕슨이 말했다. "하지만 자칭 T3P라는 조직의 소행이에요. 세번째 패널The Third Panel의 약자죠. 하루이틀 안에 그쪽에서 형사님에게 연락해 이 사건의 범인이라고 주장하며, 법을 집행하는 기관이 하지 못하는 일을 자신들이 계속할 거라고 맹세할 겁니다."

"맙소사." 헨리가 말했다.

"우리 추측으로는 유럽에서 이 년 전에 생겨난 어떤 조직의 분파인 것 같습니다. 그때가 보스 사망 오백 주년이라 그의 작품이 네덜란드에서 전시돼 수만 명이 관람했는데, 어쩌면 거기서 반란이 시작됐을 수 있어요. 그 이후로 프랑스, 벨기에, 영국에서 유사한 집단 살인 사건이 벌어졌습니다. 모두 인간에게 고통을 조달하는 사람들이 표적이었죠."

"악당을 처단하는 일종의 테러리스트로군요." 헨리가 말했다.

딕슨은 고개를 끄덕였다.

"다음달 초에 인터폴과 런던 경찰국이 동석하는 국제회의가 열릴 예정입니다." 딕슨이 말했다. "어떤 얘기가 오갔는지 알려드리죠."

"왜 공개수사를 하지 않는지 이해가 되지 않네요." 헨리가 말했다. "이들이 누구인지 아는 사람들이 분명 있을 텐데."

"국제회의 이후에 아마 공개수사로 전환할 겁니다." 딕슨이 말했다. "그럴 수밖에 없을 거예요. 하지만 이 사건이 터지기 전까지는 두 건으로 끝이기를, 조용히 그들의 정체를 밝혀서 기습할 수 있기를 바라고 있었죠."

"이 사건은 공개수사를 할 겁니다." 헨리가 맹세했다. "우라질 인터폴을 기다리고 있지는 않을 거예요."

"그건 내 윗선에서 결정할 문제예요." 딕슨이 말했다. "지금 저는 그저 연관성이 있는지 확인하러 왔을 뿐이고, 헬기를 곧 반납해야 합니다. 로스앤젤레스 지국 담당자가 경찰서로 연락해 지역 전담반 문제를 의논할 겁니다."

딕슨은 헬리콥터 쪽으로 몸을 돌렸다. 조종석 창문에 햇빛이 반사되어 조종사가 보이지 않았다. 딕슨이 팔을 들어 허공에 대고 손가락을 뱅글뱅글 돌렸다. 거의 즉시 엔진이 켜졌고 날개가 천천히 돌아가기 시작했다. 딕슨은 보호복을 벗었다.

"그림을 두고 갈까요?" 그가 물었다. "저희는 그거 말고 또 있어요."

"네, 그러시죠." 젤린스키가 말했다. "이 우라질 그림을 연구하고 싶네요."

"그럼 두고 가겠습니다." 딕슨이 말했다. "통만 주세요. 마지막

남은 하나라."

헬리콥터 날개가 다시 먼지를 일으키기 시작했다. 그늘막이 날아가려고 하자 젤린스키는 팔을 위로 뻗어 그늘막을 가로지르는 버팀목을 붙잡았다. 딕슨은 양복 재킷을 다시 입었지만 먼지를 마시지 않게 마스크는 벗지 않았다. 그는 빈 통을 집어서 뚜껑을 다시 닫고 겨드랑이 아래에 끼웠다.

"필요한 게 있으면 어디로 연락하면 되는지 아시죠?" 딕슨이 말했다. "조만간 다시 얘기합시다."

딕슨은 그들과 악수하고 엔진 소음으로 다른 모든 소리를 지우기 시작한 헬리콥터 쪽으로 총총히 걸어갔다. 그가 조종석에 오르자마자 헬기가 이륙했다. 젤린스키가 하늘로 날아오르는 헬리콥터를 바라보니 몸체에 붙은 FBI의 F가 날개가 일으킨 바람에 떨어지려 했다.

헬기는 왼쪽으로 선회해 로스앤젤레스가 있는 남쪽으로 향했다.

젤린스키와 헨리는 조경 시설물 위로 200피트가 넘지 않도록 일정한 고도를 유지하며 멀어져가는 헬기를 바라보았다. 헬기가 지평선으로 멀어졌을 때 두 경찰관은 먼지구름을 일으키며 달려오는 차량을 발견했다. 그릴에 달린 전조등을 반짝이며 빠른 속도로 달려오고 있었다.

"이번에는 또 누구람?" 헨리가 물었다.

"급한 일인 것만은 분명한데요." 젤린스키가 거들었다.

차량은 일 분이 더 지나서야 그들이 있는 곳에 다다랐고, 가까이서 보니 정부 차량이라는 것을 알 수 있었다. 차는 제조공장 앞쪽 도로 곳곳에 주차되어 있는 다른 차량들 뒤편에 멈춰 섰다. 양복을 입고 선글라스를 쓴 두 남자가 차에서 내려 그늘막 쪽으로 다가왔다.

그들은 다가오며 배지를 꺼냈고 젤린스키는 FBI 배지라는 것을 알아보았다.

"헨리 반장님?" 한 명이 말했다. "FBI 특별수사관 로스 딕슨입니다. 아까 통화했죠? 이쪽은 제 파트너 코스그로브 수사관입니다."

"딕슨 수사관이라고요?" 헨리가 물었다.

"그렇습니다." 딕슨이 말했다.

"그럼 저건 대체 누구였소?" 헨리가 물었다.

그는 지평선을 가리켰다. 이제 파리만해진 검은색 헬리콥터가 더 작아지고 있었다.

"무슨 소리를 하시는 겁니까, 헨리 반장님?" 코스그로브가 물었다.

헨리는 팔을 들어 지평선을 가리킨 채로, 헬리콥터와 그걸 타고 온 남자에 대해 설명하기 시작했다.

젤린스키는 장비를 놓아둔 테이블 쪽으로 고개를 돌려 세번째 패널 그림을 쳐다보았다. 이제 와 생각해보니 헬리콥터를 타고 온 남자가 장갑을 끼기 전에 건드린 물건은 종이 원통뿐이었는데, 그걸 들고 갔다. 그는 그림을 눌러놓은 상자를 치우고 그림을 뒤집었다. 뒤편에 인쇄된 메시지가 있었다.

T3P
우리는 멈추지 않을 것이다
고통을 유발하는 자들이여

조심할지어다

T3P

젤런스키는 그늘막 밖으로 나와 지평선 쪽을 바라보았다. 찬찬히 훑으니 검은색 헬리콥터가 눈에 들어왔다. 연방항공청 레이더에 잡히지 않을 만큼 저공비행을 하고 있었다. 이제 그것은 사막 위의 회색 하늘에 찍힌 까마득한 검은색 점에 불과했다.

그러다 이내 사라져버렸다.

의미 있는 발견

제프리 디버

전직 저널리스트이자 포크 가수이자 변호사인 제프리 디버는 세계 적으로 손꼽히는 베스트셀러 작가다. 그의 소설은 백오십 개국에 팔렸고 스물다섯 개 언어로 번역되었으며 세계 각국의 베스트셀러 목록을 장식했다.

서른일곱 권의 장편소설, 세 권의 단편집, 한 권의 법률 서적을 출 간했고 컨트리웨스턴 음반을 작사했으며, 수많은 상을 수상했거나 후보로 선정됐다. 『남겨진 자들』은 국제 스릴러 작가협회의 '올해 의 장편소설'로 선정됐고 링컨 라임 시리즈 중 하나인 『브로큰 윈 도』와 단독 작품 『엣지』 역시 같은 상의 후보로 선정된 바 있다. 그 는 일곱 차례 에드거상 후보에 올랐다.

바우처콘 국제 추리소설 박람회에서는 평생 공로상을, 이탈리아에 서 레이먼드 챈들러 평생 공로상을 수상했다.

그의 소설 『소녀의 무덤』은 HBO에서 제임스 가너와 말리 매틀린 주연의 영화로 제작됐고 『본 컬렉터』는 유니버설 픽처스에서 덴절 워싱턴과 앤젤리나 졸리 주연의 대작으로 만들어졌다. 라이프타임 채널에서는 그의 소설 『악마의 눈물』을 각색한 작품을 방영했다.

아버지는 유명한 화가였고 누이는 재능 있는 아티스트인 반면 디버 가 마지막으로 시도한 미술 활동은 핑거 페인팅이었다. 안타깝게도 어머니가 방 벽에 그려놓은 작품을 지우라고 했기 때문에 그의 걸 작은 더이상 존재하지 않는다.

라스코동굴벽화

"양심의 위기. 바로 그거야. 이제 어떻게 하면 좋을까?" 그는 레드와인을 그녀의 잔에 따랐다. 두 사람은 와인을 한 모금 마셨다.

그들은 아무도 없는 라운지에서 돌을 쌓아 만든 구식 벽난로 앞에 놓인 짝이 안 맞는 안락의자에 앉아 있었다. 이백 년쯤 됐을 이 여인숙은 적어도 지금처럼 으슬으슬한 봄에는 분명 관광객이 올 만한 숙소가 아니었다.

그는 와인을 다시 한 모금 마시고 시선을 병에 붙은 라벨에서, 쑥색 바닥을 향해 내리뜬 여인의 강렬한 파란색 눈으로 돌렸다. 그녀의 얼굴은 둘이 처음 만났을 때처럼 아름다웠지만, 십 년이 지난 데다 결코 온화하지 못한 환경에서 보낸 시간이 워낙 길다보니 조금 빛이 바랬다. 모자와 SPF 30짜리 선크림으로는 한계가 있었다.

"모르겠어. 어떻게 하면 좋을지 전혀 모르겠어." 델라 패닝은 남편의 질문에 이렇게 대답했다. 그녀는 눈 위로 흘러내린 짙은 금발을 쓸어올렸다.

그는 아내보다 나이가 열다섯 살 더 많았기에 세월의 풍파를 훨씬 더 많이 겪었지만, (컨디션이 좋은 날에는) 야외생활의 대가로 거칠어진 얼굴이 자신에게 개성을 부여한다고 믿었다. 짧게 자른 숱 많은 머리는 대부분 젊은 시절과 마찬가지로 갈색이었고, 햇빛에 금발로 탈색되거나 나이 때문에 희끗희끗해진 몇 가닥이 듬성듬성 보일 따름이었다.

그가 기지개를 켜자 뼈에서 뚝 하는 소리가 났다. 바쁘고 피곤한 하루였다. "두 가지 입장이 있어. 한쪽 입장은 옳은 길을 선택하라고 하지. 하지만 그렇게 간단한 문제가 아니야."

"그리고 대의를 위해 잘못된 길처럼 보이는 쪽을 선택해야 하는 때도 있고." 그녀가 말했다.

그가 물었다. "우리가 그래야 한다고 생각해?"

여인숙 주인이 문 틈새로 고개를 내밀고 프랑스어로 더 필요한 게 있느냐고 묻는 바람에 그들의 대화가 끊겼다. 로저는 시계를 흘끗 확인했다. 열한시였다.

그와 델라는 프랑스어가 유창했기에 그가 없다고, 고맙다고 대답하자 델라가 "본 뉘"*라고 거들었다.

로저는 여인숙 주인이 사라질 때까지 기다렸다가 생각에 잠겨 중얼거렸다. "옳은 길을 선택하라." 그는 고개를 젓고 순한 와인을 몇 모금 더 홀짝였다. 프로방스산 와인이었다.

그렇다, 이건 복잡한 딜레마였다. 그의 머릿속은 온통 이 생각

---

* 프랑스어의 밤 인사.

뿐이었고 델라도 오늘 하루종일 거의 그랬을 게 분명했다.

하지만 갈등의 기원은 이보다 훨씬 오래됐다. 얼추 만 칠천 년쯤.

*

지난주 그들 부부는 비행기를 타고 파리에 도착해, 라스코동굴벽화를 주제로 열리는 학회에 참석하기 위해 열차를 타고 프랑스의 이 지역까지 왔다.

라스코동굴벽화는 고고학 역사상 가장 위대한 발견 중 하나였다. 상부 구석기시대, 그러니까 후기 구석기시대의 여러 부족이 남긴 구백 개의 다채로운 그림은 주로 동물을 그린 것이었고 손과 상징을 간략하게 표현한 것도 있었다. 동굴의 위치는 프랑스 남서부 도르도뉴 지방의 몽티냐크 근처였다.

지난 몇 년 동안 이번 학회와 같은 자리가 여러 차례 마련되었고, 로저와 델라 패닝 같은 고고학자뿐 아니라 인류학자, 환경과학자, 동굴의 훼손이 가속화되는 데 문제의식을 가진 프랑스 내무부 관료가 참석했다. 동굴은 현재 폐쇄된 상태로 소수의 연구원만 드나들 수 있었다. 습기, 곰팡이, 박테리아의 습격으로 심한 경우에는 그림 자체가 거의 사라지기도 했다. 이번 학회는 동굴을 망가뜨리는 생태적인 문제를 해결할 방법을 모색하는 동시에 최근 학계에서 이루어진 동굴벽화의 분석 자료를 공개하고, 이 지역과 다른 곳의 이른바 '그림 동굴' 탐사에 어떤 진전이 있었는지 논문을 발표하는 자리였다.

일요일인 어제가 학회의 마지막날이었다. 오후에 델라는 동굴 일부를 위협하는 신종 곰팡이 퇴치법을 고민하는 세미나에 참석했고, 로저는 벽에 그려진 추상적인 상징들의 뜻을 연구한 논문을 발표하는 자리에 참석했다.

쉬는 시간에 로저는 고고학자의 전형적인 이미지에 딱 들어맞는 남자 옆에서 커피를 마시게 됐다(로저는 지금까지 이 분야에서 인디애나 존스와 외모나 행동이 비슷한 사람을 한 명도 보지 못했다). 공붓벌레처럼 생긴 그는 비쩍 말랐고 축 늘어진 칙칙한 올리브색 모자를 쓰고 있었다. 두툼한 안경에 쭈글쭈글한 황갈색 양복 차림이었고, 손목에는 이가 나간 큼지막한 유리로 덮인 낡아빠진 타이멕스를 차고 있었는데, 1930년대 고고학자나 자랑스럽게 여겼음직한 시계였다.

쉬는 시간 동안 그들은 서로 인사를 나누었다.

"트레버 홀입니다." 그가 악수하며 말했다.

"로저 패닝입니다."

홀은 그 이름을 듣더니 자못 놀라며 한쪽 눈썹을 치켜세웠다. 그는 라스코동굴의 수난사를 소개하는 데 많은 공간을 할애한 로저와 델라의 고고학 블로그를 읽었다고 했다. 그리고 유적지가 직면한 어려움에 대한 인식을 높이고 기부를 권장하는 그들을 칭찬했다. 홀은 시애틀에서 왔다. 여길 찾은 이유는 학회에 참석하고 아직 발굴되지 않은 다른 그림 동굴은 없는지 몇 주 동안 찾아보기 위해서였다. 그건 전문가와 아마추어 고고학자 모두가 좋아하는 취미생활이었다.

홀은 애석한 눈빛으로 말했다. "내가 단서를 제대로 찾은 줄 알았거든요. 그런데 아니었어요. 그렇게나 흥분했었는데. 정말로 흥분했었는데."

낚시꾼이 아쉽게 놓친 물고기 얘기를 하듯 이 바닥에서는 흔히 들을 수 있는 사연이었다.

홀은 계속 이야기했다. "길을 따라 마을을 걷다가 농장에서 일하는 어떤 남자아이를 만났는데, 루 인근의 작은 동굴에 그림이 그려져 있는 것 같다는 얘기를 주워들었다는 거예요."

이런 식으로 발견된 그림 동굴이 많았다. 걸어서 혹은 자전거를 타고 지나가던 동네 주민에 의해서 말이다. 1940년에 라스코동굴을 발견한 주인공도 프랑스 학생 네 명과, 전해 내려오는 소문에 따르면 로보라는 개였다.

"루요?"

"네. 여기서 15마일 정도 떨어진 작은 마을이에요. 아이는 더 이상 아는 게 없었고 누구한테 들은 얘기인지도 기억하지 못했어요. 나는 지난주 내내 그 빌어먹을 마을을 샅샅이 뒤졌죠. 헛수고였어요." 그는 수색을 접고 그날 오후에 떠나야 했다. "카터 같은 순간은 내 몫이 아니었어요." 그는 쓴웃음을 지었다. "그런 순간은 평생 한 번도 누린 적이 없어요. 어쩌면 앞으로도 영영 없을 테고요. 뭐, 어쩌겠어요."

1922년 이집트에서 투탕카멘의 무덤을 발견한 고고학자 하워드 카터를 두고 하는 소리였다. 어쩌면 그건 역사상 가장 유명한 고고학적 발견이었을 것이다.

로저는 '카터 같은 순간'이라는 표현을 들어본 적이 없었다. 하지만 그와 델라는 그게 무슨 뜻인지 이해하고도 남았다. 전 세계인의 상상력을 자극하고 탐험가로 역사에 이름을 남길 수 있는 기회.

그들은 그런 업적을 좀더 절제된 단어로 표현했다. '의미 있는 발견'이라고.

학회가 다시 시작되자 로저는 자기 자리로 돌아가 연사들을 열의 없이 바라보았다. 한 단어가 그의 머릿속을 계속 맴도는 바람에 집중할 수가 없었다. 루, 루, 루.

*

델라와 로저 패닝은 서로 다른 경로로 고고학의 세계에 발을 들였다.

로저는 평생 고고학에 몸담아왔다. 교수의 아들로 태어났고(아버지의 전공은 중동학이었다), 아버지가 요르단, 예멘, 아랍에미리트로 발굴 여행을 떠날 때면 종종 부모님과 동행했다. 그도 자연스럽게 비슷한 길을 걷게 되었지만, 자라면서 고생스러운—그리고 위험할 때가 많은—중동이라는 세계보다 유럽에서 고고학자로 좀더 수월하게 살아가는 것이 적성에 더 맞는다는 사실을 깨달았다.

로저는 오하이오 중부에 있는 아버지의 모교인 그로브너대학에 교수로 임용되었고 해마다 서너 달씩 현장에서, 주로 프랑스, 독일, 이탈리아의 유적지에서 시간을 보냈다.

십 년 전에 델라를 만난 것도 대학에서였다. 그녀는 젊은 나이에 따분한 결혼생활을 하며 홍보 분야에서 따분한 일을 하다가, MBA 과정을 밟으려고 학교로 돌아간 참이었다. 그러다 충동적으로 패닝 교수의 고고학 입문 수업을 신청했다. 델라는 고고학에 홀딱 반해 전공을 바꿨고 고고학 석사학위를 땄다.

졸업 후에 그녀는 남편과 이혼하고 사무직 일을 그만두며 과거의 삶과 결별했다. 그녀와 로저는 얼마 뒤에 결혼했다. 신혼여행지는 프랑스의 아를 원형경기장 근처에서 새롭게 발견된 선사시대 유적지에 쳐놓은 천막이었다.

그들은 아이가 없었기에—그렇게 여행을 다니니 아이를 키우기 힘들었다—고고학에 온 생을 바쳤고, 중요한 논문을 발표하고 탄탄한 발굴 업적을 이루며 학계의 관심을 모았다. 그들은 학회에서 인기가 많았는데, 매력적이고 위트가 넘치는데다…… 둘이 거의 모델에 버금가는 외모인 것도 그것에 일조했다.

그럼에도 의미 있는 발견은 계속 그들을 비껴갔다.

계속되는 좌절이 그들의 명성에 흠집을 냈다. 재정 상태에도 악영향을 미쳤다. 고고학은 예컨대 의학이나 물리학이나 컴퓨터공학과는 다르게 기업 컨설팅이나 특허를 통한 수입을 기대할 수 없었다. 하지만 언론에 보도될 만큼 엄청난 무언가를 발견하면 학교에서—다른 학교로 이직하지 않도록—연봉을 두 배로 올려주고 강연료가 천정부지로 치솟기도 했다. 문장을 만들 줄만 알면—델라와 로저는 둘 다 필력이 있었다—베스트셀러를 출간할 수도 있었다(게다가 패닝 부부처럼 외모가 받쳐주면 텔레비전 출연도 가능했다).

로저는 학회가 열리는 호텔 앞 작은 공원에서 델라를 기다리는 동안 계속 고민했다. 이것이 과연 그들에게 찾아온 기회일까?

그는 델라가 나오자마자 트레버 홀에게 들은 얘기를 전했다.

"흠," 그녀는 웃으며 말했다. "숨겨진 보물이라. 그 아이가 누구한테 들은 얘긴지 모른다고 했다고?"

"응, 출처를 찾아낼 수 있었다면 홀이 찾았을 거야. 딱하게 일주일 동안 그 동네를 묵묵히 뒤지고 다닌 모양이더라고."

로저는 배낭에서 그 지역 가이드북을 꺼내 지도 면을 펼쳤다. 델라도 바짝 다가앉았다. 그는 열심히 살핀 끝에 루를 찾았다. 농경지 한복판에 있는 작은 마을이었다. "여기네."

"지질학적으로 동굴이 있을 만한 곳이 아닌데." 그녀는 미간을 찌푸렸다.

"그러게."

동굴은 화산이나 지진이나 침식작용—주로 물에 의한—으로 생긴다. 이 지역의 동굴은 예외 없이 마지막 범주에 속했다. 물론 동굴 형성의 원인이 된 강물이 먼 옛날에 말라버렸을 수도 있지만, 주거지로 쓰일 만큼 넓은 동굴이라면 수원과 가까운 데 있을 가능성이 큰데 루 인근에는 수원이랄 게 없었다.

로저는 도르도뉴강을 따라 좀더 멀리 있는 들판으로 시선을 돌렸다. 수백 마일에 걸쳐 이어지는 길고 넓은 도르도뉴강은 다른 동굴들의 수원이 됐을 공산이 크지만, 수백 년 동안 여러 고고학자가 이미 강변을 샅샅이 뒤졌다. 로저는 그들이 있는 곳 주변의 좀더 작은 지류를 집중적으로 살폈다.

그는 고개를 모로 꼬고 눈을 가늘게 떴다. "맙소사, 이것 좀 봐." 그는 샤프펜슬로 그가 보고 있던 곳에 동그라미를 쳤다. 어떤 바위 언덕에서 흘러나와 다른 지류와 합쳐졌다 결국 도르도뉴강으로 합류하는 개울 하나가 가느다란 파란색 선으로 표시되어 있었다.

그 개울 이름은 이랬다.

르 루Le Loue.

프랑스어로 읽으면 루Loup와 발음이 같았다.

"아이가 홀에게 얘기한 곳은 여기야. 홀이 착각한 거였어."

"여기서 15마일밖에 안 되네." 델라가 말했다.

그들은 서로의 눈을 쳐다보았다. 로저가 말했다. "내일 시골에서 하루를 보내면 어떨까?"

"그보다 더 마음에 드는 일정도 없겠어."

*

월요일 아침, 그들은 호텔에서 택시를 타고 루 개울 근처의 작은 마을을 찾아갔다.

좁은 도로 옆, 열정적으로 자라난 잔디와 잡초로 뒤덮인 땅에 허름하지만 예스러운 여인숙이 납작 엎드려 있었다. 이름이 '레퀴뢰유 루'였다.

'빨간 다람쥐'라는 뜻이었다.

프랑스 시골의 여인숙이 아니라 영국의 술집 같은 이름이었다.

로저가 방이 있느냐고 묻자, 주인은 누가 봐도 투숙객이 없는데도 애매하게 얼버무렸다. 주인 남자는 현금이 더 좋다고 말하며 기대하는 눈빛으로 고개를 모로 꼬다가 마지못해 신용카드를 받아들었다. 부부는 방으로 짐을 옮긴 뒤 트레킹 배낭을 들고 다시 로비로 나왔다. 그리고 타고 나갈 자전거를 두 대 빌릴 수 있는지 물었다. 차고 뒤편 키가 큰 풀밭에 자전거 몇 대가 세워져 있는 걸 보고 물은 거였다.

로저와 델라는 대여료로 20유로를 지불한 다음 자전거를 타고 루 개울 방향으로 출발했다.

느릿느릿 흐르는 개울은 한쪽은 바위 절벽, 다른 쪽은 풀과 꽃나무와 라벤더로 뒤덮인 좁은 계곡에 위치해 있었다. 길은 바위 절벽 쪽에 나 있었는데, 그들은 개울과 나란한 그 길을 자전거로 달리는 동안 단 한 사람도 만나지 못했다. 낡은 푸조와 도요타 몇 대가 자전거가 있다는 걸 알아차리지 못한 채 쌩하니 지나갔다. 그들은 동굴이 있을 법한 노두가 보일 때마다 자전거를 멈췄지만, 석회암에 몸을 욱여넣을 수도 없을 만큼 좁은 균열이 나 있는 게 고작이었다.

델라가 브레이크를 잡고 굽이굽이 이어지는 풍경을 두리번거렸다. "곧 해가 지겠어."

그들은 숙소에서 몇 마일 떨어진 곳에 있었다. 하지만 로저는 수색의 흥분이 아직 가시지 않았다. "하나만 더 살펴보고 가자. 저기 저거." 그는 개울보다 30피트 정도 높은 위치에서, 도로 옆으로 고개를 삐죽 내민 초승달 모양의 큼지막한 암석을 가리켰다. 바위와 돌멩이와 자갈로 뒤덮인 암석이었다. 그들은 꼭대기에 자전거를 두고 절벽 기슭으로 내려갔다. 처음에 로저는 회의적이었다. 암석은 도로와 수로 바로 옆에 있었다. 동굴이 있었다면 하이킹을 나왔거나 배를 타고 지나가던 사람에게 진작 발견됐을 것이다. 하지만 순간 노두의 기슭을 빽빽하게 덮은 덤불과 나뭇가지가 눈에 들어왔다. 그들은 가죽장갑을 끼고 덤불과 나뭇가지를 치우기 시작했다.

"저것 좀 봐!" 로저는 그들이 발견한 것을 쳐다보며 외쳤다. 입구가 가로 3피트, 세로 4피트 정도 되고 울퉁불퉁한 안쪽 공간이 1야드 정도 이어지다 다시 자갈과 흙 더미로 막힌 굴이었다. 로저는 기어가서 부스러기들을 치우고 위쪽에 8인치쯤 되는 구멍을 뚫었다.

그 너머의 어둠 속에서 축축하고 퀴퀴한 냄새가 전해졌다.

동굴이었다.

"아, 여보!" 델라도 옆으로 기어와 좁은 구멍 앞으로 최대한 바짝 얼굴을 갖다댔다. 그녀가 손전등을 건네자 그는 전원을 켜고 구멍 너머를 비췄다.

"맙소사. 진짜야!"

좁은 구멍을 통해 이런 각도로 봐서는 살피는 데 한계가 있었지만, 로저의 눈에 보인 것은 분명 동굴벽화의 일부분이었다. 짐작건대 말 그림이었다.

"당신도 한번 봐."

그들은 자리를 바꾸었고 델라도 벽을 살펴보았다. "아, 로저. 믿기지가 않아!" 그녀는 돌더미 위로 좀더 움직였다. "더이상은 보이지가 않네." 그녀는 한 조각 보이는 벽화에 대고 손전등을 흔들었다.

그들은 뒤로 물러나서 입구를 막고 있는 돌과 자갈 더미를 살폈다. 로저가 말했다. "한 시간이면 안으로 들어갈 수 있을 만큼 치울 수 있을 것 같은데. 지금 하기엔 시간이 너무 늦었어. 내일 아침에 다시 오자."

그는 델라를 끌어안고 힘껏 입을 맞췄다.

의미 있는 발견……

드디어.

물론 해결해야 할 문제가 하나 더 있긴 했다.

"양심의 위기. 바로 그거야. 이제 어떻게 하면 좋을까?"

"모르겠어. 어떻게 하면 좋을지 전혀 모르겠어." 델라가 말했다.

월요일 밤인 지금, 그들은 여인숙 라운지에서 토론을 벌이고 있었다.

그가 뼈에서 뚝 소리가 날 정도로 기지개를 켜며 말했다. "두 가지 입장이 있어. 한쪽 입장은 옳은 길을 선택하라고 하지. 하지만 그렇게 간단한 문제가 아니야."

"그리고 대의를 위해 잘못된 길처럼 보이는 쪽을 선택해야 하는 때도 있고."

"우리가 그래야 한다고 생각해?"

여인숙 주인이 공손한 척 히죽거리며 고개를 내미는 바람에 그들의 대화가 끊겼다. "더 필요한 거 없으신가요? 와인을 한 병 더 드릴까요? 아니면 위스키? 음식?"

항상 몇 푼 더 벌 궁리만 하는 교활한 사내였다.

"농, 메르시."*

주인은 부루퉁하게 서 있다가 델라가 "본 뉘"라고 한 다음에야 물러났다.

로저는 여인숙 주인이 사라질 때까지 기다렸다가 생각에 잠겨 중얼거렸다. "옳은 길을 선택하라."

많은 딜레마가 그렇듯 그들이 겪는 양심의 위기도 상당히 간단

---

* '아니요, 고맙습니다'라는 뜻의 프랑스어.

한 문제였다. 트레버 홀의 공로를 인정하느냐 마느냐.

그의 카터 같은 순간을, 의미 있는 발견을 인정하느냐 마느냐.

홀이 자신은 대단한 발견을 한 적이 한 번도 없다고 말하며 지었던 침울한 표정을 로저는 기억했다.

어쩌면 앞으로도 영영 없을 테고요. 뭐, 어쩌겠어요.

그때 델라가 작아진 목소리로 말했다. "우리는 심지어 일 년째 논문도 발표하지 못하고 있잖아, 여보."

최근 그들의 커리어에 가뭄이 들기는 했다. 발굴과 학회 참석차 유럽에 왔다갔다하는 경비도 대부분 그들이 충당하고 있었다. 학교측에서 부담하는 비용은 쥐꼬리만했다. 얼마 전에 이사한 좀더 넓은 집의 담보대출금도 상당한 부담이었다.

새로운 그림 동굴을 발견하면 인생이 어마어마하게 달라질 수 있었다.

잠시 후 델라가 나지막이 물었다. "홀이 알기는 할까?" 그녀는 고개를 저었다. "미안. 이런 소리는 하면 안 되는데."

로저는 어깨를 으쓱했다. "내 소개를 했는걸. 홀도 알게 될 거야."

양심의 위기는 피할 수 있는 경우가 거의 없다.

그들은 침묵에 빠졌고 주변의 소음이 방안을 가득 채웠다. 위에서 삐걱거리는 소리, 멀리서 우는 올빼미 소리, 날름거리는 불꽃이 스타카토로 탁탁거리는 소리.

로저는 자신의 생각을 설명했다. 여긴 현실세계였다. 홀이 만약 패기만만하게 밀어붙였다면 아마도 동굴을 찾았을 것이다. 로저와 델라처럼 좀더 영리하게 머리를 굴렸더라면 분명 찾았을 것이다.

그녀가 덧붙였다. "그리고 당신한테 그 정보를 알려줄 필요도 없었잖아. 공로를 인정받고 싶었으면 잠자코 있다가 다시 왔었어야지."

"그러니까. 당신 말이 맞아. 그리고 젠장, 우리가 아니었다면 애초에 발견 같은 건 있지도 않았을 거야."

하지만 홀은 너무나 아쉬워하는 표정을 지었었다.

그를 끼워줘야 하나, 말아야 하나?

양심의 위기……

그렇게 난감한 지경이 되었을 때, 대개는 간단하고 마음 편한 해결책이 있었다.

결정을 뒤로 미루는 거였다.

"내일 아침에 결정하자."

"내 생각에도 그러는 게 좋을 것 같아." 델라가 말했다.

그는 샴푸 냄새가 나는 그녀의 머리칼에 입을 맞췄고 그들은 객실을 향해 삐걱거리는 계단을 올라갔다.

*

화요일 아침, 로저는 여섯시 삼십분에 짜릿한 에너지가 충만한 상태로 눈을 떴다.

그는 델라를 깨웠고 평소 아침과는 다르게 그녀를 어루만지며 입을 맞추지 않았다. 잽싸게 일어나 샤워를 했고 수염은 굳이 깎지 않았다. 델라도 일어나서 얼른 샤워하고 옷을 갈아입었다. 그들은 청바지에 티셔츠, 스웨트셔츠, 재킷을 입었다. 얕은 동굴이라도 상당히 쌀쌀할 수 있었다. 신발은 편한 등산화를 선택했다.

로저는 배낭에 접이식 삽, 장갑, 카메라, 손전등, 스케치북, 펜 그리고 에너지바와 물을 챙겼다.

그들은 십 분 만에—아침은 커피로 때우고—자전거에 올라타 잔뜩 찌푸린 하늘 아래 길을 나섰다. 이내 동굴에 도착했다.

로저는 다른 고고학자들이 이미 진을 치고 있을지 모른다고, 아니면 트레버 홀이 그 앞을 지키고 있을지 모른다고 생각하는 마음이 없지 않았다. 하지만 아니었다. 아무도 없었다.

그들은 노두 꼭대기에 자전거를 두고 성기게 쌓인 돌과 자갈 더미를 헤치며 가파른 비탈을 내려갔다. 로저가 짧은 캠핑용 삽으로 부스러기들을 치우고 입구를 넓혔다.

그는 힘을 쓰느라—그리고 흥분이 돼서—가빠진 숨을 헐떡이며 아내를 돌아보았다. "준비됐어?"

"들어가자."

그들은 끙끙대며 입구를 통과해 동굴 안으로 들어갔다.

길이는 30피트, 너비는 20피트, 높이는 10피트쯤 됐다. 바닥은 평평했고—이 일대가 거의 그렇듯 석회암이었다—고인 물이나 구덩이는 없었다. 천장은 온전했다. 안전을 위해 본능적으로 이런 부분을 확인하고 구조적으로 튼튼하다는 판단이 서자, 그들은 로저가 어제 보았던 그림이 그려진 벽 쪽으로 고개를 돌렸다. 그림이 수십 개는 되었다.

"세상에," 델라가 속삭였다.

로저는 할말을 잃었다.

그는 이렇게 근사하고 또렷한 동굴 그림을 본 적이 없었다. 그림이 그려지자마자 동굴이 완전히 밀폐돼서 습기나 가스가 차단된 덕분에 그림이 바래거나 훼손되지 않은 듯했다.

델라가 로저의 팔을 잡았다.

라스코동굴벽화와 비슷한 구석기시대의 화풍이 분명했다. 검은색으로 테두리를 그리고 그 안을 빨간색, 베이지색, 황갈색으로 채웠다. 동물이 다수 있었는데, 대부분 소였고 말도 몇 마리 있었다. 이 지역에 살던 부족은 주로 사슴고기를 먹었는데—발굴된 뼈 무더기를 보면 알 수 있었다—신기하게 라스코도 그렇고 여기도 사슴 그림은 없었다.

하지만 가장 놀라운 부분은 동물이 아니라 벽 한복판에 그려진 일련의 인간이었다.

그걸 보고 로저는 숨이 막혔다.

델라도 놀라서 멍하니 바라보기만 할 따름이었다.

라스코나 이 일대의 다른 후기 구석기시대 동굴 그림에서 인간은 좀처럼 보기 힘들었고, 있다 하더라도 막대 인간처럼 그린 게 대부분이었다. 인류학자들이 짐작하기로는 인간을 표현하는 것이 터부시됐거나 종교적으로 금지됐기 때문이었다.

하지만 여기에는 사람이 동물만큼 꼼꼼하게 그려져 있었다. 테두리를 그리고 안에 색을 칠했다. 해부학적으로 현생인류와 흡사한 호모사피엔스일 것이었다(네안데르탈인과 호모에렉투스는 인류에 근접한 종족이었지만 동굴벽화가 그려지기 시작한 후기 구석기시대 이전에 멸종했다). 화가는(남자인 듯했지만 단정지을 수는 없었다) 스타일상으로는 원시적이지만 원근법과 삼차원적인 묘사를 시도했다. 벽화 속 인물들은 조잡하게나마 이목구비를 갖추었고 아마도 짐승 가죽인 듯한 헐렁한 갈색 옷을 입고 있었다.

로저가 속삭였다. "어쩌면 정식으로 인간을 묘사하려고 한 게 이 벽화가 처음일지 몰라."

"어쩌면 우리가 완전히 새로운 부족을 발견한 것일 수도 있고."

그는 고개를 끄덕였다. "이런 식으로 인간을 그렸다는 건 원시적인 터부를 최소한 한 가지는 버렸다는 뜻이니까. 맙소사, 우리가 행동의 선진화behavioral modernity와 관련된 대약진의 증거를 찾은 걸 수도 있어."

행동의 선진화는 호모사피엔스를 그 이전의 현생인류가 아닌 종족과 차별화하는 발달 상태였다. 추상적으로 사고하고, 예술을 창조하고, 계획을 세워 실행하고, 상징적인 행동에 관여할 수 있는 능력. 이 벽화를 보면 적어도 일부 부족 안에서는 행동의 선진화가 생각보다 일찍 이루어졌을 수도 있었다.

"이거야." 로저는 감정이 북받쳐 목이 메었다.

의미 있는 발견……

이로써 두 사람을 괴롭히던 고민이 다시 대두됐다.

그들은 서로를 쳐다보았고 델라가 고개를 끄덕였다. "얘기하자. 트레버 홀한테."

로저는 미소를 지었다. "응, 그래야 할 것 같아."

그녀도 씩 웃었다.

옳은 길을 선택하라.

양심의 위기가 해결됐다.

로저는 안도감이 밀려오는 것을 느낄 수 있었다.

그리고 그들도 당연히 공적을 일부 인정받을 수 있을 것이다. 이러니저러니해도 동굴 안에 맨 처음 발을 들여놓은 사람은 패닝 부부였다. 하지만 그들은 홀과 동등하게 영광을 나누고, 논문을 함께 집필하고, 기자회견에 함께 참석할 것이다. 그러면 성공의 크기가 살짝 줄어들겠지만 밤에 발을 뻗고 잠들 수 있을 것이다.

"사진 몇 장 찍고 숙소로 돌아가자. 홀의 연락처는 모르지만 시애틀에서 왔다고 했어. 그러니까 찾을 수 있을 거야."

"로저? 이쪽으로 불 좀 비춰봐."

로저가 그녀 너머로 손전등을 비추자 얼룩덜룩한 회색 벽 위로 불빛이 넓게 번졌다. 그녀가 가리킨 곳은 인간과 동물이 한데 묘사되어 있는 그림의 중앙 부분이었다. 십여 마리의 소 옆에 남자가 서 있었다. 그의 발치에 조잡하게 그려진 검은색 고양이가 있었다. 후기 구석기시대에 이 지역에는 사자와 표범과 기타 덩치 큰 고양잇과 동물이 살았다. 현재 집고양이라고 불리는 동물도 존재하기는 했지만 유럽보다 북아프리카에서 훨씬 흔했다.

"그리고 맙소사, 로저…… 저 소들 좀 봐!"

그는 그녀의 말을 이해하고 이렇게 속삭였다. "가축으로 사육이 됐네."

이른바 가축의 사육—사냥을 하기보다 가축을 키워서 도살하는—은 이 시대에 갓 시작됐다. 하지만 선사시대의 이 시기에 그려진 라스코와 다른 동굴벽화에서는 대부분 동물이 사냥의 대상이었다. 반면에 이 벽화에서는 소가 무리를 지은 듯 옹기종기 모여 있었다. 발치에 고양이가 있는 남자가 이 동물들을 점검하고 있는 것처럼 보였다. 남자는 수염이 풍성했고 머리가 일부 벗어졌다.

"소 치는 사람일까?" 로저가 물었다.

"그럴지도 몰라. 이렇게 오래전에 조직적인 축산이 이루어졌다는 증거를 발견하다니 놀랍다. 이것도 최초잖아."

"그리고 오른쪽을 봐." 로저가 말했다.

델라는 소매 옆에 그려진 벽화로 손전등 불빛을 옮겨 비췄다. 같은 남자였지만 이번에는 긴 생머리의 여자와 같이 서 있었다. 고양이가 그들의 발치에 있었다.

"동거관계를 묘사한 것일 수 있겠다."

"이것 봐, 로저. 그림이 순차적으로 배열돼 있어. 만화의 컷처럼 이야기를 전하는 거야."

놀라우리만치 이른 시기에 고도로 행동의 선진화가 이루어졌다는 또다른 증거였다.

그들은 이어지는 다음 그림으로 고개를 돌렸다.

두번째 컷의 긴 생머리 여자가 이번에는 제삼의 인물 옆에 서 있었다. 수염을 말끔하게 깎은 남자였다. 머리가 벗어진 수염 기른 남자는 여전히 고양이를 발치에 거느린 채 그들과 조금 거리를 두고 혼자 서 있었다.

로저와 델라는 오른쪽으로 좀더 자리를 옮겨서 중앙 벽화의 마지막 컷을 보았다. 머리가 벗어진 남자가 고양이와 함께 작은 둔덕에 혼자 서 있었다.

"뭔가 이상한데." 델라가 말했다. 그녀는 미간을 찌푸리고 가까이 다가가 그림을 건드렸다.

"여보!" 로저가 다급하게 속삭였다. 유적지에 그려진 그림을 맨손으로 건드리는 건 절대 금기였다. 손의 기름기 때문에 취약한 작품이 훼손될 수 있었다. 그것은 고고학의 가장 기본적인 원칙이었다.

그녀는 놀란 표정으로 남편을 돌아보았다. "이거 뭘로 그린 것 같아?"

"숯이랑 염료?"

"아니야, 자세히 들여다봐."

로저는 가까이 다가가 배낭에서 접이식 돋보기를 꺼냈다. 그리고 허리를 숙여 수염을 기른 남자와 그가 딛고 서 있는 작은 둔덕을 들여다보았다. 그가 고개를 저으며 한숨을 쉬었다. "망할."

"농간이었어." 델라가 말했다.

로저는 고개를 끄덕였다. "아크릴물감이네. 작년쯤 그린 것 같고."

"누군지 몰라도 해해거리고 있겠어."

카디프의 거인부터 미시간 유적, 필트다운인에 이르기까지 고고학계에서 유적 사기극은 오랜 역사를 자랑했다. 돈이 목적인 경우도 있었고, 탐험가의 위신이 목적인 경우도 있었고, 단순한 장난인 경우도 있었다.

"너무 그럴듯했잖아." 로저가 한숨을 쉬며 말했다.

델라는 고개를 젓고 벽화를 보며 웃음을 터뜨렸다. "희한하다. 우리도 예전에 검은 고양이를 길렀는데."

"그래?" 로저가 멍하니 물었다. 그는 사진을 찍으려고 카메라를 꺼내던 참이었다. 찍은 사진을 트레버에게 보내 유적지의 실상을 알릴 생각이었다.

"전남편 프레드하고 말이야. 내가 학교로 돌아간 무렵에."

"고양이라고? 그래서 그놈은 어떻게 됐는데?" 로저는 멍하니 물었다.

"암컷이었어. 이혼하면서 프레드가 데려갔고. 나는 상관없었어. 내가 데려가겠다고 싸우지도 않았고."

로저는 델라가 교수와 바람이 난 것에 죄책감을 느꼈다는 걸 알았다. 전남편의 고양이를 빼앗는 비열한 짓은 하지 않았을 것이다.

그녀는 얼굴을 찡그렸다. "그리고 그거 알아? 소떼 말이야." 그녀는 벽에 그려진 소떼를 턱으로 가리켰다. "프레드하고 내가 저런 낙농장 근처에서 살았거든." 그녀의 호흡이 가빠졌다. "그리고 그이는 머리가 벗어졌고 수염을 길렀고…… 로저, 이상해." 그녀가 그의 팔을 잡았다. "트레버가 어떻게 생겼어?"

"호리호리한 오십대였어. 수염은 없었고." 하지만 한 단어가 즉시 로저의 머릿속을 스치고 지나갔다. 면도기.

"대머리였어?" 그녀가 물었다.

"모자를 쓰고 있었어."

"당신, 프레디를 만난 적은 없지만 사진을 봤잖아."

"몇 년 전에 본 거라."

"낡아빠진 시계를 차고 있었어?" 델라가 물었다.

"응, 타이멕스였던 것 같은데. 금색이었고."

델라가 입을 딱 벌렸다. "아버지한테 물려받은 거야. 어디든 차고 다니고!"

그러니까 델라의 전남편이 트레버 홀 행세를 했던 것이다. 로저는 그림을 쳐다보았다. 혼자 서 있는 프레디, 델라와 함께인 프레디, 로저와 델라 근처에 서 있는 프레디. "나쁜 자식. 이리로 우리를 유인한 거야. 엄청난 발견을 했다고 발표했다 거짓으로 밝혀지면 우리는 완전히 체면을 구기게 되겠지."

델라가 물었다. "설마 정말로 우리가 확인해보지도 않고 이런 걸 학계에 공개할 거라고 생각했을까? 그건……" 그녀의 목소리가 외마디 비명으로 바뀌었다.

그녀는 벽화의 마지막 컷을 보고 있었다.

둔덕 위에 서 있는 프레디.

무덤이었다.

"맙소사. 나가자! 얼른!"

하지만 그들이 한 걸음 내딛기도 전에 위에서 뭔가가 우르르 쏟아지는 소리가 들렸다.

안 돼, 안 돼……

프레디가 불도저 날을 장착한 트럭이나 트랙터를 운전해 노두 꼭대기의 돌멩이와 자갈을 밀어서 떨어뜨리는 소리일 거라고 로저는 절망 속에서 생각했다. 몇 초 뒤 굴 입구로 소나기처럼 파편이 쏟아져내리자 동굴 안으로 먼지구름이 밀려들어왔고 외부의 빛이 차단됐다.

로저와 델라는 숨이 막히기 시작했다.

잠깐 정적이 흐른 뒤 돌 파편이 더 쏟아졌다. 프레디가 후진했다가 다시 한번 가장자리로 천천히 움직이며 계속해서 그들을 무덤 속에 봉인하고 있었다.

"이러지 마! 프레디! 이러지 마!"

하지만 아무리 고래고래 소리를 지르고 비명을 질러도 돌과 흙을 뚫을 수는 없었다.

"전화!" 델라가 외쳤다.

두 사람은 각자 휴대전화를 움켜쥐고 전화를 걸려고 했다. 하지만 신호가 잡히지 않았다.

당연히 그럴 수밖에 없었다. 프레디가 얼마나 철저하게 계획을 세웠겠는가. 그는 오래전부터, 어쩌면 불륜을 알아차린 그날부터 이럴 생각이었을 것이다. 몇 달 전 블로그를 보고 로저와 델라가 라스코에서 열리는 학회에 참석한다는 정보를 입수했을 때, 계획을 실행에 옮겼을 것이다. 그는 완벽한 동굴이 눈에 띄자 그 위편의 산꼭대기에 돌멩이와 자갈을 실어나르고 실제 동굴벽화를 연구해 여기에 그걸 흉내낸 그림을 그렸다. 그런 다음 트레버 홀이라는 이름으로 학회에 참가 신청을 하고, 로저와 단둘이 접촉할 수 있는 기회를 기다렸다 숨겨진 동굴이라는 미끼를 던졌다.

"여보." 공포에 질려서 거칠어진 델라의 목소리가 작은 동굴 안에 메아리쳤다.

"괜찮아." 로저는 손전등으로 입구를 비췄다. "대부분 자갈일 거야. 파고 나가면 돼. 시간은 걸리겠지만 할 수 있어."

그들은 돌무더기 쪽을 비추도록 손전등을 위로 고정해놓고, 큼지막한 돌덩이부터 집어서 옆으로 던지고 작은 삽으로 자갈을 파내기 시작했다.

2피트쯤 전진했을 때 로저는 산소 부족으로 현기증이 났다.

"아무래도……" 델라가 말문을 열었다.

"괜찮아. 우리 잘하고 있어." 점점 희박해져가는 먼지 섞인 공기를 마시고 있으니, 그도 점점 숨이 막히기 시작했다. 산소가 부족하고, 부족했다…… 목이 마른데 소금물을 마시는 느낌이었다. "잠깐만 앉아 있자. 좀 쉬어야겠어. 그냥…… 그냥…… 잠깐 동안만."

그는 벽에 기대앉았다. 델라는 들고 있던 돌덩이를 떨어뜨리고 그의 옆으로 기어와 바닥에 털썩 주저앉아서 숨을 헐떡이며 그의 어깨에 머리를 기댔다.

손전등 불빛 하나가 희미하게 노래졌다가 꺼져버렸다.

잠시 후 그는 아내의 몸이 축 늘어지는 걸 느꼈다.

그래, 그래. 로저는 생각했지만 머릿속이 점점 멍해졌다. 체력을 비축해야지.

그가 말했다. "그냥…… 그냥…… 잠깐만 쉬자."

좀전에도 그 말을 했던가?

기억이 나지 않았다.

"딱…… 오 분만. 잠깐 쉬는 것뿐이야. 벌써 밖으로 나간 거나 다름없어. 그냥…… 잠깐……"

그의 머리가 돌덩이 위로 축 늘어졌다.

로저는 남아 있던 손전등 불빛이 노래졌다가 호박색으로 점점 희미해지는 것을 멍하니 바라보았다. 하워드 카터가 투탕카멘의 무덤을 발견한 이집트 왕들의 계곡 위로 낮게 드리운 태양 같았다.

딱 몇 분만 더 쉬었다가 다시 시작하자. 다 잘될 거야.

그는 델라에게 이렇게 말했다. 어쩌면 하지 않았을 수도 있고.

손전등이 나갔고, 어둠이 동굴을 채웠다.

이발사 찰리

조 R. 랜스데일

조 R. 랜스데일은 마흔다섯 편이 넘는 장편소설과 스물다섯 편의 중편소설 그리고 소설, 비소설, 시, 에세이, 서평을 망라하는 사백 편의 짧은 글을 쓴 작가다. 희곡과 텔레비전 드라마, 만화 대본을 집필하기도 했다. 햅과 레너드가 주인공으로 등장하는 그의 범죄소설 시리즈는 선댄스 TV에서 〈햅 앤드 레너드〉라는 제목으로 드라마화되었고 랜스데일이 공동 제작을 맡았다. 그의 작품을 각색한 다른 영화와 텔레비전 드라마로 〈콜드 인 줄라이〉, 〈부바 호 텝〉이 있고 『마운틴 로드 안팎에서 벌어진 사건*Incident On and Off a Mountain Road*』은 쇼타임 채널에서 〈마스터 오브 호러*Masters of Horror*〉 시리즈로 재탄생됐다. 〈배트맨: 애니메이션 시리즈〉와 〈슈퍼맨: 애니메이션 시리즈〉 대본 작업에도 참여했다. 브램 스토커 상을 열 차례 수상했고 공포소설 작가협회에서 수여하는 그랜드마스터 및 평생 공로상, 전미 미스터리 작가협회에서 수여하는 에드거상, 미국 서부극 작가협회에서 수여하는 스퍼상 등 스물다섯 개가 넘는 문학상을 수상했다. 현재 그와 그의 아내 캐런은 텍사스주 내커도치스에서 고양이와 말을 아주 잘 듣는 핏불테리어와 함께 살고 있다.

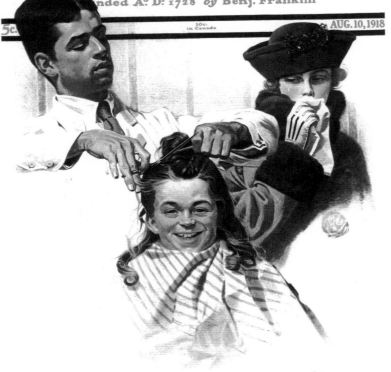

〈머리 깎기〉, 노먼 록웰

호리호리한 체격과 반짝이는 눈, 옅은 미소가 특징이며 관자놀이가 희끗희끗해지기 시작한 찰리 리처즈는 자신이 평균 이상의 이발사라고 자부했다. 그는 이발을 사랑했고 딸 밀드러드—대부분의 사람들이 밀리라고 부르는—와 함께 일하는 걸 좋아했다. 그가 알기로 부녀 이발사는 그들밖에 없었고, 그는 거기에 자부심을 느꼈다. 그리고 밀리가 적어도 지금은 그와 그녀의 어머니 코니와 한집에 살고 있다는 것도 다행스러운 일이었다.

내년에 밀리는 댈러스라는 대도시로 떠날 예정이었다. 이 년 전에 고등학교를 졸업하고 고향에 남아 이발사로 일했지만, 이제 무슨 미용 대학에 진학해 여성 커트도 배울 작정이었다. 화장도 배울 예정이었다. 그녀가 주장하길 그 학교를 졸업하면 저녁 외출을 하는 여자들을 단장하고, 안치용 시신을 깔끔하게 꾸밀 수 있을 거라고 했다. 찰리는 그럴 거라고 믿어 의심치 않았다. 밀리는 배우는 속도가 빠르고 성실했다.

찰리는 손님의 목에 둘렀던 수건을 잡아채고 탤컴파우더를 듬뿍 뿌렸다. 파우더 입자가 새벽 안개처럼 허공을 둥둥 떠다녔다. 남자가 자리에서 일어나 뒷주머니에서 지갑을 꺼내 계산하자 찰리가 외쳤다. "다음 분."

밀리가 마무리중인 손님을 제외하면 남은 손님은 두 명뿐이었다. 왠지 태어났을 때부터 노인이었을 것 같은 퇴직한 우체부 위버 씨와 훌륭한 쿼터백이자 착한 아이로 소문난 십대 소년 빌리 톰프슨이었다.

찰리는 다음 손님이 의자에 앉길 기다리는 동안 밀리를 흘끗 쳐다보았다. 그녀는 키가 크고 호리호리한 미인이었고, 엄마를 닮아 머리와 눈동자가 검은색이었다. 밀리는 껌을 씹으며 만화책을 읽고 있는 열한 살짜리 손님의 빗자루 같은 머리를 열심히 자르고 있었다.

밖에서는 가을바람이 휘파람소리를 냈다. 공원 너머에서 날려온 낙엽이 널찍한 전면 유리창과 대기석 뒤편의 작은 유리창에 부딪히자 셀로판지를 구기는 것 같은 소리가 났다. 그 소리를 듣고 찰리는 향수에 젖었다. 전쟁이 일어나기 한참 전, 그는 젊은 이발사이고 코니는 중고차 매장 비서였던 시절에 둘이 처음으로 데이트를 한 날이 이런 날이었다.

첫 데이트로 그들은 공원에 소풍을 갔지만, 낙엽이 너무 사납게 날리는 바람에 그의 이발소로 피신하는 수밖에 없었다. 그때는 이발소가 지금보다 작았고, 타이어 수리점과 매장을 같이 썼다. 그는 유압식 리프트로 차를 들었다 내리는 소리, 타이어를 떼어내고 교체하고 회전시키는 피트 안으로 차를 넣었다 빼는 소리를 들으며 모퉁이 사무실 비슷한 곳에서 일을 했다.

그들은 이발소 한쪽 구석의 잡지 테이블 위에 햄버거와 콜라를 올려놓고 먹다가 결국 입을 맞췄다. 두 사람 모두에게 놀라운 일이었다. 입술이 떨어진 순간 두 사람은 알았다. 마치 한 편의 영화와도 같았다. 그런 순간이 찾아오면 저항할 수 없었다. 그들은 그날 이후로 떨어질 수 없는 사이가 되었다.

전쟁 때는 예외였지만.

찰리는 전쟁의 기억을 떠올리고 싶지 않았다. 그러면 미소가 사라졌다. 그때 생각은 너무 자주 하지 않는 편이 좋았다.

밀리가 이발을 끝마치자 아이는 자리에서 일어나 주머니에서 1달러짜리 지폐를 꺼내 값을 치른 다음 밖으로 나갔다. 그리고 마치 바람에 날려가는 유령처럼 이발소의 큼지막한 유리창 앞을 지나갔다.

찰리는 시계를 흘긋 확인했다. 다섯시가 거의 다 됐다. 그가 빌리의 머리를 자르고, 밀리가 위버 영감의 머리 둘레를 감싼 솜털 같은 흰색 고수머리를 자르면 그날의 업무는 끝이었다.

밀리가 의자 등받이를 반려견처럼 토닥이며 말했다. "위버 씨, 위버 씨 차례예요."

위버 영감은 읽고 있던 〈라이프〉지를 테이블에 내려놓으며 대기석에서 천천히 일어났고, 굳어가는 시멘트를 가르듯 그녀를 향해 걸어갔다. 찰리는 그가 서둘러줬으면 좋겠다고 생각했다. 왜냐하면 그들에게는 원칙이 있었기 때문이다. 다섯시 전에 도착한 손님은 기다렸다 머리를 자를 수 있었다. 하지만 다섯시가 되면 문을 잠그고 큰 유리창에는 블라인드를, 작은 유리창에는 커튼을 치고 남은 손님의 머리 손질을 끝낸 뒤 퇴근했다.

찰리는 이제 그만 문을 잠글까 고민했지만 다섯시까지 아직 몇 분이 남았고, 그는 원칙을 지키고 싶었다. 하지만 다섯시 정각이 되면 문 앞으로 가서 팻말을 영업 종료로 돌려놓고 문을 잠글 것이었다.

그는 시원한 맥주를 마시고 저녁을 먹을 생각을 했다. 오늘 저녁에는 코니가 고기찜을 준비한다고 했다.

빌리가 찰리의 의자로 와서 앉았다. 그들은 미식축구를 주제로 의례적인 대화를 몇 마디 나누었고 찰리는 이발을 시작했다. 빌리는 앞뒤로 삐죽 솟는 머리칼이 있어서 자르기가 조금 까다로웠지만, 찰리는 지금까지 축적한 노하우로 그 머리칼을 납작하게 눕혀놓았다. 그 부분을 너무 바짝 자르지 않는 게 비법이었다. 바짝 자르면 머리칼이 송곳처럼 섰다.

위버 영감의 경우에는 머리가 짧긴 해도 자르기가 더 까다로웠다. 그는 짧게 자르면 너무 짧다고 투덜거리고, 길게 자르면 너무 길다고 투덜거렸다. 어떨 때는 딱 맞게 잘라도 투덜거렸다. 대개 밀리가 잘랐을 때 반응이 더 나았기에, 찰리는 위버 영감이 밀리의 의자로 가서 다행이라고 생각했다.

찰리는 전기이발기 스위치를 켰다. 그런데 아무 반응이 없었다. 이발기가 지난 7월에 이어 또다시 사망한 것이다. 그는 이 시크 브랜드의 이발기를 하도 오래전부터 써온 터라, 이제는 거의 친구나 다름없었다. 최근 들어 탁탁거리며 사망할 날이 머지않았다는 경고를 몇 차례 날리더니, 결국 지금 피할 수 없는 순간이 닥쳤다.

찰리는 친구의 산소호흡기를 제거하는 듯한 심정으로 코드를 뽑았고, 사망한 이발기가 천국의 위대한 이발소에 입성할 수 있도록 이발용 의자 옆 쓰레기통에 넣었다.

찰리가 말했다. "잠깐만 기다려라, 빌리."

찰리는 벌써부터 진땀을 흘렸다. 이제 그는 질색하는 일을 해야 했다. 새 물품을 보관하는 장소를 바꾸면 고쳐지지 않을까 싶었지만, 아직까지 실천에 옮기지 못했다. 그러면 인정하고 싶지 않은 걸 인정해야 하기 때문이었다. 그러면 전쟁과 과거에 승리를 안겨주는 셈이기 때문이었다.

생각하면 한심했지만 정작 그 순간이 닥치면 그렇지 않았다. 그는 뒤편의 창고용 벽장문을 열고 안으로 들어가 맨 꼭대기 선반에서 새 전기이발기를 꺼내야 했다. 물건을 꺼내는 게 문제가 아니라 답답한 공간이 문제였다. 벽장 안은 그가 들어가 줄을 잡아당겨서 불을 켜기 전까지는 어두컴컴했다. 하지만 불을 켠 뒤에도 벽이 너무 가깝게 느껴졌고 불빛이 침침하게 느껴졌고 다시 불을 끄고 나오기까지가 영겁의 시간처럼 느껴졌다.

창고로 가는 길이 그에게는 '바탄 죽음의 행진'*이었다. 닫힌 문 앞에 다다르면 제 손으로 지옥문을 여는 기분이 들었다. 그럴 때마다 그는 탁 트인 다른 공간으로 선반을 옮겨야겠다고, 물품을 벽장 말고 다른 데 보관해야겠다고, 이걸 통제하겠답시고 애를 쓰는 짓을 때려치워야겠다고 되뇌었다.

하지만 그는 지금까지 물건을 옮기지 못했다. 그러면 포기하는

---

* 2차대전중에 일본군이 미군과 필리핀군 전쟁포로 수만 명을 100킬로미터 가까이 강제로 행진하게 해 수많은 사상자를 낸 사건.

것이 되기 때문이었다.

찰리는 숨을 크게 들이마셨다. 이마와 손바닥에 땀이 맺혀 미끈 거리는 게 느껴졌다.

할 수 있어, 그는 속으로 중얼거렸다. 여기는 팔라완의 막사가 아니야. 갑갑한 무덤이 아니야.

찰리는 창고 문을 열고 6피트 안쪽에 일렬로 늘어선 선반을 바라보았다. 맨 꼭대기 선반에 이발기가 담긴 상자가 있었다. 그는 스스로를 시험하는 차원에서 이발 용품을 들고 온 배달원에게 거기 물건을 넣어달라고 했다. 벽장 안이 어두컴컴해서 거의 보이지 않았지만 물건의 모양과 위치는 생생하게 떠올릴 수 있었다.

보호시설이라고 불렸던 포로수용소는 벽장과 면적이 비슷했다. 바위 양옆을 파서 만든 구덩이로, 일부분은 나무로 되어 있었다. 거기서 그는 다른 두 명의 병사와 함께 아주 비좁게 지냈다. 다른 보호시설도 있고 다른 포로들도 있었지만 그와 두 동지에게 주어진 곳은 거기였다. 그때도 끔찍했지만 전쟁이 끝난 지금 남아 있는 그때의 기억이 더 끔찍했다. 그때의 기억이 고문 기구처럼 그의 머릿속을 세게 물고 있었다.

어느 날 밤, 일본군은 수용소의 포로들을 제거하기로 결정했다. 상부의 지시였다. 그들은 일방통행만 가능한 좁은 출구를 판자로 막고 보호시설에 불을 질렀다. 연기가 그의 허파를 채우고 열기가 그의 살갗을 핥았다. 그와 다른 동지들은 유일한 출구로 달려가 어깨로 문짝을 들이받아 뜯어냈다.

그와 두 동지가 밖으로 나가보니 총검이 기다리고 있었고, 그들 위로 휘발유가 쏟아졌다. 그는 불길을 피할 수 있었지만 동지들은 아니었다. 주황색 혀를 날름거리는 불꽃이 휘발유와 그들의 몸을 게걸스럽게 핥았다. 지금도 그는 눈을 감으면 이글거리는 횃불 같은 그들이 미친듯이 달리다 불의 정령에 휩쓸려 쓰러지던 모습이 떠올랐다. 그들의 죽음에서 풍긴 악취가 아직까지 그의 콧구멍 속에 남아 있었다.

온 수용소가 불길에 휩싸였다. 다른 시설에 갇혀 있던 포로들은 여자처럼 비명을 질렀다. 찰리는 도망치려고 했지만 총검에 배를 찔리고 말았다. 그는 고통을 못 이기고 정신을 잃었다. 눈을 떠보니 사방이 컴컴했고 뭔가가 긁히는 소리가 들렸다. 그는 거의 숨을 쉴 수가 없었다. 움직일 기운도 없었다. 엄청난 무게가 그를 짓누르고 있었다. 그는 서서히 그의 운명을 깨달았다. 그가 죽은 줄 알고 산 채로 매장하고 있었던 것이다.

잠시 후 석식을 알리는 나팔소리가 들렸다. 그는 그 소리를 알았다. 지금까지 수도 없이 들었지만 포로들을 부르는 소리는 아니었다. 그를 괴롭히는 자들을 부르는 소리였다. 일본군은 배를 채우고 나면 벌레가 우글거리고 농도가 설사에 가까운 쌀죽을 포로들에게 가져다주었다. 하지만 오늘밤은 그마저도 물건너간 얘기였다. 그와 다른 포로들은 마지막 식사를 이미 끝마쳤다.

석식을 알리는 나팔소리가 들리자, 그를 묻던 일본군은 삽을 내동댕이치고 시체가 어디 갈 리 없겠거니 생각하며 자리를 떴다.

흙이 얼굴을 대강만 덮고 있었던 덕에 코와 입이 공기에 닿아서 찰리는 숨을 쉴 수 있었다.

그는 꼼지락거리며 힘겹게 얼굴을 드러내고 눈을 떴다.

아직 밤이었다. 오랫동안 정신을 잃지는 않은 모양이었다. 수용소와 사람을 태우던 환한 불길이 사라져 전보다 어두웠다. 그가 정신을 잃은 동안 밤이 산사태처럼 그를 집어삼킨 느낌이었다. 그의 몸을 덮은 흙은 단단하고 축축했다. 손과 발만 살짝 움직일 수 있었다. 손을 꼼지락거리고 손가락을 구부려 흙속에서 끄집어내고 나니, 일어나 앉아서 손으로 하반신을 덮은 흙을 헤칠 수 있었다. 깊이 묻히지는 않았지만 오 분 동안 흙을 파도 탈출할 방법이 없었다.

무덤에서 점점 벗어날수록 복부의 통증이 심해졌다. 다리를 뺄 수가 없었다. 그는 몸을 앞으로 수그리고 다리 주변의 흙을 파헤쳤다. 뭔가를 잡으려는 듯 손가락을 쫙 벌린 손 하나가 그의 다리 사이로 불쑥 나타났다. 동료 한 명이 그의 다리 위에 가로로 누워 있었다. 죽은 동료가.

찰리는 자유로운 몸이 되었다. 부상을 입은데다 탈출하려고 안간힘을 쓰느라 기진맥진했지만 가까스로 무덤에서 기어나왔다. 상처가 흙으로 덮여서 피가 멎었다. 한 가닥 희망이었다.

겨우 기어갈 기운밖에 없던 그는 정글에 다다르자 잠깐 누워서 숨을 돌렸다. 일본군이 뒤쪽 수용소에서 웃고 떠드는 소리가 들렸다. 누군가는 노래를 부르고 있었다. 미군 병사들이 전리품 삼아 일본군의 귀와 코, 가끔은 성기를 자를 때 얼마나 재미있었는지 얘기하던 때와 같았다. 전쟁은 인류의 친구가 아니었다. 스스로는 그렇지 않다고 생각할지 몰라도, 전쟁은 인간을 바꾸어놓았다.

하지만 그때는 그런 생각은 떠오르지 않았다. 공포가 그에게 기어갈 힘을 주었다. 그는 빽빽한 숲속으로 들어가 바위가 있는 바닷가로 향했다. 하지만 숲속을 겨우 몇 피트 기어갔을 때 그의 손이 무언가에 닿았다. 부츠였고 저쪽에 또 한 개의 부츠와 다리가 있었다. 찰리가 고개를 들어보니 일본군이 그를 내려다보고 있었다. 총검이 달린 소총을 손에 들고서. 그가 총을 들어올렸다. 악문 이가 번뜩이는가 싶더니…… 그가 천천히 소총을 내려 가슴에 끌어안았다.

일본군 병사는 쭈그리고 앉아, 고개를 든 찰리에게 얼굴을 가까이 들이밀었다. 찰리는 일본군의 이목구비를 제대로 보지 못했다. 너무 어두웠다.

병사는 그를 잠깐 들여다보더니 일어나서 옆으로 비켜섰다. 찰리는 총검이 날아올 것을 각오하고 다시 기어가기 시작했지만 그의 예상은 빗나갔다. 찰리가 용기를 내서 뒤를 돌아보았을 때 일본군은 여전히 그 자리에 서 있었다. 그는 계속 가라는 듯 찰리를 향해 손을 흔들고 다리를 절뚝거리며 멀어졌다.

찰리는 다시 기어가기 시작했다. 그러다 잠시 후에 멈추고 엎드린 채 숨을 골랐다. 나중에야, 그 병사가 수용소에서 펼쳐지는 광경을 보고 충격을 받아 가담하고 싶지 않은 마음에 숨어 있었던 걸지도 모르겠다는 생각이 들었다. 이유가 뭐가 됐건 그는 찰리를 살려주었다.

마침내 바위에 도착했을 때 찰리는 비틀거리며 일어날 수 있을 정도가 되었다. 바위와 바닷가에 미군 병사의 시신이 여기저기 널려 있었다. 여기까지 도망쳤지만 붙잡혀 산 채로 불태워지거나 총검에 찔려 죽은 포로들이었다.

찰리는 얼마 동안 바위틈에서 지냈다. 그 시점부터 무슨 일이 있었는지는 더이상 떠올리지 말아야 했다. 그 기간의 기억은 잊고 필리핀 민간인에게 구출돼 상처를 치료받고 목숨을 부지할 수 있게 된 날로 건너뛰어야 했다.

찰리는 팔라완의 포로수용소에서 살아남은 몇 안 되는 포로 중 한 명이었다. 그는 어둡고 답답했던 보호시설과 무덤의 기억을 안고 귀국했다.

그리고 지금 벽장 앞에 서 있었다. 그 내부는 들어가야만 하는 어두운 기억 같았다.

그냥 벽장이잖아, 그는 속으로 중얼거렸지만 안으로 들어가야 하는 순간이 되면 그런 주문도 별 도움이 되지 않았다.

그럴 때마다 찰리가 택하는 방법은 전쟁이 벌어지기 전, 젊은 이발사 시절에 처음 손님의 머리를 깎게 됐을 때를 떠올리는 것이었다. 어머니의 손에 끌려온 남자아이였다. 머리가 길었는데, 나이에 비해 덩치도 크고 힘도 세서 의자에 앉은 채로 버둥거렸다.

정식으로 받은 첫 손님이 아니었다면 그냥 가라고 했을지 모르지만, 어디서부터든 시작은 해야 했고 어려운 상대라고 마다할 생각은 없었다. 그래서 그는 아이의 머리를 단단히 붙잡고 나긋하게 말을 걸며 구식 수동 이발기로 머리를 깎는 데 집중했다. 남자아이의 머리를 깎는 건 폭격을 지휘하는 것과 비슷했다. 그는 아이가 움직임을 멈추면 이발기를 들이대 머리를 깎았고, 그런 다음 새로운 표적이 등장할 때까지 기다렸다. 아이의 머리를 깎는 데 한 시간이 걸렸다. 그때 이후로, 심지어 전쟁 당시에도, 그는 집중해야 하는 순간이 오면 먼저 제멋대로 움직이던 아이의 머리와 이발기 폭격을 떠올렸고, 그런 다음 심호흡을 하면 무엇에든 대비할 수 있었다. 단순하고 우스꽝스러운 방법이었지만 어느 정도 효과가 있었다.

찰리는 그 아이를 떠올리며 어두컴컴한 벽장문을 열었고 벽이 다가오고 천장이 내려앉고 바닥이 올라오는 것을 느꼈다.

그는 안으로 잽싸게 들어가 줄을 당겨 불을 켰지만, 내부를 밝힌 불빛이 그에게는 보호시설에서 일본군이 맨 처음 지핀 불길처럼 느껴졌다. 그는 그 자리에 얼어붙었고 연기와 살이 타는 냄새가 그의 콧구멍을 메웠다.

그는 다시 그 아이, 그의 첫 손님을 떠올렸다. 그리고 집중력을 발휘해 선반에서 이발기를 꺼내고 전등에 달린 줄을 당긴 다음…… 이런 젠장, 진저리나게 어둡군, 좀더 섬세한 빛이 비치는 환한 문가로 가서 거의 달리다시피 밖으로 나왔다.

집에서는 밤에 잠을 잘 때 침대 옆에 등을 켜놓아야 했다. 코니는 그가 자다 말고 일어나 "이러지 마"라고 몇 번이고 중얼거리는 데 익숙해졌다. 그럴 때 그녀가 그를 어루만지고 안아주면 괜찮아지곤 했다. 얼마 동안은.

찰리는 다시 이발용 의자로 돌아와 이발기의 코드를 꽂고 머리를 깎기 시작했다.

밀리가 위버 영감의 머리를 자르다 말고 물었다. "아빠, 더워요?"

"응?" 그가 말했다.

"땀을 흘리셔서요."

"아," 찰리는 손을 들어 이발사용 가운 소매로 이마를 훔쳤다. "괜찮아. 뒤쪽 창고가 따뜻해서 그래."

밀리가 고개를 끄덕이고 미소를 짓자 그로써 많은 게 괜찮아졌다.

찰리가 다시 빌리 쪽으로 관심을 돌려 머리를 깎기 시작하자 이발기가 유쾌하게 웅웅거렸다. 그는 간혹 이발기를 끄고 가운 주머니에서 가위를 꺼내 삐죽 솟은 머리칼을 잘랐다. 그 부분을 튀지 않게 다듬는 데에는 가위를 쓰는 게 더 나았다. 문제되는 머리칼이 정리됐다는 생각이 들자, 그는 가위를 주머니에 넣고 다시 이발기를 켜서 열심히 손을 놀렸다.

그와 빌리는 스포츠와 빌리의 가족에 대해 좀더 대화를 나누었다. 위버 영감과 밀리는 날씨, 얼마 전에 열린 토마토 축제, 고등학교에서 역사를 가르치기 위해 타일러로 간 위버의 손녀에 대해 얘기를 나누었다. 평소와 다름없는 이발소의 풍경이었고 찰리는 그것이 좋았다.

찰리가 빌리의 머리를 거의 다 깎았을 때, 문 위에 달린 종이 울리면서 젊은 남자 둘이 들어왔다.

한 명은 거친 분위기를 풍기는 미남이었고 다른 한 명은 그다지 준수한 외모가 아니었다. 토치램프로 얼굴에 불을 붙였다 갈퀴로 두드려 끈 것처럼 생긴 남자였다.

찰리는 그들의 태도에서 풍기는 분위기를 한눈에 알아차렸다. 트레일러를 끄는 트럭처럼 그 분위기가 그들보다 먼저 들어왔다. 그들은 대기석에 앉아 테이블에 놓인 잡지를 집어들고 휙휙 넘기기 시작했다. 그들이 이따금 밀리를 쳐다보는 것이 찰리의 신경을 건드렸다.

찰리도 밀리가 예쁘다는 걸 알았다. 그가 과잉보호하는 아빠라는 것도 알았고, 이발소를 찾아오는 사십대 이하의 남자는 거의 다 그녀에게 주목하고 사십대 이상도 대다수가 그렇다는 것 또한 알았다. 하지만 그 남자들 때문에 빌리의 머리를 자르는 그의 손길이 바빠졌다. 그는 하마터면 오랜 원칙을 깨고 그들에게 영업시간이 끝났으니 그만 나가달라고 할 뻔했다.

위버 영감의 이발이 끝났다. 그는 의자에서 내려와 돈을 내고 나갔다. 그가 나가자 밀리가 문에 걸린 팻말을 영업중에서 영업 종료로 바꾸었다.

그녀는 큰 유리창 앞으로 가서 밖을 내다보았다. "손님, 여기까지 걸어오셨어요?" 그녀가 그들을 돌아보며 물었다.

"네." 얽은 얼굴이 말했다. "걷는 걸 좋아하거든요."

"걸으면 건강에 좋대요." 미남이 말했다. "잡지에서 그러더라고요. 이발소에서 읽었나? 기억이 안 나네."

"두 분 다 처음 보는 얼굴이네요." 밀리가 말했다.

"친척집에 놀러왔어요." 미남이 말했다.

"친척 누구요?" 빌리가 물었다.

"거 왜 끼어들고 그러시나?" 미남이 말했다.

"미안해요." 빌리가 말했다. "그냥 궁금해서 물어본 건데."

"그렇다고 우리가 그냥 그런가보다 하고 넘어가야 하는 건 아니잖아?" 얽은 얼굴이 말했다.

"예의를 갖추시죠." 찰리가 말했다. "별 뜻 없는 질문이었는데."

"그래, 그거요." 얽은 얼굴이 말했다. "예의. 우리가 갖추고 싶은 게 그거예요. 예의."

밀리는 다시 자기 자리로 갔다. "누가 먼저 하실래요?"

"나요." 미남이 말했다.

"나는 저 사람한테 자르라고?" 얽은 얼굴이 말했다. "너는 예쁜 아가씨한테 자르고?"

"분수에 맞게 살아야지." 미남이 말했다.

미남은 테이블 위에 잡지를 내려놓고 밀리의 의자에 앉았다.

"어떻게 잘라드릴까요?" 그녀가 물었다.

"지금 스타일 그대로 조금 다듬기만 해줘요."

밀리는 이발을 시작했다. 찰리는 계속 머리를 잘랐지만 가끔 얽은 얼굴을 체크하고, 밀리의 의자에 앉아 있는 곱상한 녀석을 흘끗거렸다.

"소도시에서는 이발소 수입이 짭짤하죠?" 얽은 얼굴이 물었다.

"괜찮은 편이죠." 찰리가 말했다.

"괜찮은 정도가 아닐 것 같은데. 많이 벌겠죠. 남자는 번듯해 보이려면 머리를 잘라야 하니까, 안 그래요? 번듯한 남자 좋아하지 않나요, 아버님?"

찰리는 이발기를 멈추고 얼굴이 얽은 남자를 쳐다보았다. "내가 알기 쉽게 설명하지. 나를 아버님이라고 부르지 말고 여기서 나가게. 둘 다. 자네들 말투가 마음에 들지 않아."

"뭐, 상관없어요. 우리도 아저씨 말투가 마음에 들지 않으니까." 얽은 얼굴은 이렇게 말하고는 꿈쩍하지 않았다. 미남도 밀리의 의자에 가만히 앉아 있었다.

"머리를 자르다 말고 나가라고요?" 미남이 말했다. "그럴 수는 없지."

"아니, 그럴 수 있어." 찰리가 말했다.

밀리는 이발기를 끄고 의자에서 뒤로 물러난 상태였다. 미남은 자리에서 일어나지 않았다. 그가 말했다. "토미, 문 잠가."

토미, 즉 얽은 얼굴이 자리에서 일어나 문을 잠갔다. 그리고 큰 유리창 앞으로 가서 블라인드를 내린 뒤 작은 유리창 쪽으로 걸음을 옮겼다.

"대체 지금 뭐하는 거야?" 찰리가 물었다.

"문 닫는 거 돕잖아." 미남이 말했다. "머리 마저 잘라줘, 예쁜이."

"나가." 찰리가 말했다. "이발기 사다가 직접 잘라."

"그럴 수도 있지." 미남이 말했다. "하지만 싫은데."

미남이 의자에서 일어나 재킷을 벌렸다. 허리춤에 군대에서 쓰는 45구경 자동권총이 꽂혀 있었다.

"뭐하려는 수작이야?" 찰리가 물었다.

"진정해요, 아빠." 밀리가 말했다.

"맞아." 얽은 얼굴이 말했다. "진정해, 아버님."

"너한테는 돈이 있고 우리는 그게 필요해." 미남이 말했다. "그렇게 말하는 게 상황을 한마디로 요약하는 가장 좋은 방법일 거야. 가끔 내가 말이 많아지면 정리가 잘 안 되는 경향이 있거든. 하지만 오늘은 수다를 떨고 싶지 않으니까 너희 촌놈들이 이해할 수 있게 간단히 얘기할게. 너희 돈을 가져야겠어. 돈을 챙기고 여기 잠깐 숨어 있을게."

토미가 웃음을 터뜨렸다.

미남은 허리춤에서 권총을 꺼내 다리 옆에 나란히 들고 총으로 허벅지를 가볍게 때렸다. "그래도 괜찮겠지…… 아버님?"

"돈 챙겨서 가라." 찰리가 말했다. "다 가져가, 대신 당장 나가."

"싫어." 미남이 말했다. "난처한 문제가 생겼거든. 이 동네 은행을 털려고 했는데 잘 안 됐어. 직원한테 돈을 건네받으려는 순간 경찰이 들이닥쳤는데 누가 소리를 질렀지 뭐야. 나는 경찰을 쏠 수밖에 없었고 토미는 소리를 지른 사람을 쏠 수밖에 없었지."

"사실 네가 경찰을 죽였으니 그 사람을 쏠 필요는 없었어." 토미가 말했다. "그냥 쏘고 싶어서 쏜 거야."

"그건 그렇지." 미남이 말했다. "아무튼 그렇게 됐다 이거야. 돈 내놓으쇼, 아버님. 당장."

"그리고 너." 토미가 빌리를 가리키며 말했다. "너도 돈 좀 있지?"

"머리 자를 수 있을 만큼은요." 빌리가 말했다.

토미는 씩 웃었다. "할머니가 바다에 오줌을 싸면서 그랬다지? 티끌도 모으면 태산이 된다고."

빌리는 자리에서 일어나 앞주머니를 뒤져 몇 달러를 꺼냈다. 토미가 다가가 돈을 챙겼다. "이야, 머리 자르고 면도까지 할 수 있겠는데? 면도할 나이인지는 모르겠다만. 저기 의자로 가서 얌전히 앉아 있어. 시끄럽게 굴면 너를 쏘고 하느님한테 네가 죽었다고 보고할 거야."

빌리는 대기석으로 가서 앉았다.

"이제 예쁜이, 너." 미남이 말했다. "내 머리 마저 잘라. 그리고 아버님은 이발용 의자에 얌전히 앉아 있어요. 안 그러면 우리도 얌전히 있지 않을 테니까. 알아들었지? 너도 마찬가지야, 이름이 뭐랬지? 빌리?"

찰리는 의자 앞쪽으로 돌아가서 앉았다. 맞은편에 앉아 있는 빌리가 보였다. 씩씩대고 있었다. 저러다 바보 같은 짓이라도 저지르는 건 아닌지 걱정스러웠다.

"내가 아버님 머리를 잘라줄까 생각중인데 말이지." 토미가 찰리에게 말하며 찰리가 앉아 있는 의자 뒤편으로 어슬렁어슬렁 다가갔다. "먼저 정수리 부분을 살짝 다듬은 다음 총알로 가르마를 타줄까? 나도 총이 있거든, 아버님."

토미는 이발기를 손에 들고 서 있는 밀리 쪽으로 관심을 돌렸다. 미남은 이미 의자에 다시 앉아 있었다. "그리고 아가씨," 토미가 말했다. "아가씨는 다른 방식으로 가르마를 타줄지 몰라."

"그애는 건드리지 마." 찰리가 말하며 자리에서 일어나려 했다.

토미가 찰리의 따귀를 때렸다. 찰리의 머릿속에서 종소리가 울렸다. "입 닥치쇼, 아버님. 파티가 시작되는 꼴을 보고 싶지 않으면."

"내 딸과 빌리는 내보내줘." 찰리가 말했다. "나만 붙잡아놓고. 둘 다 입도 벙긋하지 않을 거야."

토미가 찰리의 따귀를 다시 한번 때렸다. 찰리는 움찔했다.

"잘도 그러겠다." 미남이 의자에 기대 총을 무릎에 내려놓고 편안하게 자세를 잡으며 말했다. "아무도 못 나가. 우리가 나가기 전에는. 게다가 당신들이랑 있어야 재밌거든. 안 그래, 토미?"

"엄청 재밌지." 토미가 말했다. "하지만 이 둘보다는 아가씨가 훨씬 재밌을 것 같은데."

빌리가 자리에서 일어나려고 했지만 찰리가 무릎 위에 얹어놓았던 한쪽 손을 들어 허공에 대고 토닥였다. 빌리는 일어나려다 말았다.

"그래, 가만히 있어, 꼬마야." 토미가 말했다. "흥분해서 영웅 행세를 하려고 들었다간 죽는다."

빌리는 얼굴이 시뻘게졌지만 가만히 앉아 있었다.

"너는 지금까지 내가 봤던 이발사하고 다르단 말이지." 토미가 말했다. "어이, 아가씨. 뭐라고 말 좀 해봐. 아무 말이라도. 너무 재잘거리진 말고."

"아무 말이라도." 밀리가 말했다.

"오, 콧대 높게 나오시겠다?" 토미가 말했다. "손 좀 봐줘야겠는데?"

"아냐, 괜찮아." 미남이 말했다. "나는 거침없는 여자가 좋거든. 그래야 꺾는 재미가 있지. 높이 있는 것일수록 추락하는 걸 구경하는 재미가 좋다고. 핸드백 있지, 예쁜이?"

밀리는 고개를 끄덕였다.

"대답을 듣고 싶은데."

"네. 있어요."

"좋아. 그 안에 돈도 들어 있지?"

"몇 달러요."

"네가 그런 걸 어떻게 생각하는지 다시 한번 얘기해줘, 토미."

"바다에 오줌 싸는 할머니가 그랬지." 토미가 말했다. "티끌도 모으면 태산이 된다고."

"이제 네 차례라는 뜻이야, 예쁜이." 미남이 말했다. "핸드백 내놔."

밀리는 뒤돌아서 선반 아래에 있는 핸드백을 꺼냈다. 토미가 다가와 핸드백을 받아가면서 그녀의 손을 쓰다듬었다. 밀리는 움찔했다.

"아, 왜 이러시나. 나 그렇게 나쁜 놈 아니야." 토미가 말했다.

"아니야, 맞아." 미남이 말했다. "나쁜 놈이야."

토미는 한 손으로 밀리의 턱을 감싸고 말했다. "나한테 키스 한

번 해줘야 하는 거 아닐까?"

토미는 킬킬거리며 밀리를 놓아주고 다시 찰리의 뒤편으로 가서 섰다. 그는 핸드백을 뒤지기 시작했다. 잠시 후에 조그만 지갑을 찾았다. 핸드백을 바닥에 떨어뜨리고 지갑을 열었다. 지폐를 몇 장 꺼내 주머니에 넣고 지갑은 핸드백 옆으로 떨어뜨렸다.

"이발소 수입은 어디 있지?" 토미가 찰리의 어깨 너머로 몸을 숙이고 물었다.

"네 뒤편 선반의 시가 상자 안에." 찰리가 말했다.

"현금출납기는 없고?" 토미가 물었다.

"없어." 찰리가 말했다.

"현금출납기 보이냐, 토미?" 미남이 물었다.

"아니."

"그럼 뭐하러 그딴 걸 물어봐?"

토미는 어깨를 으쓱하고 시가 상자를 찾아서 뚜껑을 연 다음 뒤적이며 돈을 셌다. "뭐야, 100달러에 잔돈 몇 푼? 차라리 식료품 쿠폰을 받는 게 낫겠군."

"그게 전부야." 찰리가 말했다.

"뒤에는 뭐가 있어?" 토미가 물었다.

"이발 용품, 화장실, 뒷문 그리고 주차장."

"돈은?"

"없어." 찰리가 말했다.

"우리 차를 두고 와야 했거든." 미남이 말했다. "아니, 남의 차라고 해야 하나? 훔친 거라. 아무튼 그래서 차가 필요한데, 내가 저 뒤편에서 본 차가 아저씨 차 맞나?"

찰리는 고개를 끄덕였다.

"그거 우리가 접수하지." 미남이 말했다. "열쇠가 있으면 전선을 끄집어내 시동을 거는 것보다 나으니까. 우리 둘 다 그걸 잘 못하거든. 열쇠 줘."

"앞문 옆 고리에 걸려 있다." 찰리가 말했다.

"토미," 미남이 말했다. "가서 열쇠 챙겨."

토미가 열쇠를 들고 와서 손을 내밀고 있는 미남에게 건넸다. 미남은 열쇠를 외투 주머니에 쑤셔넣었다.

"내 머리 마저 잘라, 예쁜이." 미남이 말했다.

밀리는 이발기를 들고 머리를 깎기 시작했다. 그녀의 손이 살짝 떨렸다.

*

이발이 끝나자 미남은 의자에서 내려와 거울을 들여다보았다. 그는 거울 앞 선반으로 다가가 빗과 빨간색 헤어 오일이 든 병을 들었다. 그리고 오일을 손바닥에 조금 떨어뜨려 머리를 넘기고 빗으로 빗었다.

"여기 잠깐 숨어 있으면 되겠다." 토미가 말했다.

미남은 고개를 끄덕였다.

"그래도 되겠지만 저들이 집에 가지 않으면 우리가 여기 있는 동안 누가 찾으러 올 수도 있잖아."

"그 생각을 못했네." 토미가 말했다.

"어련하겠냐."

토미의 이마에 주름이 잡혔다. "그런 식으로 얘기할 필요는 없잖아."

"그럴 필요는 없지." 미남이 말했다.

"이제 너희 셋 다 뒤쪽으로 가줘야겠어."

찰리와 빌리가 자리에서 일어났고 밀리는 그들을 뒤따라가려고 걸음을 옮겼다.

밀리가 남자들을 지나쳐 찰리에게로 다가가자 토미가 말했다. "자기야, 내가 자기 엉덩이를 좀 꼬집어도 되려나. 여기 들어왔을 때부터 그러고 싶었거든."

토미가 밀리 쪽으로 손을 내미는 순간, 찰리가 뒤로 한 걸음 물러나 팔꿈치로 그의 얼굴을 쳤다. 날카로운 일격이라 토미는 코피를 뿜으며 휘청거렸다.

미남이 잽싸게 다가와 권총으로 찰리의 옆머리를 쳤다. 힘껏 쳤는데도 찰리는 살짝 밀리고 그만이었다. 미남은 그걸 보고 놀란 눈치였다. 그가 다시 찰리를 치려고 했지만, 정신을 차린 토미가 외투 안쪽에서 작은 리볼버를 꺼냈다. 그가 말했다. "나한테 맡겨."

"좋아." 미남이 말했다.

토미가 찰리를 때리려고 리볼버를 들자 빌리가 토미의 손목을 잡고 소리를 질렀다. "그만해."

토미는 빌리의 손을 뿌리치고 리볼버로 겨누었다.

미남이 말했다. "꼭 필요한 때 아니면 소란 일으키지 마."

"지금이 필요한 때야." 토미가 말했다.

"아니, 그렇지 않아." 미남이 말했다.

"좋아." 토미는 허리춤에 권총을 꽂고 바지 주머니에서 칼을 꺼내 찰칵하고 열었다.

빌리가 미처 움직이기도 전에 토미가 빌리의 배를 찔렀다. 빌리는 이발용 의자 위로 쓰러졌다. 찰리가 빌리를 잡아서 토미에게서 멀찌감치 떼어내고 그 둘 사이에 섰다.

빌리는 바닥으로 풀썩 쓰러졌다. 쏟아진 엔진오일처럼 그의 배에서 피가 흘러나왔다.

"비키시지, 나 아직 안 끝났거든. 영감도 칼침 맞을 수 있어." 토미가 말했다.

"칼침은 예전에도 맞아봤어." 찰리가 말했다.

"그만 됐어." 미남이 말했다. "그건 필요하면 나중에 해도 되잖아. 일단 이자들을 뒤쪽으로 데려가. 인질로 써야 할지도 모르는데, 그러면 살려놓는 게 나으니까. 저기 빌리는 빼고. 저 녀석은 필요 없어. 가망 없어 보이는데다 피범벅이잖아. 가다가 어디 길가에 버리고 청소를 해야 할 거야."

"겁쟁이들," 밀리가 말했다. "너희는 한심한 겁쟁이야." 그녀의 몸이 부들부들 떨렸다.

"흥분하지 마라, 아가." 찰리가 말했다.

"맞아." 미남이 말했다. "애기야, 흥분하지 마."

"너희는 이제 뒤쪽으로 가, 바닥에 있는 저 개자식 끌고. 안 그러면 여기서 해치워버린다." 토미가 말했다.

찰리는 허리를 숙여 빌리의 겨드랑이에 팔을 넣고 그를 일으켜 세웠다. "미안하다." 찰리가 그의 귀에 대고 말했다.

"괜찮아요." 빌리는 말했지만 안색은 창백하고 얼굴에 땀이 맺혀 있었다.

찰리가 의자 등받이에 걸려 있던 수건을 접어서 빌리의 상처에 대고 눌렀다. "이거 잡고 있어라. 세게 눌러."

빌리는 수건을 세게 눌렀다. 누르면서 신음소리를 냈다. 수건이 점점 붉게 물들었다.

밀리가 빌리의 다른 쪽으로 돌아갔고 둘이서 그를 부축해 뒤편으로 갔다.

*

"그렇게 심하지 않아요." 걸어가는 동안 빌리가 말했다.

"다행이다." 찰리는 이렇게 대꾸했지만 경험상 빌리의 생각이 틀렸다는 걸 알았다. 그런 식으로 찔리면 처음에는 배를 한 대 얻어맞은 것처럼 느껴지지만, 갈수록 불덩이가 뱃속을 지지는 듯한 느낌이 든다. 조만간 고통이 찾아올 것이다. 게다가 빌리는 피를 많이 흘렸다. 물이 하수구로 흘러나가듯 생명의 기운이 그에게서 빠져나가고 있었다.

"괜찮을 거야, 빌리." 밀리가 말했다.

이발소 뒤편에 도착하자 미남이 뒷문을 열었다. 그는 잠깐 밖을 내다보더니 문을 닫았다.

"근처에 공원이 있네." 미남이 말했다. "거기 사람들이 많아. 저들이랑 같이 나가면 누가 보고 무슨 일인지 알아차릴지 몰라."

"그럼 어쩌지?" 토미가 말했다.

"빌리는 두고 간다. 그건 확실해. 일단 저자들을 저 벽장에 가둬, 내가 좋을 수를 생각해볼 테니까."

어마어마한 그늘이 찰리의 내면에 드리워졌다. 하고많은 곳 중에 하필이면 폐쇄된 공간이라니. 그가 의지를 가지고 창고의 꼭대기 선반에서 이발기를 꺼낼 수는 있을지 몰라도, 그 안에 갇히는 건 감당할 수 있는 수준을 넘어서는 일이었다.

찰리는 밀리를 흘끗 쳐다보았다. 그녀는 눈을 휘둥그레 뜨고 입술을 꾹 다물고 있었다. 그는 그게 무슨 표정인지 알았다. 전투에 돌입하려는 병사가 짓는 표정이었다. 그는 같이 붙잡힌 포로들의 얼굴에서 날마다 그 표정을 보았다.

토미가 이발소 앞쪽으로 의자를 가지러 간 동안, 미남은 그들을 향해 총을 겨누고 미소를 지었다. 토미가 손님용 의자를 들고 와서 벽장 옆에 놓고 벽장문을 열었다. "다들 안으로 들어가."

"아빠." 밀리가 말했다.

찰리는 꿈쩍하지 않았다. 그는 여전히 한쪽 팔로 빌리를 부축한 채였고 밀리도 다른 한쪽에서 부축하고 있었다.

"들어가라고 했다."

찰리는 자신에게 있는 줄도 몰랐던 의지를 동원해 시커먼 입구로 터벅터벅 걸음을 옮기기 시작했다.

불을 켜면 괜찮을 거야, 그는 속으로 중얼거렸다. 좋지는 않겠지만 그렇게 나쁘지도 않을 거야. 불만 켜면 견딜 만할 거야.

입구에 서서 어둠 속을 바라본 순간, 찰리는 하마터면 의지를 잃고 도망칠 뻔했지만 그럴 수 없었다. 밀리와 빌리를 두고서 그럴 수는 없었다. 안으로 들어가야만 했다. 그는 벽장 안으로 들어가자마자 잽싸게 줄을 당겨 천장에 달린 전등을 켰다. 그들은 빌리를 바닥에 앉히고 선반에 등을 기대도록 했다.

"안 돼." 토미가 말하고 벽장 안으로 들어오더니 폴짝 뛰어서 권총으로 전등을 깨뜨렸다. "어두운 채로 있어. 그리고 예쁜이, 준비가 끝나면 너를 데리고 갈 거야. 다른 데 가서 파티를 벌일 거니까."

토미가 바깥에서 비치는 불빛을 등지고 뒤로 물러나 문을 닫자, 그들은 어둠 속으로 추락했다. 토미가 의자를 끌고 와서 그들이 도망치지 못하도록 문손잡이 아래에 끼우는 소리가 들렸다.

찰리는 숨을 크게 들이마셨다. 그는 벽장 바닥에 앉아 부들부들 떠는 것 말고는 아무것도 할 수가 없었다. 그가 있는 곳이 벽장이라는 걸 알았지만 무덤처럼 느껴졌다.

왜 움직일 수 없을까? 그는 생각했다. 왜 아무것도 할 수가 없을까? 그때는 뭐라도 했잖아. 지금은 안 되는 이유가 뭘까?

왜냐하면 너와 밀리와 빌리가 결국 어떻게 될지 알고 있기 때문이지, 무슨 수를 쓰더라도 어차피 그렇게 되리라는 사실도 알고 있고. 넌 네가 예전에 무슨 짓을 했는지 알고, 만약 이성의 끈을 놓으면 예전처럼 할 수 있을지도 몰라. 하지만 그때처럼 되고 싶지는 않은 거야. 절대. 무슨 일이 있어도.

"아빠?" 밀리가 말했다.

그녀가 찰리의 팔을 살짝 건드렸다. 그의 팔이 떨리는 것을, 그의 옷이 땀으로 이미 흠뻑 젖었다는 것을 그녀가 느꼈을 거라 생각하니 부끄러웠다.

"우리 이제 어떻게 해요, 아빠?"

그는 첫 손님의 머리를 깎았던 기억을 다시 한번 떠올렸지만 여전히 소용이 없었다. 그건 그가 여기서 나갈 수 있다는 걸 알 때만 효과가 있었다. 지금은 흙이 그를 짓누르는 듯이 느껴졌고, 그가 무덤에서 탈출한들 어두운 밤일 테고 숲과 일본군과 바위가 있을 테고 그가 저지른 짓이 있을 것이었다.

찰리는 속으로 중얼거렸다. 네가 저지른 짓을 두고 전전긍긍하지 말고 대신 네가 어떻게 했는지를 생각해. 그걸 분출시켜. 그 분노를 미사일처럼 터뜨려. 보호시설 밖에서 얘기하는 병사들의 목소리가 들렸다. 아니다. 보호시설이 아니었다. 강도들이 벽장 밖에서 얘기하는 소리였다. 보호시설도 아니고 무덤도 아니고 그냥 빌어먹을 벽장일 뿐이었다.

"내가 계집애랑 나갈게." 미남이 하는 말이 찰리의 귀에 들렸다. "침착하게 나가자. 계집애한테 운전을 시키고 이발소 앞으로 가서 너를 태울게."

"글쎄." 토미가 말했다.

"뭐가 글쎄야?"

"네가 그길로 그냥 가버리면 어쩌라고."

"내가 왜 그러겠어? 돈은 네가 챙겼잖아, 안 그래?"

"그렇지. 그래도 네가 그길로 그냥 가버리면? 너랑 저 계집애랑. 네가 걔랑 재미 본 다음 어딘가에 걔를 버리고 가버릴 수도 있잖아. 나는 여기 남겨두고."

"내가 너한테 그럴 리가 있냐, 토미."

"과연 그럴까?" 토미가 물었다.

그러다 그들이 다른 쪽으로 가버렸는지 갑자기 말소리가 들리지 않았다.

벽장 안에서 찰리는 밀리가 그에게 몸을 바짝 붙이고 그의 팔을 단단히 잡고 있는 걸 느낄 수 있었다. "아, 아빠. 저 사람들이 저를 끌고 가면 어떻게 해요?"

"아무 일 없을 거다." 찰리는 말했다. 서늘한 평정심 같은 것이 찾아오면서 땀이 싸늘하게 식었다. 생각나는 게 있었다. 가운 주머니에 든 가위. 그는 주머니에 손을 넣어 가위를 꺼냈다.

그런 다음 자신이 어떤 식으로 기어가 바위 사이에 숨었는지 떠오르는 기억을 막지 않았다. 전에는 떠올리지 않으려고 했던 부분을 떠올렸다. 그를 그냥 보내주었던 일본군 병사가 한 시간쯤 뒤에 다시 돌아왔을 때의 일이었다. 찰리가 막 바닷가의 바위에 다다랐을 때였다. 철썩이는 파도 소리가 들렸고, 바위 사이로 다른 바위들과 모래사장이 보였다. 모든 것이 달빛을 받아 은색으로 물들어 있었다.

총검이 달린 소총을 든 병사가 바닷가를 따라 걸으며 좌우를 살피다 살짝 쭈그리고 앉았다. 그를 그냥 보내준 그 사람처럼 다리를 절었다. 동일 인물이 분명했다.

찰리로서는 그 병사가 낙오자를 찾으라는 명령을 받고 온 건지, 아니면 포로를 놓아주고 다시 생각해보니 영 찜찜해서 그를 처단하러 온 건지 알 수 없었다.

찰리의 안에서 분노가 치밀었고 심하게 부상을 입었음에도 기운이 솟았다. 상처 위로 흙이 굳어서 피가 멎었고, 찰리는 광기에 휩싸였다. 그의 안에서 뭔가가 꿈틀거리는 듯했다. 독을 품은 파충류가 굴 속에서 이리저리 몸을 비틀었다. 그는 돌을 집어들었다. 묵직하고 한쪽 끝이 살짝 뾰족한 돌멩이였다. 그는 그것을 손에 단단히 쥐었다.

그 병사가 총검이 달린 소총을 바짝 들고 바위 사이로 걸어왔다. 달빛이 칼날 위에서 춤을 추었다. 병사는 찰리가 어둠 속에 몸을 숨기고 있는 바위 사이를 지나쳤다. 그리고 병사가 찰리 쪽을 미처 보기도 전에 찰리는 튀어올랐다.

그 순간 찰리는 검은 표범이었다. 그는 병사를 덮쳐 바닥에 쓰러뜨렸다. 병사가 생쥐처럼 꺅하고 비명을 질렀다. 돌이 위로 올라갔다 내려왔다. 축축하고 뜨끈한 것이 찰리에게 튀었다. 몇 방울이 입안으로 튀었는데, 뜨거운 금속 같은 복수의 맛이 났다. 돌이 위로 올라갔다 내려왔고, 잠시 후 달걀 껍데기를 밟는 듯한 소리가 났지만 그래도 돌은 계속 올라갔다 내려왔다.

그를 그냥 보내준 병사 위에 걸터앉아 있던 그때, 찰리의 머릿속에는 몇 달에 걸친 학대와 구타와 굶주림, 불길과 총검에 대한 기억뿐이었다. 돌이 위로 올라갔다 내려왔다.

찰리가 지쳐서 멈췄을 때, 그 병사의 머리는 간데없었다. 모래와 뼛조각이 뒤섞인 피 웅덩이뿐이었다. 달빛이 바뀌어 그림자들이 달라졌고, 그 그림자들이 찰리와 죽은 병사를 덮었다. 찰리는 자신이 병사를 한참 동안 돌로 쳤다는 걸 깨달았다. 너무 기진맥진해서 거의 움직일 수조차 없었다. 그때 찰리는 자신 안에 뭐가 있는지 알았다. 그것은 누군가를 죽여야겠다는 욕구를 넘어선 무엇이었다. 그것은 죽은 일본군의 신체 일부를 떼어내 기념품으로 간직하거나 시신의 사지를 절단하거나 화염방사기로 사람을 태우며 좋아했던 미군들이 보여주었던 사악한 복수심이었다. 그는 그를 포로로 붙잡았던 사람들과 같아졌다. 그는 그런 인간이 되었다.

찰리는 벌떡 일어나 벽장문을 향해 몸을 날렸다. 어깨에서 충격이 느껴지며 그는 튕겨나왔지만 다시 한번 달려들자 의자가 바닥을 쓸며 움직이는 소리가 들렸다. 찰리는 그의 안에 있던 그것, 그가 두려워하며 바위 사이에서 병사와 그런 일이 있은 뒤로 꾹꾹 눌러놓았던 그것을 있는 힘껏 터뜨렸다. 경첩이 벽에서 떨어져나가며 문이 홱 열렸다. 손에 가위를 단단히 쥔 찰리가 무언가와 세게 부딪치며 불빛이 비치는 밖으로 비틀비틀 나오고 보니 그 무언가는 토미였다.

찰리는 특급열차처럼 그를 들이받았다. 토미는 뒷걸음질치다 찰리가 밀친 의자에 발이 걸려 넘어지면서 바닥에 머리를 세게 부딪혔다. 그의 손에 들려 있던 총이 타일 바닥 저편으로 날아갔다.

뒷문 근처에 서 있던 미남이 허둥지둥 총을 쐈다. 총알은 찰리를 비껴서 벽에 박혔지만, 찰리는 총알이 자신의 머리칼을 흐트러뜨리며 지나가는 것을 느낄 수 있었다. 미남은 다시 총을 쏘려 했지만 총알이 걸려서 나오지 않았고, 그가 끙끙대는 동안 찰리는 가위를 들고 그에게 다가갔다.

미남이 그날 밤의 병사를 연상시키는 소리를 냈고, 찰리는 그를 덮쳤다.

가위가 번뜩였고(돌이 위로 올라갔다 내려왔다) 비명소리가 들렸다. 처음에 찰리는 미남이 내는 소리인 줄 알았지만 알고 보니 자신이 내는 소리였고 그와 함께 순도 높은 분노가 분출했다. 피가 얼굴에 튄 그 순간 찰리는 그 바위 사이에 있었다. 그러다 밀리의 비명소리가 들렸다. 이번에는 그가 아니라 그녀의 비명소리인 게 분명했다.

"아빠, 그러지 마요, 제발 그러지 마요." 밀리의 목소리가 찰리의 귓전을 때리는 포효를 뚫고 들어왔다. 그는 살짝 힘을 뺐다. 그의 눈앞을 가렸던 안개가 희미해졌다.

찰리는 피 묻은 가위를 치켜든 채 그의 아래에 깔린 미남을 내려다보았다. 이제 보니 그가 미남의 뺨을 찔렀고 어깨와 가슴을 찍었다. 미남의 셔츠와 재킷 위로 점점 번져가는, 얼굴을 타고 바닥으로 흘러내려 점점 번져가는 빨간색 얼룩이 보였다. 미남은 어린 애처럼 울고 있었다.

찰리가 어깨 너머로 뒤를 돌아보니 밀리가 토미의 리볼버를 집어서 토미를 겨누고 있었다. 바닥에 웅크리고 있던 토미가 꿈틀거리기 시작했다.

찰리는 일어났다. 가위를 이발사용 가운 주머니에 넣고 미남 옆에 놓여 있던 총을 집었다. 그는 총이 작동하지 않는 이유를 파악하고 간단히 해결한 다음 약실을 비웠다. 그가 전쟁 때 소지했던 총과 같은 종류였다.

그는 총으로 미남을 겨눈 채 둘을 한눈에 볼 수 있게 뒷걸음쳤다. "그대로 누워 있어라, 애송아." 그는 미남에게 말했다. "그리고 토미, 너는 이쪽으로 와서 저 녀석 옆에 앉아. 둘이서 손을 잡고 있고 싶으면 그러든지."

"아프잖아요." 미남이 말하고는 학대당한 개처럼 훌쩍거렸다.

"그래, 아프겠지." 찰리가 말했다. "하지만 밀리가 아니었으면 너는 죽었어."

미남은 정말 죽었을 수도, 죽음보다 더 끔찍한 일을 당했을 수도 있었다. 찰리는 바위 사이에서 병사를 덮쳤던 그때처럼 그의 안에 있던 그것을 계속해서 분출했을 수도 있었다. 하지만 밀리의 목소리가 그 모든 걸 뚫고 들어왔고, 살인을 향한 타는 듯한 욕구가 그 사소하지만 놀라운 것 하나로 인해 꺾였다. 딸아이의 목소리로 인해.

죽일 필요가 없었기 때문에 죽이지 않은 거야, 찰리는 생각했다. 나는 인간이야. 남편이자 아버지야. 나는 이성을 잃지 않았어. 그건 전쟁이었어, 그때는 그때고 지금은 지금이야.

토미는 여전히 멍한 표정으로 발을 질질 끌며 걸어와 미남 옆 바닥에 앉았다. 그는 고개를 들지 않았기 때문에 찰리가 그들을 보며 미소 짓는 걸 보지 못했다.

찰리는 숨을 크게 들이마셨다. 악마가 여전히 살아 있었지만 이제는 작아졌고, 때가 되면 그 악마를 물리치거나 더이상 신경쓸 필요가 없을 만큼 작아지게 만들 수 있을지 몰랐다. 그는 고쳐지지 않았고 어쩌면 영영 고치지 못할 수도 있었지만 그래도 나아졌다. 이렇게 기분좋은 느낌은 아주 오랜만이었다.

"밀리, 얘야." 찰리는 바닥에 있는 두 남자에게 총을 겨눈 채로 말했다. "가서 경찰서에 전화하고, 빌리를 태워 갈 구급차를 보내달라고 해라. 오늘은 아무도 죽지 않아."

조지아 오키프의 꽃 이후

게일 레빈

게일 레빈은 화가의 전기, 미술사 서적과 소설을 쓴다. 전시회를 기획하며 자신의 작품을 전시하기도 한다. 조지아주 애틀랜타 출신으로 현재 뉴욕시립대 대학원과 버룩 칼리지의 저명한 교수로 미술사, 미국학, 여성학을 가르치고 있다.

그녀는 미국의 사실주의 화가 에드워드 호퍼의 권위자로 정평이 나 있다. 2007년 〈월스트리트 저널〉은 그녀의 『에드워드 호퍼: 빛을 그린 사실주의 화가』(1995년 출간, 2007년 증보판 출간)를 1931년 이후 출간된 저서 중에서 화가의 삶을 가장 훌륭하게 담은 5대 걸작 가운데 한 권으로 선정했다. 주로 여성 화가에게 천착하며, 그녀가 전기를 쓴 화가로 주디 시카고와 리 크래스너가 있다.

〈붉은 칸나〉, 조지아 오키프

신난다, 조지아 오키프가 드디어 나를 만나주겠다고 한다! 그녀를 설득하기란 쉽지 않았다. 처음에 그녀는 내 편지에 답장조차 하지 않았다. 나는 포기하지 않았다. 집요하게 물고늘어졌다. 마침내 그녀의 비서와 전화 연결이 됐다. 오키프와 연락이 닿았을 때, 그녀는 지난 몇 년 동안 인터뷰가 너무 많았다고 불만을 토로했다. 그리고 내가 물었을 때 그녀는 내 말대로 대부분 남자 기자였다고 인정했다.

과거 기사들을 뒤져보니, 정말로 그녀에게 인터뷰 요청이 쇄도하기는 했다. 그로 인해 그녀가 왜 마음이 상했는지도 알 수 있었다. 〈크리스천 사이언스 모니터〉의 헨리 티럴을 예로 들어보자. 그는 1917년부터 이미 이런 식의 미사여구를 늘어놓았다. "오키프 씨는 자신의 내면을 들여다보고, 꽃이 움을 틔우듯 여성의 가장 내밀한 개화開花라고 할 수 있는 것을 무의식적인 천진함을 담아 그려낸다……" 그녀와는 전혀 거리가 먼 얘기였다. 그녀는 천진하다는 말에 기분이 상한 것일 수도 있었다. 분노가 여전히 마음에 맺혀 있는 것일까? 그렇게 모질어진 이유가 그 기억 때문일까? "내가 그걸 해야 하는 이유가 뭐죠?" 내가 인터뷰를 요청했을 때 오키프는 이렇게 물었다. 나는 대답했다. "왜냐하면 저는 여자니까요. 저는 예술을 보는 시각이 그 남자들하고 달라요."

나는 그녀의 회고전에 전시된 작품을 보고 내 시각이 어떻게 완전히 바뀌었는지 편지에 썼다. 그녀의 작품으로 인해 미술학교에서 공부한 추상적인 기하학을 버리고 자연에서 소재를 찾게 되었다고 말이다. 나는 세상을 다른 눈으로 보기 시작했다. 시선을 돌리는 곳마다 여성성의 상징이 나를 맞았다.

나는 자연 속의 여성성을 끄집어내는 것으로 내 작품의 방향을 바꾸어나가는 한편, 새롭게 발견한 사실들을 오키프 관련 원고에 적용했다. 이렇게 해서 탄생한 원고를 그녀의 최근 전시회에 대한 감상평 형식으로 〈우먼스플레이스〉라는 잡지에 기고했다. 그녀가 불안해하지 않도록 일각에서는 '급진적'이라고 표현하는 그 잡지의 페미니스트적인 관점에 내가 동조한다는 얘기는 하지 않았다. 우리는 미술계와 보다 넓은 세상을 바꾸고 싶어한다. 남성 중심의 가부장제와 남성 지상주의를 근절할 방법을 찾는다. 우리 여성도 우리 몫의 권력을 누려야 한다.

내가 보기에 오키프의 작품과 이력은 그런 권력을 상징한다. 1920년대 초반 작품인 〈붉은 칸나〉처럼 커다랗게 그려진 꽃에서 여성적인 형태의 힘을 실감했을 때, 나는 여성 화가를 주제로 한, 곧 출간될 내 책의 표지로 그런 꽃 그림이 딱이라는 걸 알았다. 출판사에서는 오키프가 지금까지 그린 출간물, 그러니까 오로지 그녀만을 다룬 책이 아닌 경우에 그녀의 작품 사용을 승낙한 적이 없다고 했다. 하지만 나는 그녀를 설득할 작정이다. 그녀에게 꽃 그림 컬러 슬라이드를 빌리고, 그녀의 작품을 사용해도 좋다는 승낙을 얻어낼 작정이다.

이쯤 되면 여러분의 눈에는 내가 숭고한 임무를 짊어진 혁명 전사로 보일 것이다. 나는 그녀의 작품이 우리 세대 전체를 변모시켰다고 오키프를 납득시켜야 한다. 나는 꽃을 그리는 여성을 조롱하는 데 쓰였던 케케묵은 우스갯소리의 뿌리를 뽑을 작정이다. 찰스 디킨스는 콧방귀를 뀌며 '여류 꽃 화가'에게 걸맞은 일은 실크 부채 색칠뿐이라고 했다. 빅토리아시대에서 벗어날 줄 모르는 에드워드와 결혼한 조 호퍼는 남편이 그녀와 오키프를 비롯한 여성 화가를 싸잡아 '여류 꽃 화가'로 폄하한다며 종종 불만을 토로했다. 그와 같은 고정관념과는 정반대로 오키프가 그린 꽃은 장대하다. 전 세계 여성을 대변하고 그들에게 말을 건다. 하지만 어떻게 그녀에게 그 사실을 깨닫게 할 수 있을까? 그녀가 나와의 만남을 승낙한 것만으로도 작은 성과를 거둔 셈이기는 하다.

막상 난생처음 오키프와 얼굴을 맞대고 대화를 나눌 생각을 하니 조금 긴장이 된다. 이번 만남을 준비하면서 주위들은 정보에 따르면, 그녀가 좀 퉁명스럽게 나올 수도 있다고 한다. 그녀의 꽃 그림을 내 책에 쓸 수 있도록 허락을 받으려면 상당한 노력을 기울여야 할 것 같다. 하지만 나는 그녀의 꽃 그림이—모든 시대를 통틀어!—매우 중요한 작품에 속한다고 생각한다. 그녀의 작품은 오늘날 행해지는 페미니즘 미술의 효시다. 나와 나의 동시대인들이 행하는 미술의.

나는 이런 생각을 하며 캘리포니아 남부의 베니스비치를 출발해 애리조나 사막을 가로질러 태양 아래 홀로 이틀을 달린 끝에 마침내 뉴멕시코 북부의 애비큐에 도착했다. 오키프는 이곳의 장엄한 상그레데크리스토산맥 아래에 살고 있다. 그녀가 풍경화로 담은 이 알록달록하고 험준한 산세가 이미 여성적인 형태와 굴곡을 닮았다는 건 상상력이 풍부하지 않은 사람이라도 알 수 있다. 풍화된 장밋빛 절벽과 외딴 언덕부터 살을 연상시킨다.

나는 흥분을 감출 수가 없다. 조금 지나치게 근엄해 보이는 오키프의 조수가 문 앞에서 나를 맞는다. 그녀는 내 가방을 받아들고 간단명료하게 주의사항을 전달한다. "카메라하고 녹음기는 사용 불가입니다."

나는 지금 느끼는 경외감을 그대로 간직한 채 오키프를 만나기 위해 무뚝뚝한 조수의 태도는 애써 잊어버린다. 오키프는 모든 여성 화가의 롤 모델이다. 그녀가 나에게 앞으로의 성공을 약속하는 전령이 되어주었으면 좋겠다. 그녀의 그림과 여전히 남성이 권력을 쥐고 있는 미술계에서 그녀가 쌓은 이력을 보면 그녀가 얼마나 강인한 인물인지 알 수 있다. 이제 여든여섯 살인 오키프는 자신만만해 보인다. 그녀가 뉴욕에서 수채화와 유화를 처음으로 전시한 지 반세기가 지났다. 지금쯤이면 그녀도 자신에게 칭송을 누릴 자격이 있다는 걸 알 것이다. 찬사가 쌓일수록 그녀 세대를 대표하는 화가로서 그녀의 진가는 더욱 확실해진다.

나는 오키프를 대면하고 황홀한 한편 놀라움을 금치 못한다. 그녀의 피부는 가느다란 주름으로 뒤덮여 있다. 하나로 묶어 단단히 틀어올린 머리는 거의 백발인 반면, 눈썹은 여전히 숱이 많고 까맣다. 금방이라도 부러질 듯 가느다란 체구를 우아한 검정으로 감쌌다. 그녀의 얼굴과 몸 전체가 새하얀 토벽으로 된 주변 환경의 소박함을 고스란히 반영한다. 심지어 자신의 작품을 전시해놓지도 않았다. 그녀는 이렇듯 엄격하고 간소한 환경을 완전히 장악하고 있는 듯한 분위기를 풍긴다. 아마도 의도적인 연출이겠지만 그 결과가 압도적이다.

오키프가 나를 맞이하며 인사를 건넨다. "어서 와요. 오는 길은 어땠어요?"

나는 대답한다. "오키프 선생님, 만나주셔서 정말 감사합니다. 엄청난 영광이에요. 선생님이 제 그림에 워낙 영감을 많이 주셔서, 선생님께 보여드리려고 제 작품 사진을 몇 장 들고 왔어요."

오키프의 대답을 듣고 나는 망연자실한다. "볼 수가 없어요. 이제는 눈이 거의 안 보이거든요. 눈에 무슨 병이 생겼다는데 어쩔 도리가 없대요. 그 병에 대해 잘 안다는 사람들이 그러더군요. 그래서 그냥 받아들이기로 했어요. 요즘에는 세라믹 공예를 하고 있어요. 내가 앞을 잘 보지 못해도 인터뷰를 하는 데는 문제가 없겠죠?"

나는 깜짝 놀라 거의 쩔쩔매며 대답한다. "몰랐어요. 정말 안타깝습니다. 선생님의 예술을 사랑하는 사람으로서요. 선생님 작품에서 많은 영감을 얻었는데."

"버지니아 골드파브. 어디에서 따온 이름이에요?" 오키프는 화제를 바꾼다. "요즘 지명을 이름으로 쓰는 여자들이 많던데, 같은 맥락인가요? 완다 웨스트코스트, 주디 시카고, 리타 앨버커키, 심지어 그 남자 이름이 뭐더라? 로버트 인디애나?"

"아뇨. 부모님께서 외할머니 이름을 따서 버지니아라고 지으셨어요. 저는 사실 샌프란시스코에서 나고 자랐어요."

오키프는 조금 긴장이 풀린 얼굴로 덧붙여 말한다. "나도 본명이에요. 조지아 근처도 아니고 위스콘신주 선프레리에서 태어났죠. 나는 홍보용 이름을 좋아하지 않아요. 작품에 자신이 있다면 그런 이름을 쓸 필요가 없지요."

그녀에게 남아 있는 회의적인 태도가 뜨끔하게 나를 찌른다. 그녀의 의구심을 해소하려면 뭔가가 더 필요하다는 건 알겠지만 뭘 어떻게 해야 할까? 그녀를 설득하는 것이 힘겨운 과제처럼 느껴진다. "오키프 선생님, 휘트니미술관에서 선생님의 전시회를 봤는데 정말 좋았어요! 선생님은 저희 세대 페미니스트 화가들의 롤 모델이에요."

"'페미니스트 화가'라니 그게 무슨 뜻이에요?" 오키프가 쏘아붙인다. 그녀는 그저 일개 페미니스트로 취급당하고 싶지 않은 것 같다. 나나 다른 페미니스트들이 그녀가 어떤 위기를 겪었고 거기에 어떤 식으로 대처했는지 제대로 이해할 수 있겠느냐고 의심하는 눈치다.

"여성으로서의 삶을 예술의 주제로 삼는 여성을 지칭하는 거예요. 젠더와 젠더 간 불평등 문제에 관심을 촉구하고자 하는 여성요."

이 말에 오키프는 이렇게 대답한다. "나는 여성 참정권 운동을 지지했어요. 전국여성당 당원이었고요. 나는 여성에게도 독립적인 삶을 꾸릴 기회가 주어져야 한다고 생각해요."

"『우리 몸 우리 자신』*과 같은 새로운 책에 호응하는 여성들을 지칭하는 것이기도 하고요. 페미니즘은 여성에게 자기 몸에 자부심을 느끼고 자기 몸을 온전히 소유하라고 촉구하잖아요. 그와 같은 인식이 페미니즘 미술에 영향을 미치죠."

이 말에 오키프는 발끈한다. "어떤 '페미니스트'가 거금을 내고 유명한 미술 잡지에 전면광고를 실었다는 얘기를 친구한테 전해들었어요. 선글라스만 쓰고 나체로 큼지막한 딜도를 몸에 대고 서서 그녀와 그녀의 작품에 관심을 유도하려고 했다면서요?"

나는 오키프가 얘기하는 화가가 누군지 안다. 그 화가의 기행은 반짝 화젯거리가 되었을 뿐 페미니즘에는 전혀 기여한 바가 없었다. 내가 뭐라고 대꾸하면 좋을지 막막해하는 사이, 오키프가 덧붙인다. "공격적으로 섹슈얼리티를 드러내는 그 여자의 포즈를 감히 스티글리츠가 촬영해서 전시회에 출품한 내 사진과 비교하는 사람도 있던데. 어처구니가 없어서, 원! 나는 스티글리츠하고 가까운 사이였어요! 그의 사진이 이 젊은 여자의 자기도취적인 홍보 전략의 싸구려 본보기로 변질되는 건 원치 않아요. 스티글리츠도 주장했잖아요, '나는 사진을 찍을 때마다 사랑을 나눈다'고요."

나는 그녀가 그 부분에 대해 좀더 이야기해주었으면 하는 심정이다. 오키프에게 스티글리츠와의 관계에 대해 묻고 싶다. 그녀와 다른 화가들을 대리하는 화상이었다가 사진작가였다가 그녀의 연인이었다가 결국에는 남편이 된 그의 역할을 그녀가 어떤 식으로 조율했는지 궁금하다. 하지만 그 부분은 건드리지 않는 게 낫겠다. 오키프보다 스무 살 남짓 더 많았던 스티글리츠는 저세상 사람이

---

* 1970년에 보스턴에서 열두 명의 페미니스트 활동가가 집필한 여성의 성과 건강을 다룬 책.

된 지 사반세기가 넘었다. 게다가 그가 바람을 피웠다는 소문도 있다. 그녀는 연애, 결혼, 그의 불륜, 배신, 그녀 혼자 갑작스럽게 뉴멕시코로 떠나게 된 순간을 되새김하고 싶지 않을 것이다.

나는 오키프가 스티글리츠의 작품, 그러니까 그의 사진을 애지중지한다는 것을 읽어서 알고 있다. 스티글리츠가 오키프를 촬영하는 데―그녀의 작품과 얼굴과 손과 나신을 촬영하는 데―고도로 집중한 것이 그녀의 인생과 창작 활동의 궤도를 바꿔놓았다. 그래서 나는 대신 그 부분에 대해 물어보기로 한다. "스티글리츠의 가장 유명한 몇몇 작품의 피사체가 선생님이었잖아요. 힘들진 않으셨나요?"

"스티글리츠가 생각한 인물 사진은 단순히 한 장의 사진이 아니었어요." 오키프는 설명한다. "아이가 태어나는 순간부터 기록하는 게 그이의 꿈이었죠…… 그러니까 사진으로 기록한 일기라고 할까요? 인내심이 많이 필요한 일이었어요, 그이를 위해 포즈를 취하는 것 말이에요. 한도 끝도 없이 계속 사진을 찍었거든요. 영원처럼 느껴지는 시간 동안 가만히 있는 법을 터득해야 했죠."

그 말을 듣고 떠오른 궁금한 점은 물어보지 않는 게 나을 듯해 나는 화제를 바꾼다. "오키프 선생님," 나는 조심스럽게 얘기를 꺼낸다. "1929년에 열린 제2회 뉴욕 현대미술관 전시회에 참여하셨던 거 기억하세요? 제목이 '살아 있는 19인의 미국인'이었는데 여성은 선생님뿐이었죠. 그때 기분이 어떠셨어요?"

"네, 기억해요. 당신도 알지 모르겠지만 큐레이터가 앨프리드 바였죠. 하지만 그가 화가를 선정한 건 아니에요. 미술관 이사회에서 투표를 했어요. 열아홉 명이라니 특이하다고 생각할지 몰라도 그들끼리 합의를 본 화가가 열다섯 명도 아니고 스무 명도 아니고 딱 열아홉 명이었어요. 예를 들어 덩컨 필립스 같은 이사는 이미 나와 선택된 다른 화가들의 작품을 소장하고 있었죠. 이사들은 저마다 자기 화가를 홍보하고 싶어했어요. 스티글리츠 덕분에 그들은 대부분 내 작품에 대해 잘 알고 있었어요. 일부는 소장하고 있었고요."

"그러니까 이사들이 다른 여성 화가의 작품은 알지 못했거나 좋아하지 않았다는 건가요?"

"아마 잘 몰랐을 거예요. 나만큼은."

"오키프 선생님," 나는 어떤 평론가가 그녀의 작품에 대해 쓴 글을 인용하려 마음먹고 용감하게 묻는다. "폴 로즌펠드를 기억하시죠? 그는 예전에 선생님의 작품을 가리켜 선생님의 '성별'에 '영성을 부여한다'고 했죠. 그는 이렇게 말했어요. '그녀의 작품은 눈부시도록 여성적이다. 그녀는 너무나 고통스럽고 황홀한 클라이맥스를 통해 남자들이 전부터 알고 싶어했던 무언가를 드러내고…… 성별을 구분하는 기관들이 입을 연다.'"

"얼토당토않네요! 폴이 쓴 글은 단순화의 오류에 빠질 때가 많았어요. 요즘은 페미니스트들도 이런 바보 같은 주장을 한다고 들었어요. 어떤 이는 자기 작품—자기가 추상적으로 그린 꽃—은 '능동적인 질의 형태'를 상징한다며, 내가 예전에 그린 꽃은 '수동적'이라고 폄하했다더군요. 이 젊은 여자가 나를 깎아내리는 식으로 자기 홍보에 열을 낸다는 소식이 들리면 짜증이 나요. 가장 부아가 치미는 건, 내가 만들어낸 걸 잘도 써먹으면서 뻔뻔하게 내 역사적 위치를 빼앗으려 한다는 거예요. 이런 젊은 여자들이 그토록 꽃에 집착하는 이유가 뭐죠?"

"저희 다수가 선생님이 그린 커다란 꽃이 페미니즘의 진정한 아이콘이라고 생각하거든요. 생식기의 은유로서 꽃의 진가를 인정해요. 선생님을 저희 선조로 받들고요. 선생님의 작품에는 굉장히 많은 종류의 꽃이 등장하죠. 칼라릴리, 개양귀비, 천남성, 흰독말풀, 붓꽃 그리고 붉은 칸나. 그 꽃들이 우리의 긍정적인 상징, 혁명적인 이미지가 되었어요."

"터무니없는 소리! 그건 너무 과한 해석이에요." 오키프는 앓는 소리를 낸다.

"내 몸의 주인은 나여야 해요." 나는 다소 방어적으로 주장한다. "저는 저라는 존재가 저항의 형태로 쓰여도 상관없어요. 그런 저항을 하려면 강력한 상징이 필요하죠." 어떻게 하면 오키프가 자기 작품을 우리와 같은 시각에서 바라볼 수 있을까? 오키프는 그녀의 꽃을 우리처럼 젠더 관점에서 바라보지 않는다. 예전에는 그 꽃이 그녀에게 무엇이었는지 몰라도, 그녀는 수십 년의 부인 끝에 이제는 그것이 자연을 유심히 관찰하고 그녀 특유의 열정인지 생기인지 뭐 그런 것을 담아 기록한 것에 불과하다고 주장하고 있다. 자신을 페미니스트의 전형적인 틀과 논란의 범주에서 벗어난 존재로 간주한다.

"그럼 소재는 어떤 식으로 선택하세요?" 나는 다시 한번 그녀를 설득해보려고 시도한다. "선생님과 자연은 어떤 관계인가요?"

"나는 학교에서 보이는 그대로 그리라는 교육을 받았어요. 하지만 그건 너무 답답했죠! 자연을 그냥 재현하기만 한다면 결과물이 원본보다 항상 덜 감동적일 수밖에 없는데, 그럼 그림을 그릴 이유가 없잖아요?" 그녀는 이해를 강요하는 눈빛으로 나를 쳐다본다.

나는 다시 한번 시도한다. "하지만 여성으로서 선생님은 자신이 남성과 어떻게 다르다고 생각하시나요?"

"나는 계속 실험했어요. 그러다 결국 남자에게 배운 가르침을 모조리 잊고 내가 느끼는 대로 그림을 그리기로 마음먹었죠."

"그렇죠!" 나는 드디어 성공이라는 생각에 불쑥 외친다. "선생님의 꽃과 여성적인 이미지에 대해, 꽃과 여성의 섹슈얼리티, 여성의 주체성과의 관계에 대해 좀더 알고 싶은데요."

"당신은 내 꽃을 보면서 나와 같은 걸 본다고 생각하지만 아니에요." 그녀는 이의를 제기한다.

"그림 한가운데 공동空洞이 있고 내부 공간이 있는 그런 작품의 경우는요?" 나는 묻는다.

"공동이라고 하니까 무슨 해부학 용어 같잖아요! 나는 내 집에서 바라본 풍경이나 셸턴의 아파트에서 본 이스트강과 같은 내부 공간들을 그린 적도 있어요. 그 단단하고 우뚝한 건물들은……"

안 되겠다, 말을 끊어야지. "꽃이 여성의 해부학적 구조와 섹슈얼리티를 상징하는 것처럼 보인다는 뜻에서 드린 말씀인데요."

"뭘 상징한다는 거죠? 내 능력이 닿는 한도 내에서 최대한 객관적으로 그린 그림이에요! 내가 객관성을 유지하려고 노력을 기울이게 된 이유가 바로 사람들이 내 작품에 갖다붙이려 하는 그런 식의 해석이 싫어서였을 거예요." 그녀는 말을 잇는다. "어느 아이비리그 대학의 여성 화가 페스티벌에서 어떤 페미니스트가 내 작품과 다른 화가들의 작품을 슬라이드로 상영했다는 소식을 얼마 전에 들었어요. 뻔뻔하게도, 나부터 루이즈 부르주아를 거쳐 미리엄

샤피로라는 화가에 이르기까지 모두의 작품세계에서 동일한 패턴이 반복된다고 주장했더군요! 동그랗고 유기적인 이른바 '유기체적 공극aperture'을 갖추었다던가요. 그 공극은 내면의 공간을 향한 여성의 천착을 이야기한다고! 황당하기 그지없는 전제죠." 오키프는 결론을 내리고 의심스러워하는 눈빛으로 나를 쳐다본다.

나는 필사적으로 이야기의 초점을 돌리려고 한다. "꽃을 그렇게 크게 그리신 이유가 뭔가요?"

"다들 꽃이라고 하면 떠올리는 게 많잖아요. 손으로 건드려보기도 하고, 허리를 숙여 냄새를 맡아보기도 하고, 거의 무의식적으로 입술을 갖다대기도 하고, 누군가를 기쁘게 하려고 선물하기도 하고요. 하지만 찬찬히, 제대로 꽃을 들여다보는 경우는 거의 없어요. 나는 각각의 꽃이 나에게는 무엇인지 작품에서 표현했고, 남들도 내가 본 걸 볼 수 있게 큼지막하게 그렸어요."

마침내 나는 본론으로 들어간다. "저는 선생님의 꽃을 사랑해요. 제 책에 컬러로 실을 수 있게 허락해주셨으면 좋겠어요."

"어떤 책인데요?"

"권위 있는 여성 화가들을 조망하는 책이에요."

"정확한 제목이 뭐죠?"

"'르네상스 시대부터 현재까지 위대한 여성 화가들이 남긴 명작'이에요."

이제 오키프는 불편한 심기를 눈에 띄게 드러낸다. 나를 포함해 누구든 그녀를 특정 범주에 넣는 게 싫은 것이다. 그녀는 언성을 높여 내게 고함을 지른다. "나는 여성 화가가 아니에요!"

오키프가 자리에서 일어나 인터뷰는 이것으로 끝이라는 신호를 보내자 나는 좌절감을 느낀다. 그녀는 나를 노려본다. "당신은 당신 일이나 잘해요. 내 일은 건드리지 말고."

암푸르단

워런 무어

워런 무어는 사우스캐롤라이나주 뉴베리에 있는 뉴베리 칼리지의
영문학과 교수다. 초서나 새뮤얼 존슨을 논하는 틈틈이 장편소설
『부서진 유리의 왈츠*Broken Glass Waltzes*』와 『빛 혹은 그림자』에 실
린 「밤의 사무실」을 비롯해 여러 편의 단편소설을 집필했다. 현재
아내와 딸과 함께 뉴베리에 살고 있다.

그에게 달리의 작품을 소개해준 부모님과 기술적인 자문을 맡은 의
학박사 수전 프로마이어에게 감사의 뜻을 전하고 싶다고 한다.

〈전혀 아무것도 찾지 않는 암푸르단의 약사〉, 살바도르 달리

앨런 볼링은 다시 걷고 있었다. 콜로라도의 금빛 가을이 그가 걸어가는 적갈색과 갈색 땅 위로 펼쳐졌다. 그의 뒤편은 도시였다. 상점, 학교, 암푸르단이라는 도시의 가장자리에서 멀리 떨어진 이곳은 공기가 시원했다.

앨런은 그 도시—품, 도시라니. 허풍 떨지 말자. 기껏해야 작은 마을 아닌가—의 이름이 왜 암푸르단인지 몰랐다. 지금은 엠포르다라고 불리는 스페인 어느 지역의 예전 지명이라는 건 어디에선가 읽어서 알았다. 그는 그곳을 혼자 '앰퍼샌드'*라고 불렀다. 두 지역 사이에서 그 두 곳을 연결하는 마을이라는 의미인데…… 뭘로 연결한다고 봐야 할까? 의지와 두 대상을 연결짓는 인간의 정신 말고 앰퍼샌드가 뭔가를 연결할 방법이 있을까? 앰퍼샌드가 뜻

* 기호 '&'를 앰퍼샌드라고 부른다.

하는 '그리고'라는 접속사는 무엇이든 얘기하는 사람이, 생각하는 사람이 결합하기로 마음먹은 두 대상 사이에 위치하는 것이었다. 그리고 앨런의 일상에 존재하는 접속사는 하루 위에 또다른 하루가 얹어지는 것일 뿐이었으니 이곳에서, 이 일상에서 마침표는 별 의미가 없게 느껴졌다. 이곳 주민의 일상은 하루하루 이어지는 날들이 말줄임표가 되다가 어느 날 저마다 문장의 끝에 다다를 따름이었다.

계속 이런 생각을 하다가는 콤마에 빠지기 십상이겠어, 볼링은 생각하고 자신의 말장난에 미소를 지었다.* 하지만 그는 약국으로 돌아간 뒤에도, 나중에 슈퍼에서도 이 농담을 아무에게도 하지 않을 것임을 알았다. 기발하달 수도 없는 말장난이었지만 설명하기가 너무 어려울 것이었다.

몇 분 전에 그는 다른 걸어가는 사람을 보았다. 관광객이었을까? 앨런은 들어줄 상대가 흙먼지밖에 없음에도 웃음을 터뜨렸다. 여긴 관광할 만한 곳이 아니었다. 험준하거나 범죄로 얼룩졌거나 뭐가 많아서가 아니라, 뭐가 별로 없기 때문이었다. 있는 거라고는 강과 평지와 강 주변에 형성된 마을뿐이었다. 산도 있었지만 너무 멀어서 그걸 보겠다고 사람들이 이 도시를 찾을 일은 없었다. 군데군데 얕은 계곡이 있기는 했지만 탐험을 나설 만큼 멋진 협곡은 아니었다. 그 외에는 상점과 식당이 몇 개, 의원이 두어 개, 그리고 앨런의 약국이 있었다. 당연히 사람들도 있었지만 어디에서나 볼 수 있는 사람들이었고 남들과 별다를 바 없는 일을 했다―먹고 일

* 혼수상태를 의미하는 '코마'를 콤마로 바꾼 말장난.

하고 짝짓고 나이를 먹고 죽고.

그리고 걷고. 앨런이 걷기 시작한 지는 꽤 되었다. 아주 예전의 어느 오후, 그는 약국에서 나와 걸었다. 왜 그랬는지도 생각나지 않을 만큼 오래전 일이었다. 오후에는 손님이 별로 없기 때문에 보조 약사 마셜과 점원으로 충분했고 그는 카운터 뒤편을 벗어나 어디로든 가고 싶은 충동을 느꼈다. 그래서 마셜에게 담배 한 대 피우고 오겠다고 하고(담배를 피우지도 않으면서 왜 그랬을까? 하지만 처음이었던 그때는 이유를 말해야 할 것 같았다) 약국에서 나와 시골길로 접어들었다. 앨런은 세 시간 뒤에 돌아왔고, 마셜은 묘한 눈빛으로 그를 쳐다보는 것 같긴 했지만 아무 소리도 하지 않았다. 앨런이 며칠 뒤에, 그로부터 또 며칠 뒤에 같은 행동을 했을 때도 마찬가지였다.

결국에는 그것이 일과의 일부분이 되었다. 마셜은 앨런의 긴 외출에 대해 궁금했을지도 모르지만, 어떤 말도 하지 않았다. 어쩌면 앨런에게 주택가나 아파트 단지에 사는 여자가 생겼나보다고 생각했을 수도 있다. 하지만 마셜은 절대 묻지 않았고 앨런도 절대 설명하지 않았다.

당연히 여자는 없었다. 앨런이 그런 쪽에 전혀 관심이 없는 건 아니었다. 그는 가끔 데이트를 했고 직업이 훌륭하고 자기 가게가 있으니 괜찮은 남편감일 수 있었다. 그리고 예전에 만나던 여자도 있었다. 이름이 캐럴린이었던 그녀는 까만 머리에 피부는 하얬고 두 눈은 사막에서 발견되는 유리 색깔이었다. 그가 찾던 사람이 그녀였을지도 모르지만 그녀는 다른 남자를 선택했다. 그리고 몇 년 뒤 남편 데릭이 죽었을 때 앨런의 머릿속에는 여전히 그녀의 이름이 맴돌았지만, 그가 미처 연락을 취해보기도 전에 그녀는 또다시 다른 남자를 선택했다. 그러고 나서 얼마 후 그녀는 재혼한 남편과 함께 떠났고 앨런은 이제 그들이 어디에 사는지 알지 못했다. 자신이 어디에 사는지만 알았다―암푸르단. 그리고 그는 이 도시 주변을 걸었다.

사실 앨런은 몇 년 전에 자신이 걷기 시작한 이유를 알 수 없었고, 몇 년이 지난 지금도 여전히 그 이유를 알 수 없었다. 가끔은 발로 딛는 땅의 느낌에서, 일정한 시간 동안 일정한 거리를 이동했다는 데서 만족감을 느꼈다. (그가 이동을 했다고 볼 수 있을까? 대학생 때 들은 물리학 수업이 생각났다. "일은 힘 나누기 거리다. 너희가 엄청난 힘을 동원할 수는 있겠지." 교수는 말했다. "기진맥진할 정도로. 근육에 무리가 가고 인대가 찢어질 정도로. 하지만 아무리 엄청난 힘을 동원했다 해도 그 힘을 받는 상대의 위치에 변함이 없으면 결국 일의 양은 0이다." 앨런은 걷기가 끝나면 항상 약국으로, 제약회사에서 만든 알약과 그가 직접 약을 조제해야 하는 만일의 경우에 대비해 갖춰놓은 화학약품이 있는 그곳으로 돌아갔다. 그런데도 이동했다고 볼 수 있을까?)

도로가 끊기고 하늘과 땅밖에 없는, 연방정부 소유의 토지로 이루어진 마을 외곽으로 향하는 그를 보고 때때로 사람들이 말을 걸곤 했다. "아, 볼링 씨! 건강을 생각해 걷고 있는 모양이네요." 그러면 앨런은 미소를 지으며 시선을 살짝 떨어뜨린 채 손을 반쯤 들어 인사하고는 계속 걸었고, 그와 스치고 지나간 사람들은 스스로 눈치가 빠르다고 생각하며 뿌듯해했을지 몰라도 앨런은 그런 이유에서 걷는 게 아니었다. 건강에 좋은 건 맞았다. 의사도 그렇다고 했고 덕분에 그는 정말로 군살 없는 몸을 유지하고 있었다. 하지만 그것이 그가 걷는 '바로 그' 이유는 절대 아니었고 여러 이유 가운데 하나도 아니었다. 그가 걷는 이유는······

그가 걷는 이유는 그냥이었다.

대부분은 그걸로 충분했고 그렇지 않은 날에는 걷지 않으면 그만이었다. 걸으러 나선 오늘은 얼굴에 와닿는 공기가 서늘해 뒷덜미의 솜털이 살짝 곤두섰다.

캐럴린의 입술이 이렇게 서늘했었다. 그녀가 앨런에게 입을 맞추고 데릭의 청혼을 받아들이기로 했다고 말했던 과거의 어느 날에. 앨런은 반사적으로 축하한다고, 행복하게 잘살길 바란다고 했다. 어쩌면 데릭이 암으로 삶을 빼앗기기 전에 그들은 행복하게 잘살았을지 모른다. 어쩌면 그녀는 지금 다른 남자와 행복하게 잘살고 있을지 모른다.

잠시 후 앨런은 마을 쪽으로, 처방에 따라 새로 짓거나 다시 지어야 하는 약이 있고 병세에 따라 자주 보거나 가끔 보는 손님이 있는 일터 쪽으로 방향을 돌렸다. 마을 외곽, 상점가로 향하는 도로로 돌아가는 길에 그는 어떤 남자아이를 만났다. 가까이서 보니 조던 홉킨스였다. 조던의 부모는 시내로 간주되는 곳에서 교구敎具 상점을 운영했다. 그는 조던에게 얼마 전에 목이 아팠던 건 좀 어떠냐고 물었고 조던은 괜찮아졌다고, 학교를 며칠 결석했지만 학교 축제 전에 나았다고 대답했다. 지스로맥스* 1점 득점이로군, 볼링은 생각하고 미소를 지었다.

---

* 항생제 상표명.

"여긴 어쩐 일이세요?" 아이가 그에게 물었다.

"약국으로 돌아가는 길이야," 앨런은 말했다. "걸으러 나왔다가."

"뭐 찾으시는 게 있어요?"

"그건 아니다만."

"저라면 찾는 게 있을 때 걸을 텐데."

"예를 들면 어떤 거?"

"보물? 괴물?" 조던은 잠깐 고민했다. "아무튼 뭔가요."

"이 주변에서 보물이나 괴물을 본 적은 없다만, 보면 너한테 알려줄게. 하지만 괴물은 찾으러 다니면 안 되는 거 아닐까? 큰일날 수 있으니까."

"그럴 일 없어요." 조던이 말했다. "저는 마법을 부리거든요."

"그래도 괴물은 피하는 게 좋아." 아이는 어깨를 으쓱했다. 볼링은 다시 걸음을 옮기려는 아이에게 말했다. "아무것도 찾지 않으면 좋은 점이 있단다."

"어떤 거요?"

"뭔가를 찾을 확률이 높다는 거." 하지만 아이는 이미 돌아선 뒤였고, 앨런 볼링은 약국으로 돌아갔다.

그날 밤, 앨런 볼링은 저녁 설거지를 하고 다음날 입을 옷을 다려놓은 뒤에 캐럴린을 생각했다. 가끔 그녀 생각이 났지만 일부러 떠올린 적은 거의 없었다.

그는 침대에 누워 스테레오로 글렌 굴드의 바흐 연주를 들으며 잠이 들 때까지 이런저런 생각을 하곤 했는데, 곧바로 잠들 때도 있었고 다음날 출근해서 해야 할 일을 떠올릴 때도 있었다. 하지만 캐럴린 생각을 할 때도 있었는데, 그럴 때면 그의 선택과 그녀의 선택에 대해, 그들의 삶이 어떤 식으로 겹쳐졌다 비껴갔는지에 대해 후회가 아닌 놀라움이 밀려들었다. 바흐를 들으면 왜 그녀가 생각나는지 모를 일이었지만—그녀의 취향은 피아졸라*에 더 가까웠다—아무튼 그랬다. 항상 우아하게, 군더더기 없이 왼손에서 오른손을 거쳐 다시 왼손으로 메아리치며 서로 얽히고설키는 바흐의 선율 때문일 수도 있었다.

앨런은 캐럴린이 데릭을 선택한 이후 몇 달 동안에 대해 생각했다. 그는 억지로 품위를 유지했고—암푸르단은 작은 마을이었다—원래부터 우울하다고 티를 내는 성격도 아니었다. 하지만 하루가 지나고 또 하루가 지나는 동안, 라디오에서 노래가 나오거나—'둘이서 같이 듣던 노래' 같은 건 아니었고 그들에게는 그런 노래도 없었지만, 어쨌든 들으면 그녀가 떠오르는 노래가 있었다—잡지에서 어떤 각도로 고개를 갸우뚱하고 있는 여자의 사진을 보거나 그녀의 눈을 연상시키는 스테인드글라스 조각과 맞닥뜨리면 슬픔에 목이 메었다. 모든 게 그녀를 떠올리게 만들었고, 온 사방이 그녀의 부재를 알렸다.

하지만 몇 달 또 몇 달이 지나는 동안, 앨런은 아무리 작은 마을이라도 만나고 싶지 않은 사람이 있으면 별로 어렵지 않게 피할 수 있다는 사실을 깨달았다. 그리고 시간이 지나면서, 이가 빠진 빈자리에 혀가 익숙해지듯 그도 그가 처한 상황에 익숙해졌다. 하지만

---

* 아스토르 피아졸라(1921~1992). 탱고 음악을 혁신했다고 알려진 아르헨티나의 작곡가 겸 반도네온 연주자.

항상 그런 건 아니었다. 그녀를 좀더 일찍 만났더라면, 어떤 말을 하거나 하지 않았더라면 상황이 달라졌을지 궁금해하며 선택의 연쇄적인 파급효과에 대해 생각하는 밤도 있었다.

그렇게 몇 해가 흘러간 어느 날, 경구용 항암제를 물약으로 조제해달라는 처방전이 볼링에게 접수됐다. 환자가 알약이나 캡슐을 삼킬 수 없으면 물약으로 조제할 때도 있지만, 그런 제형은 지속성이 떨어지기 때문에 흔한 경우는 아니었다.

처방전에 환자의 이름이 적혀 있었다. 데릭 립턴. 앨런은 처방전을 다시 한번 살폈다. 처방된 약은 에토포시드였고 증상을 보니 급성 골수성백혈병이었다. 볼링은 깜짝 놀랐다. 그렇게 이른 나이에 급성 골수성백혈병이 발병하는 경우는 드물었다. 게다가 흉보인 것이 그 병은 생존율이 오십 퍼센트를 밑돌았고, 립턴이 이런 약물 치료를 받는 걸 보면 좋은 징조는 아니었다. 사실 이런 경우라면 차라리……

포기하는 게 낫지 않을까? 볼링은 고개를 젓고 약을 조제했다.

매주 처방전이 접수됐다. 매주 앨런 볼링은 약을 준비했다. 이런 식으로 몇 주가 지나자 볼링은 립턴이 병원에서 약물 치료를 받는지, 아니면 캐럴린이 직접 데릭에게 에토포시드를 먹이는지 궁금해졌다. 립턴이 얼마나 버틸지, 캐럴린이 얼마나 힘들지, 그녀는 여전히 남편의 병이 나을 거라는 희망을 품고 있는지 아니면 애초에 희망이 있기는 했는지 궁금해졌다.

캐럴린의 입장에서는 힘들 수밖에 없을 거라고 앨런은 생각했다. 캐럴린과 데릭 모두의 짐을 덜어줄 수 있다면, 그가 하려는 일이 그렇게 나쁜 짓은 아니지 않을까? 립턴과 같은 상태의 환자라면 꼼꼼하게 살피지도 않을 것이었다. 그러니까…… 그 이후에 말이다. 볼링은 시 한 편을 떠올렸다.

이제 그대가 나였다고 상상해보라. 그 현장에—
어떤 장치 비슷한 걸 들고 있었다고. 보이는가?
이런 광경이…… 내게 교수형을 내리지 않겠다고? 나도 그럴 거라고 생각했다.*

그리고 실제로 그들은 그에게 교수형을 내리지 않았다. 사실 아무도 확인조차 하지 않은 듯했다. 데릭이 심폐소생술을 거부했다 한들 볼링은 놀라지 않았을 것이다. 그는 신문에 실린 립턴의 부고를 보고 어느 정도 여유를 두고 캐럴린을 위로해야 적당할지 고민했다.

그 무렵부터 그는 걷기 시작했다.

그리고 몇 년이 지난 지금도 그는 여전히 걷고 있었다. 일단 습관이 되자 타성으로 계속 걷게 되는 듯했다.

데릭이 죽자 볼링은 여기저기 돌아다니다보면 어느 날 오후에 우연히 캐럴린과 마주칠 수도 있지 않을까 생각했다. 그리고 어느 날 오후에 길을 걷다 실제로 그녀를 보았다.

그녀는 공원 벤치에 앉아 양복을 입은 어떤 남자와 대화를 나누

---

* 안락사를 다룬 에드윈 알링턴 로빈슨의 시 「애넌데일은 어떻게 세상을 떠났을까」의 일부.

고 있었다. 이유를 설명할 수는 없지만 앨런 볼링은 바로 그날, 자신에게는 기회가 주어진 적이 없었고 앞으로도 없으리라는 걸 깨달았다. 그녀가 립턴을 선택한 뒤에 겪은 아픔, 뜬눈으로 지새운 밤, 마지막으로 조제한 데릭의 처방약—이 모든 게 헛수고였다. 그가 한 일이라고는 캐럴린을 다른 길에 있는 다른 남자에게, 그가 아니고 앞으로도 그일 리 없는 남자에게 인도한 것뿐이었다. 어쩌면 그가 그녀의 수고를 덜어주었을지도 모르는 일이었다.

그는 약국으로 돌아갔고 재혼 소식을 접한 뒤에도 그 공원 쪽으로는 절대 걸어가지 않았다. 대신 반대편에 있는 도시 외곽과 그 너머의 갈색 평지를 누볐다. 걷는 동안에는 보폭과 호흡에만 집중하며 머릿속을 비우려 했다. 무슨 주문이라도 되는 듯 걸음 수를 셌다.

몇 달이 지나고 몇 년이 지나자, 그는 자신이 저질렀던 행위를 머릿속 깊숙한 곳으로 치워버릴 수 있게 됐다. 누가 묻더라도—아무도 몰랐기에 묻는 사람도 없었지만—잠깐 인간의 나약함에 빠졌던 자기 자신을 용서했다고 대답할 수 있을 것이었다. 어쨌든 그는 그 이전에도 이후에도 좋은 일을 많이 했다. 그리고 사실 그는 애넌데일*의 그 '장치 비슷한' 것으로 캐럴린(오, 캐럴린!)과 데릭 립턴을 도왔다고 볼 수 있었다. 애넌데일과 암푸르단이라는 단어가 그의 의식의 수면 아래 어디에선가 한데 뭉뚱그려졌다. 애넌데일 암푸르단 앰퍼샌드 캐럴린—그의 발소리는 들리지 않았지만 그가 걷는 리듬과 딱 들어맞았다.

---

* 앞서 인용한 시에 등장하는 인물.

앨런은 조던 홉킨스를 만났던 그 경로로 정착했고, 공을 하늘로 던졌다 받거나 제 할일을 하는 개미를 구경하거나 그 또래 남자아이들이 오후 시간에 할 법한 일을 하고 있는 아이를 가끔 마주쳤다. 그들은 대개 웃는 얼굴로 묵례를 했지만 가끔 볼링이 아이에게 보물을 찾았느냐고 물을 때도 있었다. 아이는 아니라고, 오늘은 못 찾았다고 대답하곤 했다.

"괴물은?"

"아뇨, 괴물도 못 찾았어요."

"뭐, 그게 그렇게 나쁜 일은 아니지, 안 그러니?"

아이는 어깨를 으쓱하고 다시 공을 던졌다. "아저씨는 괴물 찾은 적 있어요?"

"아니, 없는 것 같은데. 하지만 나는 괴물을 찾으려고 한 적이 없어."

"그럼 뭘 찾는데요?" 던지고. 받고.

"전에도 얘기했잖니, 무언가 특정한 걸 찾지 않으면……"

"무언가를 찾을 수 있다." 아이가 대신 말을 끝맺었다. 던지고. 받고. 그러면 앨런 볼링은 다시 약국으로 돌아가 일과를 마치고 퇴근해 음악을 듣거나 체스 문제를 풀었고, 되도록 립턴 부부 생각은 아예 하지 않으려 했다.

몇 년이 지났고, 나이를 먹은 앨런 볼링은 역시나 나이를 먹었지만 그보다는 젊은 마셜에게 약국을 넘겼다. 조던 홉킨스는 자라서 공부를 하러 떠났는데, 그 많은 학과 중에 약학과를 선택했다. 볼링은 아이가 나중에 암푸르단으로 돌아와 약국을 인수하길 남몰래 바랐지만 그렇게 되리라 기대하지는 않았다. 암푸르단을 떠난 사람들―그럴 수 있었던 사람들―은 돌아오지 않는 경향이 있었다.

캐럴린(오, 캐럴린!)은 돌아오지 않았다. 그녀가 아직 살아 있을까? 볼링은 알 수 없었다. 바흐의 어떤 악구를 들으면 여전히 그녀가 생각났지만 추억을 추억하는 것에 가까웠다. 그는 서늘했던 그녀의 입술과 사막의 유리 조각 같던 그녀의 눈을 기억했다. 그 유리 조각은 그를 비추고 그를 밖에 붙잡아놓을 뿐, 절대 안으로 들이지는 않았다. 아니 어쩌면 그것은 그가 기억해야 한다고 생각한 이미지였고 그는 기억해야 한다고 생각한 그 이미지를 가끔 소환하는 것일 수도 있었다.

그래도 그는 여전히 거의 날마다 걸었다. 암푸르단은 대개 날이 건조했고 여전히 오후엔 노인이 걷기에 쾌적했다. 어느 날 그렇게 걸으러 나갔다 그는 뭔가가 움직이는 걸 보고―새였을까 여우였을까 들쥐였을까? 알 수 없었다―발을 잘못 디디는 바람에 발목이 꺾여 오래전에 내린 비 때문에 생긴 얕은 도랑으로 곤두박질쳤다.

바닥에 부딪혔을 때 고관절이 나가는 느낌이 들었고 그는 아파서 숨이 막힌 채 먼지와 돌맹이를 쓸어가며 손을 끌어당겨 옆구리를 짚었다. 하지만 거기가 아픈 게 아니었다. 그는 왼쪽 옆으로 누운 몸을 굴려 어떻게든 앉아보려 했다. 바로 그때 앨런 볼링은 느꼈다. 그리고 손에 묻은 피를 보았다. 더 아래쪽을 내려다보니 구부러진―아니 각지게 꺾인―그의 허벅지가 보였고 다리 주변의 땅이 리드미컬하게 시커메지고 있었다.

그는 학부 1학년 때 배운 해부학을 떠올렸다. 대퇴동맥. 아주 위험한 혈관이라 지혈하지 않으면 금세 과다출혈로 죽을 수 있었다.

볼링은 허리띠 쪽으로 손을 뻗었지만 너무 나이가 많고 너무 기운이 없는 그의 손가락이 더이상 말을 듣지 않았다. 볼링은 그러리라는 걸 알았고 오랜 세월 동안 많이도 걸었기에 그래도 상관없었다.

문득 한기를 느낀 그는 열심히 눈을 깜빡였다. 까만 머리가 조금 희끗희끗해지고 눈은 파란색과 보라색의 중간인 캐럴린이 얕은 도랑 가장자리에 걸터앉아 있는 것이 언뜻 보이는 듯했다. 드디어 이렇게 와주다니 고맙네. 그는 생각했거나 얘기했거나 아니면 얘기했다고 생각했지만 다시 눈을 깜빡이자 데릭 립턴과 처방전 쪽지들과 공원에 앉아 있던 남자와 조던 홉킨스와 다시 캐럴린(오, 캐럴린!)이 보였다. 그러고 나서 그가 침을 삼키자 그들은 모두 사라졌고, 그는 암푸르단의 도랑 바닥에서 죽어가는 한낱 늙은이였고, 앰퍼샌드 뒤에 무언가를 연결할 의지가 사라지자 아무것도 남지 않았다. 주변이 잿빛으로 변하며 희미해지자 그는 그동안 자신이 찾던 게 뭐였는지 깨달았다.

전혀 아무것도 아니었다.

주황은 고통, 파랑은 광기

데이비드 모렐

데이비드 모렐은 람보 시리즈의 원작이자 평단의 호평을 받은 소
설 『퍼스트 블러드*First Blood*』의 저자다. 펜실베이니아주립대학에
서 미국문학 박사학위를 받았고 아이오와대학 영문학과 교수로 재
직했다. 그가 집필한 수많은 뉴욕 타임스 베스트셀러 가운데 고전
적인 스파이 소설 『장미의 형제*The Brotherhood of the Rose*』는 슈퍼
볼 중계 뒤에 편성된 유일한 텔레비전 미니시리즈의 원작이다. 브
램 스토커 상을 세 번 수상했고 국제 스릴러 작가협회에서 수여하
는 스릴러 마스터 상을 수상했다. 범죄소설 독자와 작가가 한자리
에 모이는 컨퍼런스 가운데 세계적으로 가장 규모가 큰 바우처콘에
서 평생 공로상을 수상했다. 홈페이지는 www.davidmorrell.net
이다.

〈사이프러스〉, 빈센트 반 고흐

반 도른의 작품은 두말할 나위 없이 논란의 여지가 많았다. 그의 작품이 1800년대 후반 파리 화가들 사이에 불러일으킨 스캔들은 전설로 회자되었다. 반 도른은 관습을 무시하고 기존의 이론을 뛰어넘으며 기교의 핵심 요소를 포착했고 거기에 자신의 영혼을 바쳤다. 색채, 구도, 질감. 반 도른이 이와 같은 원칙을 염두에 두고 그린 초상화와 풍경화는 워낙 차원이 다르고 획기적이었기에 작품의 소재는 그가 캔버스에 물감을 칠하기 위해 동원한 핑계에 불과한 듯 느껴질 정도였다. 그가 열정적으로 얼룩덜룩하고 빙글빙글하게 칠한 선명한 색의 물감은 얇은 돋을새김처럼 두께가 8분의 1인치나 됐고 보는 이의 감각을 압도했기에 묘사된 인물이나 풍경은 기법에 밀려 부수적인 것처럼 느껴졌다.

1800년대 후반을 풍미한 인상주의라는 전위적인 화풍은 주변 사물의 가장자리를 흐릿하게 인식하는 눈의 특성을 모방했다. 반 도른은 여기서 한 걸음 더 나아가 사물 간의 경계 상실을 극도로 강조함으로써, 사물이 한데 뭉뚱그려지고 서로 연결된 범신론적 색채의 우주처럼 느껴지게 만들었다. 반 도른의 그림에서 나뭇가지는 외형질의 촉수가 되어 하늘과 풀밭으로 뻗고, 하늘과 풀밭의 촉수는 나무를 향해 뻗어나와 한데 뒤엉키면서 선명한 색감의 소용돌이를 이루었다. 그는 빛이 일으키는 착시 현상이 아니라 현실 자체 혹은 적어도 그가 생각하는 현실에 대해 고심하는 듯했다. 그의 기법에 따르면 나무가 하늘이었다. 풀밭이 나무이고 하늘이 풀밭이었다. 모두가 하나였다.

반 도른의 접근 방식은 당대 이론가들 사이에서 워낙 인기가 없었기 때문에 그는 몇 달 동안 고생해서 그린 그림으로 식사 한 끼도 제대로 해결하지 못할 때가 많았다. 좌절은 신경쇠약으로 이어졌다. 그의 충격적인 자해 사건은 세잔이나 고갱 같은 한때 친구들마저 멀어지게 만들었다. 그는 무명으로 누추하게 세상을 떠났다. 사후 삼십 년이 지난 1920년대에 이르러서야 그의 작품은 천재성을 인정받았다. 1940년대에는 영혼을 고문하는 그의 성격이 베스트셀러의 소재가 되었고 1950년대에는 할리우드 대작으로 만들어졌다. 요즘 그의 작품은 두말할 것도 없이 아무리 간단한 소품이라도 300만 달러 이하로는 팔리지 않는다.

아, 예술이란.

그 사건은 마이어스로부터, 그와 스타이브선트 교수의 만남으로부터 시작되었다. "교수님이 수락했어…… 마지못해서이긴 하지만."

"수락한 것 자체가 나로서는 놀라운 일인데." 내가 말했다. "스타이브선트는 후기인상파와 그중에서도 특히 반 도른을 질색하잖아. 브래드퍼드처럼 좀 쉬운 상대한테 물어보지 않고?"

"브래드퍼드는 학계에서 평판이 구리잖아. 출간하지 못할 논문은 쓸 필요가 없고 논문 지도교수가 저명한 인물이라면 편집자가 관심을 보일 수도 있지. 게다가 스타이브선트를 설득할 수 있다면 누구든 설득할 수 있다는 뜻이고."

"설득하다니 뭘?"

"스타이브선트가 궁금해했던 부분도 그거야." 마이어스가 말했다.

나는 그 순간을 생생하게 기억한다. 마이어스가 비쩍 마른 몸을 펴고 안경을 눈 가까이 추켜올리며 눈살을 심하게 찌푸리자 이마 위로 빨간 고수머리가 쏟아졌다.

"스타이브선트가 그러더라고. 자기가 반 도른을 탐탁지 않게 여기는 건 둘째 치고—얼마나 잘난 척하는 재수없는 말투로 그랬는지 알아?—일 년이라는 시간을 할애해가며 수많은 책과 기사에서 이미 다룬 화가를 주제로 논문을 쓰려는 이유를 모르겠다고. 무명이지만 전도유망한 신표현주의 작가를 골라서 그와 함께 인지도 상승을 노리는 편이 낫지 않겠느냐고. 물론 그러면서 자기가 좋아하는 화가를 추천하더군."

"물론 그랬겠지." 내가 말했다. "그가 추천한 화가가 내 짐작과 일치한다면……"

마이어스가 화가의 이름을 밝혔다.

나는 고개를 끄덕였다. "스타이브선트가 오 년 전부터 그의 작품을 수집하고 있거든. 나중에 그 그림을 되팔아 은퇴 후 런던에 타운하우스를 살 수 있길 바라면서. 그래서 너는 뭐라고 했어?"

마이어스는 대답하려고 입을 벌렸다 머뭇거렸다. 그는 생각에 잠긴 눈빛으로 반 도른 전기, 분석서, 화집이 빽빽하게 꽂혀 있는 천장 높이의 책꽂이 옆에 걸린 반 도른의 소용돌이치는 〈분지 안의 사이프러스〉 복제화를 바라보았다. 그는 익숙한 그 그림—복사된 색상은 원본의 눈부신 색조를 결코 따라가지 못했고, 제작 공법상 캔버스 위에 도톰하게 꿈틀꿈틀 덧발라진 물감의 미묘한 질감을 살리지 못했다—을 보면 여전히 숨이 막히는 듯 잠깐 동안 아무 말도 없었다.

"그래서 너는 뭐라고 했는데?" 나는 다시 물었다.

마이어스는 좌절과 감탄이 뒤섞인 숨을 내뱉었다. "평론가들이 반 도른에 대해 쓴 글은 대부분 쓰레기라고 했어. 그도 동의하더군, 그림의 수준상 그럴 수밖에 없다는 뉘앙스를 풍기면서. 나는 특출한 평론가도 반 도른의 핵심을 파악하지 못했다고 얘기했어. 결정적인 뭔가를 놓쳤다고."

"그게 뭔데?"

"바로 그거였어, 스타이브선트의 다음 질문이. 그가 짜증나면 파이프 담배에 계속 불을 붙이는 거 알지? 나는 얼른 얘기를 끝내는 수밖에 없었어. 내가 뭘 찾고 있는지는 모르겠지만 뭔가가 있다고 말했지." 마이어스는 그림 쪽으로 손짓을 했다. "저 안에 뭔가가 있다고. 아무도 알아차리지 못한 뭔가가. 반 도른도 일기에서 그런 얘기를 흘렸어. 그게 뭔지는 모르겠지만, 그의 작품에 분명 비밀이 숨겨져 있을 거야." 마이어스는 나를 흘끗 쳐다보았다.

나는 눈썹을 치켜세웠다.

"아무도 알아차리지 못했다면 비밀일 수밖에 없지 않겠어?" 마이어스가 물었다.

"하지만 너도 알아차리지 못했다면……"

마이어스는 이끌리듯 다시 그림 쪽으로 고개를 돌리며 경외감이 가득한 목소리로 말했다. "비밀이 있는지 어떻게 아느냐고? 반도른의 작품을 보면 그게 감지되거든. 느껴지거든."

나는 고개를 저었다. "그 말을 듣고 스타이브선트가 뭐라고 했을지 상상이 된다. 그는 예술을 기하학 다루듯이 하잖아. 비밀 같은 건……"

"신비주의자가 될 작정이면 미술학과가 아니라 신학과로 가라고 하더라. 하지만 그토록 내 손으로 내 무덤을 파서 신세를 망치고 싶으면 마음대로 하라고 했어. 자기는 스스로를 열린 사고방식의 소유자라고 생각하고 싶다면서."

"하하하."

"아니, 농담이 아니었어. 자기가 셜록 홈스를 좋아한대. 나더러 수수께끼를 발견했고 그걸 풀 수 있을 것 같으면 주저 없이 뛰어들라고 하더라고. 그러고는 세상에서 제일 거들먹거리는 미소를 지으면서 오늘 교수회의에서 내 얘길 꺼내겠다고 했어."

"그럼 뭐가 문제야? 너는 원하던 걸 손에 넣었잖아. 스타이브선트가 네 논문 지도교수가 되어주겠다고 했다며. 그런데 목소리가 왜 그렇게……"

"오늘은 교수회의가 없는 날이거든."

"아." 내 목소리가 잦아들었다. "너 망했구나."

마이어스와 나는 아이오와대학 대학원에 같이 입학했다. 그게 삼 년 전이었고, 우리는 학교 근처에 있는 오래된 아파트 건물에 서로 인접한 방을 빌릴 만큼 돈독한 우정을 쌓았다. 건물주는 나이 많은 독신 여성이었는데 수채화 그리기가 취미였고—솔직히 소질은 없었다—레슨을 받을 요량으로 미술학도에게만 방을 빌려주었다. 마이어스의 경우는 예외였다. 그는 나와 달리 화가가 아니었다. 미술사가 전공이었다. 대부분의 화가는 본능적으로 작업을 한다. 그들은 자신이 성취하고 싶은 것을 말로 표현하는 데 젬병이다. 그런데 마이어스의 전공은 물감이 아니라 언어였다. 그는 즉흥적인 강연으로 집주인 할머니에게 가장 사랑받는 세입자가 되었다.

하지만 그날 이후로 그녀는 마이어스를 자주 보지 못했다. 나도 마찬가지였다. 그는 나와 같이 듣는 수업에도 결석했다. 나는 그가 도서관에 틀어박혀 지내나보다 생각했다. 밤늦게 그의 방문 아래로 불빛이 보이기에 문을 두드렸지만 아무 대답이 없었다. 나는 그에게 전화를 걸었다. 벽 너머에서 끈질기게 울리는 희미한 벨소리가 들렸다.

어느 날 저녁 내가 열한번째 벨소리를 듣고 끊으려는 찰나에 마이어스가 전화를 받았다. 기진맥진한 목소리였다.

"너 점점 이상해져간다." 내가 말했다.

그는 어리둥절한 목소리로 되물었다. "이상해져간다고? 하지만 우리 이틀 전에 만났잖아."

"이 주 전이겠지."

"이런 젠장." 그가 말했다.

"맥주 사왔는데. 같이……?"

"그래, 좋지." 그는 한숨을 쉬었다. "내 방으로 와."

마이어스가 문을 열었을 때, 그의 모습과 아파트 상태 가운데 어느 쪽이 더 놀라웠는지 잘 모르겠다.

먼저 마이어스부터 설명하겠다. 그는 원래부터 마른 체격이었지만 이제는 피골이 상접했고 수척했다. 셔츠와 청바지는 쭈글쭈글했다. 빨간 머리는 떡이 졌다. 안경 너머로 보이는 두 눈에는 핏발이 섰다. 수염도 깎지 않았다. 문을 닫고 맥주를 향해 내민 손이 떨리고 있었다.

그의 아파트는 반 도른의 그림으로 가득했다. 아니 뒤덮여 있었다. 그토록 화려한 아수라장의 경악스러운 느낌을 어떤 식으로 표현하면 좋을지 모르겠다. 모든 벽에 그림이 빽빽했다. 소파, 의자, 책상, 텔레비전, 책꽂이. 그리고 커튼과 천장에까지. 바닥에 난 좁은 통로만 제외하고. 소용돌이치는 해바라기, 올리브나무, 목초지, 하늘 그리고 개울이 나를 포위하고 에워싸고 나를 향해 손을 뻗는 듯했다. 그와 동시에 나를 집어삼키는 느낌이었다. 각 그림 안에서 사물의 가장자리가 흐릿하게 서로 뭉뚱그려지듯 그림과 그림도 서로 뭉뚱그려졌다. 나는 색상의 혼돈 안에서 할말을 잃었다.

마이어스는 맥주를 벌컥벌컥 몇 모금 마셨다. 방의 모습에 충격을 받은 나를 보고 민망해진 그는 작품의 소용돌이 쪽을 가리켰다. "이 정도면 내가 일에 파묻혔다고 볼 수 있겠지?"

"마지막으로 뭘 먹은 게 언제야?"

그는 잘 모르는 눈치였다.

"그럴 줄 알았다." 나는 그림들 사이로 난 좁은 통로를 걸어가 전화기를 집었다. "내가 피자 살게." 나는 가장 가까운 페피스 피자 가게에서 가장 큰 슈프림 피자를 주문했다. 맥주는 배달해주지 않았지만 내 방 냉장고에 여섯 캔 묶음이 하나 더 있었고 아무래도 그게 필요할 것 같은 예감이 들었다.

나는 전화기를 내려놓았다. "마이어스, 지금 도대체 뭐하는 거야?"

"얘기했잖아."

"일에 파묻혔다고? 장난하냐? 수업도 빼먹고. 샤워는 도대체 언제 하고 안 한 건지. 꼴이 말이 아니잖아. 스타이브선트가 뭐라고 이렇게 건강을 해치면서까지 애를 쓰는 거야. 가서 생각이 바뀌었다고 말해. 좀더 만만한 지도교수를 찾아."

"스타이브선트는 이거랑 아무 상관 없어."

"망할, 그럼 뭐 때문인데? 자격시험이 끝나니까 논문 우울증이라도 시작된 거냐?"

마이어스는 꿀꺽꿀꺽 남은 맥주를 비우고 새 캔을 향해 손을 뻗었다. "아니, 파랑은 광기를 상징해."

"뭐라고?"

"그게 패턴이야." 마이어스는 소용돌이치는 그림들 쪽으로 고개를 돌렸다. "연대순으로 연구했거든. 반 도른이 점점 미쳐갈수록 파란색을 쓰는 빈도가 높아졌어. 그리고 주황은 고통을 상징해. 그의 전기에서 개인적으로 위기를 겪었다고 한 시점과 그림을 매치해보면 그에 상응해서 주황색을 썼다는 걸 알 수 있어."

"마이어스, 내가 지금까지 너만큼 친하게 지낸 친구가 없거든. 그러니까 내가 보기에 네가 제정신이 아닌 것 같다고 얘기하더라도 용서해라."

그는 맥주를 좀더 마시고는 내가 이해해줄 거라고 기대하지 않았다는 듯 어깨를 으쓱했다.

"내 말 잘 들어." 내가 말했다. "사람마다 색상 코드가 있다거나 감정과 색이 서로 연관이 있다는 말은 다 헛소리야. 내가 알아. 너는 역사학자지만 나는 화가잖아. 내가 장담하는데, 사람마다 색상에 보이는 반응은 제각기 달라. 어떤 색상으로 제품을 만들면 더 잘 팔린다는 광고계의 이론은 무시해도 돼. 중요한 건 맥락이거든. 중요한 건 패션이고. 올해의 '유행' 색이 내년에는 '한물간' 색이 돼. 하지만 정말로 위대한 화가는 무엇이든 효과를 극대화할 수 있는 색상을 선택하지. 그런 사람들의 관심사는 판매가 아니라 창작이니까."

"반 도른도 좀 팔렸더라면 좋았을 텐데."

"물론 그렇지. 그는 딱하게도 자기 그림이 인기를 얻을 때까지 살지 못했으니까. 하지만 주황은 고통을, 파랑은 광기를 상징한다고? 스타이브선트 앞에서 그런 소리를 했다가는 교수실 밖으로 쫓겨날걸?"

마이어스는 안경을 벗고 콧잔등을 문질렀다. "내가 느끼기에는…… 어쩌면 네 말이 맞을 수도 있겠다."

"어쩌면이 아니야. 내 말이 맞아. 너한테 필요한 건 음식, 샤워, 잠이야. 그림은 사람들이 좋아할 수도, 좋아하지 않을 수도 있는 색상과 형태의 조합이야. 화가는 자신의 본능에 따라 갈고닦은 기법을 동원해 최선을 다할 뿐이지. 반 도른의 작품에 비밀이 있다 한들 색상 코드는 아니야."

마이어스는 두번째 맥주까지 비우고 괴로워하며 눈을 깜빡였다. "내가 어제 뭘 발견했는지 알아?"

나는 고개를 저었다.

"평생을 반 도른 연구에 바친 평론가들 말이야……"

"그 사람들이 왜?"

"반 도른처럼 정신착란을 일으켰어."

"뭐라고? 말도 안 돼. 나도 반 도른의 평론가들에 대해 공부했어. 스타이브선트 뺨치게 고루하고 따분하던데?"

"주류 학자들 말이지? 안전만을 추구하는 자들. 나는 정말로 뛰어난 평론가들을 말하는 거야. 반 도른처럼 천재성을 인정받지 못한 사람들."

"그 사람들이 어떻게 됐는데?"

"그들은 고통을 받았어. 반 도른처럼."

"정신병원에 수감됐어?"

"그보다 더 심각했다면 어쩔래?"

"마이어스, 그냥 얘기하면 안 되나?"

"어찌나 비슷한지 놀라울 정도야. 그들은 하나같이 그림을 그리려고 했어. 반 도른의 스타일로. 그리고 반 도른처럼 자기 눈을 찔렀어."

지금쯤 다들 눈치챘을 것이다. 마이어스는 이른바 '극도의 흥분 상태'였다. 그걸 안 좋게 평가하려는 건 아니다. 나는 사실 흥분을 잘하는 그의 성격 때문에 그를 좋아하는 것도 있었다. 그것과 상상력. 그와 함께 있으면 지루할 틈이 없었다. 그는 번뜩이는 아이디어를 좋아했다. 배움이 그의 열정이었다. 그리고 그런 들뜬 기분을 나에게 전염시켰다.

사실 나는 있는 영감 없는 영감을 다 끌어모아야 할 판이었다. 나는 재능 없는 화가가 아니었다. 절대 아니었다. 그렇다고 출중한 화가도 아니었다. 나는 대학원 과정의 막바지에 다다르면서 내 작품은 '흥미로운' 수준을 절대 넘어설 수 없다는 사실을 고통스럽게 깨닫고 있었다. 인정하고 싶지는 않았지만 결국 내 종착지는 광고 회사의 상업 디자이너가 될 듯싶었다.

하지만 그날 밤에는 마이어스의 상상력이 영감을 자극하지 않았다. 섬뜩했다. 그는 항상 열정의 여러 단계를 거쳤다. 엘 그레코, 피카소, 폴록. 마이어스는 그들에게 강박 수준으로 몰두하다 결국은 버리고 다른 대상으로 넘어갔다. 그가 반 도른에 집착했을 때도 나는 또다시 일시적인 열병에 빠졌나보다 생각했다.

하지만 반 도른의 작품으로 난장판이 된 그의 방을 보면 지나친 강박의 수준에 다다랐음을 알 수 있었다. 나는 반 도른의 작품에 비밀이 숨겨져 있다는 그의 주장에 회의적인 입장이었다. 이러니 저러니 해도 위대한 작품은 설명할 수 없는 법이다. 기법을 분석하고 구도적 대칭을 도형으로 표현할 수 있을지는 몰라도, 결국에는 말로 전달할 수 없는 수수께끼가 있기 마련이다. 천재는 한마디로 요약할 수 없다. 나는 마이어스가 비밀이라는 단어를 말로 설명할 수 없는 탁월함을 지칭하는 용어로 쓰고 있는 줄 알았다.

그런데 그게 아니라 반 도른에게 정말로 비밀이 있다는 뜻이었다는 사실을 깨달았을 때 나는 경악했다. 괴로워하는 마이어스의 눈빛도 경악스러웠다. 반 도른뿐 아니라 그를 연구한 평론가들까지 정신이 이상해졌다는 얘기를 듣고 나니 마이어스도 신경쇠약을 일으킨 건 아닌지 걱정이 됐다. 맙소사, 다들 눈을 찔렀다고?

나는 새벽 다섯시까지 마이어스의 곁을 지키며 그를 진정시키고 며칠 동안 쉬어야 한다고 설득했다. 우리는 내가 들고 간 맥주 여섯 캔과 내 방 냉장고에 있던 여섯 캔, 같은 층에 사는 미술학도에게 내가 사가지고 온 여섯 캔을 모두 비웠다. 새벽에 마이어스가 깜빡 잠이 들고 내가 비틀거리며 내 방으로 돌아가기 직전, 그는 내 말이 맞는다고 중얼거렸다. 좀 쉬어야겠다고. 내일 부모님한테 전화해 덴버로 돌아가는 비행기표를 사줄 수 있는지 물어보겠다고 했다.

나는 숙취 때문에 늦은 오후가 되어서야 일어났다. 수업을 빼먹었다는 사실을 깨닫고 진저리치며 샤워를 하고 간밤에 먹은 피자의 맛이 느껴지는 걸 애써 무시했다. 나는 마이어스에게 전화를 했다. 응답이 없었지만 놀라지 않았다. 그도 나처럼 컨디션이 바닥일 게 분명했다. 하지만 해가 떨어진 뒤 다시 전화를 하고 그의 방문을 두드릴 때쯤에는 걱정이 되기 시작했다. 방문이 잠겨 있기에 주인 할머니에게 열쇠를 빌리려고 내려갔다. 그때 내 우편함에 들어 있는 쪽지를 발견했다.

그냥 한 얘기가 아니었어. 좀 쉬어야겠어. 집에 간다.
연락할게. 잘 지내. 그림 잘 그리고.
사랑한다, 친구야. 너의 영원한 친구가.

마이어스

나는 목이 메었다. 그는 다시 돌아오지 않았다. 나는 이후로 그를 딱 두 번 더 만났다. 한 번은 뉴욕에서, 다른 한 번은⋯⋯

뉴욕 얘기를 해보자. 나는 졸업 작품을 완성했다. 굽이치는 넓은 하늘과 까만 흙, 숲으로 우거진 아이오와 언덕의 아름다움을 표현한 풍경화 연작이었다. 지역 후원자가 50달러에 한 점을 사갔다. 세 점은 대학병원에 기증했다. 나머지는 어디 있는지 아무도 모른다.

너무 많은 일이 있었다.

예상했다시피 세상은 '괜찮지만 걸출하지는 않은' 나의 재능을 기다리고 있지 않았다. 나는 내가 있어야 할 자리, 그러니까 매디슨 애비뉴의 광고회사에 디자이너로 들어갔다. 내가 디자인한 맥주 캔이 업계에서 최고의 호평을 받았다.

나는 화장품회사의 마케팅 부서에서 근무하는 똑똑하고 매력적인 여자를 만났다. 우리 회사의 클라이언트였다. 업무 회의를 하다가 단둘이 저녁을 먹고 밤새도록 친밀한 시간을 보내는 사이로 발전했다. 나는 프러포즈를 했다. 그녀는 받아들였다.

그녀는 코네티컷에서 살자고 했다. 좋지.

때가 되면 아이도 낳자고 했다.

좋지.

마이어스가 내 사무실로 전화를 했다. 내가 어디에서 근무하는지 무슨 수로 알아냈는지 모르겠다. 헐떡이던 그의 목소리가 생각난다.

"찾았어." 그가 말했다.

"마이어스?" 나는 씩 웃었다. "아니 이게…… 어떻게 지냈어? 어디서……"

"내 말 못 들었어? 찾았다니까!"

"그게 무슨 소린지……"

"기억 안 나? 반 도른의 비밀 말이야!"

기억이 물밀듯 밀려왔다. 마이어스가 풍기던 열띤 분위기, 젊은 시절에 나누었던 근사하고 기대에 찬 대화, 온갖 아이디어와 미래가 반짝였던 날들, 특히 밤들. "반 도른? 너 아직도……"

"응! 내 말이 맞았어! 비밀이 있었어!"

"미친놈. 반 도른은 관심 없어. 하지만 너한테는 관심 있다! 왜 그랬어. 그렇게 사라지다니 절대 용서 못해."

"어쩔 수 없었어. 너 때문에 발목 잡힐 수는 없었거든. 너 때문에……"

"너를 생각해서 그런 거였잖아!"

"너는 그렇게 생각했겠지. 하지만 내 말이 맞았어!"

"지금 어디야?"

"네가 짐작하는 바로 거기."

"마이어스, 옛정을 생각해서라도 제발 좀 짜증나게 굴지 마. 지금 어디야?"

"메트로폴리탄미술관."

"거기 있을래, 마이어스? 내가 택시 타고 바로 갈게. 보고 싶어 죽겠다."

"나는 내가 본 걸 너한테 보여주고 싶어 죽겠다!"

나는 마감을 연기하고 선약을 두 개나 취소하고 약혼녀에게 저녁을 같이 못 먹게 됐다고 얘기했다. 그녀는 약간 화가 난 것 같았다. 하지만 마이어스 말고 다른 건 중요하지 않았다.

그는 입구의 기둥 뒤에 서 있었다. 얼굴은 초췌했지만 두 눈은 별처럼 반짝였다. 나는 그를 끌어안았다. "마이어스, 만나서 정말……"

"너한테 보여줄 게 있어. 서둘러."

그는 다급하게 내 외투를 잡아당겼다.

"지금까지 어디 있었어?"

"나중에 얘기해줄게." 우리는 후기인상파 전시실로 들어갔다. 나는 어리둥절한 채로 마이어스를 쫓아갔고 그는 안절부절못하며 나를 반 도른의 〈동틀녘 전나무〉 앞 벤치에 앉혔다.

원본을 본 건 처음이었다. 복제본과는 비교도 되지 않았다. 일 년 동안 여성 화장품 광고를 그리고 있던 나는 망연자실했다. 반 도른의 작품에서 느껴지는 힘에 하마터면……

눈물을 흘릴 뻔했다.

내 미래 없는 재주를 한탄하며.

일 년 전에 내팽개친 청춘을 한탄하며.

"저걸 봐!" 마이어스가 말했다. 그는 팔을 들어 그림을 가리켰다.

나는 눈을 찡그렸다. 열심히 들여다보았다.

시간이 걸렸고―한 시간 혹은 두 시간―마이어스가 옆에서 상상력을 자극시켜주어야 했다. 나는 집중했다. 그러다 마침내 보았다.

깊은 존경심이 이제는……

심장이 쿵쾅거렸다. 마이어스가 마지막으로 손을 들어 캔버스를 훑자, 우리를 예의 주시하고 있던 경비가 그림을 만지지 못하게 하려고 뚜벅뚜벅 다가왔다. 그 순간 나는 구름이 걷히고 렌즈의 초점이 맞는 듯한 기분을 느꼈다.

"맙소사." 내가 말했다.

"보여? 덤불, 나무, 나뭇가지?"

"응! 맙소사, 보여! 내가 예전에는 왜……"

"몰랐느냐고? 왜냐하면 복제본에서는 보이지 않거든." 마이어스가 말했다. "원본에서만 볼 수 있어. 그리고 그 효과가 워낙 심오해서 연구를 하려면……"

"평생도 모자라겠지."

"그렇겠지. 하지만 나는 알았어. 내 말이 맞았어."

"비밀."

어렸을 때 아버지—내가 아버지를 얼마나 사랑했던가—가 나를 데리고 버섯을 따러 간 적이 있었다. 우리는 차를 타고 마을에서 벗어나 철조망을 넘고 숲을 가로질러 죽은 느릅나무가 있는 언덕에 다다랐다. 아버지가 자기는 기슭을 뒤질 테니 나는 언덕 꼭대기를 살피라고 했다.

한 시간 뒤 아버지는 큼지막한 종이봉투 두 개에 버섯을 가득 채워 돌아왔다. 나는 한 개도 찾지 못했다.

"아빠 자리가 명당이었나봐요." 내가 말했다.

"하지만 사방이 버섯 천지인걸?" 아버지가 말했다.

"사방이요? 어디요?"

"네가 열심히 찾지 않은 모양이지."

"이 언덕을 다섯 번이나 왔다갔다했는데요?"

"찾아다니기는 했지만 제대로 들여다보지는 않은 거야." 아버지가 말했다. 그는 기다란 나뭇가지를 주워 땅바닥을 가리켰다.

"나뭇가지 끝에 시선을 집중해라."

나는 그렇게 했고……

그때 내 뱃속에서 용솟음쳤던 뜨거운 흥분을 절대 잊지 못할 것이다. 요술이라도 부린 듯 버섯이 내 눈앞에 나타났다. 당연히 처음부터 그 자리에 있었지만 주변 환경에 워낙 완벽하게 적응해서 색깔은 낙엽과 흡사하고 모양은 나뭇조각이나 돌덩이와 비슷했기 때문에 모르는 사람 눈에는 보일 수가 없었다. 하지만 내 시야가 조정되고, 눈에서 받아들인 시각적 이미지가 머릿속에서 재조정되자 사방에서 수천 개는 됨직한 버섯이 보였다. 내가 버섯을 밟고 지나가고 그걸 보았으면서도 알아차리지 못했을 뿐이었다.

마이어스의 도움을 받아 반 도른의 〈동틀녘 전나무〉에서 조그만 얼굴들을 보았을 때, 나는 그때보다 훨씬 더 엄청난 충격을 느꼈다. 그것은 대부분 4분의 1인치도 안 되는 크기에 힌트와 암시, 점과 곡선에 불과했고, 풍경에 완벽히 녹아들어 있었다. 입과 코와 눈이 있기는 했지만 정확히 말하면 인간도 아니었다. 입은 하나같이 시커멓게 벌어진 구멍이었고 코는 들쭉날쭉하게 찢긴 틈이었고 눈은 시커먼 절망의 구덩이였다. 뒤틀린 얼굴들은 고통의 비명을 지르는 듯했다. 괴로워하는 그들의 비명소리가, 고통에 젖은 울부짖음이 들릴 듯했다. 천벌이 생각났다. 지옥이 떠올랐다.

내가 그 존재를 알아차리자마자, 소용돌이치는 붓질의 흔적 속에서 얼굴들이 수없이 튀어나오는 바람에 풍경은 환상이 되고 기괴한 얼굴들은 현실이 되었다. 전나무들은 뒤틀린 팔과 몸부림치는 몸통이 뒤섞인 외설스러운 덩어리가 되었다.

나는 경비에게 끌려나오기 직전에 충격으로 뒷걸음쳤다.

"캔버스를 건드리지……" 경비가 말했다.

마이어스는 이미 자리를 옮겨 반 도른의 또다른 작품인 〈분지 안의 사이프러스〉 원본을 가리키고 있었다. 나는 그를 따라갔고 이제 내 눈은 뭘 찾아야 하는지 알았다. 나뭇가지와 바위마다 일그러진 조그만 얼굴들이 보였다. 캔버스가 그 얼굴들로 우글거렸다.

"맙소사."

"그리고 이 작품도!"

마이어스는 냉큼 〈수확철의 해바라기〉 쪽으로 달려갔고 렌즈의 초점이 달라지기라도 한 듯 이번에도 내 눈에는 꽃이 아니라 괴로워하는 얼굴들과 뒤틀린 팔다리만 보였다. 나는 휘청하며 뒤로 물러나다 다리에 닿는 벤치가 느껴져 거기에 앉았다.

"네 말이 맞았어." 내가 말했다.

경비가 험상궂은 표정으로 우리 근처를 지켰다.

"반 도른에게 정말로 비밀이 있었어." 나는 말했다. 그리고 놀라움에 고개를 저었다.

"이로써 모든 게 설명이 돼." 마이어스가 말했다. "이 고통에 찬 얼굴들이 그의 작품에 깊이를 부여해. 감춰져 있지만 감지할 수 있으니까. 아름다움 아래에 숨겨진 괴로움을 느낄 수 있으니까."

"하지만 대체 왜……"

"선택의 여지가 없었을 거야. 반 도른은 천재성 때문에 정신착란을 겪었으니까. 내 추측이지만 그의 눈에는 세상이 실제로 이렇게 보였을지 몰라. 이 얼굴들이 그가 씨름하던 악마들인 거지. 그의 광기가 빚은 지긋지긋한 결과물. 그리고 그것은 화가의 단순한 눈속임이 아니야. 만천하가 볼 수 있도록 그리면서 아무도 보지 못하도록 완벽하게 풍경에 녹여내는 건 천재라야 가능한 일이지. 그에게 그 얼굴들은 끔찍하지만 당연한 것이었어."

"아무도 보지 못하게? 너는 봤잖아, 마이어스."

그는 미소를 지었다. "그게 내가 미쳤다는 증거인지도 모르지."

"그건 아니라고 본다, 친구." 나도 마주 미소를 지었다. "네가 포기할 줄 모른다는 증거겠지. 이걸로 너는 유명해질 거야."

"하지만 이게 다가 아니야." 마이어스가 말했다.

나는 눈살을 찌푸렸다.

"지금까지 내가 알아낸 건 놀라운 착시 현상의 일종이야. 그림 밑바탕에서 고통에 겨워 온몸을 비트는 영혼들, 어쩌면 무엇과도 비교할 수 없는 아름다움을 창조하는 이미지. 나는 그것을 '제2의 이미지'라고 부르겠어. 너희 광고업계에서는 그걸 '서브리미널'*이라고 하지. 하지만 이건 상업적인 작품이 아니야. 자신의 광기를 통찰의 재료로 삼을 만큼 탁월한, 진정한 예술가의 작품이지. 좀더 깊숙이 파고들어야 해."

"지금 무슨 소릴 하는 거야?"

"여기에 있는 그림들로는 부족해. 나는 파리와 로마, 취리히와 런던에 가서 그의 작품을 봤어. 부모님의 인내심과 내 양심이 한계에 다다를 때까지 부모님에게 손을 벌려야 했지. 하지만 나는 보았

---

* 소비자의 잠재의식에 영향을 미쳐 구매를 유도하는 광고 기법.

고 이제 뭘 해야 하는지 알아. 얼굴들은 1889년, 그러니까 반 도른이 굴욕적으로 파리를 떠났던 때부터 등장하기 시작했어. 그의 초기작은 최악이었거든. 그는 프랑스 남부의 라베르주에 자리를 잡았지. 그로부터 육 개월 뒤에 느닷없이 천재성이 폭발했어. 그는 미친 듯이 그림을 그렸지. 그리고 파리로 돌아왔어. 그는 사람들에게 자신의 작품을 보여주었지만 아무도 진가를 알아보지 못했어. 그는 계속 그림을 그리고 계속 보여줬어. 여전히 아무도 진가를 알아보지 못했지. 그는 다시 라베르주로 돌아가 천재성의 정점에 다다랐고 완전히 광기에 사로잡혔어. 결국 정신병원으로 실려갔지만 이미 눈을 찌른 다음이었고. 그게 내 논문의 내용이야. 나는 그와 똑같은 코스를 밟을 작정이야. 그의 일대기와 작품을 비교하면서, 그의 광기가 심해질수록 얼굴의 수가 많아지고 묘사도 더욱 과격해졌다는 걸 증명할 거야. 그가 일그러진 통찰을 풍경화에 덧입혔을 때 그의 영혼이 어떤 아수라장이었는지 생생하게 표현하고 싶어."

안 그래도 극단적인 상황에서 한층 더 극단적인 방향을 추구하다니 마이어스다웠다. 내 말을 오해하지는 말기 바란다. 그는 중요한 발견을 했다. 하지만 멈춰야 하는 시점을 몰랐다. 나는 미술사학자는 아니지만 걸작을 신경증의 발현으로 분석하려는 이른바 '심리주의 비평'이 비주류로 간주된다는 것은 읽어서 알았다. 만약 마이어스가 심리주의 논문을 제출했다면 스타이브선트는 노발대발했을 것이다.

내가 마이어스의 이후 계획에 불안감을 느낀 건 그 때문만이 아니었다. 그보다 더 내 마음을 괴롭히는 것이 있었다. 나는 그와 똑같은 코스를 밟을 작정이야, 그는 이렇게 말했다. 둘이 같이 미술관을 나와 센트럴파크를 가로지를 때 나는 마이어스의 그 말이 얼마나 문자 그대로의 의미였는지 알아차렸다.

"남프랑스에 갈 거야." 그가 말했다.

나는 놀라서 그를 빤히 쳐다보았다. "너 설마……"

"라베르주? 맞아. 거기서 논문을 쓰고 싶어."

"하지만……"

"그보다 더 알맞은 데가 어디 있겠어? 반 도른이 신경쇠약증으로 고생하다 결국에는 정신착란을 일으킨 곳이잖아. 가능하다면 그가 썼던 방을 빌릴 거야."

"마이어스, 아무리 너라도 그건 너무 과해."

"하지만 완벽하게 앞뒤가 맞잖아. 나는 몰입해야 해. 그 기운을, 그 장소에 담긴 역사성을 느껴야 해. 그래야 논문을 쓸 분위기가 조성되지."

"지난번에 몰입했을 때는 온 방을 반 도른의 작품으로 도배하고 자지도 않고 먹지도 않고 씻지도 않았잖아. 제발……"

"그때는 너무 지나쳤다는 걸 인정할게. 하지만 그때는 내가 뭘 찾고 있는지 몰랐잖아. 이제는 찾았고, 덕분에 상태가 매우 좋아."

"내 눈에는 피폐해 보이는데."

"착시 현상이야." 마이어스는 씩 웃었다.

"가자, 내가 술이랑 저녁 살게."

"미안. 안 돼. 비행기 시간이 다 돼서."

"오늘 저녁에 떠난다고? 하지만 너를 만난 게……"

"논문 마치면 그때 저녁 사줘."

나는 저녁을 사지 못했다. 그뒤로 나는 그를 딱 한 번 보았다. 그를 만나고 두 달 뒤에 그가 편지를 보냈다. 아니, 간호사에게 편지를 보내달라고 부탁했다. 간호사가 그의 말을 받아 적고 부연 설명을 덧붙였다. 두말하면 잔소리지만 그가 장님이 됐기 때문이었다.

네 말이 맞았어. 가지 말았어야 했어. 하지만 내가 언제 충고를 들은 적이 있었나? 늘 내 잘난 맛에 살았지, 안 그래? 이제는 너무 늦었어. 내가 그날 미술관에서 보여준 거 말이야…… 아아, 얼마나 더 많은지 몰라. 진실을 발견했어. 감당이 안 돼. 너는 나 같은 실수 하지 마. 제발 부탁한다, 절대로 다시는 반 도른의 작품을 보지 마. 고통을 견딜 수가 없어. 좀 쉬어야겠어. 집으로 갈 거야. 잘 지내. 그림 잘 그리고. 사랑한다, 친구야. 너의 영원한 친구가.
마이어스

간호사는 덧붙인 설명에서 자신의 서툰 영어를 양해해달라고 했다. 가끔 리비에라 해안 지방에서 나이 많은 미국인을 간병할 일이 있어서 영어를 배웠다고 했다. 하지만 말하기나 쓰기보다 듣기를 더 잘하기 때문에 자신이 받아 적은 말이 이해가 될지 모르겠다고 했다. 이해가 되지 않았지만 그건 그녀 탓이 아니었다. 그녀가 말하길 마이어스는 엄청난 통증 때문에 모르핀 주사를 맞아 정신이 몽롱하다고 했다. 이보다 더 횡설수설하지 않은 게 기적이었다.

선생님의 친구분은 이 지역에 하나밖에 없는 호텔에 묵고 있었어요. 매니저 말로는 잠이 없었고 먹는 건 더 없었대요. 친구분은 연구에 파묻혀 살았어요. 방안을 반 도른의 작품으로 가득 채우고 반 도른의 하루 일과를 똑같이 따라 하려고 했어요. 물감과 캔버스를 달라고 하고는 식사를 일절 거부하고 문을 두드려도 대답하지 않았고요. 그러다 사흘 전에 매니저가 잠을 자다 비명소리를 듣고 깼어요. 방문은 굳게 닫혀 있었어요. 세 명이 달려들어서야 문을 부술 수 있었죠. 친구분은 붓의 뾰족한 뒷부분으로 눈을 찌른 상태였어요. 여기 병원은 훌륭해요. 친구분은 앞으로 영영 앞을 볼 수 없겠지만 육체적으로는 회복될 거예요. 하지만 저는 정신 상태가 걱정이에요.

마이어스는 집으로 간다고 했는데. 편지가 나한테 전달되기까지 일주일이 걸렸다. 그의 부모님은 전화나 전보로 곧바로 소식을 접했을 것이다. 그는 지금쯤 미국으로 돌아왔을지도 몰랐다. 나는 그의 부모님이 덴버에 산다는 걸 알았지만 이름이나 주소는 몰랐기에 안내 서비스를 통해 덴버에 사는 모든 마이어스에게 전화를 돌린 끝에 연결이 됐다. 전화를 받은 사람은 그의 부모님이 아니라 집을 봐주고 있는 친구였다. 마이어스는 미국으로 돌아오지 않았다. 그의 부모님이 남프랑스로 갔다. 나는 바로 다음 비행기를 타고 날아갔다. 그 상황에서 대수로운 일은 아니었지만 그 주 주말에 내 결혼식이 예정되어 있었다.

라베르주는 니스에서 내륙으로 50킬로미터 떨어져 있었다. 나는 기사 딸린 차를 빌렸다. 도로가 올리브 과수원과 농지 사이로

구불구불 이어지다 사이프러스로 덮인 산마루를 지나더니 종종 낭떠러지를 따라 이어졌다. 나는 어느 과수원을 지나며 예전에 그곳을 본 적이 있다는 묘한 확신이 들었다. 라베르주로 들어서자 기시감이 더 강해졌다. 그 마을은 19세기에 갇혀 있는 듯했다. 전봇대와 전선만 빼면 반 도른이 그린 그림과 똑같았다. 반 도른 덕분에 유명해진 좁은 자갈길과 소박한 가게들이 보였다. 나는 길을 물었다. 마이어스와 그의 부모님을 찾기는 어렵지 않았다.

마지막으로 내 친구를 보았을 때, 장의사가 그의 관 뚜껑을 덮고 있었다. 나는 자세한 정황을 파악하는 데 어려움을 겪었지만 차오르는 뜨거운 눈물에도 불구하고 이 마을의 병원이 간호사가 편지에서 장담했던 것처럼 훌륭하다는 걸 차츰 깨달았다. 다른 경우였다면 그는 목숨을 부지했을 것이다.

하지만 정신적인 손상은 별개의 문제였다. 그는 머리가 아프다고 투덜거렸다. 그리고 시간이 지날수록 점점 더 괴로워했다. 모르핀 주사를 맞아도 소용이 없었다. 그가 잠든 줄 알고 다들 자리를 비운 건 아주 잠깐이었다. 그 짧은 순간에 그는 비틀거리며 침대에서 일어나 병실을 더듬더듬 가로지른 끝에 가위를 찾았다. 붕대를 벗어던진 그는 텅 빈 눈구멍을 가위로 찔러 뇌를 뚫으려고 했다. 그는 목적을 달성하지 못하고 쓰러졌지만 그것으로 충분했다. 숨을 거두기까지 이틀이 걸렸다.

그의 부모님은 얼굴에 핏기가 없었고 충격으로 횡설수설했다. 나는 어찌어찌 충격을 가라앉히고 애써 그들을 위로했다. 그 끔찍했던 몇 시간의 기억은 흐릿하지만 그 사태와 무관한 부분들이 눈에 들어왔던 건 생각난다. 이성이 정상으로 돌아가려고 애쓰고 있다는 신호였으리라. 마이어스의 아버지는 구찌 로퍼를 신고 롤렉스 금시계를 차고 있었다. 마이어스는 대학원생 시절에 빠듯하게 지냈다. 나는 그가 부유한 집안 출신인 줄 전혀 몰랐다.

나는 마이어스의 부모님을 도와 아들의 시신을 미국으로 운구하는 절차를 밟았다. 그들과 함께 니스로 갔고, 그의 관이 담긴 상자가 비행기 화물칸에 실리는 것을 옆에서 지켜보았다. 그들과 악수와 포옹을 했다. 그들이 흐느끼며 터벅터벅 탑승 터널 안으로 사라질 때까지 기다렸다. 그리고 한 시간 뒤 라베르주로 돌아갔다.

내가 돌아간 이유는 약속을 지키기 위해서였다. 나는 그의 부모님의 고통—그리고 내 고통—을 덜고 싶었다. 나는 그의 친구였다. "두 분은 하실 일이 너무 많잖아요." 나는 그의 부모님에게 말했다. "집까지 먼길을 가셔야 하고. 장례식 준비도 하셔야 하고요." 나는 목이 메었다. "제가 도와드릴게요. 제가 여기 남아서 뒷정리를 할게요. 밀린 청구서가 있으면 처리하고 옷도 챙기고……" 나는 크게 숨을 들이마셨다. "그리고 책이랑 기타 소지품이 있으면 집으로 보내드리겠습니다. 저한테 맡겨주세요. 제게 친절을 베푸는 거라 여겨주세요. 부탁드립니다. 뭐라도 해야겠어서요."

마이어스는 야심만만하게 세웠던 목표대로 그 마을에 하나밖에 없는 호텔에서 반 도른이 묵었던 객실을 빌렸다. 그 방이 비어 있었던 건 딱히 놀랄 일이 아니었다. 호텔측에서 홍보용으로 활용하고 있었다. 객실의 역사적인 가치가 적힌 현판도 걸려 있었다. 가구는 반 도른이 묵었던 때와 같은 스타일이었다. 관광객은 돈을 내고 객실을 둘러보며 천재의 남은 흔적을 킁킁거렸다. 하지만 당시는 경기가 안 좋았고 마이어스에게는 돈 많은 부모가 있었다. 그는 제법 많은 금액을 제시하며 특유의 열의를 보인 끝에 호텔 매니저를 설득해 그 방을 차지할 수 있었다.

나는 그로부터 두 객실 떨어진 방—벽장에 더 가까웠다—을 빌렸고 눈물 때문에 아직까지 화끈거리는 눈을 달래며 사랑하는 친구의 유품을 챙기기 위해 퀴퀴한 냄새를 풍기는 반 도른의 안식처로 들어갔다. 온 사방이 반 도른의 작품이었고 몇 장에는 핏방울이 튀어 말라붙어 있었다. 나는 상심 속에서 그림을 차곡차곡 쌓았다.

바로 그때 일기를 발견했다.

대학원 시절에 나는 반 도른에 중점을 둔 후기인상파 수업을 들었고 그의 일기를 사본으로 읽었다. 출판사에서 수기로 된 일기를 복사해 제본하고 서문과 번역과 각주를 첨부한 것이었다. 일기는 처음부터 난해했지만 반 도른이 작업에 더 깊이 몰두할수록, 신경쇠약증이 점점 심해질수록 그가 남긴 글도 수수께끼로 전락했다. 광기어린 생각들을 다급하게 쏟아내느라 필체—제정신이었을 때도 단정한 것과는 거리가 멀었다—가 금세 구제불능으로 치달았고 결국에는 거의 해석이 불가능한 사선과 곡선으로 변모했다.

나무 책상 앞에 앉아 일기를 넘겨보니 몇 년 전에 읽었던 구절들이 눈에 띄었다. 페이지를 넘길 때마다 뱃속이 싸늘해졌다. 이건 출간된 일기장 사본이 아니었다. 그냥 공책이었고 나는 불가능한 얘기이긴 해도 마이어스가 일기장 원본을 입수한 것이라 믿고 싶었지만 그렇게 믿는 건 자기기만이라는 것도 알았다. 이 공책은 세월과 더불어 누레지거나 바스라지지 않았다. 잉크도 갈색으로 희미해진 게 아니라 파란색에 가까웠다. 얼마 전에 사서 쓴 공책이었다. 반 도른의 일기장이 아니었다. 마이어스의 것이었다. 뱃속의 얼음이 용암으로 변했다.

공책에서 급히 눈을 돌려 책상 위 책꽂이에 쌓여 있는 다른 공책들을 보았다. 나는 조심스럽게 다른 공책을 집어 두려움을 느끼며 빠르게 넘겨보았다. 뱃속이 터질 것 같았다. 공책마다 적힌 단어들이 같았다.

나는 손을 부들부들 떨며 다시 책꽂이 쪽으로 시선을 돌렸고 원래 일기장의 사본을 찾아 공책과 비교했다. 나는 신음소리를 내며, 격렬하고 광기어린 표정으로 책상 앞에 앉아 반 도른의 일기를 한 단어씩, 한 획씩 따라 적는 마이어스의 모습을 상상했다. 그것도 여덟 번이나.

마이어스는 반 도른의 해체되어가는 정신 구조 속으로 파고들려고, 그 안으로 자신을 밀어넣으려고 기를 썼다. 그리고 결국에는 성공했다. 반 도른이 눈을 찔렀던 도구가 끝이 뾰족한 붓이었다. 그리고 정신병원에서 가위로 뇌를 쑤심으로써 과업을 완수했다. 마이어스처럼. 아니, 마이어스가 반 도른처럼 했다고 해야겠지만. 마이어스가 마침내 무너졌을 때 그와 반 도른은 섬뜩할 만큼 닮았었을까?

나는 양손으로 얼굴을 감쌌다. 목구멍에서 경련이 일어나 훌쩍이는 소리가 쥐어짜듯 흘러나왔다. 영원의 시간이 지난 다음에야 흐느낌이 멈춘 듯했다. 내 의식이 고통을 다독이려고 안간힘을 썼다. ("주황은 고통을 상징해." 마이어스는 말했다.) 이성이 내 괴로움을 달래려고 분투했다. ("평생을 반 도른 연구에 바친 평론가들 말이야," 마이어스는 말했다. "반 도른처럼 천재성을 인정받지 못한 사람들. 그들은 고통을 받았어…… 그리고 반 도른처럼 자기 눈을 찔렀어.") 그들도 붓으로 그랬을까? 나는 궁금해졌다. 그 정도로 똑같았을까? 그리고 결국에는 그들도 뇌에 가위를 꽂았을까?

나는 험상궂은 표정으로 차곡차곡 쌓아놓은 그림을 바라보았다. 아직 벽, 바닥, 침대, 창문, 심지어 천장에까지 남은 그림이 많았다. 빙빙 도는 색채. 눈부신 소용돌이.

예전에는 그걸 눈부시다고 생각했다. 하지만 마이어스가 깨우쳐준 사실과 메트로폴리탄미술관에서 얻은 시각을 통해 보니, 이제는 햇빛이 쏟아지는 사이프러스와 목초지, 과수원과 들판 이면의 비밀스러운 어둠이, 뒤틀린 팔과 떡 벌린 입이, 시커먼 점과 같은 고통에 찬 눈이, 몸부림치느라 파랗게 뒤엉킨 몸통이 보였다. ("파랑은 광기를 상징해." 마이어스는 말했다.)

보는 시각을 조금만 바꾸면 과수원과 목초지는 사라지고 지옥에 갇힌 영혼들의 끔찍한 형태만 남았다. 반 도른은 정말로 인상주의의 새로운 단계를 개척했다. 조물주가 창조한 찬란한 광경 위에 자신이 느끼는 혐오의 이미지를 바글바글하게 새겼다. 그의 작품에는 미화가 없었다. 혐오가 있었다. 반 도른은 고개를 돌리는 곳마다 자기만의 악몽과 맞닥뜨렸다. 정말이지 파랑은 광기를 상징하는 색이었고 반 도른의 광기에 너무 오래 집착하면 나까지 광기에 사로잡힐 수 있었다. ("제발 부탁한다, 절대로 다시는 반 도른의 작품을 보지 마." 마이어스는 편지에 이렇게 썼다.) 신경쇠약의 마지막 단계에서 반짝 정신이 들었을 때 내게 경고하려고 했던 걸까? ("고통을 견딜 수가 없어. 좀 쉬어야겠어. 집으로 갈 거야.") 어떻게 보면 그는 내가 상상하지 못했던 방식으로 집으로 돌아간 셈이었다.

섬뜩한 생각이 하나 더 떠올랐다. ("평생을 반 도른 연구에 바친 평론가들 말이야. 하나같이 그림을 그리려고 했어. 반 도른의 스타일로." 마이어스는 일 년 전에 이렇게 얘기했다.) 내 시선이 자석에 끌리듯 나뒹구는 그림을 지나 캔버스 두 개가 벽에 기대어 있는 반대편 구석으로 향했다. 나는 몸을 떨며 자리에서 일어나 머뭇머뭇 캔버스 쪽으로 다가갔다.

그림은 아마추어의 솜씨였다. 이러니저러니 해도 마이어스는 미술사학도였다. 물감이 어설프게 칠해져 있었고 특히 주황색과 파란색은 얼룩덜룩했다. 사이프러스는 조잡했다. 나무 발치의 바윗돌은 만화 같았다. 하늘은 질감이 부족했다. 하지만 나는 그 사이의 검은 점들이 무얼 의미하는지 알았다. 가느다란 파란색 선들의 목적을 알았다. 마이어스에게 재능이 없어서 제대로 묘사하지 못했을 뿐, 고통에 겨운 아주 조그만 얼굴과 뒤틀린 팔다리였다. 그는 반 도른의 광기에 전염됐다. 남은 건 말기의 증상뿐이었다.

나는 영혼 깊숙한 곳에서부터 한숨을 내뱉었다. 교회 종이 울리자 나는 친구가 평화를 찾았기를 바랐다.

호텔을 나섰을 때 밖은 어두웠다. 나는 그 방의 더 짙은 어둠에서 벗어나 걸으며 자유를 느끼고 생각할 필요가 있었다. 하지만 내 발걸음과 궁금증은 좁은 자갈길을 지나 마이어스가 반 도른의 방에서 시작했던 여정을 마감한 마을의 병원으로 나를 이끌었다. 데스크에 문의하고 오 분 뒤에 삼십대로 보이는 까만 머리의 매력적인 여성에게 나를 소개했다.

간호사의 영어는 충분하고도 남았다. 이름이 클라리스라고 했다.

"제 친구를 보살펴주셨죠." 내가 말했다. "그의 말을 받아 적고 그 아래에 설명을 덧붙여 편지를 보내주셨고요."

그녀는 고개를 끄덕였다. "걱정이 됐어요. 그분이 너무 괴로워했거든요."

대기실에 달린 형광등이 웅웅거렸다. 우리는 기다란 의자에 앉았다.

"그가 자살한 이유를 파악하려는 중이에요." 내가 말했다. "알 것 같긴 하지만 당신의 의견을 듣고 싶어서요."

지적으로 반짝이던 그녀의 적갈색 눈이 갑자기 조심스러운 눈빛으로 바뀌었다. "그분은 방안에 너무 오래 있었어요. 연구를 너무 많이 했고요." 그녀는 고개를 젓고 바닥을 쳐다보았다. "생각이 덫이 될 수 있어요. 그게 고문이 될 수 있어요."

"하지만 여기 왔을 때 들뜬 상태였다고요?"

"네."

"연구하러 왔으면서 휴가 온 사람처럼 굴었다고요?"

"정말 그랬어요."

"그럼 뭣 때문에 달라졌을까요? 내 친구가 특이하다는 건 나도 인정해요. 쉽게 흥분하는 성격이었죠. 하지만 그는 연구를 좋아했어요. 지나치게 연구에 몰두해서 아파 보였을지 몰라도 공부를 즐겼어요. 생김새는 보잘것없었을지 몰라도 머리는 좋았고요. 뭣 때문에 분위기가 일변한 것일까요, 클라리스?"

"분위기가 일변하다……?"

"왜 들떠 있던 친구가 우울해졌느냐는 거죠. 뭘 알게 됐기에……"

간호사는 일어나서 손목시계를 확인했다. "죄송해요. 퇴근시간
이 이십 분 지났네요. 친구네 집에 가기로 해서요."
내 말투가 딱딱해졌다. "아, 네. 그럼 가보세요."

병원을 나선 나는 입구에 달린 전등 아래에서 손목시계를 확인
하고는 거의 열한시 삼십분이 다 된 걸 보고 깜짝 놀랐다. 너무 피
곤해서 무릎이 시큰거렸다. 정신적인 충격으로 입맛이 없었지만
그래도 뭘 좀 먹어야 했기에 다시 호텔의 식당까지 걸어가 치킨 샌
드위치와 샤블리 와인을 한 잔 주문했다. 원래는 내 방에서 먹을
생각이었는데 거기까지 가지 못했다. 반 도른의 방과 일기장이 나
를 불렀다.
샌드위치와 와인은 입도 대지 않은 채 방치됐다. 나는 소용돌이
치는 색상 속에 공포가 숨어 있는 반 도른의 작품에 둘러싸인 채,
공책을 펼치고 이해해보려 애를 썼다.
문을 두드리는 소리에 나는 고개를 돌렸다.
다시 손목시계를 확인했을 때, 몇 시간이 몇 분처럼 지난 걸 깨
닫고 깜짝 놀랐다. 거의 새벽 두시였다.
다시 부드럽지만 집요하게 문을 두드리는 소리가 들렸다. 호텔
매니저인가?
"들어오세요." 나는 프랑스어로 말했다. "문 열려 있어요."
문손잡이가 돌아갔다. 문이 열렸다.
클라리스가 들어왔다. 그녀는 이제 간호사 유니폼 대신 운동화
와 청바지, 그리고 적갈색 눈동자를 더욱 강조하는 타이트한 노란
색 스웨터 차림이었다.

"사과하러 왔어요." 그녀가 영어로 말했다. "병원에서 제가 무례하게 굴었죠?"

"전혀 아니에요. 선약이 있었는데 제가 붙잡고 있었잖아요."

그녀는 어색하게 어깨를 으쓱했다. "종종 워낙 늦게까지 근무해서 친구를 만날 틈이 없거든요."

"충분히 이해합니다."

클라리스는 한 손으로 길고 풍성한 머리칼을 쓸어내렸다. "친구가 피곤하다고 해서요. 집으로 가는 길에 호텔 앞을 지나는데 여기 불이 켜져 있는 걸 봤어요. 혹시 당신일지 모르겠다 싶어서……"

나는 고개를 끄덕이고는 기다렸다.

줄곧 피하는 듯한 인상을 풍겼던 그녀가 방안으로 시선을 돌렸다. 내가 핏자국을 발견한 그림 쪽으로. "의사 선생님과 저는 그날 오후에 매니저의 전화를 받자마자 달려왔어요." 클라리스는 그림을 물끄러미 바라보았다. "저렇게 아름다운 그림이 어떻게 그렇게 엄청난 고통을 불러일으켰을까요?"

"아름답다고요?" 나는 떡 벌어진 조그만 입들을 흘끗 쳐다보았다.

"여기 계시면 안 돼요. 친구분이 저지른 실수를 반복하지 마세요."

"실수요?"

"먼길을 오셨잖아요. 충격을 받으셨고요. 쉬어야 해요. 그러지 않으면 친구분처럼 지쳐버릴 거예요."

"그의 유품을 살피고 있었던 것뿐이에요. 다 챙겨서 다시 미국으로 보내려고요."

"얼른 하세요. 여기서 벌어진 일을 생각하면서 스스로를 고문하지 말고요. 친구분의 심기를 어지럽혔던 물건들에 둘러싸여 있는 건 좋지 않아요. 상심을 부채질하지 마세요."

"둘러싸여 있다고요? 내 친구였다면 '파묻혔다'고 했을 거예요."

"피곤해 보이시네요. 자," 그녀가 손을 내밀었다. "방까지 모셔다드릴게요. 자고 나면 괴로움이 좀 가실 거예요. 혹시 약이 필요하면……"

"고마워요. 하지만 수면제는 필요 없을 거예요."

클라리스는 내민 손을 거두지 않았다. 나는 그 손을 잡고 복도로 나갔다.

나는 반 도른의 그림과 그 아름다운 풍경에 숨겨진 끔찍한 장면을 잠깐 돌아보았다. 그리고 마이어스를 위해 속으로 기도한 뒤 불을 끄고 문을 잠갔다.

우리는 복도를 걸었다. 내 방에 도착하자 나는 침대로 가 앉았다.

"푹 주무세요." 클라리스가 말했다.

"그럴 수 있으면 좋겠네요."

"조의를 표합니다." 그녀는 내 뺨에 입을 맞췄다.

나는 그녀의 어깨에 손을 얹었다. 그녀의 입술이 내 입술 쪽으로 움직였다. 그녀가 내게 몸을 기댔다.

우리는 침대 위로 쓰러졌다. 우리는 말없이 사랑을 나누었다.

잠이 그녀의 키스처럼 부드럽게 압도하며 나를 덮쳤다.

하지만 내 악몽 속에는 떡 벌린 조그만 입들이 있었다.

창문으로 햇빛이 쏟아져들어왔다. 나는 욱신거리는 눈으로 손목시계를 확인했다. 열시 삼십분이었다. 머리가 아팠다.

클라리스가 서랍장 위에 쪽지를 남겼다.

어젯밤은 연민의 표현이었어요. 당신의 상심을 공유하고 달래기 위한. 원래 생각했던 대로 해요. 친구의 유품을 챙겨 미국으로 보내요. 그 유품과 같이 떠나요. 친구의 실수를 반복하지 마요. 그가 얘기했다는 것처럼 거기 '파묻히지' 마요. 아름다운 그림이 고통을 불러일으키게 하지 마요.

나는 떠나려고 했다. 정말이다. 프런트에 연락해 상자를 몇 개 보내달라고 했다. 샤워와 면도를 하고 마이어스의 방으로 가서 그림 정리를 마쳤다. 책과 옷도 정리했다. 모든 유품을 상자에 넣고 빠뜨린 게 없는지 둘러보았다.

마이어스가 그린 캔버스 두 개가 한쪽 구석에 여전히 세워져 있었다. 그건 들고 가지 않기로 했다. 그가 어떤 망상에 사로잡혔는지 어느 누구도 기억을 환기할 필요가 없었다.

이제 상자에 테이프를 붙이고 주소를 적어 부치기만 하면 됐다. 하지만 상자를 닫으려던 순간, 안에 든 공책들이 보였다.

너무나 심했던 고통, 나는 생각했다. 너무나 헛된 수고.

나는 다시 한번 공책을 뒤적였다. 마이어스가 여러 구절을 번역해놓았다. 직업적인 실패에 반 도른이 느낀 좌절. 파리를 떠나 라베르주로 온 이유—숨막히고 뒷말 많은 예술계, 우월감에 빠져 있는 평론가들과 그의 초기작에 대한 그들의 냉소적인 반응. 관습에서 벗어나야겠다. 탐미주의자들의 정치에서 탈피해야겠다, 그딴 건 모두 뱉어내야겠다. 그려진 적 없는 걸 찾아야겠다. 시키는 대로 느끼지 말고 직접 느껴야겠다. 남들이 본 걸 흉내내지 말고 직접 보아야겠다.

나는 야심 때문에 반 도른이 얼마나 가난에 쪼들렸는지 전기를 읽어서 알고 있었다. 파리에서는 말 그대로 식당 뒷골목에 버려진 음식물 쓰레기를 먹으며 지냈다. 라베르주로 떠날 수 있었던 것도 잘나갔지만 철저하게 틀에 박혀 있었던(그래서 지금은 비웃음거리로 전락한) 화가 친구가 약간의 자금을 융통해주었기 때문이었다. 반 도른은 그 돈을 아끼느라 파리에서 남프랑스까지 걸어갔다.

당시에는 이 일대가 언덕과 바위와 농장과 시골 마을로 이루어진 비인기 지역이었다는 것을 상기할 필요가 있다. 절뚝거리며 라베르주로 들어선 반 도른의 모습은 가관이었을 것이다. 그가 이 시골 마을을 선택한 것은 색다르기 때문이었다. 파리의 살롱과 극명한 대조를 이루는 이곳의 지극히 일상적인 풍경은 감히 어떤 화가도 그리려 들지 않을 것이었다.

아무도 상상한 적 없는 걸 창조해야겠다, 그는 이렇게 썼다. 그는 육 개월이라는 절망적인 시간 동안 시도했고 실패했다. 그는 결국 자기 회의를 느끼며 포기했다 느닷없이 돌변해 일 년 동안 믿기지 않을 만큼 엄청난 생산력을 발휘하며 서른여덟 편의 걸작을 세상에 내놓았다. 물론 그 당시에는 작품을 팔아서 한 끼조차 제대로 해결하지 못했다. 하지만 이제 세상은 그렇게 어리석지 않다.

그는 분명 미친듯이 그렸을 것이다. 갑작스럽게 발현된 에너지가 어마어마했을 것이다. 기술은 갖추었지만 관점이 기존의 틀에서 벗어나지 못한, 나 같은 예술가 지망생이 보기에 그는 궁극의 경지에 도달했다. 고통을 겪었다지만 그가 부러웠다. 내가 와이어스* 스타일로 그린 감상적인 아이오와의 풍경화와 유행을 선도하는 반 도른의 천재성을 비교하면 절망스러웠다. 미국에서 나를 기다리는 일거리는 잡지 광고에 실을 맥주 캔과 디오더런트 포장지를 모사하는 것이었다.

나는 계속 공책을 넘기며 반 도른이 절망에서 에피파니**로 이행하는 과정을 따라갔다. 물론 그의 승리에는 대가가 따랐다. 정신착란. 자해. 자살. 하지만 그가 죽는 순간 시간을 되돌릴 수 있다고 한들 과연 되돌렸을까. 그는 자신이 얼마나 놀랍고 진정으로 눈부신 작품을 남겼는지 알았을 것이다.

아니면 몰랐을 수도 있다. 그가 눈을 찌르기 전에 마지막으로 그린 그림은 자화상이었다. 짧고 성긴 머리칼, 움푹 꺼진 이목구비, 창백한 피부, 듬성듬성한 수염에 음울한 분위기를 풍기는 마른 얼굴의 남자. 나는 그 유명한 초상화를 보면 항상 예수가 십자가에 못박히기 직전에 그런 모습이지 않았을까 하는 생각이 들었다. 유일하게 없는 게 있다면 가시면류관이었다. 하지만 반 도른에게는 다른 가시면류관이 있었다. 머리가 아닌 그의 안에 품은. 듬성듬성한 수염과 움푹 꺼진 이목구비 사이에 숨겨진, 떡 벌린 조그만 입들과 몸부림치는 몸들이 모든 걸 얘기했다. 갑작스럽게 찾아온 통찰이 그를 너무 심하게 괴롭혔다.

나는 반 도른의 고뇌에 찬 단어와 필체를 정확히 재현하려고 했던 마이어스에게 다시금 심란함을 느끼며 공책을 읽다가 반 도른이 에피파니를 묘사한 부분에 다다랐다. 라베르주! 나는 걸었다! 보았다! 느낀다! 캔버스! 물감! 창조 그리고 저주!

---

* 앤드루 와이어스(1917~2009). 미국의 사실주의 화가.
** 갑자기 찾아오는 통찰이나 깨달음.

그 수수께끼 같은 문구 이후로 공책은—그리고 반 도른의 일기는—완전히 횡설수설로 접어들었다. 머리가 점점 지독하게 아파온다는 끊임없는 불평만 제외하고는 일관성 있는 게 하나도 없었다.

내가 병원 앞에서 기다리고 있는데, 클라리스가 세시에 근무를 시작하기 위해 병원에 도착했다. 햇살은 눈부셨고, 그녀의 눈에 비쳐 반짝거렸다. 그녀는 암적색 치마에 청록색 블라우스를 입고 있었다. 나는 그 보드라운 천을 마음속으로 어루만졌다.

나를 본 순간 그녀의 걸음걸이가 불안해졌다. 그녀는 억지로 미소를 지으며 내게 다가왔다.

"작별인사하러 왔어요?" 클라리스가 기대하는 목소리로 물었다.

"아뇨. 몇 가지 물어볼 게 있어서요."

그녀의 미소가 일그러졌다. "근무시간에 늦으면 안 되는데요."

"일 분이면 돼요. 내가 프랑스어를 잘 몰라서요. 사전을 안 가져왔거든요. 이 마을의 이름. 라베르주. 그게 무슨 뜻이에요?"

그녀는 별 시답잖은 질문이라는 듯이 어깨를 움츠렸다. "별로 흥미진진한 이름은 아닌데요. 직역하면 '막대'예요."

"그게 다예요?"

그녀는 찡그린 내 얼굴을 보고 덧붙였다. "대충 비슷한 다른 단어도 있죠. '나뭇가지' '회초리'. 예를 들면 아버지가 아이를 훈육할 때 쓰는 버드나무 가지 같은 거요." 그녀는 불편한 기색을 보였다. "그리고 음경을 가리키는 속어로 쓰이기도 해요."

"그것 말고는 없어요?"

"넓게 보면 있죠. 사전적인 의미에서 꽤 멀어지기는 하지만. 지팡이를 뜻할 수도 있고. 아니면 막대기. 수맥을 찾는 사람들이 들판을 이리저리 걸을 때 들고 있는 끝이 갈라진 막대 말이에요. 물이 흐르면 아래로 구부러진다는 그거."

"우리는 그걸 수맥봉이라고 해요. 제 아버지는 실제로 막대가 구부러지는 걸 본 적이 있다고 했어요. 그걸 들고 있던 사람이 그냥 막대를 구부린 게 아닌가 싶지만. 혹시 이 마을이 그런 이름으로 불리게 된 게 오래전에 누군가가 수맥봉으로 여기에서 수맥을 찾았기 때문일까요?"

"언덕마다 개울물과 샘물이 넘쳐나는데 뭐하러 그런 짓을 했겠어요? 이름에 관심을 보이는 이유가 뭐예요?"

"반 도른의 일기에서 본 게 있어서요. 이유는 모르겠지만 그는 이 마을의 이름을 두고 흥분했어요."

"하지만 그 사람은 뭐에든 흥분할 수 있었잖아요. 제정신이 아니었으니까."

"그전에는 그냥 괴짜였죠. 하지만 일기에 그 구절을 적고 난 다음 정신착란을 일으켰어요."

"그전까지는 증상이 나타나지 않았을 뿐이겠죠. 당신이 정신과 의사는 아니잖아요."

나는 동의하는 수밖에 없었다.

"다시 결례를 범해야겠네요. 이제는 정말 출근해야 하거든요." 클라리스는 머뭇거렸다. "어젯밤은⋯⋯"

"당신이 쪽지에 적은 그대로예요. 연민의 제스처. 내 상심을 달래기 위한 시도. 뭘 어떻게 해보려고 그랬던 게 아니라."

"제발 내가 얘기한 대로 하세요. 제발 떠나요. 다른 사람들처럼 자신을 파괴하지 말고."

"다른 사람들?"

"친구분처럼 말이에요."

"아니, '다른 사람들'이라고 했잖아요." 나는 황급히 말을 쏟아냈다. "클라리스, 얘기해줘요."

그녀는 궁지에 몰린 사람처럼 실눈을 뜨고 위를 쳐다보았다. "친구분이 눈을 찌른 뒤에 마을에 도는 소문을 들었어요. 나이 많은 분들이 하는 얘기를. 시간이 지나면서 부풀려진 헛소문일 거예요."

"그들이 뭐라고 했는데요?"

그녀는 더욱 가늘게 실눈을 떴다. "이십 년 전에 어떤 사람이 반 도른을 연구한다고 이 마을을 찾아온 적이 있대요. 삼 개월 동안 여기서 지내다 신경쇠약증에 걸렸고요."

"자기 눈을 찔렀대요?"

"영국의 정신병원에서 그랬다는 소문을 전해 들었대요. 그보다 십 년 전에 마을로 온 또다른 남자도 있었고요. 그 역시 가위로 눈을 뚫고 뇌까지 찔렀대요."

나는 어깨뼈를 뒤트는 경련을 어쩌지 못하고 빤히 쳐다보았다. "도대체 무슨 일이 벌어지고 있는 걸까요?"

나는 마을을 수소문하고 다녔다. 아무도 내게 말을 하려 들지 않았다. 호텔에서는 매니저가 반 도른의 방을 앞으로는 내주지 않기로 했다고 얘기했다. 마이어스의 유품을 당장 치워야 했다.

"제 방은 계속 쓸 수 있죠?"

"원하신다면요. 권하고 싶지는 않습니다만 프랑스는 자유국가니까요."

나는 방값을 계산하고 위로 올라가 싸놓은 상자를 반 도른의 방에서 내 방으로 옮겼다. 그리고 전화벨이 울리자 놀라서 고개를 돌렸다.

약혼녀의 전화였다.

언제 와?

몰라.

이번 주말에 하기로 한 결혼식은 어떻게 해?

연기해야 할 것 같아.

그녀가 수화기를 쾅 내려놓는 소리에 나는 움찔했다.

침대에 앉자 마지막으로 거기에 앉았던 순간이, 정사를 나누기 직전 클라리스가 나를 내려다보던 순간이 저절로 떠올랐다. 나는 애써 일군 삶을 내동댕이치고 있었다.

약혼녀에게 다시 전화를 걸려던 찰나, 나는 또다른 충동에 이끌려 험상궂은 표정으로 상자를 향해, 반 도른의 일기를 향해 고개를 돌렸다. 클라리스는 마이어스의 편지에 덧붙인 글에서 그가 연구에 강박적으로 몰두한 나머지 반 도른의 하루 일과까지 똑같이 재현하려 했다고 말했다. 다시 궁금해졌다. 마지막에 가서는 마이어스와 반 도른이 똑같아졌을까? 반 도른의 그림 속에 고통스러워하는 얼굴들이 숨겨져 있듯, 마이어스에게 벌어진 사태의 비밀이 일기 속에 숨겨져 있을까? 나는 공책을 한 권 집어들었다. 페이지를 넘기며 반 도른의 일과가 기록된 부분을 찾았다. 사건은 그렇게 시작됐다.

앞에서도 얘기했다시피 라베르주는 전봇대와 전선만 빼면 19세기에 갇혀 있는 듯했다. 호텔뿐 아니라 반 도른이 좋아했던 술집과 그가 아침에 먹을 크루아상을 샀던 빵집도 남아 있었다. 그가 좋아했던 작은 식당도 영업중이었다. 마을 끝에는 그가 가끔 오후 느지막이 와인 한 잔을 들고 앉아 있던 송어 개울이 여전히 졸졸 흘렀다. 비록 오염 때문에 송어는 다 죽었지만. 나는 그 모든 곳을 반 도른이 일기에 기록한 시간에 순서대로 찾아갔다.

아침은 여덟시, 점심은 두시, 송어 개울에서 와인 한 잔, 변두리까지 산책, 그런 다음 객실로 복귀. 일주일이 지나자 일기를 외우다시피 해서 들춰볼 필요도 없었다. 아침은 반 도른이 그림을 그리는 시간이었다. 그는 그때 햇빛이 가장 좋다고 일기에 썼다. 그리고 저녁은 기억을 되짚어서 스케치하는 시간이었다.

나는 급기야 반 도른이 했던 대로 그림을 그리고 스케치를 하지 않으면 그의 일과를 정확히 따르는 게 아니라는 생각을 하기에 이르렀다. 나는 메모지, 캔버스, 물감, 팔레트 등 필요한 걸 사다가 대학원을 졸업한 이래 처음으로 창작을 시도했다. 반 도른이 좋아했던 시골 풍경으로 누구든 예상할 수 있는 작품을 완성했다. 독창성이라고는 없는 반 도른의 모작. 마이어스가 정신착란을 일으킨 원인과 관련해 발견한 것도 없고 파악한 것도 없다보니 지루해졌다. 돈도 거의 다 떨어졌다. 나는 포기할 마음을 먹었다.

하지만……

내가 뭔가를 놓치고 있다는 꺼림칙한 느낌이 들었다. 반 도른의 일과 중 일기에 적지 않은 부분이 있다는 느낌. 아니면 지역 주민에게 내가 눈치채지 못한 뭔가가 있다는 느낌.

이제는 송어가 살지 않는 개울가에서 햇볕을 쪼이며 와인을 홀짝이는데 클라리스가 찾아왔다. 그림자가 느껴지기에 태양을 등지고 선 그녀의 실루엣을 향해 고개를 돌렸다.

병원 앞에서 껄끄러운 대화를 나눈 뒤로 이 주 만에 만나는 거였다. 직사광선을 마주하고 보는데도 내가 기억하는 것보다 훨씬 예뻤다.

"마지막으로 옷을 갈아입은 게 언제예요?" 그녀가 물었다.

일 년 전에 나도 똑같은 질문을 마이어스에게 한 적이 있었다.

"면도도 해야겠고. 술을 너무 많이 마셨군요. 얼굴이 끔찍해요."

나는 와인을 한 모금 마시고 어깨를 으쓱했다. "뭐, 술꾼이 충혈된 자기 눈을 두고 어떤 농담을 하는지 알죠? '내 눈이 끔찍해 보인다고? 내 쪽에서 보면 어떻겠어?'

"그래도 우스갯소리는 할 수 있네요."

"그냥 나 자체가 우스운 인간이 아닌가 하는 생각이 들기 시작했어요."

"당신은 절대 우스운 인간이 아니에요." 그녀는 내 옆에 앉았다. "당신은 지금 친구분을 닮아가고 있어요. 왜 떠나지 않는 거예요?"

"떠나고 싶어졌어요."

"다행이네요." 그녀가 내 손을 건드렸다.

"클라리스?"

"네?"

"다시 한번만 내 질문에 대답해줄래요?"

그녀는 나를 유심히 들여다보았다. "왜요?"

"제대로 된 대답을 들으면 떠날 수 있을지도 모르니까요."

그녀는 천천히 고개를 끄덕였다.

나는 시내로, 내 방으로 돌아가 그녀에게 그림더미를 보여주었다. 하마터면 그 안에 담긴 얼굴에 대해 얘기할 뻔했지만 음울한 그녀의 표정이 내 입을 막았다. 그런 얘기를 하지 않아도 그녀는 이미 내가 정신적으로 문제가 있다고 생각하고 있었다.

"오후에 산책을 나서면 반 도른이 풍경화를 그린 장소로 가요." 나는 그림을 추려가며 말했다. "이 과수원. 이 농장. 이 연못. 이 절벽. 이런 식으로요."

"네, 나도 아는 곳들이네요. 다 가봤어요."

"내 눈으로 직접 확인하면 친구가 어쩌다 그렇게 됐는지 알 수 있을지도 모른다고 생각했어요. 마이어스도 그 장소들을 찾아갔다고 당신이 그랬잖아요. 모든 곳이 이 마을에서 반경 5킬로미터 안에 있어요. 대부분 거리가 서로 가깝고요. 장소를 찾는 건 어렵지 않았어요. 여기만 빼고요."

클라리스는 거기가 어디냐고 묻지 않았다. 그 대신 어색하게 자신의 팔을 문질렀다.

나는 반 도른의 방에서 상자를 옮겨오면서 마이어스가 그리려고 했던 그림 두 점도 들고 왔다. 나는 침대 아래에서 그 그림들을 꺼냈다.

"내 친구가 그린 거예요. 누가 봐도 화가는 아니죠. 하지만 조잡하긴 해도 둘 다 같은 곳을 그렸어요."

나는 그림더미 맨 아래에서 반 도른의 작품을 꺼냈다.

"여기요." 내가 말했다. "분지 안에 바위로 둘러싸인 사이프러스 숲이 있는 곳. 여기만 찾지 못했어요. 동네 주민들한테 물어봤는데, 다들 어딘지 모른다고 하더군요. 당신은 아나요, 클라리스? 얘기해줄 수 있어요? 내 친구가 두 번이나 그릴 정도로 집착했다면 분명 중요한 곳일 텐데."

클라리스는 손톱으로 손목을 긁었다. "미안해요."

"네?"

"도와줄 수 없어요."

"도와줄 수 없는 거예요, 아니면 도와주지 않겠다는 거예요? 어딘지 모른다는 거예요, 아니면 알지만 알려줄 수 없다는 거예요?"

"도와줄 수 없다고 했잖아요."

"이 마을은 대체 뭐가 문젠가요, 클라리스? 다들 뭘 숨기려는 거예요?"

"나는 최선을 다했어요." 그녀는 고개를 저으며 자리에서 일어나 문 쪽으로 걸어갔다. 그리고 슬픈 얼굴로 흘끗 돌아보았다. "그냥 내버려두는 게 나은 경우도 있어요. 비밀인 이유가 있는 경우도 있다고요."

나는 복도를 걸어가는 그녀를 지켜보았다. "클라리스……"

그녀는 고개를 돌리고 한마디를 내뱉었다. "북쪽." 그녀는 울고 있었다. "주님의 축복을 빌게요." 그녀는 덧붙였다. "당신의 영혼을 위해 기도할게요." 그러고는 계단 아래로 사라졌다.

처음으로 나는 두려워졌다.

오 분 뒤에 호텔을 나섰다. 반 도른의 그림에 담긴 장소를 찾아

다닐 때 나는 항상 가장 쉬운 길을 선택했다. 동쪽, 서쪽, 남쪽. 멀찍이 나무들이 늘어선 북쪽의 언덕에 대해 물으면 마을 주민들은 항상 그쪽 방향에는 별것 없다고, 반 도른과 관련 있는 건 아무것도 없다고 했다. 분지 안의 사이프러스는요? 나는 물었다. 그 언덕에는 사이프러스는 없고 올리브나무만 있어요. 그들은 대답했다. 하지만 이제 나는 알았다.

라베르주는 길쭉한 계곡의 남단이었고 동쪽과 서쪽의 절벽 사이에 끼어 있었다. 나는 차를 빌렸다. 먼지구름을 일으키며 액셀러레이터를 밟고 급속도로 확대되는 언덕을 향해 북쪽으로 달렸다. 내가 마을에서 본 나무들은 정말 올리브나무였다. 하지만 그 사이로 보이는 납빛 바위들은 반 도른의 그림 속 바위와 같았다. 나는 빠른 속도로 길을 따라 올라가며 언덕 사이사이를 누볐다. 꼭대기에 다다랐을 때, 주차할 만한 좁은 공간이 보이자 급하게 차에서 내렸다. 하지만 어느 방향으로 가야 할까? 나는 충동적으로 왼쪽을 선택하고는 바위와 나무 사이로 걸음을 재촉했다.

내 선택이 이제는 한결 근거가 있게 느껴졌다. 왼쪽 비탈이 어쩐지 더 인상적이었고 미학적으로 더 강렬했다. 더 근사한 황야의 풍경이었다. 깊이감과 질감이 있었다. 반 도른의 작품처럼.

본능이 나의 발길을 재촉했다. 나는 다섯시 십오분에 언덕에 도착했다. 시간이 섬뜩하게 압축됐다. 눈 깜빡할 새 내 시계가 일곱시 십분을 가리켰다. 태양이 진홍색으로 이글거리며 낭떠러지를 향해 저물었다. 나는 괴기스러운 풍경을 가이드 삼아 계속 찾아다녔다. 산등성이와 협곡이 미로 같아서 모퉁이를 돌 때마다 앞을 가로막거나 내주는 식으로 내가 가는 방향을 조종했다. 그런 느낌이었다—조종당하는 느낌. 나는 우뚝 솟은 바위를 돌고, 셔츠가 뜯기고 손에서 피가 줄줄 흐르는 걸 무시하며 가시 비탈을 허둥지둥 내려가 분지 가장자리에서 걸음을 멈췄다. 올리브나무가 아니라 사이프러스가 분지를 가득 채우고 있었다. 그 사이에서 삐죽 고개를 내민 바위들이 작은 동굴을 형성했다.

분지는 경사가 가팔랐다. 나는 가시에 찔려 화끈거리는 통증을 무시하며 검은딸기나무 덤불 옆을 지났다. 바위들이 나를 아래로 인도했다. 한시라도 빨리 아래로 내려가고 싶은 마음이 불안감을 억눌렀다.

사이프러스와 바위로 이루어진 이 분지는, 가시로 둘러싸인 이 깔때기 모양의 땅은 반 도른뿐 아니라 마이어스가 시도했던 그림 속의 이미지이기도 했다. 하지만 이곳이 그들에게 그렇게 깊은 영향을 미친 이유가 뭐였을까?

질문만큼이나 금세 해답이 등장했다. 나는 보기 전에 소리를 먼저 들었지만, 들었다는 단어로는 내 느낌을 정확히 표현할 수 없다. 워낙 희미하고 높은 그 소리는 감지 가능한 영역을 거의 벗어나 있었다. 처음에 나는 근처에 벌집이 있는 줄 알았다. 분지의 잔잔한 공기에서 미묘한 진동이 느껴졌다. 고막 뒤편이 가려웠고 살갗이 따끔거렸다. 수많은 곤충떼가 한꺼번에 웅웅거리는 것처럼 수없이 많은 똑같은 소리가 한데 뭉뚱그려졌다. 하지만 이 소리는 고음이었다. 웅웅거림이라기보다 멀리서 단체로 비명을 지르고 울부짖는 소리에 가까웠다.

나는 눈살을 찌푸리며 사이프러스 쪽으로 다시 한 걸음 내디뎠다. 살갗이 전보다 더 심하게 따끔거렸다. 고막 뒤편이 짜증날 정도로 가려워서 나는 옆머리에 양손을 갖다댔다. 나무 안쪽을 들여다볼 수 있을 만큼 가까워졌을 때, 끔찍하리만치 선명한 광경에 나는 극심한 공포를 느꼈다. 나는 헉 소리를 내뱉으며 비틀비틀 뒷걸음쳤다. 하지만 너무 늦었다. 나무 사이에서 튀어나온 그것은 너무 작고 빨라서 정체를 파악할 수 없었다.

그것이 내 오른쪽 눈을 찔렀다. 새하얗게 달구어진 바늘이 내 망막을 뚫고 뇌에 꽂히기라도 한 듯 어마어마한 고통이 엄습했다. 나는 오른손으로 찔린 눈을 세게 누르고 비명을 질렀다.

통증이 공포를 부채질했고 나는 계속 비틀비틀 뒷걸음쳤다. 하지만 날카롭고 뜨거운 고통이 점점 심하게 머릿속을 휘저었다. 무릎이 꺾였다. 의식이 희미해졌다. 나는 비탈 위로 쓰러졌다.

자정이 지난 다음에야 간신히 차를 몰고 마을로 돌아올 수 있었다. 눈은 이제 화끈거리지 않았지만 공포가 극에 달했다. 기절하고 난 뒤라 여전히 머리가 어지러웠지만 나는 애써 침착하게 병원으로 들어가 클라리스의 주소를 물었다. 그녀의 집에 초대받았다면서. 졸음에 겨운 안내원은 눈살을 찌푸렸지만 주소를 알려주었다. 나는 다섯 블록 떨어진 그녀의 집을 향해 필사적으로 차를 몰았다.

불이 켜져 있었다. 나는 문을 두드렸다. 그녀는 대답이 없었다. 나는 좀더 세게, 좀더 빨리 두드렸다. 마침내 그림자가 보였다. 문이 열리자 나는 휘청거리며 거실로 들어갔다. 클라리스가 네글리제 차림으로 옷자락을 움켜쥐고 있다는 것도, 방문이 열려 있다는 것도 거의 알아차리지 못했다. 방안에서 깜짝 놀란 여자가 가슴을 시트로 가리고 침대에서 벌떡 일어나 앉았다가 얼른 일어나 문을 닫았다.

"도대체 이게 무슨 짓이에요?" 클라리스가 따져 물었다. "나는 당신을 초대한 적 없어요! 나는……!"

나는 간신히 기운을 쥐어짜 입을 열었다. "설명할 시간 없어요. 무서워요. 당신의 도움이 필요해요."

그녀는 네글리제를 한층 더 단단히 부여잡았다.

"쏘였어요. 병에 걸린 것 같아요. 뭔지 모르지만 내 안으로 들어간 걸 처치하게 도와줘요. 항생제. 해독제. 아무거나. 바이러스 아니면 균일 수도 있어요. 박테리아처럼 작용할지도 몰라요."

"뭐가 어떻게 된 건데요?"

"얘기했잖아요, 시간 없어요. 병원에서 도움을 청할 수도 있었지만 거기서는 내 말을 이해하지 못했을 거예요. 마이어스처럼 신경쇠약증에 걸렸다고 생각했을 거예요. 당신이 나를 데려가야 해요. 무슨 약이든 잔뜩 맞아서 이걸 죽일 수 있게 당신이 조치를 취해줘야 해요."

공포에 질린 내 목소리가 그녀의 의구심을 잠재웠다. "얼른 옷 갈아입고 나올게요."

병원으로 가는 동안 나는 무슨 일이 있었는지 설명했다. 도착하자마자 클라리스가 의사에게 연락했다. 기다리는 동안 그녀가 내 눈에 소독약을 넣었고 급속도로 심해지는 두통을 가라앉힐 만한 뭔가를 주었다. 졸린 표정으로 도착한 의사는 괴로워하는 나를 보고 번쩍 정신을 차렸다. 예상했던 것처럼 그는 나를 신경쇠약증 환자로 간주했다. 나는 그에게 내 말대로 하라고, 항생제를 있는 대로 투여하라고 했다. 의사가 투여하는 게 진정제가 아니라는 것을 클라리스가 확인했다. 그는 서로 충돌을 일으키지 않는 모든 조합을 동원했다. 약효가 있다고 하면 나는 배수구 청소 용액이라도 마셨을 것이다.

내가 사이프러스 사이에서 본 것은 떡 벌린 조그만 입과 뒤틀린 아주 작은 몸통으로, 반 도른의 작품에서처럼 자그맣고 주변 환경과 어우러져 눈에 잘 띄지 않았다. 반 도른이 그가 본 환영을 현실에 덧씌운 게 아니었다는 걸 이제 나는 알 수 있었다. 그는 인상파가 아니었다. 적어도 〈분지 안의 사이프러스〉만큼은 확실히 아니었다. 뇌가 감염되고 나서 그가 맨 처음에 그린 그림이 〈사이프러스〉였을 것이다. 그는 산책길에 맞닥뜨린 풍경을 고스란히 화폭에 옮겼을 뿐이었다. 나중에 감염이 심해지자 그는 반투명 용지를 덧씌운 듯 모든 곳에서 떡 벌린 입과 뒤틀린 몸통을 보았다. 그런 관점에서도 그는 인상파가 아니었다. 그의 입장에서는 이후에 접한 모든 풍경 속에 떡 벌린 입과 뒤틀린 몸통이 있었다. 그는 감염된 뇌가 허락하는 한도 안에서 그에게 보이는 현실을 그렸다. 그의 작품은 구상화였다.

내가 안다. 내 말을 믿어도 좋다. 왜냐하면 약이 들질 않았다. 내 머리는 반 도른처럼…… 혹은 마이어스처럼 감염이 됐다. 나는 그들이 눈을 찔렀을 때 왜 공포에 질리지 않았는지, 왜 병원으로 달려가지 않았는지 파악해보려고 했다. 내가 내린 결론에 따르면 반 도른은 작품에 생동감을 더할 수 있는 통찰력을 간절히 원했기에 고통을 기쁜 마음으로 견뎠다. 그리고 마이어스는 반 도른을 이해하고 싶은 마음이 굴뚝같았기에, 찔렀을 때 연구 대상에 더 깊이

다가갈 수 있는 기회를 기꺼이 받아들였고 너무 늦은 다음에야 자신의 실수를 깨달았다.

주황은 고통, 파랑은 광기. 이 얼마나 알맞은 표현인가. 내 뇌가 뭐에 감염됐는지 몰라도 색감이 달라졌다. 시간이 지날수록 주황과 파랑이 다른 색을 점점 더 압도한다. 내게는 선택의 여지가 없다. 다른 색은 거의 보이지 않는다. 내 그림은 주황색과 파란색으로 넘쳐난다.

내 그림. 나는 또다른 수수께끼도 해결했다. 반 도른이 어떻게 갑자기 열정이 넘치는 천재로 변신해 일 년 만에 서른여덟 점의 걸작을 그릴 수 있었는지가 항상 의문이었다. 이제는 그 답을 안다. 내 머릿속에 있는 것, 떡 벌린 입과 뒤틀린 몸통, 고통의 주황과 광기의 파랑이 너무나 강하게 머리를 압박하고 너무나 심각한 두통을 유발해 나는 그걸 잠재워보려고, 그걸 제거해보려고 온갖 수단을 동원했다. 코데인에서 데메롤*을 거쳐 모르핀으로 넘어갔다. 저마다 잠깐 동안은 도움이 됐지만 충분하지는 않았다. 그러다 반 도른이 터득하고 마이어스가 시도했던 비법을 알게 되었다. 그 병을 그림으로 표현하면 어느 정도 증상이 가라앉았던 것이다. 당분간은. 그러다보면 점점 열심히, 점점 빠른 속도로 그리게 된다. 고통을 덜 수 있다면 뭐든 마다하지 않는다. 하지만 마이어스는 화가가 아니었다. 병을 해소할 방법이 없었으니 반 도른은 일 년이 걸린 반면 그는 몇 주 만에 말기에 다다랐다.

하지만 나는 화가다. 최소한 예전에는 그렇게 믿고 싶었다. 내게

---

* 코데인과 데메롤은 모두 진통제의 일종이다.

통찰은 없었지만 재주는 있었다. 그런데 이제는 맙소사, 통찰이 생겼다. 처음에는 사이프러스와 그 안에 담긴 비밀을 그렸다. 다들 예상할 수 있는 작품이 탄생했다. 반 도른의 모작. 하지만 나는 의미 없는 고통을 거부한다. 대학원 때 그렸던 중서부의 풍경화가 생생하게 기억난다. 시커먼 흙으로 덮인 아이오와의 풍경. 그 비옥한 땅의 느낌을 보는 이에게 전달하려는 시도. 와이어스의 아류작. 하지만 더는 아니다. 내가 지금까지 비축해놓은 스무 점의 그림은 반 도른의 변형도 아니다. 나만의 창작품이다. 독창적이다. 병과 내 경험의 조합이다. 나는 생생한 기억의 힘을 빌려 아이오와시티를 흐르는 강을 그린다. 파란색으로. 나는 굽이치는 광활한 하늘에 옥수수밭이 빽빽한 도시 외곽의 시골 풍경을 그린다. 주황색으로. 나는 내 순수함을 그린다. 내 청춘을 그린다. 그 안에 깃든 궁극의 발견을 바탕으로. 아름다운 것 안에 추한 것이 도사리고 있다. 공포가 내 머릿속에서 곪아간다.

마침내 클라리스가 이 지역의 전설을 들려주었다. 중세시대에 라베르주가 건설되었을 때 유성 하나가 하늘을 가르며 떨어졌다. 그것이 밤하늘을 밝히며 이 지역의 북쪽에 있는 언덕 위에서 폭발했다. 불길이 치솟았다. 나무들이 화염에 휩싸였다. 늦은 시각이었다. 목격한 주민이 거의 없었다. 충돌 지점이 너무 멀어서 몇 명 안 되는 목격자도 그 밤에 뚫린 분지를 구경하러 달려갈 수 없었다. 아침이 되자 연기가 흩어졌다. 불씨가 죽었다. 목격자들은 유성을 찾으려고 했지만, 지금과 달리 당시에는 길이 없었기 때문에 복잡한 언덕을 헤매다 발길을 돌렸다. 소수의 목격자 중에서 소수의 사람만이 끝까지 포기하지 않았다. 탐험을 완수한 소수의 소수의 소수가 비틀거리며 마을로 돌아와 머리가 아프다는 둥 떡 벌린 조그만 입을 보았다는 둥 횡설수설했다. 그들은 나뭇가지로 땅바닥에 기괴한 그림을 그리고 결국에는 눈을 찔렀다. 전해 내려오는 얘기에 따르면, 수세기 동안 그 언덕의 분지를 찾으러 갔다 돌아온 사람은 하나같이 비슷한 자해를 저질렀다. 그러자 그 미지의 장소가 힘을 갖게 됐다. 그 언덕은 부정적인 금기의 효력을 발휘했다. 예나 지금이나 마을 주민들은 조물주의 지팡이가 건드린 땅으로 간주되는 그곳을 침범하지 않았다. 이글거리는 유성의 충격만 시적인 표현으로 남았다. 라베르주.

나는 빤한 결론을 내리지 않겠다. 유성에 실려온 포자가 증식해 결국에는 사이프러스로 가득한 분지가 되었다는 결론 말이다. 그게 아니다. 내가 보기에 유성은 원인이지 결과가 아니다. 나는 사이프러스 사이에 있는 구덩이를 보았고, 그 구덩이에서 조그만 입과 벌레처럼 꿈틀거리는 몸통들―얼마나 처절하게 울부짖었던가!―이 튀어나왔다. 그것들은 사이프러스 이파리에 들러붙어서 괴로움에 몸부림치다 다시 떨어졌고, 그 즉시 또다른 괴로움에 찬 영혼들이 튀어나와 그 자리를 채웠다.

그렇다. 영혼들. 내가 주장하건대 유성은 그저 원인이었다. 그 결과 지옥이 열린 것이었다. 울부짖는 그 조그만 입들은 저주받은 영혼들이었다. 나처럼. 어느 미친 죄인이 살아남고 싶은 절박감에, 지옥이라 불리는 궁극의 감옥에서 탈출하고 싶은 절박감에 돌진했다. 그가 내 눈에 들러붙어 뇌를 찌르고 내 영혼으로 가는 길을 뚫었다. 내 영혼. 그것이 곪는다. 나는 고름을 없애기 위해 그림을 그린다.

그리고 얘기를 한다. 왜 그런지 몰라도 그게 도움이 된다. 클라리스가 내 말을 받아 적고, 그러는 동안 그녀의 동성 연인이 내 어깨를 주무른다.

내 그림은 훌륭하다. 나는 늘 꿈꿔왔던 대로 천재로 인정받을 것이다.

이런 대가를 치른 끝에.

두통이 점점 심해진다. 주황색은 점점 환해진다. 파란색은 점점 심란해진다.

나는 최선을 다한다. 고작 몇 주밖에 견디지 못했던 마이어스보다 강해져야 한다고 나 자신을 다그친다. 반 도른은 일 년을 버텼다. 어쩌면 천재성은 버티는 힘일지 모른다.

뇌가 부어오른다. 두개골을 쪼갤 듯이 위협한다. 떡 벌린 입들이 꽃을 피운다.

이 두통! 나는 강해져야 한다고 스스로에게 얘기한다. 다시 또 하루. 또 한 편의 그림을 완성하기 위한 서두름.

붓의 뾰족한 끝이 나를 유혹한다. 머릿속에서 부글거리는 액체를 터뜨리고 안도의 희열을 누리게 해줄, 눈을 찌를 만한 거면 뭐든 좋다. 하지만 나는 견뎌야 한다.

왼쪽 가까이 놓인 테이블에서 가위가 기다리고 있다.

하지만 오늘은 아니다. 내일도 아니다.

나는 반 도른보다 오래 버틸 거다.

아름다운 날들

조이스 캐럴 오츠

조이스 캐럴 오츠의 최근작으로는 『미국의 순교자들에 관하여 *A
Book of American Martyrs*』(장편소설)와 『인형사 *The Doll-Master*』(단
편집)가 있다. 『빛 혹은 그림자』에 수록된 「창가의 여자」는 2017년
미국 최우수 단편 미스터리 중 한 편으로 선정됐다. 현재 객원 작가
로 뉴욕대학교 문예창작대학원에 소속되어 있다.

〈아름다운 날들〉, 발튀스

아빠 얼른 와서 나를 집으로 데려가주세요. 아빠 정말 미안해요. 아빠 그건 아빠 잘못이에요. 아빠 미워요.

아빠, 아니에요! 아빠가 무슨 짓을 저질렀든 나는 아빠를 사랑해요.

아빠 나는 여기서 주문에 걸렸어요. 여기서 나는 내가 아니에요.

내가 붙잡혀 있는 여긴 말이죠, 알프스산맥인 것 같아요. 태곳적 바위로 만든 성처럼 커다랗고 오래된 집이에요. 높은 창문 너머로 산악 지대의 지평선까지 뻗어 있는 황무지가 보여요. 사방이 마치 바닷속처럼 회색 섞인 초록색 덤불로 덮였어요. 햇빛은 늘 해질녘처럼 어슴푸레하고요.

해가 지면 마스터가 와요. 나는 마스터를 사랑해요.

아빠, 아니에요! 나는 마스터를 절대 사랑하지 않아요. 나는 마스터가 무서워요.

그는 아빠하고 달라요. 마스터는 나를 비웃고 놀리고 그 길고 가늘고 차가운 손가락으로 나와 손깍지를 끼고 내가 아파서 훌쩍거리면 냉소를 지어요.

마 셰르,* 이렇게 무서워 벌벌 떨 거면서 왜 우리한테로 기어들어온 거야?

아빠 제발 용서해주세요. 아빠 나를 버리지 마세요.

그래도 그건 아빠 잘못이었어요.

그래도 나는 절대 아빠를 용서 못해요.

이 집은 이름이 두 개예요. 공식적인 이름은 르 그랑 샬레예요.

비공식적으로 서로 속삭이는 이름은 르 그랑 샬레 데 암 페르뒤**예요.

정말 크긴 커요, 아빠. 르 샬레에서 가장 오래된 곳은 1563년에 지어졌고(사람들 말로는 그래요. 1563년이라니 나는 상상도 되지 않지만), 이 주변을 해자처럼 감싸고 있는 바람이 몰아치는 황량한 땅은 워낙 넓어서, 내가 겁에 질린 새끼고양이처럼 몸을 웅크려 아귀가 잘 맞지 않는 창문으로 빠져나간들 마스터의 하인들이 울프하운드를 풀어서 그 걸신들린 날카로운 이빨로 나를 갈기갈기 찢어버릴 거예요.

만약 마스터가 복수심에 불타지 않고 자비로운 기분일 때라면 하인들이 그물 안에서 몸부림치는 나를 끌고 가 그의 발치 앞 돌바

---

* '내 사랑'이라는 뜻의 프랑스어.
** '잃어버린 영혼들이 사는 커다란 오두막'이라는 뜻의 프랑스어.

닥에 내동댕이칠 테고요.

여기 붙잡힌 다른 여자애들이 그렇게 경고했어요.

마스터도 말로 경고하진 않았지만 내 목에서 콩닥콩닥 사정없이 뛰는 그 작은 핏줄을 한 손가락으로 딱 알맞게 누르고 이런 메시지를 전했어요. 마 셰르, 모든 죄를 통틀어 가장 용서할 수 없는 죄가 배신이야.

르 그랑 샬레 데 암 페르뒤는 확실하지는 않지만 동유럽에 있는 것 같아요.

전기도 없고—오로지 양초밖에 없어요—어린 나무줄기를 동여맨 길고 커다란 양초를 쓰는 머나먼 곳이에요. 녹아서 굳은 촛농으로 뒤덮여 용암석으로 만든 고대 조각품처럼 보이는 그런 양초들이 만든 그림자가 거대한 날개를 펼친 굶주린 독수리처럼 12피트 높이의 천장으로 솟구치며 어떤 식으로 춤을 추는지 아빠는 상상도 하지 못할 거예요. 르 샬레는 이십삼층에서 센트럴파크가 내려다보이고 피프스 애비뉴와 76번가가 만나는 모퉁이에 있던, 우리가 예전에 살던 그 아파트하고는 전혀 달라요. (엄마 말로는) 그 집에도 귀신이 씌었다고, 거기 살았던 사람들의 영혼이 길을 잃고 헤매고 있다고 했지만요.

여기에는 6피트 높이의 벽난로와 검댕을 뒤집어쓴 거대한 굴뚝이 있는데 (소문에 따르면) 여자애들이 바보같이 마스터한테서 도망치려다 거기 갇혀서 쪼글쪼글한 미라가 된대요. 그래서 연기가 방안으로 들어오면 마스터가 노발대발하면서 잘 지펴진 불을 끄고 굴뚝을 청소하게 하는 거예요.

머나먼 곳이에요, 아빠. 이곳의 자동차들은 아주 오래됐지만 우아하고 위풍당당하고 영구차처럼 새까맣고 반짝거려요.

르 샬레에 텔레비전은 없어요. 마스터의 거처에는 하나쯤 있을 지도 모르지만. 우리는 한 번도 마스터의 거처로 불려간 적이 없어 서 직접 그 안을 본 사람은 아무도 없어요. 하지만 아마 없을 거예 요. 마스터는 무기력한 현대사회를 경멸하고 심지어 20세기도 마스 터의 기준에서는 코를 훌쩍이고 쿵쿵거리고 재채기를 하는 계집애 처럼 천박한 세상이니까요.

하지만 구식 라디오—'콘솔형'인데, 하인들은 그걸 소리 상자라 고 불러요—는 있어요. 우리가 작업실에서 마스터를 만족시킨 날 가끔 갈 수 있는 (일층) 응접실에요.

마스터의 작업실은 외풍이 심할 때가 많아요. 차갑고 못된 손가 락처럼 높은 창문 틈새를 헤집고 들어온 바람이 우리를 어루만지 고 간지럼을 태우면 우리는 몸서리를 치고 이를 부딪치며 군소리 없이 후닥닥 옷을 벗고 떨리는 알몸을 실크 기모노로 감싸야 하는 데, 기모노가 너무 커서 아무리 허리띠를 단단히 졸라매도 앞섶이 벌어져요.

마스터가 어린 계집애의 발을 흠모하기 때문에(그가 직접 한 말 이에요) 우리는 르 그랑 샬레에서 맨발로 다닐 때가 많아요.

게다가 신발을 신지 않은 어린 계집애의 발로는 샬레 담벼락 밖 에 있는 덤불과 가시와 돌멩이를 헤치고 달리기도 쉽지 않겠죠.

마스터의 작업실에서 우리는 몇 시간 동안 허리를 아주 꼿꼿이 세우고 가만히 앉아 있거나 몇 시간 동안 허리를 아주 꼿꼿이 세우 고 가만히 서 있거나 (가장 총애를 받는 몇 명은) 맨다리를 벌리거 나 뻗고 고개를 고통스러운 각도로 젖힌 채 셰즈 롱그*에 누워요.

그리고 가장 총애를 받는다고 알려진 몇 명은 (마스터의 표현에 따르면) 르 모르**인 양 얼음장처럼 차가운 대리석 바닥에 가만히 누워 있어야 해요.

이젤 앞에 앉은 마스터를 관찰하면 절대 안 돼요. 고통과 갈망과 희열로 인한 발작으로 얼굴을 일그러뜨린 채 숨을 헐떡이고 무릎을 부들부들 떨며 이젤 앞에 웅크리고 앉은 마스터를 흘끗 쳐다보는 것도 절대 안 돼요. 왜냐하면 예술은 마스터에게조차 잔인한 주인이거든요.

신사다운 매너의 표본이라 할 수 있는 마스터가 우리 대부분은 알아듣지 못하는 언어로 가끔 붓을 욕할 때도 있어요. 누가(어른 아니면 하인) 나중에 주워줄 걸 알고 성질을 부리는 어린애처럼 가끔 붓이나 물감을 던질 때도 있고요.

다행히 마스터의 이젤이 놓인 대리석 바닥은 얼룩덜룩한 캔버스로 덮여 있어요.

이젤 옆 테이블에 아무렇게나 내동댕이친 듯 흩어져 있는 수많은 물감을 보고 우리는 깜짝 놀랐어요. 무수히 많은 물감 가운데 어떤 건 거의 해골처럼 말라붙을 지경으로 짜서 썼고 또 몇 개는 새로 산 거라 통통했지만, 대부분이 지저분했거든요. 르 그랑 살레의 다른 부분은 전부 기하학적인 도형처럼 정결하고 깔끔한데 말이죠.

천장이 높고 벽이 하얀 마스터의 작업실은 세계에서 가장 유명

---

* '긴 의자'라는 뜻의 프랑스어.
** '시체'라는 뜻의 프랑스어.

한 작업실 가운데 하나라고 해요. 이 작업실은 우리 중에서 가장 나이 많은 아이가 태어나기 훨씬 전부터 르 그랑 살레 데 암 페르 뒤에 존재했고, 당연히 우리 중 가장 어린 아이가 죽고 한참 뒤에도 마스터의 작업실은 없어지지 않겠죠. (소문에 따르면) 루브르 박물관에 작품이 전시된 몇 안 되는 생존 화가 중 한 명으로 꼽히는 마스터처럼 그의 작업실도 전설로 떠받들어지고 있으니까요.

마스터는 상업적인 성공을 외면하듯 명성도 외면해왔지만 역설적이게도 유명인이 되었고, 이른바 '근대'의 가장 손꼽히는 화가가 되었어요. 그의 작품은 유난히 커다랗고, 꼼꼼하게 여러 번 덧칠이 되어 있고, 격식이 있고, 엄숙하고, '고전적'이에요. 벌거벗었거나 벌거벗은 거나 다름없는 여자아이가 모델인데도 말이죠.

마스터는 예술의 비인간화를 주장해요. 마스터는 화려한 수도—파리, 베를린, 프라하, 로마—에서 멀찌감치 떨어진 곳에서의 삶을 택했어요. 마스터는 엘리트 미술계를 경멸하고 언론을 혐오하는데도 파파라치들이 따라다녀요. 마스터는 엄정한 작품성과 완벽주의로 존경을 받아요. 마스터는 한 작품에 몇 년 동안 공을 들인 다음에야 (파리의) 화랑으로 넘길 거예요. 아주 가끔 전시회를 열 때마다 마스터는 이런 선언문을 넣어요.

인생은 예술이 아니다
예술은 아무것도 알려지지 않은 인생이다
그림에 시선을 돌려라
"남은 것은 침묵뿐이다"

어찌됐든 언론에서는 마스터를 낭만적이고 외딴 유럽에서 은둔한 채 유배생활을 하는 귀족 화가라고 칭송해요.

마스터의 작업실에서는 시간이 소멸돼요. 마스터의 작업실에서는 주문呪文이 에테르처럼 내 몸속으로 번져요. 내 팔과 다리, 초록색 소파에 반듯하게 누운 내 몸이 너무 무거워서 움직일 수가 없어요.

마스터가 타이트한 소매로 감싸인 내 한쪽 팔을 원하는 자세로 놓고 꽉 조이는 보디스*를 내려서 아주 작은 내 오른쪽 젖가슴을 드러내요. 마스터가 내 맨다리도 원하는 위치에 놓고 내 가녀리고 어린 계집애의 발에 얇은 새틴 슬리퍼를 신겨요. 너무 찢어지기 쉬운 소재라 그걸 신고는 방도 제대로 가로지를 수 없을 거예요. 마스터는 작은 보석이 달린 목걸이를 내 목에 걸어요. 어른의 아름다움에 걸맞을 만한 목걸이예요(마스터가 쓴 표현이에요. 어쩌면 마스터의 부인 중 한 명이 걸었던 목걸이일지도 모르겠어요).

마스터가 들여다보라며 조그만 손거울을 쥐여주자 나는 거기에 비친 모습을 보고 넋을 잃어요. 인형처럼 예쁘장한 얼굴, 앙증맞은 코 그리고 오므린 입술. 그게 나예요.

내가 어쩌다 이런 포로생활을 하게 됐을까? 오로지 그 생각뿐이에요.

아빠, 나는 아빠한테서 도망쳤어요. 그녀한테서 도망쳤어요.

하지만 처음에는 어머니가, 피프스 애비뉴의 창문에서 보이는

---

* 가슴 부분을 끈이나 단추로 단단히 조여서 입는 소매 없는 여성용 덧옷.

커다란 미술관에서 보낸 그 하염없는 시간이 원인이었어요. 어머니는 충혈된 눈이 보이지 않도록, 어머니를 아는 사람이(그리고 아빠를 아는 사람이) 어머니를 알아보지 못하도록 선글라스를 썼죠. 어머니는 여동생과 내 팔을 잡아당기며 웅장한 계단을 올라가 어머니도 명확히 알지 못하는 것—예술이 주는 위안, 예술의 비인간성, 예술로의 도피—을 찾으려고 했어요.

상처를 치료하는 능력으로, 또는 상처를 찢어서 더 큰 고통을 야기하는 능력으로 우리를 어리둥절하게 만드는 예술이라는 수수께끼.

나는 이내 슬그머니 집을 빠져나와 혼자 미술관에 찾아가기 시작했어요. 아주 특이한 일이었을 거예요. 그렇게 어린 아이가 미술관에 혼자 온다는 건······

하지만 나는 나이와 덩치에 비해 조숙했어요. 늘 북적거리는 로비에서 내가 점찍은 특정 관람객에게 다가가 내 표까지 사서 같이 데리고 들어가달라고 부탁하는 건 어렵지 않았어요. 당연히 푯값은 주었죠. 심지어 (그때를 위해 슬쩍 들고 나온) 어머니의 회원카드까지 빌려주는 기지를 발휘했고요.

대개는 여자한테 접근했어요. 너무 젊지도 늙지도 않은, 어머니와 비슷한 나이에 (어머니처럼) 화려하지 않고 아이 엄마처럼 생긴 여자. 그들은 내 부탁을 듣고 처음에는 놀랐지만 친절하고 협조적이었어요. 아빠나 엄마가 미국 전시관의 카페에서 기다리고 있다며 이런 여자들을 속인 다음 일단 안으로 들어가 그들의 감시망에서 슬그머니 빠져나오는 건 어려운 일이 아니었어요.

나는 이내 20세기 어느 유럽 화가의 작품 앞에 하염없이 서 있게 됐어요. 그가 바로 마스터였죠.

그 작품들이 얼마나 엄청난 주문을 발산하던지! 그 황홀과 속박의 주문이, 그 무력함의 주문이 나중에 사악한 진정제처럼 내 팔다리로 스며들 줄이야……

이 크고 몽환적인 그림들은 어머니가 사랑해 마지않는다고 공언한 유럽의 고전 미술처럼 형식을 존중하고 정적이며 은은한 아름다움을 추구했지만 그 소재는 성서나 신화 속의 인물이 아니라 소녀였어요. 몇 명은 나만큼 어렸죠. 내가 사는 곳과 배경은 전혀 달랐지만 그 아이들이 친근하게 느껴졌고, 너무 어리고 너무 한심하고 쉴새없이 조잘거려 내 생각을 방해하는 내 진짜 여동생보다 더 친자매 같았어요.

특히 고풍스러운 응접실의 작은 소파에 누워 있는 나를 닮은 소녀에게 자꾸 시선이 갔어요. (그때는 그런 소파를 셰즈 롱그라고 부른다는 것도 몰랐어요.) 그녀는 나와 비슷했지만 더 나이가 많고 영리했어요. 그녀의 눈썹은 연필로 정교하게 그린 선처럼 얇았지만 내 눈썹은 두껍고 그렇게 깔끔하지 않았어요. 그녀의 눈은 나와 똑같았어요! 다만 더 영리하면서도 몽롱했어요. 구릿빛 고수머리는 나를 닮았지만 스타일이 구식이었어요. 인형 같은 생김새와 고상하게 오뚝한 코와 침울하게 오므린 입술도 나와 닮았지만 그녀가 훨씬 예쁘고 이 세상 사람 같지 않았어요. 그리고 조그만 손거울에 비친 자기 모습을 차분하고 자아도취적인 표정으로 물끄러미 바라보고 있었어요. 내 얼굴을 극도로 싫어하게 된 나로서는 있을 수 없는 일이었죠.

그 그림에서 이상했던 점이 있다면 소파에 누워 있는 소녀가 방안에 있는 또다른 존재를 전혀 의식하지 못하는 듯이 보였다는 거예요. 불과 몇 피트 옆 벽난로 앞에서 젊은 남자가 허리를 수그리고 이글거리는 장작불을 때고 있었는데 말이에요. 그 열기와 빛이 어찌나 생생한지 그림 앞에 서 있으면 실제로 느껴지는 것 같았어요.

사실 조금 거리를 두고 그림을 향해 다가가면 그 '이글거리는 불길'이 맨 먼저 튀어나와 눈에 박히고, 그다음에야 소파에 누워 거울에 비친 자기 모습을 몽롱하게 바라보는 작은 소녀가 눈에 들어와요.

이상하지 않아요, 아빠? 하지만 소파 위의 소녀가 꿈을 꾸는 소녀이고 그 소녀의 꿈이 인형처럼 예쁜 얼굴이라면, 소녀는 아주 가까이 있는 존재라도 알아차리지 못하는 게 당연하겠죠. 허리를 숙인 사람이 남자이긴 해도 허리를 숙인 걸 보면 마스터가 아니라 하인일 테니까요.

나는 날마다 학교 수업이 끝나면 미술관에 갔어요. 날마다 그 그림 앞에 점점 더 오래 머물렀어요. 〈레 보 주르〉. 처음에는 아름다운 눈이라는 뜻인 줄 알았어요. 그런데 '주르'는 '날'이라는 뜻이고 '눈'이라는 뜻의 프랑스어는 '이외'더라고요.

그러니까 제목이 아름다운 날들이었어요.

황홀한 무아지경의 날들. 아직 덫에 걸리지 않은 날들.

완벽하게 고요하고 평화로운 아름다운 날들. 조그만 손거울을 들여다보며, 도망치려 하면 거치적거리기만 할 얇은 새틴 슬리퍼와 바로 옆에서 허리를 숙인 얼굴 없는 하인이 피우는 뜨겁게 이글거리는 환한 불길에는 신경을 쓰지 않아도 되는 날들.

내가 이름을 입에 올릴 수 없는 그 화가―(마스터의 이름을 부르는 건 르 그랑 샬레의 하인들과 마찬가지로 우리에게도 금기 사항이에요)—의 다른 그림들도 마찬가지로 매혹적이라 그중 어떤 것이든 나를 붙잡아놓을 수 있었을 거예요. 〈테레즈 레방〉—〈죈 피유 아 사 투알렛〉—〈뉘 주앙 아베크 엉 샤〉—〈라 빅팀〉—〈라 샹브르〉.*

희미하게 그들의 울부짖음이 들렸어요. 그림 속에 붙잡힌, (아직은) 내가 아닌 소녀들.

너무 희미해서 나는 못 들은 척할 수 있었어요. 미술관의 다른 태평한 관람객과 나에게 거의 신경쓰지 않는 제복 차림의 경비를 흘끗거리며 전시실에서 혼자 불안감에 몸을 떠는 열한 살짜리 어린아이. 하지만 무엇 때문에 불안한 건지는 나도 알 수가 없었죠.

(그리고 미술관 경비에 대해 할 말이 뭐가 있겠어요? 그들도 듣지 못했느냐고요? 고통에 무뎌지듯 아름다운 것에도 질리고 무관심해져 그들에게 그건 그저 캔버스에 칠해진 물감이자 깊이 없는 허식일 뿐이었냐고요? 내가 도와달라고 외쳐도 듣지 못할 거냐고요?)

미술관 밖은 떠들썩한 뉴욕의 거리예요. 키가 크고 이파리가 무성한 나무, 거대하고 푸르른 공원. 미술관 앞, 거대한 피라미드 모양의 돌계단 아래로 피프스 애비뉴의 도로 경계석을 따라 늘어선 택시.

그 블록을 따라 이어지는 노점. 오로지 참전 용사들만 운영할

---

* 차례대로 '꿈꾸는 테레즈' '단장하는 젊은 여자' '나신과 고양이' '제물' '침실'이라는 뜻.

수 있다고 법으로 정해져 있죠. 영양실조로 실신하는 우리에게 뜨끈한 고기 냄새는 거의 참기 힘든 유혹이에요.

피프스 애비뉴와 76번가가 만나는 곳에 있는 우리 아파트. 이십삼층에서 공원이 내려다보이는 그곳. 너무 높아서 아무 소리도 들리지 않았어요. 거리에서 나는 소리가 우리 귀에까지 전해지지 않았죠. 손으로 귀를 꽉 막았더니 흐느끼는 소리가 들리지 않았어요. 심지어 내가 흐느끼는 소리도, 심장이 미친듯이 뛰는 소리도 들리지 않았어요.

내 마지막 열한번째 생일. 그때만 해도 아빠는 우리랑 같이 살고 있었죠. 외박을 하는 날이 많긴 했지만. 아빠는 약속했어요. 딸아, 당연히 나는 너와 여동생과 엄마를 떠나지 않아. 혹여 내가 너희 엄마 곁을—일시적으로!—떠난다 해도 그게 너와 네 여동생을 떠나는 건 아니야. 절대.

하지만 아빠가 떠났을 때 우리는 더 못한 동네의 더 낮은 층의 아파트로 이사해야 했어요. 어머니는 아빠가 다른 삶을 찾아 우리 곁을 떠났다고 했어요. 어머니는 서럽게 울었죠. 며칠 내내 (얇은) 나이트가운을 벗지 않았고요.

여러 남자가 어머니와 같이 살았지만 길게 간 적은 없었어요. 우리는 요란하게 짖어대는 듯한 그들의 웃음소리를 들었어요. 잔과 병이 부딪치는 소리를 들었어요. 어머니의 비명소리를 들었어요.

남자들이 새벽 일찍 허둥지둥 떠나는 소리를 들었어요. 비틀거리고 욕하고 협박하면서. 웃으면서.

제니가 눈을 동그랗게 뜨고 속삭였어요. 저 중 한 명이 엄마를 죽일 거야. 엄마의 목을 조를 거야.

(여덟아홉 살쯤 된 아이가 설마 그런 소리를 했겠느냐고요? 속삭이는 소리였다 해도 열한 살인 언니한테 그런 말을 했겠느냐고요? 정말 그렇게 생각하세요, 아빠? 아니면 그렇게 생각하고 싶으신 거예요?)

(아빠란 자기에게 좋은 쪽으로 생각하는 사람이죠. 아이에게 좋은 쪽이 아니라.)

우리는 어른의 인생에 대해 아무것도 몰랐어요. 그럼에도 어른의 인생에 대해 모르는 게 없었죠.

우리는 텔레비전을 봤어요. 잠을 자야 할 늦은 밤에 볼륨을 낮추고서. 머리는 풀어헤치고 눈 아래로 마스카라가 줄줄 흘러내리고 속이 비치는 나이트가운을 입은 여자들이 침대에서 강간당하고 목이 졸리고 살해당하는 광경을 보며 짜릿해했죠. 뉴욕 경찰국 형사들은 알몸인 그들의 시신을 무례하게 쳐다봤어요. 사진사들은 무릎을 구부려 사타구니가 도드라져 보이는 자세를 하고 시신 위로 몸을 숙였고요.

하지만 아빠도 알다시피 어머니는 죽지 않았어요. 어머니의 비명소리가 이겼거든요. 심지어 이곳 르 그랑 샬레에서도, 이 먼 곳에서도 그 비명소리가 들려요. 쿠션이나 마스터의 손바닥으로 입이 막힌 채 내지르는 다른 포로 자매들의 비명소리일 수도 있지만.

남자들은 위스키와 버번을 들고 왔어요. 코카인도.

어머니의 냉장고에서 말랑말랑하고 냄새나는 브리치즈를 꺼냈어요. 딱딱한 이탈리아산 프로볼로네도. 달팽이와 마늘, 뜨거운 버터. 그들은 걸신들린 듯이 먹었어요. 손으로 먹었어요. 우리는 도망쳐서 숨었어요. 우리 눈을 가렸어요. 우리의 가느다란 다리 사이에 조그맣고 길쭉하게 솟은 살점, 느낌이 너무 강렬해서 심지어 목욕을 하는 동안에도 건드릴 수 없는 그곳처럼 생긴 달팽이만큼 구역질나는 건 없었어요.

아빠, 아빠도 감히 거기는 건드리지 않았잖아요. 이제 막 부모가 된 젊은 아빠였던 시절, 우리를 목욕시켰을 때. 우리가 이제 막 아장아장 걷는 단계를 벗어난 아주 어린 꼬맹이였을 때. 그 정도로 오래된 일이니 아빠는 (아마) 잊어버렸겠지만요.

아빠, 우리는 잊지 않았어요. (차마) 건드리지 않았던 우리 다리 사이 그곳에 어떤 비밀이 숨겨져 있는지 아는 아빠의 두 눈이 어떤 식으로 반짝였는지.

마스터는 우리의 온몸을 만져요. 당연히 거기도 만져요.

아빠 왜 멀리 떠났나요. 왜 아빠의 인생은 우리가 아니었나요.

어머니는 우리가 예전에 그 여자를 한 번 본 적이 있다는 걸 몰라요. 아빠의 무릎에서 키득거리며 빠져나오는 그녀를.

당신 딸을 삼아도 될 만큼 어린애야, 어머니는 씩씩대며 비난했죠. 나는 반박하고 싶었어요. 아빠 딸은 나예요!

우연한 만남이었어요. 아빠의 전용차가 제니와 나를 아파트로 너무 일찍 데려왔든지 아빠의 친구가 너무 늦게까지 있었든지. 그녀는 아빠의 무릎에서 키득거리며 빠져나와 얼굴을 붉히고 말을 더듬었죠. 어머나. 안 좋게 생각하지 말아줘. 나 나쁜 사람 아니야……

그녀는 술을 마시고 있었어요. 아빠도 같이 마시고 있었죠. 놀랍게도 그녀는 키가 엄청 크고 별로 날씬하지도 않고 사실 별로 예쁘지도 않고 어머니가 생각하는 것만큼 (아마도) 그렇게 어리지도 않았어요. 물론 어머니보다는 훨씬 어렸지만.

타이트한 미니스커트가 그녀의 통통한 허벅지 위로 말려올라간 상태였죠. 셔츠 앞섶은 풀어헤친 채였고.

나쁜 사람 아니야. 믿어줘!

미술관에서 나는 웅장한 계단을 잽싸게 오르고 천장이 높은 복도를 지나 마스터의 작품이 전시된, 희미하게 불을 밝힌 전시실로 갔어요.

냄새나 촉각으로 길을 찾는 앞 못 보는 아이처럼 미로 같은 미술관에서 한 치의 오차도 없이. 그랬더니 내 앞에 느닷없이 그 작품이 나타났죠. 〈레 보 주르〉.

놀랍게도 그림은 전혀 달라진 게 없었어요. 다리를 삐뚜름히 놓고 초록색 셰즈 롱그에 누워 조그만 손거울에 비친 자기 모습을 물끄러미 바라보는 소녀. 나랑 많이 닮았지만 나보다 나이가 많고 더 영리하고, 그렇다는 데 만족하는 (듯이 보이는) 소녀.

바로 옆에서 장작불이 뜨겁고 환하게 이글거리지만 모르는 소녀.

처음으로 나는 갈망이 어린 희미한 목소리를, 혹은 목소리들을 들었어요. 안녕! 여기로 들어와.

아니면 이렇게 외쳤을까요? 도와줘……

주중 오후에 그 전시실은 사람이 거의 없다시피 할 때가 많았어요. 관람객은 특별 전시실로 몰려다닐 뿐 거기까지 오지 않았어요.

그 외침을 아무도 듣지 못했어요. 나 말고는.

경비도 듣지 못했다니 정말 이상한 일이죠. 사람을 멍청하게 만들 만큼 따분한 경비 일을 하느라 마스터의 작품이 코앞에 당당하고 위법적으로 걸려 있는데도 그 놀라움을 보지 못하게 된 거죠.

그래서 그토록 외로운 거예요, 아빠. 아빠가 내 소리를 듣지 못하면 말이에요.

그래서 나는 이십삼층보다는 낮지만 그래도 인도 위로 꽤 높은 아파트로 돌아가, 뱃속의 공포가 꿈틀거릴 만큼 높은 그곳으로 돌아가, 손바닥만한 발코니로 살금살금 나가 비둘기 똥으로 뒤덮인 난간 너머로 몸을 내밀고 아빠가 나를 찾아주길, 아빠가 예전에 (어쩌다 한 번) 그랬던 것처럼 야단쳐주길 기다렸어요. 뭐하는 거니! 얼른 들어와, 우리 딸!

마스터는 야단치는 법이 없어요. 마스터는 우리 앞에서 감정을 드러내는 경우가 (거의) 없어요. 그가 우리에게 보이는 감정은 짜증, 실망, 불만뿐이에요.

아빠, 얼른 오세요! 마스터가 나를 못마땅하게 여길까봐 겁이 나요. 나한테 싫증이 나면 다른 포로들을 처분했던 것처럼 나를 처분할까봐 겁이 나요.

너무 외로워요! 그래도 나는 마스터를 사랑해요. 몇 시간 동안 꼼짝 않고 포즈를 취하느라 팔다리가 쑤시고 머리의 무게를 감당하느라 목이 결리지만 그래도 마스터의 작업실에서 나를 감싸는 이 묵직한 주문이 좋아요.

아빠, 아빠가 와서 나를 집으로 데려가지 않으면 말이에요. 아빠가 나를 마스터한테 버리면 나는 그 주문에 더 깊숙이 빠져들 테고, 마스터가 나한테 싫증을 낼 테고, 내 목에 쇠사슬이 달린 개 목걸이가 걸릴 테고, 나는 르 샬레의 가장 깊숙한 지하 감옥에 묶일 거예요.

들어와, 도와줘.

도와줘, 들어와.

　미술관에 걸린 그림 가까이로 다가가자 주문이 내게 힘을 발휘하기 시작했어요. 공기 중에 감도는 에테르처럼.

　근처에 경비가 없었어요. 다른 관람객도 없었어요. 나는 부들부들 떨며 몸을 기울이고 속삭였어요. 알았어! 거기로 갈게.

　내 눈에 비친 〈레 보 주르〉의 응접실은 아주 멋졌어요. 낯선 세피아 빛깔에 꿈속의 세세한 부분이 조금 흐릿하듯 선명하지 않았지만 그래도 고혹적이고 거부할 수 없는 매력이 있었어요.

　학교를 마치고 외로운 오후마다 그 세상에서 지내는 시간이 점점 많아졌어요. 그곳이 마스터의 세상이라는 걸 (아직은) 몰랐죠. 작품에서는 세상 그 어떤 것과도 비교가 되지 않고 상상도 할 수 없을 만큼 엄청난 열정과 갈망과 욕망으로 묘사한 나 자신만 보일 뿐 마스터는 보이지 않으니까요.

　각각의 그림에 그려진 각각의 소녀. 그 부동 자세, 그 완벽함. 어색한 소녀마저, 인형 같은 얼굴이 가려진 소녀마저 아낌과 사랑을 받고 있었어요. 그렇다는 걸 느낄 수 있었어요.

　아빠가 없는 내 삶에서는 그 어디에서도 그런 행복을 누릴 가망이 없었어요.

　들어와, 너는 우리랑 같은 편이야. 그 목소리들이 속삭였고 나는 대답했어요. 그래. 나는 너희 편이야.

*

　마 셰르, 비앵브뉘!* 마스터가 나를 맞았어요.

　마 벨 프티트 피유!** 마스터는 나를 보고 이렇게 아름다운 사람은 처음이라는 듯 환희의 탄성을 질렀어요.

　나는 르 그랑 살레 데 암 페르뒤인 줄 (아직) 몰랐던 커다랗고 오래된 집의 어두침침한 복도에서 울먹이며 헤매고 다니다 하인에게 발견됐어요.

　마스터의 그 말을 듣고 나는 얼굴이 빨개졌고, 심장이 너무 두근거려 숨을 쉴 수가 없었고, 그가 내 얼굴과 손과 맨팔에 콕콕 찌르듯 격렬하고 축축한 키스를 퍼붓자 기절할 것 같았어요.

　멀리서 왔구나, 마 셰르! 대양을 건너 너의 마스터를 찾아오다니.

　나는 포로로 붙들린 모든 소녀를 마스터가 요란하게 환영하며 마치 내가 찾던 사람이 바로 너라는, 오직 너뿐이라는 듯이 맞이했다는 걸 (아직) 몰랐어요.

*

　이제는 다른 생이 되어버린 그때에는 거울 속의 내 모습을 차마 볼 수가 없었어요.

　아빠가 우리 곁을 떠나면서 너무나 많은 걸 가져가버렸거든요.

---

　* '내 사랑, 환영한다'는 뜻.
　** '내 작고 예쁜 소녀'라는 뜻.

얼마나 많은 걸 가져갔는지 아빠는 모를 거예요.

하지만 마스터의 작업실에서 초록색 셰즈 롱그에 누워 마스터를 위해 포즈를 잡고 있으면 내 얼굴이 못생기거나 혐오스럽지 않고 인형처럼 예쁘다는 걸 확인할 수 있어요. 나는 마스터가 준 거울을 들여다보는 게, 인형처럼 예쁜 얼굴을 들여다보는 게 좋아요.

인형처럼 예쁜 얼굴을 들여다보는 건 마치 잠을 자는 것과 같아요. 깨어나기가, 인형처럼 예쁜 얼굴에서 시선을 떼기가 너무 힘들어요. 내 입술은 거의 움직이지 않아요. 이게 나야? 그 놀라움은 끊임없이 나를 어루만지는 손길처럼 최면 효과가 있어요.

이 방에 나 말고 다른 사람이 있다는 걸 알지만—그런 것 같지만—내게 느껴지는 건 열기예요. 외풍이 심한 이곳이 기분 나쁠 정도로 점점 뜨거워지고 있다는 것.

이글거리는 불길의 열기. 어딘지 몰라도 가까워요.

마스터가 타이트한 소매를 어깨 아래로 잡아당겨서 덜 익은 사과처럼 작고 단단한 내 오른쪽 젖가슴을 드러내요. 입으라고 받은 이 (타이트한) 원피스는 아주 짧고 치마가 올라가서 다리가 많이 드러나요. 다른 방에서 그린 다른 작품에서는 마스터가 나한테 다리를 벌리고 그대로 있으라고 했기 때문에 새하얀 소녀용 팬티가 보였어요. 하지만 이 그림에서는 내 허벅지 사이를 좁은 밴드처럼 덮은 하얀색 면이 보이지 않아요.

마스터의 작업실에서는 시간의 흐름이 멈춰요. 마스터의 작업실에서 우리는 절대 나이를 먹지 않아요. 그것이 마스터의 작업실의 약속이에요.

마스터는 우리를 비웃지만 심술궂지는 않아요. 다들 제 발로 나

를 찾아왔으면서 위선적으로 굴지 마라, 메 셰르. 위선은 레 오트르*를
위한 거야.

우리는 한참 동안 포즈를 취해야 해요. 비스듬한 대리석 바닥
위로 실타래가 굴러가듯 우리 인생이 우리 앞에 와르르 쏟아져요.
르 그랑 샬레에 처음 온 아이도 있고 평생 동안 여기서 지낸 아이
도 있어요. 우리는 외풍이 심한 그 작업실에서 한참 동안 포즈를
취해야 해요. 그러지 않으면 굶어야 해요. 마스터의 집중력을 흐트
러뜨렸다가는 마스터가 주체할 수 없을 만큼 노발대발할 테고 사
랑을 베풀지 않는 벌을 내릴 거예요.

끔찍한 갈증은 옆에 쭈그리고 앉은 하인이 건네는 물 몇 모금으
로 해결해요. 마스터는 우리가 화장실에 다녀오겠다고 '양해'를 구
하면 특히 노발대발해요.

여기에서는 화장실을 변소라고 해요. 나는 그 단어를 들으면 당
황스러워져요. 여기는 변기가 구석이라 체인을 당겨서 물을 내려
요. 이 커다랗고 오래된 집에서는 낡은 파이프가 악령처럼 땡그랑
거리고 마구 흔들려요.

너 때문에 구역질이 난다. 너 때문에! 마스터의 좁은 콧구멍이 분
노로 벌름거려요.

우리는 육신이 있는 존재로 지내는 게 힘든 일이라는 걸 깨달아
요. 육신은 인형처럼 예쁜 얼굴을 배신하고 미모를 조롱거리로 만
들죠.

어머니는 첫째를 임신하자마자 어머니를 향한 아빠의 사랑이

---

* '다른 사람들'이라는 뜻.

끝났다고 쓸쓸하게 말했어요. 내 배, 어머니는 말했어요. 내 젖가슴. 너무 크게 부풀었거든. 내가 더이상 소녀가 아니라는 데 배신감을 느낀 거지. 딱하게도 흥분을 하지 못하더라.

우리는 그런 얘긴 듣고 싶지 않았어요! 우리는 그런 추잡한 얘기를 듣기에는 너무 어렸어요.

당연히 결혼생활은 계속됐지. 너희 아버지는 자신이—남자로서—느끼는 욕망의 한계를 자기 자신에게조차 인정할 위인이 아니었으니까.

*

그러던 어느 날 마스터가 간결하고 섬뜩한 제목을 붙이려는 특별한 작품의 모델로 나를 선택해요. 〈라 빅팀〉.

아빠도 이 초상화를 볼 수 있으면 좋겠어요. 그게 바로 내가 미술관에서 보고 생기 없이 축 늘어진 포즈로 누워 있는 소녀가 나를 닮은 게 아니라 바로 나라는 걸 느낀 작품이거든요.

〈라 빅팀〉은 마스터의 다른 더 유명한 작품들처럼 몽환적이거나 아름답지 않아요. 〈라 빅팀〉은 직설적이고 반박할 수 없는 형상이에요—제물로 바쳐진 소녀. 마스터는 끈기 있게, 거의 살가운 손길로 바닥에 놓인 석판 위에 나를 똑바로 눕혀요. 거의 애정어린 손길로 아무것도 걸치지 않은 내 팔다리의 모양을 만들고, 강철처럼 힘이 센 손가락으로 내 머리를 돌려서 자리를 잡아요.

〈라 빅팀〉 속의 나는 별로 예쁘지 않은 것 같아요. 핏기를 잃은 듯 아주 창백해요. 작은 손거울도 없어서 인형처럼 예쁜 얼굴을 들여다보며 감탄할 수도 없어요. 내 눈은 감겼고 그로 인해 시야가 점점 흐릿해져요. 얇은 흰색 면 스타킹과 작고 쓸모없는 슬리퍼 말고는 누드예요, 알몸이에요.

무아지경에 빠진 듯 마스터가 천천히 초상화를 그려요. 한참이 지나 오늘의 작업을 마친 마스터가 유령 같은 침묵 속에 작업실을 빠져나가고, 난쟁이 하녀가 묵직한 커튼을 홱 열어젖히면 불의의 일격처럼 쏟아진 햇살에 나는 혼수상태에서 깨어나요. 일어나. 허튼수작 부리지 마. 너 안 죽었잖아, 아직은.

나도 맨 처음 샬레에 도착했을 때는 공주 대접을 받았어요.

태어나서 몇 년 동안, 내가 외동딸이던 시절에 아빠한테 공주 대접을 받았던 것처럼.

은방울꽃이 담긴 꽃병이 샬레의 내 방에 놓였어요. 열한 살짜리 소녀용으로 완벽했던 침대 옆에. 지금도 그때 기억을 떠올리면 은방울꽃의 달콤한 향에 넋을 잃어요.

마스터가 흡족한 얼굴로 지켜보는 가운데 하녀가 나를 씻기고 머리를 감기고 느리면서도 사납게 빗질을 해줬어요.

트레 벨, 라 프티트 앙팡!*

처음에는, 영원히 계속될 줄 알았던 그 아름다운 날들의 초반에는 가끔 마스터가 하녀에게 빗을 건네받아 직접 머리를 빗겨준 적도 있어요.

그리고 희미하게 기억하기로, 가끔 마스터가 나를 씻기고 재운 적도 있어요.

---

* '정말 예쁘구나, 조그만 아이야!'라는 뜻.

이런 고백 하기 부끄럽지만 아빠, 그때는 아빠가 그립지 않았어요. 아빠 생각이 나지 않았어요. 온통 마스터 생각뿐이었어요.

작업실에서 마스터는 사제가 입는 캐속처럼 생긴 새까만 작업복을 입어요. 하루 일과가 끝나면 작업복이 물감투성이가 되기 때문에 매일 아침 마스터는 검은색의 새 작업복으로 갈아입죠.

마스터는 날씬한 발에 검은색 비단 슬리퍼를 신고 꼿꼿한 무엇처럼, 유령처럼 소리 없이 움직여요.

나는 마스터의 얼굴을 똑바로 쳐다본 적이 없어요, 아빠. 그건 금기 사항이에요. 마스터를 제대로 본 적이 없기 때문에 내가 아는 거라곤 그가 아빠보다 나이가 많고 아주 기품 있다는 것, 창백하고 근엄한 얼굴은 다른 미물처럼 그저 살로 이루어진 게 아니라 조각품 같다는 것뿐이에요.

(아빠 얼굴은 거칠어졌나요? 그렇지 않을 거라고 생각하고 싶은데.)

(그렇지 않을 거라고 생각할래요. 어머니는 우리가 아빠를 미워하게 만들려고 했지만.)

우리 중 몇 명은 우리가 마스터의 자식이 아니기 때문에 마스터가 사랑하지 않는다는 사실을 깨달았어요. 받아들이기 힘들었고 마음 아팠지만 누가 봐도 분명하잖아요. 우리는, 붙잡혀 있는 우리 소녀들은 마스터의 허리에서 태어난 자식이 아니에요. (소문에 따르면) 마스터의 귀한 씨앗은 온 세상에 함부로 흩뿌려지지 않고 좋은 데 심어져 잘 자랐고, 마스터에게는 아들이 한 명 있는데 (소문에 따르면) 우리는 절대 볼 일 없는 특별한 존재라고 해요. 파리에서 살고 마스터처럼 아르티스트*이지만 마스터처럼 세계적으로 유명한 아르티스트는 아니라고 하고요.

아버지의 예술 방식을 못마땅하게 여기는 마스터의 아들이 언젠가 르 그랑 샬레로 와서 아버지에게 붙잡혀 있는 소녀들을 풀어줄 거라는 황당한 소문도 있어요.

하지만 몇 년이 지나도록 마스터의 아들은 찾아오지 않아요.

그 대신 알프스산맥 너머, 동유럽 어딘가의 머나먼 곳에 있는 이곳까지 찾아오는 사진작가들이 있어요. 인터뷰를 희망하는 기자들도 있고요. 마스터는 대부분의 경우 하인에게 지시를 내려 르 샬레의 대문 앞에서 방문객을 돌려보내지만, 예측 불가능한 것이 마스터의 특징이기에 가끔 모두의 예상을 깨고 이런저런 낯선 사람을 들이는 때도 있어요. 찾아온 남자가(매우 드문 일이기는 하지만 여자가) 대단한 출판사에서 일하거나 대단한 자격을 갖춘 동료 아르티스트라면요.

이런 특전을 누리는 사람이라도 이 커다랗고 오래된 집의 공적인 공간 너머로는 발을 들일 수 없어요. 하인이 항시 그들을 예의주시하고, (소문에 따르면) 마스터의 울프하운드가 약간의 거리를 둔 채 낯선 사람의 일거수일투족을 관찰하며 신호가 떨어지면 공격할 태세를 갖추고 있다고 해요.

대부분의 손님은 묵직한 가구, 묵직한 페르시안 카펫, 쓸고 지나간 햇빛 때문에 얼룩덜룩하게 빛이 바랜 묵직한 터진 포도 색 벨벳 커튼으로 호화롭게 치장된 방만 볼 수 있어요. 마스터가 연극 무대처럼 구석구석 꼼꼼히 준비한 그런 장소에서만 마스터의 사진

* '예술가'라는 뜻.

을 찍을 수 있어요. 마스터는 도제 시절에 다다이즘의 변방에 있었고 만 레이와 가까운 사이였기 때문에 그런 공간에 있으면 (가끔) 즐거워해요. 하지만 손님들은 때가 낀 대리석 바닥이나 금이 가고 물 얼룩이 진 천장, 녹청색으로 먼지가 앉은 고대 그리스 조각상, 충격적인 변소 내부는 찍으면 안 돼요. 그런 습격—독일 공영방송국 다큐멘터리 촬영이나 미국 텔레비전에서 황금 시간대에 방영되는 미국 유명인사와의 인터뷰—에 대비해 마스터의 작업실을 꼼꼼하게 준비해놓은 아주 특별한 경우가 아닌 이상 마스터의 작업실에는 들어갈 수 없어요.

사전에 허락한 경우 마스터는 아주 우아하게 질문에 답변을 하죠. 마스터는 아르티스트 중에서도 최고로 달변이라, 마치 시를 쓰듯 모든 발언을 꼼꼼하게 준비해놓거든요.

예술은 진실이 아닙니다. 진실을 만드는 것이 예술이죠.

예술은 '아름다운 것'이 아닙니다—예술은 아름다운 것보다 더 위대하죠.

예술은 삶 위로 솟구치는 삶의 그림자이고 (단순한) 삶으로는 예술을 담을 수가 없습니다.

그럴 때는 어느 누구도 살레의 뒷방에서 혹은 (끔찍하기가 이루 말할 수 없는) 지하 감옥에서 우리가 울부짖는 소리를 듣지 못해요.

*

　마스터는 여기에 우리를 많이 잡아놓고 있어요, 아빠. 우리는 자발적으로 마스터를 찾아왔고 뭐가 뭔지 전혀 모르는 어린애처럼 마스터에게 자유를 헌납했어요. 하인들이 우리를 비웃어도 할말 없어요. 하루는 마 셰르였다가 다음날은 마 프리조니에*가 되니까.

　마스터는 샬레의 수많은 방에 우리를 가두었어요. 우리 중 몇 명은 '하인', 그러니까 노예예요. 몇 명은 목에 사슬이 달린 개 목걸이를 걸고 있고요. 우리가 바닥에 앉아서 그릇에 남은 음식 찌꺼기를 먹으면 마스터는 동물처럼 절박하게 굶주린 우리를 보고 비웃어요.

　메 셰르, 너희는 프티 코숑**이로구나? 천사가 아니야! 우리도 안다만.

　특히 지하 감옥에서 우리가 울부짖는 소리는 아무도 듣지 못해요. 하인들도 외면하는 자물쇠로 잠긴 방. 여기에서는 녹이 슨 쇠와 거미줄 냄새가 나요. 한때 베토벤의 소유였다는 (피아노가) 전시된 호화롭기 그지없는 응접실에서 마스터와 간소하지만 우아하게 차를 마시는 손님은 아무도 그 소리를 듣고 싶어하지 않아요.

　파리, 베를린, 프라하, 로마와 같은 유럽의 수도에서 수십 년 전부터 소문이 돌았는데도 불구하고 아무도 르 그랑 샬레의 수수께끼를 파헤치고 싶어하지 않아요. 아무도 마스터를 대적할 용기가, 마스터의 울프하운드와 하인을 상대해 잠긴 문을 열고 비참하게

_____

* '내 포로'라는 뜻.
** '작은 돼지'라는 뜻.

붙잡혀 있는 마스터의 소녀들을 풀어줄 용기가 없어요.

도와주세요! 제발 도와주세요.

우리를 마스터한테서 풀어주세요……

가장 악명 높은 지하 감옥에서 소녀들이 쇠사슬에 묶인 채 죽으면 시신이 노인처럼 쪼그라들어요. 예전에는 살아 있는 소녀였는데, 얼굴은 인형처럼 예쁘고 구릿빛 머리칼이 곱슬곱슬한 소녀였는데 네 살짜리만하게 오그라들어요.

아직 살아 있는 우리는 인색하게 구는 마스터의 하인에게 먹을 것을 구걸해요. 마스터는 아주 영리하고 아주 잔인해서 아이들에게 주는 만큼 하인들 몫은 줄어들도록 집안의 먹을거리를 제한해 놓았거든요.

모든 폭군이 그렇듯 마스터도 서로 싸우게 만드는 법을 알아요. 우리는 유한한 세상에서 살고 있다. 주는 게 많을수록 네가 갖는 것은 줄어들 것이다. 너무 많이 주었다가는 네가 굶어죽을 것이다.

이런 얘기 하기 창피하지만 아빠, 처음에 나는 무지하고 순진해서 어떤 미래가 나를 기다리는지 전혀 몰랐어요. 처음 도착했을 때 공주 대접을 받았기 때문에 나보다 여기 오래 있었고 나보다 덜 예쁨을 받는 것처럼 보이는 다른 아이들을 딱하게 여겼어요. 나는 매 끼니마다 작은 잔칫상을 받았고 그 온갖 별미를 다 먹을 수 없었기 때문에 그들에게 내 음식을 나눠줬어요. 사람이 배가 부르면 너그러워지잖아요. 그래서 나는 너그럽게 베풀었지만 그런 상황은 몇 개월 지속되지 않았어요. 마스터가 나를 그렇게 치켜세우다 그렇게 등을 돌릴 리는 없다고 생각했는데 말이죠. 내 판단 착오였어요, 아빠. 하긴 애초에 여기 들어온 것, 〈아름다운 날들〉 앞에서 그렇게 한참 동안 서성이다 어느 날 그림 속으로 들어와 장작불이 이글거리는 응접실에서 행복해 어쩔 줄 몰라하게 된 것—그 자체가 판단 착오였죠. 마스터의 집에서 쉽사리 빠져나와 예전의 잃어버린 삶으로 돌아가는 건 불가능하니까요.

처음에는 사랑을 받아요. 마스터의 사랑 안에서 권력을 만끽해요. 하지만 그 권력은 내 것이 아니라 마스터의 것이기 때문에 오래가지 않아요. 그게 판단 착오예요.

그러던 어느 날 카메라 촬영팀이 현대식으로 보이는 차량—미니밴이래요—을 타고 샬레로 찾아와요. 런던에서 온 모르는 사람들이 환영을 받으며 샬레로 들어와요. 비단결 같은 목소리의 인터뷰 진행자도 있는데, 그 사람 역시 미술계의 유명인사예요.

마스터가 얼마나 유명해졌는지 몰라요! 그의 작품이 얼마나 많은 영광을 누렸는지! 으리으리한 미술관에서 으리으리한 전시회를 주관했어요. 그의 이름이—다수는 아닐지 몰라도 안목 있는 소수 사이에서—'알려지고' 그만큼 격찬을 받을 일 없는 수많은 젊은 화가보다 긴 수명을 누려요. 그는 성인처럼 떠받들어지는 노장이에요. 나이를 먹으면서 그의 얼굴은 더 아름다워졌고, 얼굴에서 나이를 먹은 부분—칙칙한 안색, 주름살—은 화장으로 가릴 수 있어요. 그러면 누런 피부가 대리석 비슷해져요. 조금 움푹 꺼진 눈은 검은색으로 라인을 그리고 속눈썹을 하나하나 살려요. 숱이 줄어드는 은발은 우뚝한 정수리 너머로 우아하게 빗어 넘겨요. 최고급 리넨으로 만든 검은색 캐속을 입은 마스터는 예술의 사제예요. 최고의 예술이에요.

마스터가 말해요. 하지만 우리는 예술을 위해 살죠. 예술이 없으면 삶도 없어요.

인터뷰 진행자가 말해요. 선생님, 실례합니다만…… 무슨 소리가 들린 것 같은데…… 누군가가……

(인터뷰 진행자가 우리 소리를 들은 거예요. 우리 소리를 들은 거예요!)

하지만 마스터는 웃으며 말해요. 아니에요. 그냥 바람소리예요. 산에서 끊임없이 바람이 불거든요.

(바람소리? 울부짖는 소리지 바람소리가 아니에요. 그럴 리 없어, 이 울부짖는 소리는 절대 바람소리일 수 없어요.)

인터뷰 진행자는 머뭇거려요. 비단결 같은 목소리를 자랑하는 그는 문득 한기를 느끼고 할말을 잃어요.

마스터는 계속 웃기는 하지만 보다 강력하게 말해요. 여기는 유럽의 오지잖습니까, 몽 아미*. 피커딜리서커스, 하이드파크, 켄징턴가든, 뭐 이런 기운 빠진 '문명지'가 아니란 말이죠. 끊임없이 불어오는 이곳의 바람소리에 정신이 산만해지고 슬퍼졌다면 참으로 안타깝군요!

마스터가 사이비 영국식 억양을 동원해가며 워낙 근사하게 말을 하기 때문에 분노의 초기 징조로 마스터의 목소리가 떨리는 걸 아무도 감지하지 못해요. 하지만 인터뷰 진행자는 보조와 눈빛을 주고받고 이 달갑지 않은 주제를 더이상 캐묻지 않아요.

그래요. 마스터는 위대한 화가예요. 위대한 천재예요. 천재에게는 많은 것이 용인되죠.

---

* '나의 친구'라는 뜻.

르 샬레에서 진행된 다른 인터뷰처럼 이번 인터뷰도 더이상의 중단 없이 매끄럽게 진행돼요. 딱 한 시간뿐이지만, 꼼꼼하게 편집해서 마스터와 마스터를 대행하는 (파리의 막강한) 갤러리의 승인을 거친 뒤 BBC에서 방송될 값진 한 시간이죠.

하지만 목소리가 비단결 같은 인터뷰 진행자는 피곤하다는 이유로 남아서 같이 차 한잔하자는 마스터의 제안을 거절해 그를 실망시켜요. 그리고 촬영진과 미니밴을 타고 얼른 출발해야 '기운 빠진' 런던으로 돌아가는 비행기를 탈 수 있다고 해요.

그렇다면 뭐! 그들은 살짝 웃어요. 악수를 해요.

마스터는 기분이 풀렸을지도 몰라요. 하지만 짜증이 완전히 가라앉지 않았기 때문에(우리 중 몇 명은 그 사실을 알고 있죠) 아직 위험해요.

샬레의 지하에서 우리는 런던에서 온 유명한 인터뷰 진행자가 우리 소리를 듣고 무슨 소린지 알아차렸다고 속으로 중얼거려요. 그가 알아차리지 못했을 리 없어요. 마스터의 유명한 작품만 봐도 알 수 있잖아요. 그가 우리를 위해 도움을 청할 거예요, 그가 우리를 구조할 거예요.

우리는 그런 동화 같은 얘기를 속으로 중얼거리며 르 그랑 샬레 데 암 페르뒤에서의 긴 하루와 끝없이 이어지는 밤을 버텨요.

황야에 부는 바람, 산에서 부는 바람. 어쩌면 알프스가 아니라 카르파티아산맥일지도 모르겠어요.

멀지 않은 곳이에요, 아빠! 제발 와주세요.

아직 늦지 않았어요, 아빠. 나는 아직 머리 위의 문이 닫히면 잊힌 존재가 되는 가장 밑바닥의 지하 감옥으로 끌려가지 않았어요.

아빠는 나를 잊지 않았겠죠. 나는 아빠의 딸이잖아요……

〈아름다운 날들〉을 보면 내가 거기서 아빠를 기다리고 있다는 걸 알 수 있을 거예요. 미술관으로 가요! 내가 기다리고 있는 〈아름다운 날들〉 바로 앞에 가서 서요.

도와주세요! 도와주세요! 내가 속삭여요.

좀더 힘차게 외칠 수 있다면 분명 누군가가 내 소리를 들을 텐데. 미술관 관람객, 아니면 멍한 눈빛의 경비라도. 그들이 잠에서 깨어날지 몰라요. 그들은 모두 좋은 사람이에요, 알아요, 여력만 된다면 나를 도우려 할 거예요, 마음속으로는요.

아빠도 그렇죠. 아빠도 나를 도우려 할 거라는 거 알아요. 그렇죠? 아직 늦지 않았어요.

조그만 손거울을 치워놓았어요. 인형처럼 예쁜 얼굴을 들여다보는 건 이 정도로 충분해요. 가끔은 액자 밖이―거의―보여요, 아빠―미술관이 말이에요―(분명 미술관이겠죠. 거기가 아니면 어디겠어요?)―멀리, 저편의 살아 있는 사람들의 땅이―천천히 움직이는 사람들과 얼굴들.

아빠, 그중에 아빠가 있나요? 제발 그렇다고 대답해줘요.

예전처럼 기운이 있었다면 액자 밖으로 기어나갈 수 있었을 거예요, 아빠. 나 혼자서 그렇게 할 수 있었을 거예요. 아빠가 필요하지 않았을 거예요. 응접실 밖으로 기어나가 미술관 바닥으로 떨어져 잠깐 멍하니 누워 있으면 누군가가, 저쪽 세상 사람 중 한 명이, 어쩌면 아빠가 나를 발견하고 도와줄 텐데.

아니면 살아 있는 사람들의 땅에서 숨을 고르고, 기운을 추스르고, 약해진 다리로 어찌어찌 일어나 벽에 기대가며 걸음을 옮겨—
고요한 전시실에 줄줄이 걸린 그림을 지나—어머니가 제니와 내
손을 잡고 올라갔던 그 익숙한 돌계단을 내려가—큰 미술관의 정
문을 통과해 거기서 다시 계단을 내려가 피프스 애비뉴와 요란한
차 소리와 삶이 있는 곳으로—내가 예전처럼 기운이 있었다면—
거의……

아빠? 나는 기다리고 있어요. 있잖아요. 내가 사랑한 사람은 아
빠뿐이에요.

인류에게 수치심을 안기기 위해 우물에서 나오는 진실

토머스 플럭

토머스 플럭은 웨이터와 부두 노동자로 일했고 일본에서 무술 훈련을 받았으며 심지어 구겐하임미술관을 청소한 적도 있다(전시품을 싹쓸이했다는 뜻은 아니다). 범죄의 대가 마사 스튜어트와 리처드 블레이크의 고향인 뉴저지주 너틀리 출신이지만 아직까지 체포된 적은 없다. 그의 저서 『배드 보이 부기*Bad Boy Boogie*』는 제이 데마토가 처음 등장하는 범죄 스릴러이고 『치욕의 검*Blade of Dishonor*』은 북피플에서 "펄프 픽션계의 〈레이더스〉"라고 소개한 액션 모험물이다. 그는 자신의 아지트를 아내, 고양이 두 마리와 공유하고 있다. 조이스 캐럴 오츠는 그를 "사랑스러운 키티맨"이라고 부른다. 홈페이지 주소는 www.thomaspluck.com, 트위터 계정은 @thomaspluck이다.

〈우물에서 나오는 진실〉, 장 레옹 제롬

해골을 쪼갠 것은 전문가의 솜씨였다. 우묵한 부분만 남기고 눈구멍과 치아를 분리했다. 이들은 로어노크의 사라진 이주민처럼 주저한 흔적을 남긴 초보 식인 부족이 아니었다. 누군지 몰라도 경험자였고 아주 오랫동안 경험을 쌓았을 수도 있었다.

데빈은 손바닥으로 해골을 감싸쥐고 덴마크 사람은 술을 마시기 전에 어떤 식으로 건배하는지 떠올렸다.

스콜.

술잔 같은 우묵한 사발을 뜻했다.

에마 프리젤이 가르쳐준 단어였는데, 그를 여기로 부른 사람도 그녀였다. 표면적으로는 그가 이 일대에서 약탈과 살육을 자행한 청동기시대 부족에 대해 아는 게 많기 때문이지만, 발굴 작업에 그의 이름이 포함되면 재정 지원을 받는 데 유리하기 때문이기도 했다. 에마를 비롯한 비평가들은 데빈의 저서에 실질적인 과학보다 확증편향과 칵테일파티용 화젯거리가 더 많다고 주장했지만, 그의 저서가 이 분야에 엄청난 관심의 불을 지펴 덕분에 억만장자들이 총애하는 비영리재단에서 보조금이 들어왔다. 기업의 후원을 거의 받을 수 없는 이런 분야에서 그것은 생명줄과 같았다.

"우리 쿠르간족과 맞닥뜨린 불운한 일당을 또 찾은 모양이네." 데빈이 뼈로 만든 술잔을 손에 들고 무게를 가늠하며 말했다. 그는 키가 크고 어두운 금발에 이목구비가 텔레비전 화면발을 잘 받았다.

"아직은 확실하지 않아." 에마는 깔끔하게 파서 말뚝을 박고 줄을 치고 깃발을 꽂은 구덩이에서 붓과 체와 모종삽을 들고 작업중인 학생들을 가리키며 말했다. "헤르크스하임 유적지나 탈하임 무덤하고 비슷한 부분도 있지만 어떤 면에서는 전혀 다르거든. 예를 들어 우리가 우물이라고 부르지만 실은 쓰레깃더미에 가까운 저 유적만 해도 지금까지 다른 LPK 유적지에서 발견된 것과 전혀 달라. 지금 지하 팔층 깊이까지 내려갔는데 유물이 계속 나와." LPK, 즉 선형 토기 문화는 독일 전역에 정착지를 건설했던 소규모 농경 문화였다. 물론 쿠르간족에게 발견되기 전까지의 얘기지만.

에마는 실눈을 뜨고 데빈의 머리 뒤편을 감싼 태양의 후광을 바라보았다. 둘이 함께 보낸 학창시절 이후로 쑥쑥 자란 그녀는 팔다리는 길지만 둔부는 튼실했고 까만 고수머리는 빨간색 반다나로 묶었다. 그녀가 입술을 위로 당겨 갈라진 앞니를 드러내자 해골과 생김새가 비슷해졌다.

"여자 시신도 있어?"

"아직은 없어." 시신마다 하나씩 꽂힌 작은 빨간색 깃발이 산들

바람에 나부꼈다. "전부 남자 아니면 소년이고 동일한 절차로 죽임을 당했어. 규질암을 다듬어서 만든 칼로 뼈를 발라냈고." 규질암으로 만든 칼은 허술해 보이는 신석기시대의 칼이지만 현대식 수술을 할 수 있을 만큼 날카로웠고 돌망치와 함께 사용하면 해골을 쪼개 열 수 있을 만큼 튼튼했다.

"여자는 노예로 삼고 패잔병은 학살하고." 데빈이 말했다. "식인 행위는 새로운 측면이지만 분명 이유가 있겠지. 가뭄으로 기근이 들었다든지. 아니면 약탈에 박차를 가하기 위해 피정복민을 살아 있는 고깃덩어리로 간주하기 시작했을 수도 있고."

쿠르간족이라는 명칭은 그들이 곳곳에 남기고 떠난 무덤에서 유래했는데, 사람 모양으로 깎은 입석을 꼭대기에 얹은 형태였다. 무덤마다 한 명의 족장과 함께 제물로 바쳐진 아내, 그가 쓰던 믿음직한 동검, 사후 세계에 도움이 될 만한 장식용 주물呪物 몇 개가 매장됐다.

데빈은 인류 최초로 부족 간 전쟁을 벌인 그들의 기개에 감탄했다. 일각에서는 호모사피엔스가 네안데르탈인이라는 좀더 덩치가 큰 사촌을 상대로 전쟁을 벌였다는 학설을 제기했지만 확실한 증거는 없었다. 쿠르간족이 남긴 증거는 많았다. 한 마을을 통째로 몰살해 남자의 시신을 흩뿌리고 여자는 데려갔다. 오늘날에도 벌어지는 똑같은 스토리였다. 통계에 따르면 그와 같은 사건의 빈도가 줄었다지만 데빈은 통계를 믿지 않았다. 그에게 문명이란 인간의 잔인한 역사를 덮은 얇은 베니어판이었고, 자신이 시청자와 독자에게 가지지 못한 걸 원하는 것이 인간의 천성이고 능력이 되면 뺏으려 하는 것이 남자의 천성이라고 상기시킴으로써 그들을 보호하고 있다고 생각했다.

"프리젤 교수님!" 수염을 기른 학생이 일어나 손을 흔들었다. "에이드가, 음, 그걸 또 발견했대요."

에마는 갈라진 이를 드러내며 웃었다. "유적지를 전체적으로 둘러보고 네 생각을 얘기해줘."

"응, 알았어." 데빈은 그녀에게 해골로 만든 잔을 건넸다. "스콜."

이번에 나온 출토품은 유골이 아니라 조그만 석상이었다. 만화 〈피너츠〉에 나오는 마시 같은 안경을 쓴, 팔이 굵은 여학생 에이드리언이 그걸 넘겨주었다. "조심해, 브래컨."

다리를 보면 달리기를 잘할 것 같은 브래컨이 하얀 장갑을 낀 손으로 주물을 들었고 에마가 붓으로 흙을 떨자 사문석을 사람 모양으로 조잡하게 깎아서 만든 석상이 드러났다. 얼굴은 별 특징이 없고 위로 든 한쪽 팔 아래로 젖가슴이 불룩 튀어나오고 다른 손은 다리 사이에 놓은 여자였다.

데빈은 에마의 어깨 너머로 들여다보았다. "다산을 상징하는 주물이겠네."

붓으로 흙을 떨어내자 허벅지 사이에 있는 나뭇잎 모양의 물건이 드러났다.

"칼을 들고 있어." 에마가 말했다.

"음부를 과장해서 표현한 것 아닐까? 빌렌도르프의 비너스도 이 근처에서 발견되지 않았어?"

"응, 하지만 이건 그보다 이만 오천 년 앞선 유물이야." 에마가 말했다. 빌렌도르프의 비너스는 젖가슴과 엉덩이가 거대했고 선사

시대에는 모계사회였다는 학설을 양산했다. "자세를 봐. 한쪽 팔은 위로 들고 다른 쪽 팔은 내렸잖아. 의기양양하게."

데빈은 미간을 찌푸렸다. 조잡한 석상은 표면이 칙칙한 핏빛으로 덮여 있었다. 눈과 입과 사타구니에 해당하는 구멍에 조그맣고 푸르스름한 돌꽃이 피었다.

"붉은 황토색," 데빈이 말했다. "그건 대개……"

"망자에게 바치는 제물에 쓰이죠." 브래컨이 석상의 겨드랑이에 묻은 흙을 조심스럽게 불어서 날리며 말했다. "그러니까 망자의 넋을 달래기 위해서요."

"나도 익히 아는 사실이야."

굶주린 망자가 그걸 피로 착각하고 욕구를 충족할 수 있다는 이유에서였다. 하지만 여기에서는 워낙 많은 사람이 살해당했기에 이까짓 상징적인 피로 그들 모두를 만족시킬 리 만무했다.

데빈은 손을 내밀었다. "좀 봐도 될까?"

에마가 장갑을 찾아서 주었고 브래컨이 데빈에게 출토품을 건넸다. 땅속에 묻혀 있었던 것이라 차가웠다. 눈은 없고 빨간색의 굶주린 입뿐이었다. "이건 쿠르간족 것이 아니야. 지금까지 우리가 발굴한 그 어떤 것과도 달라."

"이런 게 여러 개 발굴됐어. 스펙트럼 분석용으로 하나 보냈고. 파란색은 남철석이야."

"물에 철분 함량이 높나?" 데빈이 물었다. 남철석은 인산염이 풍부한 유기물이 철을 함유한 무기물과 결합해 만들어졌다.

"아주 높지는 않아." 에마가 출토품을 비닐 지퍼백에 넣으며 말했다. "하지만 피는 철분 함량이 높지."

그녀가 답변하지 못하는 질문은 없었다. 데빈은 그녀가 출토품을 목록에 추가하는 동안 발굴 작업으로 두 동강이 난 언덕으로 올라가 유골이 발견된 지점에 꽂힌 말뚝 위에서 나부끼는 작은 빨간색 삼각 깃발을 바라보았다. 인체의 혈액 보유량은 2갤런을 넘지 못했다. 하지만 시체가 워낙 많았다. 유적지와 조금만 더 가면 나오는 예스러운 마을 사이에는 짙은 초록색 벌판이 펼쳐져 있었다. 비옥한 벌판이었다.

데빈은 에마가 화해를 청하는 뜻에서 자신을 부른 건지 궁금해졌다.

고대사 수업시간에 오델 선생이 바이킹이 뿔 달린 헬멧을 썼다고 생각하는 학생들을 나무라느라 옆길로 샜을 때, 데빈은 코펜하겐으로 출장을 다녀온 아버지에게 들은 얘기를 옮기며 선생에게 점수를 따려고 했다. 덴마크 사람들은 조상인 바이킹이 적의 해골에 벌꿀주를 담아서 마셨기 때문에 스콜이라는 말로 건배를 한다고 말이다.

그때 에마가 살짝 콧방귀를 뀌며 웃음을 터뜨리고는 책에서 눈을 들고 말했다. "사실 그 단어는 술잔이라는 뜻이야."

그 말이 맞다, 오델 선생이 말했다. 바이킹이 침략자이기는 했지만 강간과 약탈이 삶의 전부는 아니었지. 우리의 문화적인 렌즈로 왜곡된 그런 이미지는 훨씬 나중에 생긴 거고……

아는 척 대마왕 프리젤은 얼굴을 환히 빛내며 다시 책으로 돌아갔다. 이미 다 아는 내용이라 오델의 마구잡이식 강의를 취사선택해 듣는 동시에 책을 읽을 수 있다는 식이었다. 그녀는 그 마그넷 스쿨*에서 군계일학이었다. 소문에 따르면 프린스턴에도 합격했는데 부모님이 열일곱 살 전에는 보낼 수 없다며 붙잡아둔 거라고 했다. 다음날 그녀는 데빈에게 『전함 바이킹』**을 팔아넘기려 했고 그는 그녀가 큰 소리로 투덜거리며 그의 시선을 피하는 게 보기 싫어서 사버렸다.

유적지는 덴마크에서 멀었지만 그래도 바이킹 지역이었다. 학살이 자행된 헥셴켈러 마을에서 발굴된 사발 모양의 해골과 쪼개진 뼈는 베어울프***와 그의 종사들보다 최소 오천 년 앞섰다. 쿠르간 가설의 창시자는 오델이었고 그의 후계자인 데빈이 인류의 선사시대를 다룬 대중 과학 서적과 풀리지 않은 수수께끼를 다루는 케이블 텔레비전 프로그램에서 그 가설을 옹호했다. 쿠르간족이 원시인도유럽어—현대어의 머나먼 조상—라고 알려진 언어를 비롯한 우월한 기술을 동원해 그들의 문화를 유럽과 아대륙 전역에 퍼뜨렸다고 말이다. 그렇다고 하면 원형 언어의 어원이 하나인 것과 신석기시대 부족이 갑자기 사라진 이유를 깔끔하게 설명할 수 있었다.

따라 올라온 에마가 반으로 갈라진 봉분 꼭대기에서 그리 멀지 않은 곳에 꽂아놓은 파란색 깃발을 가리켰다. "쿠르간 돌이 맨 처음 발견된 곳이야. 우물에서 50야드. 마을에서 멀리 떨어진 여기에 공업단지를 조성할 예정이었대. 그래서 길을 내려다 묘비를 발

---

* 특수한 영재 교과 과정을 운영하는 선발식 공립학교.
** 1941년에 발표된 스웨덴 작가 프랑스 G. 벵트손의 모험소설.
*** 고대 영어로 된 영국 서사시의 주인공.

견한 거지."

일곱 개의 쿠르간 비석이라니 그 또한 이례적이었다. 그것들은
모두 박물관으로 이송됐는데, 그는 렌트한 BMW를 몰고 프랑크푸
르트에서 오는 길에 들러서 살펴보았다. 전형적인 전사의 표지로
일곱 개 모두 수염과 칼이 새겨진 남자 형상이었다. 그들의 동반자
인 여자들의 유골도 무더기로 발견됐어야 맞는 거였다. 하지만 남
자뿐이었고 일곱을 제외하고는 모두 살점이 벗겨지고 해골이 쪼개
졌다. 유니콘의 뿔이 달려 있다 부러지기라도 한 듯 몇몇 해골에는
전면에 구멍이 뚫려 있었다.

"무기는?"

"쿠르간족이 썼던 긴 낫 일곱 자루." 에마가 말했다. "방어하는
쪽에게는, 그들이 방어하는 쪽이었는지 확실치는 않지만, 아무튼
그들에게는 처트 돌칼과 돌망치뿐이었어."

"우물에는 뭐가 있어?"

에마는 어깨를 으쓱했다. "우리가 그냥 우물이라고 부르는 거
야. 뭔지 아직 몰라. 유기물이긴 한데 뼈는 아니야. 칼은 온도 조절
장치랑 발전기가 있는 창고에 보관중이야." 그녀는 데빈을 창고로
안내했다.

칼은 손상된 상태였다. 해골에 흠집을 내는 데 돌칼을 썼는지는
알 수 없더라도, 참수 잔치에는 긴 낫이 쓰였을 것 같았다. 그는 휴
대전화로 사진을 찍었다.

"어떻게 생각해?"

"흥미로워." 데빈은 갈색 트위드 코트를 벗었다. "우물을 보고
싶은데. 손에 흙도 좀 묻히고."

"우물은 라니 담당이야, 하지만 체로 치는 건 해도 돼."

데빈은 대학을 졸업한 이래 발굴에 나선 적이 없었지만 체를 흔들며 구슬이나 치아나 뼛조각을 찾는 건 재미있었다. 하지만 이 기름진 땅에서 그는 아무것도 찾아내지 못했다. 한 시간 뒤 그는 체를 내려놓고 우물 안을 내려다보았다. 호리호리한 인물이 바닥에 쭈그리고 앉아 모종삽으로 흙을 떠서 양동이에 담고 있었다. 양동이 손잡이에 묶인 얇은 밧줄 끝이 작은 도르래 위에 걸쳐져 있었다. 우물은 가장자리에 들쑥날쑥 형태가 일정하지 않은 돌멩이를 꼼꼼하게 쌓고 진흙을 발라 굳힌 것으로, 마치 꼭대기를 자른 벌통 같았다.

"거기 아래 있는 학생."

까까머리를 한 여자가 위를 올려다보았다. "양동이 아직 다 안 찼는데요."

도르래 아래에는 납작한 돌멩이가 쌓여 있었고 그 위에 돌돌 말린 밧줄이 있었다. "여기 돌로 둘러싸여 있었지?"

"네."

"무슨 수로 내려갔나?"

"돌멩이를 발판 삼아서요." 라니는 짜증을 감추지 않고 외쳤다.

그가 가장자리 너머로 고개를 내밀자 돌멩이 하나가 굴러떨어졌다. "미안!"

그녀는 머리를 감쌌고 돌멩이가 팔뚝을 때리고 튕겨나가자 욕을 했다. "염병! 그렇게 궁금하면 보여줄게요."

라니는 벌떡 일어나서 몸을 풀더니 펄쩍 뛰어 양옆의 두툼한 돌을 디뎠다. 그런 식으로 균형을 잡아가며 꼭대기까지 올라와 가로

대를 붙잡고는 돌멩이 하나 떨어뜨리지 않으며 가장자리를 휙 넘었다.

"이런 식으로요."

"인상적이네."

라니는 한가운데 살갗이 찢어져서 메추리알만큼 부풀어오른 팔꿈치 근처를 가리켰다. "내 머리가 깨질 수도 있었어요. 저 염병할 돌멩이들이 얼마나 뾰족한지 알아요?"

"보상할게." 그는 손을 내밀었다. "데빈 재럿이야. 『사라진 고대 유물을 찾아서』 알지?"

라니는 어깨를 으쓱했다. "그럼 비싼 술로 보상하세요, 돈 많은 선생님. 나는 사과를 스카치위스키로 받으니까."

만만치 않은 상대였다. "맥캘란이면 될까?"

그녀는 콧방귀를 뀌었다. "나는 아일러 마셔요. 이탄이 가득 든 삽을 얼굴에 들이붓는 느낌이잖아요. 흙속에서 일하니까 흙을 마시는 게 낫죠." 그녀는 그늘에 놓아둔 불빅 생수병을 집어서 단숨에 들이켰다.

힘들게 일하고 난 뒤라 그녀의 면도하지 않은 겨드랑이에서 진한 냄새가 풍겼지만 역지지는 않았다. 그녀가 좋아하는 독한 위스키하고 비슷했다.

"좋아."

"박사님이 원하시면 아래로 내려갈 수 있게 도와줄게요. 그 예복 갈아입고 오면요."

"내일. 오늘은 체크인을 해야 해서."

"오늘 저녁에 위스키 들고 오세요. 에이드가 검보*를 만들 예정이거든요. 놓치면 후회할 거예요."

라니는 양동이를 올려서 체로 거르기 시작했다.

발굴 현장이 가장 가까운 호텔에서도 워낙 멀었기 때문에 학생들은 텐트에서 생활했고 에마와 에이드리언은 각자 작은 이동식 주택에서 지냈다. 데빈이 촬영하기로 마음먹으면—방송국에 프로그램을 팔 수 있을 가능성이 매우 높아 보였다—장비가 갖춰진 그의 벤츠 맥시모그 트럭 겸 트레일러하우스가 이송될 테고, 그 차가 가까운 아우토반에서 빠져나와 현장으로 덜컹덜컹 들어서는 장면을 도입용 숏으로 찍을 것이다. 그것이 팔꿈치에 스웨이드를 덧댄 트위드 재킷을 입고, 채찍과 중절식 웨블리 리볼버 대신 다용도 공구를 들고, 페도라가 아니라 멋부린 두건을 쓴 말쑥한 인디애나 존스 이미지의 일부이기 때문이었다. 그리고 그에게 필요한 것은 다음 시즌의 포문을 열 참신한 프로그램이었다.

그는 조수가 예약해놓은 편안한 민박집을 찾아갔다. 창문에 고딕체로 치머 프라이**라고 적혀 있는, 스노볼에서 막 튀어나온 듯한 바이에른 오두막이었다.

그는 가방을 부리고 가장 가까운 아웃도어 매장과 주류 판매점이 어디냐고 물었다. 둘 다 교회와 헥센켈러 마녀 박물관이라는 바가지 씌우기용 관광지 사이의 광장에 있었다. 마녀 박물관은 창고를 개조해서 모르는 사람 눈에는 오래된 목공용 공구로 보일 법한

---

* 고기나 해산물에 오크라를 넣고 걸쭉하게 끓인 수프.
** '빈 방 있음'이라는 뜻의 독일어.

고문 기구를 가득 전시해놓은 곳에 불과했다. 그는 10유로를 내고 풋 프레스*와 고통의 배Pear를 구경했다. 고통의 배는 사람 주먹만 하고 징이 박힌 수류탄 모양의 무쇠로 된 기구인데, 이걸 원하는 구멍에 넣고 손잡이를 돌리면 활짝 핀 선인장 꽃처럼 아귀가 벌어 져 턱을 박살내거나 살을 찢었다. 마을 바깥에 묻혀 있는 해골을 깨는 돌보다 훨씬 발전된 도구였다.

파란 눈에 눈곱이 긴 독일인 노인이 투어 가이드를 맡았는데, 그의 설명에 따르면 '마녀의 지하실'을 뜻하는 이 마을의 이름은 사나운 바람을 막아주는 북쪽의 조금 높은 산의 이름에서 딴 거라 고 했다. 바람은 뾰족한 모자 같은 산꼭대기를 휘감아 돌며 비명을 지르는 여자처럼 울부짖었다. "산에 사는 마녀가 예전에는 덧문 사이로 아내들을 꼬드겨 가족을 죽이고 숲속으로 달아나 늑대처럼 살게 만들었답니다."

"이제는 잠잠한가요?" 데빈은 씩 웃으며 물었다.

노인은 사형집행인의 칼과 고문 기구를 향해 한쪽 손을 흔들었 다. "우리가 마녀를 전부 죽였죠."

데빈은 바이올렛을 위해 팸플릿을 챙겼다. 밖으로 나온 그는 이 일대의 땅속에 무언가 다른 게 있는 건 아닐지 궁금해졌다. 뼈 말 고 다른 무언가가 있을까.

안네 프랑크가 다른 수천 명과 함께 묻힌 베르겐벨젠의 추모비 까지는 차로 한 시간 거리밖에 되지 않았다. 그가 가고 싶었던 곳 은 아니었지만 그의 프로그램 총괄 제작자이자 애인인 바이올렛에

---

* 철판으로 발을 압박하여 고통을 주는 고문 기구.

게 그곳에서 죽은 가족이 있었기에 그녀의 참배 길에 동행한 적이 있었다. 그때 공기 중에 맴도는 인간고의 무게가 낚싯바늘처럼 그의 뱃속을 잡아당겼는데, 헥센켈러에서도 그 비슷한 기분을 느꼈다. 박물관에서도 그랬지만 수백 명이 처참하게 죽은 발굴 현장에서 더 그랬다. 데빈은 전 세계의 비슷한 발굴지에서도 그런 기분을 느꼈지만 실토한 적은 없었다. 그저 분필 같은 재넉스*를 삼키고 묵묵히 하던 일을 계속했다.

그는 아웃도어 매장에서 튼튼한 카고팬츠와 버튼다운 셔츠를 샀고 주류 판매점에서는 집으로 돌아가 바이올렛에게 선물할 리슬링 와인과 라체푸츠Ratzeputz라는 재미있는 브랜드의 진저슈냅스─어쩌면 진짜로 쥐 거시기rat's putz 맛이 날지 몰랐다─와 주름이 자글자글한 주인이 카운터 뒤에 보관해둔 어처구니없게 비싼 스카치위스키를 샀다. 차를 타고 돌아가는 길에 창문을 내렸다. 저녁 바람이 시원했고 갓 깎은 풀 냄새가 났다. 그는 밴시**의 울음소리가 들리길 기다렸지만 들리는 것은 타이어가 아스팔트를 긁는 소리뿐이었다.

발굴단은 주철 냄비에서 검보가 보글보글 끓고 있는 모닥불을 둘러싸고 앉아 있었다. 에이드리언이 양철 사발에 이 자극적인 음식을 퍼 담았고 그동안 인턴들은 이 지역 맥주를 홀짝였다.

"……농경이 시작되기 훨씬 전부터 다산은 숭배의 대상이었

---

* 신경안정제.
** 길고 구슬픈 울음소리를 내어 가족의 죽음을 예고한다는 유령.

어." 에마가 말했다. "사람들이 나중에 그 둘의 순서를 바꿔놓은 거지. 우리의 여신이 상징하는 건 둘 다 아닌 것 같은데."

브래컨이 맥주를 들었다. "재럿 선생님."

"시내에서 인공 유물을 발견했어." 데빈은 말하며 가방에서 술병을 꺼내 라벨에 그려진 금박 칼이 불빛을 받아 반짝이도록 불 쪽으로 기울였다. "청동검이 출토된 아일러 늪지의 이탄으로 빚은 이십오 년산."

"잘했어요." 라니가 말하며 자기 옆의 평평한 돌을 손으로 툭툭 쳤다.

에이드리언이 그의 손에 사발을 쥐여주었다. 그들은 한쪽은 높은 산등성이로, 다른 한쪽은 숲으로 둘러싸여 문명과 차단된 곳에서 먹고 마셨다. 데빈이 일어나 플라스틱 잔에 스카치위스키를 채울 때만 빛의 장막이 보였다. 라니는 맛을 본 뒤에 잔으로 그를 툭 치며 모든 걸 용서한다고 했다.

"발견된 주물에 대한 네 가설을 좀 말해봐." 데빈은 말하고 짭짤한 훈제 맛이 나는 위스키를 음미했다.

에마는 생수병을 끌어안았다. "뭔가 다른 엄청난 유물이 발견되지 않는 한 아무도 모르는 거 아닐까?"

"왜 이래. 나는 내 생각을 얘기했잖아."

"한 무덤에 비석이 일곱 개나 있었는데도 쿠르간족의 습격이라 생각한다 이거지? 전에도 그런 거 본 적 있어?"

"평소 전투보다 규모가 컸던 거야. 전사자도 많았고. 그만큼 유골도 많이 나오지 않았어?"

"하지만 식인 행위가 포착됐잖아요." 에이드리언이 빵 조각으로 사발을 깨끗이 닦으며 말했다. "쿠르간족은 식인 풍습이 없었어요. 포로를 묶어서 살해하기만 했지."

데빈은 어깨를 으쓱했다. "배가 고팠나보지. 흉작이라."

"나는 제물로 바쳐진 거라고 생각해." 에마가 말했다. "사망자들은 영양실조였어. 뼈에 빈혈의 흔적이 남아 있더라고. 뇌는 영양이 풍부한 지방덩어리잖아. 해골을 쪼갠 이유가 설명되지."

"그럼 구멍은?"

"치료용이죠." 에이드리언이 말했다. "신석기시대의 흔해빠진 천공술요." 석기시대의 해골 가운데 거의 십 퍼센트에 그런 구멍이 뚫려 있었다. 두부 손상으로 인한 뇌압 상승을 막기 위해, 또는 뭔지 모를 의식을 거행하느라 뚫은 거였다.

"자기 스스로 구멍을 뚫은 어떤 남자 얘기를 읽은 적이 있어요." 브래컨이 말했다. "제3의 눈 같은 것이라던가. 그랬더니……어떤 깨달음이 찾아오는 것 같더래요."

"아니면 그냥 머리에 구멍이 뚫린 걸 수도 있고." 에이드리언이 말했다.

에마가 하던 얘기를 계속했다. "무덤에서 여자 시신이 하나 발굴됐어. 여자는 하나, 남자는 일곱."

"쿠르간족의 여전사였겠지. 바이킹과 관련해 새롭게 밝혀진 사실도 있잖아." 고고학자들은 바이킹 시대에 만들어진 수많은 봉분에서 출토된 유골의 성별 검사를 등한시하고 전사라고 하면 곧 남자일 거라고 미루어 짐작했다. 그런데 추가로 조사해보니 전투중에 부상을 입어 뼈에 흉터가 남은 유골의 거의 절반이 여자였다.

"그녀가 원래는 어디 묻혀 있었는지도 확실하지 않아. 굴착 공사 때문에 유적지가 좀 훼손됐거든. 그리고 전투중에 부상을 입은 흔적은 없어."

데빈은 미소를 지었다. "그럼 여왕이었나? 네가 학창시절에 엄청 좋아했던 원시 모계사회의 증거일지도."

"말도 안 돼, 그걸 믿었어요?" 라니는 콧방귀를 뀌고 입을 막았다.

모닥불 안에서 장작 하나가 쩍 하고 갈라졌다.

장작불이 에마의 안경 위에서 너울거렸다. "그 시대의 유행에 휩쓸린 거야. 인간이 혈통의 본질을 파악하기 전에는 다자간 사랑을 나누는 평등한 이상향이었는데, 남자들이 성관계를 맺으면 아이가 태어난다는 걸 깨닫고 난 이후에 우리한테 족쇄를 채웠다는 이론이지. 여자가 지배하는 에덴동산을 상상하면 즐겁긴 하지만 증거는 없어."

"하지만 거의 보편적인 현상이지." 데빈이 말했다. "그리스인에게는 여전사 신화가 있었잖아."

"중요한 건 그 이론이 수많은 문화권으로 전파되었다는 거야." 에마가 말했다. "그게 무슨 뜻일까? 나는 집단 무의식에 심어진 죄책감의 씨앗이라 해석하고 싶어. 아들들은 복종하는 엄마를 보고 자라잖아. 엄마는 왜 자기들처럼 자유로울 수 없는지 궁금해하면서."

"예전에는 우리도 자유로웠을지 몰라요." 라니가 말했다. "요람을 흔드는 손이 세상을 지배한다는 말도 있잖아요."

에이드리언이 눈을 부라렸다. "아이를 낳아보고 얘기하시지."

"그럴 일은 없어." 라니는 술을 마저 마시고 잔을 내밀었다.

데빈은 라니와 자신의 잔을 채우고 좀더 바짝 다가앉았다. "어쩌면 예전에는 여자가 세상을 지배했을지도 모르지. 이제 다시 그래야 하는지도 모르고. 빌렌도르프의 비너스 조각상 같은 건 농경이 시작되기 만 오천 년 전의 작품이야. 그 시대에 대해 알려진 게 거의 없으니 누가 알겠어, 예전에는 그랬을지?"

"헛소리." 에마는 선웃음을 지었다. "늘 반복되는 농담이잖아. 지배할 만한 게 생기기 전에는 여자가 주도권을 잡았지만 그 이후로는 남자가 뭘 어떤 식으로 해야 하는지 가르치려 들었지. 잘난 척 생색을 내면서, 여자는 모름지기 누군가를 보살피고 비폭력적이고 친절해야 한다면서. 가슴 풍만한 다산의 여신도 있지만 모리건*이나 죽음을 가져오는 칼리도 있는데 말이야. 우리가 여기서 찾은 주물은 맨발도 아니고 임신부도 아닌데다 주먹을 들고 있어. 문제는 그게 승리의 의미냐 아니면 경고의 의미냐 하는 거지. 그들은 그녀를 숭배했을까 아니면 달래려고 했을까?"

거센 바람이 불어오자 데빈은 몸이 떨리려는 것을 애써 참았다. 힌두교에서 죽음의 여신이라 불리며 남자의 성기를 잘라 목에 걸고 있는 칼리를 생각했다.

"해골 상태가 어땠어? 너희가 발견한 이 여왕 말이야."

"몰라요." 에이드리언이 말했다.

"머리가 없었어요." 라니가 말했다. "섬뜩하게."

"계속 찾는 중이야." 에마가 말했다. "굴착 공사 때문에 봉분이 헤집어졌거든. 아무래도 유골이 보였는데도 계속 파다가 비석에 부딪혀 장비가 훼손되니까 멈춘 것 같아. 그러니까 유골이랑 유물

---

* 아일랜드 신화에 나오는 전투의 여신.

의 일부가 사라졌거나 파괴됐는지도 몰라."

데빈은 눈살을 찌푸렸다. "그런데도 여자라고 확신해?"

"산도 때문에 골반이 더 넓어. 하지만 엉덩관절 테두리가 파열되면 생기는 얽은 자국은 남지 않았고. 누군지 몰라도 출산 경험이 없었던 거지. 그러니까 네가 제기한 어머니 여왕설은 제외야."

"제왕절개가 아닌 이상."

라니가 콧방귀를 뀌었다.

"제왕절개를 받았을 거라는 얘기는 아니야." 데빈이 말했다. "하지만 족장의 아들을 낳다가 죽었을 수도 있잖아."

"어쩌면 제물로 바쳐진 처녀였을지 몰라요." 브래컨이 말했다.

"그 유골엔 전투에서 입은 부상의 흉터가 없어." 에마가 말했다. "하지만 금속성 무기로 살해를 당했지. 그리고 잡아먹히지 않았어. 가죽을 벗긴 흔적이 없거든. 그러니까 제물이었을 것 같지는 않아. 내가 보기에는 일종의 여사제였을 것 같아."

"주물이 상징하는 뭔지 모를 것을 받드는 주술사?"

"탄소 연대 측정 결과를 기다리고 있지만 우물 바닥에서 발견된 다수의 유골이 그녀보다 오래된 것들이야. 봉분이 그 이후에 만들어진 거지. 봉분을 누가 만들었는지 몰라도 쓰레기와 돌로 우물을 막고 봉분의 북쪽 끝에 그녀의 유골을 묻었어."

데빈은 홈이 파인 턱을 꽉 쥐었다. "나는 틀렸다 싶으면 누구보다 먼저 인정하는 사람이야." 그는 말하고 빈 잔을 채워주려 했다. 에이드리언은 사양하고 자기 텐트로 갔다.

브래컨과 라니가 자리를 정리하기 시작했다. "우리가 할게." 에마가 말했다. "둘 다 오늘 힘들었을 텐데."

두 사람은 어깨를 으쓱하고 자기들 텐트로 사라졌다. 데빈은 재수없는 인간처럼 보이지 않으려고 정리를 거들었다. 정리가 끝나자 그는 위스키를 조금 따랐다. "요즘도 술 마셔?"

"네가 언제 영국 사람이 됐는지 알려주면 대답할게."

데빈은 미소를 지었다. "총괄 제작자가 발성 수업을 받으라고 했어. 시청자에게 영국 억양이 워낙 잘 먹히니까. 이제는 제2의 천성이 됐어." 그는 술병을 내밀었다.

"한 모금만 마실게."

에마는 달빛이 깊은 그림자를 드리운 우물가로 데빈을 데려갔다. 어두컴컴한 구멍이 심연 같아서, 그걸 바라보자니 어쩌고 하는 니체의 경구가 생각났다. 그래도 그들은 안을 들여다보았다. 차가운 돌에서 풍기는 눅눅한 냄새와 더불어 톡 쏘는 금속성 기운이 느껴졌다. 학교 운동장에서 땀나게 정글짐을 하고 났을 때 손에서 나는 냄새 같았다.

몸속 깊은 곳이 따끔거렸다. "라니를 보니까 네 생각이 난다. 예전의 너."

에마가 툴툴거렸다. "라니는 이제 겨우 이 위스키 정도 나이야. 그리고 나하고 전혀 달라. 예전의 너나 나보다 똑똑해."

"알아, 내가 좀 멍청했지." 그들은 그의 부모님이 자리를 비운 틈에 그의 집에서 열린 졸업 축하 파티에서 서로의 몸을 서툴게 더듬은 적이 있었다. 그리고 그뒤로 그때 일을 절대 입에 올리지 않았다. 다음날 아침에 일어나보니 그녀가 없기에 데빈은 꿈이었나 생각했을 정도였다.

"무슨 말인가 하면 나이 많은 남자 코치는 없어도 된다는 뜻이야.”

그러니까 그게 그녀의 신경을 거슬렀던 모양이었다.

“또 그 소리야? 오델이 성차별적인 꼰대였을지 몰라도, 그렇다고 내가 정의를 위해 굴러온 기회를 발로 차버리길 기대하면 안 되는 거 아니었나? 그가 나를 선택한 걸 어쩌라고.”

에마는 굳은살이 박인 손바닥을 들어 보였다. “워워. 내가 너를 여기로 부른 건 네가 쿠르간족에 대해 잘 아는데다, 발굴지 홍보도 좀 하면 좋겠다고 판단했기 때문이야. 고등학교 때 일을 들먹이기 위해서가 아니라. 나는 내 일에 만족해. 현장에서 뛰는 게 재미있고 카메라는 싫어. 너한테 묵은 죄책감이 있는지도 모르겠다만 나를 핑계삼아 그걸 털어낼 생각은 마.”

어둠 속에서 그녀의 안경은 눈을 가린 두 개의 까만 등딱지 같았다.

“어렸을 때는 내가 생각이 짧았어.” 그는 말하고 한 손으로 그녀의 어깨를 짚었다.

“나이 먹은 지금도 마찬가지야. 술 좀 깬 다음 운전해.”

에마는 우물 옆에 그를 두고 떠났다. 그는 비틀비틀 렌터카로 가서 취기가 사라지길 기다렸다. 그는 과거를 연구하는 사람이었지만 자신의 과거를 곱씹은 적은 거의 없었다. 한 번의 결혼, 두 명의 아이. 방 두 개짜리 아파트. 신중하게 공개적으로 만나고 있는 총괄 제작자 바이올렛과의 삼 년 된 관계.

그는 에마가 다른 이유로 그를 불렀을 경우에 대비해 치머 프라이 민박집에 퀸사이즈 침대를 요청했다. 집주인이 비싼 고급 비누와 부드러운 보디로션도 준비해주었다. 그는 보디로션을 바르며 추억에 젖었다.

그날 그의 아버지는 출장을 갔고 어머니는 '친구들이랑 카드를 치러' 갔기 때문에 데빈은 밤새 집을 독차지할 수 있었다. 그가 친구들을 부르자 그 친구들이 다른 친구들을 불렀고, 그들은 대마초와 여학생과 절반을 보드카로 채운 2리터짜리 콜라병을 대동하고 왔다. 애비게일 케인이 에마 없이는 오지 않겠다고 했기에 그는 어쩔 수 없이 허락했다. 그녀는 나머지 친구들이 보드카 섞은 콜라가 다 떨어질 때까지 진실 게임을 하고 양주 진열장을 털고 〈블루 벨벳〉을 보고 소파 위에서 서로 뒤엉켜 기절하는 동안 웬일로 말없이 앉아 있었다.

데빈은 웃음소리와 그의 부모님 방문이 닫히는 소리에 깼다. 그가 친구들을 쫓아내려고 일어나는데, 에마 프리젤이 말없이 그의 위로 올라와 그의 손을 자기 가슴에 갖다대며 보드카 때문에 번들거리는 입으로 그에게 키스했다. 그녀의 피부가 어찌나 하얀지 지직거리는 텔레비전 화면에 비친 그녀의 형상이 눈부시게 빛나는 듯이 보였다. 그녀의 가슴은 그가 그동안 만났던 다른 여자아이들보다 컸기에 그는 거기 입을 맞추며 애비게일 케인의 얼굴을 상상했고, 발기가 되자 그녀의 뒷덜미를 아래로 밀었다. 이거 좀 어떻게 해야겠어.

그가 계속 고집하자 그녀가 그의 청바지 허리춤을 풀고 그것을 입에 넣었다. 그녀는 같이 잔 이후에 자랑스럽게 떠벌릴 만한 여자아이가 아니었지만 입으로 해주겠다는데 마다할 이유가 없었다. 경험 부족으로 새침하면서도 열심이었던 그녀의 모습을 그는 이후에도 종종 떠올렸고 수많은 인턴과 매춘부에게 그 비슷한 걸 요구했다. 그가 절정에 이르자 그녀는 손으로 입을 막고 살금살금 세면대로 걸어갔고 그는 성기를 집어넣고 잠든 척했다.

그는 그녀가 옆에 누워 라크로스로 탄탄하게 다져진 어깨에 머리를 기댈 줄 알았는데 화가 나서 씩씩대는 소리만 들릴 뿐이었다. 그는 눈을 감은 채 자존심이 상해 작고 통통한 주먹을 불끈 쥔 그녀의 모습을 상상하다 오르가슴과 알코올의 최면 효과로 인해 진짜로 잠이 들었다.

오늘밤에는 목화송이 같은 창밖의 달이 감긴 그의 눈을 통과해 들어와 에마의 모습으로 굳어졌다. 봉분 꼭대기를 어슬렁거리며 먹이를 찾는 한밤의 부드럽고 하얀 개. 기다란 팔다리에 파란색과 황토색으로 문신을 새긴 알몸의 여자가 그림자 속에서 튀어나왔다. 그의 몸에 소름이 돋았다. 얼굴 없는 그 여자는 한 손을 높이 들고 허벅지 사이에 둔 다른 손에 동검을 쥐고 있었다. 그녀가 칼을 들고 그의 성기를 향해 조금씩 다가오자 그의 궁둥이가 오그라들었다.

데빈은 헉 소리와 함께 잠에서 깼고 몸을 어찌나 세게 붙들고 있었던지 피부에 초승달 모양의 손톱자국이 남았다. 그는 통통한 달이 노려보는 가운데 고통 속에 몸을 웅크렸다. 그는 덧창을 잠근 다음 씻고 다시 잠을 청했다.

아침에 데빈은 차를 몰고 현장으로 가는 길에 갓길에서 조깅을 하는 브래컨을 지나쳤다. 도착해보니 에이드리언이 베이컨이 익고 있는 프라이팬과 주둥이가 넓은 플라스크 모양의 드립식 커피포트를 살피고 있었다. 웃통을 벗은 채 땀으로 번들거리는 브래컨이 달려 들어왔다.

"커피 냄새가 끝내주네." 그의 숙소에서 제공된 유럽식 아침식사는 보잘것없었다.

에이드리언은 끓인 물을 분쇄한 원두 위로 부으며 툴툴대는 것으로 인사를 대신했다.

"내가 어젯밤에 무슨 말실수라도 했나?"

"그냥 매달 찾아오는 손님 때문에 그래요." 에이드리언이 말했다.

라니가 머그잔을 내밀었다. "나는 이 주 일찍 시작했어. 염병할 노릇이지."

"둘이 날짜가 겹쳤네?" 브래컨이 씩 웃으며 말했다. "나는 엄마들, 할머니, 누나랑 같이 살았거든. 가끔 서로 겹칠 때가 있더라."

"으엑," 라니가 말했다. "듣기만 해도 소름 돋는다. 에마 박사님 오셨네. 우리 셋이 한꺼번에 하는지 알아보자."

에마는 그들 너머에 시선을 두고 뒤통수를 긁적였다. "조각상 누가 가져갔어?"

에이드리언이 블랙커피를 한 잔씩 돌렸다. "제가 출토품 창고에 뒀는데요."

"제가 가서 찾아볼게요." 브래컨이 말했다. "대신 나 올 때까지 베이컨 다 먹지 마."

에마는 커피잔에서 피어오르는 김 사이로 구덩이를 살폈다.

"나는 건드리지 않았어." 데빈이 그녀의 뒤에서 나지막이 말했다.

에마가 한 손으로 허리를 짚고 앞을 가로막는 바람에 그는 하마터면 커피를 쏟을 뻔했다. "네가 한심한 인간일지는 몰라도 그 정도로 멍청하지는 않지."

간단히 식사를 마치고 라니는 데빈을 우물로 안내하며 그의 관광객용 하이킹 복장을 보고 빈정거렸다. "그거 사느라 얼마 들었어요?"

그녀는 우물 안의 어디를 밟고 오르내리면 되는지 알려준 다음 밧줄을 묶어서 도르래 아래로 늘어뜨렸다. "프리젤 박사님은 제 등에 업혀서 올라와요. 하지만 선생님은 키가 너무 커요. 브래컨도 안 돼요. 이건 사람들 키가 지금보다 작았을 때 만들어졌거든요."

데빈은 꼭대기에 있는 반질반질한 디딤돌은 피했다. 오목한 발바닥과 조약돌 모양의 발가락이 선명하게 돌에 새겨져 있었다. 그 또한 알 수 없는 수수께끼였다. 우물 꼭대기에 누가 서 있었던 걸까? 그 아래의 디딤돌은 허술해서 제 역할을 하지 못했다. 그는 디딤돌을 빠짐없이 밟고 내려갔는데도 부드러운 손바닥이 밧줄에 쓸려 화끈거렸다. 끙 하는 신음과 함께 바닥에 거칠게 착지한 순간 돌에 부딪혀 두피가 찢어졌다. 그는 머리를 움켜쥐고 벽 쪽으로 물러났다. 눈을 깜빡였지만 어둠 말고는 아무것도 보이지 않았고 반짝이는 별도 보이지 않았다.

그는 재낵스 병이 트위드 양복에 들어 있다는 걸 떠올리고 손을 움켜쥐었다.

언젠가 라크로스 경기를 하던 중에 팀 동료와 너무 세게 머리를 부딪쳐 잠깐 앞이 안 보인 적이 있었다. 그가 헐떡이자 숨소리가 좁은 구덩이 안에 메아리쳤다. 눅눅하고 코를 톡 쏘던 냄새가 이제는 피에서 풍기는 쇠 냄새로 바뀌었다. 시력이 회복되자 우물 입구가 보름달처럼 보였다.

"괜찮으세요?"

"머리가 찢어졌어." 그가 두피에 손바닥을 대고 누르자 상처에서 피가 울컥울컥 나오는 것이 느껴졌다. 물이 새는 샤워 꼭지처럼 바닥으로 피가 후두둑 떨어졌다.

라니가 그녀의 반다나를 아래로 던졌다. "그걸로 상처를 세게 누르고 숨을 천천히 쉬어요. 구급상자 가져올게요. 제가 수색구조단의 위생병이거든요."

데빈은 반다나를 뭉쳐 쥐고 통증을 견디느라 이를 악물었다. 낚싯바늘이 그의 뱃속을 아래로 잡아당겼다. 눈을 질끈 감자 짙은 파란색 사이로 붉은색이 솟아나왔다. 바람이 울부짖으며 위쪽의 돌을 가로지른 후 소용돌이치며 아래로 내려와 그의 목덜미 털을 간질였다.

한참 만에 라니가 종아리와 오금에 힘을 주며 줄을 잡고 내려왔다. 그녀는 펜라이트를 들고 데빈의 옆으로 비집고 들어왔다. "동공 체크 좀 할게요. 혼잣말 중얼거리는 거 들었거든요." 그녀가 그의 머리를 붙잡고 알코올 솜으로 상처를 닦자 미친듯이 따끔거렸다. 그가 그녀의 어깨에 대고 얼굴을 찡그리자 그녀의 짠맛이 느껴졌다.

그의 아버지는 자기 피를 보면 정신을 잃었는데, 데빈은 자신도 그런 남자답지 못한 괴로운 성향을 물려받았을까봐 겁이 났다. 자전거에 부딪혀 맨 처음 무릎이 까졌을 때 그는 살갗 사이로 솟아나는 피를 빤히 쳐다보며 안도의 한숨을 내쉬었다. 어머니가 집에 없었기에 그는 세면대로 가서 상처를 씻고 어머니의 손톱용 가위로 돌을 끄집어냈다.

"꿰맬 필요는 없겠어요." 라니가 펜라이트를 손에 들고 솜으로 상처를 두드리며 말했다. "하지만 위로 올라가셔야겠어요. 끌어올려드릴게요."

"그럴 것 없어." 그는 말했다. 눈앞이 캄캄해진 것이 라크로스 경기 때처럼 가벼운 뇌진탕을 일으켰기 때문이라는 걸 알았지만 체면을 구기고 싶지 않았다. 그는 라니가 그의 허리에 밧줄을 묶도록 내버려두었고, 위로 올라가는 동안 브래컨이 우물의 돌에 대고 밧줄을 잡아주었다.

데빈은 물을 한 병 마셨다. 그러고는 양동이를 다시 내려주고 라니가 파낸 흙을 체로 거르며 쉬엄쉬엄 작업하겠다고 했다. 브래컨이 작업의 대부분을 담당했다.

"올려." 라니가 외치면 브래컨이 양동이를 올려서 체 위로 흙을 흩뜨려 쏟은 다음 흔들었고, 그러면 데빈이 돌멩이 사이로 보이는 뼛조각을 주웠다.

"조각상 찾았어요." 브래컨이 말했다. "사방을 샅샅이 뒤졌는데 박사님이 트레일러에서 들고 나오시는 거 있죠. 정신이 없으셨나 봐요."

"이 현장에 대해 어떻게 생각하나?" 데빈은 치아일 수도 있겠다 싶은 파편을 유심히 들여다보다 그냥 석영이라는 결론을 내리며 물었다. 그는 파편을 폐기물더미에 던졌다.

"저는 겨우 2학년이지만 제 눈에는 인신 공양으로 보여요. 인구가 너무 많아지면 여기로 와서 축제를 벌인 거죠. 시신들 사이에 몇 년 간격으로 층이 생겼는지 아직 정확히는 모르지만 이건 한 차례의 대규모 학살은 아니에요. 박사님은 그들이 인구 조절 차원에서 몇 년마다 한 번씩 이런 일을 벌였을지 모른다고 생각하세요."

"남자만을 대상으로?"

"뭐, 그렇잖아요. 번식하는 데 남자가 많이 필요하지는 않으니까. 벌집의 수벌처럼. 유전적 다양성의 측면에서는 많으면 좋지만 그렇게 많을 필요는 없죠." 그는 씩 웃었다. "저희 아빠도 그냥 정자만 제공했어요."

"너희 곁을 떠나셨나? 마음이 안 좋았겠네."

"아뇨, 안쓰러워하실 것 없어요. 말 그대로 정자 제공자였으니까. 엄마들 말로는 동네에서 살 수 있는데 뭐하러 은행에 가느냐고 하던데요? 저는 체구가 탄탄한 실리콘밸리 기술자가 전문가적인 솜씨를 발휘해 자유 발사한 정액으로 빚어진 작품이에요. 자라는 동안 주말마다 아빠를 만났어요. 지금도 만나고 같이 달려요. 다음 달에도 뉴올리언스에서 열리는 하프 마라톤에 같이 참가하기로 했어요."

데빈은 미간을 찌푸렸다가 자신이 아버지를 얼마나 자주 만났는지 따져보고는 아무 소리 하지 않았다.

"혹시 어젯밤에 꿈 안 꾸셨어요? 진짜 섬뜩한 꿈요."

"라니가 너한테 매달리는 걸 보면 너는 꿈으로 그치지 않았던 것 같은데? 이런 운좋은 녀석 같으니라고."

브래컨은 씩 웃으며 시선을 돌렸다. "그런 거 아니에요."

"뭐가 나왔어, 브랙! 박사님 불러와!" 라니의 목소리가 우물에서 울려 나왔다.

그 뭔가는 치아로 밝혀졌다. 아래턱에 달린 초승달 모양의 치열이었다. 에이드리언은 최고의 발굴 기술자였지만 고소공포증이 있었다. 라니가 에이드리언을 밧줄로 묶었고 다 같이 힘을 합쳐 천천히 아래로 내렸다. 에이드리언은 그날 하루종일 우물을 가득 채운 부엽토 속에서 턱뼈를 분리했다.

"지금까지 출토된 것 중에 가장 보존 상태가 좋네." 에마가 장갑 낀 손으로 하악골을 살피며 말했다. "앞으로는 우물에서 훨씬 더 조심스럽게 작업을 진행해야겠다. 잘못 밟아서 깨뜨리면 안 되니까. 아래가 너무 좁지? 장비를 장착하고 잠깐씩 돌아가면서 작업해야겠어."

에이드리언이 두개골의 나머지 부분을 드러냈다. 라니가 디지털카메라를 들고 내려갔고 촬영한 사진을 화면으로 그들에게 보여주었다. 기름진 흙이 가득 든 두 개의 눈구멍이 우물에서 위를 올려다보고 있었다.

에마가 캘리퍼스로 턱의 직경을 쟀다. "성인 여자야." 아래 앞니가 많이 닳았고 뾰족한 송곳니도 마찬가지였다. 어금니는 아니었다. "그녀의 머리를 찾은 것 같아."

그들은 가까운 지하 펍에서 데빈의 경비용 법인카드로 자축 만찬을 열었다. 메뉴는 구운 돼지 발목살, 커리 소스를 곁들인 소시지, 독일 맥주와 와인이었다. 데빈이 현장까지 그들을 다시 태워다주자 에이드리언이 모닥불을 지폈고, 그들은 머그잔에 스카치위스키를 따랐다.

다 같이 모닥불을 사이에 두고 둘러앉아 위스키를 마셨다. 저녁과 알코올과 발견의 희열 덕분에 분위기가 훈훈했다.

"결국 쿠르간족이었나봐." 에마가 말했다. "그중 한 명이 그녀의 목을 잘라 우물에 버린 거지."

"나머지는 일곱 명의 전사와 함께 묻고."

"시신이 훼손된 건 그보다 나중일지도 몰라. 정확한 시기는 아직 파악되지 않았지만."

"그럼 어머니 여신 어쩌고 하는 헛소리는 폐기 처분되는 거네요. 아무리 엄마랑 사이가 나쁜 남자라도 여신의 머리를 베지는 않을 테니까." 라니가 말했다.

브래컨은 씩 웃었다.

"선사시대 모계사회론이 망상이라 하더라도 나는 시도해보겠어." 데빈이 말했다. "이 세상을 우리 남자보다 더 심하게 망칠 수는 없었을 테니까."

에마는 어깨를 으쓱했다. "역사를 보면 끔찍한 여자가 얼마나 많았다고."

"그렇게 알려진 사람도 일부일 뿐이죠." 에이드리언이 말했다. "우리 여자는 기록에 남지 않으니까."

"바토리 백작부인." 라니가 말했다. "젊음을 유지하기 위해 어린 소녀들의 피로 목욕을 했잖아. 따라 할 생각은 하지 마."

에이드리언이 숨을 헐떡이며 말했다. "근거 없는 미신이긴 하지만 내 칙칙한 팔꿈치에 발라볼까봐. 독일은 공기가 너무 건조해서 말이지."

"델핀 랄로리." 브래컨이 말했다. "뉴올리언스의 연쇄살인범이었어. 나도 그녀의 집에 가본 적이 있지. 자기 하인들을 고문했다고 하더라." 그는 자기 잔을 들여다보았다.

"그리고 우리는 그렇게 나약하지 않아." 에마가 말했다. "여자들이 전쟁과 집단 학살을 선천적으로 혐오했다면 진작 막았겠지."

"「여자의 평화」*에서는 막았죠."

"그리고 스파르타 여자들은 전쟁에 나가는 남자들에게 방패를 들고 돌아오든지, 아니면 방패에 실려 돌아오라고 했고요."

데빈은 고개를 갸우뚱했다. "그래도 상상하면 재미있잖아."

"물론 다자간 사랑을 나누는 낙원을 상상하면 재밌죠." 에이드리언이 말했다. "대부분의 문화권에서 여자에게 배우자 선택권이 부여된 게 불과 얼마 전이에요. 이쯤 되면 성선택의 관점에서 궁금해지지 않아요? 부모가 수천 세대 동안 아이들의 배우자를 대신 선택하지 않았다면 우리가 다르게 진화했을지."

"나는 선택됐는데." 브래컨이 말했다.

"우리도 네 사연은 잘 알아, 이 두 엄마의 아들아." 라니가 팔꿈치로 그를 찔렀다.

"나는 미토콘드리아 DNA를 추적해 밝혀낸 사실에 관심이 더 많아." 에마가 말했다. "성선택은 자연과학도 아니고."

"자연과학 얘기가 나왔으니 말인데요, 예전에 어느 생물학자가 하는 얘길 들었는데 남자의 성기는 여성의 몸에서 예전 짝짓기 상대의, 음, 정액을 긁어내기 위해 그런 생김새로 진화했대요." 브래컨이 자기 잔에 대고 씩 웃었다.

"너 취했다, 가서 자라." 에마가 말했다.

라니가 콧방귀를 뀌었다. "누가 그런 소리를 했는지 모르겠지만

---

* 기원전 411년에 아리스토파네스가 쓴 그리스 희극. 아테네 여성들이 섹스 파업을 일으켜 남성들의 휴전을 이끌어내는 내용이다.

보노보 침팬지를 연구해보라 그래. 경쟁이 치열한데도 요만하다고." 그녀가 새끼손가락을 들어 보였다.

"너도 가서 자. 내 학생들이 술에 취해 우물로 굴러떨어져 목이 부러지는 건 싫다. 내 보호 아래 있을 때는 안 될 말씀이지."

라니는 코웃음을 치고 깔깔대며 브래컨과 함께 사라졌고 에이드리언은 자기 텐트로 들어갔다. 에마는 마지막으로 한 모금만 더 마시기로 했다. "내가 이래라저래라 할 입장은 아니지만 너 오늘 밤에는 운전하면 안 되겠어."

"운전할 생각 없었어."

안경 위에서 너울대는 모닥불이 그녀의 눈을 가렸지만 그는 환영하는 기미가 전혀 없는 눈빛이라는 걸 알 수 있었다.

"잠깐 눈 좀 붙여야겠다. 남는 베개 있어?"

그녀는 선웃음을 지으며 외투를 돌돌 말아 바위 위에 놓고 갔다.

탁탁거리는 모닥불 앞에 혼자 남은 데빈은 쿠르간족에게 몰살당하기 전에 이 마을의 삶이 어땠을지 상상해보았다. 그가 진행하는 텔레비전 프로그램에서는 저예산으로 만든 과거 재연 영상 위에 그의 그런 상상을 내레이션으로 깔았다. 우리는 겉모습은 선조들과 같을지 몰라도 '입을 떡 벌린 시대의 간극'으로 인해 사실상 다른 종이 되었다고 그는 내레이션을 통해 설명했었다. 언어가 극명한 차이점이지만 시간이 흐름에 따라 믿음도 바뀌었다.

먼 옛날 어둠은 공포를 감추었고 제물을 요구하는 질투심 많고 잔인한 신들은 천 개의 눈으로 밤하늘을 밝혔다. 심지어 기독교의 신도 아브라함을 시험하기 위해 제물을 요구하지 않았던가. 우리는 요즘 다른 신들에게 아이들을 바치고 있다.

예컨대 부의 신. 데빈도 아이들에게 가장 좋은 걸 해주고 싶었지만 그 도시에서 가장 좋은 유아원에 입학시키려고 아이들을 경쟁시키는 문제를 놓고 전처와 사이가 나빠졌다. 그는 마그넷 스쿨에서 이 년을 보냈을 때 어머니가 그를 앉혀놓고 했던 말이 생각났다. 우리는 네가 이보다 잘해주길 기대했어. 너희 아버지를 좀 보렴. 너 때문에 속이 새카맣게 탔잖니.

그는 아이들이 그날 그가 느꼈던 기분을 느끼는 일은 없기를 바랐다. 그의 전처는 그가 아이들을 책임지지 못할 거라고 생각했던 걸까? 그냥 인생을 즐기게 두면 되는데. 앞으로 어떻게 될지 아무도 모르잖아, 그녀는 말했다. 그가 그의 아버지처럼 젊은 나이에 심장마비로 죽을 수도 있다는 뜻이었다.

데빈은 그때 첫 책을 출간하고 북투어를 하는 중이었다. 어머니가 연락했을 때 아버지는 이미 땅속에 묻혀 후대의 고고학자들에게 발견되길 기다리는 유골이 된 다음이었다. 네가 드디어 살길을 찾은 마당에 마음 복잡하게 하고 싶지 않았단다.

데빈은 코를 킁킁거리며 잠에서 깨어났다. 모닥불은 불씨만 남아 있었다. 우물에서 웃음소리가 메아리쳤다. 그는 차가운 바람을 막으려고 외투 단추를 채웠다.

정신이 몽롱했고 성기가 아플 지경으로 섰다. 멀리서 자유분방한 신음소리가 들렸다. 그는 넘어지지 않게 안전줄을 따라 걸음을 옮겼다. 달은 은빛을 잃고 하늘에 낮게 걸려 있었다. 그는 몇 시간을 잤다. 그러느라 좋은 구경거리를 놓쳤다.

흙바닥 위에 부츠와 양말이 놓여 있었다. 길에는 맨발자국이 찍혀 있었다. 그는 다시 한 시간 정도 눈을 붙이고 싶었지만 약간의 관음증을 해소하고 나면 기운이 나서 숙소까지 차를 몰고 갈 수 있을지 몰랐다.

당연히 라니가 위에 있을 것이었다. 문신을 새긴 군살 없는 몸. 성기가 수맥봉처럼 그를 안내했다.

텐트 안에서 몸부림치는 실루엣은 보이지 않았다. 나지막한 소리가 들리는 곳은 아래쪽이었다. 그는 다용도 공구 중에 작은 펜라이트를 챙겨 불을 비춰가며 흙벽 사이를 걸어 우물 쪽으로 다가갔다.

약간의 고통이 섞인 희열의 신음소리가 흙벽 모퉁이 너머에서 나지막이 들렸다. 그는 흙벽 너머로 몸을 기울였다.

문신을 새긴 까무잡잡한 피부가 아니라 창백한 살덩이가 우물 위에서 빛났다.

에마가 디딤돌을 맨발로 딛고 우물가에 개구리 자세로 쭈그리고 앉아 있었다. 몸에 손자국이 찍힌 것 말고는 알몸이었다.

"안경은 왜 안 썼어? 너 그러다 안으로 떨어지겠다."

"이미 안에 들어와 있는걸." 에마는 취기 섞인 크고 일그러진 미소를 지으며 소리 없는 리듬에 따라 몸을 흔들었다. 차가운 밤공기 속으로 짧은 입김을 내뿜으며 작게 헉헉거렸다. 그는 가까이 다가갔다.

그녀는 텐트를 친 그의 바지 앞섶을 보고 웃음을 터뜨렸다. "몸이 달았군. 그때처럼."

"어이. 그땐 네가 날 덮쳤거든?"

"물론 그랬지."

에마는 그 해괴한 비너스 조각상처럼 쭈그리고 앉아 몸을 앞으로 기울여 늘어뜨린, 참으로 거북한 자세를 취하고 있었다. 불빛에 비친 그녀의 두 눈은 돌멩이처럼 매끈했다. 데빈의 손이 거미처럼 내려가 바지 허리춤을 풀었다.

그녀가 가까이 오라고 손짓했다.

풀어헤친 고수머리가 그녀의 어깨 위에서 굽이쳤다. 가까이 다가가서 보니 몸에 찍힌 손자국은 흙이 아니라 피였다. 그녀의 손자국과 다른 자국들이 동굴벽화처럼 무늬를 이루었다. 그녀의 다리 사이에서 우물 안으로 피가 후두둑 떨어졌다.

그는 헉하고 숨을 토했다. 그녀는 어색하게 몸을 살짝 들썩이며 웃었고 처트 돌칼을 흔들었다. 그가 휘청거리자 줄이 탁 소리와 함께 끊어졌다.

그는 반대편 흙벽에 부딪혔다. 그의 다리가 뚝 부러지는 소리가 들렸고 도랑으로 쓰러지는 동안 고맙게도 서늘한 충격 덕분에 통증이 무뎌졌다. 그의 곁에는 바람의 곡소리와 하얗고 흐릿한 달뿐이었다.

두 발이 그의 옆 흙바닥을 때렸다. 그가 눈을 깜빡이자 달은 쭈그리고 앉은 에마가 되었다.

"도움이 필요해." 그는 거칠게 꺽꺽거렸다.

"항상 네가 필요한 것만 따지지. 이제 기억이 나?"

오렐의 사무실 앞에서 에마와 함께 진땀을 흘리며 선생이 그들의 유일한 경쟁자인 태라 브래니건을 위로하는 모습을 뿌연 유리 너머로 지켜보았던 기억. 극기심이 강한 졸업생 대표가 다친 사람처럼 문밖을 나서 허둥지둥 복도를 달려갔을 때 느꼈던 긴장감. 데빈은 쿵쾅거리는 심장을 달래며 에마의 부드럽고 하얀 팔뚝을 찰흙이라도 되는 듯 손가락으로 움켜쥐었다.

내 앞길 막지 말고 꺼져주라. 나는 이 자리가 필요해.

그녀는 눈물을 흘리지 않았다. 분노로 주먹을 불끈 쥐었을 뿐. 그녀의 신발이 공공기관 특유의 회색 바닥을 때렸고 그길로 그녀는 사라졌다. 오델이 실눈을 뜨고 열린 문틈으로 내다본 뒤 공범처럼 미소를 지으며 그를 향해 손짓했다. 프리젤은 갔나? 감정적인 여자애로군.

"미안……"

에마가 끈적끈적한 손가락으로 그의 입을 가렸다. "그녀는 피의 여신이야. 네가 그녀에게 양분을 주었어. 네가 그녀를 깨웠어." 에마는 자신의 아랫배를 토닥거렸다. "너더러 고맙대."

그는 그녀의 팔을 잡았다. "나를 여기서 꺼내줘!"

그녀는 돌칼로 그의 엄지손가락을 찔렀다. 그는 엄지손가락을 홱 잡아채 시뻘겋게 벌어진 살갗을 멍하니 바라보았다.

"그녀가 과거를 보여줬어. 쿠르간족의 무덤? 그건 전사들을 기념하기 위해 만든 게 아니야." 그녀는 숨을 헐떡였다. "가두기 위해 만든 감옥이야. 그녀를. 우리를."

다용도 공구가 손을 뻗으면 닿는 곳에 있었다. 그가 공구를 향해 손을 뻗자 그녀가 그의 다친 다리를 세게 때렸다. 그는 고통으로 눈이 감겼다.

너는 나의 가축이었으니 내 곁으로 돌아오라.

꿈속에서 보았던 파란색과 황토색의 마녀가 그의 감은 눈 뒤에서 말했다. 그는 비명을 질렀다. 눈이 없는 얼굴 위로 피가 쏟아졌고 그녀의 비명소리는 킬킬거리는 웃음소리로 바뀌었다.

"번식하려면 우리도 몇 명은 있어야 하잖아!"

위에서 웃음소리가 들렸다. 라니와 에이드리언이 피로 번들거리는 얼굴로 아래를 내려다보며 음흉한 미소를 짓고 있었다.

"그녀가 선택했어." 라니가 말했다. "너희는 먹잇감이야."

알몸의 브래컨이 망연자실한 얼굴로 그들의 발치에 웅크리고 있었다. 이마에 깔끔하게 뚫린 구멍에서 솟은 피가 콧날을 타고 흘러내렸다.

"그녀가 그러는데 사춘기 전에 하는 게 낫대." 에이드리언이 말했다. "석기시대 천공술 말이야."

에마가 그의 머리칼을 움켜쥐고 두개골 쪼개는 기구를 그의 관자놀이에 대고 눌렀다.

얇은 돌조각이 그의 살 속으로 파고들자 데빈은 훌쩍였다. "네 이름이라도 말해줘!"

"어머니." 에마는 말하고 돌망치를 휘둘렀다.

홍파

S. J. 로전

S. J. 로전은 에드거상, 샤머스상, 앤서니상, 네로상, 매커비티상, 일본의 몰티즈 펠컨 상 등 다수의 상을 수상했고, 최근에는 미국 사립탐정물 작가협회에서 수여하는 평생 공로상을 받았다. 그녀의 이름으로 열세 권의 장편을, 칼로스 듀스와 결성한 샘 캐벗이라는 창작팀의 이름으로 두 권의 장편을, 그리고 오십 편 이상의 단편을 썼고 두 권의 선집을 편집했다. 브롱크스에서 태어났고 현재 로어맨해튼에 살고 있다. 가장 최신작은 샘 캐벗의 이름으로 출간한 『늑대 가죽 Skin of the Wolf』이다. 홈페이지는 www.sjrozan.net이다.

〈가나가와 해변의 높은 파도 아래〉 또는 〈홍파洪波〉, 가쓰시카 호쿠사이

서늘한 비단 같은 물이 그녀의 어깨와 가슴과 둔부를 스르르 쓸었다. 테런스는 그녀의 스위트룸 바로 앞에 있는 타일 깔린 지하 수영장에서 아무때나 원하는 시간만큼 수영을 해도 좋다고 허락했다. 단, 그녀가 맨 처음 제 발로 여기를 찾아왔을 때 그랬듯이 알몸으로 해야 한다는 조건을 달았다. 그때만 해도 그녀는 기분좋게 물살을 가르다보면 항상 환희와 흥분과 그를 향한 안타까움이 느껴졌다. 이제는 흥분이나 안타까움, 무엇보다 환희는 더이상 느껴지지 않았지만 그래도 물이 그녀를 감싸고 보호하는 느낌을 일시적으로나마 만끽할 수 있다는 데 감사했다.

　그녀는 숨을 들이쉬고 물속으로 뛰어들었다. 힘찬 발차기와 강한 팔놀림으로 지하의 수중 세계를 갈랐고, 늘 그렇듯 물이 끝나는 지점에서 손끝이 미끌미끌하고 단단한 벽에 닿으면 짜르르한 절망이 느껴졌다. 킥오프하고 몸을 돌리면 그녀는 다시 혼자였고 거의 자유로워졌다. 테런스는 수영을 못했다. 그는 그녀의 삶, 그녀의 몸, 그녀가 지금 사는 곳을 계속 침범했고 앞으로도 그럴 테지만, 물속에서만큼은 그 없이 있을 수 있었다. 그녀는 그가 등나무 의자에 몸을 내밀고 앉아 그녀를 지켜보고 있다는 걸 알았기에 킥오프를 하고 다시 수면 위로 떠오를 때 숨을 쉬는 방향을 바꾸었다. 그녀는 수영장에 있는 내내 한 번도 그를 보지 않았다.

그녀는 기운이 다할 때까지 수영을 했다. 그는 절대 재촉하지 않았다. 가끔 밤이 찾아오고 날이 밝고 다시 밤이 찾아올 때까지, 그가 지쳐서 떠나버릴 때까지, 그가 그 자리에서 서서히 썩을 때까지, 그녀의 호화로운 감옥 벽이 무너지고 그녀가 물 밖으로 나와 태양 아래로 나설 수 있을 때까지 물속에 영원히 머물 수도 있겠다는 생각이 드는 날도 있었다.

그녀는 그 어처구니없는 갈망을 실현하기 위해 때로는 몇 시간씩 수영을 했다. 하지만 팔이 떨리고 숨이 가빠져 결국 물에서 나오는 수밖에 없었다. 테런스는 항상 끈질기게 기다리다가 보드랍고 두툼하고 큼지막한 가운으로 그녀를 감쌌다. 팔짱을 끼고 가운의 온기에 감싸여 걷는 그녀의 모습에서 그는 항상 매혹을 느꼈다. 그는 그녀의 탄력 있는 몸매를 찬양하며—그는 늘 칭찬에 후했다—그녀가 이 년 삼 개월 십일 일째 거처로 삼고 있는 지하의 널찍한 스위트룸으로 그녀를 이끌었다.

아니다, 무슨 소리. 그가 그곳을 그녀의 거처로 만들었다고 해야 할 것이다.

그녀는 실크 시트 위에 누울 것이다. 그는 그 위로 몸을 숙이고 부드럽게 입을 맞출 것이다.

그녀는 어떻게 해야 하는지 알았다. 그녀가 처음 여기 왔을 때, 그의 음울한 매력이 짜릿하게 느껴졌을 때, 위험과 유혹이, 공포와 사랑이 한 얼굴이었을 때 했던 대로 하면 되었다.

이사카와는 바다를 두고 똑같이 말했다. 나는 다른 데로 갈 수 있다 해도 가지 않을 거요, 그는 그녀에게 말했다. 하지만 여기 있으면 계속 불안하지요.

그래서 그녀는 수영을 하고 나면 테런스와 사랑을 나누었다. 그가 원하는 방식으로, 그가 원하는 시간만큼.

처음에 그녀는 거부했다. 아니다. 처음에 그가 문을 잠그고 이제 떠나지 못한다고 했을 때는 짜릿한 흥분이 그녀의 몸을 관통했다. 새로운 게임이었고 걸려 있는 가상의 판돈이 어느 때보다 높았다. 그가 그날 밤에 그런 얘기를 꺼낸 것은 그들의 정사가 이미 끝난 다음이었다. 그녀는 둘 다 탈진 상태라고 생각했다. 하지만 그가 그 잠금장치를 돌리고 침대에 누워 다정하고 조심스럽게 그녀를 절대 놓칠 수 없다고, 그러니 여기 계속 있어줘야겠다고 했을 때 그녀는 몸이 달아오르고 살갗이 따끔거리기 시작하는 걸 느낄 수 있었다. 그녀는 그녀에게 주어진 역할에 충실했고, 그는 그에게 주어진 역할에 충실했고, 그녀는 그날 밤 존재하는 줄도 몰랐던 경지에 다다랐다.

하지만 그들이 정말로 탈진했을 때 그는 아름답고 슬픈 미소를 지으며 나가서 문을 잠갔다.

하루 동안 그녀는 이것이 게임의 일부라고 생각했다. 너무 심하잖아, 그녀가 말했다. 내보내줘. 할일이 있단 말이야. 이러다 비행기 놓치겠어!

응, 그가 말했다. 비행기는 놓치게 될 거야.

이제는 재미없어.

재미?

내보내줘.

너를 놓치고 싶지 않아.

장난치는 게 아니구나.

당연하지.

나도 장난 아니야. 내보내줘.

묵묵부답.

다시 올게. 당신도 알면서 그래.

떠났었잖아.

고작 석 달이었어! 교토로, 공부하러 갔던 거잖아! 놀러와. 아니면 같이 가자. 전에도 했던 얘기잖아.

날 떠나려는 거잖아.

아니야! 그때 그녀는 어떤 뜻에서 '아니'라고 했는지 알지 못했다.

그는 스위트룸을 정성스럽게 관리했다. 그가 수집한 귀한 조각상, 판화, 그림 족자를 그녀가 연구하고 감상할 수 있도록 방에 가져다주었다. 그녀가 좋아한다는 걸 아는 청동 불상, 이마리 접시, 완벽하게 인쇄된 호쿠사이의 〈홍파〉. 호쿠사이가 남긴 수많은 여파와 그의 비극적인 일생이 그녀의 논문 주제가 될 예정이었다. 테런스도 그것을 알았기에 그녀의 책과 미술관 도록과 미술 관련 DVD를 가져다주었다. 그럴 시점이 됐다는 판단이 들 때마다, 아니면 그녀가 부탁할 때마다 그는 그녀가 시각을 바꿀 수 있게, 기분 전환을 할 수 있게 작품을 교체했다. 그 이 년 동안 수많은 작품이 그녀의 감옥을 드나들었지만 청동 불상과 호쿠사이는 남았다.
그녀가 그것들과 헤어지길 거부했다. 그녀는 보살을 보며 인내심
을 배우고 평정심을 공부했다. 그녀는 두 번인가 세 번, 몇 주 동안
기다렸다 흥분하지 않고 다정하게, 이성적인 태도로 테런스에게
사랑한다고, 항상 다시 돌아오겠다고, 자신을 잃게 될 일은 없다고
말하며 이건 자신에게 걸맞은 삶이 아니라고 설명하려 했다. 그는
그녀의 말을 절대 믿지 않았고 당연히 지금 와서는 그의 판단이
옳았다.

그리고 그녀의 방에 작품을 가져다놓은 판단도 옳았다. 그게 없
었다면 그녀는 미쳐버렸을 것이다. 그가 떠나면 그녀는 매번 작품
을 한 점 골라서 정신을 집중하고 그 안에 담긴 가르침이 뭔지 찾
으며 공포와 절망과 두려움과 싸웠다. 어떤 날은 색상에, 어떤 날
은 형태에, 또 어떤 날은 선 아니면 1제곱인치 정도 되는 한 부분
에 집중하며 앞날이 창창한 대학원생이던 시절에, 테런스가 그녀
의 연인이자 부유한 후원자였던 시절에 그랬듯 연구에 매진했다.

그리고 그 많은 작품 중에서 그녀가 가장 자주 찾은 작품이 〈홍
파〉였다.

미끄러지는 파란색의 줄무늬 바다. 점점이 찍힌 하얀 포말과 손
가락처럼 뻗은 물보라. 저멀리 아주 작게 보이는 차분하고 평화로
운 후지산. 도망칠 방법이 없어 보이는, 높이 치솟아 굽은 파도. 예
기치도 예상치도 못했던 악당처럼 맑고 청명한 날 어디에선가 튀
어나와, 피할 곳 없는 조그만 배에 몸을 실은 사람들을 압도하고
제압하는 그것.

나가노, 히로세, 기무라, 이케다, 히라하라, 오제키…… 그녀는

그들의 이름을 전부 알았다. 앞 배에 타고 있는 이사카와 선장에게 들었다. 여기서 지낸 이 년여 동안 그들이 어떤 사람인지 알게 되고 그들의 사연을 토막토막 들었다. 심지어 좀더 작은 파도에 가려 잘 보이지 않는 이사카와의 배에 타고 있는 사람들이 어디 출신이고 뭘 무서워하고 어떤 장점이 있는지까지 모두 파악했다. 이사카와는 그들의 상황이나 그녀의 상황에 대한 언급을 꺼렸지만, 그들이 얼마나 절박하게 파도를 견디고 집으로 돌아가고자 하는지 알 수 있었다.

그들은 똑같이 절박했다. 자유 빼고는 없는 게 없는 호화로운 지하 감옥에 갇힌 그녀도, 붙잡을 것 하나 없이 물에 젖은 추운 몸으로 사나운 망망대해에 떠 있는 그들도.

이사카와에게 그들의 이름과 사연을 들은 것은 그녀가 처음으로 탈출을 시도한 이후였다.

여기서 지낸 지 몇 개월이 지났을 때, 테런스에게 여러 번 얘기하고, 테런스가 번번이 슬픈 미소를 지으며 고개를 저었을 때, 그를 설득하는 것은 불가능하다고 마침내 자인했을 때, 지금까지 생각하지 못했던 게 부끄러워질 만큼 간단한 묘수가 떠올랐다. 어느 날 수영을 마친 그녀에게 테런스가 가운을 내밀자 그녀는 그의 팔을 부여잡고 끌어당긴 다음 밀어서 수영장에 빠뜨렸다. 그가 요란하게 물에 빠지는 소리를 등지고 그녀는 알몸으로 물을 뚝뚝 흘리며 계단을 올라갔다.

꼭대기에 달린 문이 잠겨 있었다.

열쇠, 열쇠가 어디 있을까? 테런스의 가운에 있을까? 그녀가 수영장 쪽으로 고개를 휙 돌려보니 테런스가 숨을 몰아쉬며 무표정한 얼굴로 물에서 빠져나오고 있었다.

그는 작품과 그녀의 옷을 모두 치우고 흰색 벽과 흰색 시트만 남겨두었다. 그녀는 불을 끌 수 없었다. 띄엄띄엄 그가 식사가 담긴 흰색 플라스틱 그릇과 흰색 플라스틱 숟가락을 들고 찾아왔다. 말은 하지 않았다.

마침내 그가 조그만 그림 족자를 들고 와서 못에 걸었다. 그녀는 자신이 느끼는 어마어마한 고마움에 겁이 날 정도였다.

그녀는 교훈을 얻었고 상황은 예전으로 돌아갔다. 그가 〈홍파〉— 그녀의 감옥을 더디게 복원하는 과정에서 가장 마지막으로 들고 온 작품이었다—를 다시 걸고 나간 뒤 그녀가 그 앞에 앉았을 때 이사카와는 처음으로 입을 열어 그녀에게 바다에 대한 사랑과 두려움을 고백했다.

테런스 아닌 다른 사람의 목소리를 듣고 흥분한 그녀는 이사카와에게 이름을 물었고, 다른 사람들에 대해 물었고, 악당 같은 파도에 대해 물었고, 전에도 이런 일을 겪은 적이 있는지 물었다. 그는 파도에 대한 질문에는 답변을 거부했다. 그녀의 감금생활 역시 그가 외면하는 주제였다. 하지만 이사카와는 몇 주에 걸쳐 그의 아내와 다 커서 자기 고깃배와 가족을 둔 아들들에 대해 이야기했다. 나가노의 어린 세 딸, 아내가 죽은 후 히로세가 혼자 키워서 꽃을 피운 자두나무, 파도가 일었을 때 그들의 목적지였던 마을에서 보이는, 눈부신 가을빛으로 물든 후지산에 대해 이야기했다. 그녀는 이사카와와 함께 푸른 바다와 하얗게 반짝이는 포말과 청명한 노란색 하늘에 대해 이야기했고, 파도가 배를 상대로 들고일어났듯이 자신도 테런스를 상대로 들고일어나는 것만이 유일한 희망임을 깨달았다.

수영으로 다져진 체력이 있었기에 그녀가 맨 처음 떠올린 것은 청동 불상이었다. 그녀는 불상을 들어서 무게를 가늠해보았다. 부피가 크지는 않았지만 단단하고 너무 무거웠다. 들어서 옮길 수는 있을지 몰라도 그걸 휘둘러 제대로 부상을 입히거나 죽일 수는 없을 것 같았다. 그녀는 감옥 안의 다른 작품을 살피며 어떤 식으로 쓸 수 있을지 그려보다, 마침내 가망이 있는 것은 유리 액자에 들어 있는 작품 하나뿐이라는 사실을 깨달았다. 바로 〈홍파〉였다.

그녀는 수도 없이 그 장면을 그려보았다. 그녀는 테런스가 문을 열 때, 어쩌면 수영장에 데려가려고 왔을 때 그걸 들고 있을 것이다. 그는 그녀가 무엇을 휘두르는지 알면 놀라서 잠깐 움직이지 못할 것이다. 그녀는 그 작품으로 그의 얼굴을 가격할 것이고 유리가 깨지면 그 유리 조각까지 동원해 그를 죽일 것이다. 그런 다음 그의 주머니에서 열쇠를 꺼내면 그녀는 자유의 몸이 될 것이었다.

미안해요, 그는 이사카와에게 말했다. 나가노, 히로세, 기무라한테도 미안하다고 전해주세요. 그녀가 계획을 실행하면 그림도 당연히 망가질 수밖에 없었다. 다른 판본도 있어요, 그녀는 이사카와에게 말했다. 이만큼 완벽하게 인쇄된 건 없지만 많이 있어요. 전 세계에. 저기, 저 바깥에.

그는 아무 대답이 없었다.

사실 그녀가 자유로워지려면 그림을 희생하는 수밖에 없다는 결론을 내린 날부터 이사카와는 입을 다물었다.

그녀는 계획을 머릿속에서 그려보고 직접 예행연습을 했다. 〈홍파〉를 벽에서 내려 손에 들고 휘두른 다음, 다시 걸고 쳐다보며 기다렸다.

계획을 실행할 때가 되었다고 결심한 날, 그녀는 그림을 들고 서서 잠금장치가 돌아가는 소리에 귀를 기울였다.

문이 열렸고……

그녀는 할 수 없었다.

완벽하게 미끄러지는 파란색, 티끌 하나 없는 하얀색, 저멀리 보이는 후지산, 그리고 그 모든 사람, 모든 배. 그녀는 그림을 잡고 있었지만 그걸 휘둘러 그를 박살낼 수 없었다.

테런스는 혼란스러운 표정으로 그녀를 바라보았다.

금이 갔어, 그녀는 말했다. 유리에, 여기.

아무것도 안 보이는데.

나는 가끔 이걸 몇 시간씩 들여다보거든. 그래서 먼지만한 것까지 다 알아. 유리에 금이 갔어. 더 커지면 작품이 찢어질지 몰라. 가져가서 액자를 바꿔줘.

그의 눈에는 금이 보이지 않았다. 금은 가지 않았다. 하지만 그는 웃으며 말했다. 알았어, 그래야겠다.

그리고 이제 아무것도 남지 않았다.

다음번에 그가 그녀를 수영장으로 데려가려고 왔을 때, 그녀는 두툼한 가운을 입고 앉아 〈홍파〉가 걸려 있던 벽을 물끄러미 쳐다보며 기다리고 있었다. 그녀는 그가 의심하지 못하게 너무 벌떡 일어나지 않도록 조심했다. 팔짱을 끼고 가운의 온기에 감싸여 걸으며 그녀는 테런스에게 그림은 어떻게 됐는지, 액자를 바꾸는 건 잘되고 있는지, 언제쯤 다시 볼 수 있는지 물었다. 그는 조만간 끝날 거라고 답했고 별일 없이 그녀의 감옥과 수영장을 연결하는 복도 끝에 다다른 걸 보면 이상한 낌새를 전혀 알아차리지 못한 게 분명했다.

그녀는 별안간 달리기 시작했다. 그리고 가운을 입은 채로 그녀를 반갑게 맞이하는 차가움 속으로 곧장 뛰어들었다. 테런스의 고함소리가 뒤에서 메아리쳤다. 물이 그녀를, 그리고 길게 찢은 하얀 실크 시트로 허리에 묶은 다음 가운으로 교묘하게 덮고 팔짱으로 가린 불상을 에워싸자 이내 소리는 사라졌다. 불상이 그녀를 아래로 당겨서 붙잡았다. 이 아름다운 청동 불상은 아주 무겁지는 않아서 버둥거리면 위로 떠오를 수 있었지만 그녀는 버둥거리지 않았다. 그녀는 중량이 더 늘어나도록 꿀꺽꿀꺽 물을 삼키며 가라앉는 불상에 몸을 맡겼고, 공포에 질려 절박하게 숨을 쉬려 하는 몸과 싸우며 속으로 웃었다. 전에는 항상 공포를 이겨내기 위해 숨을 쉬지 않았던가.

출렁이는 수면 너머로 수영장 가장자리에 서서 팔을 흔들며 고함과 비명을 지르는 테런스가 보였다. 소리는 들리지 않았다.

어둠이 그녀의 의식 가장자리로 스며들었을 때 마지막으로 들린 건 이사카와의 목소리였다.

우리는 집으로 돌아가지 못했어요. 그가 말했다.

아무도요? 아이들이 기다리는 나가노도? 나무들이 기다리는 히로세도? 기무라도, 히라하라도?

돌아가지 못했어요.

아뇨, 그녀는 어떤 뜻에서 '아니'라고 한 건지 이번에는 완벽히 이해했다. 아뇨, 우리는 돌아가지 못했죠.

생각하는 사람들

크리스틴 캐스린 러시

뉴욕 타임스 베스트셀러 작가인 크리스틴 캐스린 러시는 장르를 넘나들며 글을 쓴다. 그녀는 집필을 시도한 모든 장르에서 상을 받았고 대부분의 장르에서 베스트셀러 목록에 올랐다. 그녀는 특히 공상과학소설에서 장르를 혼합하길 좋아한다(그녀의 '수색 전문가' 시리즈는 달에서 펼쳐지는 미스터리물이다). 러시라는 이름으로 출간한 미스터리물로 『대잔치Spree』와 『출혈Bleed Through』이 있다. 상을 받은 미스터리 단편을 묶어 여러 권의 단편집을 출간했는데, 그중에서도 『비밀과 거짓말Secrets and Lies』에 가장 호평을 받은 작품이 수록되어 있다. 또한 그녀는 크리스 넬스콧이라는 이름으로 1960년대 배경의 미스터리물을 집필중이다. 최신작은 넬스콧의 이름으로 WMG 출판사에서 출간된 『그녀만의 체육관A Gym of Her Own』이다. 그녀의 창작 활동에 대해 더 알고 싶은 독자는 kriswrites.com을 참고하기 바란다.

〈생각하는 사람〉, 오귀스트 로댕

1970년

그녀의 차가운 손에 닿은 리오의 피는 따뜻했고 꽁꽁 언 밤공기 속으로 김이 피어올랐다. 꼭 종이컵에 담긴 뜨거운 커피 같았다.

리사는 키득거리지 않으려고 애썼다. 그것이 발작적인 웃음이라는 걸 알기 때문이었다. 그녀는 리오의 얼굴을 한 손으로 쓰다듬었다. 그는 〈물의 분수〉를 에두른 텅 빈 분수대의 대리석 가장자리에 기대 다리를 쩍 벌리고 고개를 웨이드 호수 쪽으로 향한 채 앉아 있었다.

어브는 리오를 그저 빤히 쳐다보고 있었고 헬렌은…… 헬렌이 어디로 튀었는지는 리사도 모르고 아무도 모를 일이었다. 리사는 생각했던 것보다 훨씬 요란하게 터진 폭탄 때문에 아직까지 귀가 웅웅거렸다.

춥고 건조한 밤이라 폭탄이 터졌을 때 소리가 빨리 퍼졌다. 그 말은 곧 무슨 일인지 알아보려는 사람이 금세 나타날 거라는 뜻이었다.

리사가 어깨 너머로 돌아보니, 삐죽삐죽 튀어나온 분수의 조각 장식들 너머로 보름달 빛이 테라스의 얼음 위에서 반짝이고 있었다. 큼지막한 직사각형에 정부 건물처럼 공적인 분위기를 풍기는 클리블랜드미술관이 배경막 역할을 했다. 계단 근처에 어떤 남자가 대리석 타일에 얼굴을 박고 구부정하게 쓰러져 있었다.

다시 보니 남자가 아니었다. 떨어져서 깨졌지만 완전히 박살나지는 않은 조각상이었다.

맙소사. 리사는 파편이 쌩하니 그녀를 스치고 사방에 박혔을 때 그것도 박살난 줄 알았다.

그 파편이 리오에게 박혔을 때 말이다.

어브는 입을 오물거리며 몸을 앞뒤로 흔들고 있었다. 어브가 맞았을 리는 없는데, 아닌가? 그는 심지어 그녀 쪽을 쳐다보지도 않았다.

리사는 리오의 옆구리에 난 상처 중 하나를 양손으로 덮고 있었다. 하지만 리오의 얼굴에서도 피가 흘렀고, 은색 달빛으로는 그의 눈이 반쯤 감긴 이유가 정신을 잃어서인지 아니면 눈을 다쳐서인지 알 수 없었다.

"리오를 여기서 데리고 나가야 해." 리사는 어브에게 말했다. 그녀의 목소리는 쇳소리가 나고 높낮이가 없고 멀게 느껴졌다. 귀가 먹먹했고 추위 때문인지 충격 때문인지 뭣 때문인지 얼굴이 욱신거렸다.

어브는 그녀를 쳐다보지도 않았다. 어쩌면 그녀가 하는 말을 못들은 것일 수도 있었다.

그녀는 피가 묻은 한쪽 손으로 그를 붙잡았다. "어브!" 그녀는 고함을 질렀다가 바보 같은 짓을 저질렀음을 깨달았다.

사람들이 달려오고 있을 것이다. 지금쯤 누군가가 경찰에 연락했는지도 모른다.

그들이 그녀의 고함소리를 들었다면 이름을 입수한 셈이었다.

하지만 그녀가 알기로 미술관 주변에는 주거지가 없었고 케이스웨스턴대학 학생들이 사는 곳은 여기서 몇 블록 떨어져 있었다. 학생들이 폭발소리를 듣고 달려오지는 않을 것이다. 안 그런가? 그들은 예정된 폭파라고 생각할 것이었다.

그것이 리사의 바람이었다.

어브가 눈을 깜빡이며 그녀에게 시선을 집중했다.

리사는 리오 쪽을 단호하게 손가락으로 가리키며 신중하게 입모양으로 말했다. 이제 가야 해.

어브는 고개를 끄덕였다. 그녀의 짐작이 맞았다. 귀가 안 들렸던 것이다.

어브가 리오의 몸 아래로 두 팔을 넣어 가볍게 들었다.

"헬렌은 어디 있어?" 어브가 물었다.

리사는 어깨를 으쓱하고 모르겠다는 뜻으로 두 손을 들었다. 그녀는 리오의 옆구리를 지혈하려고 그에게로 손을 뻗었지만 그쪽 옆구리가 어브의 몸과 맞닿아 있었다.

리사는 여기서 동쪽, 대학 근처의 어느 뒷골목에 세워놓은 밴을 향해 손을 흔들었다. 그때는 거기 세워두는 게 좋을 것 같았다.

이제 보니 그보다 더 멍청한 생각은 없었다.

그녀는 조각상이 산산조각나서 날아갈 줄은 몰랐다. 아니, 날아가더라도 그들 쪽으로 날아올 줄은 몰랐다. 리오의 계획대로라면 지금쯤 차를 타고 출발했어야 했다. 밴에 타서 모든 걸 지켜보되 폭발 현장 근처에 있지는 않았어야 했다.

리사는 폭탄이 터졌을 때 그 주변에 있고 싶지 않았기 때문에 그 점을 분명하게 짚고 넘어갔었다. 그건 그녀가 우려했던 최악의 악몽이었다. 최악은 아니지만 어쨌든 최악에 가까웠다. 최악은 조각상 파편과 함께 그녀의 신체 파편이 날아가는 것이었다. 뉴욕에서 엄지손가락 파편으로 신원을 확인해야 했던 다이애나처럼.

엄지손가락.

리사는 고개를 젓다가 살짝 어지럽다는 걸 알아차렸다. 어쩌면 그녀도 충격을 받았는지 모른다. 머릿속이 흐리멍덩했다.

그래도 헬렌의 이름을 외치면 안 된다는 걸 알 정도의 분별력은 있었다. 리사가 마지막으로 봤을 때 헬렌은 마커펜을 들고 씩 웃으며 "자, 이제 됐다"고 했고, 리오는 "자, 이제 얼른 가자"고 했고, 헬렌이 웃음을 터뜨리자 특유의 까르르 소리가 너무 크게 들렸다.

이제 헬렌은 보이지 않았고, 어브는 허접한 2차대전 영화 속 병사처럼 터덜터덜 걷고 있었다. 리오의 다리가 어브의 골반에 계속 부딪혔다. 리사는 다시 고개를 저었다. 온갖 영화와 텔레비전 프로그램의 장면이 밤새 그녀의 머릿속을 어지럽혔다. 그녀가 아는 건 정말 그런 것뿐일까? 그녀가 이런 짓을 저지른 이유가 그것 때문이었을까? 비관론자들의 주장이 맞았을까? 아이들이—그녀의 세대가—폭력적인 영화와 텔레비전 프로그램 때문에 둔감해졌을까? 아니면 전쟁 때문에? 아니면 영감 때문에?

그리고 젠장, 그녀는 움직여야 했다. 헬렌을 찾아야 했다.

리사는 분수 바닥에 쌓인 눈을 내려다보았다. 리오가 있었던 자리에는 눈이 없었다. 그의 몸 모양으로 빈자리가 생겼고, 아마 그에게서 흘러나온 뜨거운 피 때문에 녹았을 것이다.

그들은 흔적을 남기고 있었고 그녀가 용의주도하게 움직이지 않으면, 서두르지 않으면 경찰에게 추적을 당할 수 있었다.

리사의 손이 다시 차가워졌고 축축했다. 피가 엉겼다. 리오의 피였다. 그녀는 장갑을 끼지 않았다. 손가락을 자유롭게 움직일 수 있어야 한다고, 그때는 그렇게 생각했다.

그녀는 허리를 숙여 지저분한 눈을 한 움큼 집었다. 그거면 피를 충분히 씻어낼 수 있길 바랐다.

그런 다음 그녀는 미술관을 향해 걸음을 옮겼다. 헬렌이 조각상처럼 못 쓰게 망가진 채 돌무더기에 기대 쓰러져 있는 건 아닌지 걱정하면서.

2015년

근무 첫날이었지만 에리카는 이번에도 로댕의 〈생각하는 사람〉 근처의 테라스에서 걸음을 멈추고 망가진 그의 다리를 올려다보며 구부러진 가장자리를 손가락으로 더듬었다. 그녀는 예전에도 세 번 그런 적이 있었다. 첫번째는 클리블랜드미술관 인턴직을 고민하던 때였고, 두번째는 원서 접수 마감일 전날, 세번째는 면접을 보러 가던 날이었다.

그때마다 조각상이 눈에 들어와 멈칫거리게 됐다. 그걸 보면 1학년 인체 소묘 수업시간에 등장한 퇴역 군인이 생각났다. 나신을 그린다는 사실만으로도 충분히 긴장이 됐는데 이 군인은 금방이라도 망가질 것 같은 구닥다리 휠체어를 타고 들어오더니 알몸의 남자가 소파에 누워 있는 단상 앞에서 멈췄다.

서른 살쯤 됐을 법한 알몸의 남자는 울퉁불퉁한 근육질의 근사한 몸매를 자랑했고 은밀한 부위에 아무것도 걸치지 않았다. 하지만 그는 하루종일 벗고 지내는 사람처럼 지겨워 죽겠다는 표정을 짓고 있었다. 어쩌면 정말 그랬을지도 몰랐다.

에리카는 소묘 모델, 특히 한 시간 이상 꼼짝 않고 앉아 있을 수 있는 모델의 경우 학교측으로부터 후한 보수를 받는다는 것을 들어서 알고 있었다. 모델은 꼼지락거리지도, 자세를 바꾸지도 말아야 했다. 주위에 빙 둘러앉아 사소한 단점 하나 놓치지 않고 스케치하는 미술과 학생들 한복판에 알몸으로 앉아 있는다는 건 그녀로서는 상상할 수도 없는 일이었다.

하지만 긴 의자에 누운 남자는 단점이 한 개도 없었다. 적어도 그녀가 보기에는 그랬다. 그녀가 유심히 살펴봤는데도 그랬다.

하지만 그것도 휠체어를 탄 남자가 괴성을 지르며 들어오기 전의 얘기였다. 그는 단상으로 몸을 끌어올려 의족을 벗고 손상된 허벅지를 드러낸 다음 충격을 받은 표정으로 쳐다보는 미술과 학생들을 향해 말했다. 이게 현실이지, 인간의 몸은 '이렇게' 생겼다고. 저렇게 생긴 게 아니라.

그러고는 소묘 모델이 자신을 해친 사람이라도 된다는 듯 어마어마한 경멸을 담아 그를 쳐다보았다.

잠시 후 퇴역 군인은 의족을 집어서 다시 끼우고 휠체어로 내려와 앉았다. 그러고는 충격을 받은 그녀를 뒤로한 채 휠체어를 타고 밖으로 나갔다.

하지만 에리카는 그 수업에서 그해 유일하게 A학점을 받았다. 그를 머릿속에서 몰아내지 못했기 때문이었다. 그래서 그녀는 소묘 모델만 그리는 대신 퇴역 군인도 함께 그렸고, 알고 보니 그래야 하는 거였다. 퇴역 군인은 사실 교수가 초빙한 인물이었다. 학생들에게 현실은 완벽 그 이상이라는 걸, 예술은 완벽 그 이상이라는 걸 일깨우기 위한 쇼였다.

하지만 그녀는 완벽함을, 그리고 예술을 통해 부여되는 통제감을 좋아했다. 망가진 로댕의 조각상을 보면 너무나 심란해지는 이유도 그 때문이었다.

로댕이 직접 주조했거나 적어도 그의 지도 아래 주조된 이 조각상은 그의 마지막 작품 중 하나였다. 조각상은 곧바로 랠프 킹에게 팔렸고 후에 그는 그것을 클리블랜드미술관에 기증했다. 그리고 미술관은 무궁한 지혜를 발휘하사 제대로 된 보호시설도 없이 이 청동상을 야외에 전시했다.

이제는 동록이 슬어서 처음에 그녀는 건드리고 싶지도 않았다. 그럼에도 자기도 모르게 손가락을 위로 움직여 망가진 부분을 더듬으며 예술이 어떤 식으로 변화했는지에 대해, 세상에 영원한 건 없다는 사실에 대해 생각했다. 작가가 몇 세기 동안 지속될 것을 염두에 두고 만든 이 청동상도 예외가 아니었다.

오늘은 청동이 서늘했다. 그녀가 면접을 보러 왔던 날과 달리 아직 금속이 여름 햇볕에 데워지기 전이었다. 그녀는 손을 스르르 떨어뜨려 대리석 받침대에 얹었다. 대리석은 항상 따뜻하게 느껴졌고, 차가운 돌 나름의 방식으로 그녀에게 위안을 주었다.

이제 에리카는 어깨를 펴고 테라스를 가로질렀다. 계단을 몇 개 더 올라가면 외관상으로는 누가 봐도 20세기 초반의 건물 같지만 안에는 가장 혁신적인 작품들이 전시되어 있는 미술관으로 들어갈 수 있었다.

그녀는 뱃속이 뒤틀렸다. 미술관 일이 그녀에게 맞을지 여전히 확신이 없었다. 인턴으로 일을 하다보면 알 수 있을 것이었다. 사실 그녀는 대학원생에게만 자격이 주어지고 누구나 탐내는 큐레이터 인턴 자리를 얻었다. 앞으로 작품과 그것의 알맞은 보존법에 대해 배우고, 동시에 미술관의 소장품을 연구하고 전시회 기획도 도울 것이었다. 아니, 그럴 거라고 들었다.

그녀의 작품으로는 미래가 보이지 않으니 남의 작품을 기획해야 했다.

계단을 다 올라 거대한 기둥 앞에 다다르자 왼쪽의 큼지막한 유리문에 머뭇거리는 그녀의 모습이 비쳤다. 에리카는 손으로 얼굴을 쓸고, 망가진 〈생각하는 사람〉을 흘끗 돌아보았다. 그것은 이제 로댕의 작품이 아니었다. 이제는 로댕의 통찰과 외부에 조각을 전시하기로 한 잘못된 판단과 반달리즘의 조합일 뿐이었다. 다른 종류의 예술이었다.

통제에서 벗어난 예술이었다.

안으로 들어가면 그녀의 일상은 온통 통제의 연속이 될 것이었다. 기획, 연구, 수업, 타인이 원하는 업무의 수행.

여기서 발길을 돌린다면…… 그럼 어떻게 될까? 학자금으로 대출받은 5만 달러를 아무 이유 없이 날리게 될 것이었다.

달아난다면…… 글쎄, 그녀에게는 달아날 곳이 없었다. 그녀는 혼자 독립할 수 있을 만큼 재능이 뛰어나지도 않았고 더이상 꿈도 없었다.

그녀는 그 생각에 움찔 놀라며 거대한 기둥 사이를 지나 정중앙의 문으로 향했다. 유리문에 비친 그녀의 얼굴은 둥글고 젊고 결의에 차 있었다. 혼란스러운 내면은 전혀 드러나지 않았다.

돌로 주조된 것처럼 느껴지는 표정 말고는 아무것도 드러나지 않았다.

1970년

자정에는 모든 게 너무나 분명하게 느껴졌었다. 자정에 리사는 자신이 피를 뒤집어쓴 채 헬렌을 찾게 될 줄은 꿈에도 몰랐다.

자정에 리사는 밴 뒷자리 바닥에 책상다리를 하고 앉아 있었다.

그리고 겁에 질려 있었다.

그 느낌을 믿었어야 하는 건데.

그녀는 그들의 모험이 텔레비전에서 본 〈미션 임파서블〉의 도입부 같을 줄 알았다. 성냥불을 도화선에 갖다대면 불똥이 튀면서 천천히 길게 타들어가다 모든 게 하얗게 변할 줄 알았다. 세 개의 다이너마이트에 테이프로 붙인 투박한 알람시계와—리오의 장담에 따르면—모든 것의 뇌관 역할을 할 거라는 그 이면의 어떤 메커니즘은 상상한 적이 없었다.

리오와 어브는 앞자리에 앉아 있었다. 어브가 운전대를 잡은 것은 그가 운전을 제일 잘하기 때문이었다. 그리고 그녀 옆에는 헬렌이 고개를 뒤로 젖히고 눈을 감은 채 앉아 있었다. 밤늦도록 수다를 떨 수 있는 친구들치고 아주 조용했다. 세 명은 놀라우리만치 침착해 보였다. 리사 혼자 안절부절못했다. 벌써부터 후회하기 시작한 사람은 그녀뿐이었을 것이다. 폭탄을 터뜨리기 전부터 후회하기 시작한 사람은.

리사는 뼛속으로 스며든 한기를 떨쳐버릴 수 없었다. 그녀는 리오가 그 자체만으로도 위험하다고 경고한 그 다이너마이트 스틱에 대해 며칠 동안 곰곰이 생각했다. 약 삼 주 전에 그리니치빌리지에서 폭발한 타운하우스가 계속 생각났다. 뉴스 영상이 계속 머릿속에서 반복 재생됐다. 폐허가 된 으리으리한 타운하우스의 주변으로 내리는 3월의 눈, 묵직한 겨울용 외투와 부츠로 무장한 소방관, 폐허에서 피어오르는 연기.

보도에 따르면 두 여자가—한 명은 알몸으로 비명을 지르며—돌무더기에서 빠져나와 옆집으로 가서 옷과 음식을 얻은 뒤 사라졌다. 처음에 리사는 둘 중 한 명이 다이애나이길 바랐다. 리사를 선발한 사람이 다이애나였다. 하지만 폭탄이 터지고 나흘 뒤, 경찰에서 발표한 사망자 명단에 다이애나의 이름이 있었다.

사망자는 남자 둘, 여자 하나였다. 소문에 따르면 두 남자 중 한 명이 테리였다. 리사는 그의 연설을 한 번 이상 들었고 그녀에게, 오로지 그녀에게만 꽂혀 있던 강렬한 눈빛을 기억했다. 그는 그들에게 웨더피플*은 사람을 죽이지 않는다는 점을 주지시켰다. 그들이 전쟁의 무대를 국내로 옮겨온 건 맞지만 죽음을 야기하지는 않는다고 했다. 공포와 파괴만 야기할 뿐이라고.

그러고 나서 그는 모인 사람 모두에게 강조했다.

사람을 죽이면 우리는 추적당할 거야. 한번 사람을 죽이면 돌이킬 수 없어.

그들이 같은 조직원을 죽이게 될 줄 어느 누가 알았을까?

어브는 대학 곳곳으로 통하는 좁은 샛길로 밴을 몰았다. 리사는 이 주변에서 수업을 들었지만 어두컴컴해서 모든 게 낯설게 느껴졌다. 여기는 가로등도 없고 주변 건물에서 새어나오는 희미한 불빛뿐이었다.

어브가 시동을 끄자 밴이 몸서리를 쳤다.

아무도 말을 하지 않았다.

잠시 후에 어브가 문을 열었다. 밴의 실내등이 켜지고—망할, 해제해놨어야 했는데—눈부시게 하얀 불빛이 비치자 리사는 자신의 입김이 추위 속에서 얼마나 허옇게 보이는지 알 수 있었다.

"걷기엔 머네." 누가 들을까봐 걱정이라도 된다는 듯 리오가 나지막이 중얼거렸다. 이 늦은 시각에 교내를 지나는 학생이 있을지도 모르지만 리사가 보기에 그럴 가능성은 희박했다. 그녀의 성에 찰 만큼 컴컴하지는 않았지만 자정이었다. 구름이 보름달을 가로질렀다.

"응." 헬렌이 평소처럼 자신만만한 목소리로 말했다. 떨림도 망설임도 전혀 느껴지지 않았다. "구경하고 싶어."

---

* 베트남전쟁에 반대하며 1960년대 후반과 1970년대에 활동했던 미국의 극좌 테러 조직 웨더언더그라운드의 조직원을 지칭하는 용어.

"나는 근처에 있고 싶지 않아." 리사가 말했다. "파편이 날아올 거 아냐."

그녀는 다이애나를 생각했다. 파편으로 신원이 밝혀진 다이애 나. 아주 작은 파편으로.

"유산탄." 어브가 말했고 리사는 그의 목소리에서 애정이 느껴 진다고 생각했다. "베트남의 재현이랄까."

대화의 종착지는 항상 그들이 맡은 임무였다.

리사는 폭탄이 든 상자를 흘끗 쳐다보았다. 폭탄은 일종의 완충 재인 담요로 감싸여 있었다.

"가자." 어브가 말했다.

어브가 옆문을 열자 추운 바람이 더 심하게 들어왔다. 그의 눈 은 반짝였지만 입술은 튼 것처럼 보였다. 그는 긴장한 상태였다. 차를 타고 오는 동안 아무 말도 하지 않은 것도, 지금 이렇게 그들 을 다그치는 것도 그 때문일 수 있었다.

"서두르면 망해." 리오가 말했다.

"지금 너무 여유를 부리고 있어." 어브가 말했다. "이러다 기회 를 놓치겠어."

자정이었다. 알람은 열두시 삼십분에 맞춰져 있었다.

리사는 느릿느릿 밴에서 내려 어브 뒤에 섰다. 헬렌도 뒤따라 내렸다.

리오가 상자를 향해 손을 뻗었다. 그는 폭탄 다루는 일을 전적 으로 그에게 맡기겠다는 약속을 나머지 세 명에게 받아냈다. 그는 폭탄 제작 교육을 받았고, 책도 나머지 셋에 비해 몇 권 더 읽었다.

헬렌이 리사를 흘끗 쳐다보더니 씩 웃었다. 리사도 애써 미소로 화답했다. 헬렌은 발끝으로 통통 뛰었다. 추워서가 아니라 흥분해서였다.

리사는 전에도 그러는 걸 본 적이 있었다. 분노의 날*에도 헬렌은 한 리더에게서 헬멧을 빼앗아 그 큼지막한 것을 금발 위로 쓰더니 벗겨보라는 듯 씩 웃었다. 시카고에서 그 시위가 열렸을 때 최루탄이 터지고 시위대가 체포됐지만 그건 예상했던 부분이었다. 리사는 최루탄을 잘 피했고, 하마터면 경찰봉에 맞을 뻔했지만 짭새의 무릎을 깠다. 그는 비명을 지르며 허리를 접은 채 고꾸라졌고 그녀는 의기양양한 기분을 느꼈다.

지금은 그런 기분이 느껴지지 않았다.

구름이 지나갔다. 맑고 싸늘한 달빛이 사방을 적셨다. 헬렌이 눈을 반짝였다.

"준비됐어?"

리사는 고개를 끄덕였다.

리오가 다이너마이트 세 개가 아니라 강아지라도 담긴 듯 상자를 팔로 끌어안았다. 그는 어브를 옆에 거느리고, 제단에 바칠 제물을 들고 가는 사람처럼 첫걸음을 뗐다.

어쩌면 정말 그런 것일 수도 있었다. 돈과 권력을 쥔 사람들을 겨냥한 제단.

클리블랜드미술관을 설립한 주체는 석유와 정유와 철도 사업으로 돈을 번 클리블랜드의 부유층이었고 그들이 지금 베트남에 '투자'해 전쟁을 치르는 데 필요한 비용을, 청년들을 죽이는 데 필요

---

* 웨더언더그라운드가 1969년에 사흘 동안 시카고에서 벌인 대규모 시위.

한 비용을 대고 있었다.

리사는 결의를 다지며 고개를 끄덕였다.

미술관에는 밤늦게까지 일하는 사람이 없었다. 남문 근처에는 아무도 없을 것이다. 어브가 미리 확인했다. 그들에게는 아무도 다치지 않는 것이 중요했다.

공기는 건조하고 몹시 찼다. 남문으로 가는 넓은 길의 가장자리에 미처 치우지 못한 눈이 쌓여 있었다. 얼음으로 덮인 눈이 리사의 발에 밟혀 으드득 부서지는 소리가 한밤중에 소형 폭탄이 터지는 소리 같았다.

다른 친구들은 그 소리에 신경이 쓰이지 않는 모양이었다. 그들은 발길을 재촉했고 리오는 숨을 헐떡였다. 폭탄이 그 정도로 무겁지는 않았으니 불안해서, 아닌 척해도 실은 너무나 불안해서였을 것이다.

받침대 위에 우뚝하니 앉아서 발 아래의 모든 것을 사색하는 조각상이 보였다. 리사는 불과 이 주 전에 미술관을 한 바퀴 돌아보았다. 가이드가 설명하길 이 〈생각하는 사람〉 조각상은 프랑스인가 어딘가에서 열린 전시회에서 〈지옥의 문〉의 일부로 기획된 거라고 했다. 단테의 『신곡』 「지옥」 편을 미술로 표현하기 위해 기획된 전시회였다.

〈생각하는 사람〉은 지옥의 문을 내려다보고 있어야 했다.

리사, 리오, 어브 그리고 헬렌이 그 지옥의 문에서 등장했다.

구름이 다시 달을 가리자 섬뜩한 달빛이 희미해졌다. 리사는 건조한 공기를 꿀꺽 마셨다. 조각상이 살아 숨쉬며 다가오는 그들을 쳐다보는 것처럼, 그들의 꿍꿍이를 알고 있는 것처럼 느껴졌다.

"시간은 어때?" 리오가 묻자 얼음 덮인 하얀 풍경 너머로 목소리가 울려퍼졌다.

"충분해." 어브가 대답했고 동시에 헬렌도 말했다. "열두시 십 분이야."

둘 다 알람시계를 확인하지 않았다는 걸 리사는 굳이 짚고 넘어 갈 생각이 없었다.

그들은 웨이드 호수로 향하는 거대한 계단 앞쪽의 길쭉한 테라 스에 다다랐다. 몇 달 전부터 작동이 중지된 〈물의 분수〉가 이런 달빛 아래에서는 특히 더 황량해 보였다.

그들은 테라스를 가로질러 계단을 몇 개 올라가고 대리석 바닥을 다시 가로지른 뒤 계단을 또 몇 개 올라간 다음에야 그 빌어먹을 조각상에 다다를 수 있었다. 이렇게 멀게 느껴진 적은 처음이었다.

리사는 입이 말랐고 추웠다. 그녀가 기억하는 어떤 때보다도 추 웠다. 그녀가 흘끗 쳐다보자 헬렌은 또다시 씩 웃으며 두툼하고 뭉 툭한 마커펜을 두 개 들어 보였다.

"그건 뭐에 쓰려고?" 리사가 물었다.

"우리의 의도를 표명해야 하지 않겠어?" 헬렌이 말했다.

"그렇게 할 거야." 리오가 반쯤 으르렁거리듯 대답했다. "그 의 도가 지금 내 손에 들려 있잖아."

그의 말을 듣고 헬렌은 입을 삐죽 내밀었다. 리사와 다시 시선 이 마주치자 그녀는 깜찍하게 어깨를 으쓱했다.

그들은 마지막 계단을 올라갔다.

리오가 허리를 숙여 상자를 내려놓았다. 그는 회개하는 죄인 같 았고, 〈생각하는 사람〉은 볼 꼴 못 볼 꼴 다 보고 지겨워진 신 같았다. 리사는 어떤 것도 자기 관심을 사로잡을 수 없다고 말하는 조각상의 목소리가 들리는 듯했다.

그러면 리오가 몸을 일으키고 웃으며 이렇게 말할 것이다. 이건 다를걸?

이 모든 장면이 리사의 머릿속을 번개처럼 지나갔다. 가장 두려워하던 순간에 다다랐음에도 그녀는 애써 집중했다.

리오가 폭탄을 손에 들고 몸을 일으켰다.

텔레비전에서는 누군가가 타운하우스에서 합선을 일으켰다고, 제대로 알지도 못하면서 함부로 만지는 바람에 폭탄이 터졌다고 보도했다. 폭발은 세 번 일어났다. 다이애나는 첫번째 폭발 때 죽었을까? 아니면 그걸 보고 도망치려다 남은 다이너마이트가 전부 터진 두번째 폭발 때 발목이 붙들렸을까?

어느 경찰관이 말하길 다이애나의 시신은 대부분 기화했다고 했다. 리사는 기화하고 싶지 않았다. 그녀는 폐에서 흘러나온 따뜻한 공기가 얼음처럼 차가운 공기를 만나 얼어붙은 물로 변하는 것이 보이지 않도록 숨을 참았다.

리오가 받침대 위, 〈생각하는 사람〉의 발가락 바로 옆에 폭탄을 밀어놓았다. 〈생각하는 사람〉의 발은 놀라우리만치 실물 같았다. 그리고 리사는 절반은 발작이랄 수 있는 키득거림이 점점 솟구치는 걸 느꼈다. 〈생각하는 사람〉도 조각과 파편으로 신원을 확인할까? 그의 발가락 일부분을 보고 무슨 일이 벌어졌는지 파악할까?

"자." 리오가 말했다. "이제 피해야 해."

"잠깐만!" 헬렌의 목소리가 테라스 저편까지 울렸다. 그제야 리사는 헬렌이 옆에 없다는 걸 깨달았다. 어브는 있었다. 그는 리사처럼 리오를 열심히 지켜보고 있었다.

하지만 헬렌은 자리를 옮겼는데, 리사는 전혀 몰랐다.

리사가 조각상 옆쪽으로 돌아가보니, 미술관측에서 조각상을 올려놓은 거대한 받침대 옆에 헬렌이 쭈그리고 앉아 있었고 마커펜 냄새가 코를 찔렀다.

헬렌은 받침대에 지배계급 꺼져라 off!라고 적어놓았다. 흑표범당* 당원들이 돼지들 꺼져라라고 외쳤듯이. 그리고 지난여름에 벌어진 살인 사건**에서 그 끔찍한 맨슨 패밀리가 피로 돼지들에게 죽음을이라고 썼던 것처럼.

하지만 리사가 떠올릴 수 있었던 건 디즈니의 〈이상한 나라의 앨리스〉에서 "저들의 목을 베어라 off"라고 외쳐 어린 시절 그녀를 공포에 떨게 했던 붉은 여왕뿐이었다.

"가자니까." 리오의 목소리가 얼음과 대리석과 기둥에 부딪혀 울렸다.

헬렌은 일어나서 마커펜을 무슨 깃발이라도 되는 양 쳐들고 말했다. "자, 이제 됐다."

헬렌의 함박웃음에 리사는 더욱 섬뜩해졌고, 머릿속에서는 저들의 목을 베어라라는 붉은 여왕의 외침이 살짝 광기를 띤 채 메아리쳤다.

붉은 여왕 헬렌.

---

* 1966년부터 1982년까지 활동한 미국의 극좌파 흑인 단체.

** 1960년대 후반 찰스 맨슨을 주축으로 결성된 미국의 사이비 종교 집단인 맨슨 패밀리가 로만 폴란스키 감독의 로스앤젤레스 저택에 침입해 임신중이던 그의 아내를 비롯해 다섯 명을 살해한 사건을 가리킨다.

리사는 몸서리를 쳤다. 그녀는 허둥지둥 계단을 내려가 순식간에 리오를 지나 빠르게 걷고 있는 어브 뒤를 바짝 쫓았다.

"얼른 와." 리오가 헬렌을 재촉하는 소리였다. "피해야 한다니까."

헬렌은 웃음을 터뜨렸다. 맙소사, 디즈니 영화에 등장하는, 나사가 완전히 풀린 악당의 웃음소리였다.

어브가 손을 뻗어 리사의 팔을 잡고 앞으로 당겼다. 그녀는 하마터면 넘어질 뻔했다. 그의 손을 뿌리치고 싶었지만 그랬다가 빙판에 미끄러질까봐 겁이 났다.

뒤에서 우드득 얼음을 밟아 깨뜨리는 소리가 들렸고 리오는 더 이상 소리를 지르지 않았다.

리사는 고개를 돌려 도화선의 불꽃이 환하게 이글거리며 폭탄을 향해 점점 다가가는 모습을 보고 싶었다. 현실은 그런 식이 아닐 거라는 사실을 알면서도. 심장이 쿵쾅거렸고 숨을 제대로 쉴 수 없었다.

그녀는 손목시계를 확인하지 않았다. 시간은 충분했다, 아닌가? 그래야 하는데.

캠퍼스 어디에선가 열두시 삼십분을 알리는 시계 종소리가 들렸다.

그들이 왔던 길로 되돌아가면 폭탄이 터질 때 그 범위 안에 있게 될지도 몰랐다. 리사는 방향을 홱 틀어 웨이드 호수를 향해 달렸다. 자신이 무슨 생각으로 그러는지는 알 수 없었다. 호수는 얼음으로 덮여 있었다. 하지만 그녀는 미술관에서 최대한 멀리 도망쳐야 했다.

"이러다 늦겠어." 어브가 말했지만 이미 밴이 있는 쪽으로 가지 않는 마당에 어디에 늦겠다는 건지 그녀는 알 수 없었다.

어브는 리사를 붙잡고 거대한 〈물의 분수〉 쪽으로 갔다. 그녀는 여름이면 물이 고이는 분수대 가장자리에 발이 걸렸고 빙판을 밟고 더 심하게 비틀거렸다.

분수 그 자체는 별다른 보호막이 되지 못하겠지만 몇 개의 단으로 이루어진 받침대는 도움이 될 것 같았다.

리사는 받침대의 단 가운데 하나에 무릎을 꿇고 (대리석이라 차가웠다) 가장자리에 손을 얹었다가 놀라서 꽥 비명을 질렀다. 그녀는 얼음처럼 차가워진 손을 꼭 쥐었다.

분수를 살펴보니 실물 크기의 남자아이가 날개처럼 보이는 것을 펼치고 있었다. 알몸이었고 지극히 사실적이었다.

분수 그림자가 드리워진 아이의 얼굴은 악마처럼 보였다.

폭탄은 터지지 않았다. 리사는 오른편의 거대한 조각상과 분수 사이를 쳐다보았다. 미술관은 전과 다름없는 듯했다. 〈생각하는 사람〉은 전처럼 사색에 잠긴 포즈로 웅크리고 앉아 있었다. 폭발은 없었다. 아무 일도 없었다.

리오만 그들을 향해 마지막 몇 야드를 허우적허우적 달려오고 있었다. 그는 분수대 가장자리를 폴짝 뛰어넘어 리사의 옆자리로 미끄러지듯 들어와 웅크린 채 팔로 머리를 감쌌다.

어브는 진작부터 머리를 감싸고 있었다.

리사도 고개를 수그리며 헬렌은 도대체 어떻게 된 건지 궁금해했다.

아무 일도 벌어지지 않았다. 묘하게 고요했다.

"젠장," 리오가 말했다. 얼굴을 무릎 사이에 파묻고 있어서 웅얼거리는 것처럼 들렸다. "젠장, 젠장, 젠장."

그는 팔을 내리고 리사가 조금 전에 그랬던 것처럼 일어나 분수 너머를 내다보았다. 조각상을 손으로 건드리지 않았다는 것만 달랐다.

"지금쯤 터졌어야 하는데." 어브도 고개를 들어 쳐다보았다.

리사는 팔을 내렸지만 분수 너머로 내다볼 생각은 없었다. 이 정도 거리에서는 위험했다.

"잠깐 기다려보자." 그녀는 속내와 다르게 침착한 목소리로 말했다.

"안 터지면 어떡하지?" 어브는 리오를 흘끗 쳐다보았지만 리오는 그를 마주보지 않았다. "그럼 폭탄이 발각될 텐데."

"발각된 다른 폭탄도 많아." 리사가 말했다. 그녀가 갑자기 침착해진 이유가 뭐였을까? "불발탄은 모두 발각됐어. 그래도 아직 우리가 범인인 줄 모르잖아."

"시계가 그냥 멈춘 거 아닐까? 추워서. 폭파 장치가 작동하지 않을지도 몰라." 리오가 자리에서 일어섰고……

온 세상이 하얗게 변했다. 분수가 흔들렸다. 리사는 뒤로 넘어가 빙판 위에 쓰러졌다. 그리고 온 우주를 통틀어 가장 요란한 소리가 들렸다. 소리가 워낙 크고 강력해서 그 자체로 그녀를 밀어낼 수 있는 물리적인 힘처럼 느껴졌다.

자잘한 얼음조각이 그녀에게 날아들었다. 얼음조각 아니면 다른 무언가가. 모래처럼 미세한 것이. 작은 알갱이들이 그녀의 입과 눈과 코를 채웠다. 기침을 했지만 기침소리가 들리지 않았다.

그녀는 부스러기들이 더는 얼굴에 박히지 않도록 옆으로 굴렀지만 얼음 또는 모래 폭풍은 이미 끝난 듯했다. 그녀는 일어나 앉았다가 폭탄을 기억하고는 다시 몸을 수그리는 게 낫겠다고 생각했다.

그러다 깨달았다. 폭탄이 터진 거였다.

세상이 묘하게 고요해졌다. 어브는 쓰러졌고 리오는…… 리오는 보이지 않았다.

리사는 눈을 깜빡였다. 방금 전에 일어난 듯 눈이 뻑뻑했다. 눈물이 나기 시작했는데 눈물이 차가웠다. 그녀는 손으로 얼굴을 쓸었다. 뭔가 축축한 게 느껴지기에 쳐다보니 과연 그녀의 얼굴을 때린 것 중 일부는 얼음조각이었다.

하지만 그게 전부는 아니었다. 자잘한 금속조각이 달빛을 받아 반짝였다.

입에서도 쇠맛이 느껴졌다. 그녀는 침을 뱉고 또 뱉은 다음 확인했지만 피는 보이지 않았다. 어쩌면 그녀는 괜찮은지도 몰랐다.

그냥 충격을 받은 것뿐인지도.

어브가 멍한 표정으로 일어나 앉았다.

여전히 리오는 보이지 않았다.

리사는 사방을 살피다 마침내 분수대 가장자리에 쓰러져 있는 리오의 형체를 보았다. 그쪽으로 허둥지둥 다가가 그에게 손을 얹자 따뜻하고 축축하고 끈적한 무언가가 만져졌고, 이내 쇠 냄새가 끼쳤다.

피였다.

"리오." 리사는 말했지만 목소리가 이상하게 느껴졌다. 멀게 느껴졌다. "리오."

리사는 그를 붙잡고 흔들고 싶었지만 그래도 되는지 확신이 없었다. 잠시 후에 그가 살짝 움직이며 얼굴 쪽으로 손을 들었다.

손에서 뭔가가 뚝뚝 떨어졌다.

시선을 떨구어 보니 그의 오른쪽에 피가 고여 있었다.

리오가 아무 방어막 없이 서 있을 때 폭탄이 터졌다. 부적절하게 명랑한 어브의 음성이 그녀의 머릿속에서 메아리쳤다.

유산탄. 베트남의 재현이랄까.

그녀는 침을 꿀꺽 삼키고 리오 옆에 무릎을 꿇었고, 그날 밤 들어 처음으로 좀더 환했으면 좋겠다는 생각을 했다.

상처가 어느 정도인지 보아야 했다.

그가 죽어가고 있는 건지 확인해야 했다.

2015년

에리카는 이츠하크 전시회를 배정받았다. 그녀는 면접을 볼 때 그런 전시회가 예정돼 있다는 사실조차 알지 못했다. 출근 첫날, 전시회 설명을 듣기 전까지는 그에 대해 아무것도 몰랐다.

이츠하크는 로댕과 연관 있는 어떤 작업—그게 정확히 뭘까?—을 위해 고용된 이스라엘 예술가였다.

에리카는 반나절이 지나서야 네베트 이츠하크가 〈생각하는 사람〉을 주제로 멀티미디어 설치 미술전을 열 예정임을 알았다. 작품이 두 개가 될 수도 있었다. 정확하게 아는 사람이 없었지만 이츠하크는 알지 않겠는가? 전시를 총괄 기획하는 사람은 바로 그녀니까.

한 가지 문제가 있다면 그녀가 이스라엘에서 원격으로 감독한다는 점이었다.

에리카에게 당장 주어진 일은 미술관으로 찾아온 촬영진을 상대하는 것이었다. 그들은 매년 시행하는 조각상의 유지 보존 작업을 촬영하러 온 좋은 사람들이었다. 사다리, 비계, 카메라의 올바른 위치 선정. 에리카는 그중 어느 것도 하지 않았다.

그녀는 간식과 생수 담당이었다. 대개는 옆에 서서 관리사들이 부드러운 천으로 〈생각하는 사람〉의 손상된 팔다리를 닦는 것을 지켜보았다. 그는 자신의 알몸을 보호하려는 듯 웅크리고 있었다. 아니면 그녀가 오래전 인체 소묘 시간에, 퇴역 군인이 난입했던 그 수업시간에 그려야 했던 미남 모델처럼 일부러 지겨운 척하는 것일 수도 있었다.

에리카의 머릿속에 가장 선명히 각인된 것은 그 퇴역 군인이었다. 그는 다친 다리에 부드러운 천을 썼을까, 아니면 도움을 수락했을까? 만약 도움을 수락했다면 〈생각하는 사람〉처럼 시선을 떨어뜨리고 다른 곳을 바라보았을까, 아니면 그런 돌봄을 그저 일상의 일부로 받아들였을까?

그녀는 알지 못했다. 알 수 없었다. 그녀는 심지어 퇴역 군인의 정체조차 몰랐다. 교수에게 물어볼 수도 있었을 텐데. 그녀는 교수가 매 학기 그런 쇼를 벌였을 거라고, 일종의 길거리 공연을 통해 1학년들에게 충격을 주었을 거라고 짐작했다.

이후로도 수년 동안 그 순간을 머릿속에서 지우지 못하는 학생이 몇 명이나 될지 궁금했다.

에리카는 한숨을 쉬고 정신을 집중했다.

그녀는 경험을 쌓으려는 따까리, 그것도 무급 따까리에 불과했다.

그녀는 다른 작가의 작품이―콘셉트에서 전시로―발전하는 과정을 전혀 손을 대지 않고 지켜보는 경험을 쌓는 중이었다. 전혀 아무 생각 없이 지켜보는 경험을 말이다.

1970년

어브가 리오를 안고 터덜터덜 걸어갔다. 리오는 피를 너무 많이 흘리고 있었다.

리사는 길을 흘긋 내려다보았다. 두 사람은 더이상 보이지 않았다. 어둠 속으로 사라졌다. 그들의 발자국은 길 위의 깨진 얼음으로 가려졌지만, 경찰이 도착했을 때 핏자국이 남아 있을지 그녀는 전혀 알 수 없었다.

지금 사이렌소리가 들리는지도 전혀 알 수 없었다. 귀가 이상했기 때문에 들리는 소리를 믿을 수 없었다. 대개는 귀를 막으면 자기 숨소리가 크게 들리기 마련인데 지금은 그녀 자신의 숨소리도 들리지 않았다. 최고급 크리스털로 만든 비싼 유리 표면을 손가락으로 계속 훑는 것처럼 이상하게 울리는 소리만 들릴 따름이었다.

윗입술 위로 뭔가가 뚝뚝 떨어졌다. 코 아래를 손으로 문지르니 뭔가 끈적거리는 게 느껴지기에 손을 보았다. 피였다. 코피가 나고 있었다.

리사는 다쳤지만 얼마나 심하게 다쳤는지 전혀 알 길이 없었다. 그녀는 충격에 의한 부상에 대해 아는 게 없었다. 전혀 없었다.

최소한 어지럽지는 않았다. 심하게 어지럽지는 않았다. 그녀는 다시 빙판에 미끄러져 넘어지고 싶지는 않았기에 계단을 올라갔다. 머리를 부딪힌 기억은 없었지만 그렇다고 부딪히지 않았다고 볼 수는 없었다. 그녀는 폭탄이 터진 뒤에 땅바닥에 세게 부딪혔고 아직 통증을 인식하지 못하는 것뿐이었다.

그녀는 조만간 통증이 느껴지리라는 것을 알았다.

조각상이 뒤로 넘어졌다. 받침대 뒤쪽으로 떨어졌다. 헬렌이 쓴 글씨가 희멀건 돌과 선명한 대조를 이루었다. 지배계급 꺼져라.

〈생각하는 사람〉꺼져라.

누군가가 리사의 팔을 붙잡자 그녀는 비명을 질렀다. 비명을 지르느라 목이 찢어졌지만 그녀는 그 소리를 듣지 못했다. 소리가 엄청 컸으리라는 걸 느낌으로 알아차렸다.

그녀는 팔을 잡아 빼는 동시에 고개를 돌렸다.

헬렌이 리사 옆에 서 있었다. 불 옆에 너무 가까이 서 있었던 사람처럼 얼굴이 검은색 아니면 회색의 무언가로 범벅이 되어 있었다. 보름달 빛을 받은 눈의 흰자위가 놀라우리만치 선명했다. 외투는 너덜너덜했고 부츠 한 짝이 없었다.

하지만 씩 웃고 있었다. 너무 행복해 보였다. 지나치게 행복해 보였다.

"가야 해." 리사가 말했다.

헬렌은 자기 귀를 톡톡 두드렸다. 그녀도 귀가 먼 것이었다.

리사는 어브에게 그랬던 것처럼 입 모양으로 말했다.

헬렌은 고개를 끄덕이더니 받침대에 적힌 글씨를 가리키고 무하마드 알리가 어느 인터뷰에서 그랬던 것처럼 주먹을 위아래로 흔들었다.

얼른, 리사가 입 모양으로 말했다. 그녀는 리오가 심하게 다쳤다고 덧붙이고 싶었지만 그러지 않았다. 헬렌이 듣지 못한다는 걸 알기 때문이었다.

헬렌은 아무것도 알아차리지 못한 눈치였다. 한쪽 맨발로 차가운 인도를 딛고 한쪽 팔이 옆구리에서 축 처진 채 덜렁거리는데, 그것조차 신경쓰지 않는 눈치였다. 그녀는 어처구니없을 정도로 희희낙락했다.

헬렌은 조각상 쪽으로 걸어가 맨발에 체중을 싣고 부츠를 신은 쪽 발로 조각상을 걷어찼다.

리사는 헬렌을 붙잡은 다음 밴을 가리켰다.

헬렌은 요란하게 한숨을 쉬었지만, 어깨를 펴고 살짝 움찔하더니 뚜벅뚜벅 앞으로 걸어가기 시작했다. 심지어 잃어버린 부츠를 찾아보지도 않았다.

리사는 자신이 이 집단에서 유일하게 제정신을 유지하고 있는 것 같다고 느끼며 헬렌을 뒤따라갔다. 문득 제정신이 박힌 사람은 그녀를 보고 어떤 점에 주목할지 궁금해졌다. 얼굴에 묻은 핏자국? 생전 처음 와본 장소라는 듯 계단을 오르내리는 그녀의 태도? 그녀의 눈빛?

그녀는 자신의 눈빛이 어떤지 알 수 없었다. 헬렌처럼 비정상적으로 희희낙락하지도 않을 테고 조금 전처럼 공포가 어려 있지도 않을 것이다. 차분한 체념, 그녀가 안다고 생각했던 세상에서 제대로 이해되지 않는 전혀 다른 세상으로 건너간 듯한 기이한 느낌이 담겨 있을 것이다.

그녀가 아는 게 있다면 떠나야 한다는 것뿐이었다. 어브에게 생각이 있다면 이미 리오를 태우고 병원으로 출발했을 것이다.

헬렌의 입술이 움직였다. 뭔가 얘기하는 거였지만 리사는 헬렌의 소리가 들리지 않았다. 들으려고 애를 쓰지도 않았다.

리사는 헬렌의 등에 한 손을 얹고 앞으로 떠밀었다. 헬렌이 좀더 빨리 걷지 않으면 그녀를 두고 떠날 작정이었다. 어브에게는 헬렌을 찾지 못했다고 하고 헬렌에게 모든 죄를 뒤집어씌울 작정이었다.

그 생각이 들자 분노가 치밀었다. 리사가 타운하우스 폭발 사건을 언급했을 때 그들은 그녀의 말에 귀를 기울였어야 했다. 이런 방식으로 전쟁의 무대를 국내로 옮겨오려 한 발상을 포기했어야 했다.

그녀도 그녀 자신에게 귀를 기울였어야 했다. 한참 전에 떠났어야 했다.

그 조각상만 지옥의 문을 쳐다보고 있는 게 아니었다.

그녀는 그 안으로 내려갔지만 어쩌다 그렇게 됐는지조차 알지 못했다.

2015년

미술관측에서 에리카의 보직을 이츠하크 전시회에서 백 주년 기념 전시회로 옮겼다. 상사는 이츠하크 전시회는 잘 진행되고 있으니 2016년 전시 프로그램을 총괄하는 일을 맡아보면 더 많은 걸 배울 수 있을 거라고 말했다.

백 주년 기념 프로그램을 총괄한다는 것은 생일 파티와 공식 축하 행사를 위해 미술관의 역사를 공부해야 한다는 의미였다. 그녀가 전시회 자체를 담당하는 건 아니었다. 미술관이 개관한 1916년 6월을 기념하는 '생일 파티'를 준비하는 것이었다.

요즘 에리카는 에어컨이 시원하게 돌아가는 미술관 깊숙한 곳에서 배정받은 책상에 앉아 오 년 전에 업그레이드를 했어야 하는 컴퓨터로 작업을 했다.

그녀는 대개 조용한 가운데 일을 했지만, 오늘은 누가 복도 저쪽 방의 문을 열어놓은 바람에 화가 나서 언성이 높아진 사람들의 목소리가 들렸다.

화난 목소리는 평소 미술관에서 자주 듣는 목소리가 아니었다.

급기야 더이상 참을 수 없는 지경에 이르렀다. 에리카는 물이 조금밖에 남지 않은 물통을 들고 소음이 들리는 쪽으로 걸어갔다.

사무실 문이 반쯤 열려 있었다. 에리카는 다른 사무실에 제대로 들어가본 적이 없었기에 누구의 사무실인지조차 몰랐다. 언성이 낮아졌다. 적어도 말하는 쪽은 그랬다.

여자 목소리였다.

"……설명이 잘못됐으니까 바꿔요." 여자는 단호하게 말했다. "폭탄 공격은 반달리즘이 아니었어요."

"저기." 대답하는 사람은 남자였다. "그 조각상은 반달리즘의 공격을 받은 게 맞고……"

"스프레이 낙서가 반달리즘이죠." 여자는 쏘아붙였다. "조각상에 폭탄을 터뜨리는 게 반달리즘이에요? 그 사건의 의미를 축소하고 있잖아요."

에리카는 숨이 탁 막혔다. 그들은 〈생각하는 사람〉 이야기를 하고 있었다. 다가오는 설치 미술전 이야기를 하고 있었다. 설치될 작품은 두 개였다. 하나는 〈생각하는 사람에 반대하기〉였고 다른 하나는 〈지배계급 꺼져라〉였다.

"의미를 축소하다니요." 남자가 말했다. "최종 자료가 나오면 알게 될 거예요. 네베트는 인터뷰에서 1970년 폭파 사건을 문화 테러리즘으로 간주하고 중동 전역에서 벌어진 파괴 행위와 결부시켜……"

"문화를 파괴하려는 게 문화 테러리즘이죠." 여자의 목소리에서 경멸이 뚝뚝 떨어졌다. "그 폭파 사건은 웨더피플의 소행이었어요. 그들은 문화에 관심도 없었어요. 정치적인……"

"그들은 웨더피플이 아니라 웨더멘이라고 불렸죠." 남자가 말했다. "그리고 맞아요, 그들은 테러집단이었고……"

"나는 테러리스트라고 하지 않았어요." 여자는 언성을 낮췄다. "이거 고쳐요. 제대로 인정을 해야……"

"지금 뭐하는 거예요?"

그 질문이 뇌에 접수되기까지 어느 정도 시간이 걸렸다. 자원봉사자 한 명이 미간을 찌푸리고 에리카 앞에 서 있었다. 에리카는 대화를 엿듣다 걸린 게 분명했지만 다행히 상대는 상사가 아니었다.

"물 좀 사오려고 나가던 참이었어요." 에리카는 거의 빈 물병을 들어 보였다. "저 두 분 뭐 때문에 싸우는 거예요?"

"별일 아니에요." 여자가 말했다.

에리카는 그녀를 알았다. 매주 목요일에 오는 여자였다. 하지만 그녀가 무슨 일을 하느냐고 물으면, 에리카는 대답할 수 없었다. 조용하고 통통하고 나이를 가늠할 수 없는, 어느 누구도 신경쓰지 않는 그런 유의 여자였다.

에리카가 그녀를 주목한 유일한 이유가 있다면 눈이 필요 이상으로 예리하기 때문이었다. 이 여자는 놓치는 게 없어 보였다.

"중요한 일처럼 들리는데." 에리카는 말했다.

여자는 재수없는 미소를 지었다. "당신도 언젠가는 이해하게 될 거예요."

에리카는 누가 그런 식으로 말하는 걸 질색했다. "이해하게 된다니 뭘요?"

"포크너가 그랬죠. '과거는 죽지 않는다. 심지어 아직 지나가지도 않았다.'"

에리카는 여자를 빤히 쳐다보았다. 지금 죽은 백인 남자의 말을 인용한 건가?

에리카는 누가 그러면 질색했다. 너무 재수없었다.

그녀는 숨을 내뱉고 여자를 지나쳐 프라버넌스 식당으로 향했다. 거기 가서 물 한 병만 사자니 눈치가 보였지만 대개 거기서 점심을 사먹을 만한 여력이 되지 않았다. 그녀는 여기서 월급을 받지 않기 때문에 아직 학생처럼 살고 있었다. 심지어 물마저 비쌌다.

과거는 죽지 않는다. 무슨 그런 바보 같은 소리가 다 있을까? 사무실에 있던 사람들은 과거에 있었던 일이 아니라 다가오는 전시회에 쓰일 표현을 두고 싸우는 중이었다.

아니면 에리카가 그렇게 느끼는 건 그저 피곤해서일 수도 있었다. 그녀가 읽고 있는 수많은 기사—1916년의 기사—는 몇천 년 전에 벌어진 일처럼 느껴졌다. 그녀에게 과거는 정말로 죽은 것처럼 느껴졌다.

에리카는 전시회 몇 번에 그렇게 목숨을 거는 사람들의 심리를 이해하지 못하겠다고 생각하며 한 손으로 얼굴을 문질렀다. 여기서 일하는 게 지긋지긋해졌다. 아무도 예술 자체에는 관심이 없는 듯했다. 관광객들은 너무 빠르게 지나갔다. 학생들은 기존 작품에 대해 공부를 해야 하면 투덜거렸다. 그리고 큐레이터들은 천 갈래로 뻗은 일을 처리하느라 고군분투하는 듯 보였다.

심지어 에리카는 예술을 즐기지도 못했다. 이제는 작품을 보지도 않았다. 마지막으로 〈생각하는 사람〉을 만진 게 언제였는지 기억조차 나지 않았다. 아마 연례 유지 보존 작업 이후로, 그가 그녀의 기억 속 어떤 남자와 너무 비슷하게 느껴진 이후로 만져보지 않았을 것이다.

살아 숨쉬는 인간과 너무 비슷하게 느껴진 이후로.

1970년

밴은 이제 막 불길이 잡혀 연기로 뒤덮인 화재 차량처럼 자기가 내뿜은 배기가스에 휩싸여 있었다.

그 불길의 출처는 지옥일지도 몰랐다.

리사는 자기 자신을 향해 고개를 저었다. 한 블록 전에 그녀는 너무, 너무 추웠고 앞에 서 있는 밴이 보이기는 했지만 너무 멀게 느껴졌다. 팔다리가 무거웠다.

충격이 자리를 잡으려고 했다.

그녀는 그러도록 내버려둘 수 없었다.

귀가 완전히 뚫리지는 않았지만 윙윙거리는 게 좀 달라진 듯했다. 그렇게 요란하지 않았다. 그리고 다른 뭔가가 꿈틀꿈틀 그 사이를 비집고 들어왔다.

사이렌소리인가?

확실하지는 않았지만 그럴 법도 했다.

리사는 헬렌이 새로운 사이렌소리에 반응을 보이는지 확인하려고 뒤를 돌아보았지만 헬렌은 별다른 반응이 없었다. 이제 헬렌은 다리를 절뚝거렸고 걷는 속도도 느려졌다.

리사는 결국 헬렌의 성한 팔을 잡아서 앞으로 당겼다. 밴의 표면에서 석유와 일산화탄소 비슷한 냄새가 났고, 리사는 보통 이 냄새를 맡으면 기침이 났다. 하지만 이번에는 개의치 않았다.

리사는 뒷문을 벌컥 열고 뒷좌석으로 올라타려다 하마터면 리오를 발로 찰 뻔했다.

그는 어브가 던져놓은 게 분명한 상태 그대로 바닥에 널브러져 있었다. 그리고 짐작건대 그뒤로 조금도 움직이지 않은 듯했다. 천장에 달린 불빛에 비쳐 보이는 밴의 얇은 카펫은 까맣고 얼룩덜룩했고 리오는 납빛이었다.

리사는 지금까지 그렇게 창백한 얼굴을 본 적이 없었다.

그녀는 헬렌을 잡아주려고 밴 밖으로 손을 내밀었지만 헬렌은 사라지고 없었다. 또다시. 맙소사. 도대체……

그때 이곳으로 오는 길에 리오가 앉았던 조수석 문이 열렸다. 헬렌이 폭주 드라이브라도 나서는 사람처럼 폴짝 올라탔는데, 인도에서 보았던 그 지친 여자의 모습은 간데없었다.

리사는 문을 당겨 닫고 리오를 넘어 조수석 뒤편에 쌓아놓은 상자 쪽으로 건너갔다.

그녀가 넘어가도 리오는 꼼짝하지 않았다. 움찔하지도, 얼굴을 가리려 하지도 않았다.

전혀 아무것도 하지 않았다.

리사는 상자 위에 앉는 대신 리오의 옆에 무릎을 꿇었다. 카펫이 피 때문에 질척질척했다.

"리오를 병원에 데려가야겠어." 리사가 말했다. 이제 목소리가 평소와 다름없이 느껴졌다. 아니, 평소 감기에 걸렸을 때와 다름없이 느껴졌다. 여전히 멀게 들리기는 했지만 아주 심각하지는 않았다. 귀가 다시 기능을 하기 시작했다.

"웃기지 마." 헬렌이 말했다. "병원에 가면 잡힐 거야."

"총상도 아니잖아." 리사가 말했다. "이건……"

"유산탄이지." 어브가 물속에서 얘기하는 듯한 목소리로 말했다. "유산탄."

전쟁의 무대를 국내로 옮겨오자고. 다시 어브의 목소리였다. 몇 시간 전에 폭탄을 상자에 넣을 때 웃으며 한 얘기였다. 그게 며칠 전 일처럼 느껴졌다. 몇 주 전 일처럼.

몇 년 전 일처럼.

"그래서 어쩌자고?" 리사가 말했다. "우리 손으로 치료할 수는 없잖아."

"피츠버그로 갈까 생각중이야. 피츠버그 병원에서는 이런 환자를 보고 아무도 두 번 생각하지 않을 거야. 심지어 폭파 사건에 대해서도 모를 거야." 어브는 기다리는 동안 고민을 한 모양이었다.

"여기서 거기까지는 두 시간도 넘게 걸리잖아." 리사는 리오의 이마에 손을 얹었다. 그는 차가운 그녀의 손길에도 움찔하지 않았다. 그의 이마도 차가웠다. 축축했다.

눈이 풀려 있었다.

"치료를 받아야 해, 지금 당장." 리사가 말했다.

"리오도 어떤 위험 요소가 있는지 알았잖아." 헬렌은 과거시제를 썼다.

리사는 헬렌을 쳐다보았다. 그러자 헬렌, 그 나쁜 년은 씩 웃더니 어깨를 으쓱했다.

"우리 모두 동의했잖아," 헬렌이 말했다. "병원 사절. 짭새 사절. 도움 사절."

"이 사태에 도움이 될 만한 사람을 알아?" 리사의 목소리가 떨렸다. 리오는 계속 멍하니 쳐다보고 있었다. 멍하니 쳐다보는 걸 멈추지 않았다. 그리고 그녀는 그가 숨을 쉬고 있는지 알 수 없었다. "우리 조직에는 이런 데 필요한 의료 훈련을 받은 사람이 없잖아."

"이것도 예상했던 위험 요소 중 하나야." 헬렌이 말했다. "그리고 우리는 동의했고."

사이렌소리가 점점 가까워졌다.

"피츠버그." 어브가 말하고 밴의 기어를 넣었다. 차체가 앞으로 쏠렸고 그는 배운 대로 천천히 주차된 곳에서 차를 뺐다. 리오에게 배운 대로.

의심스러워 보이지 않게. 평범한 사람처럼 운전할 것.

하지만 평범한 사람은 폭탄이 터진 뒤에 어떤 식으로 운전할까? 평범한 사람은 뒷좌석에 죽어가는 사람이 실려 있을 때 어떤 식으로 운전할까?

"당장 빌어먹을 병원으로 데려가야 해." 리사가 말했다.

"피츠버그," 어브는 같은 말을 반복했다. "피츠버그."

속으로 그 단어를 되뇌고 있는 게 분명했다. 주문처럼.

그는 알았다.

그녀도 알았다.

리오는 죽었다.

아군의 오발탄에.

하지만 정말 오발탄이었나? 조각상은 일격에 받침대에서 떨어져 다리가 잘린 채 데굴데굴 구르다 테라스에 엎어졌다. 일격에 적군은 피해를 입었다.

그러나 조각상은 죽지 않았고 리오는 죽었다.

그리고 리사는 이 사태를 어쩌면 좋을지 전혀 알 수가 없었다.

2015년

사람들은 요즘도 이런 행사가 있으면 차려입었다. 어쩌면 지배 계급만 그러는지도 모르지만.

에리카는 그 생각이 들자 혼자 미소를 지었다. 그녀는 전시장의 짙은 파란색 벽 근처에 임시로 마련된 바 옆에 서 있었다. 미술관 후원자, 자원봉사자, 학생들이 지나가며 치즈 조각을 이쑤시개로 찍어 먹고 미니 소시지도 먹었다. 몇 명은 채소가 가득 담긴 접시를 들고 있었고 거의 대부분이 플라스틱 와인잔을 들고 다녔다.

대개는 설치 작품을 감상하면서도 음식을 놓지 않았다. 역사와 큐레이션 자체보다 이 조각상이 자신의 역사에 대해 보이는 '반응'에 더 호기심이 동하는지 〈생각하는 사람에 반대하기〉보다 〈지배 계급 꺼져라〉를 구경하는 사람이 더 많았다.

네베트 이츠하크는 기발한 작품을 만들어냈다. 동영상 속에서 조각상이 자신의 파괴 사태를 곰곰이 곱씹었다. 이츠하크는 그를 진짜처럼 만들었다. 테라스에 엎어져 있는 자신의 몸통 사진을 쳐다보는 그의 표정은 망연자실한 것 같았다. 그리고 이내 팔로 얼굴을 덮었다.

에리카는 〈지배계급 꺼져라〉를 딱 한 번만 관람했다. 보고 있자니 눈물이 났다. 뿐만 아니라 이후에는 날마다 다른 쪽 입구로 미술관을 드나들게 되었다. 그녀에게 〈생각하는 사람〉은 그 자체로도 이미 충분히 살아 있는 듯 느껴졌다. 3D 작품 속에서 움직이는 모습을 굳이 볼 필요가 없었다. 이제 그는 전보다 더 생생하고 비판적으로, 다만 아주 조금 길을 잃은 듯 보였다.

에리카는 그를 길 잃은 사람으로 간주하고 싶지 않았다. 그의 3D 이미지가 삶의 의욕을 되찾는 데 도움을 주었다. 그녀는 자신을 제외한 누군가를 만족시킬 만한 그림은 그릴 수 없을지 몰라도 다른 일은 할 수 있었다.

네베트 이츠하크처럼 백 가지 새로운 방식으로 작품을 창작할 수 있는 마당에 구닥다리 방식을 고수할 필요가 없었다. 재미있는 방식이 얼마나 많은데.

사람들이 이츠하크의 설치 작품에 대해 이야기했다. 에리카는 전시회 내내 드문드문 대화를 주워들었다. 그들은 대부분 자신이 느낀 바를 이야기했지만, 그녀는 한 미술관 책임자가 지역 평론가와 고개를 맞대고 수군거리는 것을 들었다.

"이걸 보니까 ISIS가 팔미라*에서 저지른 만행이 생각나네요." 에리카가 바닥에 떨어진 팸플릿을 주우며 지나가는데, 평론가가 말했다.

"그게 이 작품의 의도죠." 미술관 책임자가 대답했다.

그들의 대화가 에리카의 머릿속에서 떠나지 않은 것은 기본적으로 그 얘기를 전에도 들었기 때문이었고, 그 얘기에 그녀는 동의하지 않기 때문이었다. 그녀도 전시회의 범세계적인 성격과, 국제적으로 손꼽히는 미술관인 만큼 전 세계를 무대로 입김을 발휘하고 싶은 클리블랜드미술관의 심정을 이해했다.

하지만 에리카는 〈생각하는 사람에 반대하기〉에 자꾸만 눈길이 갔다. 작품에는 당시 미술관장이었던 셔먼 리가 〈생각하는 사람〉을 손상된 상태 그대로 두기로 결정하면서 했던 말을 소개한 신문 기사가 스크랩되어 있었다.

이제 모두가 이 부서진 초록색 조각상을 지날 때마다 1970년 미국의 폭력적인 분위기에 대해 자문하게 될 것입니다.

시리아가 아니었다. 중동도 아니었다.

미국이었다.

이 나라에도 테러리스트가 있었고 그건 예나 지금이나 마찬가지였다.

에리카는 근무시간의 절반을 '웨더피플' 조사에 할애한 결과 사무실의 그 남자가 얘기했던 것처럼 애초에는 그들이 '웨더맨'이라고 불리다 조각상 폭파가 있었던 무렵에 웨더언더그라운드가 됐다는 사실을 알아냈다. 조직이 보이지 않는 곳에서, '지하under-ground'에서 활동하기로 결정했기 때문이었다.

---

* 시리아의 도시로 2015년 ISIS의 공격을 받아 고대 유적이 파괴되었다.

그녀는 이 웨더피플이라는 조직이 전혀 이해되지 않았다. 기이한 것은 그런 행각을 벌이고도 철창신세를 진 사람이 거의 없었다는 사실이었다. 그중 일부는 심지어 현직 대학교수였다. 혹은 대학교수였다가 은퇴했다. 젠장, 그녀도 대학에서 웨더피플의 수업을 듣고서도 몰랐을 수 있었다.

이 웨더피플이 〈생각하는 사람〉 폭파 사건에 관여했다는 증거는 없었고 마커펜으로 적은 두 단어 말고는 이 작품을 폭파한 실질적인 이유도 밝혀지지 않았다. 지배계급 꺼져라. 그게 도대체 무슨 뜻이었을까? 〈생각하는 사람〉은 지배계급의 일원이 아니었다. 단테의 「지옥」 편에서 그는 사실 시인이었고 그 당시 시인은 대단한 인물로 간주되지 않았다.

에리카의 상사가 바로 와서 물을 한 병 달라고 했다. 그러고는 익히 아는 눈빛으로 에리카를 쳐다보았다. 잔뜩 못마땅해하는 눈빛으로.

"사람들이랑 어울려야지." 그녀의 상사는 이렇게 얘기하고 〈생각하는 사람에 반대하기〉 근처에 혼자 서 있는 여자를 턱으로 가리켰다.

에리카는 억지 미소를 짓고 터벅터벅 그쪽으로 걸음을 옮겼다. 〈생각하는 사람에 반대하기〉 근처에 서 있는 그 여자는 에리카가 가장 말을 섞고 싶지 않은 상대였다. 들어온 순간부터 에리카의 눈에 띈 여자였다.

그녀는 비쩍 마른 부잣집 사모님으로 에리카가 패션 위크 레드카펫 영상에서 본 하얀색 디자이너 원피스를 입고 있었다. 뼈만 앙상한 왼손에는 다이아몬드와 사파이어가 어우러진 큼지막한 반지를, 오른손에는 그보다 살짝 덜 천박한 반지를 끼고 있었다. 하지만 나머지 액세서리는 우아했다. 원피스의 칼라 위로 납작한 금색 목걸이를 두르고 거기에 어울리는 금색 귀걸이를 했다.

역시 돈냄새를 풍기는, 턱 길이에서 일자로 자른 백발 사이로 몇 가닥 남은 금발이 금색 액세서리 덕분에 돋보였다.

하지만 에리카가 그녀와의 대화를 피하고 싶었던 것은 고생이라고는 모르는 부잣집 사모님의 분위기 때문이 아니었다. 그녀의 얼굴 때문이었다. 그녀는 한때 미인이었을 게 분명했지만 지금은 너무 말라서 튀어나온 광대뼈가 도드라져 보였고 공들여 화장한 눈은 움푹 들어간 것처럼 느껴졌다.

에리카는 그녀를 처음 보았을 때, 살아 있는 사람인 척하려고 애쓰는 해골 같다고 생각했다.

여자를 가까이에서 보아도 에리카의 생각은 달라지지 않았다.

여자가 고개를 돌렸고 시선이 에리카에게 잠깐 머물렀다. 하지만 이내 다른 곳으로 옮겨갔다. 에리카가 살짝 고개를 돌려보니 포크너 운운했던 그 자원봉사자가 뒤에 서 있었다.

자원봉사자는 파란색 실크 원피스를 입었는데, 옷 선택을 잘못한 신부측 어머니처럼 보였다. 하지만 날카로운 파란색 눈만큼은 어머니 같지 않았다. 사악한 다른 무언가로 가득 채워져 있었다.

에리카는 옆으로 비켜섰다. 상사는 엿이나 먹으라지. 에리카는 두 여자에게 말을 걸지 않을 작정이었다.

하지만 멀찌감치 떨어져 있을 수는 없었다. 그녀는 상사가 옆을 지나가면 이제 막 대화에 끼려고 하는 것처럼 보일 수 있도록 가까이에서 얼쩡거렸다.

해골 같은 여자가 자원봉사자를 보고 미소를 지었다.

"우리 모습을 좀 봐." 해골 같은 여자가 말문을 열자 에리카는 몸서리를 쳤다. 그녀가 아는 목소리였다. 한 달 전에 전시회 소개 문구를 두고 옥신각신했던 여자였다. "우리가 지배계급이 될 줄 누가 알았겠어?"

자원봉사자의 입술이 얇아졌다. 그녀의 뺨이 시뻘게졌다. 당혹감이 아닌 분노 때문이었다.

"우리는 원래부터 지배계급이었어." 자원봉사자는 그날 에리카에게 썼던 말투 그대로 얘기했다.

그들은 서로 아는 사이였다. 자원봉사자가 포크너를 인용할 만도 했다. 그날 그녀의 말은 에리카를 향했던 게 아닐지도 몰랐다, 실은 그랬던 게 아닐지도 몰랐다.

에리카는 뒤로 살짝 한 걸음 물러났다. 이제는 진심으로 그들의 대화에 끼어들고 싶지 않았다.

해골 같은 여자는 〈생각하는 사람에 반대하기〉의 스틸 이미지를 바라보았다.

"어브가 올 줄 알았는데." 그녀가 말했다. "하지만 당연히 그럴 만한 배짱이 없었겠지."

그러더니 그녀는 오른손에 들고 있던 화이트와인 잔을 자원봉사자를 향해 들어 보이고 계단 쪽으로 걸음을 옮겼다.

자원봉사자는 따라가지 않았다. 그 대신 체온이라도 확인하는 듯 손등을 뺨에 갖다댔다.

"저분은 누구예요?" 에리카는 참지 못하고 불쑥 물었다.

자원봉사자는 에리카가 옆에 있는 줄 몰랐다는 듯이 눈을 깜빡였다. 그러고는 해골 같은 여자를 눈으로 좇았다.

"헬렌이지 누구겠어요." 자원봉사자가 나지막이 말했다. "붉은 여왕. 예나 지금이나 영원한 붉은 여왕."

1970년

도로는 끝도 없이 이어졌다. 그들은 새벽 네시에 피츠버그에 도착했고 병원이라고 적힌 표지판을 따라갔다. 표지판이 안내한 병원은 미술관만큼이나 오래돼 보였고 으슥한 동네에 있었다.

어브는 응급실이라고 적힌 입구에서 대각선으로 차를 세웠다. 그런 다음 차에서 내려 옆문을 열었다. 리사는 어브를 거들어 리오를 끌어냈지만 무의미한 짓이라는 걸 알았다.

리오는 섬뜩하게 창백했고 그녀가 밴에 탄 이래 한 번도 눈을 깜빡이지 않았다.

하지만 어브는 아무 말도 하지 않고 리오를 문 앞으로 끌고 갔다.

리사는 돕지 않았다. 그럴 마음이 들지 않았다. 그녀는 리오를 안으로 옮겨봐야 소용없다는 걸 알았다. 그녀는 그를 두 번 다시 보지 못할 테고, 그 생각이 머릿속 깊이 박히면 영영 충격에서 헤어나오지 못할 수 있었다.

그래서 그녀는 차문을 세게 닫고 주머니에 손을 쑤셔넣은 채 주차장을 가로지르기 시작했다.

"어디 가?" 헬렌이 조수석에서 외쳤다.

리사는 대답하지 않았다. 그녀도 자기가 어디 가는지 알 수 없었다. 이곳을 벗어나야 한다는 것만, 당장 떠나야 한다는 것만 알

따름이었다.

어쩌면 공중전화를 발견할지도 몰랐다. 어쩌면 아빠에게 전화해 데리러 와달라고 할 수 있을지도 몰랐다.

어쩌면 집으로 돌아갈 수 있을지도 몰랐다.

그러자 콧방귀가 나왔다. 집이라니. 광기어린 두 눈을 이글거리며 귀환했던 베트남 참전 군인들처럼 그녀 역시 집으로 돌아갈 방법이 없었다.

게다가 아빠에게 뭐라고 얘기할 수 있겠는가? 여보세요, 아빠. 제가 오늘 실수로 사람을 죽였는데 뒷감당을 못하겠어요. 집으로 돌아가 아무 일도 없었던 척할 수 있을까요? 그래도 될까요?

그러면 아버지는 뭐라고 할까? 가진 것에 감사해야 한다고 늘 강조하는 보수적인 그녀의 아버지는. 당연하지, 딸아. 아빠가 달려가 마라고 할까? 아니면 그녀와 인연을 끊을까?

그녀는 고개를 저었다. 여기도 날이 추웠지만 클리블랜드만큼은 아니었다.

아버지에게 연락해 모든 걸 떠넘기는 건 부당한 짓이었다. 게다가 일 년 전쯤, 혁명의 선봉장 활동이 재밌겠다는 생각이 들었을 때 그녀 쪽에서 인연을 끊지 않았던가.

재미라니. 허공을 응시하던 리오, 실성한 인형처럼 웃던 헬렌, 〈생각하는 사람〉처럼 무표정하던 어브.

리사는 걸음을 옮기며 그들이 원하던 목적을 달성했다는 걸 깨달았다. 그들은 전쟁의 무대를 국내로 옮겨왔다. 하지만 그들이 예상했던 방향으로는 아니었다.

사태는 어느 누구도 예상하지 못했던 방향으로 흘러갔다.

리사는 오늘밤에 죽을 수도 있다고 생각했었다. 뭔가가 잘못되면 그들 모두 그럴 수 있다고. 그리고 그녀는 조각상이 박살날 줄 알았다.

하지만 다음 수순은 뭐였을까? 병력 소집? 전쟁은 잘못이라는 깨달음? 미술관의 종말?

그녀는 충분한 고민을 거치지 않았다. 그들은 충분한 고민을 거치지 않았다. 그들은 모험을 벌이고 성명을 선포하고 메시지를 전할 궁리만 했다.

그리고 메시지를 전했다.

다만 그녀는 그 메시지가 정확히 뭐였는지 알 수 없었다.

가스등

조너선 샌틀로퍼

조너선 샌틀로퍼는 베스트셀러인 『데스 아티스트*The Death Artist*』와 네로상 수상작 『공포의 해부학*Anatomy of Fear*』을 집필한 작가다. 『어두운 거리의 끝*The Dark End of the Street*』의 공동 작가이자 편집자, 삽화가이며, 『L.A. 누아르: 단편집*L.A. Noire: The Collected Stories*』 『마리화나 연대기*The Marijuana Chronicles*』와 뉴욕 타임스 베스트셀러인 연재소설 『죽은 자 상속받기*Inherit the Dead*』의 공동 작가이자 편집자다. 〈엘러리 퀸 미스터리 매거진〉과 〈스트랜드〉 외 수많은 단편집에 그의 작품이 수록되었다. 국립예술기금을 두 차례 받았고, 로마의 아메리칸 아카데미와 버몬트 스튜디오 센터의 객원작가로 활동했으며, 미국에서 가장 유서 깊은 야도 예술인협회의 이사다. 메트로폴리탄미술관, 시카고 미술협회, 뉴어크박물관에 작품이 소장된 유명한 화가이기도 하다. 민주주의가 미국 시민자유연맹에 미친 긍정적인 영향을 주제로 2018년 1월에 터치스톤/사이먼 & 슈스터에서 출간된 단편 및 그림 모음집 『생각해보니 나는 미국인*It Occurs to Me That I Am America*』의 편집을 맡았다. 신작 범죄소설 겸 회고록인 『아내를 잃은 남편의 노트*The Widower's Notebook*』가 2018년 7월 펭귄북스에서 출간되었다.

〈빛의 제국〉, 르네 마그리트

그녀가 두통, 메스꺼움, 가벼운 현기증 때문에 컨디션이 좋지 않고 평소와 달랐던 건 사실이었다. 하지만 그녀는 괜찮았다. 그녀는 몸이 안 좋을 때, 그녀의 어머니가 예민한 때라고 표현하는 시기에는 늘 감기와 독감에 걸리곤 했다. 어머니 말은 사실이었다. 바이러스일 뿐이라고. 적어도 처음 몇 주 동안 그녀는 그렇게 생각했다. 그런데 삼 개월이 지난 지금은 확신이 없었다.

　　"기다려봐, 폴라, 뉴욕 감기가 얼마나 질긴지 알잖아, 특히 겨울에는." 육 개월 전에 결혼한 남편 그레고리는 항상 다정했고 항상 그녀를 안심시키려고 했다.

　　하지만 무슨 감기가 삼 개월이나 계속될까?

　　그녀는 결국 기다려보라는 그레고리의 말에 염증을 느끼고 병원에 갔다. "이 도시를 통틀어 최고 실력자"라며 그레고리가 강력히 추천한 그의 주치의는 솜사탕 같은 백발에 좀약냄새를 풍기는 노인이었다. 병원은 로어 파크 애비뉴에 위치했음에도 쓰러지기 일보 직전이었고, 대기실의 소파는 다 낡아서 하나는 아예 커버가 찢어졌고, 기다리는 다른 환자라고는 나이가 최소한 아흔은 되어 보이고 앞을 보지 못할 것 같은 할머니뿐이었는데, 눈을 부옇게 덮은 백내장 때문에 폴라의 몸에 한기가 돌았다. 접수를 받는 직원도 없어서 의사가 직접 문을 열고 폴라를 진찰실로 안내한 다음 그녀가 조금 전에 작성한 차트를 큰 소리로 읽었다. "삼십칠 세, 과거에 중병을 앓은 적 없음."

폴라가 생각하기에 의사는 상당히 친절했고, 자기가 할 일에 대해 잘 아는 듯 혈압을 재고 심장과 폐를 살피고 피를 뽑는 등 일반적인 검사를 실시했다. 솔직히 인정하건대 그는 매력적인 수다쟁이였고, 범죄소설이라는 공통 관심사가 있어서—책은 물론이고 영화까지 그녀가 어렸을 때부터 가장 좋아한 장르가 범죄물이었다—검사를 받는 내내 둘은 서로 좋아하는 고전과 현대 작품을 비교했다.

그래도 폴라는 집에 갔을 때 그레고리에게 투덜거렸다. "병원은 엉망이고 의사는 엄청 늙었더라." 그녀의 남편은 철없는 애새끼처럼 굴지 말라는 표정으로 그녀를 쳐다보았다. 남편은 서둘러 표정을 감추려 했지만 폴라는 그의 잘생긴 얼굴을 스쳐지나간 그 표정을 알아차렸다. 그녀가 지금껏 살면서 숱하게 접한 눈빛이었기에 쉽게 알아보았고 그의 판단이 맞았다. 그녀는 철이 없었다. 그녀는 잘나가는 화가 부부의 외동딸로 부모의 온갖 배려 속에서 자랐다. 최고의 사립 초등학교에 이어 기숙학교를 다녔다. 그 이후에는 돈 많은 부모 덕에 명문 예술대학에서 대학원까지 다니며 그림을 공부했지만, 그녀는 그저 괜찮은 실력을 가졌을 뿐 부모처럼 A급이 될 수는 절대 없다는 것을 그녀 자신조차 알 수 있었다. 대학원을 졸업한 뒤로는 캔버스에 붓을 댄 적이 거의 없었고, 요즘은 잘 꾸며 놓은 작업실에서 빈둥거리며 한 번도 쓴 적 없는 고급 유화물감과 포장지도 뜯지 않은 고급 파스텔을 다시 정리했다.

폴라는 힘겹게 침대에서 일어나 간신히 이를 닦고 세수를 하고 머리를 빗은 다음 묵은 오크나무 난간을 손으로 쓸며 비싼 카펫이 깔린 그리니치빌리지의 브라운스톤 저택 계단을 내려갔다. 그녀는 늘 반질반질하면서도 단단한 난간의 느낌이 좋았다. 그런 식으로 매달려도 될 만한 느낌을 주는 건 지금까지 거의 만난 적이 없었다. 그녀의 반석이자 보호자인 그레고리는 예외였지만.

실망스러운 딸이라는 단어가 잉크 얼룩처럼 그녀의 머릿속에서 번졌지만 부모님은—그녀의 면전에서는—한 번도 그런 말을 한 적이 없었고 노력하는 모든 부모가 그렇듯 그녀가 성공할 거라는, 성공해야만 한다는 기대 아래 항상 격려하고 애지중지했다. 그들은 다른 속마음을 한 번도 내색한 적 없었지만 그녀는 분명하게 느꼈을 뿐 아니라 그와 더불어 그녀가 그들의 기대에 부응할 리 없다는 것도 알았다.

폴라의 손가락이 난간을 움켜쥐었다.

어머니는 성공한 예술가이자 파스텔을 진중한 방식으로 활용하는 몇 안 되는 화가였다. 스물셋이라는 어린 나이에 첫 전시회를 열었을 때 〈뉴욕 타임스〉에서는 "도구의 한계를 눈부시게 거부한 보기 드문 화가"라고 평했다. 폴라는 그 리뷰를 수도 없이 읽었기 때문에, 어머니의 놀라운 이력과 맥을 같이하는 다른 리뷰들과 함께 외워서 암송할 수 있을 정도였다. 어머니의 이력은 한 번도 내리막을 그린 적이 없었기에 현재는 작품의 가치가 여섯 자리 숫자 중에서도 높은 앞자리 수를 기록했고 가장 손꼽히는 작품은 경매에서 100만 달러를 훌쩍 넘겼다.

모든 미술 잡지와 정기간행물에서 '천재'라 칭송하는 아버지도 마찬가지라 그의 대표작—대형 서사 미술이었다—은 현재 어머니의 파스텔화보다 더 비싼 가격에 거래됐다. 이토록 엄청난 한 쌍이다보니 폴라는 기숙학교 친구들 사이에서 선망의 대상이었다. "너희 부모님은 정말 짱이겠다." 하지만 그녀는 전업주부인 엄마와 회계사인 아빠를 바랄 때가 많았다.

어머니와 아버지 모두 폴라가 태어나기 전 십 년 동안 호평을 누렸다.

폴라는 어느 날 마티니를 너무 많이 마신 어머니가 딸을 낳은 건 "실수"였다고 친구에게 속삭이는 걸 들은 적이 있었다. 그때 폴라는 다섯 살인가 여섯 살이었는데, 실수라는 단어가 두더지처럼 그녀의 정신 속으로 깊숙이 파고들어 불편하리만치 영원한 보금자리를 만들었다.

전도유망한 예술가였던 그레고리는 폴라가 자신의 부모님이 누구인지 처음 밝혔을 때 놀라서 아무 말도 하지 못했다. 폴라 역시 놀라우리만치 잘생긴 이 젊은 남자가, 예술가가 그녀에게 추파를 던지는 것에, 적어도 그렇게 보이는 데 놀라서 아무 말도 하지 못했다. 얘기를 할 때면 그녀의 팔과 손목에 얹어놓는 손, 반짝이는 파란 눈, 그녀가 사랑하게 된 그 뇌쇄적인 미소와 완벽한 수염이 까칠하게 돋은 뺨에 파이는 보조개.

폴라는 맞은편에 거울이 걸린 계단 발치에서 걸음을 멈췄다. 거울 표면에 그림이 그려져 있어서 보는 사람은 뭐가 진짜고 뭐가 진짜가 아닌지 알 수 없었다. 그것은 그녀의 아버지가 손수 그린 일련의 거울 작품 중 하나였다. 그녀는 조각조각 나뉜 자신의 얼굴을 바라보았다. 큼지막한 코와 사각 턱, 거친 분위기의 미남인 아버지를 묘할 만큼 빼다박았지만 여자에게는 어울리지 않는 이목구비였다.

"약점을 장점으로 승화시키렴." 어머니는 피카소의 분리된 초상화를 대하듯 폴라의 고개를 이쪽저쪽으로 기울이며 그녀의 얼굴을 평가할 때마다 이렇게 얘기했고, 한번은 코 수술을 받겠느냐고 했다가 다음에는 턱을 깎겠느냐고 했다.

그레고리는 그녀를 매력적이라고 여기며 항상 '인상적'이라고 했지만 폴라는 속으로 예쁘다거나 하다못해 귀엽다고 해주기를 더 바랐다.

그녀는 그를 자랑하고 싶어서 몸이 근질거렸고 사람들의 시선이 그레고리와 그녀 사이를 왔다갔다하는 걸 느낄 수 있었다. 저런 남자를 잡다니 뭔가 있나봐, 그렇게 생각하는 게 분명했지만 그녀는 신경쓰지 않았다. 어쨌거나 그는 그녀의 남자였다. 게다가 그냥 잘생긴 게 아니라 수려하다고 다들 얘기하는데다 그녀보다 여덟 살 연하였다. 폴라도 충분히 어려 보였지만, 그것도 이 떨어질 줄 모르는 병 때문에 눈 아래에 다크서클이 생기고 안색이 창백해지기 전의 얘기였다.

그레고리 전에도 만나던 남자가 몇 명 있었지만 진지한 사이였거나 오래 만난 적은 없었다. 항상 그들에게 뭔가 문제가 있었는데, 생각해보면 그녀에게 문제가 있었을 가능성이 더 컸다. 하지만 지금은 행복한 결혼생활을 하고 있지 않느냐고 그녀는 날마다 속으로 중얼거렸다.

윤이 나는 부엌의 아일랜드 식탁에 쪽지가 붙어 있었다. 여보, 오늘부터는 컨디션이 괜찮아질 거야! 일찍 들어올게. 사랑해, 그레고리.

남편은 폴라가 깨지 않게 조용히 침대를 빠져나갔고, 배려가 넘쳤고, 항상 그녀를 챙겼다.

폴라는 쪽지를 읽고 또 읽고는 뺨에 갖다댔다. 그녀는 자신이 남편에게 사준 작업실을, 개조한 공업용 건물의 휑뎅그렁한 공간을 상상했다. 집에 방이 넘쳐났지만—어느 방이든 고르면 그만이었다—그는 집에서는 그림이 안 그려진다고, 나가야 한다고, 자신만의 공간이 필요하다고 했고, 그녀는 그를 곁에 두고 싶었지만 이해했다. 그리고 다정하고 헌신적인 성격과 그녀에게 항상 베푸는 친절과 관심을 감안하면 그는 훌륭한 작업실을 가질 자격이 있었다. 재능 있는 화가라 운만 따라주면 될 텐데, 노동자 집안에서 태어나 어느 주립대학의 그저 그런 미술학과를 졸업했으니 운이라고는 누려본 적이 없었다. 그럼에도 그는 작업실을 장만하는 문제를 놓고 그녀와 다투었을 때 말고는 한 번도 불평한 적이 없었다.

"당신 돈을 나한테 쓰는 건 싫어, 폴라."

"당신 아니면 내가 누구한테 쓰라고?"

그레고리는 나무랄 데 없는 턱에 힘을 주며 거실에 임시로 작업실을 꾸며놓은 로어이스트사이드의 싸구려 아파트로 만족한다고 했다.

하지만 결국에는 폴라가 이겼다.

진실을 밝히자면 그녀는 그에게 아파트가 있다는 것 자체가 싫었다. 독립적인 작업실이라면 모를까, 그녀에게 싫증났을 때 도망칠 수 있는 아파트는 싫었다. 그레고리가 아무리 걱정하지 말라고 해도, 아무리 사랑을 고백해도, 폴라는 언젠가 그렇게 될지도 모른다는 불안감을 당연히 가지고 있었다.

그녀는 그림에 몰두한 그레고리의 표정을, 핏줄이 불거진 목에 흐르는 땀을, 그의 체취를, 그의 맛을 상상해보았다. 순간 그녀의 모든 증상이 사라지고 컨디션이 괜찮아졌다. 그레고리가 그녀의 남자이며 그녀를 사랑한다는 생각이 일시적으로나마 아픔을 깨끗이 지워주었다.

폴라는 스스로 내린 진단 결과와 달리 그녀가 라임병에 걸린 게 아니라고 했던 실버샤인 선생의 말을 다시 한번 떠올렸다. 그녀가 라임병을 의심했던 것은 그해 여름을 라인벡에 있는 가족 별장에서 보냈는데, 그 일대는 진드기가 극성이기 때문이었다.

라임병이 아니라면 메슥거리고 욱신거리고 아픈 걸, 환영이 보이는 걸 무슨 수로 설명할 수 있을까. 그녀로서는 그걸 환영이라고 표현할 수밖에 없었다. 한순간 어떤 게 보였다 다음 순간 사라졌다. 현관문 옆의 작은 마호가니 테이블에 놓아둔 집 열쇠가 갑자기 없어졌다. 분명 화장대 위에 놓아둔 목걸이가 보이지 않았다. 그녀가 정신을 잃어가고 있는 걸까? 이 병이 조기 치매의 전조일까?

의사는 아무것도 발견하지 못했다고, 혈액검사 결과 모든 게 음성이라고 했다. 그다지 심각하지 않은 바이러스에 감염된 거라 결국에는 괜찮아질 거라고, 어쩌면 그냥 피곤한 것일 수도 있다는 그의 말을 듣고 그녀는 짜증이 났다. 아무것도 하지 않는데 어떻게 피곤할 수 있겠는가. 그녀는 더이상 그림을 그리지 않았고 직장을 다니지도 않았고 부모님 덕분에 직장이 필요하지도 않았다. 그녀가 하는 일이라고는 누워서 미스터리와 스릴러물을 읽는 것뿐이었다. 그녀가 의사의 진단을 전하자 그레고리는 뛸 듯이 기뻐했다. 그것 봐, 여보, 당신한테는 아무 문제 없다니까. 그냥 세균에 감염된 거야.

찻주전자 옆에 쪽지가 또하나 놓여 있었다. 이거 마셔! XO* 그레고리.

폴라는 뚜껑을 열고 부옇고 탁한 갈색 차를 응시했다. 티백 라벨을 보니 우엉 뿌리인지 뭔지가 든 차였다. 그녀의 몸이 안 좋아진 이후로 그레고리는 퇴근할 때마다 전인의학 치료법이라며 맛이 고약한 차를 잇달아 사오는가 하면 날마다 케일, 두부, 비타민, 무기질을 넣은 스무디를 만들어주며 약효를 장담했지만 폴라는 이 끔찍하게 생긴데다 차갑기까지 한 차를 마실 생각이 없었다.

차를 버리려던 순간, 그레고리가 얼마나 다정하게 항상 그녀를 걱정하는지가 생각났고 엄한 부모 같은 표정—그녀의 부모님 얼굴에서 충분히 보고도 남은 표정이었다—을 지으며 어떤 식으로 그녀를 쳐다볼지 상상이 됐다.

그녀는 차를 한 잔 따랐다.

미지근하고 시큼했다. 두 모금만으로 충분하고도 남았지만 그레고리에게는 다 마셨다고 할 작정이었다.

잠시 후 시야가 살짝 흐릿해지면서 부엌이 빙글빙글 돌기 시작했다.

---

* 키스(X)와 포옹(O)을 의미하는 상징.

폴라는 천천히 의자에 앉아 발작인지 뭔지 모를 그 증상이 사라지길 기다렸다. 결국 증상은 사라졌지만 머리가 지끈거리기 시작했다.

그녀는 심호흡을 한 다음 차를 몇 모금 더 마셨지만 손이 하도 심하게 떨려서 하마터면 쏟을 뻔했다.

어디가 잘못된 걸까?

실버샤인 선생에게 전화해 다시 찾아가야 할까, 아니면 예전부터 그녀의 가족을 담당했던 주치의에게 연락해야 할까? 하지만 그녀는 모든 검사를 받았다. 중병이라면 분명 진단이 나왔을 것이다.

혹시 다 정신적인 문제일까?

만약 그렇다면 이유가 뭘까? 그녀는 어떤 기대나 당위 없이 그녀를 있는 그대로 사랑해주는 그레고리와 결혼했고 이보다 더 행복할 수 없었다.

차를 다시 한 모금 마셨다. 차를 끓여놓고 출근하다니 그레고리는 정말이지 자상한 남자였다.

폴라는 작업중에는 그를 방해하고 싶지 않았지만 휴대전화가 그녀의 손에 들려 있었고 그녀는 이미 단축번호를 눌렀고 신호가 가고 있었다. 폴라는 휴대전화를 귀에 대고 남편의 목소리가 들리길, 그에게서 위로를 받을 수 있길 기다렸다.

음성사서함으로 넘어갔다.

그는 그림을 그릴 때 종종 전화기를 꺼놓았다.

"그냥 전화했어." 폴라는 일부러 명랑한 목소리로 말했다. 그녀의 절박감과 절실함을 드러내고 싶지 않았다. "중요한 용건이 있는 건 아니야. 작업하는 거 아니까 전화할 필요 없어. 저녁때 만나.

사랑해."

그녀는 전화를 끊었다. 손이 계속 떨렸지만 녹음된 그레고리의 음성을 들은 것만으로도 약간의 진정 효과가 있었기에 이층으로 올라가 그녀의 작업실을 둘러볼 기운이 생겼다. 몇 달 동안 작업실에 발을 들인 적이 없었지만, 딴 데 정신을 쏟을 수 있게, 생산적인 일을 하는 기분을 느낄 수 있게 다시 작업을 시작할 때가 됐는지도 몰랐다.

언뜻 보기에 작업실은 전과 다름없이 깨끗한 것 같았지만 자세히 들여다보니 새로 사다놓은 물감 몇 개가 누가 쥐어짠 것처럼 움푹 들어갔고 하나는 뚜껑 주변으로 물감이 샜고 또다른 몇 개는 라벨이 너덜너덜했다.

폴라는 샌 물감의 뚜껑을 꼭 닫았다. 건드려놓고 기억을 하지 못하는 게 분명했다.

또다시 자신의 기억력과 정신 상태가 걱정스러워졌지만, 그녀는 걱정을 떨쳐버리고 스펙트럼 색상표처럼 팔레트 주변에 물감을 조심스럽게 배치했다. 노란색, 다음은 주황색, 다음은 빨간색. 그 옆은 자주색과 파란색. 마지막으로 검은색과 하얀색. 그러자 마음이 차분해졌고 보기에도 좋았다. 그녀는 파스텔도 똑같이 정리하다 몇 개는 포장이 찢어지거나 풀어지고, 또 몇 개는 닳아서 끝이 뭉개지고 조각난 걸 보고 깜짝 놀랐다. 분명 쓴 적이 없었기 때문이다. 아니, 쓴 적이 있나? 망할, 기억이 나지 않았다.

유화물감 아래 선반에는 쓰지 않은 유화용 용액 병과 통이 있었는데, 그중 한 개의 손잡이에 파란색 물감으로 보이는 얼룩이 묻어 있었다. 집어서 자세히 들여다보니 지문이었다. 그녀의 지문일까?

그녀가 언제 그랬을까? 연 기억도 없는데 뚜껑이 또다시 풀려 있었다.

자신이 정신을 잃어가고 있다는 생각을 하니 피곤했다. 아니면 그 반대일 수도 있었다. 피곤해서 기억력에 문제가 생긴 걸까? 어느 쪽이 됐건 지긋지긋했다.

다시 침실로 돌아간 폴라는 침대 위로 쓰러져 옆쪽 테이블에 쌓아놓은 책 중에서 가장 최근에 출간된 범죄 스릴러를 집어들었다. 몇 쪽 만에 벌써 눈이 감기기 시작했지만 그녀는 피로에 굴하지 않기로 결심하고 일어나 캐시미어 스웨터와 모직 바지로 갈아입었다. 나가서 상쾌한 공기를 마시면 될 것이었다. 그녀는 아래층으로 내려가 부츠를 신고 목도리를 두르고 겨울용 외투를 걸쳤다.

밖으로 나가보니 브라운스톤 저택 창문에는 서리가 끼고, 인도는 드문드문 눈과 얼음으로 덮이고, 시市를 상대로 몇 달 동안 로비를 펼친 끝에 설치된 가스등에는 고드름이 매달려 있었다. 고풍스럽고 낭만적인 가스등은 그레고리의 아이디어였지만 폴라의 마음에도 쏙 들었다.

그녀는 연철 가스등에 달린 고드름을 쳐서 떨어뜨리고 그것이 바닥에 부딪혀 유리처럼 산산조각나는 것을 구경했다.

바로 그때 그녀는 가스등이 이미 어둑어둑해진 인도 위로 검은 그림자를 드리우고 있다는 걸 알아차렸다. 그녀의 집을 돌아보니 역시 어두컴컴했고, 인접한 다른 집들도 어두컴컴한 가운데 황금색 불빛만 창문에서 새어나오고 있었다.

하지만 어떻게 그럴 수 있을까?

그녀는 새파란 하늘에 뜬 폭신폭신한 구름을 올려다보았다.

몸서리를 치고 눈을 감은 다음 열까지 셌다. 다시 눈을 떴지만 달라진 건 없었다. 집들은 여전히 어두컴컴했고 하늘은 새파랬고 가스등은 빛을 내고 있었다.

폴라는 손목시계를 확인했다. 오전 열시 십육분이었다.

그녀의 발 아래에서는 스톱모션 기법으로 찍은 영화처럼 눈이 녹아서 물웅덩이로 변했다. 그러다 잠시 후에 얼어서 얼음이 됐다.

폴라는 몸서리를 치고 외투를 더욱 단단히 여민 다음 눈을 감고 다시 열까지 셌다.

이번에는 눈을 뜨자 모든 게 정상이었다. 집들은 파란 하늘만큼 환하고 그녀의 발치에서는 눈이 녹아 부글거렸다. 사방에 햇빛이 내리쬐고 반짝이는 겨울날이었다.

폴라는 다시 머리가 어지러웠고, 뱃속 깊숙한 곳에서 토악질을 할 것 같은 느낌이 들었다.

그녀는 집으로 달려들어가 등뒤로 문을 쾅 닫고 무너지듯 문에 기대앉아 고작 몇 야드가 아니라 장거리 달리기라도 하고 온 것처럼 숨을 골랐다.

어디가 잘못된 걸까?

구역질이 사라지고 호흡이 정상으로 돌아오자 그녀는 노트북 앞으로 가서 증상을 검색했다. 현기증, 두통, 메스꺼움, 환각. 가능성은 무궁무진했지만—빈혈부터 고혈압, 중이염부터 심장병, 당뇨부터 흔한 불안장애까지—이런 병에 걸렸다면 검사를 받았을 때 나왔을 것이었다.

불안장애. 바로 그거야! 그녀는 항상 초조하고 불안하고 쉽게 평정심을 잃었다.

항불안제를 처방해달라고 하면 해결될 것이었다. 간단했다.

왜 진작 그럴 생각을 못했을까? 벌써부터 기분이 한결 나아졌다.

폴라는 그레고리에게 전화해 가장 최근에 내린 진단 결과를 전하려다가 노트북을 다시 흘끗 쳐다봤고, 현기증과 환각을 유발하는 또다른 카테고리를 발견했다. 독극물 중독.

이번에도 요인이 수없이 많았지만 그녀는 다른 것은 건너뛰고 가장 친숙한 항목―유독한 미술 용품―에서 멈춘 다음, 중금속이 함유된 물감, 플라스틱과 합성수지를 가열했을 때 나오는 휘발성 유기화합물, 즉 VOC라는 유독가스를 배출하는 유화 용액과 광택제, 치명적인 정착액과 접착제 목록을 훑었다.

그 아래에는 가장 유독한 안료 목록이 적혀 있었다. 바륨 옐로, 번트 엄버 또는 로 엄버, 카드뮴 레드. 그녀는 좀더 스크롤을 내렸다. 크롬 그린과 프러시안블루. 그다음은 망가니즈 바이올렛, 네이플스 옐로 그리고 버밀리언. 그녀는 코발트블루와 플레이크 화이트에서 멈추었다.

폴라는 플레이크 화이트, 즉 리드 화이트의 유독성에 관해서는 미술학교에서 배워 알고 있었지만―다들 그것 대신 독성이 없는 티타늄을 썼다―카드뮴 말고 다른 안료, 특히 코발트블루가 위험하다는 건 금시초문이었다.

하지만 사실 그녀는 독소에 대해 잘 알고 있었다, 그렇지 않은가? 현상이 덜 돼서 판독할 수 없는 네거티브필름처럼 무언가가 뇌의 뒷면을 문지르고 지나갔다.

그게 뭘까?

유독한 안료 목록 아래에 경고가 적혀 있었다. 이런 안료를 소량이라도 흡입하거나 섭취하면 현기증, 두통, 메스꺼움, 어떤 경우에는 환각이 유발될 수 있다고 했다. 대량으로 흡입하거나 섭취하면 치명적일 수 있다고 했다.

키보드 위에서 폴라의 손가락이 떨렸다. 미술 용품으로 자기 자신을 독살하고 있었단 말인가? 하지만 말이 되지 않았다. 그녀는 몇 년 동안 그림을 그리지 않았다.

바로 그때 그녀의 심안 위로 수채화물감이 번지듯 어떤 생각이 떠올랐다. 날마다 그림을 그리고, 유화물감과 용액을 쓰며, 그가 고집하는 카드뮴 레드("그런 색감을 가진 다른 빨간색은 없거든")와 그의 작품에 주요하게 쓰이는 코발트블루 물감을 손에 묻히고 테레빈유 냄새를 풍기며 집에 돌아오는 그레고리. 게다가 그레고리는 가공되지 않은 안료를 막자사발에 담아 간 다음 아마인유와 섞어 자기만의 색상을 만들기도 했다. 그녀의 아버지도 안료를 흡입하거나 손에 묻어 피부를 통해 흡수되면 위험하다는 말을 아무리 귀 따갑도록 들어도 "손으로 갈아서 만든 물감만의 풍부한 느낌이 있다"며 가끔 그렇게 했었다. 그녀의 어머니도 공기 중에 날리는 유독한 가루를 흡입하기 십상이었는데도 파스텔화를 그릴 때 마스크를 쓰지 않았다. 그녀의 부모님은 물감이 묻은 손과 안료가 튄 옷이 진정한 화가의 상징이라고 생각하는 것 같았고 그레고리도 그런 믿음을 공유했다.

그녀가 그의 옷에 묻은 용액에서 증발한 가스를 들이마시고, 그의 손가락에 입맞출 때 거기 묻은 유독성 물감을 흡입한 걸까?

그랬을 가능성도 있지만 그 정도로 병에 걸릴까? 이렇게 심각한 병에?

또다른 생각과 이미지들이 머릿속을 빠르게 스치고 지나가자 폴라는 의자에 등을 기댔다. 그레고리는 날마다 그녀를 위해 맛이 이상하고 씁쓸한 차와 스무디를 만들어놓았고 그걸 마시면 오히려 머리가 아프고 현기증이 날 때가 많았다.

하지만 그럴 리 없었다.

그레고리는 그녀를 사랑했다.

아닌가?

이번에는 어떤 이미지가 아니라 냉엄하고 차가운 진실이 보였다. 돈 때문에 그녀와 결혼한 젊고 잘생긴 남자. 그게 아니라면 그가 그녀의 어떤 면에 매력을 느낄 수 있단 말인가? 그녀는 직업도 없고 예쁘거나 똑똑하지도 않고 성공하지도 못한, 그저 재미없고 칙칙한 폴라에 불과했다. 딱 한 가지 특이 사항이 있다면 돈이 많다는 것이었다.

그들이 처음 만났을 때 그레고리에게는 사실상 아무것도 없었다. 로어이스트사이드의 셋집과 어느 화랑의 벽을 칠하는 아르바이트 자리뿐이었다. 집안에 돈도 없고 언젠가 화가로서 이름을 날릴 일말의 가능성 외에 별다른 전망도 없었으며, 화가로서 성공한다 한들 언제가 될지 기약도 없었다. 세상에 성공하는 화가가 사실상 몇이나 되겠는가?

그럼에도 폴라는 그런 생각에 저항했다. 요즘 범죄소설을 너무 많이 읽어서 그런 것뿐이었다.

그레고리는 그녀를 아꼈다. 그녀를 필요로 했고 그녀를 좋아했다.

하지만 그 생각이 금세 얄궂게 틀어졌다. 그가 그녀를 필요로 하는 건 맞았다. 새로 꾸민 작업실과 아름다운 브라운스톤 저택,

그녀와 결혼함으로써 딸려온 모든 것을 생각해보라. 혼전 합의서는 작성하지 않았다. 그녀는 그에게 굴욕감을 안기거나 그들의 사랑을 오염시키고 싶지 않았다.

오염.

그 단어가 소용돌이치며 그녀의 눈앞에서 형체를 갖추었고, 빙글빙글 돌아가던 글자들이 흐르는 액체로 변해 찻잔 속으로 방울방울 떨어지고 스무디 속으로 줄줄 흘러들어가다 로르샤흐의 추상적인 잉크 무늬*로 바뀌더니 똬리를 튼 뱀이 되었다 결국에는 음흉하게 웃는 그레고리의 잘생긴 얼굴로 바뀌었다.

아니야.

폴라가 그 생각을 떨쳐버리려고 고개를 젓자 방안이 빙글빙글 돌고 머릿속이 흐릿해졌다. 하지만 머리가 다시 맑아진 뒤에도 그 생각은 떠나지 않았고, 그녀는 그게 사실이라는 걸 알았다. 그레고리가 그녀를 죽이려 하고 있었다.

잉그리드 버그먼과 샤를 부아예가 출연한 그 옛날의 흑백영화 같았다. 남편이 돈을 노리고 아내를 정신병자로 만들려고 하는 영화 말이다. 제목이 뭐였더라? 폴라는 기억을 더듬은 끝에 생각해냈다. 가스등. 그거였다.

폴라는 자리에서 일어나며 잠시 비틀거렸지만 정신은 기민하게 돌아갔고 결심이 섰다. 그녀는 작업실에서 보았던 움푹 들어간 물감, 끝이 닳은 파스텔, 파란 손자국이 남은 유화 용액 통을 떠올렸

---

* 스위스 정신과의사 헤르만 로르샤흐가 개발한 인격 진단 방법으로, 좌우 대칭의 추상적인 잉크 무늬로 성격이나 심리 상태를 평가한다.

다. 차에 용액 몇 방울, 스무디에 파스텔 가루 조금 넣는 것쯤이야 얼마나 식은 죽 먹기였을까.

완벽한 계획이었다. 그녀의 미술 용품으로 그녀를 독살하기. 워낙 영리한 사람이니 자기 용품을 이용할 리 없었다.

폴라는 주먹 쥔 손을 허리춤에 얹고 방안을 왔다갔다했다. 어쩌면 이렇게 어리석고 허황되고 순진했을까? 그녀는 자신이 우는 줄도 모르다 뺨 위로 흐른 눈물을 닦았다. 하지만 이렇게 슬퍼하고 있을 때가 아니었다.

그렇다. 그녀는 복수할 작정이었다.

그리고 그녀는 어떻게 하면 되는지 알았다.

그레고리의 수법을 따라 하되 한 단계 발전시킬 것이었다. 유독성 코발트 안료를 그의 음식에 넣거나 음료에 유화 용액을 섞지는 않을 것이었다. 그건 시간이 너무 오래 걸렸다. 물론 서두를 이유는 없었다. 여유를 가지되 확실히 믿을 수 있는 방법을 쓰리라. 이미 검증된 방법을.

*

폴라는 몇 년 동안 그곳에 내려간 적이 없었다. 거기에 가면 항상 소름이 끼쳤다. 체인에 매달려 대롱거리는 알전구는 기묘한 그림자를 드리웠고, 물이 끊임없이 스며서 뚝뚝 떨어지는 벽에는 푸르스름한 곰팡이가 폈다. 석유 버너가 나지막이 으르렁거리는 지하실은 배달원들 말고는 거의 드나드는 사람이 없었고, 폴라는 당장이라도 도망칠 수 있게 계단 꼭대기에서 문을 잡고 서서 "별문제 없죠?" 하고 큰 소리로 물은 다음 사라져 부모님이 일을 마칠 때까지 기다렸다. 그녀의 아버지는 지하실을 정리하고 곰팡이를 처리하고 벽을 칠하고 제대로 된 조명을 더 설치하겠다고 약속했지만 작품 활동과 화랑 오픈 행사, 중개상과 수집가와의 파티에 정신이 팔려 약속을 지키지 않았고 어머니도 마찬가지였다.

그녀 혼자 남겨진 적이 얼마나 많았던가?

맨해튼에서 자란 특정 계층의 아이들이 대개 그렇듯 폴라가 갓난쟁이일 때, 그리고 아장아장 걸어다니던 시절에 그녀를 봐주던 유모가 있었다. 키가 큰 독일 여자였는데, 표정이 근엄하고 웃는 법이 없었으며 눈 사이가 좁았고 빗을 항상 가지고 다니면서 협박 수단으로 사용했다. 뮌헨에는 가족이 있지만 여기에는 아무런 연고가 없는 이민자였다. 어느 날 그녀가 작별인사도 없이 사라지자 부모님은 충격을 받았지만 일곱 살이었던 그때부터 스스로를 돌볼 준비가 완벽하게 되어 있다고 느꼈던 폴라는 놀라지 않았다. 부모님의 고집으로 독일 여자 이후에 다른 유모가 들어왔지만 그녀 역시 오래 버티지 못하고 겨우 몇 주가 지난 어느 날 사라져버렸다. 이후 부모님은 폴라에게 학교가 끝나면 곧장 둘 중 한 명의 작업실로 오라고 했다. 그녀는 몇 번 시키는 대로 했지만 넓은 브라운스톤 저택에 혼자 있는 편이 더 좋았다. 어느 정도 시간이 지나자 부모님도 수그러들었고, 두 사람 모두 작업에 열중하느라 거의 알아차리지 못했다.

폴라는 라텍스 장갑을 끼고 지하실 계단을 내려가 사방으로 울리는 물 떨어지는 소리를 들으며 축축한 콘크리트 바닥을 가로질러 어두컴컴한 한쪽 구석에 들어앉은 철제 캐비닛으로 다가갔다.

그녀의 아버지가 거의 쓸 일이 없는 베네치아 테레빈유, 색이 금세 변하는 '진홍색' 안료 튜브, 납화용 밀랍 등 저온에 보관해야 하는 구식 재료를 넣어둔 곳이었다.

죽어서 털이 빠지고 오그라든 쥐가 몇 마리 있기에 폴라는 숨을 참고 쥐를 넘어서 캐비닛 문을 열었다. 쇠로 된 경첩이 비명을 질렀고 그녀는 몸을 떨며 밀랍덩어리와 병과 통, 물감 튜브를 옆으로 치웠다. 묵직한 비닐에 싸인 종이 상자가 그녀가 기억하는 대로 그 뒤편에 아직 있었다.

*

부엌으로 돌아와 개수대 아래 브릴로 수세미 상자와 카밋 세제 뒤편에 그 상자를 넣는 동안 며칠 전에 떠올랐던 현상이 덜 된 이미지가 또다시 그녀의 머릿속을 스치고 지나갔다. 이번에는 그림의 빈 부분이 채워졌기에 그것의 정체를 알 수 있었다. 그녀는 지난 몇 년 동안 그 이미지를 보았지만 늘 금세 희미해져버렸다. 이제는 아니었다.

폴라는 눈을 감았지만 그 이미지는 현실로 인정받길 기다리는 악몽처럼 그녀의 머릿속을 맴돌았다. 그녀는 이렇게 얘기하듯 고개를 끄덕였다. 그래, 보여, 뭔지 알겠어, 기억나. 그래서 어쩌라고?

그녀는 몇 주 동안 그레고리의 스무디를 마시지 않고 그가 끓여준 차를 버렸다. 그러자 몸이 점점 좋아지고 건강해지는 것 같았다. 그레고리는 기뻐하는 듯 보였지만 그녀는 연극이라는 걸 알았다.

오늘 저녁에 그녀는 버섯과 양파를 다지고, 베이컨을 데치고,

정성스럽게 깍둑썰기한 안심을 불에 살짝 굽고, 쇠고기 육즙과 옥수수 전분으로 직접 그레이비소스를 만들어 그가 좋아하는 뵈프 부르기뇽을 요리할 작정이었다.

지하실에서 가져온 상자를 이미 조리대로 옮겨놓은 그녀는 장갑을 끼고 젖먹이 시절에 할머니에게 물려받은 조그만 은 숟가락을 상자에 넣어 크리스털 같은 염류 가루를 퍼냈다. 그런 다음 숟가락을 흔들어 절반 넘게 상자에 도로 넣었다. 아주 미량만 스튜에 넣어서 저으면 됐다.

그것은 순식간에 녹았다. 무색. 무미. 무취. 음식이나 음료의 식감에도 영향을 미치지 않기에 '독살범의 독'이라는 별명으로 불렸다.

*

"와우." 그레고리가 말했다. "정말 맛있다. 하지만 당신 이렇게 무리하면 안 되는데."

"뭐라도 하니까 좋았어." 폴라가 말했다. "당신이 좋아하니까 나도 기쁘다." 그녀는 아직 입맛이 없다는 핑계를 대고 샐러드를 끼적이며 의자에 기대앉아 그가 두 그릇 가득 해치우는 걸 지켜보았다.

스튜를 이틀 분량으로 넉넉히 끓여놓았기에 그레고리는 다음날에도 배불리 먹었다.

일주일이 지나 둘이 침대에 나란히 누워 〈로 앤드 오더〉 재방송을 보고 있는데 그가 머리가 아프다며 자리에서 일어나려다 침대 기둥을 붙잡았다.

"후아," 그가 말했다. "머리가 어지러워."

"와인을 두 잔 마셔서 그런가보다." 그녀가 말했다.

"하지만 저녁때는 항상 두 잔을 마시는데."

폴라는 사흘을 기다렸다 비싼 샤토 라피트 로쉴드 와인에 몇 알갱이를 넣었다. 그녀는 그 와인을 마실 수 없을 테니 아쉬운 노릇이었지만 그레고리는 유혹을 견디지 못할 게 분명했다. 부엌에서 그녀는 자신의 잔에는 평범한 메를로를 따르고는 라피트 로쉴드를 개수대에 조금 버려 그녀의 잔에도 그걸 따른 척했다. 그런 식으로 와인을 낭비하다니 안타까웠지만 복수에는 희생이 따르는 법이었다.

그레고리는 평소처럼 두 잔을 마시더니 세번째 잔을 따라 절반을 마셨다. "버리면 너무 아깝잖아." 그는 이렇게 얘기하면서 잔을 비웠다.

폴리는 이 방식이 더 쉽다는 것을 깨달았다. 힘들게 요리할 필요 없이 그레고리가 마실 게 분명한 와인에 알갱이를 몇 알 넣으면 그만이었다. 그는 술에 취하면 살짝 머리가 어지러운 게 와인 때문이라고 생각할 테고 그래도 와인을 계속 마실 것이었다.

일주일쯤 지났을 때 그레고리는 이가 아프다고 했고 폴라에게 이상한 하얀 반점이 생긴 손톱을 보여주었다. 폴라는 유화에 쓰는 용액이나 '위험한 카드뮴 레드' 때문일 거라고, 아니면 비타민 부족일 수 있으니 건강식품점에서 뭘 좀 사서 먹는 게 좋겠다고 했다. 그는 그녀가 시킨 대로 했다.

머리카락이 빠지기 시작하자 그레고리는 불안해했다. "머리를 빗어 넘겼더니 세면대 위랑 내 손가락 사이로 뭉텅 빠지지 뭐야!"

"말도 안 돼!" 폴라는 그의 머리를 유심히 들여다보았다. 과연

군데군데 성긴 곳이 있었고 그녀가 손으로 빗어 넘기자 손가락 사이로 빠진 머리카락 몇 가닥이 잡혔다. "당신 나이가 되면 남자들은 머리가 빠지기 시작해. 그거 발라야겠다. 로게인*. 사람들이 그러는데 효과가 있대."

그레고리는 로게인을 사다 아침저녁으로 빼먹지 않고 열심히 두피에 발랐고 폴라는 그걸 보며 하마터면 연민을 느낄 뻔했다.

시간을 길게 끌 수는 없었다. 그레고리는 이미 몇 주 전에 병원에 다녀왔지만―의사는 당연히 아무것도 발견하지 못했다―또다시 찾아갈 생각이었다.

폴라는 서서히 약효를 발휘하는 독극물은 감지하기가 거의 불가능하고 워낙 흔하지 않기에 의사들이 검사할 생각조차 하지 않는다는 걸 알았다. 게다가 황산탈륨이 함유된 쥐약은 1970년대 중반에 미국에서 판매가 금지됐다. 짐작건대 그녀의 아버지는 브라운스톤 저택 지하실에 가끔 출현하는 쥐를 잡으려고 그걸 사다놓고 잊어버렸을 것이다. 하지만 그녀는 잊지 않았다.

그녀는 그걸 발견하고 라벨을 읽고 그게 무엇이며 어떤 효과가 있는지 조사한 날을 기억했다.

폴라는 며칠 동안 음식에 아무것도 넣지 않아 그레고리가 컨디션이 좋아진 걸 느끼고 다 나았나보다고 생각하게 만든 다음 다시 시작했다. 전보다 조금 더 많은 양을 크림 같은 생선 수프와 스파클링 리슬링 와인에 넣자 그레고리는 저녁을 먹은 뒤에 고꾸라졌다. 그녀는 그를 부축해 침대에 눕히고 병원에 전화했다.

---

* 바르는 탈모 치료제.

"그렇군요," 그녀는 휴대전화에 대고 말했다. "요즘 장염이 유행이라고요? 하지만 이이는 며칠째 아팠다 괜찮아지기를 반복하고 있는데…… 알겠어요. 이이도 낫겠죠, 선생님. 하지만 좀 기운을 차리면 병원으로 데리고 갈게요." 폴라는 그레고리를 생각해서, 그리고 의사를 생각해서 잔뜩 걱정하는 목소리로 말했다. 그녀는 실버샤인 선생이 그녀가 걱정하고 불안해하는 목소리로 전화를 했지만 많이 불안해하지는 않았다고 기억해주길 바랐다.

이제 때가 됐다.

그녀는 차를 한 주전자 끓여서 그레고리에게 한 잔, 또 한 잔을 마시게 했다.

그러자 상당히 불쾌한 구토와 설사가 이어졌고 그레고리는 발에서 불이 나는 느낌이라며 괴로워했다.

그녀는 안타까워하며 발에 아이스팩을 대주었다.

그는 이틀 동안 그런 식으로 침대에 누워 있다 절뚝거리며 일어났고 어느 시점에 이르러서는 흐느껴 울다시피 했다. 그녀는 그의 상태가 더 악화되면 911을 부르겠다고 했지만 절대 부르지 않았다.

근육질이었던 그의 몸이 약해지고 잘생겼던 그의 외모가 망가지는 것을 보고 있으려니 그녀의 가슴이 아팠다.

이윽고 폴라는 그레고리에게 이야기했다. 그녀가 무슨 짓을 어떤 이유에서 저지르고 있는지 그에게 알리고 싶었다. 이제는 엎질러진 물이었고 독극물이 제 역할을 다했기 때문에 그가 그녀에게 들은 얘기를 남에게 옮길 방법은 없을 것이었다.

"당신이 어쩌려고 했는지 알아." 그녀가 말했다. "물감이랑 유화 용액으로 나를 독살하려 했지."

그레고리는 끙끙대며 고개를 들려고 했다. "뭐, 뭐라고?" 그는 껑껑대며 한마디를 내뱉었다.

"내 집이랑 내 돈을 노렸지? 그것도 알아, 그레고리. 증거를 봤거든. 하지만 내가 당신을 저지했지."

"내가 설마―그럴 리가." 그는 성대가 조여 한마디 한마디가 목에 걸린 유리 조각처럼 느껴졌지만, 그래도 계속 말하며 그녀에게 애원했다. "나는―당신을 사랑해, 폴라. 진짜야. 그걸―모르겠어?"

"하!" 그녀는 외쳤다.

그레고리는 간신히 일어나 앉았다. 숨을 몇 번 쉬었다. "폴라―나한테―무슨―짓을―한 거야?"

문득 현상이 덜 된 네거티브필름의 이미지가 그녀의 머릿속에, 이번에는 선명하고 또렷하게 다시금 떠올랐고 심지어 그의 대사마저 어디선가 들어본 듯했다.

"나를 죽이려고 했잖아." 그녀가 말했다. "그래서 내가 당신을 죽이는 거야. 그래야 공평하니까."

"당신―미쳤구나!" 그가 쉿소리로 말했다.

"내가? 미쳤다고! 내가?"

폴라의 안에서 무언가가 툭 끊기며 폭발하자 눈앞이 얼룩덜룩해졌고 개미떼가 그녀의 팔을 기어다니는 것처럼 따끔거렸다. 그녀가 그의 얼굴 가까이 허리를 숙이고 비명을 지르자―"미친 사람은 너야! 너! 내가 아니라!"―그 단어들―실수, 실패작, 무용지물―과 함께 그 이미지가 그녀의 머릿속에서 이글거리며 머리 안쪽을 쿵쿵 두드렸다. 그녀는 분노로 눈이 멀고 노여움에 부들부들 떨며 집게발처럼 손을 그의 목 바로 앞까지 뻗었다. 하지만 거기서 멈추고 깊은 숨을 한 번, 또 한번 들이마셨다. 이런 식으로 추하게 싸울 이유가 없었다. 조만간 모든 게 끝날 것이었다.

그레고리는 수척해진 얼굴과 눈곱이 낀 눈으로 그녀를 그저 빤히 쳐다보기만 했다. "어떻게―그렇게―생각할 수―있어―내가―당신을…… 해칠 리 없잖아." 그는 이내 몸서리를 치며 발작을 일으켰다가 다시 베개 위로 쓰러져 입술을 실룩였다. 턱 위로 가늘고 끈적거리는 침이 흘렀다.

그가 심장마비를 일으키자 폴라는 거의 안도했다. 그가 무슨 짓을 저질렀건 또는 무슨 짓을 저지르려고 했건 간에 한때 훤칠했고 그녀가 사랑했던 그레고리가 괴로워하는 모습을 지켜보는 건 별로 재미가 없었다.

긴급 구조요원이 도착해 그가 사망했다고 선언하자 그녀는 진심어린 눈물을 흘렸고 구급차가 사라질 때까지 손을 맞잡고 비틀었다. 그런 다음 집안에서 독극물을 치우고, 그레고리가 썼던 접시와 잔과 컵과 도구를 모조리 버리고, 그의 침대 시트를 빨고, 그의 토사물을 닦았던 수건을 버렸다.

*

1800년대 후반부터 이 도시에서 영업한 프랭크 E. 캠벨 장례식장은 루돌프 발렌티노나 그레타 가르보 같은 무성영화 시대의 스타와 정치인 마리오 쿠오모, 좀더 최근에는 배우 필립 시모어 호프먼과 래퍼 노터리어스 B.I.G.가 추도사와 함께 장례를 치른 곳이었다.

폴라는 그레고리도 거창하게 이승을 하직할 자격이 있다는 결론을 내렸다. 꽃으로 질식할 듯한 예배당, 글라디올러스로 테를 두른 커다란 결혼사진—폴라는 예쁘지는 않을지 몰라도 행복해 보였고 그레고리는 얼굴이 환하고 훤칠했다—과 넓은 입구에서 맞이하는 손님들.

하얀 파우더를 칠한 폴라의 얼굴은 달처럼 창백했는데, 비싸지만 격에 맞게 심플한 검은색 디자이너 원피스와 대조를 이루었다. 그녀는 상당히 자연스럽게 눈물을 흘리며 미망인의 역할을 매끄럽게 소화했다. 이러니저러니 해도 그녀는 그레고리를 진심으로 사랑했기에 사람들이 조의를 전할 때 어렵지 않게 고개를 끄덕이며 코를 훌쩍일 수 있었다. 오스카상이 아깝지 않은 연기여서, 미술 쪽으로 뛰어난 부모와 경쟁하지 말고 연기 쪽으로 나서볼 걸 하는 후회가 들 정도였다.

집에서도 장례 행사는 계속되었다. 브라운스톤 저택은 장례식장과 경쟁을 벌이듯 많은 꽃으로 장식되었고, 핑거 푸드가 차려지고 턱시도를 입은 바텐더들이 비싼 화이트와인과 페리에를 서빙했다.

폴라가 전문가적인 솜씨로 집안을 청소했지만 소독약냄새가 공기 중에 살짝 남아 있었다.

폴라는 그녀 같은 여자가 그레고리 같은 남자를 어떻게 꾀어낼 수 있었는지 끝내 납득하지 못하던 친구들이 슬퍼하고 속상해하는 것을 보면서, 친척들이 고개를 저으며 그녀가 꿋꿋하게 잘 버틴다고 말하는 걸 인생에서 세번째로 들으면서 위안을 얻었다.

폴라는 솜사탕 머리를 한 노인이 온 것을 보고 많이 놀라지는 않왔다. 어쨌든 그는 그레고리를 몇 년 동안 담당한 의사였지 않은가.

"정말 유감입니다." 연로한 의사는 그녀의 손을 꼭 잡고 말했다. "이런 비극이 있을까요. 그레고리는 정말이지 재능 있고 인정 넘치는 남다른 청년이었는데 말이죠." 그는 잠깐 말을 멈췄다. "바이러스성 뇌염이었다고요?"

폴라는 서글프게 고개를 끄덕였다. 그녀는 탈륨 중독이 그 병으로 오인되는 경우가 많다는 것과 정교한 특수 장비로 검사하지 않는 한 독극물이 절대 검출될 리 없다는 걸 알았다. 그럼에도 그녀는 어떤 위험도 감수할 생각이 없었다. 부검은 하지 않을 테고 내일 그레고리를 화장하도록 시간을 잡아놓았다.

"아까운 인재를 잃었습니다." 실버샤인은 고개를 저으며 말했다. "부인이 연락했을 때 내가 달려왔더라면 좋았을걸."

폴라도 고개를 저었다. "선생님이 무슨 수로 알 수 있었겠어요? 그렇게 심각한 줄 누가 알 수 있었겠어요? 자책하지 마세요."

"네," 그가 말했다. "하지만 그렇게 젊고 재능이 넘치고 앞날이 창창하고 부인을 끔찍이 사랑했던 친구인데 말이죠. 겨우 몇 주 전에 마지막으로 왔을 때 나한테 그렇게 얘기했답니다."

폴라는 의사에게 소리를 지르고 싶었지만—아니야. 그는 나를 죽이려고 했어!—평정심을 유지했다. "그래요?" 나지막이 속삭인 순간, 그녀의 머릿속 저편에서 마치 영화처럼 기억 하나가 펼쳐졌다. 기숙학교 마지막 해 크리스마스 방학이었다. 그녀는 특출한 부모를 감동시키려고 미술 수업시간에 몇 주 동안 매달린 그림을 들고 집으로 돌아왔다. 그녀가 자랑스럽게 생각하는, 그 어느 때보다 잘 그린 그림이었다. 어머니가 자신의 널찍한 작업실 벽에 기대 세워놓은 그 작품 쪽으로 가까이 다가갔다 뒤로 물러나서 턱을 두드리며 생각에 잠겨 있던 모습이 그녀의 눈앞에 선했다.

"잘 그렸구나, 폴라." 어머니는 살짝 놀란 목소리로 말했다.

아, 그녀가 얼마나 엄청난 자부심을 느꼈던가!

잠시 후에 어머니는 다시 그림에 가까이 다가가더니 "하지만 여기랑 여기를"—어머니는 폴라의 작품 여기저기를 가리켰다—"좀 손보면 좋겠다."

"어떤 식으로요?" 폴라는 물었지만, 이미 큼지막한 붓을 뽑아들고 물감을 섞기 시작한 어머니를 향해 고함을 지르고 욕을 퍼붓고 싶었다.

"여기는," 어머니가 말했다. "색을 좀더 입혀야겠어." 어머니는 말하며 캔버스에 덧칠했다. "그리고 여기는……" 어머니는 말을 멈추고 다른 붓을 꺼내 팔레트에 짜놓은 물감을 묻힌 다음 작품의 다른 부분을 덧칠했다.

"훨씬 좋아졌다는 걸 너도 알겠지?"

폴라는 간신히 고개를 끄덕였다.

어머니는 옆에서 점점 작아지는 폴라는 완전히 잊은 채 그림에 몰두해서 원작의 절반이 축축한 물감 아래에서 질식해 없어질 때까지 몇 번이고 물감을 섞어서 덧칠했다.

"짜잔!" 어머니가 외쳤다.

폴라는 억지로 경련하듯 미소를 짓고는 축축한 물감을 손가락에 묻혀가며 그림을 들고 그녀의 방으로 가서 벽장에 넣고 문을 쾅 닫았다. 그뒤로 그녀는 두 번 다시 어머니에게 어떤 것도 보여주지 않았다.

하지만 몇 달 뒤에 폴라가 학기를 마치고 집으로 돌아가보니 작품이 그녀가 그린 그대로 벽장 안에 얌전히 들어 있었다. 어머니가 덧칠한 자국은 전혀 보이지 않았다.

어떻게 그럴 수가 있을까?

폴라는 그림을 얼굴 가까이 대고 꼼꼼히 살폈다. 물감을 긁어내거나 덧입힌 흔적은 전혀 없었다. 그녀가 기숙학교에서 그린 그대로였고 달라지거나 변한 건 아무것도 없었다.

폴라는 믿기지가 않았고 어떻게 된 영문인지 알 수도 없었지만 지금처럼 그때도 그 사실은 더이상 중요하지 않았다.

"아, 그럼요." 의사가 말했고, 폴라는 그가 무슨 뜻에서 하는 얘긴지 알 수 없어서 이렇게 물었다. "뭐라고 하셨어요?"

"그레고리요. 부인을 끔찍이 사랑했다고요."

순간 상심과 후회가 폴라를 덮쳤다.

"어머니도 그렇게 돌아가시지 않았나요?" 의사가 물었다. "네?" 폴라는 그의 말을 제대로 들은 건지 알 수 없었다. "아마도요." 그녀는 움찔하지 않도록 참았다. "저는 그때 기숙학교에 있었어요."

"그렇군요. 그리고 아버지도 그로부터 불과 몇 개월 뒤에 돌아가셨죠. 정말 충격이었겠어요." 의사가 그녀의 손을 쥐었다.

폴라는 서두르지 않고 눈에 눈물이 고일 때까지 기다렸다 대답했다. "네, 저는 부모님을 사랑했어요."

"정말이지 대단하신 분들이었죠." 실버샤인이 말했다.

작가 지망생으로 중학교에서 아이들을 가르치는, 폴라가 잘 알지 못하는 작은아버지가 근처에 서 있다가 끼어들었다.

"앤턴이 심장마비를 일으킨 원인은 결국 밝혀지지 않았어요. 왜 그렇게 급하게 땅에 묻었는지 이유를 모르겠다니까요. 마흔아홉에 죽다니, 맙소사."

폴라가 작은아버지를 향해 침통한 표정으로 고개를 끄덕이고 다시 실버샤인 선생 쪽으로 고개를 돌렸을 때, 선생이 말했다. "내가 시신을 봤어요."

"저희 아버지의 시신을요?" 폴라가 물었다.

"아뇨, 그레고리의 시신을요. 예전부터 그의 내과 주치의였으니 검시관이 예의상 나를 불렀죠. 검시관이 나와 같은 의과대학을 졸업한 동창이기도 하거든요."

"아." 폴라는 놀라우리만치 세게 그녀를 잡고 있는 연로한 의사에게서 슬그머니 손을 뺐다.

"내가 타고 갈 택시를 좀 잡아줄 수 있을까요?" 그가 물었다.

"그럼요." 그녀는 대답하고 그가 팔을 잡도록 허락했다. 그들은 나지막이 위로를 전하며 묵례하는, 점점 줄어드는 조문객들 사이를 천천히 뚫고 문을 지나 길거리로 나섰다.

"애거사 크리스티 작품 읽어본 적 있나요?" 길을 반쯤 내려갔을 때 의사가 물었다. "아, 당연히 읽었겠죠. 병원에서 처음 만났을 때 그렇게 말했으니까. 상당히 어렸을 때부터 좋아한 작가 중 한 명이라고 하지 않았던가요?"

폴라는 입을 벌렸지만 대답을 하기까지 시간이 걸렸다. "맞아요."

"다들 흑마술인 줄 알았는데 알고 보니 독살이었던 그 크리스티의 작품 제목이 뭐죠?"

폴라는 어깨를 으쓱하고 달려오는 택시를 향해 조금 과하게 다급한 동작으로 손을 흔들었다. 택시가 방향을 틀어서 길가에 멈춰섰다.

"창백한 말!" 실버샤인이 손가락을 퉁겼다. "맞다! 그거 읽어봤어요?"

"아뇨," 폴라는 말했다. 심장이 펄떡거렸다. "안 읽어본 것 같은데요."

"읽었으면 분명 기억이 났겠죠. 그래요, 뭐." 그는 택시 문손잡이에 손을 얹었다가 동작을 멈추고 그녀를 돌아보았다. "그나저나 기분 상하지 않았으면 좋겠는데, 내가 결례를 무릅쓰고 그레고리의 화장을 미뤘어요. 하루면 될 겁니다."

"하지만…… 왜요?" 폴라는 의사의 시선을 피하려고 위아래를 여기저기 흘끗거렸다. 그녀가 집 쪽을 돌아본 순간 하늘은 환한데 집과 거리는 갑자기 어두컴컴해졌다.

"괜찮아요?" 의사가 물었다.

"아…… 네." 그녀는 대답했지만 그녀의 눈동자는 환한 하늘과 어두컴컴해진 집들 사이를 계속 왔다갔다했다.

"그레고리의 손톱에 뭔가 있어서요." 의사가 말했다. "별것 아니겠지만 일반적인 검사에서는 잘 나오지 않는 화학 성분이 손톱에 축적되거든요."

폴라는 알맞은 대답을 찾으려고 열심히 머리를 굴렸다. "아, 분명 그림 때문일 거예요," 그녀가 말했다. "제가 아무리 말려도 그레고리는 카드뮴이나 코발트 같은 유독성 물감을 계속 썼거든요."

"그래요?" 실버샤인이 되물었다. "뭐, 그 검사도 같이 하면 되겠지만 그레고리가 물감 한 통을 통째로 먹은 게 아닌 이상 생명에는 지장이 없다고 나올 겁니다. 아뇨, 그건 아니에요." 그는 말을 멈추고 머리를 긁었다. "검시관이 지금 내가 주문한 어떤 검사를 하고 있어요."

폴라는 햇빛이 비치는 하늘을 가로지르는 머리 위의 구름을 쳐다보았다가 그녀의 브라운스톤 저택 앞 가스등으로 시선을 돌렸다. 가스등이 어둠 속에서 그 어느 때보다 맹렬하게 빛을 내는 것처럼 느껴졌다.

태양의 혈흔

저스틴 스콧

저스틴 스콧은 『노르망디를 사랑한 남자 *The Man Who Loved The Normandie*』『광란 *Rampage*』, 세계 스릴러 작가협회 선정 '꼭 읽어야 할 스릴러 100선'에 뽑힌 『십킬러 *The Shipkiller*』를 비롯해 서른 일곱 권의 스릴러, 미스터리, 해양소설을 쓴 작가다.

코네티컷의 작은 마을을 배경으로 벤 애벗 탐정 시리즈(『하드스케이프 *HardScape*』『스톤더스트 *StoneDust*』『프로스트라인 *FrostLine*』『맥맨션 *McMansion*』『모설리엄 *Mausoleum*』)를 집필중이며 클라이브 커슬러와 함께 아홉 권의 아이작 벨 탐정 시리즈를 공동 집필했다. 전미 미스터리 작가협회에서 수여하는 에드거상 최우수 데뷔작과 최우수 단편상 후보로 선정된 바 있다. 현재 작가협회, 플레이어스, 애덤스 라운드 테이블 회원이다.

주로 사용하는 필명은 폴 개리슨이며 그 이름으로 현대 해양소설 (『불과 얼음 *Fire and Ice*』『아침의 붉은 하늘 *Red Sky at Morning*』『바다에 묻히다 *Buried at Sea*』『바다 사냥꾼 *Sea Hunter*』『파급효과 *The Ripple Effect*』)과 작가 로버트 러들럼이 창조한 캐릭터를 바탕으로 쓴 스릴러(『잰슨 커맨드 *The Janson Command*』『잰슨 옵션 *The Janson Option*』)를 출간했다.

역사학 학사와 석사 학위를 소지하고 있고, 작가가 되기 전에는 배와 트럭을 운전하고 파이어아일랜드에서 바닷가 별장을 짓고 전자공학 잡지를 편집하고 헬스키친의 술집에서 바텐더로 일했다.

〈PH-129〉, 클리퍼드 스틸

1973년 여름
뉴욕

"하늘을 날 수 있다면 이 옥상도 나쁘지 않지." 클리퍼드 스틸이 지미 캐머라노에게 말했다.

지미는 한쪽 팔로 괴물 석상을 감싸고 두 다리를 90피트 아래 10번가 위로 대롱대롱 늘어뜨린 채 난간에 걸터앉아 있었다.

"뉴욕에서 붕 하고 날아오른다. 고요한 섬에 착륙한다. 어느 누구의 방해도 없이 그림을 그린다."

스틸은 지미의 영웅이자 독특한 화가이자 추상표현주의의 창시자이자 화랑을 사창가에, 미술관을 거대한 무덤에, 대부분의 동료 화가를 야심만만한 모사꾼에 비유하는 은둔자였다. 키가 크고 백발에 샤크스킨 양복을 빼입은 그가 난간 안쪽에 서서 팔꿈치를 짚고 미심쩍은 시선으로 지미의 잠재적 착륙 지점을 내려다보았다.

무덥고 끈적끈적한 밤이었다. 도시는 텅 비었다. 골동품점과 가구점은 문을 닫았고, 인도는 휑했고, 그 블록의 중간 지점쯤에 주차되어 있는 차 한 대를 제외하면 거리도 텅 비었다. 경찰차가 한 번 지나갔지만 머리 위에 지미가 있는 건 알아차리지 못했다.

"날지 못한다면 이 옥상은 죽음의 수직 낙하용으로 적당한 장소가 되겠지. 하지만 내가 강조하고 싶은 건, 예술은 죽음이 아니라 삶을 향한 원동력이라는 거야. 화가는 오래 살아야 해."

지미가 기억하건대 그는 지금까지 이 정도로 바닥을 친 적이 없었다. 어쩌면 이미 추락하는 중일 수도 있었지만 그런들 상관없었다. 그의 영웅을 난생처음 직접 만났는데도 놀라우리만치 별 감흥이 없었다.

"오래 살아서 뭐하게요?"

"예술에서 중요한 건 희열이라는 것을 깨달을 수 있거든."

신적인 존재는 그런 말을 쉽게 할 수 있겠지, 지미는 생각했다. 사실 그도 그렇다는 걸 거의 평생 동안 알고 있었다. 그들의 눈이 마주쳤고, 손수건으로 지저분한 창문을 닦던 상대의 모습이 지미의 머릿속을 스치고 지나갔다.

"예컨대." 스틸이 말했다. "저 거리에는……"

지미는 스틸의 시선을 따라갔다. 지미는 몇 개 안 되는 창문과 활기 없는 가로등이 드리운 흐릿한 불빛에서 아무런 희열도 느낄 수 없었다. 어떤 남자가 모퉁이의 공중전화 부스에서 나오자 부스의 불이 꺼졌다.

"저 거리에는 말horse이 있어야 해."

"네?" 지미가 물었다.

"네?" 스틸을 옥상으로 데리고 올라와 그의 옆에, 난간 안쪽에 안전하게 서 있던 애비 휘틀록이 물었다.

스틸이 말했다. "지미, 자네 표정을 보니 내가 무슨 말을 해도 난간에서 내려오지 않겠군그래. 애비, 미안하네." 그는 휙 돌아서서 열려 있는 옥상 출입문 쪽으로 성큼성큼 걸어갔다.

애비가 외쳤다. "어디 가시려고요?"

"지미에게 보여주려고." 헝클어진 백발이 공중에 뜬 채 둥실둥실 계단을 내려갔다.

지미는 애비에게 물었다. "로스코, 더코닝, 폴록, 머더웰, 뉴먼에게 존경받았고─내가 어렸을 때부터 흠모했던 건 말할 것도 없고─내가 뉴욕으로 건너오기 몇 년 전에 여길 뜬 뉴욕화파의 신적인 존재가 다른 날도 아닌 오늘밤, 다른 옥상도 아닌 이 옥상에 등장한 게 단순한 우연의 일치일까?"

"내가 불렀어." 애비가 말했다.

"왜?"

"왜냐하면 너를 사랑하니까." 애비는 그의 뺨을 쓰다듬으려고 손을 내밀었다. 지미는 그녀가 자기를 붙잡으려는 줄 알고 움찔하며 괴물 석상을 두 팔로 와락 끌어안았다. 석상이 쩍 하는 요란한 소리와 함께 썩어가는 시멘트와 분리돼 난간 위에서 흔들거렸지만 오로지 석상 자체의 무게 덕분에 떨어지지 않고 버텼다.

애비는 뒤로 펄쩍 뛰며 두 손바닥을 펼쳐 그를 붙잡을 생각이 없음을 보여주었다. 지미는 난간 위에서 균형을 잡았다. 그는 건물에서 떨어지는 사람들의 머릿속에 어떤 생각이 떠오를지 자주 궁금해했었다. 이제는 알 수 있었다. 결국 모든 건 전후 사정에 따라 달라질 것이었다. 자살하는 사람이라면 자신이 왜 이렇게 됐는지 궁금해할 것이고, 살인 사건 피해자라면 계속해서 살려달라고 애원할 것이고, 사고를 당한 사람이라면 믿을 수 없어서 심장이 두방망이질할 것이다.

"스틸이 왜 당신을 찾아왔을까? 그는 미술상이라면 질색하는데."

"내가 내 화가는 제대로 챙긴다는 걸 아니까. 끔찍이 아끼지는 않는 화가까지도."

"그가 내 작품에 대해 어떻게 생각해?"

"그건 절대 묻지 않을 거야. 그를 사업에 끌어들이면 친구처럼 지낼 수 없을 테니까."

"어떤 친구?"

"모르는 척하지 마."

"그에게 뭐라고 했어?"

"네가 난간에 앉아 있다고 했지. 그리고 번의 리뷰를 읽어주었고."

"번한테 뒤통수를 맞았어." 지미가 말했다. 모사꾼을 두고 하는 얘기였다. "늘 번이 언젠가는 나를 공격하지 않을까 싶긴 했지만."

피에 굶주린 미술업계에 대해 모르는 사람은 〈뉴욕 타임스〉의 잔인한 평론가 한 명 때문에 탄탄했던 이력이 결딴날 리 있겠느냐고 순진한 소리를 늘어놓으며 지미를 달래려 했을 것이다.

하지만 애비는 그 업계를 알았다. 그녀는 57번가에 있는 휘틀록 갤러리와 소호에 있는 업타운 화랑 최초의 다운타운 지점 사장이었고 오래전부터 지미를 매우 아꼈기에 번 혼이 타깃으로 삼은 화가에게 어떤 짓을 할 수 있는지 듣기 좋게 포장하지 않았다.

"번이 네 몸값을 무너뜨릴 수는 있지." 그녀는 인정했다. "하지만 네가 허용하지 않는 이상 네 인생을 무너뜨릴 수는 없어. 네가 그린 작품을 무너뜨릴 수도 없고. 네가 앞으로 그릴 작품도 무너뜨릴 수 없어."

"팔지도 못하는 작품을 무슨 수로 전시해?"

"아까 스틸이 말했던 것처럼 오래 살아. 네 차례가 다시 돌아올 거야."

지미는 난간 위에서, 애비는 그 뒤쪽의 안전한 위치에서 텅 빈 거리를 내려다보며 서로 옥신각신했다. 애비는 고집스럽게 긍정적이었고 지미는 절박했다.

클리퍼드 스틸이 느닷없이 인도에 나타났다.

"뭘 들고 있는 거지?" 애비가 물었다.

"페인트 통하고 벽칠용 붓." 페인트는 그의 머리처럼 하얀색이었다.

"네가 예전에 썼던 도구네."

"언제든 다시 도장업계로 돌아가면 된다는 걸 일깨워줘서 고마워."

애비는 웃음을 터뜨렸다. "내가 계속 네 에이전트를 맡을게."

"오래가지는 못할 거야."

그녀는 아무 말 없이 그의 눈을 마주보았다.

그는 그녀가 부정하지 못하는 것에 놀라지 않았다.

스틸은 페인트와 붓을 연석에 내려놓고 공중전화 부스로 재빨리 걸어갔다. 그가 문을 닫자 불이 켜졌다. 그는 금세 나와서 좀전의 그 자리로 얼른 돌아가 페인트를 집어들었다.

지미가 말했다. "당신이 계속 내 에이전트를 맡더라도 구호물자를 받던 시절로 돌아갈 수는 없어."

*

1965년 여름, 파이어아일랜드에서 애비 휘틀록과 번 혼은 지미 캐머라노가 파인스 동쪽의 아무도 없는 모래언덕에 숨어 있다는 소문을 듣고 해변의 판잣길 안쪽으로 그의 작업실을 찾아다녔다. 지미는 시간당 2달러에 그에게 비치하우스 천장 도색 작업을 맡긴 건축업자에게 사정해서 얻은 자투리 목재와 타르 종이로 만든 집에 살고 있었다. 그의 주장에 따르면 음식값으로 하루 1달러를 쓰고 그 나머지로 뉴욕까지 오가는 뱃삯과 열차 요금을 내고 커널 스트리트에서 붓과 물감을 사면 되니 괜찮은 거래라고 했다. 그 집에는 천장에 뚫린 구멍 위에 비닐을 덧대고 스테이플러를 박아서 만든 채광창, 6볼트짜리 배터리를 쓰는 차량용 라디오, 허리케인 램프, 폐기물 처리장에서 주운 LPG 냉장고, 이젤 위의 캔버스를 덮은 침대 시트가 있었다.

번—그 당시만 해도 아직 화가 지망생이었다—이 물었다. "겨울은 어떻게 지내려고요?"

"바워리에 다락방을 하나 빌렸어요."

"이만큼 근사한가요?"

"그건 아니에요."

지미가 〈라이프〉에서 오려 녹이 슨 냉장고에 붙여놓은 클리퍼드 스틸의 작품이 번의 눈에 들어왔다. 〈PH-129〉. 번도 익히 아는 작품이었다. 거대한 노란색 전쟁터와 하나가 된 삐죽삐죽한 빨간색 조각. 만약 스틸이 숫자를 매기는 대신 제목을 지었다면 태양의 혈흔이라고 했을 것이다.

번은 불쑥 몸을 돌려 지미의 이젤을 향해 곧장 다가갔다.

그러고는 물어보지도 않고 침대 시트를 벗겼다.

시트 아래에서 드러난 그림을 보고 번은 주먹으로 얼굴을 얻어맞은 듯한 충격을 느꼈다. 쓰레기로 연명하는 이 청년이 자신만만했던 데에는 이유가 있었다. 그에 비하면 번의 재능은 손톱의 때만큼도 되지 않았다.

번은 생각하고 말고 할 겨를도 없이 반격을 날렸다.

"딱 미술계에서 필요로 하는 인재로군요. 또 한 명의 서정적 추상표현주의자."

"제목이 뭐예요?" 애비가 물었다.

"무제 1." 지미는 번을 어떤 식으로 받아들이면 좋을지 아직 결정을 내리지 못했고 골반바지를 입은 애비에게 훨씬 관심이 갔다. 번은 그의 작품을 두고 던진 뼈 있는 농담에 지미가 아무 반응을 보이지 않자 실망한 듯했는데, 외양으로 보았을 때 거침없고 돈이 많으며 가방끈이 길고 방황하는 사람 같았다. 애비는 반짝이는 파란 눈과 검은색 고수머리, 뭔지 모를 자신감에서 비롯된 여유로운 걸음걸이, 오직 그만을 위한 것처럼 느껴지는 미소가 특징이었다.

"나쁘지 않네." 번이 말했다. "전혀 나쁘지 않아."

애비가 말했다. "훌륭한데?"

번이 녹슨 냉장고 문을 열었다. 그가 느끼기에 냉장고 안은 바깥보다 미미하게 시원한 수준이었고 와인 반병이 들어 있었다.

"금방 올게." 그는 방충망으로 된 문을 열었다.

*

"드디어 단둘이 있게 됐네요." 지미가 말했다.

애비가 말했다. "내가 당신과 자고 나면 우리는 절대 친구가 될 수 없어요."

"네? 뜬금없이 그게 무슨 소리예요?"

"나는 당신 같은 부류를 알거든요."

"어떤 부류인데요?"

"이탈리아 남자. 나는 이탈리아 남자를 알아요. 당신들은 자기 자신을 어쩌지 못하죠."

"나 이탈리아 남자 아니에요. 미국인이에요."

"내가 무슨 뜻에서 하는 얘긴지 알잖아요. 당신 아버지는 여자 친구 없었어요?"

"그보다 더했죠. 난폭한 범죄자였거든요. 사람들을 건물 밖으로 집어던졌어요."

"미안……"

"그럴 것 없어요. 가끔 내가 그림을 그리면서 느끼는 희열을 아버지는 거기서 느꼈나 싶으니까."

"그런 얘기를 꺼내면 안 되는 거였는데. 하지만 농담 아니에요."

"왜 나랑 친구가 되고 싶은데요?"

"당신을 돕고 싶거든요."

"날 어떻게 도울 건데요?"

애비 휘틀록이 〈무제 1〉 앞에 자리를 잡고 섰다.

그녀는 한 가지 원칙에 따라 작품을 평가했다. 숨을 쉬기가 어려워지면 좋은 작품이었다. 이걸 클리퍼드 스틸의 파생작으로 간주한 번의 평가가 맞기는 했지만 눈곱만큼만 맞았다. 이 작품에는 나름의 격정이 있었다.

"누굴 통해서 이 작품을 팔 생각이에요?"

"작품이 충분히 모이면 화랑을 찾을 거예요."

"방금 전에 찾았어요."

"그래요?"

"내가 57번가에 화랑을 낼 거거든요."

57번가는 미술품 판매업계의 정상에 있는 화랑의 중심가였다. 애비는 지미에게 인생이 바뀔 만한 제안을 한 셈이었고, 지미 캐머라노는 멍하니 침묵을 지키다 "오" 한마디를 간신히 내뱉고 그만이었다.

*

번 혼은 판잣길을 따라 식료품가게와 주류 판매점이 있는 항구까지 1마일을 걸어가 누군가에게서 슬쩍한 빨간색 손수레에 구입한 물건들을 싣고 다시 판잣길이 끝나는 곳으로 돌아와 봉지를 양팔에 안고 덩굴진 옻나무를 피해가며 발이 푹푹 빠지는 모래사장을 묵묵히 걸었다. 무더위에 땀을 뻘뻘 흘리며 임무를 마치고 판잣집에 들어섰을 때 그는 그날의 두번째 펀치를 맞고 휘청거렸다.

애비가 〈무제 1〉이 아니라 지미 캐머라노를 예술작품인 양 황홀하게 쳐다보고 있었다. 그렇다고 작품에 욕심을 내지 않는 건 아니었다. 그녀는 그 작품이 얼마나 훌륭한지 모를 정도로 멍청하지 않았다. 하지만 그녀는 완벽한 패키지를 원했다.

지미는 희희낙락하는 기색이 역력했다. 아마도 그가 먼저 수작을 걸고 추파를 던지고 일말의 여지를 주는 눈빛을 흘렸을 것이다. 애비는 대체로 지조 있는 여자였다. 분명 지미가 먼저 수작을 걸었을 것이다.

번은 심장이 뒤틀리는 것을 느끼며 콜드컷*, 맥주, 콜라, 와인을 냉장고에 넣었다. 손이 부들부들 떨렸다. 그는 참치 캔, 과일, 커피, 무당연유를 합판 선반에 정리하고 캐머라노가 개미를 피해 숨겨놓은 거의 빈 설탕 병에 설탕을 부었다.

"생각해봤는데 말이죠." 번이 마침내 운을 뗐다. 그는 지미가 침대 시트를 다시 덮지 않은 이젤 앞으로 으스대며 걸어갔다. "당신의 문제는 이거예요."

"나는 아무 문제 없는데요."

이 개자식은 자신감이 하늘을 찔렀다.

"당신은 문제가 없다고 생각하는 모양이군요. 하지만 당신은 지금 클리퍼드 스틸이 1949년에 발표한 작품을 모방하고 있어요."

"나는 누구도 모방하지 않아요."

"똑같이 복사하는 건 아닐지 모르죠. 하지만 클리퍼드 스틸이 눈 위에 남긴 발자국 안에 당신 발을 욱여넣으려고 애쓰고 있잖아요."

지미는 전혀 동의하지 않았다. "세상에 혼자 그림을 그리는 사

---

* 얇게 슬라이스한 소시지.

람은 없어요. 에드워드 호퍼로 인해 애시캔화파*가 주목을 끌지 않았다면 지금 팝아트를 한다는 바보들에게 가망이 있었을 것 같아요?"

"그들이 바보라는 건 나도 동의하는 바예요. 하지만 그들은 호퍼도 애시캔화파도 모방하지 않아요."

"자기만의 것을 추가할 수 있으면 얼마든지 발자국을 따라가도 되죠."

번은 지미를 냉장고 앞으로 끌고 갔다. "이 작품을 오린 이유가 뭐죠? 여기 붙여놓은 이유는 뭐고?"

"그런 작품을 그릴 수 있는 사람은 없으니까요."

"내 말이 그 말이에요." 번이 얘기했다. "그의 발자국을 감싸고 있는 눈은 절대 녹지 않아요."

"그래요? 내가 불을 갖다대면요?"

번은 애비를 쳐다보았다. 그녀는 시선을 피했다. 그녀를 '잃게 생긴' 상황이 아니었다. 그는 이미 그녀를 잃었다. 이 재수없는 천재는 그의 여자친구를 빼앗아갔을 뿐 아니라 장차 클리퍼드의 발자국을 채울 가능성이 번보다 훨씬 높았다. 무슨 일이 생겨 그가 탈선하지 않는 이상.

아까는 보지 못했던 것이 번의 눈에 띄었다. 〈PH-129〉 아래에 지난달 〈뉴욕 타임스〉에서 오린 짧은 단신이 붙어 있었다. 로스앤젤레스에서 쓰인 1965년 6월 18일자 기사였다.

---

* 20세기 초 추상주의가 지배적이던 미국 미술계의 조류에 반해 도시 변두리에 사는 하층계급의 삶을 진솔하게 묘사하는 데 집중했던 화가들을 가리킨다.

신축한 로스앤젤레스카운티미술관이 오늘 사상 최초로 뉴욕 추상표현주의 화파를 역사적인 관점에서 고찰한 〈뉴욕화파: 제1세대〉 전시회와 함께 개관했다. 전시회에는 잭슨 폴록, 빌럼 더코닝, 프란츠 클라인, 클리퍼드 스틸 등이 참여했다.

"마지막 줄을 봐요." 번이 지미에게 말했다. "'평론가들은 미술관의 소장품에 심각한 공백이 있다고 주장했다.' 그게 무슨 뜻인지 알아요? 당신이 불을 지피고 들어갈 자리가 있다는 뜻이에요."

번이 예상한 대로 지미는 칭찬을 듣고 우쭐거렸다. "내 말이 그 말이에요." 지미가 말했다. "모든 게 소위 '새로울' 필요는 없잖아요. 결작은 자리가 있기 마련이에요. 존 슈엘러를 봐요."

번은 호들갑스럽게 앓는 소리를 냈다. "그 역시 파생된 서정적 추상표현주의자죠."

"존 슈엘러가 로스코를 뛰어넘을 수도 있어요."

"맞아요." 번이 말했다. "하지만 그럴 기회는 절대 없을 거예요."

"우리는 모두 파생작이죠. 슈엘러는 터너한테서 파생됐고. 팝아트를 하는 바보들은 호퍼한테서 파생됐고, 호퍼는 슬론에게서 파생됐고, 심지어 스틸도 파생작인걸요."

"클리퍼드 스틸은 누구에게서 파생됐는데요?"

"스틸은 스틸에게서 파생됐죠."

번은 웃음을 터뜨렸다. "내가 졌네요, 지미."

그는 병따개를 찾아서 맥주 두 병을 땄다. 애비는 와인을 마셨다. 그들은 대화를 나누었다. 베트남전이 점점 치열해지고 있었지만 지미는 몇 년 전에 고등학교를 졸업하자마자 징집돼서 군복무를 마쳤고 번은 무릎 문제로 신체검사에서 탈락했기 때문에 둘 다 경력이 단절될 걱정은 없었다.

"나는 그림을 접으려는 참이에요." 번이 불쑥 내뱉었다.

지미가 경악하며 물었다. "그림을 그만둔다고요?"

"그럴 때가 됐죠. 팝아트, 키네틱아트, 대지예술, 옵아트, 포토리얼리즘 때문에 평범한 화가는 설 자리를 점점 잃어가고 있잖아요. 당신은 걱정할 필요 없어요. 지미. 하지만 최고가 아닌 이상 가망이 없어요, 다들 아직 모르고 있을 뿐. 당신이 부럽지만, 나는 필연적인 결말을 모면할 수 있을 만큼 탁월한 재능의 소유자가 아니니까요."

"그럼 뭘 하려고요?"

번은 씩 웃었다. "평론가를 하면 되죠. 애비도 나더러 말을 잘한다고 그러거든요. 안 그래, 자기?"

애비가 물었다. "여기 혹시……" 그녀는 판잣집 여기저기를 손으로 가리켰다.

"뒤편에 변소 있어요. 깨끗해요."

그녀가 나가자마자 지미가 물었다. "애비가 정말 57번가에 화랑을 가지고 있어요?"

"그렇게 될 거예요."

"와우. 내 에이전트를 맡고 싶다고 했어요."

"그럴 만도 하죠. 팔릴 만한 작품을 감별하는 능력이 탁월하거든요."

"두 분이 혹시……?"

번의 가슴속에서 문득 희망이 샘솟았지만 헛된 희망이었기에 삼키는 수밖에 없었다. 애비는 저쪽으로 홀딱 넘어갔고 자기가 하고 싶은 대로 할 것이었다. 그가 아무리 애를 쓴들 가망 없는 싸움이었다. 그가 할 수 있는 일이라고는 아픈 속을 달래며 분노하는 것뿐이었다. 그가 말했다. "그냥 만나다 말다 하는 영원한 친구 비슷한 사이예요."

"애비가 자기 화랑을 열 만한 여력이 되나요?"

"뉴욕에서 활동하는 화가의 여자친구는 전부 아버지가 부자예요. 어머니는 그녀를 낳다 죽었거나 대책 없는 알코올중독자죠." 번은 지미가 전시회에서 소개를 받았거나 소문을 들은 적 있는 여자들의 이름을 줄줄이 읊었다. 그중 두 명은 접촉한 순간이 워낙 짧아서 어머니에 대해 파악할 겨를이 없었다.

"애비의 어머니는 어느 쪽인데요?"

"상관없잖아요." 번은 웃으며 뉴욕 미술계의 엄청나게 황당한 사건들을 재미있게 여기는 인텔리인 척했다. "결과는 마찬가지인걸요. 화가 앞으로 날아온 청구서가 해결돼. 아버지는 경악해. 잠깐 동안 다른 모두는 즐거운 시간을 보내. 그리고 작품이 완성되죠."

번은 둘 중 어느 쪽이 그를 더 갈기갈기 찢어놓는지 고민했다. 그녀를 앗아가려는 지미인지, 그에게로 넘어가려는 애비인지. 다행히 번은 선택할 필요가 없을 것이다. 한쪽에게 타격을 입히면 양쪽 모두 괴로워질 테니까.

일 년 뒤 애비는 57번가에 화랑을 열었다. 그녀에게는 사업적인 감각과 친구를 사귀는 재주, 그리고 새로워 보이는 것을 향한 뉴욕의 갈망과 일맥상통하는 취향이 있었기에 승승장구했다. 그로부터 다시 일 년 뒤에 그녀는 다운타운인 그린 스트리트에 휘틀록 소호를 열었다. 신시내티 출신의 기업가인 그녀의 아버지가 어느 날 들이닥쳐 매물로 나온 작품을 보며 감탄하는 대신 횡뎅그렁한 공간에 대해 따지고 들었다. "이건 도대체 무슨 사업이냐? 네 자산은 어디 있어?"

"저를 믿고 의지하는 오십 명의 화가가 자산이죠."

"그들은 자산이 아니다. 부채지."

"부채라 하더라도 돈이 되는 부채예요." 애비가 말했다. 그녀는 그 건물의 계약서를 보여주며 더이상 용돈을 받을 필요가 없다고 했다. 할머니가 그녀에게 직접 건넨 자금이 있다는 걸 두 사람 모두 알았지만 그녀의 인생을 통틀어 가장 짜릿한 순간이었다.

애비는 번이 성공을 목전에 두었던 화가 지망생에서 〈아트뉴스〉 〈아트 인 아메리카〉 〈아트 인터내셔널〉 〈에스콰이어〉 〈파티즌 리뷰〉의 프리랜서 기고가로 매끄럽게 변신해 이 세계에서 자리를 잡아가는 것을 지켜보았다. 그녀는 그를 응원했고—결과적으로는 서로 등을 긁어주는 셈이었다—〈파리 리뷰〉 편집자가 참석하는 디너파티에 초대하는 것으로 그에게 힘을 실어주었다. 번은 '인사이더 중에서도 인사이더'인 그 잡지에 팝아트의 '가공되지 않은 흥'을 칭찬하는 한편 그 존재에 직격탄을 날리는 기사를 기고한 덕분에 잡지

〈뉴욕〉의 창간호에 사진이 실렸다. "번 혼, 성공작을 엄선하는 미술상의 안목과 미술사학자의 배경 지식과 설득력 있는 문장으로 그 모든 걸 설명하는 평론가의 날카로운 필력을 갖춘 젊고 매력적인 독립 비평가."

〈뉴욕〉에서 그에게 고정 칼럼을 의뢰하려 한다는 소문이 들리자 애비는 〈타임스〉의 친구에게 연락했고, 〈타임스〉에서는 번에게 월급과 경비가 지급되는 자리를 마련해주었다. 미술 칼럼을 싣는 뉴욕의 다른 신문들이 도산하자, 번은 갑자기 자신이 선택한 유망주를 돈 많은 유명인으로 둔갑시키는 힘을 가진 권위자로 등극했다.

지미 캐머라노는 판잣집에서 여름을, 바워리에서 겨울을 그렸다. 애비는 가장 용감한 고객들을 유도할 수 있을 만한 영향력이 생기길 기다렸다가 그의 대표작을 휘틀록 소호에 전시했다. 번이 〈타임스〉에 기고한 리뷰의 첫 문장은 이랬다. "미술계에서 필요로 하는 인재, 또 한 명의 서정적 추상표현주의자."

지미는 신문을 바닥에 떨어뜨리고 주먹을 들어 벽을 쳤다.

"끝까지 읽어봐!" 애비가 말했다.

"복수야. 그 개자식이 당신과 내가 붙어 있다고 당신한테 앙갚음을 하는 거라고."

애비가 말했다. "나도 그럴 거라고 생각했어. 번이 그럴까봐 정말 불안했고. 그런데 웬일인지 몰라도 그러지 않았어. 나도 놀랐는데, 그 뒤에 뭐라고 했는지 들어봐." 그녀는 신문을 집을 필요가 없었다. 다 외우고 있었다.

"'더할 나위 없이 훌륭한 클리퍼드 스틸이 이미 있는데 클리퍼드 스틸이 또 한 명 필요하냐고 묻는 사람도 있을 것이다. 좋은 질문이다. 하지만 그린 스트리트의 휘틀록 소호에서 열리는 지미 캐 머라노의 새로운 전시회를 보면 그런 생각이 들지 않을 것이다. 여 기에서 방점은 '새로운'에 있다. 이 얼마나 훌륭한 화가인가! 당신 이 갖게 될 딱 한 가지 궁금증은 그가 어떻게 그럴 수 있었는지가 될 것이다. 그는 무슨 수로 삼십 년 된 화풍에 여름날 아침과도 같 은 신선함을 불어넣을 수 있었을까?'

이제 성공은 떼놓은 당상이야, 지미."

*

지미는 원래부터 일벌레였다. 이제 먹고살 걱정이 없어지자 생 산력이 급증했다. 그는 일 년도 안 되는 시간 동안 애비가 엄선해 새로운 전시회를 열 수 있을 만큼 많은 작품을 완성했다. 번 혼은 전시회를 무척 마음에 들어했고 〈타임스〉와 여러 잡지에 명문으로 호평을 실었다. 그는 가장 잘 팔리는 젊은 화가들을 개괄하는 〈아 트뉴스〉 기사에 첫 전시회로부터 일 년 반 뒤에 열린 지미의 다음 전시회 소개를 넣었다. 파이어아일랜드 국립해안공원에서 모래언 덕에 지은 지미의 판잣집에 안전 부적격 판정을 내리자 지미는 호 러스 기퍼드*에게 의뢰해 머나먼 워터아일랜드의 바닷가 깊숙한 곳에 미끈한 스튜디오하우스를 지었다. 그리고 바워리 셋집의 주 인이 월세를 올리려 하자 건물을 사버렸다.

리모델링 파티가 끝나고 모두 비틀거리며 집으로 돌아가고 애비

---

* 1932~1992. 비치하우스를 주로 설계했던 미국 건축가.

도 방으로 들어갔을 때 번이 물었다. "작업할 시간이 있었나?"

"별로 없었어. 리모델링하는 동시에 집을 짓느라 그쪽에 신경을 많이 써서."

"그동안 그런 게 전혀 없어?"

"몇 개 있긴 하지. 하지만 보여줄 만한 단계는 아니야."

"내가 사정해야 보여줄 참이야?"

지미는 전등 스위치를 올렸다. 그의 작업실을 차단했던 벽이 신기하게 스르르 열리면서 이젤 위로 불빛이 쏟아졌다. 지미는 몰랐지만 번은 이미 애비를 구슬려 작품을 슬쩍 본 상태였다. 그는 이젤 사이를 유유히 활보하며 금세 구경을 끝냈다.

"왜 벽이 필요한지 알겠네."

"그게 무슨 소리야?"

"파티에 내놓을 만한 음식이 못 되잖아, 안 그래?"

"지금 무슨 말이 하고 싶은 거야?"

번은 주머니에 손을 넣고 이 작품에서 저 작품으로 몸을 빙그르 돌렸다. "이게 도대체 뭐지?"

"기존의 화풍에서 탈피하려고."

"탈피가 아니라 그 안으로 빠져버렸는데, 허접한 내가 보기에는."

"그건 당신 착각이야." 지미가 말했다.

"게다가 후퇴하고 있어. 이건 네가 아니야. 이건 지미 캐머라노가 아니야. 이건…… 이걸 뭐라고 해야 할지 모르겠네."

"사실주의라고 하면 어떨까?" 지미가 말했다. "아니면 상징주의라든지. 구상주의라든지."

"어쩌다 이런 방향으로 가겠다는 생각을 하게 된 거지?"

"C 애비뉴에 바가 있거든. 예전에 수영장인가 뭐 그런 거였는지, 지하에 거대한 창고가 있어."

"나도 들었어."

"월요일 밤마다 거기서 삼백 명의 구상주의 화가가 자기 작품을 보여줘. 모두들 그걸 보고 의견을 얘기하지. 결국 주먹 싸움으로 번지는 경우도 봤어."

"구상주의는 너무 낡았잖아."

"너무 낡았으니까 새롭지."

"하지만 너는 이럴 필요 없잖아. 너는 성공했어. 사랑을 받는 화가야. 돈도 많아. 앞으로 죽을 때까지 그림을 그리는 족족 팔 수 있다고."

지미가 말했다. "예전에 나더러 스틸의 발자국을 밟으려 하지 말라고 그랬잖아. 기억해? 결국에는 당신 말이 맞았어. 계속 같은 걸그릴 수는 없어. 이제 나는 이런 작품을 그릴 거야."

"나라면 원래대로 돌아가겠는데……" 번은 다시 주위를 두리번거렸다. "뭐, 아까 너도 얘기했다시피 그나마 작품이 몇 개 안 되네." 갑자기 그의 표정이 부드러워졌다. "이런 맙소사, 지미. 미안. 내 말 듣지 마. 너만의…… 뭐랄까, 직감, 뮤즈, 본능을 따라야지. 너는 훌륭한 화가야. 그러니까 네가 알아서 하겠지……"

그는 문 앞에 다다르자 참지 못하고 뒤돌아서 말했다. "나를 대신해서 애비한테 굿나잇 키스를 해주겠나?"

번은 지미가 자신의 말을 듣지 못했을 거라 생각했다. 지미의 얼굴에 깊은 혼란이 번지고 있었다.

＊

클리퍼드 스틸은 차도로 내려가 페인트 통에 붓을 담갔다 뺀 다음 무릎을 굽힌 채 붓을 길에 대고 걷기 시작했다.

애비가 물었다. "뭐하는 거지?"

지미는 구겨서 주머니에 넣어놓은 번의 리뷰를 꺼내 반듯하게 펴고 도시의 밝은 밤하늘에 의지해 말없이 읽었다.

내가 캐머라노의 그림에 투자한 수집가들을 배신한 걸까? 그건 아니다. 그들은 성인이며 자신들이 구입한 작품을 보고 앞으로도 계속 아름답다고 느낄 가능성이 크다. 그중에서 가장 훌륭한 작품은 철학적인 울림을 줄 것이다. 게다가 진정한 미술 애호가라면 잠 못 이루는 어두컴컴한 밤에 컬렉션의 금전적인 가치를 곱씹지는 않을 게 아닌가? 하지만 화가와 수집가 양쪽 집단 모두에게 시인하건대, 내 판단이 틀렸다. 휘틀록 소호에서 가장 최근에 열린 캐머라노의 전시회에서는 악취가 풍겼다―낡은 타이어를 재생하는 고무 공장에서 풍기는 악취가. (나는 '마지막 전시 및 그 이전의 전시, 기타 등등과 다를 게 없다'는 뜻에서 **가장 최근**이라는 단어를 썼다.) 캐머라노가 달라질 일이 있을지―최소한 발전하려고 노력을 기울일지―는 그가 알아서 할 문제다. 하지만 그에게 클리퍼드 스틸을 이제 그만 좀 우려먹으라고 하면 지나친 부탁일까?

번 혼은 처음부터 함정을 파놓았다. 아주 처음부터 지미를 말살할 작정으로 함정을 파놓았다. 그리고 지미는 어리석게도 번의 말을 들었다.

"클리프가 뭘 하는 거지?" 애비가 다시 물었다.

지미는 이미 한눈에 알아차렸다. "말을 그리는 거야. 아까 거리에 말이 있어야 한다고 했잖아, 그러니까 말을 그리는 거지. 저 차는 어쩔 작정인지 모르겠네."

점점 형체를 갖추어가는 말을 보니, 이쪽 연석에서 저쪽 연석까지 완벽한 비율로 그려지고 있는 선이 딱 한 대 주차되어 있는 차에 막혀 갑작스럽게 끊길 운명이었다.

"내가 왜 번의 말을 들었을까? 내가 왜 새로운 작품을 모두 버리고 스틸 흉내내기로 돌아갔을까?"

"흉내낸 게 아니야." 애비가 단호하게 얘기했다. "절대 그런 소리 하지 마."

"처음에는 아니었어. 나중에는 맞았고. 그래서 변화를 시도했어야 했는데…… 번이 나를 속였어. 하지만 팔 년이 지났잖아, 애비. 얼마나 더 있어야……?" 그는 말끝을 흐리며 거리로 시선을 돌렸다.

애비는 팔 년이 지난들 나를 잊을 수 있겠느냐고 묻는 듯한 잔망스러운 미소로 그의 주의를 돌리려 했다. 하지만 스틸이 주차된 차에 점점 더 가까워질수록 지미는 점점 더 관심을 보이며 지켜보았다. 문득 그의 얼굴이 환해졌다.

"아, 의도한 게 저거구나!"

클리퍼드 스틸이 말의 꼬리를 동그랗게 말아서 등 위로 올라가게 그리자 녀석이 갑자기 신나게 달리기 시작했다. 그는 빈 페인트 통과 붓을 넘치는 쓰레기통 위에 얹고 주머니에서 열쇠를 꺼내 차에 올라타더니 저멀리 사라졌다.

애비는 난간 너머로 손을 뻗어 지미의 어깨에 올렸다. "당신은 흉내낸 게 아니야."

"나는 사랑을 받는 게 좋았어. 거기에 중독됐어."

"누군들 안 그렇겠어?"

지미는 말을 가리켰다. "스틸은 안 그래."

"다행이네. 우리 가서 술 한잔 마시자."

"다행이라니 그게 무슨 소리야?"

"스틸의 메시지를 알아들어서 다행이라고."

지미 캐머라노는 애비 휘틀록 쪽으로 고개를 돌렸지만 난간에서 내려오지는 않았다. "내가 그림을 접더라도 내 곁에 있어줄 거야?"

"앞을 못 보게 됐는데 맹도견 없이 차도를 건너겠느냐고? 아니. 당신 곁에 있어주지 않을 거야."

"그림을 접지는 않지만 더 많이, 더 잘 그려보려고 뉴욕을 떠나겠다고 하면 같이 떠나줄 거야?"

"아니. 나한테는 두 개의 화랑과 나를 믿는 오십 명의 미친 화가가 있어."

"놀러는 올 거야?"

그녀는 그의 얼굴을 어루만졌다. "떠난 걸 후회하지 않을 만큼 자주."

지미 캐머라노는 말을 내려다보았다. 그렇게 아름다운 작품은 처음이었고 그러면 절대 그리지 못했을 것이었다. 그는 두 손으로 난간을 단단히 잡았다. "만약 내가 허공으로 뛰어내리면?"

"미술계는 아무 이유 없이 걸작을 하나 잃게 되겠지."

"겨우 하나?"

"클리퍼드 스틸이 오늘밤에 메릴랜드에서 여기까지 오지 않았다면 그 시간에 걸작을 하나 그릴 수 있었을 테니까. 그에게—그리고 나에게—그 정도 빚을 졌으면 옥상에서 내려가 다시 작업을 해야 하는 거 아닐까?" 애비가 특유의 미소를 짓자 지미는 생각했다. 스틸의 말이 맞아. 내 길을 가면 절대 틀릴 일이 없어.

"뛰어내려!"

지미는 허리를 숙이고 아래를 내려다보았다. 번 혼이 인도에 서서 손을 입에 대고 외치고 있었다. 말도 소용이 없을 경우 애비를 도와 지미를 설득할 수 있도록 클리퍼드 스틸이 전화로 부른 것이었다. 다만 스틸은 번에게 다른 속셈이 있다는 걸 전혀 알지 못했다.

"뛰어내려!"

허리를 숙이느라 지미는 균형을 잃었다.

"뛰어내려, 안 그러면 다음번 전시회도 밟아줄 테니까."

지미 캐머라노는 괴물 석상을 팔로 감쌌다. 석상이 아주 묵직하게 난간 저편으로 기울었다. 석상과 함께 추락하기 전에 손을 놓을 수 있는 백분의 일 초가 그에게 주어졌다. 하지만 그는 그 백분의 일 초 동안 다른 방안을 생각해냈다. 그는 어마어마하게 무거운 괴물 석상을 밀어내며 그 반동을 이용해 다시 난간 위로 몸을 일으켰고 석상은 살짝 방향을 바꾸었다 아래로 돌진했다.

그의 아버지였다면 번에게 뭐라고 외쳤을까?

"받아라!"

대도시

세라 와인먼

세라 와인먼은 『여성 범죄소설 작가 선집: 1940년대와 1950년대 서스펜스 소설 여덟 편*Women Crime Writers: Eight Suspense Novels of the 1940s & 50s*』(라이브러리 오브 아메리카)과 『불안한 딸들, 뒤틀린 아내들: 가정 서스펜스 소설의 선구자 단편집*Troubled Daughters, Twisted Wives: Stories from the Trailblazers of Domestic Suspense*』(펭귄)을 편집했다. 〈엘러리 퀸 미스터리 매거진〉〈앨프리드 히치콕 미스터리 매거진〉과 여러 선집에 소설이 실렸고, 선집 『무죄의 해부: 잘못 기소된 피해자들의 증언*Anatomy of Innocence: Testimonies of the Wrongfully Convicted*』(리브라이트)을 비롯해 가장 최근에는 〈뉴욕 타임스〉〈가디언〉〈뉴 리퍼블릭〉에 기사와 에세이가 실렸다. 『롤리타』의 소재가 된 실제 납치 사건을 다룬 신작이 에코에서 출간됐다.

〈작업실의 누드〉, 릴리어스 토런스 뉴턴

깡패인 남자친구의 집 거실 벽에 자기 어머니의 초상화가 걸려 있으리라고 예상하는 사람은 없을 것이다. 그것도 초록색 힐 말고는 실오라기 하나 걸치지 않은 초상화가 말이다.

"저 그림 어디서 났어?" 나는 바라던 것보다 훨씬 더 시비조로 물었다. 그의 집에 처음 가본 날이었다. 그 그림을 보기 전부터 여기 다시 올 일이 있을까 싶었는데 이로써 분명해졌다. 나는 이 집에 다시는 발을 들이지 않을 것이었다.

그는 고개를 돌려 그림을 보았다. 나는 그의 등을 바라보았다. 칼라가 달린 흰색 셔츠는 시커멓게 엉킨 그의 털을 제대로 덮지 못했다. 그와 리츠칼턴호텔 스위트룸에서 오후에 몇 번 떡을 쳤을 때 그 넓고 풍성한 숲을 손으로 쓰다듬곤 했었다. 내가 그의 어떤 부분에 매력을 느꼈는지 다시금 생각이 났다. 권력, 지위, 돈. 그리고 내가 혐오하는 부분은 몸, 얼굴, 매너.

그가 돌아섰다. "어느 집 유품 세일 때 샀어." 그가 말했다. 러시아 억양 때문에 콧소리가 섞였다. "내 마누라를 닮아서."

구역질이 파도처럼 내 뱃속을 휘저었다. 원인이 내 어머니인지 그의 아내인지 알 수 없었다.

"모델이 미인이네." 나는 중얼거렸다.

"로절리보다 훨씬 미인이야. 내가 왜 마누라 얘기를 하고 있지? 마누라는 여기 없고 너는 여기 있는데."

그는 내 손목을 향해 손을 뻗었다. 나는 가만히 있었다. 나중에, 기둥이 네 개 달린 그의 킹사이즈 침대에서 그가 나를 뒤로 덮쳤을 때 나는 이불에 얼굴을 묻으며 그가 실은 그림 속의 여자를 떠올리고 있을 거라는 생각을 하지 않으려 애썼다. 우리 어머니.

그때 나는 생각을 바꾸었다.

나는 이 집을 다시 찾을 테지만, 그를 만나기 위해서가 아니었다. 나는 그 그림이 필요했다.

*

내가 어머니에 대해 할 수 있는 얘기는 남들에게 들은 것뿐이다. 그녀는 내가 태어난 지 한 달 만에 세상을 떠났다. 들은 얘기는 제각각이었다. 우리 아버지 말로는 패혈증 때문이었다. 친할머니 말로는 저주 때문이었다. 새어머니는 그 얘기가 나오면 괴로워하는 눈빛이 되었다. 그러니까 내가 아는 걸 전부 합쳐도 별것 아니라는 뜻이다.

나는 열다섯 살 때까지 그녀를 그리워하지 않았다. 요리, 청소,

다림질, 동생들('배다른'이라는 단어는 붙이지 않았다) 돌보기 등 집안일에 해당하는 온갖 일을 하느라 정신이 없었다. 나는 열두 살에 학업을 중단했다. 내 또래 여자아이들은 다 그랬다. 열다섯 살이 되자 아버지와 그의 아내가 나를 근처 농장에서 일하는 어떤 일꾼과 결혼시키려 했다. 착한 남자였다. 하지만 그의 아이를 낳는다는 상상을 하자, 내가 자란 작은 마을의 전통에 따라 열댓 명은 고사하고 하나라도 낳는다는 상상을 하자 난처한 자리에서 저녁 먹은 걸 토하고 말았다. 다른 선택지인 수녀가 되는 건 가능성 없는 얘기였다. 종교에 귀의하는 것은 농장 일꾼과 결혼하는 것보다 더 혐오스러웠다.

그래서 나는 대신 몬트리올로 갔다. 그것 역시 내 또래 여자아이들이 하는 일이었다. 하지만 나는 그녀를 따라 한 것이기도 했다.

물론 거기서 그녀를 찾지는 않았다. 그녀는 죽었으니까. 대신 말썽거리를 찾아다녔다. 쉼터에서 잠을 자고 길거리를 헤매며 돈 있는 남자를 찾아 이 나이트클럽에서 저 나이트클럽으로 전전하는 도체스터 스트리트의 또 한 명의 귀염둥이. 남자들은 어떨 때는 집시 로즈 리의 가터벨트에 돈을 던질 준비를 하고 셰파레에 모였다. 또 어떨 때는 듀크나 마일스가 늦은 밤 즉흥 공연에서 대결을 펼쳐주길 바라며 카사로마를 들락거렸다. 그들은 항상 배회했고 나는 먹잇감으로 간주됐다.

그 깡패를 만난 건 다른 경로를 통해서였다. 나와 새롭게 한집을 쓰게 된 친구는 몬트리올에 온 지 삼 일 된 새내기였는데, 주중 오후에 할 만한 실없는 짓을 찾고 있었다. 우리는 요금이 시간당 1달러인 세인트캐서린 스트리트의 볼링장에 갔다. 첫번째 게임이 반쯤 끝났을 때 우리 레인에서 뜨끈한 기운이 느껴졌다. 적어도 나는 그렇게 느꼈고, 돌아보니 그 깡패가 다 뒤집어엎어버리겠다는 눈빛을 번뜩이고 있었다.

"너희가 우리 레인을 차지했어." 그가 말했다. 당시에는 억양이 지금처럼 강하지 않았다.

"돈 냈는데요."

"여기는 원래 우리 레인이야."

"이번에는 아니네요."

"그래도 아무튼 돈을 낼 거다." 그는 옷차림이 비슷한 다른 남자들을 손짓으로 불렀다. 그리고는 모국어로 그들에게 뭐라 뭐라 하더니 다시 영어로 내게 말했다. "볼링 잘 치는 게 좋을 거야. 너한테 돈이 걸렸어."

같이 사는 친구의 이마에 땀이 맺혔다. "뭐가 걸렸다는……"

"입다물고 볼링이나 쳐, 마리-이브." 그녀는 다시 말을 꺼내려다 노려보는 내 눈빛을 알아차렸다. 그녀는 입을 다물었다.

우리는 볼링을 쳤다. 그들은 내기를 걸었다. 우리의 점수는 처참했다. 그들은 껄껄 웃었다. 누가 이기고 졌는지 기억이 나지 않는다. 이후에 남자들은 우리를 크리스털 팰리스로 데려가 술을 마시는 족족 사주었다. 마리-이브는 이날의 경험에 겁을 먹고 일주일 뒤에 이사를 나갔다. 바로 그날 밤에 나는 그 깡패와 처음으로 떡을 쳤다.

나는 한동안 이런 식으로 살았다. 안 될 이유가 뭔가? 몸을 막굴려보니 짜릿했다. 타두삭이라는 작은 마을과는 천지 차이였다. 그곳에서의 미래에는 낙이 없었다. 이곳에서의 현재에는 쾌락뿐이었다. 하지만 현재는 절대 영원하지 않다. 나는 아직 스무 살도 되지 않았는데 썩기 시작하는 게 느껴졌다.

그 느낌은 어머니의 초상화를 봤을 때까지 남아 있었다. 나는 어디든 들고 다니는 딱 한 장뿐인 사진 덕에 모델이 어머니라는 걸 알았다. 하도 낡아서 쭈글쭈글해졌어도 당시 기껏해야 스물두 살밖에 되지 않았을 이 여인의 생명력을 가리지 못했다. 그녀는, 내어머니는 미래로 이글이글 타올랐다.

그 미래의 불꽃이 나의 출생으로 꺼져버렸다.

내가 그 유화를 보고 동요한 것은 놀라서이기도 했지만 표정 때문이기도 했다. 그녀는 망설이는 것 같았다. 이러지도 저러지도 못하는 것 같았다. 연약해 보이는 게 알몸이기 때문만은 아니었다. 그녀가 풀리지 않는 수수께끼라는 걸 깨닫는 데 내 평생이 걸렸다. 남자친구의 집에 걸려 있는 이 단서 때문에 문제가 더 복잡해졌다.

그녀의 이야기에 변수가 추가됐다. 내 이야기에도. 내 안의 썩은 부분이 작아지고 수치심이 커졌다.

나는 어머니를 찾을 수 없었다. 하지만 또 어떻게 보면 찾을 수 있었다.

*

일어나보니 그가 보이지 않았다. 내 옆에 쪽지가 놓여 있었다. 열시 전에 나가. 괘종시계가 아홉시를 알렸다. 이건 무언의 허락일까 아니면 그냥 아무 생각이 없는 걸까? 나는 고민을 접었다. 아내와 같이 쓰는 침대에서 애인과 떡을 친 사람이니 당연히 아무 생각이 없는 거였다.

벌건 대낮의 햇빛은 내게 아무 도움도 되지 않겠지만 시간대는 별문제가 아니었다. 이 그림을 벽에서 떼어내 들고 가면 내가 얼마나 생각이 없는 인간이 될까? 대담하지만 너무 대담하지는 않은 방법이 있을까? 나는 어제 입었던 옷을 입고 내게서 풍기는 너저분하고 싼티 나는 분위기에 신경쓰지 않는 척하며 거실로 나갔다.

나가보니 나 말고도 다른 사람이 있었다.

"마드무아젤 클레아." 모르는 목소리가 들렸다. 낮고. 굵었다. 영어 사용자의 억양이 아주 희미하게 느껴졌다.

내 이름은 클레아가 아니었다. 내 어머니 이름이 클로틸드였다. 그 정도면 충분히 비슷한가?

나는 아무 말도 하지 않고 낯선 사람의 생김새를 살폈다. 중키에 늘씬하고 중간 정도 밝기의 갈색 머리에 페도라를 살짝 얹어 썼다. 밝은 초록색 눈이 모든 게 중간인 다른 외모를 벌충했다. 그 눈 덕분에 딱히 매력적으로 변신했다기보다 뚜렷한 개성이 생겼다.

그는 기억을 지우려는 듯 고개를 저었다. "세 마 포트."* 그가 말했다. "그녀일 리 없지. 하지만……" 그는 그림 쪽으로 고개를 까딱였다.

"지금 무슨 말을 하는 건지 모르겠네요." 나는 발끈했다.

남자가 대답 대신 지은 미소는 여우 같았다. '여우 같다'는 내가 몬트리올로 건너와서 근사한 옷을 입고 온 도시를 활보하는 늑대들을 보기 전에는 있는 줄도 몰랐던 단어였다. "모르다니. 누가

---

* '내 실수'라는 뜻의 프랑스어.

봐도 닮은꼴인데. 안드레이도 그걸 알고 당신을 애인으로 삼은 건 가?"

나는 할 수 있는 말이 많았지만 전부 예의에 어긋나고 천하에 몹쓸 단어뿐이었기에 침묵을 선택했다.

"나도 거기 있었어. 볼링장에."

나는 방의 기온이 떨어지는 걸 느꼈다.

"그는 다른 아가씨를 선택했어야 했는데 너한테 끌렸지." 남자는 다시 프랑스어로 하던 얘기를 계속했다. "이제 보니 이유를 알 겠네."

"나는 모르겠는데요." 나는 말허리를 잘랐다. "그가 이 그림을 가지고 있는 이유가 뭐죠?" 나는 두 팔로 가슴을 끌어안았다. 가운으로 온몸을 감싸고 있는데도 발가벗은 것처럼 느껴졌다.

"복수." 남자가 말했다. 그는 모자를 벗어 그림 근처에 있는 벽난로 선반에 올려놓았다. 뜻밖에도 그는 머리가 벗어지지 않았고 꼬불꼬불한 고수머리였다. 내가 빤히 쳐다보자 그의 뺨이 점점 빨개졌다. "평소에는 모자를 벗지 않는데." 그는 중얼거렸다.

"복수라뇨?" 나는 따져 물었다.

"그는 그 화가한테 눈독을 들였는데 갖지 못했거든."

"화가란 말이죠. 모델이 아니라."

그 미소가 다시 등장했다. "뭐, 네 말도 맞아. 하지만 화가가 차지하는 비중이 훨씬 크지."

나는 다시 어머니의 초상화를 쳐다보았다. 클로틸드. 망설임이 이제는 다르게 보였다. 이보다 더 불편하게 느껴질 수가 없었다. 나는 이런 생각을 곱씹을 엄두가 나지 않았다. 그래서 차단해버렸다.

하지만 여전히 이름을 알 수 없는 그 남자는 복잡한 내 생각을 읽었다. 그는 그걸 내 머릿속에서 뽑아내 우리 둘 사이에 늘어놓고는 다시 살리고 연기를 내고 불을 붙일 수 있었다.

"디-무아."* 나는 속삭였다.

그의 목소리가 더 굵고 낮아졌다. "열시가 거의 다 됐어. 우리 둘 다 나가야 해."

"얘기해요!" 나는 영어로 쏘아붙였다.

"그래, 얘기해야겠지." 그는 동의했다. 그가 내 왼팔을 잡았다. 그 충격에 우리 둘 다 정신이 번쩍 들었다. 어깨가 찌릿했고 나는 놀란 표정으로 그를 올려다보았다.

깨달음이 찾아왔다. "당신도 이것 때문에 여기에 온 거군요. 그림 때문에." 나는 그를 똑바로 쳐다보았다. "그녀가 당신한테 뭐였길래요?"

그는 더이상 아무 말도 하지 않았다. 그가 다시 내 팔을 잡았고 나는 순순히 팔을 맡겼다. 눈을 감았다 떠보니 그의 차 안이었다. 우리 둘 다 뒷좌석에 앉아 있었다. 다른 누군가가 운전을 하고 있었다.

이윽고 그가 화가와 그녀의 모델에 대해 이야기를 시작했다. 그림을 그린 사람과 내 어머니에 대해.

---

* '얘기해요'라는 뜻의 프랑스어.

*

화자는 그다. 주인공은 내 어머니다.

역사는 내 어머니 안에서 반복됐다. 클로틸드. 그녀 역시 작은 마을의 답답한 테두리에서 벗어나 무언가를 찾으러 나선 시골 소녀—타두삭의 옆옆 마을인 생리비에르 출신이었다—였다. 그녀 역시 결혼을 앞두고 모험을 찾아 대도시로 도망쳤다. 한 세대 전의 이곳 분위기는 지금과는 다른 방식으로 어수선했고 주식시장 붕괴의 불씨가 남아 있었기에 비참한 인간들이 절박하게 쾌락을 찾아 다녔다. 어쩌면 지금보다 더 위험했을지도 몰랐다.

하지만 그녀는 곤란한 지경에 놓이지 않았다. 전혀 아니었다. 당장은 그랬다. 그녀는 열심히 청소하고 바닥을 닦고 부엌을 훔치며 닥치는 대로 돈을 벌었고, 쓰고 남은 돈은 고향에 보냈다. 가족들은 그녀가 떠났다는 사실에 마음이 상했지만 보내는 돈은 넙죽넙죽 받았다. 그것이 연락이 끊기지 않은 유일한 이유였다. 클로틸드는 부모님과 수많은 동생이 보고 싶었을 테지만 속내를 절대 드러내지 않았다. 그들을 부양하는 것은 그저 그녀의 의무였다.

일을 맡기는 사람 중에 그녀와 나이차가 별로 나지 않는 사람이 있었다. 여자이고 아이가 있었지만 남편은 없었다. 그녀도 가정을 꾸리려고 해보았지만 남편은 그녀의 능력을 고마워할 줄 몰랐다. 둘이 돈을 버는 속도보다 그가 돈을 쓰는 속도가 더 빨랐다. 그들의 결혼생활은 파경으로 끝났다. 그는 정신을 차리고 빈털터리로 떠났지만 그녀에게는 건사해야 할 새 생명이 남았다. 남편은 본 적도 없고 부양한 적도 없는 아들이 일곱 달 뒤에 태어난 것이었다.

그래서 여자는 자기가 가진 최고의 능력을 다시 발휘했다. 집안일과는 아무 관계가 없는 능력이었다. 그녀는 집을 칠하지 않고 사람들을 그렸다. 결혼 전에 했던 일이었고 모델들은 그녀의 작품을 좋게 평가했다. 전시회에 몇 점이 소개되었고 사가는 사람들도 있었다. 이 나라는 전 세계의 다른 모든 나라와 마찬가지로 불황이었다. 하지만 이 여자는 그럭저럭 버텼다. 화가는 돈이 들어오는 때라도 고군분투하기 마련이라 아주 잘 지낸 건 아니었지만, 그래도 아들 먹일 걱정은 크게 하지 않아도 되었다. 사람을 써서 집안일을 맡길 수 있을 정도였다.

그녀는 친구의 친구를 통해 클로틸드를 소개받았고 바로 다음 날부터 일을 맡겼다. 거의 일 년 동안 그들은 지시 사항을 주고받는 것 외에는 거의 말을 섞지 않았다. 한 가지 특별한 지시 사항이 있었는데, 여자가 그림을 그리는 동안 방해하지 말라는 거였다. 클로틸드에게는 전혀 문제가 되지 않았다. 그녀는 여자가 그린 초상화 근처에 있으면 불안했다. 그녀가 좋아한다고 볼 수 없는 메시지를 전달하기 때문이었다. 세상을 향한 예리한 시선. 의도치 않게 드러난 비밀.

클로틸드는 여자의 모델이 되면 자신의 비밀도 드러날지 모른다는 생각이 들었다.

그러던 어느 날 아침, 클로틸드가 부엌바닥 청소를 마쳤을 때 여자의 비명소리가 들렸다. 그녀는 걱정이 돼서 성소를 침범했다. 여자는 처음에는 분노로 눈을 번뜩였지만 이내 평정심을 되찾았다.

"미안해요. 그런 식으로 반응하면 안 되는 거였는데."

"왜 그러세요, 마담?"

여자는 고개를 저었다. "아무것도 아니에요…… 아, 젠장." 여자의 눈에 눈물이 고였다. "아무것도 아니지 않아요. 큰 계약이 날아가게 생겼어요. 내가 그리기로 되어 있던 모델이 일을 거절했어요."

클로틸드는 하고 싶은 말이 산더미였지만 아무 말도 하지 않았다. 여자가 마음을 먹었을 때 할 얘기를 다 하도록 내버려두는 편이 나았다.

"이런 작품의 모델이 되어달라는 게 얼마나 난처한 요청인지 나도 알아요. 하지만 이 정도로 큰 건의 의뢰가 들어오면 돌봐야 하는 아들도 있고 해서 거절할 수가 없는데……"

"제가 할게요." 클로틸드가 불쑥 말했다.

여자는 말을 멈췄다. 그녀는 클로틸드의 모든 것을 눈에 담았다. 클로틸드를 머리끝에서 발끝까지 살핀 그녀의 눈이 반짝거렸다. 처음에 여자가 한 말은 "흠"이 전부였다.

"싫으시면……"

"싫지 않아요. 모델이 당신이랑 좀 비슷하게 생기긴 했어요. 괜찮을 것 같아요. 내가 뭘 원하는지 알아요?"

"며칠 동안 날마다 몇 시간씩 사모님 앞에 서 있는 거요?" 클로틸드는 작업실 출입을 금지당하긴 했지만 제법 오랫동안 일을 했기에 거의 날마다 연거푸 찾아오는 모델의 행렬을 익히 보아서 알고 있었다.

여자는 웃음을 터뜨리더니 손으로 입을 막았다. "네, 맞아요." 그녀는 잠시 뜸을 들였다. "하지만 여기가 외풍이 있거든요. 엄청 추워요. 그래서 불편할 수 있어요."

클로틸드는 이미 불편했다. 처음부터 그랬다. 하지만 그녀는 즉

흥적으로 이 집 일을 맡았고, 결과가 어떻게 될지는 모르겠지만 이 번에도 역시 그런 식으로 일을 맡게 되었다.

"알겠어요." 그녀는 여자에게 말했다.

"아니, 모를 거라고 봐요."

"알아요." 이번에는 클로틸드가 여자를 빤히 쳐다볼 차례였다. 화가를 머리끝에서 발끝까지 눈에 담을 차례였다. 클로틸드는 지금까지 여자를 이런 식으로 대놓고 쳐다본 적이 없었다. 그 감정이 두려웠지만 짜릿했다.

그러자 여자는—클로틸드는 그녀의 이름을 알았고 속으로는 그 이름을 불렀지만 절대 입 밖으로 내지는 않았다. 나중에 그 이름이 아주 중요해진 순간에조차도—필요한 대답만 했다.

"좋아요, 그럼. 내일 아침에 시작하기로 해요."

*

"당신이 그 아들이군요." 나는 말허리를 잘랐다. 차가 근사한 집 앞에 멈춰 섰다. 내가 자주 가지 않는 웨스트마운트 같은 동네에서나 볼 수 있는 집이었다.

그는 짜증을 내지 않을 정도의 예의는 갖춘 사람이었다. "맞아." 그가 말했다.

"그럼 생각보다 어리겠네요. 나는 당신 나이가 그하고……"

"그 남자 얘기는 하지 말자." 그가 앉은 쪽 문이 열렸다. "따라와."

"내가 따라가지 않으면 어딜 가겠어요?"

"그의 집으로 돌아가겠지." 그는 인도에 섰다. 나는 뒤따라 내렸다.

"설마요."

나는 그를 따라 집안으로 들어갔다. 외부 못지않게 근사했다. 나는 참지 못하고 물었다. "결국 아버지한테 경제적 지원을 받은 거예요?"

"아버지가 나를 키웠지." 일체의 반론을 용납하지 않는 말투였다. 아무런 과시 없이, 어디 반박해볼 테면 반박해보라는 듯이 그냥 존재하는 그 집의 부유한 분위기에 나는 주눅이 들었다.

"그리고 당신이 전부 물려받았고요."

"거의 전부라고 해야겠지. 그림은 없었으니까." 그는 맞은편의 고급 의자를 내게 권했다. 나는 의자에 앉았다. 그는 계속 서 있었다. "아버지는 그림이 있는 줄 몰랐어. 나도 네 남자친구를 만나기 전에는 몰랐고."

"그가 화가에게 눈독을 들인 이유를 설명하려던 참이었잖아요."

그는 대답하고 싶지 않은 눈치였다. 그는 비스듬히 고개를 돌려 좀더 자기 마음에 드는 바다의 어느 지점을 응시했다. 한참 시간이 흐르자 나는 그가 대답하지 않을 수도 있겠다는 생각이 들었다.

하지만 그가 거의 속삭이듯 말했다. "왜냐하면 그녀가 싫다고 했으니까. 그 같은 남자들은 항상 좋다는 대답만 듣거든, 설령 진심이 아니더라도." 그는 고개를 홱 들었다. 분노로 그의 초록색 눈이 번뜩였다.

"날 함부로 판단하지 마요." 내가 말했다.

"판단하지 않아. 세상은 이런 식으로 돌아가니까. 나도 잘 알아. 도덕성은 편안할 때나 걸치는 옷이지. 불편해지면 뱀의 허물처럼 벗어버리는."

나는 그의 쓸쓸한 말투에 폭발했다. "당신 집이 그런 용도예요?" 나는 내 말의 효과를 극대화하기 위해 이리저리 손을 흔들었다. "또다른 가면이에요? 나는 여기까지 왔는데 당신 이름도 모르잖아요."

"그리고 나도 네 이름을 모르지. 네 이름이 정말로 클레아가 아니라면."

그렇다면 교착상태였다. 그림의 이편에서 만난 다음 세대, 끝나지 않은 이야기. 나는 그 이야기를 끝낼 수 있길 간절히 바랐다.

"당신 어머니가 내 어머니한테 뭐라고 했는지 어떻게 알아요?"

그는 가장 가까운 의자에 앉아 다시 고개를 숙였다. "어머니가 얘기해주셨어, 나한테 상처가 될 거라는 걸 알면서도."

그가 다시 얘기를 이어나가자 나는 어떤 상처인지 이해하게 되었다.

*

첫날 아침은 정말이지 화가가 경고했던 것만큼 추웠다. 클로틸드는 두 팔을 머리 위로 올려 겨드랑이를 드러내고 자세를 잡자 온몸에 소름이 돋았다. 그녀는 다른 무엇보다도 겨드랑이 털이 가장 신경쓰였다. 하지만 화가가 그녀의 전부를 볼 수 있는 건 아니었다. 그녀는 그런 생각을 마음속 한구석에 멀찌감치 밀어놓고 이 일이 끝났을 때 응접실에 닦아야 하는 먼지가 얼마나 쌓였을지 같은 평범한 생각에 집중했다.

"왼팔을 오른쪽으로 살짝 옮겨요." 화가가 외쳤다.

클로틸드는 거의 기계적으로 그녀가 시킨 대로 했지만 그러느라 집안일 명상에서 깨어났다. 나머지 시간 동안 그녀는 몸을 움직이고 싶은 어마어마한 욕구에 시달렸다. 손이 닿지 않는 부분들이 긁어달라고 애원했다. 이런저런 생각이 빠르게 지나갔다.

이윽고 끝없는 시간이 지난 뒤에 화가가 박수를 한 번 쳤다. "짜잔." 그녀가 캔버스를 향해 외쳤다. 그러고는 클로틸드가 그녀를 볼 수 있도록 고개를 움직였다. 어렴풋한 미소가 화가의 입술을 장식했다.

클로틸드가 건방지게 먼저 말문을 열었다. "끝났나요?"

하지만 화가는 그 말을 들었는지 어쨌는지 모른 척했다. 이내 옅은 미소가 커다란 미소로 번졌다. "네, 클로틸드. 내일 아침에 봐요."

클로틸드는 작업실에서 빠져나와 자신의 방으로 건너갔다. 등 뒤에서 문이 닫히자 그녀는 늘 그렇듯 자기 자신과 트윈 침대, 옷장, 스탠드가 간신히 들어가는 방에서 답답증을 느꼈다. 하지만 그보다 더 깊숙이 마음을 파고드는 뭔가가 있었다. 그날 밤에 그녀는 이리저리 뒤척이며 그것의 정체를 고민했지만 답을 알 수 없었다.

그림을 그리는 시간이 계속 이어져도 답은 떠오르지 않았다. 화가는 이젤 앞에서 자세를 지시할 때 말고는 거의 입을 열지 않았다. 턱을 위로 들어요. 실눈 뜨지 말고 눈을 크게 떠요. 어깨 올려요, 다시 어깨 내려요. 오른쪽 다리를 그대로 내밀어요. 클로틸드는 어찌나 고분고분한지 명령을 받아들이는 게 아니라 명령 그 자체가 되었다. 화가가 또다시 "짜잔" 하고 외치는 것으로 그 시간이 마무리될 때면 클로틸드는 자신이 거의 인간이 아닌 것처럼 느껴졌다. 매번 작업실을 빠져나오며 초록색 구두를 벗어던질 때까지.

이런 식으로 한 주, 또 한 주가 흘렀다. 작업실 밖에서 클로틸드와 화가는 집안일을 두고 지시 사항을 주고받는 관계가 허용하는 한도 내에서 화기애애했다. 하지만 작업실 안에서는 얘기가 달라졌다. 두 여자가 거의 말도 섞지 않는데 어떻게 화기애애할 수 있겠는가? 몇 시간 동안 한쪽은 그림을 그리고 다른 한쪽은 최대한 가만히 있고, 더이상 못하겠다 싶을 때도 묵묵히 참는데.

그렇게 삼 주 반이 지났고, 변화가 일어났다.

작업을 시작했을 때가 4월이었는데 이제 5월이 다가오고 있었다. 클로틸드가 가장 좋아하는 달이었다. 살을 에는 겨울의 추위는 자취를 감추고 타는 듯한 여름은 아직 몇 주가 남았다. 그 사이의 기간에는 대기에서 약속의 냄새, 그리고 인동냄새가 풍겼다. 낙관주의가 필립스광장이나 메인 주변에 모인 사람들에게 스며들었다. 말도 안 되는 생각이긴 하지만, 로열산 꼭대기에 오르는 것이 견딜 수 없는 상상이 아니라 즐거운 상상이 되는 시기였다.

그런데 가장 좋아하는 달이 시작됐음에도 클로틸드는 이렇게 작업실이라는 감옥에 갇혀 있었다. 화가가 명령을 내렸을 때 클로틸드는 따르지 않았다. "양쪽 어깨를 수평으로 맞추라"고 하자 클로틸드는 한쪽 어깨를 필요 이상으로 심하게 내밀었다.

급기야 화가가 자리에서 일어서자 붓이 툭 하고 바닥을 때렸다.

"도대체 뭐가 문제예요? 우리가 이만큼 가까워졌는데 이제 와서 내 말을 듣지 않기로 작정한 거예요?"

화가가 좌절감에 언성을 높이자 클로틸드는 그래봤자 소리가 차단되지 않는다는 걸 알면서도 그러길 바라며 눈을 감았다. 그리고 한 박자 뒤에 다시 눈을 떴다. 화가가 그녀를 마주보고 있었다. 얼굴과 얼굴의 간격이 몇 인치밖에 되지 않았다.

"미안해요." 화가가 말했다. 평소처럼 중간 톤으로 목소리를 조정하는 도중에 그녀의 목이 메었다. "지금까지 너무나 잘해주었고 한 번도 불만을 내비친 적이 없었는데, 당신이 이제 와 그러니까 내가 충격을 받았나봐요." 얕은 한숨에 이어 후회가 담긴 빙그레한 웃음. 잠시 후에 화가의 손이 그녀의 어깨에 놓였다.

"나를 용서해줄래요?"

시간이 느려진 듯했다. 클로틸드는 화가를 마주보았고 충동을 흘려보내지 않고 화가의 다른 쪽 손을 붙잡아 그녀의 젖가슴 위에 올려놓았다.

"아마도요." 클로틸드가 말했다. 그러고는 허리를 숙여 화가의 입술에 입을 맞췄다. 시간이 잠깐 멎었다. 클로틸드는 몸속에 온기가 번지는 걸 느꼈고 체리와 사과가 섞인 맛이 나는 화가의 입술과 그녀의 몸을 더듬는 두 손의 느낌을 만끽했다. 한 손이 점점 아래로 내려가 클로틸드의 둔덕을 눌렀을 때 시간이 다시 흐르기 시작했다.

"안 돼." 화가는 속삭이고 얼른 손을 거두었다.

이번에는 화가가 작업실을 황급히 뛰쳐나갔다. 붓이 바닥에 놓여 있었다. 아직 옷을 입지 않았지만 홀로 남겨진 클로틸드는 과감히 이젤 앞으로 가서 화가가 남기고 간 작품을 확인했다.

클로틸드가 보기에 그림은 완성됐다. 그림을 통해 밖으로 드러난 그녀의 내면을 보는 듯한 기분이었다. 어쩌면 화가의 내면일 수도 있었다.

클로틸드는 뒤에서 숨을 들이쉬는 소리를 듣기 전에 느낌으로
알았다. 그녀가 고개를 살짝 돌렸을 때 두 개의 눈이 그녀를 올려
다보았고 한 쌍의 발이 허둥지둥 문에서 멀어졌다.

*

"무슨 일이 벌어졌는지 봤군요." 내가 말했다.

남자는 아무 대답이 없었다. 대답할 필요가 없었다. 얘기를 하
는 동안 새하얗게 질린 그의 얼굴을 보면 알 수 있었다.

"그때 몇 살이었어요? 네 살?"

"거의 여섯 살. 그리고 그때부터 나는 어린애가 아니었지."

"뭘 본 건지 알았어요?"

그는 연민이 가득한 눈빛으로 나를 바라보았다. 너무나 바보 같
은 질문이었다. 그래도 그는 대답했고, 그것은 아직도 고뇌를 해소
하지 못한 남자의 대답이었다.

"나는 마망*을 사랑했지만 다음날 마침 아버지가 찾아왔어. 즉
흥적으로 들른 거였을 거야, 그 전해에는 나를 거의 챙기지도 않았
으니까. 왜 그렇게 우울해 보이느냐고 묻기에 사실대로 얘기했지.
그러고 나서 미처 사태를 파악하기도 전에 나는 아버지와 함께 지
내게 됐고 부모님의 역할이 바뀌었어. 이후로 십 년 동안 어머니를
거의 만나지 못했지. 보더라도 잠깐이었고, 아버지가 돌아가시기

---

* '엄마'라는 뜻의 프랑스어.

전까지는."

나는 그 순간 모든 걸 이해했다. 그가 왜 볼링장에 있었는지. 왜 그 깡패의 궤도에 머물렀는지. 왜 그 그림을 원했는지.

"당신이 아니라 어머니를 위한 거로군요. 어머니가 아직 살아계신 거죠. 그렇죠?"

이번에도 그는 곧바로 대답하지 않았다. 자리에서 일어나 내 쪽으로 몸을 돌렸다. 나는 우리 둘의 키가 거의 비슷하다는 사실을 문득 깨달았다. 힐을 신으면 내 키가 더 클 것이었다. 그건 그가 속마음을 드러내며 내 손을 와락 붙잡았을 때, 내가 전혀 어려움 없이 우리 둘 사이의 거리를 좁혀 그의 입술에 가볍게 입을 맞출 수 있다는 뜻이었다.

그가 내 손을 잡고 말했다. "오늘밤에 그림을 가지러 가자."

그러고는 자기 이름을 알려주었다. 프랑수아였다.

*

내가 그 그림을 독차지하고 싶었던 건 어머니에 대해 아는 게 전혀 없는데 어머니가 거기 그렇게 있는 걸 보는 게 너무 마음 아팠기 때문이었다. 그런데 지금은 프랑수아 덕분에 더 많은 걸, 훨씬 많은 걸 알게 되었다―내가 찾아다니지는 않았지만 필요했던 정보들을 말이다. 그리고 그 정보와 더불어 그 그림은 내 것이 아니고 내 것이 될 수 없다는 깨달음을 얻었다.

하지만 그걸 가장 필요로 하는 사람에게 돌려줄 수는 있었다.

이후로 몇 시간 동안 프랑수아와 나는 분주하게 다른 일을 했다. 그리고 분주하게 서로를 탐닉했다. 시공을 초월하는 경험이었다고는 하지 않겠다. 그렇게 말하면 거짓말일 테니. 하지만 떡을 치고 나서 나 자신이 혐오스럽지 않기는 처음이었다. 내가 평생 동안 떨쳐버리려고 했던 상실감은 여전했지만 이제는 그걸 있는 그대로 받아들이고 거기에 좌우되지 않을 수 있었다.

우리는 크로크마담*(당연히 그의 요리사가 만든 거였다)과 체더치즈와 무화과와 과일을 먹으며 부엌 창밖으로 일몰을 감상했고, 빛이 사그라져 밤이 되자 새까만 셔츠와 바지로 갈아입고 검은색 복면을 쓴 뒤 기사에게 그날 밤에는 집에 있으라고 했다.

"전에도 시도해본 적 있어요?" 나는 궁금해졌다.

그는 고개를 저었다. "생각은 여러 번 했지. 거의 실행에 옮길 뻔한 적도 한두 번 있었고. 하지만 둘이서 해야 하는 일이라."

프랑수아는 부드럽게 차를 몰고 동네에서 빠져나와 코트데네주를 달려 메인에서 벗어났다. 십 분도 안 돼서 깡패의 호화로운 저택에서 한 블록 떨어진 곳에 차를 세웠다. 도망치기 좋을 만큼 가깝지만 너무 가깝지는 않은 곳이었다.

차에서 내렸을 때 나는 멈칫거렸다. "왜 그래?" 그가 속삭였다.

"모르겠어요." 나는 기다렸다. 잠시 후에 멀리서 누군가가 울부짖는 소리가 들렸다.

"가야 해." 그가 말했다.

"천천히요."

우리는 천천히 접근했다. 복면을 쓴 얼굴을 돌리고 울타리를 따

---

* 빵 사이에 햄과 치즈를 넣고 구운 다음 위에 달걀프라이를 올린 음식.

라 살금살금 걸었다. 하지만 걱정할 필요가 없었다. 오늘밤에는 밖에 아무도 없었다. 나는 누가 나타날 경우에 대비해 정신을 바짝 차렸지만 이보다 더 안전한 전선은 없었다.

나는 웃음이 나오려는 걸 꾹 참았다. 그토록 짧은 시간 동안 너무나 많은 일이 있었다. 나는 정보에 취하고, 어머니에 대해 너무나 많은 걸 배운 데 취했다. 클로틸드. 그녀는 화가를 만났을 때 지금의 나보다 어렸다. 앞으로 더 알아야 할 게 너무나 많았다.

하지만 아직은 때가 아니었다. 우리는 깡패의 집 앞에 다다랐다. 앞문으로 들어갈 수는 없었다. 프랑수아와 나는 허둥지둥 뒤편으로 향했다. 우리 둘 다 다른 통로를 알았다. 나는 정부이기에. 그는 복수를 하러 나선 자이기에.

창문이 살짝 열려 있었다. 프랑수아가 지렛대로 좀더 활짝 열고 나를 먼저 들여보냈다. 우리는 세탁실로 들어왔고 둘 다 쿵 하고 바닥을 딛자마자 이상한 낌새를 전보다 더 강하게 느꼈다.

"이층에서 무슨 소리가 들리는데요." 내가 말했다.

프랑수아가 손사래를 쳤다. "들어왔으니까 가자. 나가야 할 때가 되면 느낌이 오겠지."

우리가 걸음을 옮길 때마다 세탁실과 연결된 계단이 몸서리를 쳤다. 들킬지 모른다는 생각에 심장이 세 배로 빠르게 뛰었다. 프랑수아는 아무 감정도 드러내지 않았다. 그저 정적을 향해 정신을 집중하기에 나도 따라 해보았다. 그가 앞장을 섰고 계단 꼭대기에 다다랐을 때 우리는 함께 문을 밀었다.

꿈쩍하지 않았다.

"잠겼어요?"

"주 느 세 파. 주 팡스 크 농."* 그는 이마를 찡그렸다. 무슨 생각을 하는지 빤했다. 발로 걷어찰까, 말까?

그가 다시 문을 밀었다. 여전히 소용없었다. 발로 차는 수밖에 없었다. 하지만 도움닫기를 할 만한 공간이 없었다. 힘으로 밀어붙이든지 포기하든지 둘 중 하나였다.

프랑수아와 나는 문을 향해 몸을 던졌다.

문이 벌컥 열렸다.

남자의 시신이 복도 끝 바닥에 누워 있었다.

그리고 어떤 여자가 시신을 내려다보며 서 있었다. 멀리에서도 남자를 향해 총을 들고 있는 그녀의 눈빛에 깃든 분노가 느껴졌지만 동시에 패배감도 느껴졌다.

내가 숨 돌릴 겨를도 없이 프랑수아가 문을 닫고 금방이라도 무너질 듯한 계단을 후닥닥 내려갔다.

"얼른 내려와!" 그가 으르렁거렸다.

나는 그가 시키는 대로 했다.

이내 우리는 다시 집밖으로 빠져나와 숨을 헐떡였다.

올 때보다 네 배 더 길고 더 복잡한 다른 길을 통해 차로 돌아가는 동안 요란한 경찰차 사이렌소리, 깡패의 아내가 비명을 지르며 반항하는 소리, 체포 절차에 따른 권리 고지 문구를 낭송하는 경찰관의 음울한 목소리가 들렸다.

우리는 차를 타고 가는 십 분 내내 아무 말도 하지 않았다. 이윽고 프랑수아가 그의 집 앞 진입로에 차를 세우고 나를 돌아보며 복

* '모르겠어. 아닌 것 같은데'라는 뜻의 프랑스어.

면을 벗었을 때 체념이 그의 얼굴 전체에 드리워져 있었다.

"오늘밤에는 그림을 빼돌리지 못하겠다. 하지만 언젠가는 갖고 말 거야."

*

그러기까지 거의 구 개월이 걸렸다.

그 무렵 정식 이름은 로절리이고 친한 사람들 사이에서는 리사라 불리던 깡패의 아내는 살인죄로 오 년에서 십오 년 형을 살고 있었다. 다들 그녀가 법정에서 뭐라고 할지, 다른 증인들이 그 깡패에 대해 뭐라고 할지 두려워했기 때문에 그녀가 유죄를 인정하길 바랐다. 그녀를 몬트리올 밖으로 추방하는 것이 상책이었다. 총이 발사되고 그 깡패가 죽은 이유를 누가 알겠는가.

하지만 리사가 진술서에서 내 이름을 별로 반갑지 않은 방향으로 언급하는 바람에 사흘 뒤 경찰이 프랑수아의 집으로 나를 찾아왔고, 그제야 동기가 있을 가능성이 제기됐다. 나는 모두 사실대로 얘기하되 그림을 훔치러 갔다 실패한 일만 뺐다. 그들이 세탁실에서 누군가의 흔적을 확인하려 들지는 몰라도 추악한 비밀을 안고 있는 용의자를 체포했으니 우리를 계속 예의 주시할 것 같지는 않았다.

그 무렵 프랑수아의 집은 내 집이 되었다. 나는 예전과 마찬가지로 할일이 거의 없었지만 저질스러운 성관계와 그보다 더 저질스러운 약물로 가슴 저미는 공허감을 채울 필요가 없었다. 영원히 사라져버리고 싶은 생각이 드는 최악의 날에는 프랑수아가 항상 늦지 않게 나타나 붙잡아주었다. 그런 최악의 날을 겪은 지도 제법 되었다.

어머니의 초상화가 마침내 도착했을 때 나는 마음의 준비가 되어 있지 않았다. 나는 협상 과정 내내 관심을 두지 않았다. 프랑수아는 리사를 만나고 돌아올 때마다 표정이 전보다 더 어두워졌다. 나는 그런 일이 반복되는 데 워낙 익숙해졌기 때문에 포장재로 감싼 그림이 돌아왔을 때 그게 뭔지 알아차리지 못했다.

그런데 프랑수아가 다음날 아침에 갈 데가 있다고 했다. 물건을 전하러 갈 거라고.

나는 놀라서 눈을 휘둥그레 떴다. "해결됐어요?"

"응." 그가 내 손을 잡았다. "이제 때가 됐어."

기사가 우리와 그림을 한 시간 만에 거기까지 데려다주었다. 인구가 몇백 명 안 되는, 생트아가트데몽 근처의 조그만 마을이었다. 지금 화가가 그곳에 살고 있었다. 그녀는 거의 내 평생 동안 그곳에 살았다.

차를 타고 가는 동안 프랑수아는 그녀에 대해 좀더 얘기해주었다. 그녀는 양육권을 빼앗기고 몇 년 동안 창작 의욕을 잃었다. 불행한 추억이 수없이 연관된 몬트리올에 대한 애정도 잃었다. 그녀는 지도 위에 손가락으로 한 점을 찍고 그곳으로부터 정확히 반원을 그린 끝에 이 마을을 발견했다. 일주일 동안 살아보고 싫으면 떠나기로 했다. 그런데 싫지 않았다. 그녀는 여기서 다시 그림을 그리고 어느 정도 예전의 모습을 회복할 수 있었다.

이 그림은 프랑수아가 여덟 살이 되던 해에 처음이자 마지막으로 전시되었다. 그 깡패가 술친구들에게 떠벌린 바에 따르면 한눈에 마음에 들어 호가의 두 배를 지불했다고 했다. 사실 그것은 일종의 복수였다. 그것도 한심한 복수. 화가는 프랑수아가 태어나기 일 년 전의 어느 날 밤에 우격다짐으로 접근한 그 깡패를 거부한 적이 있었다. 그는 여자에게 싫다는 소리를 들은 적이 거의 없었기에 그 일을 절대 잊지 않았다. 그래서 그녀가 그린 가장 대담한 초상화를 사들이면 그녀는 그의 선심 덕을 보는 거라고, 그러면 그가 이기는 거라고 분노에 차서 생각했다.

차가 흙길에 다다랐다. 우리는 좌회전을 해서 빨간색과 하얀색 지붕을 얹은 소박한 단층 판잣집으로 다가갔다. 프랑수아가 트렁크에서 그림을 꺼내 양손으로 조심스럽게 들었다. 나는 핸드백만 들고 살짝 뒤에서 걸었다. 초인종이 없었기에 내가 우리 둘을 대표해 문을 두드렸다.

화가가 현관으로 나오자 내 호흡이 가빠졌다. 그녀가 그렇게 친숙하게 느껴지는 이유를 알 수 없었다. 그녀는 얼굴 주변으로 곱슬하고 희끗희끗한 머리칼이 내려오고 키가 프랑수아와 거의 비슷하긴 했지만 아들과 닮았다고 볼 수는 없었다. 우리를 맞이하는 그녀에게서 그와 닮은 예리한 지성이 느껴졌다. 그녀의 미소는 춤을 추는 듯한 눈빛과 천연덕스러운 유머 감각과 잘 어울렸다.

"클레아!" 그녀는 외쳤다가 말을 뚝 끊었다. 두 뺨이 빨개졌다. 그녀는 손을 들어 얼굴을 가렸다가 이내 생각을 바꾸었다.

"클레아하고 워낙 닮아서요."

나는 온몸이 가벼워지는 걸 느꼈다. 나는 어머니를, 진정한 클로틸드를, 비밀스러운 이름의 비밀이 밝혀진 그녀를 내 안에서 느꼈다. 그리고 그 화가, 그녀가 사랑을 허락받지 못했던 그 여자의 안에서도 느꼈다.

　나는 다른 어디도 아닌 바로 그곳에 있고 싶었다.

　"저도 그렇다고 들었어요." 나는 영어로 말했다. "제 이름은 오
렐리예요."

다비드를 찾아서

로런스 블록

로런스 블록은 작가들을 위한 책 여섯 권을 비롯해 넌더리가 날 정도로 많은 장편소설과 단편소설을 썼다. 그간 어찌어찌하다보니 십여 권의 선집을 편집했고 그중 최근작이 『빛 혹은 그림자: 호퍼의 그림에서 탄생한 빛과 어둠의 이야기』다. 매슈 스커더의 가상의 삶을 연대순으로 기록하기 시작한 지 사십 년이 넘었고, 열일곱 편의 장편과 열한 편의 중단편을 통해 그와 함께 나이를 먹어가는 중이다.

〈다비드〉, 미켈란젤로 부오나로티

일레인이 말했다. "당신은 도대체 일을 멈출 수가 없지?"

나는 그녀를 쳐다보았다. 우리는 피렌체의 산마르코광장에서 상판에 타일이 깔린 조그만 테이블에 앉아 그리니치 애비뉴의 피콕 커피만큼 훌륭한 카푸치노를 마시고 있었다. 날씨는 화창했지만 공기는 쌀쌀하면서 상쾌했고 도시는 10월의 햇살에 잠겨 있었다. 일레인은 카키색 바지에 딱 맞는 사파리 재킷을 입어서 근사한 외신기자 아니면 첩보원 같아 보였다. 나 역시 카키색 바지에 폴로 셔츠, 그녀가 나의 '믿음직한 친구'라고 부르는 파란색 블레이저를 입고 있었다.

우리는 베네치아에서 닷새를 머물렀다. 오늘은 피렌체에서 보낼 닷새 가운데 둘째 날이었고, 이후에 엿새 동안 로마에 있다가 알리탈리아 항공을 타고 다시 집으로 돌아갈 예정이었다.

내가 말했다. "눈치챘다면 대단한데?"

"응." 그녀가 말했다. "나한테 딱 걸렸어. 평소 습관대로 이 일대를 훑어보고 있었잖아."

"내가 경찰로 지낸 세월이 워낙 길어서."

"나도 알아. 그런 건 나이를 먹어도 달라지지 않는 습관이겠지. 나쁜 습관도 아니고. 나도 나름대로 뉴욕에서 도시물 먹으며 세상 물정을 익히긴 했지만 방안을 둘러보고 당신처럼 단서를 찾지는 못해. 게다가 당신은 의식하고 그러는 것도 아니잖아. 자동으로 그러는 거지."

"아마도. 하지만 이걸 일이라고 보기는 어려울 것 같은데."

"지금 우리가 해야 할 일은 피렌체의 아름다움에 흠뻑 젖어서 광장에 서 있는 조각상의 고전미에 감탄하는 건데, 당신은 다섯 테이블 옆에 앉아 있는 흰색 리넨 재킷을 입은 게이 노인을 보면서 전과가 있을지, 있다면 뭐일지 머리를 굴리고 있잖아. 그게 일이 아니면 뭐야?"

"머리 굴릴 필요는 없어." 내가 말했다. "그의 전과가 뭔지 알거든."

"안다고?"

"그의 이름은 호턴 폴러드야." 내가 말했다. "그 사람이 맞는다면. 내가 그쪽을 자꾸 쳐다봤던 건 내가 생각하는 사람이 맞는지 확인하고 싶어서야. 마지막으로 본 지 이십 년이 훌쩍 넘었거든. 아마 이십오 년은 됐을걸." 내가 흘끗 쳐다보니 백발의 신사가 웨이터에게 뭐라고 얘기하고 있었다. 그는 오만함과 미안함을 동시에 담아서 한쪽 눈썹을 치켜세웠다. 지문이나 다름없는 결정적 증거였다. "맞네." 내가 말했다. "호턴 폴러드. 확실해."

"가서 인사하지 그래?"

"그가 달가워하지 않을 거야."

"이십오 년 전이면 당신이 현역에 있을 때잖아. 어쨌는데? 그를 체포하기라도 했어?"

"응."

"진짜? 저 남자가 무슨 짓을 저질렀길래? 예술품 사기? 피렌체의 야외 테이블에 앉아 있으니 그런 게 떠오르기는 하는데, 그냥 주식 사기꾼이었을 수도 있겠다."

"그러니까 화이트칼라 쪽 범죄인 것 같다?"

"생김새를 보아하니 미끈한 쪽인 것 같은데. 맞히는 거 포기. 무슨 짓을 저질렀어?"

내가 그가 있는 쪽을 쳐다보고 있었기에 우리의 시선이 마주쳤다. 그는 나를 알아본 눈빛이었고 한눈에 알아볼 수 있는 특유의 스타일로 또다시 눈썹을 치켜세웠다. 그가 의자를 뒤로 밀고 자리에서 일어났다.

"온다." 내가 말했다. "당신이 직접 물어보면 되겠네."

*

"스커더 씨," 그가 말했다. "마틴이라고 부르고 싶지만 성함이 그게 아니지요? 좀 알려주겠소?"

"매슈요, 폴러드 씨. 그리고 이쪽은 내 아내 일레인이에요."

"복도 많으시지." 그는 말하고 그녀가 내민 손을 잡았다. "이쪽을 쳐다보면서 참 미인이다 생각했어요. 그러다 다시 한번 보고,

저 친구는 내가 아는 사람인데 했고. 하지만 누구인지 기억해내는데 시간이 좀 걸렸지. 이름이 먼저 떠올랐어요. 성이라고 해야 하나, 아무튼. 이름이 스커더인데, 내가 어떻게 알지? 물론 잠시 후에 모든 게 생각났지요, 당신 이름만 빼고. 마틴이 아니라는 건 알았지만 그 이름이 머릿속에서 떠나지 않아 매슈를 떠올리지 못했네요." 그는 한숨을 쉬었다. "기억이라는 게 참 신기하지 않습니까? 당신은 아직 그걸 느낄 만한 나이가 아닌지 모르겠소만."

"내 기억력은 아직 제법 훌륭합니다."

"아, 내 것도 훌륭해요." 그가 말했다. "변덕스러워서 그렇지. 어떨 땐 고집스러운 것 같기도 하고."

내가 동석을 권하자 그는 옆 테이블에서 의자를 끌어와 앉았다. "하지만 금방 일어나야 해요." 그는 이렇게 말하고 우리에게 어떤 일로 이탈리아에 왔고 피렌체에는 얼마나 있었는지 물었다. 그는 여기에서 산다고 했다. 여기에서 산 지 제법 오래됐다고. 그는 아르노 동쪽 강변에 있는 우리 호텔을 안다며 매력적이고 가성비가 좋다고 평가했다. 우리 호텔에서 그다지 멀지 않은 카페도 추천하면서 꼭 가보라고 했다.

"물론 내 추천을 반드시 따를 필요는 없지만." 그가 말했다. "미슐랭도 마찬가지지요. 피렌체에서는 맛없는 음식을 먹을 수가 없어요. 뭐, 백 퍼센트 그런 건 아니지만. 고급 음식점만 고집하면 가끔 실망할 거요. 하지만 그냥 돌아다니다 가까운 트라토리아*에 들어가면 매번 맛있는 식사를 할 수 있을 거예요."

---

* 간단한 음식을 제공하는 이탈리아 식당.

"우리는 요즘 식사를 너무 잘해서 탈이에요." 일레인이 말했다.

"그럴 위험이 있지요." 그가 인정했다. "피렌체 사람들은 상당히 날씬한 편이지만. 나도 여기 처음 왔을 때는 살이 좀 쪘어요. 어떻게 안 그럴 수 있겠소? 모든 음식이 너무 맛있는데. 지금은 찐 살을 다 빼고 유지중이지요. 하지만 가끔은 왜 그렇게 애를 쓰나 싶어요. 아니, 내 나이가 일흔여섯인데 말이오."

"그렇게 안 보여요." 그녀가 말했다.

"그렇게 보이고 싶지 않아요. 하지만 왜 그럴까요? 내가 어떻게 보이든 신경쓰는 사람이 아무도 없는데. 그런데 나는 왜 거기에 목숨을 걸까요?"

일레인이 자존감 때문이라고 하자 그는 자존감과 허영심의 그 아리송한 경계에 대해 심사숙고했다. 그러더니 자기가 너무 오래 앉아 있었다고, 그렇지 않느냐며 자리에서 일어났다. "우리집에 놀러와요." 그가 말했다. "내가 사는 별장이 아주 으리으리하지는 않지만 제법 근사해서 자랑하고 싶을 만큼의 자부심은 느낀다오. 내일 점심 먹으러 오겠다고 약속해줘요."

"글쎄요……"

"그럼 그렇게 하기로 한 거요." 그는 말하고 내게 명함을 주었다. "택시를 타면 다들 어딘지 알 거요. 하지만 미리 요금을 정하고 타요. 대부분 의외로 정직하지만 바가지 씌우려는 기사도 있을 테니까. 그럼 한시로 할까요?" 그는 손바닥으로 테이블을 짚고 몸을 앞으로 기울였다. "지난 몇 년 동안 당신 생각을 자주 했거든요, 매슈. 특히 미켈란젤로의 〈다비드〉 바로 옆에서 블랙커피를 마실 때면. 물론 저건 원작이 아니오, 알겠지만. 원작은 미술관에 있지요, 요즘은 미술관도 전처럼 안전하지는 않지만. 몇 년 전에 우피치미술관이 폭탄 테러를 당한 건 알죠?"

"기사 읽었어요."

"마피아. 우리 나라에서는 그냥 자기들끼리 죽고 죽이지요. 여기서는 걸작을 폭파해요. 그래도 대체로 아주 교양 있는 나라요. 그리고 아마도 나는 결국 이곳, 〈다비드〉의 곁으로 올 수밖에 없는 운명이었던 것 같소." 나는 그가 무슨 소리를 하는지 알아들을 수 없었고 그도 그 사실을 눈치챘는지 자기 자신에게 짜증이 나서 미간을 찡그렸다. "내가 횡설수설하고 있군요." 그가 말했다. "여기서 유일하게 부족한 게 있다면 얘기를 나눌 상대라서. 하지만 나는 전부터 당신하고 말이 통할 것 같았소, 매슈. 물론 상황이 여의치 않아 실제로 대화를 나눠보지는 못했지만. 그때 기회를 놓친 걸 두고두고 아쉬워했소." 그는 허리를 폈다. "내일 한시요. 기대가 되는군요."

*

"아, 당연히 나도 가고 싶은 마음이야 굴뚝같지." 일레인이 말했다. "그가 어떤 데서 사는지 보고 싶거든. '아주 으리으리하지는 않지만 제법 근사해요.' 분명 근사할 거야. 끝내줄 거야."

"내일 알 수 있겠네."

"모르겠어. 그는 당신하고 얘기하고 싶어하는 것 같은데. 그가 원하는 대화를 나누기에 셋은 많지 않은가 싶어서. 당신이 그를 체포한 이유가 예술품 절도는 아니었지?"

"응."

"그가 사람을 죽였어?"

"애인을."

"흠, 남자는 다 그러지 않아? 다들 자기가 사랑하는 걸 죽인다고 그 머시깽이 작가도 말했잖아."

"오스카 와일드."

"고마워, 기억력 박사님. 사실 나도 알고 있었어. 가끔 누가 머시깽이나 거시기라고 하는 건 기억을 못해서가 아니야. 그냥 대화의 장치지."

"그렇군."

일레인은 내 안색을 살폈다. "뭔가 있었네." 그녀가 말했다. "뭐야?"

"수법이 잔인했거든." 살인 현장을 찍은 사진이 내 머릿속을 가득 채웠고, 나는 눈을 깜빡여 그것들을 지워버렸다. "이 일을 하다 보면 처참한 사건 현장을 자주 접하지만 이 경우에는 상당히 심했어."

"엄청 온화해 보이던데. 누굴 죽이더라도 사실상 비폭력적인 살인을 저지를 사람 같았어."

"세상에 비폭력적인 살인은 흔치 않아."

"그럼 무혈 살인이라고 표현하지, 뭐."

"이 사건은 그런 거랑 전혀 거리가 멀었어."

"그만 애태우고 말해봐. 그가 뭘 어쨌길래?"

"칼을 썼어." 내가 말했다.

"그걸로 애인을 찔렀어?"

"포를 떴지." 내가 말했다. "애인은 폴러드보다 젊고 아마도 미남이었던 것 같은데 그걸 내가 증명할 순 없어. 내가 본 건 추수감사절 다음날 먹다 남은 칠면조구이 같은 거였거든."

"그 정도면 충분히 생생해." 그녀가 말했다. "막 그림이 그려진다."

"나는 신고를 접수한 두 경관 다음으로 현장에 도착했는데, 그 둘은 어려서 아무렇지 않은 척할 수 있었지."

"당신은 나이를 먹을 만큼 먹어서 그러지 못했고? 토했어?"

"아니, 형사생활 몇 년 하다보면 토하진 않아. 하지만 그렇게 끔찍한 광경은 처음이었어."

＊

호턴 폴러드의 별장은 도시 북쪽에 있었고 으리으리하지는 않을지 몰라도 아름다웠다. 골짜기가 내려다보이는 산비탈에 보석처럼 박힌 하얀색 치장 벽토 건물이었다. 그는 우리에게 방을 구경시켜주고, 그림과 가구에 대한 일레인의 질문에 대답하고, 그녀가 점심을 먹지 못하고 떠나야 하는 이유에 대해 설명하자 수긍했다. 혹은 그런 것처럼 보였다. 하지만 일레인이 우리가 타고 온 택시를 타고 떠나자, 그녀가 떠났다는 사실에 모욕을 느끼는 듯한 표정이 그의 얼굴을 언뜻 스치고 지나갔다.

"식사는 테라스에서 할 거요." 그가 말했다. "그나저나 내가 왜 이러지. 마실 것도 한잔 권하지 않고. 뭘 마시겠소, 매슈? 여러 가지 술이 준비되어 있어요. 파올로가 칵테일을 아주 다양하게 만들 수 있는지는 잘 모르겠지만."

나는 탄산수면 아무거나 상관없다고 했다. 그는 일하는 사람에게 이탈리아어로 뭐라고 말한 다음, 뜯어보는 듯한 눈빛으로 나를 흘끗 쳐다보며 점심을 먹으면서 와인을 마시겠느냐고 물었다.

나는 아니라고 했다. "물어보길 잘했군." 그가 말했다. "한 병 따서 숨을 쉬게 할 생각이었는데, 그냥 숨을 참고 있으라고 해야겠소. 예전에는 술을 마셨던 걸로 아는데, 내 기억이 맞는다면."

"네, 그랬죠."

"그 일이 벌어졌던 날 밤에," 그가 말했다. "당신이 나더러 술 한잔 마셔야 할 것 같은 얼굴이라고 했던 것 같은데. 내가 술병을 꺼내니까 당신이 두 잔을 따랐지요. 근무중에 술을 마셔도 된다니 놀랍다고 생각했던 기억이 나요."

"마시면 안 되는 거였죠." 내가 말했다. "그냥 자제하지 않았을 뿐."

"그런데 이제는 술을 전혀 입에 대지 않는다?"

"네. 하지만 그렇다고 당신까지 점심을 먹으면서 와인을 마시면 안 되는 건 아니잖습니까?"

"나는 원래 마시지 않아요." 그가 말했다. "수감생활을 하는 동안에는 마시지 못했고 석방된 뒤에는 당기지가 않더군요. 맛도 그렇고 몸에서 느껴지는 감각도 그렇고. 하지만 한동안은 한두 잔씩 마시곤 했지요. 와인을 마시지 않으면 완벽한 교양인이 될 수 없다고 생각했으니까. 그러다 상관없다는 걸 깨달았소. 나이들어서 가장 좋은 게 그거요, 어쩌면 딱 한 가지 좋은 점이라고 해야 할지 모르겠지만. 신경쓰는 게 점점 줄어들어요, 특히 남의 의견 같은 거.

하지만 당신의 경우에는 다르겠지요? 당신은 어쩔 수 없이 끊었으니까."

"네."

"그립소?"

"가끔은요."

"나는 아니오. 하지만 원래 별로 좋아하지 않았으니까. 블라인드 테스팅으로 샤토 와인을 종류별로 구분했던 시절도 있었지만, 사실 어떤 술이든 그렇게 좋아하지 않았고 저녁을 먹고 나서 코냑을 마시면 속이 쓰렸소. 지금은 식사 도중에는 생수를, 식후에는 커피를 마시지요. 아콰 미네랄레.* 내가 좋아하는 트라토리아 주인은 그걸 아콰 미세라빌레**라고 불러요. 하지만 아무 문제 없이 나한테 그걸 팔지요. 그는 상관하지 않고 나 역시 그가 상관하거나 말거나 상관하지 않고."

*

점심은 간단하지만 우아했다. 그린 샐러드, 버터와 세이지를 넣은 라비올리, 맛있는 생선 한 토막. 우리는 주로 이탈리아를 주제로 대화를 나누었고 나는 일레인이 가버린 것이 아쉽게 느껴졌다. 그는 얘깃거리가 많았고―피렌체의 일상에 스며든 예술, 오래전부터 이 도시에 열광한 영국 상류층―나도 몰입해서 들었지만 나

---

* '미네랄워터'라는 뜻의 이탈리아어.
** '형편없는 물'이라는 뜻.

보다 그녀가 더 재미있게 들었을 법한 얘기였다.

이후에 파올로가 접시를 치우고 에스프레소를 내왔다. 우리 둘 사이에 정적이 흘렀고, 나는 커피를 마시는 한편 골짜기를 내다보며 저 풍경은 얼마나 오래 봐야 싫증이 날까 하는 생각을 했다.

"나도 익숙해질 줄 알았지요." 그가 내 생각을 읽었다. "그런데 아직도 익숙해지지 않았고 앞으로도 그럴 것 같지 않소."

"여기서 지낸 지 얼마나 됐죠?"

"거의 십오 년이 됐지. 석방되자마자 왔으니까."

"그리고 다시 돌아가지 않았고요?"

그는 고개를 끄덕였다. "원래부터 눌러앉을 작정으로 온 거라, 도착한 후에 필요한 거주 비자를 받았지요. 돈이 있으면 어려울 것 없고 나는 운이 좋았어요. 아직도 돈은 많고 앞으로도 그럴 거요. 잘살고는 있지만 아주 사치스럽게 살지는 않으니까. 내가 필요 이상으로 오래 살더라도 죽을 때까지 금전적으로 부족하지는 않을 거요."

"그럼 사는 게 수월해지죠."

"그렇지요." 그는 동의했다. "갇혀 지낸 세월까지 수월하지는 않았지만 돈이 없었더라면 그보다 더 못한 데서 있었겠지요. 내가 있었던 곳이 아방궁이었다는 뜻은 아니지만."

"정신병원에 있지 않았나요?"

"범죄를 저지른 정신병자들을 수용하는 시설에 있었지요." 그는 한 단어씩 또박또박 얘기했다. "재미있는 이름이죠? 하지만 딱 어울리지. 내가 저지른 행동은 누가 봐도 범죄인데다 정신 나간 짓이었으니까."

그는 에스프레소를 조금 더 마셨다. "내가 당신을 여기로 부른 이유는 그 얘기를 하고 싶어서였소." 그가 말했다. "이기적인 처사이긴 하지만 그것도 나이를 먹으면 나타나는 변화요. 사람이 좀더 이기적으로 변하는 거. 아니면 이기심을 자기 자신이나 남들에게 감추는 일에 신경을 덜 쓰게 된다고 할까." 그는 한숨을 쉬었다. "그리고 좀더 직설적으로 바뀌기도 하는데, 이 경우에는 어디서부터 시작하면 좋을지 모르겠군."

"뭐든 하고 싶은 얘기부터 하세요." 내가 제안했다.

"다비드에서부터 시작해야겠죠. 동상이 아니라. 그 친구."

"내 기억력이 생각했던 것만큼 좋지는 않은 모양이네요." 내가 말했다. "당신 애인 이름이 다비드였다고요? 왜냐하면 나는 로버트였다고 확신하거든요. 로버트 네이스미스. 그리고 가운데 이름이 있었지만 그것도 다비드가 아니었어요."

"폴이었지요." 그가 말했다. "그의 이름은 로버트 폴 네이스미스였소. 로브라고 불리길 바랐고. 내가 가끔 다비드라고 불렀지만 좋아하지 않았소. 하지만 내 마음속에서 그는 영원히 다비드요."

나는 아무 말도 하지 않았다. 파리 한 마리가 한쪽 구석에서 윙윙거리다 잠잠해졌다. 정적이 길게 이어졌다.

그러다 그가 이야기를 시작했다.

*

"나는 버펄로에서 자랐소." 그가 말했다. "당신도 거기 가본 적 있는지 모르겠군요. 아주 아름다운 도시였소, 적어도 잘사는 동네는. 널찍한 길에는 느릅나무가 줄지어 서 있었지요. 근사한 공공 건물에 눈에 띄는 개인 주택도 있었고. 당연히 지금 그 느릅나무는 네덜란드 느릅나무병으로 전부 죽고 델라웨어 애비뉴의 맨션에는 법률사무소와 치과가 들어섰지만. 모든 건 변하기 마련 아니겠소? 나는 그렇다고 믿게 되었다오, 그렇다고 그 변화를 좋아해야 하는 건 아니지만.

버펄로에서 범汎미국 박람회가 개최된 적이 있소. 내가 태어나 기도 전이었지요. 내 기억이 맞는다면 1901년이었을 거요. 그때 지어진 건물 가운데 몇 채는 지금까지도 남아 있소. 그중에서도 도시의 중앙공원 옆에 지어진 가장 근사한 건물에 버펄로역사박물관이 들어섰고, 다양한 소장품이 보관되어 있소.

이게 다 무슨 소리인가 싶지요? 역사박물관 앞에 원형 진입로가 있는데, 그 한복판에 미켈란젤로의 〈다비드〉청동상이 있었소, 아마 지금도 분명 그 자리에 있겠지요. 주물이라고 볼 수도 있겠지만 그냥 복제품이라고 하는 게 안전할 것 같군요. 아무튼 실물 크기인데…… 아니, 원본 크기라고 해야 하려나? 어린 다비드가 그의 적인 골리앗과 체구가 비슷했다면 모를까, 미켈란젤로의 조각상 자체가 실물보다 상당히 크게 제작되었으니까.

당신도 어제 그 조각상을 봤잖소, 그것도 복제품이기는 하지만. 당신이 그걸 얼마나 눈여겨봤는지는 모르겠지만, 어떻게 그런 걸작을 만들 수 있었느냐는 질문에 작가가 뭐라고 대답했는지 알아요? 진위가 의심스러울 정도의 명언을 남겼지요.

'대리석을 보고 다비드가 아닌 부분을 깎아냈지요.' 미켈란젤로가 이렇게 대답했다더군요. 모차르트가 젊었을 때 작곡이 세상에서 제일 쉽다고. 머릿속에서 들리는 음악을 악보로 옮기기만 하면 된다고 했던 것에 버금가게 재미있는 답변이지요. 그 둘이 진짜로 그렇게 대답했는지 아닌지가 뭐 중요하겠소. 그러지 않았던들 그렇게 대답했더라면 좋았을 거라고 하면 그만 아니겠소?

나는 아주 어렸을 때부터 그 조각상을 알았소. 언제 처음 보았는지 기억은 나지 않지만, 분명 역사박물관에 처음 갔을 때였으니까 아주 어린 나이였겠지요. 우리집은 역사박물관에서 걸어서 십 분도 안 걸리는 노팅햄 테라스에 있었고 나는 어렸을 때 거길 뻔질나게 드나들었소. 그리고 내 마음을 사로잡은 건 항상 〈다비드〉였지. 그 자세, 태도, 견고함과 연약함, 나약함과 자신감의 묘한 조합. 물론 〈다비드〉의 순수한 육체미, 섹슈얼리티도 있었지만 내가 그런 측면을 알아차리기까지는, 아니 그걸 알아차렸다고 인정하기까지는 어느 정도 시간이 걸렸소.

우리 또래가 모두 열여섯 살이 되고 운전면허증을 따면서 다비드는 우리 일상에 새로운 의미로 자리잡았어요. 박물관의 원형 진입로가 단둘이 있을 곳이 필요한 젊은 커플이 선택하는 연인들의 도로가 되었거든. 강변의 험한 동네에 있는 몇 안 되는 대안에 비하면 주변 환경이 좋은 쾌적한 공원 같은 곳이었으니까. 그래서 차를 세우고 사랑을 나누자는 말을 '다비드 보러 가자'는 식으로 돌려 하게 되었죠. 이제 와 생각해보니 사랑을 나눈다는 것 자체가 이미 돌려 말하는 표현이로군요, 그렇지 않소?

나는 십대 후반에 다비드를 숱하게 보았소. 물론 아이러니하게도 다비드를 같이 보러 간 여자아이들의 완만한 곡선보다 그의 젊고 남성적인 몸매에 마음이 더 끌렸지요. 나는 태어날 때부터 게이였던 것 같지만 그 사실을 받아들이지 않았소. 처음에는 충동을 부인했지요. 나중에 충동에 따르는 법을 터득한 이후에는—프런트 공원에서, 그레이하운드 터미널 화장실에서—그런 행동을 별것 아닌 일로 간주했소. 거쳐가는 하나의 단계라고 스스로를 납득시키면서."

그는 입술을 오므리고 고개를 저으며 한숨을 쉬었다. "그 단계가 참 길기도 하지요." 그가 말했다. "아직도 끝나질 않았으니. 내가 다른 젊은 남자와 뭘 하건 겉보기에는 평범한 실생활의 부수적인 측면에 불과했기에 현실을 부인하는 데 도움이 되었소. 나는 좋은 학교에 다니며 크리스마스와 여름방학에는 집에 갔고 어딜 가든 여자들과 어울려 즐거운 시간을 보냈으니까.

그 시절에는 성관계가 중간에 끝날 때가 많았어요. 여자들이 최소한 아주 제한적인 의미에서라도 순결을 지키려고 애썼거든. 결혼 전까지, 그게 아니면 요즘 말마따나 진지한 관계로 발전할 때까지. 그 당시에는 그런 관계를 뭐라고 했는지 기억이 안 나는군. 좀 덜 부담스러운 단어를 썼던 것 같은데.

그래도 가끔 끝까지 갈 때도 있었고, 그럴 때면 나는 능력을 제대로 발휘했소. 내 파트너는 불만을 가질 이유가 없었지요. 나는 할 수 있었고, 즐길 수 있었고, 남자 파트너와 할 때보다 쾌감이 덜하더라도 뭐, 금기의 유혹 때문이려니 했소. 나한테 무슨 문제가 있다고 생각할 필요는 없었으니까. 내가 근본적으로 다르다고 생각할 필요는 없었으니까.

나는 평범하게 살았어요, 매슈. 평범하게 살기로 결심했다고 볼 수도 있겠지만 그리 큰 결심이 필요하지는 않았지요. 대학 졸업반

때 말 그대로 평생을 알고 지낸 여자와 약혼을 했소. 부모님끼리 친구라 같이 자란 사이였지요. 졸업하고 결혼식을 올렸소. 나는 대학원에 진학했지요. 당신도 기억할지 모르겠지만 내 전공은 미술사였고 용케 버펄로대학 교수로 임용됐소. 요즘은 거길 뉴욕주립대 버펄로 분교라고 하지만 그때는 주립대로 합병되기 전이었거든. 그래서 그냥 버펄로대학이었고 대부분의 학생이 버펄로와 그 일대 출신이었소.

우리 부부는 처음에는 학교 근처의 아파트에 살다가 양쪽 부모님의 지원을 받아 양가의 거의 중간 지점인 핼럼의 조그만 주택으로 이사했지요.

거긴 다비드 동상하고도 가까운 편이었소."

그는 평범하게 살았다고 했다. 아이도 둘 낳았다. 골프를 배우고 컨트리클럽의 회원이 되었다. 유산을 조금 물려받았고 그가 집필한 교재의 인세 수입이 해마다 늘었다. 그런 식으로 몇 해가 지나자 남자들과의 관계는 정말로 지나가는 단계였다고, 이제는 그 단계에서 벗어났다고 쉽게 믿게 되었다.

"여전히 감정은 느껴졌어요." 그가 말했다. "하지만 그 감정을 해소하고 싶은 욕구는 사라졌지요. 예를 들어 어떤 학생의 외모를 보고 감탄하더라도 그에 대해 어떤 행동을 취하거나, 취하려고 진지하게 고민한 적은 없었소. 그냥 미학적인 관점에서 감탄한 거라고, 남성미에 대한 자연스러운 반응이라고 속으로 중얼거렸지요. 호르몬이 충만했던 젊은 시절에는 그걸 실질적인 성욕으로 오해한 거라고. 이제는 그게 순수하고 성과 무관한 감정이라는 걸 알겠다고."

그렇다고 소소한 모험을 완전히 포기한 건 아니었다.

"다른 지역에서 열리는 학회에 초청받았을 때." 그가 말했다. "아니면 초청 강연을 하게 됐을 때. 내가 아는 사람도, 나를 아는 사람도 없는 다른 도시에 갔을 때. 그럴 때면 술을 몇 잔 마시고 재 밌는 일을 저지르고 싶은 충동을 느꼈소. 다른 여자와 관계를 맺으 면 아내에 대한 배신이고 혼인 서약을 위반하는 것이지만 다른 남 자와의 순수한 불장난은 그렇다고 볼 수 없다고 나를 설득했소. 그 리고 그런 사람들이 가는 술집에 갔지요. 다들 쉬쉬했던 시절에도, 지방 도시와 대학가에서조차 그런 술집을 찾는 건 어렵지 않았소. 그곳에서 알맞은 상대를 찾는 것도 어렵지 않았고."

그는 잠깐 동안 침묵을 지키며 지평선을 물끄러미 내다보았다.

"그러던 어느 날 위스콘신의 매디슨에 있는 어느 술집에 들어갔 는데," 그가 말했다. "그가 거기에 있었소."

"로버트 폴 네이스미스 말입니까?"

"다비드." 그가 말했다. "내가 본 건 다비드였소. 문지방을 넘는 순간 내 눈에 꽂힌 건 젊음이었소. 지금도 그 순간을 기억해요. 당 시 그의 모습을 눈앞에 정확하게 그릴 수 있소. 그는 거무스름한 실 크 셔츠와 황갈색 바지 차림으로, 맨발에 로퍼를 신고 있었지. 그 당시에는 그러는 사람이 아무도 없었는데. 술잔을 손에 들고 카운 터 앞에 서 있었는데 체격하며 서 있는 자세, 분위기, 태도까지······ 딱 미켈란젤로의 다비드였소. 그걸 넘어서 나의 다비드였지요. 그 는 나의 이상理想이었고 내가 평생 무의식적으로 찾아 헤맨 상대였 고, 나는 그를 눈으로 들이켜고는 대책 없이 빠져버렸지요."

"그냥 그렇게." 내가 말했다.

"아, 맞아요," 그가 맞장구를 쳤다. "그냥 그렇게."

그는 침묵을 지켰고 내가 옆에서 부추겨주길 기다리는 건가 하는 생각이 들었다. 나는 그건 아니라는 결론을 내렸다. 그는 잠깐 추억 속에 머무는 걸 선택한 듯했다.

이윽고 그가 말했다. "한마디로 나는 그때까지 한 번도 사랑에 빠져본 적이 없었소. 생각해보면 그건 일종의 광기였소. 사랑이나 누군가를 향한 깊은 애정이 아니라. 사랑이나 애정은 상당히 정상적이고 심지어 고귀한 감정이지요. 나는 분명 부모님을 사랑했고 조금 다른 방식이긴 해도 아내를 사랑했소.

이건 종류가 달랐어요. 이건 강박이었소. 집착이었고. 수집가의 격정이었지요. 이 그림을, 이 조각상을, 이 우표를 갖고야 말겠다는. 그걸 품에 안고 말겠다는, 온전히 소유하고 말겠다는. 그게 있어야, 오직 그게 있어야만 내가 완벽해질 거라는. 그를 통해 내 본질이 달라질 거라는. 내가 가치 있는 인간이 될 거라는.

중요한 건 성관계가 아니었소. 성관계가 전혀 무관하다고 얘기하지는 않겠지만. 나는 그에게 어떤 사람에게도 느낀 적 없는 매력을 느꼈어요. 하지만 다른 한편으로 성적인 끌림은 예전에 다른 사람에게서 이따금 느꼈던 것보다 덜했지. 나는 다비드를 소유하고 싶었소. 그럴 수만 있다면, 그를 완전히 내 것으로 만들 수만 있다면 성관계를 하지 않더라도 거의 상관이 없었소."

그는 침묵을 지켰고 이번에는 내가 부추기길 기다리는 게 맞는다는 결론을 내렸다. 그래서 나는 물었다. "그래서요?"

"내 인생을 내팽개쳤지요." 그가 말했다. "말도 안 되는 평계를 대면서 학회가 끝나고 일주일을 더 매디슨에 머물렀소. 그런 다음 다비드와 함께 뉴욕으로 가서 터틀베이에 있는 브라운스톤 건물

꼭대기 층의 아파트를 빌렸고. 그러고는 나 혼자 버펄로로 돌아가 아내에게 집을 나가겠다고 통보했소."

그는 시선을 떨어뜨렸다. "아내에게 상처를 주고 싶지는 않았는데." 그가 말했다. "하지만 깊고 끔찍한 상처를 주고 말았지요. 그녀는 남자가 관련돼 있다는 걸 알고도 별로 놀라지 않았을 거요. 그전부터 어느 정도 눈치채고 있었고 그걸 내 일부분으로, 미적으로 예민한 남자를 남편으로 두려면 감수해야 할 부분으로 받아들였을 거요.

하지만 자기에 대한 애정이 있을 거라고는 생각했지요. 나는 그렇지 않다고 분명히 밝혔고. 그녀는 평생 어느 누구에게도 상처를 준 적이 없는데 나 때문에 엄청난 고통을 겪었어요. 지금도 후회하고 있고 앞으로도 영원히 그럴 거요. 내가 죗값을 치른 그 사건보다 그게 훨씬 몹쓸 짓인 것 같소.

아무튼. 나는 그녀를 저버리고 뉴욕으로 거처를 옮겼어요. 버펄로대학의 종신 교수직도 당연히 사임했고. 물론 학계에 두루두루 연줄이 있고, 화려한 정도는 아니더라도 꽤 괜찮은 평판을 누리던 터라 컬럼비아나 뉴욕 대학에 취직할 수도 있었을지 몰라요. 하지만 내가 일으킨 스캔들 때문에 그럴 가능성이 줄어들었고, 어차피 나는 더이상 교직에 눈곱만큼도 관심이 없었소. 그냥 재미있게 살며 인생을 즐기고 싶었지요.

그럴 수 있을 만큼 돈은 충분했소. 우리는 잘살았소. 사실 너무 잘살았지요. 현명하게가 아니라 너무 잘. 매일 저녁 근사한 레스토랑에 가서 고급 와인과 함께 저녁을 먹고. 오페라와 발레 시즌권을 끊고. 여름은 피노스섬에서. 겨울은 바베이도스 아니면 발리에서.

런던, 파리, 로마로 여행도 가고. 같은 동네 아니면 외국에서 다른 돈 많은 게이와 어울리기도 하고."

"그리고요?"

"그리고 계속 그런 식으로 지냈소." 그는 말했다. 그는 손깍지를 껴서 무릎 위에 올려놓고 입가에 옅은 미소를 머금었다. "계속 그런 식으로 지내다 어느 날 내가 칼을 들고 그를 죽였소. 그 부분에 대해서는 당신도 알잖소, 매슈. 그 지점에서 당신이 등장하니까."

"그렇죠."

"하지만 이유는 모르지요."

"네, 이유는 밝혀진 적이 없어요. 아니면 밝혀졌는데 내가 모르고 있거나."

그는 고개를 저었다. "밝혀진 적 없소. 나는 변론을 하지 않았고 설명도 일절 하지 않았으니까. 하지만 짐작할 수 있겠어요?"

"당신이 그를 죽인 이유를요? 전혀 모르겠는데요."

"하지만 당신은 사람들이 살인을 저지르는 이유를 어느 정도는 파악했을 테니 늙은 죄인의 장단을 맞춰주는 셈 치고 한번 맞혀보시오. 내 동기가 결국은 그렇게 특별한 게 아니라는 걸 증명해보시오."

"당장 떠오르는 건 뻔한 이유뿐인데요." 내가 말했다. "그러니까 그걸 제하면 되겠죠. 어디 보자. 그가 당신을 떠나려고 했다. 그가 바람을 피웠다. 그가 다른 사람을 사랑하게 됐다."

"그는 절대 나를 떠나지 않았을 거요." 그가 말했다. "그는 우리의 생활 방식을 몹시 좋아했고 다른 사람하고는 그 절반도 누리지 못하리라는 걸 알았으니까. 나보다 다른 사람을 더 사랑하게 되는 일도 없었을 거요. 다비드가 사랑하는 사람은 자기 자신이었으니까. 그리고 그는 당연히 바람을 피웠고 처음부터 그랬지만, 나는 그러지 않을 거라고 기대한 적이 없었어요."

"그로 인해 당신이 인생을 내팽개친 걸 깨달았다." 내가 말했다. "그래서 그가 싫어졌다."

"내가 내 인생을 내팽개친 건 맞지만 그걸 후회하지는 않았소. 거짓된 삶을 살고 있었는데 그걸 내동댕이친들 뭐가 아쉽겠소? 주말을 맞아 제트기를 타고 파리로 날아가는데 버펄로의 강의실에서 누렸던 그 잔잔한 즐거움이 그리울까요? 그걸 그리워할 사람도 있겠지요. 하지만 나는 절대 아니었소."

나는 포기하려고 했지만 그가 좀더 생각해보라고 했다. 내가 내놓은 추측은 모두 정답이 아니었다.

그가 말했다. "포기하겠다고요? 좋소, 그럼 알려드리지요. 그가 달라졌소."

"달라졌다고요?"

"처음 만났을 때," 그가 말했다. "나의 다비드는 내가 그전까지 봐왔던 그 어떤 것보다 아름다운 피조물이자 내 평생 꿈꿔왔던 이상을 완벽하게 구현하는 인물이었소. 늘씬하지만 근육질이고 연약하면서도 강한. 그러니까 그는…… 그냥 산마르코광장으로 가서 그 조각상을 보는 게 빠를 거요. 미켈란젤로가 제대로 구현했어요. 그가 정확히 그렇게 생겼지요."

"그런데? 나이를 먹었나요?"

그의 턱에 힘이 들어갔다. "인간은 누구나 나이를 먹지요." 그가 말했다. "요절한 경우만 제외하면. 불공평하지만 어쩔 수 없어요. 다비드는 단순히 나이를 먹은 게 아니었소. 거칠어지고. 굵어졌지요. 너무 많이 먹고 술을 너무 많이 마시고 너무 늦게 자고 너무 약을 많이 하는 바람에. 살이 쪘소. 부었소. 턱이 두 개가 됐고 눈 아래가 처졌소. 지방덩어리 아래에서 근육이 줄었고 살이 처졌소.

하룻밤새 벌어진 일은 아니었지요. 하지만 내가 느끼기에는 그랬소. 왜냐하면 내가 못 본 척하는 동안에도 그 과정은 계속 진행됐으니까. 그러다 결국에는 보지 않을 수가 없게 됐지요.

차마 그를 쳐다볼 수가 없었소. 그전에는 그에게서 눈을 뗄 수가 없었는데 이제는 자꾸 눈을 돌리고 있더군요. 나는 배신감을 느꼈소. 내가 사랑한 상대는 그리스의 신이었는데 눈앞에서 로마의 황제로 변해버리다니."

"그래서 그를 죽였다는 건가요?"

"나는 그를 죽이려고 한 게 아니었소."

나는 그를 빤히 쳐다보았다.

"아, 실상은 그랬다고 봐야겠지요. 술을 마시고 있었는데, 둘이서 술을 마시고 있었는데 말다툼이 벌어졌고 나는 화가 났소. 상황이 종료됐을 때 그가 죽었다는 걸, 내가 그를 죽였다는 걸 모를 만큼 이성을 잃지는 않았을 거요. 하지만 중요한 건 그게 아니었지요."

"그게 아니었다고요?"

"그는 정신을 잃었소." 그가 말했다. "알몸으로 온몸의 구멍에서 와인냄새를 풍기며 누워 있었는데, 대리석처럼 새하얗고 통통 부은 살덩이가 어찌나 거대하던지. 나는 그런 식으로 변해버린 그가, 그런 식으로 변하는 데 결정적인 역할을 한 내가 혐오스러웠던 것 같소. 그래서 조치를 취하기로 마음을 먹었소."

그는 고개를 젓고 깊게 한숨을 쉬었다. "나는 부엌으로 갔소."

그가 말했다. "칼을 들고 나왔지요. 그 첫날밤에 매디슨에서 보았던 그 소년을 생각했소. 그리고 미켈란젤로를. 내가 미켈란젤로가 되어보려고 했지요."

나는 분명 곤혹스러워하는 표정을 지었을 것이다. 그가 말했다. "기억 안 나요? 나는 칼을 들고 다비드가 아닌 부분을 잘라낸 거요."

*

나는 며칠이 지난 뒤에 이 이야기를 일레인에게 들려주었다. 우리는 '스페인 계단' 근처의 노천카페에 앉아 있었다. "나는 그동안 당연히 그가 애인을 파괴하려 했다고 믿었어." 내가 말했다. "원래 시신 훼손은 말살하려는 욕구의 표현이거든. 하지만 그는 애인을 훼손하려 한 게 아니라 다시 조각하려고 했던 거야."

"시대를 몇 년 앞서갔네." 그녀가 말했다. "요즘은 그런 걸 지방 흡입술이라고 부르면서 떼돈을 받는데. 한마디만 하겠는데, 돌아가자마자 공항에서 헬스클럽으로 직행할게. 여기서 먹은 파스타가 내 살로 영영 굳어버리기 전에. 절대 방심하지 않겠어."

"당신은 걱정할 필요 없을 것 같은데."

"그렇지, 당신이 조각하고 싶은 욕구를 느낄 거였다면 진작 느끼고도 남았겠지. 나는 그 옛날 대니 보이의 테이블에서 만났던 그 젊고 순진한 콜걸하고는 천지 차이니까."

"그렇게 많이 다르지도 않아. 내 눈에는 지금도 예전만큼 예뻐."

"그거 알아? 그게 거짓말이라는 걸 알지만 그래도 상관없어."

"거짓말 아니야. 나이를 몇 살 더 먹었고 전처럼 풋풋하고 촉촉해 보이지는 않지만 오히려 예전보다 지금이 더 멋져. 그리고 나이는 당신을 시들게 할 수 없고 당신의 무한한 다채로움은 익숙함으로 인해 바래지 않을 거야."

"이런 고마운 영감 같으니라고. 셰익스피어야?"

"「안토니우스와 클레오파트라」."

"무한한 다채로움이라고? 다비드의 다채로움은 그렇게 무한하지 않았던 모양이네. 하지만 끔찍하다. 두 사람 모두에게 정말 끔찍해."

"사람들이 저지르는 짓이라는 게."

"그러게. 자, 이제 뭐하고 싶어? 여기 앉아서 두 남자와 그들이 망친 인생을 안타까워해도 되고, 아니면 호텔로 돌아가서 뭔가 삶을 긍정할 만한 일을 해도 되는데. 당신이 정해."

"어렵네." 내가 말했다. "언제까지 결정해야 하는데?"

이 책에 작품을 수록하도록 허가해준 모든 분에게 감사한다. 우리는 판권 소유자를 파악하고 접촉하기 위해 모든 노력을 기울였다. 혹시라도 실수나 누락이 있다면 향후 출간되는 판본에서 기꺼이 수정할 것이다. 추가 정보가 필요하다면 출판사와 연락하기 바란다.

Frontispiece
Office Girls by Raphael Soyer, 1936 (p.8)
Oil on canvas, 26 1/8 × 24 1/8 in. (66.4 × 61.3 cm). Whitney Museum of American Art, New York; purchase 36.149. Digital Image ⓒ Whitney Museum, NY.

Jill D. Block, "Safety Rules"
Remember All the Safety Rules by Art Frahm, 1953 (p.18)
Oil on canvas, 29.5 × 33.5 in. (74.9 × 85.1 cm). Private collection/Jill D. Block.

Lee Child, "Pierre, Lucien, and Me"
Bouquet of Chrysanthemums by Auguste Renoir, 1881 (p.44)
Oil on canvas, 26 × 21 7/8 in. (66 × 55.6 cm). The Walter H. and Leonore Annenberg Collection, Bequest of Walter H. Annenberg, 2002.

Nicholas Christopher, "Girl with a Fan"

Girl with a Fan by Paul Gauguin, 1902 (p.60)

Oil on canvas, 92×73 cm. Museum Folkwang, Essen, Germany.

Michael Connelly, "The Third Panel"

The Garden of Earthly Delights (third panel) by Hieronymous Bosch, ca. 1500~1505 (p.88)

Oil and grisaille on wooden panel. Center panel is 7'2½×6'4¾ in. Each wing is 7'2½×3'2 in. Museo del Prado, Madrid, Spain.

Jeffery Deaver, "A Significant Find"

The Cave Paintings of Lascaux, discovered 1940 (p.106)

Mineral pigments on cave walls. The Axial Gallery in the caves of Lascaux, France.

Joe R. Lansdale, "Charlie the Barber"

The Haircut by Norman Rockwell, August 10, 1918 (p.132)

Gail Levin, "After Georgia O'Keeffe's Flower"

Red Cannas by Georgia O'Keeffe, 1927 (p.166)

Oil on canvas, 36⅛×30⅛ in. Courtesy of the Amon Carter Museum of American Art, Fort Worth, Texas; 1986.11.

Warren Moore, "Ampurdan"

The Pharmacist of Ampurdan Seeking Absolutely Nothing by Salvador Dali, 1936 (p.182)

Oil and collage on wood, 30×52 cm. Copyright © Peter Horree / Alamy Stock Photo.

David Morrell, "Orange Is for Anguish, Blue for Insanity"
Cypresses by Vincent van Gogh, 1889 (p.198)
Oil on canvas, 36 ¾ ×29 ⅛ in. (93.4×74 cm). The Met, Rogers Fund, 1949.

Joyce Carol Oates, "Les Beaux Jours"
Les beaux jours by Balthus, 1944～1946, (p.254)
Oil on canvas, 58 ¼ ×78 ⅜ in. (148×199 cm). Hirshhorn Museum and Sculpture Garden, Smithsonian Institution, Washington, DC, gift of the Joseph H. Hirshhorn Foundation, 1966.

Thomas Pluck, "Truth Comes Out of Her Well to Shame Mankind"
La Vérité sortant du puits by Jean Léon Gerome, 1896 (p.288)
Oil on canvas, 35.8×28.3 in. (91×72 cm). Musée d'art et d'archéologie Anne de Beaujeu.

S. J. Rozan, "The Great Wave"
Under the Wave off Kanagawa (Kanagawa oki nami ura), also known as the "Great Wave" by Katsushika Hokusai, 1830～1832 (p.326)
Polychrome woodblock print; ink and color on paper, 10 ⅛ ×14 ¹⁵⁄₁₆ in. (25.7×37.9 cm). H. O. Havemeyer Collection, bequest of Mrs. H. O. Havemeyer, 1929.

Kristine Kathryn Rusch, "Thinkers"

The Thinker by Auguste Rodin, 1880~1881 (p.338)

Bronze; overall: 72×38 11/16×55 15/16 in. (182.9×98.4×142.2 cm). The Cleveland Museum of Art, gift of Ralph King 1917.42.

Jonathan Santlofer, "Gaslight"

The Empire of Light by René Magritte, 1953~1954 (p.384)

Oil on canvas, 76 15/16×51 5/8 in. (195.4×131.2 cm). The Solomon R. Guggenheim Foundation Peggy Guggenheim Collection, Venice, 1976, © 2017 C. Herscovici / Artists Rights Society(ARS), New York.

Justin Scott, "Blood in the Sun"

PH-129 by Clyfford Still, 1949 (p.418)

Oil on canvas, 53×44 1/2 in. (134.6×113 cm). Copyright © 2017 Clyfford Still Museum, Denver, CO © City and County of Denver / ARS, NY.

Sarah Weinman, "The Big Town"

Nude in the Studio by Lilias Torrance Newton, 1933 (p.444)

Oil on canvas, 203.2×91.5 cm. Private collection.

Lawrence Block, "Looking for David"

David by Michelangelo Buonarroti, ca. 1501~1504 (p.472)

One single block of marble from the quarries in Carrara in Tuscany, 5.16 meters tall. The Accademia Gallery, Florence, Italy.

에드워드 호퍼의 그림을 소설로 탄생시킨 전작 『빛 혹은 그림
자』로 우리나라에서도 많은 사랑을 받은 로런스 블록이 『주황은
고통, 파랑은 광기』로 다시 한번 독자들 곁을 찾아왔다. 이번에도
예술작품에서 영감을 얻은 단편들을 한데 엮었지만 에드워드 호
퍼의 그림으로 국한됐던 전작과 달리 선정 범위가 확대돼 조각상
(〈생각하는 사람〉〈다비드〉)도 있고, 동굴벽화도 있고, 판화(〈가나
가와 해변의 높은 파도 아래〉)도 있다. 전작에 이어 이번에도 다수
의 미스터리와 스릴러 작가들과 더불어 미술사학자인 게일 레빈이
참여해 다채로운 상을 차려냈다.

마이클 코널리의 경우, 소설의 주인공 해리 보슈 형사의 이름을
생각하면 어느 작가의 작품을 선택할지 어느 정도 예견되어 있었
다고 볼 수 있겠는데 아니나 다를까, 히로니뮈스 보스의 〈세속적
인 쾌락의 동산〉으로 탐정소설의 대가다운 이야기를 빚어냈다. 제

프리 디버의 「의미 있는 발견」은 말 그대로 제프리 디버의 의미 있
는 발견이다. 워낙에 반전이 있는 작품을 잘 쓰기로 유명하다지만
이 정도일 줄이야. 조 R. 랜스데일의 「이발사 찰리」는 모티프로 삼
은 그림(노먼 록웰의 〈머리 깎기〉)과 작품의 분위기가 전혀 다른
데, 〈새터데이 이브닝 포스트〉의 표지로 쓰였다는 그 일러스트레
이션 이면의 스토리가 궁금해진다. 저렇게 해맑게 웃는 아이 뒤에
서 엄마로 보이는 여자는 왜 눈물을 훔치고 있을까? 그 잡지에 실
린 어떤 기사와 연관이 있을까? 한국어판에서 표제작으로 선정될
정도로 강렬한 데이비드 모렐의 「주황은 고통, 파랑은 광기」는 이
단편에 영감을 준 화가 반 고흐의 이야기라고 봐도 무방할 것이다.
심지어 주인공의 이름까지 반 도른이지 않은가! 그런가 하면 조이
스 캐럴 오츠는 「아름다운 날들」에서 푸른 수염의 전설을 차용했
고, 크리스틴 캐스린 러시는 「생각하는 사람들」에서 실제로 벌어
졌던 사건을 바탕으로 상상력을 발휘했다. 1970년에 클리블랜드
미술관 앞에 설치된 〈생각하는 사람〉이 폭탄 테러로 날아가 현재
두 발이 깨진 모습 그대로 전시되어 있다고 하니 말이다.
　　열 손가락 깨물어 안 아픈 손가락 없다지만 덜 아픈 손가락과
더 아픈 손가락은 있듯이 단편집을 번역하다보면 좀더 마음이 가
는 작품이 생길 수밖에 없는데, 이 단편집에서 가장 오래도록 내
머릿속을 떠나지 않은 작품은 S. J. 로전의 「홍파」였다. 로전이라는
작가도 낯설고 그 판화와 가쓰시카 호쿠사이라는 작가도 낯설었는
데 왜 그랬는지 모르겠다. 주인공이 머무는 곳이 겉보기에는 으리
으리한 스위트룸이지만 실상을 알고 보면 감옥이라 그랬을까? 겉
보기에는 그럴듯한 직업이지만 알고 보면 일에서 완벽하게 해방되

는 날이 없는 노예와도 같은 내 신세와 오버랩돼서? 판화 속의 이사가와 선장이 주인공의 탈출 계획을 듣고 입을 닫아버렸다가 어둠이 스며들던 막판에 자신들의 진실을 공개한 이유는 뭘까?

　모름지기 단편집의 매력은 모 아이스크림 회사의 버라이어티 팩처럼 내 입맛에 맞는 작품이 하나쯤은 있다는 것일지 모른다. 시끄럽고 성가실 때 초콜릿처럼 노래를 꺼내먹으라는 어느 노래 가사처럼, 무료하거나 잠깐 짬이 날 때 이 단편집을 열어보기 바란다. 인생만 그런 게 아니라 단편집도 초콜릿 상자와 같아서 어떤 작품이 뜻밖의 즐거움을 선사할지 아무도 모르는 일이다.

이은선

엮은이 **로런스 블록**
하드보일드 작가이자 이 책의 기획·편집자. 수십 년에 걸쳐 매슈 스커더 시리즈, 버니 로덴바 시리즈 등을 발표해왔으며 앤서니상, 에드거상 등을 수차례 받았다. 2016년에 출간된 『빛 혹은 그림자』를 시작으로 미술작품에서 영감을 받은 다양한 작가들의 단편소설을 엮어 소설집을 펴내고 있다.

옮긴이 **이은선**
연세대학교 중어중문학과와 같은 학교 국제대학원 동아시아학과를 졸업했다. 출판사 편집자, 저작권 담당자를 거쳐 전문 번역가로 활동중이다. 옮긴 책으로 『고아 열차』『다이어트랜드』『딸에게 보내는 편지』『엄마, 나 그리고 엄마』『사라의 열쇠』『악몽과 몽상』『11/22/63』『미스터 메르세데스』『그레이스』『맥파이 살인 사건』『할머니가 미안하다고 전해달랬어요』『베어타운』 등이 있다.

문학동네 세계문학

주황은 고통, 파랑은 광기

1판 1쇄 2019년 9월 30일 | 1판 2쇄 2019년 11월 11일

엮은이 로런스 블록 | 옮긴이 이은선 | 펴낸이 염현숙

기획 이현자 | 책임편집 이봄이랑 | 편집 윤정민 류현영 오동규
디자인 엄자영 이원경 | 저작권 한문숙 김지영
마케팅 정민호 정진아 함유지 김혜연 박지영 김수현
홍보 김희숙 김상만 오혜림 지문희 우상희
제작 강신은 김동욱 임현식 | 제작처 한영문화사

펴낸곳 (주)문학동네
출판등록 1993년 10월 22일 제406-2003-000045호
주소 10881 경기도 파주시 회동길 210
전자우편 editor@munhak.com | 대표전화 031) 955-8888 | 팩스 031) 955-8855
문의전화 031) 955-8896(마케팅) 031) 955-1929(편집)
문학동네카페 http://cafe.naver.com/mhdn | 트위터 @munhakdongne
북클럽문학동네 http://bookclubmunhak.com

ISBN 978-89-546-5762-4 03840

www.munhak.com